民国通俗小说精粹导读丛书
陈洪　主编

蜀山剑侠之英琼传

（上）

还珠楼主　著
陈洪　导读、批点

南开大学出版社
天　津

图书在版编目(CIP)数据

蜀山剑侠之英琼传：上、下 / 还珠楼主著；陈洪导读、批点. —天津：南开大学出版社，2019.6
(民国通俗小说精粹导读丛书)
ISBN 978-7-310-05789-4

Ⅰ. ①蜀… Ⅱ. ①还… ②陈… Ⅲ. ①侠义小说—中国—现代 Ⅳ. ①I246.5

中国版本图书馆 CIP 数据核字(2019)第 074976 号

南开大学出版社出版发行
出版人:刘运峰
地址:天津市南开区卫津路 94 号　邮政编码:300071
营销部电话:(022)23508339　23500755
营销部传真:(022)23508542　邮购部电话:(022)23502200
*
三河市同力彩印有限公司印刷
全国各地新华书店经销
*
2019 年 6 月第 1 版　2019 年 6 月第 1 次印刷
230×155 毫米　32 开本　18.875 印张　4 插页　483 千字
定价:68.00 元

如遇图书印装质量问题,请与本社营销部联系调换,电话:(022)23507125

出版说明

民国通俗小说是中国近现代文学宝库的重要组成部分，其中有一大批文质兼美的作品，已逐渐经典化。这些小说在我国有深厚的读者基础，随着时间的推移，其文化内涵更受到读者的关注。立足于发掘经典的当代意义，在作品遴选和编排方式上进行创新，我们策划出版了本套“民国通俗小说精粹导读丛书”。

本书是武侠小说江湖上最亮的金字招牌——还珠楼主所著《蜀山剑侠传》的节选故事批点本。

《蜀山剑侠传》原著卷帙浩繁，字数逾五百万却尚未完结，书中有名号的角色数以千计，但却以少女李英琼为头号人物，这在中国文学史上是一个创举。李英琼的故事散见于全书，使读者很难完整地认识这一形象。为了弥补这一缺憾，本书独辟新法，将《蜀山剑侠传》中以李英琼为主的故事段落串联起来，命名为《蜀山剑侠之英琼传》。全书充满奇幻色彩，注入了很多神魔元素，不但塑造了一个美若天仙、福报无穷、勇于担当的主人公形象，还描写了一群可爱的少年女仙形象和奇特的动物、精怪形象；同时，书中景物描写洋洋洒洒，与情节相融合，读来颇有酣畅淋漓之感。

为帮助读者更好地鉴赏作品，减少阅读障碍，本书特设置夹批板块，由南开大学讲席教授陈洪先生随文评点原著（以楷体字加粗标注），并撰写作品导读，附于书前。相信读者能在阅读原著的同时，获得新的启发。

由于写作年代较早，原著中的用字用词有很多与出版规范要求相龃龉之处。为了最大限度保持小说的原汁原味，在对书稿进行编校时，我们遵循了以下原则。

1. 除明显错讹外，对异形词、儿化词等问题，尽量尊重原著原貌，不予更动。

2. 武术、中医药、神话等领域的专有词，进行适当保留。例如“骨格”未改为“骨骼”，“呼息”未改为“呼吸”，“收伏”未改为“收服”，等等。又如“炼”和“练”依据具体情况区分：具有明显“修炼”意味或宾语为法宝、仙法的，使用“炼”；单纯表达“练习”意思的，均使用“练”。

3. 一些具有明显个人风格（如文白兼杂等）且不产生歧义的用语，尽量予以保留。如“俱都”“甚么”“教”“则甚”以及疑问助词“么”，等等。

4. 不影响理解的非法定计量单位（如丈、尺、斤、斗、里等），予以保留。

南开大学出版社

2019 年 3 月

导读

巾帼须眉第一人——还珠塑造的第一位“女一号”

《蜀山剑侠传》是还珠楼主的开山之作，无疑也是影响最大的一部巨著。书中有名号的角色数以千计，但被作者特别标出“第一”，而且是一而再、再而三地强调这个“第一”身份的，却是一个女孩子——李英琼。

五百万字的巨著，以一个少女为头号人物，这在中国文学史上空前绝后。

中国的长篇小说，发端之时几乎没有什么像样的女性形象——《三国演义》《水浒传》和《西游记》，名列于“四大奇书”“四大名著”，却没有一个重要形象是女性，这不能不说是遗憾的事情。

从《金瓶梅》开始，女性形象开始堂而皇之地出现在我国长篇小说中。其后，《金云翘》《林兰香》《红楼梦》等，都把女性放置到了舞台的中央地带。不过，在英雄传奇类小说，尤其是武侠类小说中，却仍然十分罕见（《儿女英雄传》前半似可，而后半却“英雄气短”了）。民国的武侠长篇，《荒江女侠》首开女侠“首席”先河。但该书格局较小，情节较单，人物较少，规模远不能与《蜀山剑侠传》相比。

《蜀山剑侠传》中，峨眉派首领之一妙一夫人初次见到李英琼，就对她讲：“‘吾道之兴，三英二云。’长眉真人这句预言，果然应验。”峨眉的重要盟友青囊仙子也当面对英琼道：“你应劫运而生，光大峨眉门户，与别人不同。三英二云，独你杰出。虽然杀气太重，然亦非此不可。不久齐道友回山，自会特许你一人便宜行事。”“与别人不同”“独你杰出”“特许你一人”云云，就更是强调了李英琼头号人物的地位。连她的敌人也反复称赞："老怪暗忖：'莫怪峨眉英、云名不虚传，此女果是天仙一流的根骨人品。'"足见作者对这一形象的重视。

但是，《蜀山剑侠传》的篇幅实在是太大了，又是在报纸连载，而作者的写作习惯又喜欢"节外生枝"，以至于李英琼的故事难免散布于全书，时常被其他人物的故事穿插、割裂，对于这个形象的完整性产生了一些负面的影响。即以百度"蜀山剑侠吧"中网友的反应看，不少读者因为该书篇幅太长而中辍。为了弥补这一缺憾，本书把作品中以李英琼为主的故事段落串联起来，命名为《蜀山剑侠之英琼传》。

还珠楼主的武侠小说与传统的《七侠五义》《儿女英雄传》不同，其中注入了相当多的神魔因素。在这个意义上，可说是《水浒传》与《封神演义》笔法的混融。当然，他的不同作品中，这两种成分的比例是不同的。如《云海争奇记》《兵书峡》等，武侠的成分占到九成以上。而《蜀山剑侠传》中，神魔的成分占多数。因而，李英琼也是半女仙半女侠。

由此决定，围绕李英琼的故事，充满奇异的想象。这也就使得李英琼的形象不仅不同于林黛玉、薛宝钗，也不同于十三妹、荒江女侠。白先勇讲："还珠楼主的巨著《蜀山剑侠传》，从头到尾我看过数遍，这真是一本了不起的巨著。其设想之奇，气派之大，文字之美，冠绝武林，没有一本小说使我那样迷过。"他把"设想之奇"放到评价的第一位，正是着眼于这种奇特不凡的想象。

本书所选是原书第一回到第二百九十三回中的四十一回。顺序、回目基本保持原貌，文字也只有极少的微调——为了摘录后的衔接。这四十一回从故事内容看，大体可分为六部分。

第一部分为前五回，讲的是李英琼随同父亲李宁避祸进入峨眉山，迭遭险厄；而李宁终于被白眉和尚收归门下。李英琼从此孤身一人面对命运。这一部分基本是传统武侠的路数，特别是与多臂熊的冲突部分。

第二部分从第六回“李英琼万里走孤身　赤城子中途逢异派”到第十二回“大发鸿慈 为难女顽童作伐　小完夙愿 偕仙禽异兽同归”，写李英琼孤身寻仙的历险过程，包括斗僵尸，擒怪龙，斩巨人，诛木魃，杀猛虎，拯救马熊与猩猩，最后得遇妙一夫人，列入峨眉派门墙。这部分为本书最为精彩段落，各种妖异接踵而来，而一个孤身少女勇敢面对，逐一战而胜之。紧张之处，足令读者屏息扼腕。

第三部分从第十三回“并驾神雕 逐鹿惊邪火　饥餐朱果 斗剑遇同门”到第二十三回“两界等微尘 幻灭死生同泡影　灵岳多异宝 金精霞彩耀云衢”，写李英琼初到峨眉山的际遇。这一部分，出场的人物渐渐多起来。峨眉的门下，素质性格也是参差不齐，于是各种小矛盾、小冲突接连发生。虽是神仙洞府，却也充满人间小儿女的情味。而李英琼勇于任事、急公好义、刚直而稍显粗率的性格也随之渐渐表现出来。

第四部分从第二十四回“指挥若定 灵云收得七修剑　鼓勇无前 英琼盗取万年玉”到第二十九回“斩妖尸 得宝返仙山　逢巨恶 无心留隐患”，集中写李英琼为了救治好友余英男，同穷凶极恶的妖尸斗智斗勇，终于成功的经过。一个事件写了六回，曲折反复，是《英琼传》最细致的一段。这一段突出塑造李英琼对朋友一片赤诚、舍己助友的形象。

第五部分从第三十回“情重故人 名山访道侣　喜收神火 奇宝吐灵辉”到第三十七回“有意纵妖娃 宝树婆娑 青霞散绮　隐形擒异士 精虹潋滟 红雨飞花”，写李英琼成道之后奉命开府幻波池，与易静、癞姑领导众同门与各路妖邪大战的故事。这一段，“敌”“我”的法力都升级了，她面对的丌南公、九烈神君等，都是千年以上的道行。道、魔互长互动，写出了李英琼小小年纪隐然领袖群伦的气派。这部分的长处在于“仙阵”“法宝”的描写，显示出作者丰富的想象力——这一点，出于《封神演义》而又远远超过。其不足是过于热闹，人物性格、情感反而被遮蔽了。

最后一部分从第三十八回“灿烂祥霞 双飞莲座　庄严宝相自有元珠”到第四十一回“苦缔心盟 三生寻旧约　宏施佛法 七老助玄机”,写李英琼率领同门,在老前辈暗助之下最终战胜强敌,保全了幻波池胜境。

作者通过李英琼的成长过程，竭力塑造一个美若天仙、福报无穷、勇于担当的形象。作品通过她的同门师姐的眼中所见来表达自己极力赞颂之意：

> 癞姑劝她不听，又看出英琼面朝阵地，独立在斜阳影里静以观变，人既美艳，加以仙骨姗姗，一身道气，吃本山灵景一陪衬，休说常人，便天上神仙也未必能有许多这样人品。癞姑知其夙根深厚，用功更勤，智慧定力无不超人一等。尽管胆大包身，对于大敌当前，危机已迫，依然气定神闲，处之泰然；但非骄矜自满，一味胆大可比，表面上从容，实则神仪内莹，星光湛湛。真有心包宇宙，气罩山川，而又岳峙渊渟，与天同化之概。将来分明是天仙一流人物无疑，难怪师长垂青，许其领袖英云，表率群流，独领女同门，别张一军，继承师门法礼，与申屠、诸葛、阮、岳诸先进男同门旗鼓相当，分庭抗礼。自己虽得仙佛两家真传，入门较久，如论根骨福缘，先就比她不过，何况将来成就。本门竟有这等人物，真乃可喜之事。正暗中赞佩间，竺笙忽然悄声说道：“师父留意准备，请去主持仙法，以备到时釜底抽薪，老怪物快来了。”

“神仪内莹，星光湛湛”“心包宇宙，气罩山川”“岳峙渊渟，与天同化”,这些形容词用到一个十几岁的少女身上,足以令读者震惊。作者别具匠心之处在于，这些评价出于癞姑之口，而癞姑是一个神通广大、滑稽玩世、向不服人的人物，由她来做出这样的评价，分量及“信度”就格外不同了。

但是，作者又不是一味高调赞颂，她写李英琼勇敢而略带莽撞，疾恶而稍欠宽容，担当而过于好胜。这样，就使这个人物有血有肉，丰满起来。为了凸显她的个性，作者还刻意安排几个映衬的形象与她互动，其间自然出现了几个少女之间的性格冲突：

> 英琼道："你几时也学会这些啰唣？赵世兄又不是外人，适才既认出这位师兄被妖法所伤，就该当时下手才对，偏要挨到这时，白叫人等着心急，一肚皮的话没法先说。"若兰道："我没见你这急性子。各异派中妖法千头万绪，我的学历又浅，将才我也没看出来。后来见乌风草在他身上连拂，闻见一股子邪香，才猜是香雾迷魂砂。对不对，还要救醒转来才知道呢。你就爱埋怨人，真讨厌！"

这样，一箭双雕，两个性格截然不同的少女一起跃然纸上了。

在着力刻画李英琼的同时，还珠楼主还描写了一群可爱的少年女仙形象。大体来讲，这些女孩子的个性还是相当鲜明的。例如秦寒萼，本是天狐的女儿，与秦紫玲是姐妹。姐姐紫玲神通超众，修养也渊深。寒萼作为妹妹，未免娇惯。于是在峨眉这个群体里，总是耍小性，抢风头。和她形成对照的，则是这群人的"大姐大"齐灵云。由于她的特殊身份——妙一夫人的长女，年龄最大，所以总是思虑周全，一板一眼，很有点儿"少年老成"的感觉。灵云与寒萼时不时演出一段"对手戏"，两个人的性格便在对比中鲜活起来。再如癞姑，形象奇丑，却身处一群颜值极高的美女中，偏偏不自惭形秽，还经常拿这个话题自嘲，或和别人开玩笑，于是给读者留下鲜明的印象。

这方面还应特别关注一下朱文。朱文和灵云的幼弟金蝉是前世姻缘，今生又遇到一起。二人的关系十分微妙，而朱文作为女孩子，内热外冷，几分娇羞几分矜持——作者对此描写得十分细微：

大家忙了一阵，英琼将粥煮好，切了一盘腊味，又取了一大盘咸菜捧将出来。金蝉、若兰最爱吃那腊味，赞不绝口。朱文笑对金蝉道：“九华虽然清苦，辟邪村玉清大师颇预备许多荤素吃食，我不信这一趟莽苍山，会把你变成一个馋痨鬼。今天才到李师妹家中第二天，也不怕人家笑话。”说罢，抿着嘴，用两个指头在脸上刮。金蝉见朱文羞着笑他，便也反唇相讥道：“朱姊姊你还不是不住口地吃鹿肉，还说我呢。当心把神雕的粮食吃完，神雕不依吧。”朱文正要还言，英琼见二人斗口，忙道：“朱姊姊、金哥哥爱吃腊味，我还多着呢。即使吃完，只要叫我金眼师兄出去几趟，便能捉得好几个回来。我们都跟亲手足一样，谁还笑话不成？”朱文冷笑道：“我不过见他吃得野相，好意劝他几句，他反倒来说我。这类烟火食，我一年也难得吃上两回，因见李姊姊劝客情殷，又加上头一次吃鹿肉，觉得新鲜，才拿两片撕着就稀饭。谁似他狼吞虎咽的，这一大盘倒被他吃了一多半。为好劝他两句，还反说人吃不停嘴，吃你的吗？”金蝉见朱文娇嗔满面，便低下头只顾吃，不再言语。

灵云是一向看他二人拌嘴惯了的，也不去搭理。见大家都吃得津津有味，便也取了筷子夹一片慢慢咀嚼，那一股熏腊之味竟是越吃越香。笑对金蝉道：“无怪你们争吃，果然这鹿肉很香。英琼妹子小小年纪，独处深山，居然布置得井井有条，什么饮食设备样样俱全。与若兰妹子一样，都是那么能干，叫人见了又可爱又可敬。要像这种殷勤待客，怕不宾至如归，把山洞都挤破了吗？”若兰见朱文、金蝉拌嘴，在旁边也不答言，只顾吃。这会儿听灵云赞她能干，便笑道：“姊姊怎么也夸奖起我来？我哪一点比得上诸位姊姊们？不过平日仗着先师疼爱，享享现成的罢了。”

这时朱文停箸不食，坐在那里干生气。金蝉不时用眼看着朱文，想说什么，又不好说出似的。英琼惦记着那只神雕，匆匆在后面取了两只鹿腿，出洞喂雕去了。芷仙怕他二人闹僵，看他二人神气，知道金蝉业已软化，容易打发，便劝朱文道："姊姊不要生气，招呼凉了，不受吃。"还要往下说时，灵云忙拦道："我们休要劝他们，他二人是这样惯了的。"朱文误会灵云偏袒金蝉，本想说两句，猛想起灵云患难中相待之德，不便出口，越发迁怒金蝉，假装看雕，立起身来，独自行出洞去。金蝉见朱文出洞，知她心中不快，讪讪地立起身来，也跟了出去。

这一段如果移到《红楼梦》中，背景换成大观园，和"金钗"们烧烤鹿肉、林黛玉与贾宝玉使性、拌嘴的情景几无二致。"金蝉见朱文出洞，知她心中不快，讪讪地立起身来，也跟了出去。"这几句若换个主语："宝玉见黛玉出门，知她心中不快，讪讪地立起身来，也跟了出去。"放到《红楼梦》中，当毫无扞格。其实这种写法有点儿"小儿科"嫌疑，与朱文、金蝉"半仙"的身份并不十分吻合，但却可以增加读者的亲近感，也使朱文的形象明显有别于众人。

说到仙人们的情感问题，易静更令人意外。她是资历甚老的"转世灵童"，已跻身天界的圣姑当年是她的"闺蜜"，但她就是挣不脱情网：

易静闻言，接口笑道："玉弟此时当知我的苦心了。如非恩师相助，毁容易貌，那冤孽先就放我不过。迟早仍还你一个白幽女如何？"陈岩喜道："当真的么？不怕洪弟与癞道友见笑，我虽是修炼多年，因是幼童，仍不免于童心和洪弟一样，言动天真，自觉所附童身尚还灵秀，易姊姊偏毁了芳容。经我多年苦修，早已脱胎换骨，此身又不舍抛弃，正想易姊姊如允双修，也将容貌毁去，好和她配对呢。"易静忍不住伸手朝陈岩头上指了一下，笑道："痴子！难为你多

> 年修为，还改不了老脾气。”癞姑见陈岩看去只十来岁年纪，神情既极天真，语气又是那等痴法，忍不住笑了起来。陈岩笑道：“癞姊姊笑我脸老么？”癞姑笑说：“不敢。”陈岩又道：“我历劫三生，本是为她一人，便笑我也不怕。”随问：“易姊姊，何时恢复昔年容光？”易静笑答：“你才说重人而不重貌，如何又对此事关心呢？”

从“仙界逻辑”来说，这好像有点儿出格，有点儿“不合理”；而从凡人的“情感逻辑”讲，却又是顺理成章的事。这样写，就把玄奥的神仙们拉回到人间，缩小了他们与读者的心理距离。

本书还有一特色，就是写了很多动物。最重要的是李英琼的一只神雕和一头猩猩。这自然让我们想到金庸笔下的郭家白雕和杨家神雕，还有袁承志的两头猩猩——这是“点珠成金”的一个小显证。本书的动物除了这俩主角，还有很多“群众演员”，如马熊、猩猿、山魈、木魃等。这些动物大半出于作者的想象，如：

> 呼的一声，纵出一个似猴非猴的怪物，身上生着一身黄茸细毛，身长五六尺，两只膀臂却比那怪物身子还长。两手如同鸟爪一般，又细又长。披着一头金发。两只绿光闪闪的圆眼，大如铜铃。翻着朝上一看，比箭还疾地蹿了下来，狼嗥般大吼一声，伸出两只鸟爪，纵起有三五丈高下，朝英琼头上抓将下来，身法灵活无比，疾如闪电。

如此奇特的动物形象，也在一定程度上增加了小说的奇幻色彩。

与《云海争奇之儿女恩仇记》《蜀山剑侠之孽海情天》两书相比，这本书中法宝、法术的描写更多、更奇诡。例如幻波池的“五行禁制”，不但是一般的五行生克，还套入了九宫八卦的生死景杜之类的观念，甚至还发明了正反五行的“创新”阵法。其描写的笔墨也相当细致，几乎可以与儒勒·凡尔纳那些科幻想象媲美。如法宝想象：

> 丌南公门下弟子，各有一两件至宝奇珍。那“大有圈”发时是一环淡悠悠的彩虹，月晕也似。初发光并不强，一经发动，便由小而大往外开展，电也似疾，连转不休，越长越大，光也越来越强烈，晃眼暴长千百丈。然后化为光雨爆散，光雨所及之处，无论是人是物，当之均无幸理，整座山峰均能炸裂，荡为平地。

这大约就是氢弹爆炸的景象。法术想象：

> 洞里竟是一个怪石丛列，穷极幽暗深窟，宽约百丈。满地上竖着数十面长幡，俱画着许多赤身魔鬼。每面幡底下，叠着三个生相狰狞的马熊、猩猿的头颅，个个睁着怪眼，磨牙吐舌，仿佛咆哮如生。当中有一面一尺数寸长小幡，独竖在一个数尺高的石柱之上。幡脚下有一油灯檠，灯心放出碗大一团绿火，照在妖幡和兽头上面，越显得满洞都是绿森森阴惨惨的，情景恐怖，无殊地狱变相。

读者至此恐怕不免要寒毛直竖吧。

还珠楼主写作有一大癖好，就是洋洋洒洒的景物描写。这既与其深厚的古代文学修养有关，也与其早年四方游历的体验有关。物理学家何祚麻甚至认为：“(《蜀山》）想象的奇特与丰富前无古人后无来者，其中写中国的山水之美，无人能够超过他。过去柳宗元写《永州八记》为人称道，但我觉得《蜀山剑侠传》超过了柳宗元。”这种讲法当然可以讨论（柳宗元山水游记之美不限于模态，而在于寄托、意味)，但指出了还珠写作这一突出特点，无疑是正确的。这里不妨举几个例子来看：

一面是孤峰插云，白云如带，横亘峰腰，将峰断成两截。虽在夏日，峰顶上面积雪犹未消融，映着余霞，幻成异彩。白云以下，却又是碧树红花，满山如绣。一面是广崖耸立，宽有数十百丈。高山上面的积雪受了阳光照射，融化成洪涛骇浪，夹着剩雪残冰，激荡起伏，如万马奔腾，汹涌而下。中间遇着崖石凸凹之处，不时激起丈许高的白花，随起随落。直到崖脚尽处，才幻作一片银光，笼罩着一团水雾，直往百丈深渊泻落下去，澎湃呼号，声如雷轰，滔滔不绝。再往对面一看，正对着这面洞门，也是一片平崖，与这边一般无二。平崖当中，现出一座洞府，洞门石壁，有丈许大的朱书“飞雷”二字。

写深涧急湍有声有色，既壮观又绚丽。又如：

神雕飞行迅速，二人稳坐在雕背上。上面是星明斗朗，若可攀摘；下面是云烟苍莽，峰峦起没，大小群山似奔马一般，直从二人脚底倒退过去。这时遥瞩天边，东方已微微有了明意。倏地起了一阵乌云，把天际青光遮成一片漆黑，连下面云山都在微茫杳霭之中若隐若现。英琼刚说得一声：“怎么天还不亮，许要变吧？”一言未了，若兰忙叫：“琼妹快看奇景！”英琼侧转头一看，先是东南方黑云踪中闪出两三丝金影。一会儿工夫，又见有数亩方圆的一团红光忽而上升天半，彩霞四射；忽而没入云层，不见踪迹。若金丸疾走，上下跳动，滚转不停，要从天际黑云中挣扎而出。以后红光越来越显，越转越疾，倏地往下一落，又没入天际，便不再现，只东南半天现出了鱼肚色。头上的星也隐去了好多。二人在雕背上迎着天风，凭虚飞行，一路谈说，一路看那朝日怎样升天。倏地瞥见正东方红影一闪，霎时半轮亩许方圆火也似红的太阳，已经端端正正地从地平上涌起。那些黑云也

> 都不知去向，干干净净的天，只红日出处有半圈红影。满天只剩数十百颗疏星，光彩已暗，摇摇欲坠，越显天高。再低头一看，下面是云潮如海，咕咕嘟嘟簇拥个不住，把脚下群山全都隐没，只剩那几个高山的尖儿如岛屿一般，在云海中隐现。上面却是澄空若洗，一碧无际。

描写日出的文字很多，写云层之上俯瞰日出与云海者，似未曾有（笔者从欧陆返程，夜航机上曾睹类似奇观）。还珠当时不可能有乘机夜航的经验，纯为想象而写得如此摇曳多姿，实在是笔力扛鼎。

还珠楼主的景物描写有时又能与情节融合到一起，更显得生动，如李英琼降龙一节：

> 英琼但觉一阵奇寒透体袭来，知道那龙已离身后不远，不敢怠慢，亡命一般逃向庙前梅林之中。那条龙离她身后约有七八尺光景，紧紧追赶。英琼猛一回头，才看清那条龙长约三丈，头上生着一个三尺多长的长鼻，浑身紫光，青烟围绕，看不出鳞爪来。英琼急于逃命，哪敢细看。因为那龙身体长大，便寻那树枝较密的所在飞逃。这时已是三更过去，山高月低，分外显得光明。庙前这片梅林约有三里方圆，月光底下，清风阵阵，玉屑朦胧，彩萼交辉，晴雪喷艳。这一条紫龙，一个红裳少女，就在这水晶宫、香雪海中奔逃飞舞，只惊得翠鸟惊鸣，梅雨乱飞。那龙的紫光过处，梅枝纷纷坠落，咔嚓有声。

真是奇丽无俦。

上文说到一个词语："点珠成金"，那是笔者多年前的一个"发明"，意在指出一个有趣的事实，就是金庸大量（超出一般人想象的）"偷意"于还珠楼主而讳言。这其实并不含有褒贬抑扬之意，只是讨论文学史一个常见的现象。本书也有若干例证，兹举其中一个有趣者：

> （丌南公）每一出洞，照例要有好些排场做作，未到以前，先使当时风云变色，山川震撼，有时还有门人和仙音仪仗前导，以显他的威势。……随见遥天空际，云旗翻动，时隐时现。隔不一会儿，又听鼓乐之声起自彩云之中，由天边出现，迎面飞来，看去似乎不快，一会儿便已飞近。那彩云自高向下斜射，大只亩许。云中拥着八个道童，各执乐器、拂尘之类，作八字形，两边分列。衣着非丝非帛，五光十色，华美异常。相貌却都一般丑怪，神态猛恶。……八童分执乐器，仙韶迭奏，此应彼和，并不发话。

熟悉金庸小说的朋友读到这里立刻要会心一笑，想到《天龙八部》中丁春秋的排场，和作者揶揄的叙事态度。

南怀瑾讲："现在写武侠小说的都是乱写，很多都是偷还珠的东西。"这话肯定讲过头了。但看到上述类似的例子，我们也不得不承认他讲的有一定道理，也不得不重新认识还珠楼主的文学史地位。

大樽居士于戊戌岁末

目　录

（上）

第一回 月夜棹孤舟 巫峡啼猿登栈道
天涯逢知己 移家结伴隐名山

话说四川峨眉山，乃是蜀中有名的一个胜地。昔人谓西蜀山水多奇，而峨眉尤胜，这句话实在不假。西蜀神权最胜，山上的庙宇寺观不下数百，每年朝山的善男信女，不远千里而来。加以山高水秀，层峦叠嶂，气象万千，那专为游山玩景的人，也着实不少。后山的风景尤为幽奇。自来深山大泽，多生龙蛇，深林幽谷，大都是那虎豹豺狼栖身之所。游后山的人，往往一去不返，一般人妄加揣测，有的说是被虎狼妖魔吃了去的，有的说被仙佛超度了去的，聚讼纷纭，莫衷一是。人到底是血肉之躯，意志薄弱的占十分之八九，因为前车之鉴，游后山的人，也就渐渐裹足不前，倒便宜了那些在后山养静的高人奇士们，省去了许多尘扰，独享那灵山胜境的清福。这且不言。

四川自经明末张献忠之乱，十室九空，往往数百里路无有人烟，把这一个天府之国闹得阴风惨惨，如同鬼市一般。清军入关后，疆吏奏请将近川各省如两湖、江西、陕西的人民移入四川，也加上四川地大物丰，样样需要之物皆有，移去的人民，大有此间乐不思故土之慨。这样的宾至如归，渐渐也就恢复了人烟稠密的景象。

记得在康熙即位的第二年，从巫峡溯江而上的有一只小舟。除操舟的船夫外，舟中只有父女二人，一肩行李，甚是单寒；另外有一个行囊甚是沉重，好像里面装的是铁器。那老头子年才半百，须发已是全白，抬头看人，眼光四射，满脸皱纹，一望而知是一个饱经忧患的老人。那女子年才十二三岁，出落得非常美丽，依在老头子身旁，低声下气地指点烟岚，问长问短，显露出一片天真与孺慕。这时候已经暮烟四起，暝色苍茫，从那山角边挂出了一盘明月，清光四射，鉴人眉发。那老头儿忽然高声说道："故国哪堪回首月明中！如此江山，何时才能返吾家故物啊！"言下凄然，老泪盈颊。那女子说道："爹爹又伤感了，天下事各有前定，徒自悲伤也是无益，还请爹爹保重身体要紧。"正说时，那船家过来说道："老爷子，天已不早，前面就是有名的乌鸦嘴，那里有村镇，我们靠岸歇息，上岸去买些酒饭吧。"老头说道："好吧，你只管前去。我今日有些困倦，不上岸了。"船家说完时，已经到了目的地，便各自上岸去了。

这时月明如昼。他父女二人，自己将带来的酒菜，摆在船头对酌。正在无聊的时候，忽见远远树林中，走出一个白衣人来，月光之下，看得分外清楚，越走越近。那人一路走着，一路唱着歌，声调清越，可裂金石，渐渐离靠船处不远。老头一时兴起，便喊道："良夜明月，风景不可辜负。我这船上有酒有菜，那位老兄，何不下来同饮几杯？"白衣人正唱得高兴，忽听有人唤他，心想："此地多是川湘人的居处，轻易见不着北方人。这人说话，满嘴京城口吻，想必是我同乡。他既约我，说不得倒要扰他几杯。"一边想着一边走，不觉到了船上。二人会面，定睛一看，忽然抱头大哭起来。老头说："京城一别，谁想在此重逢！人物依旧，山河全非，怎不令人肠断呢！"白衣人说道："扬州之役，听说大哥已化为异物，谁想在异乡相逢。从此我天涯沦落，添一知己，也可谓吾道不孤了。这位姑娘，想就是令爱吧？"老头道："我一见贤弟，惊喜交集，也忘了教小女英琼拜见。"遂叫道："英琼过来，与你周叔叔见礼。"那女子听了她父亲的话，过来纳头便拜。白衣人还了一个半礼，对老头说道："我看贤侄女满面英姿，将门之女，大哥的绝艺一定有传人了。"老头道："贤弟有所不知。愚兄因为略知武艺，所以闹得家败人亡。况且她一出世，她娘便随我死于乱军之中，十年来奔走逃亡，毫无安身之处。她老麻烦我，叫我教她武艺。我抱定庸人多厚福的主意，又加以这孩子两眼煞气太重，学会了武艺，将来必定多事。我的武艺也只中常，天下异人甚多，所学不精，反倒招出杀身之祸。愚兄只此一女，实在放心不下，所以一点儿也未传授于她。但愿将来招赘一个读书种子，送我归西，于愿足矣。”白衣人道：“话虽如此说，我看贤侄女相貌，决不能以丫角终老，将来再看吧。”那女子听了白衣人之言，不禁秀眉轩起，喜形于色；又望了望她年迈的父亲，不禁又露出了几分幽怨。**小说发端，直接描写遭际、场面，对于人物身份、来历暂时并不做交代。留一小段悬念。金庸亦擅此法，《射雕英雄传》《神雕侠侣》《笑傲江湖》等等，全是类似手法。**

白衣人又问道：“大哥此番入川，有何目的呢？”老头道：“国破家亡，气运如此，我还有什么目的呢，无非是来这远方避祸而已。”白衣人闻言，喜道：“我来到四川，已是三年了。我在峨眉后山，寻得了一个石洞，十分幽静，风景奇秀，我昨天才从山中赶回。此外我教了几个蒙童。我回来收拾收拾，预备前往后山石洞中隐居。今幸遇见了大哥。只是那里十分幽僻，人迹不到，猛兽甚多。你如不怕贤侄女害怕，我们三人一同前往隐居，以待时机。尊意如何？”老头听说有这样好所在，非常高兴，便道：“如此甚好。但不知此地离那山多远？”白衣人道：“由旱路去，也不过八九十里。你何不将船家开发，到我家中住上两天，同我从旱路走去？”老头道：“如此贤弟先行，愚兄今晚且住舟中，明日开发船家，再行造府便了。但不知贤弟现居何处？你我俱是避地之人，可曾改易名姓？”白衣人道：“我虽易名，却未易姓。明日你到前村找我，只须打听教蒙馆的周淳，他们都知道的。天已不早，明天我尚有一个约会，也不来接你，好在离此不远，我在舍候驾便了。”说罢，便与二人分手自去。

那女子见白衣人走后，便问道：“这位周叔父，可是爹爹常说与爹爹齐名、人称齐鲁三英的周琅周叔父吗？”老头道：“谁说不是他？想当年我李宁与你二位叔父杨达、周琅，在齐鲁燕豫一带威名赫赫。到此慢慢交代出来。你杨叔父自明亡以后，因为心存故国，被仇人陷害。如今只剩下我与你周叔父二人，尚不知能保首领不能。此去峨眉山，且喜得有良伴，少我许多心事。我儿早点儿安歇，明早上岸吧。”说到此间，只见两个船家喝得酒醉醺醺，走了回来。李宁便对船家说道：“我记得此地有我一个亲戚，我打算前去住上几个月，明早我便要上岸。你们一路辛苦，船钱照数开发与你，另外赏你们四两银子酒钱。你们早早安歇吧。”船家听闻此言，急忙称谢，各自安歇。

到了第二天早上，英琼父女起身，自己背了行囊包裹，辞别船家，径往前村走去。行约半里，只见路旁闪出一个小童，年约十一二岁，生得面如冠玉，头上梳了双丫角。那时不过七八月天气，蜀中天气本热，他身上只穿了一身青布短衫裤。见二人走近，便迎上前来说道：“来的二位，可是寻找我老师周淳的吗？”李宁答道：“我们正是来访周先生的。你是如何知道？”那小童听了此言，慌忙纳头便拜，口称：“师伯有所不知。昨夜我老师回来，高兴得一夜未睡，说是在乌鸦嘴遇见师伯与师姐。今晨清早起来，因昨天与人有约会，不能前来迎接，命我在此与师伯引路。前面就是老师他老人家蒙馆。老师赴约去了，不久便回，请师伯先进去坐一会儿，吃点儿早点吧。”李宁见这小童仪表非凡，口齿伶俐，十分喜爱。一路言谈，不觉已来到周淳家中，虽然是竹篱茅舍，倒也收拾得干净雅洁。小童又到里面搬了三副碗箸，切了一大盘腊肉和一碟血豆腐，一壶酒，请他父女上座，自己在下横头侧身相陪。说道：“师伯，请用一点儿早酒吧。”李宁要问他话时，他又到后面去端出三碗醋汤面，一盘子泡菜来。李宁见他小小年纪，招待人却非常殷勤，愈加喜欢。一面用些酒菜，便问他道：“小世兄，你叫什么名字？几时随你师父读书的？”小童道：“我叫赵燕儿。我父本是明朝翰林学士，死于李闯之手。我母同舅父逃到此处，不想舅父又复死去。我家十分贫苦，没奈何，只得与人家牧牛，我母与大户人家做些活计，将就度日。三年前周先生来到这里，因为可怜我是宦家之后，叫我拜他老人家为师，时常周济我母子，每日教我读书和习武。周老师膝下无儿，只一女名叫轻云。去年村外来了一位老道姑，也要收我做徒弟，我因为有老母在堂，不肯远离。那道姑忽然看见了师妹，便来会我老师，谈了半日，便将师妹带去，说是到什么黄山学道去。我万分不舍，几次要老师去将师妹寻回来，老师总说时候还早；我想自己去，老师又不肯对我说到黄山的路。我想我要是长大一点儿，我一定要去将师妹寻回来的。我那师妹，长得和这位师姊一样，不过她眉毛上没有师姊这两粒红痣罢了。”李宁听了这一番话，只是微笑，又问他会什么武艺。燕儿道：“我天资不佳，只会一套六合剑，会打镖接镖。听老师说，师伯本事很大，过些日子，还要请师伯教我呀！”

正说之时，周淳已从外面走进来。燕儿连忙垂手侍立。英琼便过来拜见世叔。李宁道：“恭喜贤弟，你收得这样的好徒弟。”周淳道：“此子天分倒也聪明，禀赋也是不差，就是张口爱说，见了人兀自不停。这半天的工夫，他的履历想已不用我来介绍了。”李宁道：“他已经对我说过他的身世。只是贤弟已快要五十的人，你如何轻易把侄女送人抚育，是何道理？”周淳说：“我说燕儿饶舌不是？你侄女这一去，正是她的造化呀。去年燕儿领了一个老道姑来见我，谈了谈，才知道就是黄山的餐霞大师，有名的剑仙。她看见你侄女轻云，说是生有仙骨，同我商量，要把轻云带去，做她的末代弟子。本想连燕儿一齐带去，因为他有老母需人服侍，只把轻云先带了去。如此良机，正是求之不得，你说我焉有不肯之理？”李宁听了此言，不禁点头。英琼正因为她父亲不教她武艺，小心眼许多不痛快，一听周淳之言，不禁眉轩色举，心头暗自盘算。周淳也已觉得，便向她说道：“贤侄女你大概是见猎心喜吧？若论你世妹天资，也自不凡，毋庸我客气。若论骨格品貌，哪及贤侄女一半。餐霞大师见了你，必然垂青。

你不要心急，早晚自有机缘到来寻你，那时也就由不得你父亲了。”李宁道：“贤弟又拿你侄女取笑了。闲话少提，我们峨眉山之行几时动身？燕儿可要前去？”周淳道：“我这里还有许多零碎事要办，大约至多有十日光景，我们便可起程。燕儿有老母在堂，只好暂时阻他求学之愿了。”燕儿听了他师父不要他同去，便气得哭了起来。周淳道：“你不必如此。无论仙佛英雄，没有不忠不孝的。我此去又非永别，好在相去不过数十里路，我每月准来一回，教授你的文武艺业，不过不能像从前朝夕共处而已。”燕儿听了，思量也是无法，只得忍泪。李宁道：“你蒙馆中的学童，难道就是燕儿一个么？”周淳道：“我前日自峨眉山回来，便有入山之想。因为此间宾主相处甚善，是我在归途中救了一个寒士，此人名唤马湘，品学均佳，我替他在前面文昌阁寻了寓所，把所有的学生都让给他去教。谁想晚上便遇见了你。”李宁道：“原来如此，怪道除燕儿外，不见一个学生呢。”周淳道：“燕儿也是要介绍去的，因为你来家中，没有长须奴，只好有事弟子服其劳了。”言谈片时，不觉日已沉西，大家用过晚饭。燕儿又与他父女铺好床被，便自走去。

只有英琼，听了白日许多言语，在床上翻来覆去睡不着。时已三鼓左右，只听见隔壁周淳与燕儿说话之声。一会儿，又听他师徒开了房门，走到院中。英琼轻轻起身，在窗隙中往外一看，只见他师徒二人，手中各拿了一把长剑，在院中对舞。燕儿的剑虽是短一点儿，也有三尺来长。只见二人初舞时，还看得出一些人影。以后兔起鹘落，越舞越急，只见两道寒光，一团瑞雪，在院中滚来滚去。忽听周淳道：“燕儿，你看仔细了。”话言未毕，只见月光底下，人影一分，一团白影，随带一道寒光，如星驰电掣般，飞向庭前一株参天桂树。又听咔嚓一声，将那桂树向南的一枝大枝丫削将下来。树身突受这断柯的震动，桂花纷纷散落如雨。定睛一看，庭前依旧是他师徒二人站在原处。在这万籁俱寂的当儿，忽然一阵微风吹过，檐前铁马兀自叮咚。把一个英琼看得目定神呆。**写周淳剑术，以景物背书，生动。观此，感觉周淳至矣尽矣、蔑以加矣，其实只是个小铺垫、小引子。铺垫高了，后面登堂入室自然更高**。只见周淳对燕儿说道："适才最后一招，名叫穿云拿月，乃是六合剑中最拿手的一招。将来如遇见能手，尽可用它败中取胜。我一则怜你孝道，又见你聪明过人，故此将我生平绝技传授于你。再有二日，我便要同你师伯入山，你可早晚于无人处勤加温习。为师要安睡去了，明夜我再来指点给你。"言罢，周淳便回房安歇不提。燕儿等周淳去后，也自睡去。

如是二日，英琼夜夜俱起来偷看。几次三番，对她父亲说要学剑。李宁被她纠缠不过，又经周淳劝解，心中也有点儿活动，便对她道："剑为兵家之祖，极不易学。第一要习之有恒；第二要练气凝神，心如止水。有了这两样，还要有名人传授。你从小娇生惯养，体力从未打熬，实在是难以下手。你既坚持要学，等到了山中，每日清晨，先学养气的功夫，同内功应做的手续。二三年后，才能传你剑法。你这粗暴脾气，到时不要又来麻烦于我。"英琼听了，因为见燕儿比她年幼，已经学得很好，她父亲之言，好像是故意难她一般，未免心中有点儿不服。正要开口，只见周淳道："你父所说，甚是有理，要学上乘剑法，非照他所说练气归一不可。你想必因连夜偷看我传燕儿的剑，故你觉得容易，你就不知燕儿学剑时苦楚。我因见你偷看时那一番诚心，背地劝过你父多少次，才得应允。你父亲剑法比我强得多，他所说的话丝毫不假，贤侄女不要错会了意。"李宁道："琼儿你不要以为你聪明，这学剑实非易事，非凝神养气不可。等到成功之后，十丈内外，尘沙落地，都能听出是什么声音来。即如你每每偷看，你世叔何以会知道？就是如此。这点儿眼前的事物如果都不知，那还讲什么剑法？幸而是你偷看，如果另一个人要爬在窗前行刺，岂不在舞剑的时候，就遭了他人的暗算？"英琼听了他二人之言，虽然服输，还是放心不下。又偷偷去问燕儿，果然他学剑之先，受了若干的折磨，下了许多苦功，方自心服口服。

光阴易过，不觉到了动身的那一天。一干学童和各人的家长，以及新教读夫子马湘，都来送行。燕儿独自送了二十余里，几次经李、周三人催促，方才挥泪而别。

第二回　舞长剑 师徒逞身手　上峨眉 烟雨锁空蒙

话说李宁父女及周淳三人辞别村人，往山中行去。他三人除了英琼想早到山中好早些学剑外，俱都是无挂无牵的人，一路上游山玩景，慢慢走去，走到日已平西，方才走到峨眉山下。只见那里客店林立，朝山的人也很多，看去非常热闹。三人寻了一家客店，预备明早买些应用的物品，再行上山，以备久住。一夜无话。

到了第二天，三人商量停妥：李宁担任买的是家常日用物件，如油、盐、酱、醋、米、面、酒、肉等；周淳担任买的是书籍、笔墨及锅灶、水桶等厨下用品，末后又去买了几丈长的一根大麻绳。英琼便问："这有什么用？"周淳道："停会儿自知，用处多呢。"三人行李虽然有限，连添置的东西也自不少。一会儿雇好脚夫，一同挑上山去。路上朝山的香客见了他们，都觉得奇怪。他三人也不管他，径自向山上走去。起初虽走过几处逼仄小径，倒也不甚难走。后来越走山径越险，景致越奇，白云一片片只从头上飞来飞去，有时对面不能见人。英琼直喊有趣。周淳道："上山时不见下雨光景，如今云雾这样多，山下必定在下雨。我们在云雾中行走，须要留神，不然一个失足，便要粉身碎骨了。"再走半里多路，已到舍身岩。回头向山下一望，只见一片溟漾，哪里看得见人家；连山寺的庙宇，都藏在烟雾中间。头上一轮红日，照在云雾上面，反射出霞光异彩，煞是好看。英琼正看得出神，只见脚夫道："客官，现在已到了舍身岩，再过去就是鬼见愁，皆实

景。小说于虚构中间穿插一些真实、现实内容，整体便显示几分真实感。
已是无路可通，我们是不能前进了。今天这个云色，半山中一定大雨，今天不能下山，明天又耽误我们一天生意，客官方便一点儿吧。”周淳道：“我们原本只雇你到此地，你且稍待一会儿，等我爬上山顶，将行李用绳拽上山去，我再添些酒钱与你如何？”说罢，便纵身一跃，上了身旁一株参天古柏，再由柏树而上，爬上了山头。取出带来的麻绳，将行李什物一一拽了上去。又将麻绳放下，把英琼也拽了上去。刚刚拽到中间，英琼用目一看，只见此处真是险峻，孤峰笔削，下临万丈深潭，她虽然胆大，也自目眩心摇。英琼上去后，李宁又取出一两银子与脚夫做酒钱，自己照样地纵了上去。三人这才商量运取行李。周淳道：“我此地来了多次，非常熟悉，我先将你父女领到洞中，由我来取物件吧。”李宁因为路生，也不客气。各人先取了些轻便的物件，又过了几个峭壁，约有三里多路，才到了山洞门首。只见洞门壁上有四个大字，是“漱石栖云”。三人进洞一看，只见这洞中共有石室四间：三间作为卧室，一间光线好的作为大家读书养静之所。又由周淳将应用东西一一取了来，一共取了三次，才行取完。收拾停妥，已是夕阳衔山。大家胡乱吃了些干粮干脯，将洞口用石头封闭，径自睡去。

第二天清晨起来，李宁便与英琼订下课程，先教她练气凝神，以及种种内功。英琼本来天资聪敏异常，不消多少日月，已将各种柔软的功夫一齐练会。只因她生来性急，每天麻烦李、周二人教她剑法。周淳见她进步神速，也认为可以传授。唯独李宁执意不肯，只说未到时候。一日，周淳帮英琼说情。李宁道：“贤弟只知其一，不知其二。我难道不知她现在已可先行学剑么？你须知道，越是天分高的人，根基越要打得厚。琼儿的天资，我绝够不上当她的老师，所以我现在专心一意，与她将根基打稳固。一旦机缘来到，遇见名师，便可成为大器。现在如果草率从事，就把我平生所学一齐传授与她，也不能独步一时。再加上她的性情激烈，又不肯轻易服人，天下强似我辈的英雄甚多，一旦遇见强敌，岂不吃亏？我的意思，是要她不学则已，一学就要精深，虽不能如古来剑仙的超凡入化，也要做到尘世无敌的地步才好。我起初不愿教她，也是为她聪明性急，我的本领有限的缘故。”周淳听了此言，也就不便深劝。唯独英琼性急如火，如何耐得。偏偏这山上风景虽好，只是有一样美中不足，就是离水源甚远。幸喜离这洞一里多路，半山崖上有一道瀑布，下边有一小溪，水清见底，泉甘而洁。每隔二日，便由李、周二人，轮流前去取水。李、周二人因怕懈散了筋骨，每日起来，必在洞前空地上练习各种剑法拳术。英琼因他二人不肯教她，她便用心在旁静看，等他二人不在眼前，便私自练习。这峨眉山上猿猴最多，英琼有一天看见猴子在山崖上奔走，矫捷如飞，不由得打动了她练习轻身的念头。她每日清早起来，将带来的两根绳子，每一头拴在一棵树上，她自己就在上头练习行走。又逼周、李二人教她种种轻身之术。她本有天生神力，再加这两个老师指导，不但练得身轻如燕，并且力大异常。

周淳每隔一月，必要去看望燕儿一次，顺便教他的武艺。那一日正要下山去看望于他，刚走到舍身岩畔，忽见赵燕儿跑来，手中持有一封书信。周淳打开一看，原来是教读马湘写来的。信中说：“三日前来了一个和尚，形状凶恶异常，身上背了一个铁木鱼，重约三四百斤，到村中化缘。说他是五台山的僧人，名唤妙通，游行天下，只为寻访一个姓周的朋友。村中的人，因为他虽然长得凶恶，倒是随缘讨化，并无轨外行为，倒也由他。他因为村中无有姓周的，昨天本自要走，忽然有个口快的村人说起周先生，他便问先生的名号同相貌。他听完说：‘一定是他，想不到云中飞鹤周老三，居然我今生还有同他见面之日！’说时脸上十分难看。他正问先生现在哪里，我同燕儿刚刚走出，那快嘴的人就说，要问先生的下落，须问我们。那僧人便来盘问于我。我看他来意不善，我便对他说，周先生成都就馆去了，并未告诉他住在峨眉。他今天已经不在村中，想必往成都寻你去了。我见此和尚来意一定不善，所以通函与你，早做准备。”

周淳见了此信大惊，便对燕儿道：“你跟我上山再谈吧。”说时，匆匆携了燕儿，纵上危崖，来到洞中。燕儿拜见李宁父女之后，便对周淳说道：“我因为马老师说那和尚存心不好，我那天晚上，便到和尚住的客栈中去侦察他到底是什么样的人。我到三更时分，爬在他那房顶上，用珍珠帘卷钩的架势，往房中一看，只见这和尚在那里打坐。坐了片刻，他起身从铁木鱼内取出腊干了的两个人手指头，看了又看，一会儿又伸出他的右手来比了又比。原来他右手上已是只剩下三个指头，无名指同三指想是被兵刃削去。这时候又见取出一个小包来，由里面取出一个泥塑的人，那容貌塑得与老师一般模样，也是白衣佩剑，只是背上好像有两个翅膀似的东西。只见那和尚见了老师的像，把牙咬得怪响，好似恨极的样子，又拍着那泥像不住地咒骂。我不由心中大怒，正待进房去质问他，他与老师有什么冤仇，这样背后骂人？他要不说理，我就打他个半死。谁想我正想下房时，好像有人把我背上一捏，我便作声不得，忽然觉得身子起在半空。一会儿到了平地，一看已在三官庙左近，把我吓了一大跳。我本是瞒着我母亲出来，我怕她老人家醒了寻我，预备先回去看一看再说。我便回家一看，我母亲还没有醒，只见桌子上有一张纸条，字写得非常好。纸上道：‘燕儿好大胆，背母去涉险。明早急速上峨眉，与师送信莫迟缓。’我见了此条，仔细一想：‘我有老母在堂，是不应该涉险。照这留字人的口气中，那个和尚一定本领高，我绝不是对手。我在那房上忽然被人提到半空，想必也是此人所为。’想了一夜，次日便告知母亲。母亲叫我急速与老师送信。这几天正考月课，我还怕马老师不准我来。谁想我到学房，尚未张口，马老师就把我叫在无人处，命我与老师送信，并且还给了我三钱银子做盘费。我便急速动身。刚走出十几里，就见前面有两个人正在吵架。我定睛一看，一个正是那和尚，一个是一位道人，不由把我吓了一大跳。且喜相隔路远，他们不曾注意到我，我于是舍了大路，由山坡翻过去，抄山路赶了来。不知老师可知道这个和尚的来历么？”要知周淳怎样回答，且看下回分解。

第三回　云中鹤深山话前因　多臂熊截江逢侠士

话说周淳听了燕儿之言大惊，说道："好险！好险！燕儿，你的胆子真是不小。我常对你说，江湖上最难惹的是僧、道、乞丐同独行的女子。遇见这种人孤身行走，最要留神。幸而有人指点你，不曾造次；不然，你这条小命已经送到枉死城中去了。"李宁便道："信中之言，我也不大明白，几时听见你说是同和尚结过冤仇？你何妨说出来，我听一听。"周淳道："你道这和尚是谁？他就是十年前名驰江南的多臂熊毛太呀！"李宁听了，不禁大惊道："要是他，真有点儿不好办呢。"周淳道："当初也是我一时大意，不曾斩草除根，所以留下现在的祸患。可怜我才得安身之所，又要奔走逃亡，真是哪里说起！"李宁尚未答言，英琼、燕儿两个小孩子，初出犊儿不怕虎，俱各心怀不服。燕儿还不敢张口就说。英琼气得粉面通红，说道："世叔也太是灭自己的威风，增他人的锐气了！他狠上天也是一个人，我们现在有四人在此，惧他何来，何至于要奔走逃亡呢？"

周淳道："贤侄女你哪里知道。事隔多年，你父虽知此事，也未必记得清楚。待我把当年的事说将出来，也好增你们年轻人一点儿阅历。在十几年前，我同你父亲、你杨叔父，在北五省真是享有盛名。你父的剑法最高，又会使各种暗器，能打能接，江湖人送外号'通臂神猿'。你杨叔父使一把朴刀，同一条链子镖，人送外号'神刀杨达'。彼时我三人情同骨肉，练习武艺俱在一块儿。为叔因见你父亲练轻身功夫，是我别出心裁，用白绸子做了两个如翅膀的东西，缠在臂上。哪怕是百十丈的高山，我用这两块绸子借着风力往下跳，也毫无妨碍。我因为英雄侠义，做事要光明正大，我夜行时都是穿白，因此人家与了我一个外号，叫作‘云中飞鹤’。又叫我们三人为‘齐鲁三英’。我们弟兄三人，专做行侠仗义的事。那一年正值张、李造反，我有一个好友，是一个商人，由陕西回扬州去，因道路不安靖，请我护送，这当然是义不容辞。谁想走在路上，便听见南方出了一个独脚强盗，名叫多臂熊毛太。绿林中的规矩：路上遇见买卖，或是到人家偷抢，只要事主不抵抗，或者没有仇怨，绝不肯轻易杀人，奸淫妇女尤为大忌。谁想这个毛太心狠手辣，无论到哪里，就是抢完了杀一个鸡犬不留；要遇见美貌女子，更是先奸后杀。我听了此言，自然是越发当意。

“谁想走到南京的北边，正在客店打尖，忽然从人送进一张名帖，上面并无名姓，只画了一只人熊，多生了八只手。我就知道是毛太来了，我不得不见，便把随身兵器预备停妥，请他进来，我以为必有许多麻烦。及至会面，看他果然生得十分凶恶，可是他并未带着兵器。后来他把来意说明，原来是因为慕我的名，要同我结盟兄弟。我纵不才，怎肯与淫贼拜盟呢？我便用极委婉的话谢绝了他。他并不坚持，谈了许多将来彼此照应，绿林中常行的义气话，也自告辞。我留神看他脚步，果然很有功夫，大概因酒色过度的关系，神弱一点儿。我送到门口，正一阵风过，将一扇店门吹得半掩。他好似不经意地将门摸了一下，他那意思，明明是在我面前卖弄。我懒得和他纠缠，偏装不知道。他还以为我真不知道，故意回头对店家说道：‘你们的门这样不结实，留心贼人偷啊。’说时把门一摇。只见他手摸过的地方，纷纷往下掉木末，现出五个手指头印来。我见他如此卖弄，真气他不过。一面送他出店，忽然抬头看见对面屋上有两片瓦，被风吹得一半露在屋檐下，好像要下坠的样子。我便对他说：‘这两块瓦，要再被风吹落下来，如果有人走过，岂不被它打伤么？”说时，我用一点混元气，张嘴向那两块瓦一口痰吐过去，将那瓦打得粉碎，落在地上。他才心服口服，对我说道：‘齐鲁三英，果然是名不虚传。你我后会有期，请你千万不要忘了刚才所说的义气。’我当时也并不曾留意。

“他走后，我们便将往扬州的船只雇妥，将行李、家眷俱都搬了上去。我们的船，紧靠着一家卸任官员包的一只大江船，到了晚上三更时分，忽然听得有女子哭喊之声。我因此时地面不大平静，总是和衣而睡，随身的兵器也都带在身旁。我立刻蹿出船舱一听，仔细察看，原来哭声就出在邻船。我便知道出了差错，一时为义气所激，连忙纵了过去，只见船上倒了一地的人。我扒在船舱缝中一望，只见毛太手执一把明晃晃的钢刀，船舱内绑着一个美貌女子，上衣已经剥卸，连气带急已晕死过去。那厮正在脱那女子的中衣时候，我不由气冲牛斗，当时取出一支金镖，对那厮打了过去。那厮也原有功夫，镖刚到他脑后，他将身子一偏，便自接到手中，一口将灯吹灭，就将我的镖先由舱中打出。随着纵身出来，与我对敌。我施展平生武艺，也只拼得一个平手。我因我船上无人看守，怕他有余党，出了差错，战了几十个回合，最后我用六合剑穿云拿月的绝招，一剑刺了过去。他一时不及防备，将他手指断去两个。这样淫贼，本当将他杀死，以除后患，才是道理。叵耐他自知不敌，登时将刀掷去，说道：‘朋友，忘了白天的话吗？如今我敌你不过，要杀请杀吧。”我不该一时心软，可惜他这一身武艺，又看在他师父火眼金狮邓明的面上，他白天又与我打过招呼，所以当时不曾杀害于他，叫他立下重誓，从此洗心革面，便轻轻易易地将他放了。且喜那晚他并不曾伤人，只用点穴法将众人点倒。我将那些人一一解救，便自回船。他从此便削发出家，拜五台山金身罗汉法元为师，炼成一把飞剑，取人首级于十里之外，已是身剑合一，口口声声要报前仇。我自知敌他不过，没奈何才带上我女儿轻云避往四川。我等武艺虽好，怎能和剑仙对敌呢？**好武艺不敌赖剑仙。还珠作品是武艺与剑仙混杂一起来写，有的是剑仙事迹为主，如本篇，武艺只是小陪衬。有的是武艺**

为主，剑仙成了小陪衬，如《云海争奇》。处理两方面关系，是个大难题。”

谈话中间，忽听空中一声鹤唳响彻云霄，众人听得出神，不曾在意。周淳听了，连忙跑了下去，一会儿回来。燕儿问道：“刚才一声鹤唳，老师为何连忙赶了出去？”周淳道：“你哪里知道。此洞乃是峨眉最高的山洞，云雾时常环绕山半，寻常飞鸟绝难飞渡。我因鹤声来自我们顶上，有些奇怪，谁想去看，并无踪影，真是稀奇。”英琼便问道：“周世叔说来，难道毛太如此厉害，世叔除了逃避，就没法可施吗？”周淳道：“那厮虽然剑术高强，到底他心术不正，不能练到登峰造极。剑仙中强似他的人正多，就拿我女儿轻云的师父黄山餐霞大师来说，他便不是对手。只是黄山离此地甚远，地方又大，一时无法找寻，也只好说说而已。”李宁道：“贤弟老躲他，也不是办法，还是想个主意才好。”周淳道：“谁说不是呢？我意欲同燕儿的母亲商量，托马湘早晚多照应，将燕儿带在身旁，不等他约我，我先去寻他，与他订下一个比剑的日子，权作缓兵之计。然后就这个时期中间，在黄山寻找餐霞大师，与他对敌，虽然有点儿伤面子，也说不得了。”李宁听了，亦以为然，便要同周淳一同前去。周淳道：“此去不是动武，人多了反而误事。令爱每日功课，正在进境的时候，不可荒疏，丢她一人在山，又是不便。大哥还是不去的为是。”

众人商议停妥，周淳便别了李氏父女，同燕儿直往山下走去。

话说李宁父女，自周淳下山后，转瞬秋尽冬来。又见周淳去了多日，并无音信回来，好生替他忧急。这日早起，李宁对英琼说道：“你周叔父下山两个多月了，蜀山高寒，不久大雪封山，日用物品便无法下山去买。我意欲再过一二日，便同你到山下去，买一些油盐米菜腊肉等类，准备我父女二人在山上过年。到明年开春后，再往成都去寻你周叔父的下落。你看可好？”英琼在山中住了多日，很爱山中的景致。加以她近来用一根绳子绑在两棵树梢之上，练习轻身术，颇有进展，恐怕下山耽搁了用功。本想让她父亲一人前去，又恐李宁一人搬运东西费力。寻思了一会儿，便决定随着李宁前往。且喜连日晴朗。到了第二天，李宁父女便用石块将洞门封闭，然后下山。二人在山中住了些日子，道路业已熟悉，便不从舍身岩险道下去，改由后山捷径越过歌凤溪，再走不远，便到了歌凤桥。桥下百丈寒泉，涧中如挟风雨而来，洪涛翻滚，惊心骇目，震荡成一片巨响，煞是天地奇观。父女二人在桥旁赏玩了一阵飞瀑，再由宝掌峰由右转左，经过大峨山，上有明督学郭子章刻的“灵陵太妙之天”六个擘窠大字。二人又在那里瞻仰片刻，才走正心桥、袁店子、马鞍山，到楠枰，走向下山大路。楠枰之得名，是由于一株大可数抱的千年楠树。每到春夏之交，这高约数丈、笔一般直的楠树，枝柯盘郁，绿荫如盖，荫覆亩许方圆。人经其下，披襟迎风，烦暑一祛，所以又有木凉伞的名称。可惜这时已届冬初，享不着这样清福了。李宁把山中古迹对英琼谈说，英琼越听越有趣。便问道：“爹爹虽在江湖上多年，峨眉还是初到，怎么就知道得这般详细？莫非从前来过？”李宁道：“你这孩子，一天只顾拿刀动剑，跳高纵远，在自给你预备了那么多的书，你也不看。我无论到哪一处去，对于那一处地方的民情风土，名胜形势，总要设法明了。我所说的，一半是你周叔父所说，一半是从峨眉县志上看来的。**侠为文人所写，必使其沾染几分文气。**人只要肯留心，什么都可以知道，这又何足为奇呢？”

二人且行且说，一会儿工夫便到了华严堠。这时日已中午，李宁觉着腹中饥饿。英琼便把带来的干粮取出，正要去寻水源，舀点儿泉水来就着吃。李宁忙道：“无须。此地离山下只有十五里，好在今晚是住在城里，何苦有现成福不享？我听你周叔父说，离此不远有一个解脱庵，那里素斋甚好，我们何妨去饱饱口福？”说罢，带着英琼又往前走了不远，便到了解脱坡。坡的右边，果然有一座小庵，梵呗之声隐隐随风吹到。走近庵前一看，只见两扇庵门紧闭。李宁轻轻叩了两下。庵门开处，出来一个年老佛婆。

李宁对她说明来意，老佛婆便引李宁父女去到禅堂落座，送上两盏清茶，便到里面去了。不多一会儿，唪经声停歇，出来一个四十多岁的老尼姑。互相问过姓名法号之后，李宁便说游山饥渴，意欲在她香积厨内扰一顿素斋。那尼姑名唤广慧，闻言答道："李施主，不瞒你说，这解脱庵昔日本是我师兄广明参修之所，虽不富足，尚有几顷山田竹园，她又做得一手的好素斋，历年朝山的居士，都喜欢到此地来用一点儿素斋。谁想她在上月圆寂后，被两个师侄将庙产偷卖与地方上一些痞棍。后来被我知道，不愿将这一所清净佛地凭空葬送，才赶到此间将这座小庵盘顶过来，只是那已经售出去的庙产无力赎回。现在小庵十分清苦，施主如不嫌草率，我便叫小徒英男做两碗素面来，与施主用可好？"李宁见广慧谈吐明朗，相貌清奇，二目神光内敛，知是世外高人，**世外高人不敌世内痞棍，一叹。**连忙躬身施谢。广慧便唤佛婆传话下去。又对李宁道："女公子一身仙骨，只是眉心这两粒红痣生得煞气太重。**多次点明煞气，其实是立一个性格基调。**异日得志，千万要多存几分慈悲之心，休忘本性，便可逢凶化吉，遇难呈祥了。"李宁便请广慧指点英琼的迷途及自己将来结果。广慧道："施主本是佛门弟子，令爱不久也将得遇机缘。贫尼仅就相法上略知一二，在施主面前献丑，哪里知道甚么前因后果呢？"李宁仍是再三求教，广慧只用言语支吾，不肯明言。

一会儿，有一个蓄发小女孩儿，从后面端了两大碗素面汤出来。李宁父女正在腹中饥饿，再加上那两碗素面是用笋片、松仁、香菌做成，清香适口，二人吃得非常之香。吃完之后，那小女孩儿端上漱口水。英琼见她生得面容秀美，目如朗星，身材和自己差不多高下，十分羡爱，不住用两目去打量。那小女孩儿见英琼一派秀眉英风，姿容绝世，也不住用目朝英琼观看。二人都是惺惺惜惺惺，心中有了默契。李宁见英琼这般景况，不等女儿说话，便问广慧道："这位小师父法号怎么称呼？这般打扮，想是带发修行的了。"广慧闻言，叹道："她也是命多磨劫。出世不满三年，家庭便遭奇冤惨祸，被贫尼带入空门。因为她虽然生具夙根，可惜不是空门中人，并且她身上背着血海奇冤，早晚还要前去报仇，所以不曾与她落发。她原姓余，英男的名字是贫尼所取。也同令爱本有一番因果，不过此时尚不是时候。**老尼半吐半露，故弄玄虚；其实当然是还珠在弄玄虚，是其吊胃口的伎俩，换成术语就是“有限预述”**。现在天已不早，施主如果进城，也该走了，迟了恐怕城门关闭，进不去。贫尼也要到后面做功课去了。”李宁见广慧大有逐客之意，就率英琼告辞，并从身上取了二两散碎银子作为香资。广慧先是不收，经不起李宁情意甚殷，只好留下。广慧笑道：“小庵虽然清苦，尚可自给。好在这身外之物，施主不久也要它无用。**再露一鳞一爪**。我就暂时留着，替施主散给山下贫民吧。”李宁作别起身，广慧推说要做功课，便往里面走去，只由名唤英男的小女孩儿代送出来。

行到庵门，李宁父女正要作别举步，那英男忽然问英琼道：“适才我不知姊姊到来，不曾请教贵姓。请问姊姊，敢莫就是后山顶上隐居的李老英雄父女吗？”李宁闻言，暗自惊异，正要答言，英琼抢着说道：“我正是后山顶上住的李英琼，这便是我爹爹。你是如何知道的？”余英男闻言，立刻喜容满面，答道：“果然我的猜想不差，不然我师父怎肯叫我去做面给你们吃呢？你有事先去吧，我们是一家人，早晚我自会到后山去寻你。**又一鳞一爪**。”说到此间，忽听那老佛婆唤道：“英姑，师太唤你快去呢。”余英男一面答应“来了”，一面对英琼说道：“我名叫余英男，是广慧师太的徒弟。你以后不要忘记了。”说罢，不俟英琼答言，竟自转身回去，将门关上。李宁见这庵中的小女孩儿，居然知道自己行藏，好生奇怪。想要二次进庵时，因见适才广慧情景，去见也未必肯说，只得罢休。好在广慧一脸正气，她师徒所说的一番话俱无恶意，便打算由城中回来，再去探问个详细。那英琼在山中居住，正愁无伴，凭空遇见一个心貌相合的伴侣，也恨不得由城中回来，立刻和英男订交。父女二人各有心思，一面走，一面想，连山景也无暇赏玩。不知不觉过了凉风洞，从伏虎寺门前经过，穿古树林，从冠峨场，经瑜伽河，由儒林桥走到胜风门，那就是县城的南门。

二人进了南门，先寻了一所客店住下。往热闹街市上买了许多油盐酱醋米肉糖食等类，因为要差不多够半年食用，买得很多，不便携带，俱都分别嘱咐原卖铺家，派人送往客店之内。然后再去添买一些御寒之具同针线刀尺等类。正走在街旁，忽听一声呼号，声如洪钟。李宁急忙回头看时，只见一个红脸白眉的高大和尚，背着一个布袋，正向一家铺子化缘。川人信佛者居多，峨眉全县寺观林立，人多乐于行善。那家铺子便随即给了那和尚几个钱。那和尚也不争多论少，接过钱便走。这时李宁正同那和尚擦肩而过。那和尚上下打量李宁父女两眼，又走向别家募化去了。李宁见那和尚生得那般雄伟，**同样“一个和尚”，同样高大雄壮，李、周遭际大不相同。**知道是江湖上异人，本想上前设法问讯。后来一想，自己是避地之人，何必再生枝节？匆匆同了英琼买完东西，回转店房。叫店家备了几色可口酒肴，父女二人一面喝酒吃菜，一面商谈回山怎样过冬之计。

李宁闯荡半生，如今英雄末路，来到峨眉这种仙境福地住了数月，眼看大好江山沦于异族，**还珠写作此篇，正值“九一八”之后，“七七”之前。**国破家亡，匡复无术，伤心已极，便起了出尘遗世之想。只因爱女尚未长成，不忍割舍。英琼又爱学武，并且立誓不嫁，口口声声陪侍父亲一世。他眼看这粉妆玉琢、冰雪聪明的一个爱女，怎肯将她配给庸夫俗子。长在深山隐居，目前固好，将来如何与她择配，自是问题，几杯浊酒下去，登时勾起心事，眼睛望着英琼，只是沉吟不语。英琼见父亲饮酒犯愁思，正要婉言宽慰，忽听店门内一阵喧哗。欲知后事如何，且听下回分解。

第四回 客馆对孤灯 不世仙缘白眉留尺简
冻云迷蜀岭 几番肠断孝女哭衰亲

说话英琼天性好动，便走向窗前，凭窗往外看去。这间房离店门不远，看得很是清楚。这时店小二端了一碗粉蒸肉进来，李宁正要喊英琼坐下，趁热快吃。忽听英琼道："爹爹快来看，这不是那个和尚吗？"李宁也走向窗前看时，只见外面一堆人，拥着一个和尚，正是适才街中遇见的那个白眉红脸的和尚。不禁心中一动，正想问适才端菜进来的店小二。这人生来口快，不俟李宁问话，便抢先道："客官快来用饭，免得凉了，天气又冷，不好受用。按说我们开店做买卖，只要不赊不欠，谁都好住。也是今天生意大好，又赶十月香汛，全店只剩这一间房未赁出去，让给客官住了。这个白眉毛和尚，本可以住进附近庙宇，还可省些店钱。可他不去挂单，偏偏要跑到我们这里来强要住店。主顾上门，哪敢得罪？我们东家愿把账房里间匀给他住，他不但不要，反出口不逊，定要住客官这一间房。问他是什么道理？他说这间房的风水太好，谁住谁就要成仙。如若不让，他就放火烧房。不瞒客官说，这里庙宇太多，每年朝山的人盈千累万，靠佛爷吃饭，不敢得罪佛门弟子。如果在别州府县，像他这种无理取闹，让地方捉了去，送到衙门里，怕不打他一顿板子，驱逐出境哩。"店小二连珠也似说了这一大套，李宁只顾沉思不语。不由恼了英琼，说道："爹爹，这个和尚太不讲理了。"话言未了，忽听外面和尚大声说道："我来了，你就不知道吗？你说我不讲理，就不讲理。就是讲理，再不让房，我可要走了。**以"无理"来考验，也算是老套路，**

从黄石公圯上纳履开始，似乎道教方面更多些。”

李宁听到此处，再也忍耐不住，顾不得再吃饭，急忙起身出房，走到和尚面前深施一礼。然后说道：“此店实在客位已满，老禅师如不嫌弃，先请到我房中小坐，一面再命店家与老禅师设法，匀出下榻之所。我那间房，老禅师倘若中意时，那我就搬在柜房，将我那间奉让与老禅师居住如何？”那白眉毛和尚道：“你倒是个知趣的。不过你肯让房子，虽然很好，恐怕你不安好心，要连累贫僧，日后受许多麻烦，我岂不上了你的当？我还是不要。”这时旁观的人见李宁出来与店家解围，那和尚还是一味不通情理，都说李宁是个好人，那和尚不是东西，出家人哪能这样不讲理？大家以为李宁闻言，必要生和尚的气，谁知李宁礼愈恭，词更切。说到后来，那和尚哈哈大笑，说道：“你不要以为我那样不通情理，我出家人出门，哪有许多银两带在身边？你住那间房，连吃带住怕不要四五钱银子一天，你把房让与我，岂不连累我多花若干钱？我住是想住，我打算同你商量：你住柜房，可得花上房的钱；我住上房，仍是花柜房的钱。适才店家只要八分银子一天，不管吃，只管住。我们大家交代明白，这是公平交易，愿意就这么办，否则你去你的，**递进式考验，一如黄石公三纳履。东坡《留侯论》历来为才略之士所喜，其中特别写道要忍“人情有所不能忍者”，正是此意。**我还是叫店家替我找房，与你无干。你看可好？”李宁道：“老禅师说哪里话来。你我萍踪遇合，俱是有缘，些许店钱算得什么？弟子情愿请老禅师上房居住，房饭钱由弟子来付，略表寸心。尊意如何？”那和尚闻言大喜道：“如此甚好。”一面朝店家说道：“你们大家都听见了，房饭钱可是由他来给，是他心甘情愿，不算我讹他吧？我早就说过，我如要那间房，谁敢不让？你瞧这句话没白说吧？”这时把店家同旁观的人几乎气破了肚皮。一个是恭恭敬敬地认吃亏，受奚落；一个是白吃白喝当应该，还要说便宜话。**越发可气，直似痞棍。**店家本想嘱咐李宁几句，不住地使眼色。李宁只装作不懂，反一个劲儿催店家快搬。店家因是双方情愿，不便管闲事，只得问明李宁，讲好房饭钱由他会账，这才由李宁将英琼唤出，迁往柜房。那和尚也不再理人，径自昂然直入。到了房中落座后，便连酒带菜要个不停。

话说那间柜房原是账房一个小套间，店家拿来堆置杂物之用，肮脏黑暗，光线空气无不恶劣异常。起初店家原是存心搪塞和尚，谁想上房客人居然肯让。搬进去以后，店家好生过意不去，不断进房赔话。李宁竟安之若素，一点儿不放在心上，见店家进房安慰，只说出门人哪里都是一样住，没有什么。那伺候上房的店小二，见那和尚虽然吃素，**交代一句，表明有底线。**都是尽好的要了一大桌，好似倚仗有人会账，一点儿都不心疼，暗骂他穷吃饿吃，好生替李宁不服气。又怕和尚吃用多了，李宁不愿意，抽空来到李宁房中报告道："这个和尚简直不知好歹，客官何苦管他闲账？就是喜欢斋僧布道，吃亏行善，也要落在明处，不要让人把自己当作空子。"李宁暗笑店小二眼光太小，因见他也是一番好心，不忍驳他。只说是自己还愿朝山，立誓不与佛门弟子计较，无论他吃多少钱，都无关系。并嘱咐店小二好好伺候，如果上房的大师父走时，不怪他伺候不周，便多把酒钱与他。店小二虽然心中不服，见李宁执意如此，也就无可奈何，自往上房服侍去了。英琼见她父亲如此，知道必有所为。她虽年幼，到底不是平常女子，并未把银钱损失放在心上，只不过好奇心盛，几次要问那和尚的来历，俱被李宁止住。闹了这一阵，天已昏黑。李宁适才被和尚一搅，只吃了个半饱，当下又叫了些饮食，与英琼再次进餐，找补这后半顿。吃喝完毕，业已初更过去。店家也撤去市招，上好店门。住店的客人，安睡的安睡，各自归房。不提。

李宁对着桌上一盏菜油灯发呆了一阵，待英琼又要问时，李宁站起来嘱咐英琼，不要随便出去，如困时，不妨先自安睡。英琼便问是否到上房看望那位大和尚。李宁点了点头，叫英琼有话等回山细说，不要多问。说罢，轻轻开门出来，见各屋灯光黯淡，知道这些朝山客人业已早睡，准备早起入山烧香。便放轻脚步，走到上房窗下，从窗缝往里一看，只见室中油灯剔得很旺，灯台下压着一张纸条。再寻和尚，踪迹不见，李宁大为惊异。一看房门倒扣，轻轻推开窗户，飞身进去，拿起灯台底下的纸条，只见上面写着“凝碧崖”三个字，墨迹犹新，知道室中的人刚走不大一会儿。随手放下纸条，急忙纵身出来，跳上房顶一看，大街人静，星月在天，四面静悄悄的。深巷中的犬吠柝声，零零落落地随风送到。神龙见首，鸿飞已冥，哪里有一丝迹兆可寻？知道和尚走远，异人已失之交臂，好生懊悔。先前没有先问他的名字、住址，无可奈何，只得翻身下地，仔细寻思：“那凝碧崖莫非就是他驻锡之所？特地留言，给我前去寻访，也未可知。”猛想起纸条留在室中，急忙再进上房看时，室中景物并未移动，唯独纸条竟不知去向。**开始“怪力乱神”了。**室中找了个遍，也未找到。适才又没有风，不可能被风吹出窗外，更可见和尚并未走远，还是在身旁监察他有无诚意。自己以前观察不错，此人定是为了自己而来，特地留下地方，好让自己跟踪寻访。

当下不便惊动店家，仍从窗户出来。回房看英琼时，只见她伏在桌上灯影下，眼巴巴望着手中一张纸条出神。见李宁进来，起身问道：“爹爹看见白眉毛和尚么？”李宁不及还言，要过纸条看时，正是适才和尚所留的，写着“凝碧崖”三个大字的纸条。惊问英琼：“从何处得来？”英琼道：“适才爹爹走出门，不多一会儿，我正在这里想那和尚行踪奇怪，忽然灯影一晃，我面前已留下这张纸条。我跑到窗下看时，正看见爹爹从房上下来，跳进上房窗户去了。这‘凝碧崖’三个字是什么意思？怎会凭空飞入房内？爹爹可曾晓得？”李宁道：“大概是我近来一心皈依三宝，感动高人仙佛前来指点。这‘凝碧崖’想是那高人仙佛叫我前去的地方。为父从今以后，或者能遇着一些奇缘，摆脱尘世。只是你……”说到这里，目润心酸，好生难过。英琼便问道：“爹爹好，自然女儿也好。女儿怎么样？”李宁道：“我此时尚未拿定主意，高人仙佛虽在眼前，尚不肯赐我一见，等到回山再说吧。”英琼这时再也忍耐不住，逼着非要问个详细。李宁便道："为父近来已看破世缘，只为向平之愿未了，不能披发入山。适才街上遇见那位和尚，我听他念佛的声音震动我的耳膜，这是内家炼的一种罡气，无故对我施为，绝非无因，不是仙佛，也是剑侠，便有心上前相见。后来又想到你身上，恐怕无法善后，只得罢休。谁想他跟踪前来，起初以为事出偶然。及至听他指明要我住的那间房，又说出许多不近情理的话，便知事更有因。只是为父昔年闯荡江湖，仇人甚多，又恐是特意找上门来的晦气。审慎结果，于是先把他让入上房，再去察看动静。去时已看见桌上有这张纸条，人已去远，才知这位高僧真是为我前来。只是四海茫茫，名山甚多，叫我哪里去寻这凝碧崖？即使寻着之后，势必不能将你带去，叫我怎生安排？如果不去，万一竟是旷世仙缘，岂不失之交臂？所以我打算回山，考虑些日再说。"英琼闻言道："爹爹此言差矣！女儿虽然年幼，近来学习内外功，已知门径。我们住的所在，前临峭壁，后隔万丈深沟，鸟飞不到，人踪杳然。爹爹只要留下三五年度日用费，女儿只每年下两次山，购买应用物品，尽可度日用功，既不畏山中虎狼，又无人前来扰乱。三五年后，女儿把武功练成，再去寻访爹爹下落。由爹爹介绍一位有本领、会剑术的女师太为师，然后学成剑术，救世济人，岂非绝妙？人寿至多百年，爹爹学成大道，至少还不活个千年？女儿也可跟着沾光，岂不胜似目前苟安的短期聚首？'不放心'和'不舍得'几个字从何说起？"

李宁见这膝前娇女小小年纪，有此雄心，侃侃而谈，**果然当得"英琼"二字**。绝不把别离之苦与索居之痛放在心上，全无丝毫儿女情态，既是疼爱，又是伤心。便对她道："世间哪有这样如意算盘？你一人想在那绝境深谷中去住三五年，谈何容易。天已不早，明日便要回山，姑且安歇，回山再从长计较吧。天下名山何止千百，这凝碧崖还不知是在哪座名山之中，是远是近呢。"英琼道："我看那位高僧既肯前来点化，世间没有不近人情的仙佛，他不但要替爹爹同女儿打算，恐怕他留的地名，也绝不是什么远隔千里。”说着，便朝空默拜道：“好高僧，好仙佛，你既肯慈悲来度我父亲，你就索性一起连我度了吧。你住的地方也请你快点儿说出来，不要叫我们为难，打闷葫芦了。”李宁见英琼一片孩子气，又好笑，又心疼。也不再同她说话，只顾催她去睡。

当下李宁便先去入厕，英琼就在房中方便，回来分别在铺就的两个铺板上安睡。英琼仍有一搭没一搭地研究用什么法子寻那凝碧崖。李宁满腹心思，加上店房中借用的被褥又不干净，秽气熏鼻难闻，二人俱都没有睡好。

时光易过，一会儿寒鸡报晓，外面人声嘈成一片。李宁还想叫英琼多睡一会儿，好在回山又没有事。英琼偏偏性急，铺盖又脏，执意起来。李宁只得开门唤店家打洗漱水。这时天已大明，今天正是香汛的第一日，店中各香客俱在天未明前起身入山，去抢烧头香，**一个“抢”字，贪心昭然。此等陋俗，至今依然。可叹。**人已走了大半。那未走的也在打点雇轿动身，显得店中非常热闹。那店小二听李宁呼唤，便打水进来。李宁明知和尚已走，店家必然要来报告，故意装作不知，欲待店小二先说。谁想店小二并不发言，只帮着李宁收拾买带进山的东西。后来李宁忍不住问道：“我本不知今日是香汛，原想多住些日子，如今刚打算去看热闹。你去把我的账连上房大禅师的账一齐开来。再去替我雇两名挑夫，将这些送与山中朋友之物挑进山去。回头多把酒钱与你。”店小二闻言，笑道：“客官真有眼力，果然那和尚不是骗吃骗住之人。”李宁闻言，忙问：“此话怎讲？”店小二道：“昨天那位大师父那般说话行为，简直叫我们看着生气。偏又遇见客官这样好性的人儿。起初他胡乱叫菜叫酒，叫来又用不多，明明是拿客官当空子，糟践人。我们都不服气，还怕他日后有许多麻烦。谁想他是好人，不过爱开玩笑。”李宁急于要知和尚动静，见店小二只管文不对题地絮叨，便冲口问道：“莫非那位大师父又回来了吗？”店小二才从身上慢悠悠地取出一封信递给李宁，说道：“那位大师父才走不多一会儿，并未回来。不过他临走时，已将他同客官的账一齐付清，还赏了我五两银子酒钱。他说客官就在峨眉居住，与他是街坊邻居。他因为客官虽好佛，尽上别的寺观礼拜，不上他庙里烧香，心中有气，昨天在街上相遇，特地跟来开玩笑。**游戏神通。**他见客官有涵养，任凭他取笑并不生气，一高兴，他的气也平了。我问他山上住处和庙的名字，他说客官知道，近在咫尺，一寻便到。会账之后，留下这一封信，叫我等客官起身时，再拿出来给你。”李宁忙拆开那信看时，只见上面写着：“欲合先离，不离不合。凝碧千寻，蜀山一角。何愁掌珠，先谋解脱。明月梅花，神物落落。手扼游龙，独擎群魔。卅载重逢，乃证真觉。”字迹疏疏朗朗，笔力遒劲，古逸可爱。可见昨晚这位高僧并未离开自己，与英琼对谈的一番心事，定被他听了去。既然还肯留信，对于英琼必有法善后，心中大喜。父女二人看完后，不禁望了二眼，因店小二在旁，不便再说什么。店小二便问：“信上可是约客官到他庙内去烧香？我想他一个出家人，还舍得代客官会账，恐怕也有希图。客官去时，还得在意才好。”李宁便用言语支吾过去。**这一段写得生动有趣。**

一会儿，店小二雇来挑夫，李宁父女便收拾上道。过了解脱桥，走向入山大道。迎面两个山峰，犬牙交错，形势十分雄壮。一路上看见朝山的善男信女络绎不绝，有的简直从山麓一步一拜，拜上山去。山上庙宇大小何止百十，只听满山麓梵呗钟鱼之声，与朝山的佛号响成一片，衬着这座名山的伟大庄严，令人见了自然起敬。李宁因自己不入庙烧香，不便挑着许多东西从人丛中越过，使命挑夫抄昔日入山小径。到了舍身岩，将所有东西放下，开发脚力自去。等到挑夫走远，仍照从前办法，父女二人把买来的应用物品，一一背了上去。回到石洞之中，因冬日天短，渐已昏黑。父女二人进洞把油灯点起，将什物安置。累了一天，俱觉有些劳乏，胡乱做些饮食吃了，分别安睡。

第二日晨起，先商量过冬之计。等诸事安排就绪，又拿出那和尚两个纸条，同店小二所说的一番话仔细详参。李宁对英琼道：“这位高僧既说与我是邻居，那凝碧崖定离此地不远。我想趁着这几日天气晴明，在左近先为寻访。只是此山甚大，万一当日不能回来，你不可着急，千万不要离开此地才好。”英琼点头应允。由这日起，李宁果就在这山前山后，仔细寻访了好几次。又去到本山许多有名的庙宇，探问可有人知道这凝碧崖在什么地方，俱都无人知晓。英琼闲着无事，除了每日用功外，自己带着老父亲当年所用的许多暗器，满山去追飞逐走。有时打来许多野味，便把它用盐腌了，准备过冬。她生就天性聪明，加以天生神力，无论什么武功，一学便会，一会便精。自从入山到现在，虽然仅止几个月工夫，学了不少的能耐。她那轻身之术，更是练得捷比猿猱，疾如飞鸟。每日遍山纵跃，胆子越来越大，走得也越远。李宁除了三五日赴山崖下汲取清泉水，一心只在探听那高僧的下落，对女儿的功课无暇稽考。英琼怕父亲担心，又来拘束自己，也不对她父亲说。父女二人，每日俱是早出晚归，习以为常。

渐渐过了一个多月，凝碧崖的下落依旧没有打听出来。这时隆冬将近，天气日寒。他们住的这座山洞，原是此山最背风的所在，冬暖夏凉；加以李宁布置得法，洞中烧起一个火盆，更觉温暖如春，不为寒威所逼。这日李宁因连日劳顿，在后山深处遭受一点儿风寒，身体微觉不适。英琼便劝他暂缓起床，索性养息些日，再去寻凝碧崖的下落。一面自己起身下床，取了些储就的枯枝，生火熬粥，与她父亲赶赶风寒，睡一觉发发汗。起床之时，忽觉身上虽然穿了重棉，还有寒意。出洞一看，只见雪花纷飞，兀自下个不住，把周围的大小山峰和山半许多琼宫梵宇，点缀成一个琼瑶世界。半山以下，却是一片浑茫，变成一个雪海。雪花如棉如絮，满空飞舞，也分不出那雪是往上飞或是往下落。英琼生平几曾见过这般奇景，高兴得跳了起来。急忙进洞报道：“爹爹，外面下了大雪，景致好看极了！”李宁闻言，叹道：“凝碧崖尚无消息，大雪封山，不想我缘薄命浅一至于此！”英琼道：“这有什么要紧？神仙也不能不讲道理，又不是我们不去诚心访寻，是他故意用那种难题来作难人。他既打算教爹爹的道法，早见晚见还不是一样？爹爹这大年纪，依女儿之见，索性过了寒冬，明春再说，岂不两全其美？”李宁不忍拂爱女之意，自己又在病中，便点了点头。英琼便跑到后洞石室取火煮粥，又把昨日在山中挖取的野菜煮了一块腊肉，切了一盘熟野味。洞中没有家具，便把每日用饭的一块大石头，滚到李宁石榻之前。又将火盆中柴火拨旺，才去请李宁用饭。只见李宁仍旧面朝里睡着，微微有些呻吟。英琼大吃一惊，忙用手去他头上身上摸时，只觉李宁周身火一般热，原来寒热加重，病已不轻。一个弱龄幼女与一个行年半百的老父，离乡万里，来到这深山绝顶之上相依为命，忽然她的老父患起病来，怎不叫人五内如焚！英琼忍着眼中两行珠泪，轻轻在李宁耳旁唤道：“爹爹，是哪儿不好过？女儿已将粥煮好，请坐起来，喝一些热粥，发发汗吧。”李宁只是沉睡，口中不住吐出细微的声音，隐约听出“凝碧崖”三字。英琼知是心病，又加上连日风寒劳碌，寒热夹杂，时发谵语。**不经磨折不成佛；不写磨折不成书。**又遇上漫天大雪，下山又远，自己年幼，道路不熟，无处延医。李宁身旁更无第二个人扶持。不禁又是伤心，又是害怕。害怕到了极处，便不住口喊“爹爹”。李宁只管昏迷不醒，急得英琼五内如焚，饭也无心吃。连忙点了一副香烛，跪向洞前，祷告上苍庇佑。越想越伤心，便躲到洞外去痛哭一场。这种惨况，真是哀峡吟猿，无比凄楚。只哭得树头积雪纷飞，只少一只杜鹃，在枝上帮她啼血。

这时雪还是越下越盛。他们的洞口，在山的最高处，虽然雪势较稀，可是十丈以外，已分不清东西南北。英琼四顾茫茫，束手无计，哭得肠断声嘶之际，忽然止泪默想。想一阵，又哭；哭一会儿，又进去唤爹；唤不醒，又出来哭。似这样哭进哭出，不知有若干次。最后一次哭进洞去，恍惚听得李宁在唤她的小名，心中大喜，将身一纵，便到榻前，忙应：“爹爹，女儿在此。”谁想李宁仍是不醒，原是适才并未唤她，是自己精神作用。这一来，越加伤心到了极点，也不再顾李宁听见哭声，抱着李宁的头，一面哭，一面喊。喊了一会儿，才听见李宁说道:“英儿，你哭什么？我不过受了点儿凉，心中难过，动弹不得，一会儿就会好的，你不要害怕。”英琼见李宁说话，心中大喜，急忙止住悲泣，便问爹爹吃点儿粥不。李宁点了点头。英琼再看粥时，因为适才着急，灶中火灭，粥已冰凉。急得她重新生火，忙个不住。眼望着粥锅烧开，又怕李宁重又昏睡过去，便纵到榻前去看。偏偏火势又小，一时不容易煮开，好不心焦。好容易盼到粥热，因李宁生病，不敢叫他吃荤，连忙取了一些咸菜，连同稀粥，送到榻前。将李宁扶起，一摸头上，还是滚热。便用枕被垫好背腰，自己端着粥碗，一手拈起咸菜，一口粥一口菜地喂与父亲吃。李宁有兼人的饭量，英琼巴不得李宁吃完这碗再添。谁想李宁吃了多半碗，便自摇头，重又倒下。

第五回　大雪空山　割股疗亲行拙孝
冲霄健羽　碧崖丹洞拜真仙

英琼一阵心酸，几乎落下泪来。勉强忍住悲怀，把李宁被盖塞好。又将自己床上所有的被褥连同棉衣等类，都取来盖在李宁身上，希望能出些汗便好。这时已届天晚，洞外被雪光返照，洞内却已昏黑。英琼猛想起自己尚未吃饭，本自伤心，吞吃不下。又恐自己病倒，病人更是无人照料，只得勉强喝了两口冷粥。又想到适才经验，将粥锅移靠在火盆旁边，再去煮上些开水同饭，灶中去添些柴火，使它火势不断，可以随用随有。收拾好后，自己和衣坐在石榻火盆旁边，泪汪汪望着床上的父亲，一会儿又去摸摸头上身上出汗不曾。**写实，有生活**。到了半夜，忽然洞外狂风拔木，如同波涛怒吼，奔腾澎湃。英琼守着这一个衰病老父，格外闻声胆裂。他们住的这个石洞原分两层，外层俱用石块堆砌封锁，甚为坚固，仅出口处有一块大石可以启闭，用作出入门户；里层山洞，当时周淳在洞中时，便装好冬天用的风挡，用粗布同棉花制成，厚约三四寸，非常严密。不然在这风雪高山之上，如何受得。英琼衣不解带，一夜不曾合眼。直到次日早起，李宁周身出了一身透汗，悠悠醒转。英琼忙问："爹爹，病体可曾痊愈？"李宁道："人已渐好，无用担忧。"英琼便把粥饭端上，李宁稍微用了一些。英琼不知道病人不能多吃，暗暗着急。这时李宁神志渐清，知道英琼一夜未睡，两眼红肿如桃，好生痛惜。便说这感冒不算大病，病人不宜多吃，况且出汗之后，人已渐好，催英琼吃罢饭后，补睡一觉。英琼还是将信将疑，只顾支吾不去。后来李宁装作生气，连劝带哄，英琼也怕她父亲担心劳累，勉强从命，只肯在李宁脚头睡下，以便照料。李宁见她一片孝心，只得由她。英琼哪能睡得安稳，才一合眼，便好似李宁在唤她。急忙纵起问时，却又不是。李宁见爱女这种孝心，暗自伤心，也巴不得自己早好。谁想到晚间又由寒热转成疟疾。似这样时好时愈，不消三五日，把英琼累得几乎病倒。几次要下山延医，一来李宁执意不许，二来无人照应。英琼进退为难，心如刀割。

到第六天，天已放晴。英琼猛想起效法古人割股疗亲。趁李宁昏迷不醒之时，拿了李宁一把佩刀，走到洞外，先焚香跪叩，默祝一番。然后站起身来，忽听一声雕鸣。抬头看时，只见左面山崖上站着一个大半人高的大雕，金眼红喙，两只钢爪，通体纯黑，更无一根杂毛，雄健非常。望着英琼呱呱叫了两声，不住剔毛梳翎，顾盼生姿。若在往日，英琼早已将暗器放出，岂肯轻易饶它。这时因为父亲垂危，无此闲心，只看了那雕一眼，仍照预定方针下手。先卷左手红袖，露出与雪争辉的皓腕。右手取下樱口中所衔的佩刀，正要朝左手臂上割去。忽觉耳旁风生，眼前黑影一晃，一个疏神，手中佩刀竟被那金眼雕用爪抓了去。英琼骂道："不知死的孽畜，竟敢到太岁头上动土！"骂完，跑回洞中取出几样暗器同一口长剑，欲待将雕打死消气。那雕起初将刀抓到爪中，只一掷，便落往万丈深潭之下。仍飞向适才山崖角上，继续剔毛梳翎，好似并不把敌人放在心上。英琼唯恐那雕飞逃，不好下手，轻轻追了过去。那雕早已看见英琼持着兵刃暗暗追将过来，不但不逃，反睁着两只金光直射的眼，斜偏着头，望着英琼，大有藐视的神气。惹得英琼性起，一个箭步，纵到离雕丈许远近，左手连珠弩，右手金镖，同时朝着那雕身上发将出去。英琼这几样暗器，平日得心应手，练得百发百中，无论多灵巧的飞禽走兽，遇见她从无幸免。谁想那雕见英琼暗器到来，并不飞腾，抬起左爪，只一抓便将那只金镖抓在爪中；同时张开铁喙，朝着那三支连珠弩，好似儿童玩的黄雀打弹一般，偏着头，微一飞腾，将英琼三支弩箭横着衔在口中。又朝着英琼呱呱叫了两声，好似非常得意一般。那崖角离地面原不到丈许高下，平伸出在峭壁旁边。崖右便是万丈深潭，不可见底。英琼连日衣不解带，十分劳累伤心，神经受了刺激，心慌意乱。这崖角本是往日练习轻身所在，这时因为那雕故意找她麻烦，惹得性起，志在取那雕的性命，竟忘了崖旁深潭危险，也未计及利害。就势把昔日在乌鸦嘴偷学来的六合剑中穿云拿月的身法施展出来，一个箭步，连剑带人飞向崖角，一剑直向那雕颈刺去。那雕见英琼朝它飞来，倏地两翼展开，朝上一起，英琼刺了一个空，身到崖角，还未站稳，被那雕展开它那车轮一般的双翼，飞向英琼头顶。英琼见那雕来势太猛，知道不好，急忙端剑，正待朝那雕刺去时，已来不及，被那雕横起左翼，朝着英琼背上扫来，打个正着。虽然那雕并未使多大劲，就它两翼上扑起的风势，已足以将人扇起。英琼一个立足不稳，从崖角上坠落向万丈深潭，身子轻飘飘地往下直落，只见白茫茫两旁山壁中积雪的影子，照得眼花缭乱。知道一下去，便是粉身碎骨，性命难保。想起石洞中生病的老父，心如刀割。正在伤心害怕，猛觉背上隐隐作痛，好似被什么东西抓住似的，速度减低，不似刚才投石奔流一般往下飞落。急忙回头一看，正是那只金眼雕，不知在什么时候飞将下来，将自己束腰丝带抓住。因昔日李宁讲过，凡是大鸟擒生物，都是用爪抓住以后，飞向高空，再掷向山石之上，然后下来啄食，猜是那雕不怀好意。一则自己宝剑刚才业已坠入深潭；二则半悬空中，使不得劲。又怕那雕在空中用嘴来啄，只得暂且听天由命，索性等它将自己带出深潭，到了地面，再作计较。用手一摸身上，且喜适才还剩有两支金镖未曾失落，不由起了一线生机。便悄悄掏出，取在手中，准备一出深潭，便就近给那雕一镖，以求侥幸脱险。谁想那雕并不往上飞起，反一个劲直往下降，两翼兜风，平稳非凡，慢慢朝潭下落去。

英琼不知道那雕把她带往潭下则甚，好生着急。情知危险万状，事到其间，也就不作求生之想了。英琼胆量本大，既把生死置之度外，反借此饱看这崖潭奇景。下降数十丈之后，雪迹已无，渐渐觉得身上温暖起来。只见一团团、一片片的白云由脚下往头上飞去。有时穿入云阵之内，被那云气包围，什么也看不见。有时成团如絮的白云飞入襟袖，一会儿又复散去。再往底下看时，视线被白云遮断，简直看不见底。那云层穿过了一层又一层，**由此开始，奇遇将联翩而至。武侠小说大体两类，一类是写成名英雄行侠仗义，一类是写少年成长历程。后者如《碧血剑》《射雕英雄传》《神雕侠侣》《倚天屠龙记》等。此类作品有一共同点，就是少年的奇遇——历险而得"宝"。《英琼传》实开先河之作。**忽然看见脚下面有一个从崖旁伸出来的大崖角，上面奇石如同刀剑森列，尖锐嶙峋。这一落下去，还不身如齑粉？英琼闭目心寒，刚要喊出"我命休矣"，那雕忽然速度增高，一个转侧，收住双翼，从那峭崖旁边一个六七尺方圆的洞口钻了过去。英琼自以为必死无疑，但好久不见动静，身子仍被那雕抓住往下落。不由再睁双目看时，只见下面已离地只有十余丈，隐隐闻得钟鱼之声。心想："这万丈深潭之内，哪有修道人居此？"好生诧异。这时那雕飞的速度越发降低。英琼留神往四外看时，只见石壁上青青绿绿，红红紫紫，布满了奇花异卉，清香馥郁，直透鼻端。面积也逐渐宽广，简直是别有洞天，完全暮春景象，哪里是寒风凛冽的隆冬天气。不由高兴起来。身子才一转侧，猛想起自己尚在铁爪之下，吉凶未卜；即使能脱危险，这深潭离上面不知几千百丈，如何上去？况且老父尚在病中，无人侍奉，不知如何悬念自己。不禁悲从中来。那雕飞得离地面越近，便看见下面山阿碧岑之旁，有一株高有数丈的古树，树身看去很粗，枝叶繁茂。那钟鱼之声忽然停住，一个小沙弥从那树中走将出来，高声唤道："佛奴请得嘉客来了吗？"那雕闻言，仍然抓住英琼，在离地三四丈的空中盘旋，不肯下去。英琼离地渐近，早掏出怀中金镖，准备相机行事。见那雕不住在高空盘旋，这是自然回翔，不比得适才是借着它两翼兜风的力，平平稳稳地往下降落。人到底是血肉之躯，任你英琼得天独厚，被那雕抓住，几个转侧，早已闹得头昏眼花，天旋地转，那小沙弥在下面高声喊嚷，她也未曾听见。那雕盘旋了一会儿，倏地一声长啸，收住双翼，弩箭脱弦般朝地面直泻下来。到离地三四尺左右，猛把铁爪一松，放下英琼，重又冲霄而起。

这时英琼神志已昏，晕倒在地，只觉心头怦怦跳动，浑身酸麻，动转不得。停了一会儿，听见耳旁有人说话的声音。睁开秀目看时，只见眼前站定一个小沙弥，和自己差不多年纪。听他口中道："佛奴无礼，檀越受惊了。"英琼勉强支持，站起身来问道："适才我在山顶上，被一大雕将我抓到此间。这里是什么所在？我是如何脱险？小师父可知道？"那小沙弥合掌笑道："女檀越此来，乃是前因。不过佛奴莽撞，又恐女檀越用暗器伤它，累得女檀越受此惊恐，少时自会责罚于它。家师现在云巢相候，女檀越随我进见，便知分晓。"

这时英琼业已看清这个所在，端的是仙灵窟宅，洞天福地。只见四面俱是灵秀峰峦，天半一道飞瀑，降下来汇成一道清溪。前面山阿碧岑之旁，有一棵大楠树，高只数丈，树身却粗有一丈五六尺，横枝低极，绿荫如盖，遮蔽了三四亩方圆地面；树后山崖上面，藤萝披拂，许多不知名的奇花生长在上面。绿苔痕中，隐隐现出"凝碧"两个方丈大字。英琼虽然神思未定，已知道此间绝少凶险，便随那小沙弥直往树前走来。见那树身业已中空，树顶当中结了一个茅棚。心想："这人在这大树顶上住家，倒好耍子。"及至离那山崖越近，那"凝碧"两个摩崖大字越加看得清楚。忽然想起白眉毛和尚所留的纸条，不禁脱口问道："此地莫非就是凝碧崖么？"那小沙弥笑答道："此间正是凝碧崖。家师因恐令尊难以寻找，特遣佛奴接引，不想竟把女檀越请来。请见了家师再谈吧。"英琼闻言，又悲又喜：喜的是上天不负苦心人，凝碧崖竟有了下落；悲的是老父染病在床，又不知自己去向，怕他担心加病。事到如今，也只好去见了那和尚再作计较。一面想，一面正待往树心走进时，忽听一声佛号，听去非常耳熟。接着面前一晃，业已出现一人，定睛看时，正是峨眉县城内所遇的那位白眉毛高僧。英琼福至心灵，急忙跪倒在地，眼含痛泪，口称："难女英琼，父病垂危，现在远隔万丈深潭，无法上去侍奉老父。恳求禅师大发慈悲，施展佛法，同弟子一起上去，援救弟子父亲要紧。"说时，声泪俱下，十分哀痛。那高僧答道："你父本佛门中人，与老僧有缘，想将他度入空门，才留下凝碧地址，特意看他信心坚定与否。后来见他果然一心皈依，真诚不二，今日才命佛奴前去接引。它随我听经多年，业已深通灵性，见你因父病割股，孝行过人，特地将你佩刀抓去。你以为它有心戏弄，便用暗器伤它，它野性未驯，想同你开开玩笑。它两翼风力何止千斤，一个不小心，竟然将你打入深潭，它才把你带到此地同老僧见面。**按说这些老僧也应先知。一笑。**它适才向老僧报告，一切我已尽知。你父之病，原是感冒风寒，无关紧要。这里有丹药，你带些回去与汝父服用，便可痊愈。病愈之后，我仍派佛奴前去接引到此，归入正果便了。"英琼闻言，才知那雕原是这位老禅师家养的。这样看来，老父之病定无妨碍。他既叫带药回去，必有上升之法。果然自己父亲之见不差，这位老禅师是仙佛一流。不禁勾起心思，叩头已毕，重又跪求道："弟子与家父原是相依为命，家父承师祖援引，得归正果，实是万千之幸。只是家父随师祖出家，抛下弟子一人，伶仃孤苦，年纪又轻，如何是了？还望师祖索性大发慈悲，使弟子也得以同归正果吧。"那高僧笑道："你说的话谈何容易。佛门虽大，难度无缘之人；况且我这里从不收女弟子。你根行禀赋均厚，自有你的机缘。我所留偈语，日后均有应验。纠缠老僧，于你无益。快快起来，打点回去吧。"英琼见这位高僧严词拒绝，又惦记着洞中病父，不敢再求，只得遵命起来。又问师祖名讳，白眉和尚答道："老僧名叫白眉和尚。这凝碧崖乃是七十二洞天福地之一，四时常春，十分幽静，现为老僧静养之所。你这次回去，远隔万丈深潭，还得借佛奴背你上去。它随我多年，颇有道术，你休要害怕。"

那旁小沙弥闻言，忽然嘬口一呼，其声清越，如同鸾凤之鸣一般。一会儿工夫，便见碧霄中隐隐现出一个黑点儿，渐渐现出全身，飞下地来，正是那只金眼雕。口中衔着一支金镖、三支弩箭，两只铁爪上抓了一把刀、一把剑，俱是英琼适才失去之物。那雕放下兵刃暗器，便对英琼呱呱叫了两声。这时英琼细看那雕站在地下，竟比自己还高，两目金光流转，周身起黑光，神骏非凡。见它那般灵异，更自惊奇不止。那雕走向白眉和尚面前，趴伏在地，将头点了几点。白眉和尚道："你既知接这位孝女前来，如何叫她受许多惊恐？快好好送她回去，以赎前愆，以免你异日大劫临头，她袖手不管。"那雕闻言，点了点头，便慢慢一步一步地走向英琼身旁蹲下。白眉和尚便从身旁取出三粒丹药，付与英琼。说道："此丹乃我采此间灵草炼成，一粒治你父病，那两粒留在你的身旁，日后自有妙用，以奖你的纯孝。现在各派剑仙物色门人，你正是好材料，不久便有人来寻你。急速去吧。"英琼正要答言叩谢，一转眼间，白眉和尚已不知去向。只得朝着茅棚跪叩了一阵。那小沙弥取过一根草索，系在那雕颈上。叫英琼把兵刃暗器带好，坐了上去。这番不比来时，一则知道神雕与白眉和尚法力；二则父亲服药之后就要痊愈，还可归入正果。真是归心似箭，喜气洋洋，一丝一毫也不害怕。

当下谢别小沙弥，坐上雕背，一手执定草索，一手紧把着那雕翅根，一任它健翮冲霄，破空而起。眨眨眼工夫，下望凝碧崖，已是树小如芥，人小如蚁。那雕忽然回头朝着英琼叫了两声，停止不进。英琼急忙抬头往上下左右看时，只见头上一个伸出的山崖，将上行的路遮绝，只左侧有一个数尺方圆的小洞。知道那雕要从这洞穿过，先警告自己。忙将双手往前一扑，紧紧抱着那雕两翼尽头处，再用双脚将雕当胸夹紧。那雕这才收拢双翼，头朝上，身朝下，从洞中穿了上去。适才下来时，是深不见底；如今上去，又是望不见天，白茫茫尽被云层遮满。那雕好似轻车熟路一般，穿了一层云层，又是一层云层。到了危险地方，便回头朝着英琼叫两声，好让她早做防备。把一个英琼爱得如同性命一般，不住腾出手来去抚弄它背上的铁羽钢翎。似这样在雕背上飞了有好一会儿，渐渐觉得身上有了寒意，崖凹中也发现了积雪，知距离上面不远。果然一会儿工夫，飞上山崖，直到洞边降下。

这时日已衔山，英琼心念老父，又不愿那雕飞去。便向那雕说道："金眼师兄，你接引我去见师祖，使我父亲得救，真是感恩匪浅！请你先不要走，随我去见我爹爹吧。"那雕果然深通人意，由着英琼牵着颈上草索，**人雕结缘。由此，后世遂有了黄蓉的二雕、杨过的神雕**。随她到了李宁榻前。恰好李宁尚在发烧昏迷，并不知英琼出去半日，经此大险。当下英琼放下兵刃暗器，顾不得别的，泪汪汪先喊了两声爹爹，未见答应。急忙掌起灯火，去至灶前看时，业已火熄水凉，急忙生火将水弄热。又怕那雕走去，一面烧火，一面求告。且喜那雕进洞以后，英琼走到哪里，它便跟到哪里，蹲了下来。这时英琼真是又喜又忧又伤心，不知如何是好。一会儿工夫，将水煮开，忙把稀饭热在火上。舀了一碗水，将李宁推了个半醒，将白眉和尚赠的灵丹与李宁灌了下去。一手抱着雕的身子，目不转睛地望着榻上病父。不大工夫，便听李宁喊道："英儿，可有什么东西拿来给我吃？我饿极了。"英琼知是灵丹妙用，心中大喜。三脚两步跑到灶前，将粥取来。那雕也随她跳进跳出。李宁服药之后，刚刚清醒过来，觉得腹中饥饿，便叫英琼去取食物。猛见一个黑影晃动，定睛一看，灯光影里，只见一个尖嘴金眼的怪物追随在女儿身后，一着急，出了一身冷汗。也忘了自己身在病中，一摸床头宝剑，只剩剑匣。急忙持在手中，从床上一个箭步纵到英琼的身后，望着那怪物便打。只听吧嗒一声，原来用力太猛，那个怪物并未打着，倒把前面一个石椅劈为两半，剑匣也断成两截。那怪物跳了两跳，呱呱叫了两声，并不逃走。李宁心急非常，还待寻取兵刃时，英琼刚把粥取来，放在石桌之上，忽见李宁纵起，业已明白，顾不得解释，先将李宁两手抱住。急忙说道："这是凝碧崖白眉师祖打发它送女儿回来的神雕，爹爹休要误会。病后体弱，先请上床吃粥，容女儿细说吧。”那李宁也看出那怪物是个金眼雕，听了女儿之言，暗暗惊喜。顾不得上床吃粥，直催英琼快说。

英琼便请李宁坐在榻前，仍是自己端着粥碗，服侍李宁食用，并细细将前事说了一遍。李宁一面吃，一面听，听得简直是悲从中来，喜出望外，伤心到了极处，也高兴到了极处。这一番话，真是消灾祛病，把英琼准备的一锅粥，吃了个锅底朝天。李宁听完之后，也不还言，急忙跑向雕的面前，屈身下拜道："嘉客恩人到来，恕我眼瞎无知，还望师兄海涵，不要生气。”那雕闻言，把头点了两点。李宁重又过来，抱着英琼哭道："英儿，苦了你也！”英琼原怕那雕生气，见李宁上前道歉，好生高兴。猛想起父病新愈，不能劳累，忙请李宁上床安息。李宁道："我服用灵丹之后，便觉寒热尽退，心地清凉。你看我适才吃那许多东西，现在精神百倍，哪里还有病在身？”英琼闻言，忽然觉得自己腹中饥饿。况且嘉客到来，只顾服侍病人，忘了招待客人。急忙跑进厨房，取出几件腊野味，用刀割成细块，请雕食用。那雕又朝着英琼叫了两声，好似表示感谢之意。英琼又与它解下绳索，由它自在吃用。自己重又胡乱煮了些饭，就着剩菜，挨坐在李宁身旁，眼看那雕一面吃，自己一面讲。这石室之中，充满了天伦之乐，真个是苦尽甘来，把连日阴霾愁郁景象一扫而空。

李宁见那雕并不飞去，知道自己将要随它去见白眉和尚，唯恐爱女心伤远离，不敢说将出来。心中不住盘算，实在进退两难，忍不住一声短叹。英琼何等聪明，早知父亲心思。忙问："爹爹，你病才好，又想什么心事，这般短叹长吁则甚？”李宁只说："没有什么心事，英儿不要多疑。”英琼道："爹爹还哄我呢。你见师祖座下神雕前来接引，我父女就要远离了，爹爹舍不得女儿，又恐仙缘惜过，进退两难。是与不是？”李宁闻言，低头沉吟不语。**写父女相依为命之情，真切动人。**英琼又道："爹爹休要如此，只管放心。适才凝碧崖前，女儿也曾跪求师祖一同超度。师祖说，女儿不是佛门中人，他又不收女弟子，不久便有仙缘来救女儿。日后爹爹虽在凝碧崖参修，有这位金眼师兄帮助，那万丈深潭也不难飞渡。女儿虽然年幼，恨不得立刻寻着一个剑仙的师父，练成一身惊人的本领，出入空蒙，飞行绝迹。照师祖的偈语看来，也是先离后合。日后既有重逢之日，愁它何来？实不瞒爹爹说，女儿先前也想不要离开爹爹才好。自从这次凝碧崖拜见师祖之后，又恨不能爹爹早日成道，女儿也早一点儿沾光。至于深山独居之苦，爹爹见了师祖之后，就说女儿年幼，求师祖命这位金眼师兄陪伴女儿，在洞中朝夕用功，等候仙缘到来。岂不免却后顾之忧，两全其美？”

李宁见英琼连珠炮一般说得头头是道，什么都是一厢情愿，又不忍心驳她。刚想说两句话安慰她，那雕已把一堆腊野味吃完，偏着头好似听他父女争论。及至英琼讲完，忽然呱呱叫了两声。英琼疑心雕要喝水，刚要到厨房去取时，那雕忽朝李宁父女将头一点，钢爪一蹬，跃到风挡之前，伸开铁喙，拨开风挡，跳了出去。李宁父女跟踪出来看时，那雕已走向洞口，只见它将头一顶，已将封洞的一块大石顶开，横翼一偏，径自离洞，冲霄而起。急得英琼跑出洞去，在下面连声呼唤，央求它下来。那雕在英琼头顶上又叫了两声，雪光照映下，眼看一团黑影投向万丈深潭之内去了。英琼狂喊了一会儿，见雕已飞远，无可奈何，垂头丧气随李宁回进洞内。李宁见她闷闷不乐，只得用好言安慰。又说道：“适才所说那些话，都是能说不能行的。你不见那雕才听你说要向你师祖借它来做伴，它便飞了回去么？依我之见，等那雕奉命来接我去见你师祖时，我向他老人家苦求，给你介绍一个有本领的女师父，这还近一点儿情理。你师祖虽说你不久自有仙缘，就拿我这回寻师来说，恐怕也非易事呢。”英琼到底有些小孩心性，她见爹爹不日出家，自己虽说有仙缘遇合，但不知要等到何时。便想起周淳的女儿轻云，现在黄山餐霞大师处学剑，虽说从未见面，她既是剑仙门徒，想必能同自己情投意合。再加上几代世交，倘能将雕调养驯熟，骑着它到黄山去寻轻云，求她引见餐霞大师，就说是她父亲介绍去的，自己再向大师苦求，决不会没有希望。等到剑术学成，在空中游行自在，那时山河咫尺，更不愁见不着爹爹。所以不但不愁别离，反恨不得爹爹即日身体复原，前往凝碧崖替自己借雕，好依计行事。不想那雕闻言飞去，明明表示拒绝。又动了孺慕孝思，表面怕李宁看出，装作无事，心头上却是懊丧难受到了极处。及至听李宁说求白眉和尚代寻名师，才展了一丝笑容。父女二人又谈了一阵离别后的打算，俱都不得要领，横也不好，竖也不妥当，总是事难两全。直到深夜，才由李宁催逼安睡。

英琼心事在怀，一夜未曾合眼，不住心头盘算，到天亮时才得合眼。睡梦中忽听一声雕鸣，急忙披衣下床，冒着寒风出洞看时，只见残雪封山，晨曦照在上面，把崖角间的冰柱映成一片异彩。下望深潭，仍是白云滃翳，遮蔽视线，看不见底。李宁起来较早，正在练习内功。忽见女儿披衣下床，一跃出洞，急忙跟了出来。英琼又把昨日斗雕的地方同自己遇险情形，重又兴高采烈说了一遍。把李宁听了个目眩心摇，魂惊胆战，抱着爱女，直喊可怜。父女二人谈说一阵，便进洞收拾早饭。用毕出来看时，晴日当空，阳光非常和暖，耳旁只听一片轰轰隆隆之声，惊天动地。那山头积雪被日光融化成无数大小寒流，夹着碎冰、矮树、砂石之类，排山倒海般往低凹处直泻下去。有的流到山阴处，受了寒风激荡，凝成一处处的冰川冰原。山崖角下，挂起有一尺许宽、二三丈长的一根根冰柱。阳光映在上面，幻成五色异景，真是有声有色，气象万千。

李宁正望着雪景出神，忽见深潭底下白云堆中，冲起一团黑影，大吃一惊，忙把英琼往后一拉。定睛看时，那黑影已飞到了崖角上面，正是那只金眼神雕。英琼心中大喜，忙唤："金眼师兄快来！"说罢，便进洞去，切腊肉野味来款待。那雕到了上面，朝李宁面前走来，叫了两声，便用钢喙在那雪地上画了几画。李宁认出是个“行”字，知道白眉和尚派它前来接引，不敢怠慢。先朝天跪下，默祝一番。然后对那雕说道：“弟子尚有几句话要向小女嘱咐，请先进洞去，少待片刻如何？”那雕点头，便随李宁进洞。英琼已将腊野味切了一大盘，端与那雕食用。那雕也毫不客气地尽情啄食。这时李宁强忍心酸，对英琼道：“神雕奉命接我去见师祖，师祖如此垂爱，怎敢不去？只是你年幼孤弱，独处空山，委实令人放心不下。我去之后，你只可在这山头上用功玩耍，切不可远离此间。我随时叩求师祖，与你设法寻师。洞中粮食油盐，本就足敷你我半年多用。我走后，去了我这食量大的，更可支持年半光景。你周叔父一生正直忠诚，决不会中人暗算；他是我性命之交，决不会不回来看我父女。等他回来，便求他陪你到黄山寻找你世姊轻云，引见到餐霞大师门下。我如蒙师祖鉴准，每月中得便求神雕送我同你相见。你须要好生保重，早晚注意寒暖，以免我心悬两地。”说罢，虎目中两行英雄泪，不禁流将下来。英琼见神雕二次飞来，满心喜欢。虽知李宁不久便要别离，万没想到这般快法。既舍不得老父远离，又怕老父亲失去这千载一时的仙缘。心乱如麻，也不知如何答对是好。那神雕食完腊野味后，连声叫唤，那意思好似催促起程。李宁知道再难延迟，把心一横，径走向石桌之前，匆匆与周淳留了一封长信，把经过前后及父女二人志愿全写了上去。那英琼看神雕叫唤，灵机一动，急忙跑到神雕面前跪下，说道：“家父此去，不知何日回转。我一人在此，孤苦无依，望你大发慈悲，禀明师祖，来与我做伴。等到我寻着剑仙做师父时，再请你回去如何？”那雕闻言，偏着头，用两只金眼看着英琼，忽然长鸣两声。英琼不知那雕心意，还是苦苦央求。一会儿工夫，李宁将书信写完，还想嘱咐英琼几句，那雕已横翼翩然，跃出洞去。李宁父女也追了出来，那雕便趴伏在地。英琼知道是叫李宁骑将上去。猛想起草索，急忙进洞取了出来，系在那雕头颈之上。又告诉李宁骑法，同降下时那几个危险所在。李宁一一记在心头。父女二人俱都满腹愁肠，虽有千言万语，一句也说不出来。那雕见他父女执手无言，好似不能再等，径自将头一低，钻进李宁胯下。英琼忙喊“爹爹留神”时，业已冲霄而起。那雕带着李宁在空中只一个盘旋，便投向那深潭而去。**深潭之下别有洞天，也为后学者屡屡采用。**

英琼这才想起有多少话没有说，又忘了请李宁求白眉师祖，命神雕来与自己做伴。适才是伤心极处，欲哭无泪；现在是痛定思痛，悲从中来。在寒山斜照中，独立苍茫，凄凄凉凉，影只形单。一会儿想起父亲得道，必来超度自己；那白眉师祖又曾说自己不久要遇仙缘，异日学成剑仙，便可飞行绝迹，咫尺千里。立时雄心顿起，**写女孩儿，用“雄心”，趣！清末以来，写女侠渐多，实与秋瑾有关。“秋瑾”号“竞雄”，正是女儿有“雄心”之发端。**止泪为欢，高兴到了万分。一会儿想起古洞高峰，人迹不到，独居空山，何等凄凉；慈父远别，更不知何年何月才得见面。伤心到了极处，便又痛哭一场。又想周淳同多臂熊毛太见面后，吉凶胜负，音信全无。万一被仇人害死，黄山远隔数千里，自己年幼路不熟，何能飞渡？一着急，便急出一身冷汗。似这样吊影伤怀，一会儿喜，一会儿悲，一会儿惊惶，一会儿焦急。直到天黑，才进洞去，觉得头脑昏昏，腹中也有些饥饿。随便开水泡一点儿饭，就着咸菜吃了半碗。强抑悲思，神志也渐清宁。忽然自言自语：“呸！李英琼，你还自命是女中英豪，怎么就这般没出息？那白眉师祖对爹爹那样大年纪的人，尚肯度归门下，难道我李英琼这般天资，便无人要？现在爹爹走了，正好打起精神用功。等周叔父回来，上黄山去投轻云世姊；即使他不回来，明年开了春，我不会自己寻了去？洞中既不愁穿，又不愁吃，我空着急做什么？”念头一转，登时心安体泰。索性凝神定虑，又做了一会儿内功，上床拉过被子，倒头便睡。她连日劳乏辛苦，又加满腹心事，已多少夜不得安眠。这时万虑皆消，梦稳神安，直睡到第二天巳末午初，才醒转过来。忽听耳旁有一种轻微的呼息之声，猛想起昨日哭得神思昏乱，进来时忘记将洞门封闭，莫不是什么野兽之类闯了进来？轻轻掀开被角一看，只喜欢得连长衣都顾不及穿，从石榻上跳将起来，心头怦怦跳动，跑过去将那东西抱着，又亲热，又抚弄。原来在她床头打呼的，**雕会“打呼”，奇想。**正是那个金眼神雕。不知何时进洞，见英琼熟睡，便伏在她榻前守护。这时见英琼起身，便朝她叫了两声。英琼不住地用手抚弄它身上的铁羽，问道:“我爹爹已承你平安背到师祖那里去了么？”那雕点了点头。回过铁喙，朝左翅根侧一拂，便有一个纸条掉将下来。英琼拾起看时，正是李宁与她的手谕。大意说见了白眉师祖之后，已蒙他收归门下。由师祖说起，才知白眉师祖原是李宁的外舅父。**仙佛也讲亲属血缘，一笑。**其中还有一段很长的因果，所以不惜苦心，前来接引。又说英琼不久便要逢凶化吉，得遇不世仙缘。那只神雕曾随师祖听经多年，深通灵性。已蒙师祖允许，命它前来与英琼做伴，不过每逢朔望，要回凝碧崖去听两次经而已。叫英琼好好看待于它，早晚用功保重，静候周叔父回来，不要离开峨眉。师祖已说自己儿女情长，暂时决不便回来看望等语。

英琼见了来书，好生欣喜，急忙去切腊味，只是原有腊味被神雕吃了两次，所剩不多，便切了一小半出来与那雕吃。一面暗作寻思：“这神雕食量大，现值满山冰雪，哪里去寻野味与它食用？”心中好生为难。那雕风卷残云般吃完腊味以后，便往外跳去。英琼也急忙跟了出来，只见那雕朝着英琼长鸣，掠地飞起。英琼着了慌，便在下面直喊，眼看那雕在空中盘旋了一阵，并不远离，才放了心。忽地见它一个转侧，投向洪桩坪那边直落下去。一会儿，那雕重又飞翔回来，等到飞行渐近，好似它铁爪下抓着一个什么东西。等到飞离英琼有十丈高下，果然掷下一物。近前一看，原来是一只梅花鹿，业已鹿角触断，脑浆迸裂，掷死过去。**阿弥陀佛，善哉善哉！**那雕也飞身下来，向英琼连声叫唤。英琼见它能自己去觅野食，越发高兴。爱那鹿皮华美温暖，想剥下来铺床。便到洞中取来解刀，将鹿皮剥下，将肉割成小块，留下一点儿脯子，准备拿铁叉烤来下酒。那雕在一旁任英琼动作，并不过去啄食。一会儿跳进洞去，抓了一块腊猪骨出来，掷在英琼面前。英琼恍然大悟，那雕是想把鹿肉腌熟再吃。当下忙赴后洞，取来水桶、食盐。就在阳光下面将鹿肉洗净，按照周淳所说川人腊熏之法，寻了许多枯枝，在山凹避风之处，将鹿肉腌熏起来。从此那雕日夕陪伴英琼，有时去擒些野味回来腌腊。英琼得此善解人意的神雕为伴，每日调弄，指挥如意，毫不感觉孤寂。几次想乘雕飞翔，那雕却始终摇头，不肯飞起，想是来时受过吩咐的。

过不多日，便是冬月十五，那雕果然飞回凝碧崖听经。回来时，带来李宁一封书信，说自己要随师祖前往成都一带，寻访明室一个遗族，顺便往云南石虎山去看师兄采薇僧朱由穆，此去说不定二三年才得回来。到了成都，如能寻着周淳，便催他急速回山。嘱咐英琼千万不要乱走，要好好保养、用功等语。英琼读完书信，难受一会儿，也无法可想，唯有默祝上苍，保佑她父亲早日得成正果而已。

时光易逝，转眼便离除夕不远。**山中无甲子，除夕何由知？**英琼毕竟有些小孩子心性，便把在峨眉县城内购买的年货、爆竹等类搬了出来，特别替那只神雕腌好十来条腊鹿腿，准备同它过年。又用竹签、彩绸糊成十余只宫灯，到除夕晚上悬挂。每日做做这样，弄弄那样，虽然独处空山，反显得十分忙碌。到二十七这天，那雕又抓来两只野猪和一只梅花鹿。英琼依旧把鹿皮剥了下来存储。等到跑到洞中取盐来腌这两样野味时，猛发觉所剩的盐，仅敷这一回腌腊之用，以后日用就没有了。急忙跑到后洞存粮处再看时，哪一样家常日用的东西都足敷年余之用，唯独这食盐一项，竟因自己只顾讨神雕的喜欢，一个劲腌制野味，用得太不经济，以致在不知不觉中用罄。虽然目前肉菜等类俱都腌好，足敷三四月之用，以后再打来野味，便无法办理。望着盐缸发了一会儿愁，想不出什么好办法来，只得先将余盐用了再说。一面动手，一面对那雕说道："金眼师兄，我的盐快没有了，等过了年，进城去买来食盐，你再去打野味吧。现在打来，我是没有办法弄的啊。"那雕闻言，忽地冲霄而起。英琼知道它不会走远，司空见惯，也未在意。只在下面喊道："天已快交正午，你去游玩一会儿，快些回来，我等你同吃午饭呢。"那雕在空中一个回旋，眨眨眼竟然不见。直到未初，还未回转。英琼腹中饥饿，只得先弄些饭吃。又把猪、鹿的心脏清理出来，与那雕作午餐。

到了申牌时分，英琼正在洞前习剑，远望空中，出现一个黑点儿，知是神雕飞回，便在下面连声呼唤。一会儿工夫，飞离头顶不远，见那雕两爪下抱定一物，便喊道："对你说食盐没有，你如今又不大愿吃鲜肉，何苦又去伤生害命呢？"言还未了，那雕已轻轻飞落下来。英琼见它不似以往那样将野兽从空掷下，近前一看，原来是一个大蒲包，约有三尺见方，不知是什么物件。撕开一角，漏出许多白色晶莹的小颗。仔细一看，正是自流井的上等官盐，足有二三百斤重，何愁再没盐用。**早期佛教的戒律中，有一条是不可储存食盐，后因此还造成教派性分歧。这二三百斤食盐，破戒多多矣。一笑。**欢喜若狂，忙着设法运进洞去。出来对那雕说道："金眼师兄，你真是神通广大，可爱可佩！但是我父亲曾经说过，大丈夫做事要光明磊落，不可妄取别人的东西，下次切不可如此啊！"那雕只是瞑目不答。英琼便将预备与它吃的东西取来给它。正在调弄那雕之时，忽然闻见一阵幽香，从崖后吹送过来。跟踪过去看时，原来崖后一株老梅树，已经花开得十分茂盛，寒香扑鼻。英琼又是一番高兴，便在梅花树下徘徊了一阵。见天色已渐黄昏，不能再携雕出游，便打算进洞去寻点儿事做。

刚刚走到洞口前面，忽见相隔有百十丈的悬崖之前，一个瘦小青衣人，在那冰雪铺盖的山石上面，跳高纵远，步履如飞地直往崖前走去。她所居的石洞，因为地形的关系，后隔深潭，前临数十丈的削壁断涧，天生成的奇屏险障。人立在洞前，可以把十余里的山景一览无遗。而从舍身岩上来，通到这石洞的这一条羊肠小径，又曲折，又崎岖。春夏秋三季，是灌木丛生，蓬草没膝；一交冬令，又布满冰雪，无法行走。自从李宁父女同周淳、赵燕儿走过外，从未见有人打此经过。英琼见那青衣人毫不思索，往前飞走，好似轻车熟路一般，暗暗惊异。心想："这块冰雪布满的山石上面，又滑又难走，一个不小心，便有粉身碎骨之虞。自己虽然学了轻身功夫，都不敢走这条道上下，这人竟有这样好的功夫，定是剑仙无疑。莫不是白眉师祖所说那仙缘，就是此人前来接引么？"正在心中乱想，那青衣人转过一个崖角，竟自不见。正感觉失望之间，忽然离崖前十余丈高下，一个人影纵了上来。那雕见有人上来，一个回旋，早已横翼凌空，只在英琼头上飞翔，并不下来，好似在空中保护一般。英琼见那上来的人穿着一身青，头上也用一块青布包头，身材和自己差不多高下，背上斜插着一柄长剑，面容秀美，装束得不男不女，看去甚是面熟。正要张口问时，那人已抢先说道："我奉了家师之命，来采这凌霄崖的宋梅，去佛前供奉。不想姊姊隐居之所就在此间，可称得上是幸遇了。"说时，将头上青布包头取下，现出螓首蛾眉，秀丽中隐现出一种英姿傲骨。来的这个女子，正是那峨眉前山解脱庵广慧师太门下带发修行的女子余英男。英琼自那日城中回来，先是父亲生病，接着父女分离，劳苦忧闷，又加大雪封山，无法行走，早已把她忘却。现在独处空山，忽然见她来做不速之客，又见人家有这一身惊人的本领，一种敬爱之心油然而生。自己正感寂寞的当儿，无意中添了一个山林伴侣，正好同她结识，彼此来往盘桓。先陪她到崖后去采了几枝梅花，然后到洞中坐定。英男比英琼原长两岁，便认英琼做妹妹。二人谈了一阵，甚是投机，相见恨晚。英男因不见李宁，便问："尊大人往哪里去了？"英琼闻言，不由一阵心酸，几乎落下泪来，便把李宁出家始末说了一遍。说到惊险与伤心处，英男也陪她流了几次热泪。**毕竟是女孩儿。有了这一面，就显得真实多了。**渐渐天色已晚，英琼掌起灯烛，定要留英男吃完饭再走。英男执意不肯，说是怕师父在家悬望。答应回庵禀明师父，明日午前准定来做长谈，大家研究武术。英琼挽留不住，依依不舍地送了出来。

这时已是暮霭苍茫，暝色四合，山头积雪反映，依稀辨出一些路径。英琼道：“姊姊来的这条路非常险滑，这天黑回去，妹子太不放心。还是住在洞中，明日再行吧。”说到此处，忽听空中一声雕鸣。英琼又道：“只顾同姊姊说话，我的金眼师兄还忘了给姊姊引见呢。”说罢，照着近日习惯，嘬口一呼。那雕闻声便飞将下来，睁着两只金眼，射在英男面上，不住地打量。英男笑道：“适才妹子说老伯出家始末，来得太急，也不容人发问。当初背妹妹去见白眉师祖的就是它么？有此神物守护，怪不得妹子独处深山古洞之中，一丝也不害怕呢。”说罢，便走到那雕面前，去摸它身上的铁羽。那雕一任她抚摸，动也不动。英琼忽然惊叫道：“我有主意送你回去了。”英男便问何故。英琼道：“不过我还不知道它肯不肯，待我同它商量商量。”便朝那雕说道：“金眼师兄，这是我新认识的姊姊余英男，现在天黑，下山不便。请你看我的面子，送她回去吧。”那雕长鸣一声，点了一点头。英琼大喜，便向英男说道：“金眼师兄已肯送你回去，姊姊害怕不？”英男道：“我怎好劳你的金眼师兄，怕使不得吧？”英琼道：“你休要看轻它的盛意。它只背过我两次，现在就再也不肯背了。不然我骑着它到处去玩，哪里还会闷呢！你快骑上去吧，不然它要生气的。”英男见英琼天真烂漫，一脸孩子气，处处都和自己情投意合，好不高兴。又怕英琼笑她胆小，只得点头答应。英琼才高高兴兴把草索取来，系在雕颈，又教了骑法。英男作别之后，骑了上去，立时健翮凌云，将她送走。英琼便回洞收拾晚饭，连夜将石洞打扫，宫灯挂起，年货也陈设起来，准备明日嘉客降临。一会儿工夫，那雕飞回。英琼也就安歇。

第二日天才一亮，英琼便起床将饭煮好。知道英男虽在庵中吃素，却并未在佛前忌荤。特地为她煮了几样野味，同城内带来的菜蔬，崖前掘来的黄精、冬笋之类，摆了一桌。收拾齐备，便跑到崖前去望。到了午牌时分，正要请那雕去接时，英男已从崖下走来。二人见面，比昨日又增加几分亲密。进洞之后，英琼自然是殷勤劝客。英男也不客气，痛快吃喝。石室中瓶梅初绽，盆火熊熊，酒香花香，融成一片。石桌旁边，坐着这两个绝世娉婷的侠女，谈谈笑笑，好不有趣。那广慧大师原先也是一位剑侠，自从遁入空门，笃志禅悦，别有悟心，久已不弹此调。因此英男虽相从有年，仅仅传了些学剑入门的内功口诀，以作山行防身之用。她说英男不是佛门弟子，将来尚要到人世上做一番事业，所以不与她落发。昨日英男回去，说明与英琼相遇，广慧大师笑道："你遇见这个女魔王，**"女魔王"，惊人！又借此生一悬念。《水浒传》鲁智深"杀人放火"成佛，同一理路。**你的机缘也快到了。你明日就离开我这里，和她同居去吧。"英男疑心大师不愿她和英琼交友，便说英琼怎样的豪爽聪明。师父说她是女魔王，莫非她将来有什么不好么？大师道："哪里有什么不好，不过我嫌她杀心太重罢了。你同她本是一条路上人，同她相交，正是你出头之日。我叫你去投她，并非不赞成此举，你为何误会起来？"英男闻大师之言，才放了宽心。不过从师多年，教养之恩如何能舍？便求大师准许同英琼时常见面，却不要分离才好。

第六回 李英琼万里走孤身 赤城子中途逢异派

话说广慧大师见英男难分难舍，笑道："痴孩子，人生哪有不散的筵席？也无事事都两全的道理。我如不因你绊住，早已不在此间了。现在你既有这样好的容身处，怎么还不肯离开？莫非你跟我去西天不成？"英男不明大师用意，仍是苦求。大师笑道："你既不愿离开我，也罢，好在还有一月的聚首，那你就暂时先两边来往，到时再说。"英男又问一月之后到何处去？大师只是微笑不言，**欲说还休是这位大德特点。呵呵。**催她去睡。第二日起来，先将应做的事做好，禀明大师，来见英琼。谈起大师所说之言，英琼正因自己学剑为难，现在英男虽然不到飞行绝迹的地步，比自己总强得多，既然大师许她来此同住，再也求之不得，便请她即日搬来。英男哪肯应允，只答应常来一起学剑，遇见天晚或天气不好时，便留宿在此。英琼坚留了一会儿，仍无效果，只得由她。英男便把大师所传的功夫口诀，尽心传授。英琼一一记在心头，早晚用功练习。又请英男引见广慧大师。大师却是不肯，只叫英男传语：异日仙缘遇合，学成剑术，多留一点儿好生之德便了。自从英男来的那天起，转眼就是除夕。英男也禀明大师，到英琼洞中度岁。英琼得英男时常来往，颇不寂寞，每日兴高采烈，舞刀弄剑。只苦于冰雪满山，不能到处去游玩而已。

初五这天早起，忽然听见洞外雕鸣，急忙出洞，见那佛奴站在地上，朝着天上长鸣。抬头看时，天空中也有一只大雕，与那神雕一般大小，正飞翔下来。仔细一看，这只雕也是金眼钢喙，长得与佛奴一般大，只是通体洁白，肚皮下面同雕的嘴却是黑的。神雕佛奴便迎上前去，交颈互作长鸣，神态十分亲密，宛如老友重逢的神气。英琼一见大喜，便问那神雕道："金眼师兄，这是你的好朋友么？我请它吃点儿腊野味吧。"说罢，便跑向洞内，切了一盘野味出来。那只白雕并不食用，只朝着英琼点了点头。神雕把那一大盘野味吃完后，朝着英琼长鸣三声，便随着那只白雕冲霄飞起。英琼不知那雕是送客，还是被那只白雕将它带走，便在下面急得叫了起来。那神雕闻得英琼呼声，重又飞翔下来。英琼见那白雕仍在低空盘旋，好似等伴同行，不由心头发慌。一把将神雕长颈抱着问道："金眼师兄，我蒙你在此相伴，少受许多寂寞和危险。现在你如果是送客，少时就回，那倒没有什么；如果你一去不回，岂不害苦了我？"那雕摇了摇头，把身体紧傍英琼，现出依依不舍的神气。英琼高兴道："那么你是送客去了？"那雕又摇了摇头。英琼又急道："那你去也不是，回也不是，到底是什么呢？"那雕仰头看了看天，两翼不住地扇动，好似要飞起的样子。英琼忽然灵机一动，说道："想是白眉师祖着你同伴前来唤你，你去听完经仍要回来的，是与不是？你我言语不通，这么办：你去几天，就叫几声，以免我悬念如何？"那雕闻言，果然叫了十九声。英琼默记心头。神雕叫完了十九声，那白雕在空中好似等得十分不耐烦，也长鸣了两声。那神雕在英琼肘下猛地把头一低，离开英琼手抱，长鸣一声，望空而去。英琼眼望那两只雕比翼横空，双双望解脱坡那方飞去，不禁心中奇怪。起初还疑心那雕去将英男背来，与她做伴。一会儿工夫，见那两只雕又从解脱坡西方飞起，眨眨眼升入云表，不见踪影。

英琼天真烂漫，与神雕佛奴相处多日，情感颇深，虽说是暂时别离，也不禁心中难受已极。偏偏英男又因庵中连日有事，要等一二日才来。一个人空山吊影，无限凄惶。闷了一阵，回到洞中，胡乱吃了一顿午饭。取出父亲的长剑，到洞外空地上，按照英男所传的剑法练习起来。正练得起劲之际，忽听身后一阵冷风，连忙回头看时，只见身后站定一个游方道士，黄冠布衣，芒鞋素袜，相貌生得十分猥琐。英琼见他脸上带着一种嘲笑的神气，心中好生不悦。怎奈平日常听李宁说，这山崖壁立千仞，与外界隔绝，如有人前来，定非等闲之辈，因此不敢大意。当下收了招数，朝那道人问道："道长适才发笑，莫非见我练得不佳么？"那道人闻言，脸上现出鄙夷之色，狂笑一声道："岂但不佳，简直还未入门呢！"英琼见那道人出言狂妄，不禁心头火起，暗想："我爹爹同周叔父，也是当年大侠，纵横数十年，未遇过敌手。就说义姊余英男所传剑法，也是广慧大师亲自教授，即使不佳，怎么连门也未入？这个穷老道，竟敢这般无礼！真正有本领的人，哪有这样的不客气？分明见我孤身一人在此，前来欺我，想夺我这山洞。偏偏今日神雕又不在此，莫如我将机就计，同他分个高下，一面再观察他的来意。倘若上天见怜，他真正是一个剑侠仙人，应了白眉师祖临行之言，我就拜他为师；倘若是想占我的山洞，我若打不过时，那我就逃到英男姊姊那里暂住，等神雕回来，再和他算账。"她正在心头盘算，那道人好似看出她的用意。说道："小姑娘，你敢莫是不服气么？这有何难。你小小年纪，我如真同你交手，即使胜了你，将被各派道友耻笑。我如今与你一个便宜：我站在这里，你尽管用你的剑向我刺来，如果你能沾着我一点儿皮肉，便算我学业不精，向你磕头赔罪；如果你的剑刺不着我，我只要朝你吹一口气，便将你吹出三丈以外，那你就得认罪服输，由我将你带到一个所在，去给你寻一位女剑仙做师父。你可愿意？"英琼闻言，正合心意。听这道人语气，知道白眉师祖所说之言定能应验。把疑心人家，要夺她山洞之想，完全冰释。不过还疑心那道人是说大话，乐得借此试一试也好。主意想定后，答道："道长既然如此吩咐，恕弟子无礼了。"说毕，左手捏着剑诀，朝着道人一指，脚一蹬，纵出去有两三丈远，使了一个大鹏展翅的架势，倏地一声娇叱，左手剑诀一指，起右手连人带剑，平刺到道人的胸前。这原是一个虚招，敌人如要避让，便要上当；如不避让，她便实刺过来。英琼见道人行若无事，并不避让。心想：“这个道人不躲我的剑，必是倚仗他有金钟罩的功夫，他就不知道我爹爹这口宝剑吹毛断铁的厉害。他虽然口出狂言，与我并无深仇，何苦伤他性命？莫如点他一下，只叫他认罪服输便了。”说时迟，那时快，英琼想到这里，便将剑尖稍微一偏，朝那道人左肩上划去。剑离道人身旁约有寸许光景，英琼忽觉得剑尖好似碰着什么东西被挡住，这挡回来的阻力有刚有柔，非常强大。幸喜自己只用了三分力，否则受了敌人这个回撞力，恐怕连剑都要脱手。英琼心中大惊，知道遇见了劲敌。脚一点，来个燕子穿云势，纵起两丈高下，倏地一个黄鹄摩空，旋身下来，又往道人肩头刺去。与上次一样，剑到人身上便撞了回来，休说伤人皮肉，连衣服都挨不着边。英琼又要防人家还手，每一个招式，俱是一击不中，就连忙飞纵出去。似这样刺了二三十剑，俱都没有伤着道人分毫。

英琼又羞又急，不知如何是好。后来见每次上前去，道人总是用眼望着自己。及至英琼刺他身后，他又回转身来，只不还手而已。英琼忽然大悟，心想：“这道人不是邪法，定是一种特别的气功。他见我用剑刺到哪里，他便将气运到哪里，所以刺不着他。”眉头一皱，登时想出一个急招：故意用了十分力量，采取野马分鬃，暗藏神龙探爪的架势，刺向道人胸前。才离道人寸许光景，忙将进力收回，猛地将脚一垫，纵起二丈高下，来个鱼鹰入水的姿势。看去好似朝道人前面落下，重又用剑来刺，其实内藏变化。那道人目不转睛地看英琼是怎生刺来。谁知英琼离那道人头顶三四尺左右，倏地将右脚站在左脚背上，又一个燕子三抄水势，借劲一起，反升高了尺许。招中套招，借劲使势，身子一偏，一个风吹落花势，疾如鹰隼。一个倒踢，头朝下，脚朝上，舞起手中剑，使了五成力，一个织女投梭，刺向道人后心。满想这次定然成功。忽见一道白光一晃，耳听锵的一声，自己宝剑好似撞在什么兵刃上面，吓了一大跳。只好又来一个猿猴下树，手脚同时沾地一翻，纵出去有三丈高远。仔细看手中剑时，且喜并无损伤。

正想不出好法对付那道人时，那道人已走将过来，说道："我倒想不到你小小年纪，会有这般急智，居然看得出我用混元气功夫御你的宝剑，设法暗算于我。若非我用剑气护身，就几乎中了你的诡计。现在你的各种绝招都使完了，你还有何话说？快快低头认输吧。"这时英琼已知来人必会剑术，要照往日心理，遇见这种人，正是求之不得。不知今日怎的，见了这道人，心中老是厌恶。知道要用能力对付，定然不行。暗恨神雕佛奴早不走，晚不走，偏偏今天要走，害自己遇见这个无赖老道，没有办法。心中一着急，不禁流下泪来。那道人又道："你敢莫是还不服气么？我适才所说，一口气便能将你吹出数丈以外，你可要试验之后，再跟我去见你的师父吗？"英琼这时越觉那道人讨厌，渐渐心中害怕起来，哪里还敢试验，便想用言语支吾过去。想了一想，说道："弟子情愿认罪服输。弟子自惭学业微末，极想拜一位剑仙做师父。但是家父下山访友，尚未回来。恐他回来，不见我在此，岂不教他老人家伤心？二则，我有一个同伴，也未回来。再者，道长名姓，同我去拜的那位师父的名姓，以及仙乡何处，俱都不知，叫家父何处寻我？我意欲请道长宽我一个月的期，等家父回来，禀明了再去。或者等我同伴回来，告诉她我去的所在，也好使她转告家父放心。道长你看如何？"

那道人闻言，哈哈笑道："小姑娘，你莫要跟我花言巧语了。你父亲同你重逢，至少还得二三十年。你想等那个扁毛畜生回来保你的驾么？凭它那点儿微末道行，不过在白眉和尚那里听了几年经，难道说还是我的对手么？如果你想它跟随你身旁做伴，本是一桩好事，不过我哪有工夫等它？你莫要误会我有什么歹意，你也不知道我的来历。现在告诉你吧，我的道号叫赤城子，昆仑九友之一。我生平最不愿收徒弟，这次受我师姊阴素棠之托，前来度你到她门下。此乃千载一时的良机，休要错过了异日后悔。你怕你喂的那只雕回来寻不见你，你就不知道那个扁毛畜生奉了白眉和尚之命，永远做你的侍卫。它一日之间，能飞行数万里。

它已深通灵性，只要你留下地址，它回来时节，自会去寻你，愁它则甚？我受人之托，忠人之事。你愿意去更好，不愿意去也得去。反正你得见了我师姊之后，如果你仍不愿意，我仍旧可以送你回来。现在想不随我走，那却不成。**倒也入情入理。**”英琼见他说出自己来历，渐渐有点儿相信。知道不随他去，一定无法抵抗。他虽然讨人厌烦，也许他说的那个女剑仙是个好人，也未可知。莫如随他去见了那女剑仙，再作道理。反正他已答应自己，如不愿意拜师，他仍肯送自己回来，乐得跟去开开眼界再说。主意打定后，便道："道长既然定要我同去见那位女剑仙，我也无法。只是那位女剑仙是个什么来历，住在何处，必须先对我说明，好让金眼师兄回来前去寻我。我有一个义姊，就在此山腰解脱庵居住，你得领我先到她那里，嘱咐她几句，万一我父亲回来，也好让义姊转告他知道。再者，我如到了那女剑仙那里，要是不称我的心意，你须要送我回来。否则我宁死也不去的。”赤城子道："你这几件事，只有因广慧这个老尼与我不对，到解脱庵去这一件不能依你外，余下俱可依得。那女剑仙名唤阴素棠，乃是昆仑派中有名的女剑仙，隐居在云南边界修月岭枣花崖。你急速留信去吧。”英琼便问："那女剑仙阴素棠，她可能教我练成飞剑在空中飞行么？”赤城子道："怎么不能？”英琼道："我想起来了，你是他的师弟，当然也会飞剑，你先取出来让我看一看什么样子，如果是好，不用你逼我去，我一步一拜也要拜了去的。”赤城子道："这有何难？"说罢，将手一扬，便有一道白光满空飞舞，冷气森森，寒光耀眼。末后将手一指，白光飞向崖旁一株老树，只一绕，凭空削断，倒将下来。一根断枝飞到那株宋梅旁边，打落下无数梅花来。花雨过处，白光不见，赤城子仍旧没事人一般，站在那里。欢喜得英琼把适才厌恶之念一概打消。兴高采烈地跑进洞中，与李宁、英男各写一封信，又请英男告诉神雕佛奴，到云南修月岭枣花崖昆仑派女剑仙阴素棠那里去寻自己。写完，取了些衣物出洞，那赤城子已等得不耐烦了。

英琼这才深信白眉师祖之言已验，当下便改了称呼，喊赤城子做叔叔。又将洞门用石头封好，并问上云南得用多少天。赤城子道："哪用多少日子？你紧闭二目，休要害怕，我们要走了。"说罢，一手将英琼夹在胁下，喊一声："起！"驾剑光腾空飞去。英琼见赤城子有这么大本领，越发深信不疑。她向来胆大，偷偷睁眼往下界看时，只见白云绕足，一座峨眉山纵横数百里，一览无遗，好不有趣。不消几个时辰，也不知飞行了几千百里，越过无数的山川城郭，渐渐天色黄昏，尚未到达目的地。天上的明星，比较在下面看得格外明亮，自出世以来，未曾见过这般奇景。

正在心头高兴，忽见对面云头上，飞过来数十道各种不同颜色的光彩。赤城子喊一声："不好！"急忙按下剑光，**前面写的此人似乎神通广大，这里陡然一折，反差巨大**。到一个山头降下。英琼举目往这山的四面一看，只见山环水抱，岩谷幽奇，遍山都是合抱的梅花树，绿草蒙茸，翠鸟争喧，完全是江南仲春天气。迎面崖角边上，隐隐现出一座庙宇。赤城子望了一望，急忙带了英琼转过崖角，直往那庙前走去。英琼近前一看，这庙并不十分大，庙墙业已东坍西倒。两扇庙门只剩一扇倒在地下，受那风雨剥蚀，门上面的漆已脱落殆尽。院落内有一个钟楼，四扇楼窗也只剩有两扇。楼下面大木架上，悬着一面大鼓，外面的红漆却是鲜艳夺目。隐隐望见殿内停着几具棺木。这座庙，想是多年无人住持，故而落到这般衰败。**破败之庙，如画**。赤城子在前走，正要举足进庙，猛看见庙中这面大鼓，咦了一声，忙又缩脚回来，**小悬念**。伸手夹着英琼，飞身穿进钟楼里面。英琼正要问他带自己到此则甚，赤城子连忙止住。低声说道："此刻不是讲话之时，适才在云路中遇见我两个对头，少时便要前来寻我，你在我身旁多有不便，莫如我迎上前去。这里有两支何首乌，你饿时吃了，可以三五日不饥。三日之内，千万不可离开此地。如果到了三日，仍不见我回来时，你再打算走。往庙外游玩时，切记不可经过楼下庭心同大殿以内。你只要站在楼窗上头，纵到庙墙，再由庙墙下去，便无妨碍。此山名为莽苍山，这座庙并非善地。不听我的话，遇见什么凶险，我无法分身来救，倒有些责任心。不可任意行动。要紧，要紧！”说完，放下两支巨如儿臂的何首乌，不俟英琼答言，一道白光，凌空而去。

英琼心高胆大，见赤城子行动果然是一位飞行绝迹的剑仙，已经心服口服。本想问他对头是谁，为何将自己放在这座古庙内时，赤城子业已走去，无可奈何，只得依言在钟楼中等候他回来再说。当下目送白光去后，回身往这钟楼内部一看，只见蜘蛛在户，四壁尘封，当中供的一座佛龛，也是残破不堪。英琼以一弱女子，来到这数千里外的深山古寺之中，吉凶未卜，满目凄凉，好生难过。几次想到庙外去看看山景，都因为慑于赤城子临行之言，不敢妄动。渐渐天色黄昏，赤城子还未见回转，觉着腹中饥饿，便将何首乌取了一支来吃。满嘴清香甜美，非常好吃。才吃了半支，腹中便不觉饿了。英琼恐怕赤城子要三二日才得回来，不敢任意吃完，便将剩余的一支半何首乌，仍藏在怀中。将佛前蒲团上的灰尘扫净后，坐在上面歇息。愁一会儿，烦一会儿，又跑到窗前去远眺暝色。

这时天气也渐渐黑暗起来，一轮明月正从东山脚下升起，清光四射，照得庙前平原中千百株梅花树上疏影横斜，暗香浮动，一阵阵幽香，时时由风吹到，不由脱口叫出一声好来。赏玩一阵，顿觉心旷神怡，百虑皆忘。英琼毕竟是孩子心性，老想到庙外去，把这月色、梅花赏玩个饱，早忘了赤城子临行之言，待了一会儿，忍耐不住。这个钟楼离地三四丈，梯子早已坍塌，无法下去。英琼在峨眉练习过轻身术，受了她父亲的高明指点，早已练得身轻如燕，哪把这丈许远庙墙放在心上。当下站起来，脚一蹬，已由楼窗纵到庙墙，又由墙上纵到庙外。见这庙外的明月梅花，果然胜景无边，有趣已极。这时明月千里，清澈如昼，只有十来颗疏星闪动，月光明亮，分外显得皎洁。英琼来到梅花林中，穿进穿出，好不高兴。徘徊了好一会儿，赤城子仍是杳无音信，也不知他所遇的对头是何许人物，厉害不厉害，吉凶胜负如何，好生代他着急。

到了半夜，渐渐觉着有点儿夜凉，打算回到钟楼，将自己带来的小包裹打开，添一件衣服穿上，再作计较。一面心头盘算，便举足往庙里走去。美景当前，早忘了处境危险，此番进庙，因为顺便，便由正门进去。才走到钟楼面前，便看见架上那一面大可数抱的大鼓，鼓上面好似贴有字纸。暗想："这座破庙内，处处都是灰尘布满，单单这面大鼓，红漆如新，上面连一星星灰尘俱都无有，好生奇怪。"见那鼓槌挂在那里，好似又大又重，便想去取过来看看。**孩子心性。**猛听得殿内啾啾两声怪叫。英琼在这夜静更深，荒山古庙之内，听见这种怪声，不由毛发一根根直竖起来。猛想起适才头次进庙时，恍惚看见庙中停有几具棺材；赤城子临行时，又说此非善地。自己来时匆忙，只带了随身换洗衣服银两，除家传宝剑外不曾带得兵刃。越想心中越觉害怕，忍不住偷眼往殿内看时，月光影里，果然有四具棺材，其中一具的棺盖已倒在一边。英琼见无甚动静，略觉放心，也无心去把玩那鼓槌。正要返回钟楼时，适才的怪声又起，啾啾两声，便有一个黑东西飞将出来。英琼喊了一声："不好！"不管三七二十一，只一纵便上了墙头。定睛往下看时，原来飞出来的是一只大蝙蝠，倒把自己吓了一大跳。不禁呸了一声，心神甫定。随即又有一阵奇腥随风吹到，耳旁还微闻一种咻咻的呼吸声。英琼此时已是风声鹤唳，草木皆兵。圆睁二目，四下观看，并无动静，知道自己神虚胆怯。正要由墙上纵到钟楼上去，忽听适才那一种呼吸声就在脑后，越听越近。猛回头一看，吓了一个胆裂魂飞。原来她身后正站着一个长大的骷髅，两眼通红，浑身绿毛，白骨嶙峋。并且伸出两只鸟爪般的长手，在她身后做出欲扑的架势。那庙墙缺口处，只有七八尺的高下，正齐那怪物的胸前。英琼本是做出要往楼上纵去的架势，在这危机一发的当儿，且喜没有乱了步数。英琼被那怪物吓了一跳，脚便落了空，幸那身子原是往前纵的，忙乱惊惶中顿生急智，趁那两脚还未着地之际，左脚搭在右脚上面，借劲使劲，只一纵，蜻蜓点水似的早纵到了钟楼上面。刚刚把脚站稳，便听见下面殿内的棺木发出轧轧之声。响了一会儿，接着又是砰砰几声大响，显然是棺盖落地的声音。接着又是三声巨响过去。再看刚才那个绿毛红眼的怪物，已绕到前门，进到院内，直奔钟楼走来，口中不住地吱吱怪叫。一会儿工夫，殿内也蹦出三个同样的怪物，都是绿毛红眼，白骨嶙峋，一个个伸出鸟爪，朝着英琼乱叫乱蹦，大有欲得而甘心的神气。英琼虽然胆大，也不由得吓出一身冷汗。幸喜那钟楼离地甚高，那四个怪物虽然凶恶，身体却不灵便，两腿笔直，不能弯转，尽管朝上直跳，离那钟楼还有丈许，便倒将下来。英琼见那怪物不能往上高纵，才稍放宽心。

惊魂乍定后，便想寻一些防身东西在手上，以备万一。在钟楼上到处寻觅，忽然看见神龛内的佛肚皮上，破了一个洞穴，内中隐隐发出绿光，好生诧异。伸手往佛肚皮中一摸，掏出一个好似剑柄一般的东西，上面还有一道符箓，非金非石，制作古雅，绿黝黝发出暗蓝光彩，其长不到七八寸。英琼在百忙中也寻不着什么防身之物，便把它拿在手中。再回头往楼下看时，那四个怪物居然越跳越高，几次跳到离楼窗只有三四尺光景。差这数尺，总是纵不上来。八只钢一般的鸟爪，把钟楼上的木板抓得粉碎。四个怪物似这般又跳了一会儿，见目的物终难到手，为首的一个好似十分暴怒，忽地狂啸一声，竟奔向钟楼下面，去推那几根木柱，意在把钟楼推倒，让楼上人跌下地来，再行嚼用。其余三个怪物见为首的如此，也上前帮同一齐动作。钟楼年久失修，早已腐朽，那四个怪物又都是力大无穷，哪经得起它们几推几摇，早把钟楼的木柱推得东倒过来，西倒过去。那一座小小钟楼，好似遇着大风大浪的舟船，在怪物八只鸟爪之下，摇晃不住，楼上的门窗木板，连同顶上的砖瓦，纷纷坠落下来。**恐怖片，典型镜头。**英琼见势危急，将身立在窗台上面，准备钟楼一倒，就飞身纵上墙去逃走。主意才得拿定，忽地咔嚓一声，一根支楼的大柱，竟然倒将下来。英琼知道楼要倒塌，更不怠慢，脚一蹬，便到了庙墙上面。知道怪物不能跳高，见那大殿屋脊也有三丈高下，便由墙头纵了上去。悄悄伏在殿脊上面，用目往下偷看时，忽听哗哗啦啦之声。接着震天的一声巨响，一座钟楼竟被怪物推倒下来。又是咚的一声，一根屋梁直插在那面红鼓上面，将那面光泽鉴人的大红鼓穿了一个大洞。那四个怪物起初推楼时节，一心一意在做那破坏工作，不曾留心英琼逃走。及至将楼推倒，便往瓦砾堆中去寻人来受用。八只钢爪起处，月光底下瓦砾乱飞。那怪物翻了一阵，寻不见英琼，便去拿那面鼓来出气，连撕带抓，早把那面鼓拆了个粉碎。同时狂叫一声，似在四面寻找。忽然看见月光底下英琼的人影，抬头便发现了英琼藏身所在。这四个怪物互相吱吱叫了数声，竟分四面将大殿包围，争先恐后往殿脊上面抢来。有一个怪物正立在那堆破鼓面前，大概走得性急，一脚踹虚，被那破鼓膛绊了一跤。原来这四个怪物是年代久远的僵尸炼成，虽然行走如飞，只因骨骼僵硬，除两手外，其余部分都不大灵活。跌倒在地下，急切间不容易爬起。其余三个怪物已有两个抓住殿前瓦垄，要纵上殿脊上去。英琼百忙中想不出抵御之法，便把殿顶的瓦揭了一摞，朝那先爬上来的两个怪物顶上打去。

第七回　步明月　古寺斗僵尸
玩梅花　擒龙得宝剑

话说李英琼忙乱中用殿瓦向怪物打去，只听咔嚓连声，那怪物叫了两声，越加显出愤怒的神气，好似并不曾伤着什么。幸而那殿年久失修，椽梁均已腐烂。那怪物因为抓住瓦垄，身子悬在空中，还是纵不上去，着急一使劲，整个房顶被它扯断，连那怪物一齐坠到地下。英琼这时正是心惊胆落，眼观四面，耳听八方。防了这面，刚打算觅路逃走，忽见在破鼓堆中跌倒的那个怪物，从那破烂鼓架之中，拾起一个三尺来长、四五寸方的白木匣儿，匣儿上面隐隐看出画有符箓。这种僵尸最为残忍凶暴，见要吃的生人不能到手，又被那木匣绊了一跤，越加愤怒。不由分说，便把那木匣拿在手中，只一抓一扯之间，便被它分成两半。还待再动手去粉碎时，木匣破处，滋溜溜一道紫光冲起，围着那怪物腰间只一绕，一声惨叫，便被分成两截，倒在地下。那从房檐坠下的两个怪物，刚得爬起，还要往上纵时，忽听同伴叫声，三个怪物一齐回头看时，只见它们那个同伴业已被腰斩在地。月光底下，一团青绡紫雾中，现出一条似龙非龙的东西，如飞而至。那三个怪物想是知道厉害，顾不得再寻人来吃，一齐拔腿便逃。那条紫龙如电闪一般卷将过来，到了三个怪物的身旁，只一卷一绕之间，一阵轧轧之声，便都变成了一堆白骨骷髅，拆散在地。

那龙除了四个怪物，昂头往屋脊上一望，看见了英琼，箭也似蹿了上来。英琼只顾看那怪物与龙争斗，竟忘了处境的危险。在这刻不容缓的当儿，才想起："那几个怪物不过是几具死人骸骨，虽年久成精，又不能跳高纵矮，自己有轻身的功夫，还可以躲避。这条妖龙一眨眼工夫，便将那四个怪物除去，自必更加厉害。还不逃走，等到何时？”想到这里，便将身体用力一纵，先上了庙墙，再跳将下去。这时，那条龙已纵到离她身旁不远。英琼但觉一阵奇寒透体袭来，知道那龙已离身后不远，不敢怠慢，亡命一般逃向庙前梅林之中。那条龙离她身后约有七八尺光景，紧紧追赶。**一波未平一波又起，历险记典型写法。**英琼猛一回头，才看清那条龙长约三丈，头上生着一个三尺多长的长鼻，浑身紫光，青烟围绕，看不出鳞爪来。英琼急于逃命，哪敢细看。因为那龙身体长大，便寻那树枝较密的所在飞逃。这时已是三更过去，山高月低，分外显得光明。庙前这片梅林约有三里方圆，月光底下，清风阵阵，玉屑朦胧，彩萼交辉，晴雪喷艳。这一条紫龙，一个红裳少女，就在这水晶宫、香雪海中奔逃飞舞，只惊得翠鸟惊鸣，梅雨乱飞。那龙的紫光过处，梅枝纷纷坠落，咔嚓有声。**绝险处境，绝美画面。**

英琼看那龙紧追身后，吓得心胆皆裂，不住地暗骂：“赤城子牛鼻老道，把我一人抛在此地，害得我好苦！”正在舍命奔逃之际，忽见梅林更密，一棵大可数抱的梅树，正在自己面前。便将身一纵，由树枝中纵了过去。奔走了半夜，满腹惊慌，浑身疲劳，落地时不小心，被一块山石一绊，一个失足，跌倒在地，又累又怕，手足瘫软，动弹不得。再看那条龙，也从树杈中蹿将过来。不由得长叹一声道：“我命休矣！”这时英琼神疲力竭，漫说起来，连动转都不能够，只好闭目听任那龙来享用罢了。英琼自觉转眼身为异物，谁知半天不见那龙动静。只听风声呼呼，一阵阵寒梅幽香，随风透进鼻端。悄悄偷眼看时，只见月光满地，疏星在天，前面的梅花树无风摇动，梅花如雪如雾，纷纷飞舞。定睛往树杈中看时，那条龙想是蹿得太急，夹在那大可数抱的梅树中间，进退不得，来回摇摆，急于要脱身的神气。

英琼终于惊魂乍定，知道此乃天赐良机，顾不得浑身酸痛，站起身来，便想寻一块大石，将那龙打死。寻了一会儿，这山上的石头，最小的都有四五尺高，千百斤重，无法应用。英琼看那龙越摇越疾，那株古梅的根也渐渐松动，眼看就要脱出。此时她正在一块大石旁边，急切间随手将适才得来的剑柄往那石上打了一下。只听得锵然一声，那五六尺方圆的巨石，竟然随手而裂。英琼起初疑是偶然，又拿那剑柄去试别的大石时，无不应手而碎，才知自己在无意中得了一件奇宝。正在高兴，那龙摇摆得越加厉害。左近百十株梅树，随着龙头尾的上下起伏，好似云涛怒涌，有声有色。忽然首尾两头着地，往上只一拱，这一株大可数抱、荫被亩许的千年老梅，竟被带起空中十余丈高下。龙在空中只一个盘旋，便把夹在它身上的梅树摔脱下来。那初放的梅花，怎经得起这般剧烈震撼，纷纷脱离树枝，随风轻扬，宛转坠落，五色缤纷，恰似洒了一天花雨。月光下看去，分外显得彩艳夺目。直到树身着地有半盏茶时，花雨才得降完，**还有闲笔写景！**从此化作春泥。英琼虽在这惊惶失措之间，见了这般奇景，也不禁神移目眩。说时迟，那时快，那龙摆脱了树，似有物牵引，哪容英琼细赏这明月落花，头一掉，便直往英琼身畔飞来。英琼猛见紫光闪闪，龙已飞到身旁，知道命在顷刻，神慌意乱，把手中拿的剑柄错当作平时用的金镖，不管三七二十一，朝着那龙头打去，依稀见一道火光，打个正着。只听当当两声，紫光一闪。英琼明知这个妖龙绝非一镖可了，手中又别无器械。正在惶急，猛见自己旁边有两块巨石，交叉处如洞，高约数尺。当下也无暇计及那龙是否受伤，急忙将头一低，刚刚纵了进去，眼睛一花，看见对面站着一个浑身穿白怪物。只因进得太猛，后退不及，收脚不住，撞在那白怪物手上，便觉头脑奇痛，顿失知觉，晕倒在地。耳旁忽听空中雕鸣，心中大喜。急忙跑出洞来一看，那白衣怪物业已被神雕啄死。一雕一龙正在空中狠命争斗，鳞羽乱飞，不分上下。英琼见神雕受伤，好生心疼，便将身旁连珠弩取将出来，朝着那龙的二目射去。那龙忽然瞥见英琼在下面放箭，一个回旋，舍了神雕，伸出两只龙爪，直向英琼扑来。英琼心一慌，哎哟一声，坠落在身旁一个大水潭之中。自己不熟水性，在水中浮沉片刻，只觉身上奇冷，那水一口一口地直往口中灌来。一着急，哎呀一声，惊醒过来一看，日光照在脸上，哪里有什么雕，什么龙？自己却睡在一个水潦旁边。花影离披，日光已从石缝中射将进来，原来这洞前后面积才只丈许。神思恍惚中，猛想起昨日被赤城子带到此山，晚间同怪物、妖龙斗了一夜。记得最后逃到这石洞之中，又遇见一个白衣怪物，将自己打倒。适才莫不是做梦？想到这里，还怕那妖龙在外守候未走，不敢轻易由前面出去。悄悄站起来，觉着周身作痛，上半身浸在积水之中，业已湿了半臂。待了一会儿，不见动静，偷偷往外一看，日光已交正午。梅花树上翠鸟喧鸣，空山寂寂，除泉声鸟鸣外，更无别的丝毫动静。敛气屏息，轻轻跑出洞后一看，只见遍山梅花盛开，温香馥郁，直透鼻端。有时枝间微一颤动，便有三两朵梅花下坠，格外显出静中佳趣。这白日看梅，另是一番妙境。**借梦转折，妙笔。**

英琼在这危疑惊惶之中，也无心观赏，打算由洞后探查昨日战场，究竟是真是幻。走不多远，便看见地下泥土坟起，当中一个大坑，深广有二三丈，周围无数的落花。依稀记得昨晚这里有一株绝大梅树，那龙便夹在此中。后来将这梅树拔起，脱身之后，才又来追逐自己。又往前行不远，果然那大可数抱的古梅花树横卧地下，上面还卧着无数未脱离的花骨朵，受了一些晨露朝阳，好似不知根本已伤，元气凋零，皮之不存，毛将焉附，而依然在那里矜色争艳，含笑迎人。草木无知，这也不去管它。且说英琼一路走来，尽是些残枝败梗，满地落花，昨日的险境战迹，历历犹在目前，这才知道昨晚前半截不是做梦。走来走去，不觉走到昨日那座庙前，提心吊胆往里一望，院前钟楼坍倒，瓦砾堆前只剩白骨一堆，那几个骷髅龇牙咧嘴，好不吓人，不由出了一身冷汗。不敢再看，回头就跑。一面心中暗想："此地晚上有这许多妖怪，赤城子又不回来，自己又不认得路径，在这荒山凶寺之中，如何是了？”越想越伤心，便跑进梅林中痛哭起来。哭了一会儿，觉着腹中有些饥饿，想把身旁所剩的何首乌，取出嚼了充饥，便伸手往怀中一摸。猛想起昨晚在钟楼佛肚皮中，得了一个剑柄，是一个宝贝。昨晚在百忙中，曾误把它当作金镖去打那妖龙，如今不见妖龙踪影，想必是被那剑柄打退。此宝如此神妙，得而复失，岂不可惜？当下不顾腹中饥饿，便跑到刚才那两块大石前寻找。刚刚走离那两块大石还有丈许远近，日光底下，忽见一道紫光一闪，疑是妖龙尚未逃走，吓得拨转身来回头便逃。跑出去百十步，不见动静，心中难舍，仍由来路悄悄地一步一步走近前来看时，那道紫光仍在映日争辉。**得紫郢剑是重大奇遇，不可草率，须慢慢写来。**大着胆子近前一看，原来是一柄长剑。取在手中一看，那剑的柄竟与昨日所见的一般无二，剑头上刻着“紫郢”两个篆字。这剑柄怎会变成一口宝剑？十分奇怪。拿在手中试了试，非常称手，心中大喜。随手一挥，便有一道十来丈长的紫色光芒。把英琼吓了一大跳，几乎脱手抛去。她见这剑如此神异，试了试，果然一舞动，便有十余丈的紫色光芒，映着日光耀眼争辉。仔细一看，不禁狂喜起来。只可惜这样一口干将、莫邪般的至宝，竟无一个剑匣，未免缺陷。

英琼正愁没有兵刃，忽然无意中得着这样神奇之物，不由胆壮起来。心想：“既有剑，难道没有匣？何不在这山上到处寻找？也许寻着也未可知。好在有宝剑在身，又是青天白日，也不怕妖怪出来。”当下仍按昨日经行之路寻觅，寻来寻去，寻到那株卧倒的梅树跟前，已然走了过去，忽觉手中的剑不住地震动。回头一看，见树隙中好似一物在日光底下放光。近前一看，树隙缝中正夹着一个剑匣。这才恍然大悟，昨晚鼓中的龙，便是此剑所化。又是喜欢，又是害怕：喜的是得此神物，带在身旁，从此深山学剑，便不畏虎狼妖鬼；怕的是万一此剑晚来作怪，岂不无法抵御？仔细看那剑柄，却与昨日所失之物一般无二。记起昨晚曾用此剑柄去打妖龙，觉得发出手去，有一道火光，莫非此宝便是收伏那龙之物？想了一会儿，毕竟心中难舍，便近前取那剑匣。因已深陷木缝之中，英琼便用手中剑只一挥，将树斩断，落下剑匣。将剑插入匣内，恰好天衣无缝，再合适不过，心中高兴到了万分。将剩的何首乌，就着溪涧中山泉吃了半截。又将剑拔出练习剑法，只见紫光闪闪，映着日光，幻出无边异彩。周身筋骨一活动，登时身上也不酸痛了，便在梅林中寻了一块石头坐了歇息。本想离开那座庙，另寻一个石洞做安身之所，又恐怕赤城子回来无处寻觅自己；欲待不离开此地，又恐晚来再遇鬼怪。想了一阵，无法可施。猛想起自己包裹、宝剑、银两还在钟楼上，如今钟楼已塌，想必就在那瓦砾堆中。莫如趁这大白天，先取出来再定行止。当下先把那口紫郢剑拿在手中，剑匣佩在身旁，壮着胆子往前走。走近去先寻两块石头，朝那堆骷髅打去，不见什么动静，这才略放宽心。走近前去，那堆骷髅经日光一晒，流出许多黄水，奇臭熏人。英琼一手提剑，一手捏鼻，走到钟楼瓦砾堆中一看，且喜包裹还在，并未被那怪物扯破，便取来佩在身旁。不敢再留，纵身出墙。随即从包裹中取出衣裳，将湿衣换下包好，背在身上。又等了一会儿，已是未末申初，赤城子还不见回转。想起昨晚遇险情形，心中犹有余悸，不敢在此停留，决计趁天色未黑，离开此山，往回路走。心想：“赤城子同那女剑仙既想收我为徒，必然会再到峨眉寻我。我离开此地，实在为妖怪所逼，想必他们也不能怪我。包裹内带有银两，且寻路下山，寻着人家，再打听回去的路程。”

主意拿定后，看了看日影，便由山径小路往山下走。她哪里知道，这莽苍山连峰数百里，绵亘不断，她又不明路径，下了一座山，又上一座山。有时把路径走错，又要辨明风向日影，重走回来。似这样登峰越岭，下山上山，她虽然身轻如燕，也走得浑身是汗，遍体生津。直走到天色黄昏，仅仅走出去六七十里。夜里无法认路，只得寻了一个避风所在，歇息一宵。似这样山行露宿了十几天，依然没有走出这个山去。且喜所得的紫郢剑并无变化，一路上也未遇见什么鬼怪豺虎。而且这山景物幽美，除梅林常遇得见外，那黄精、何首乌、松仁、榛栗及许多不知名而又好吃的异果，却遍地皆是。英琼就把这些黄精果品当作食粮，每次发现，总是先包了一大包，够三五日食用，然后再放量一食。等到又遇新的，便把旧的弃掉，又包新的。多少日子未吃烟火，吃的又都是这种健身益气延年的东西，自己越发觉得身轻神爽，舒适非常。只烦恼这山老走不完，何时才能回到峨眉？想到此间，一发狠，这日便多走了几十里路。照例还未天黑，便须打点安身之所，谁知这日所上的山头，竟是一座秃山，并无理想中的藏身之所。上了山头一看，忽见对面有一座峰头，看去树木蓊翳，依稀看见一个山凹，正好藏身隐蔽。好在相离不远，便连纵带走地到了上面，一看果然是一片茂林。最奇怪的是茂林中间，却现出一条大道，宽一丈左右。道路中间寸草不生，那大可二三抱的老树连根拔起，横在道旁的差不多有百十株。道旁古树近根丈许地方，处处现出擦伤的痕迹。英琼到底年幼不解事，这一路上并未见过虎豹，胆子也就越来越大。见这条大路长约百十丈远，尽头处是一个小山壁，便不假思索，走近一看，原来孤壁峭立，一块高约三丈的大石，屏风似的横在道旁。绕过这石再看，现出一个丈许方圆的山洞，心中大喜。只因连日睡的所在，不是岩谷，便是树腹，常受风欺露虐，好容易遇见这样避风的好所在，岂肯放过。又不假思索地走了进去，恰好洞旁现有一块七八尺宽的平方巨石，便在上面坐下，取出沿路采来的山果黄精慢慢嚼吃。

一会儿工夫，一轮大半圆的明月挂在树梢，月光斜照进洞，隐隐看见洞的深处，有一堆黑茸茸的东西。心中一动，渐渐回忆起前数日的险境，不由心虚胆怕起来。先取了一块石头，朝那一堆黑东西打去，噗的一声，好似打在什么软东西上面，估量是一堆泥土，才放宽了心。便把包裹当了枕头，将宝剑压在身下，躺在那里望月想心事。年轻人瞌睡原来得快，加以连日山行，未免劳乏，不知不觉间便沉沉睡去。睡到半夜，英琼恍惚听见锵锒一声。醒来一看，天气昏黑非常，自己心爱的那口宝剑掉在地下，紫光闪闪，半截业已出匣。想是睡梦中不小心，翻身时节将它碰到地下。英琼连日把那口宝剑爱逾性命，便将它还匣，抱在怀中。见天还黑得厉害，重又倒下再睡。不知怎的，翻来覆去总睡不着。勉强将眼闭上养神，又觉得浑身毛焦火燎，好似心神不定。暗想："这几日月色都是非常之好，怎么今天会这样黑法，连星光都看不见？要说是变天，怎么又听不见风雨之声？"她睡的那块石头，原离洞口不远，便想伸手到洞外去试试。正要从黑暗中摸到洞口去时，谁知石头上放的那口宝剑又锵锒一声，一道紫光闪出丈许，把英琼吓了一跳。疑心那剑又要化龙飞去，顾不得再看天色，急忙纵将过来，把那剑抢到手中看时，那剑已无故蹿出了大半截来，英琼好生惊异。猛想起："过去常听爹爹说过，凡是珍奇宝剑，遇有凶险事情发生，必定预先报警。此剑已深通灵性，刚才我睡梦之中，也曾锵锒一声，莫非今晚又有什么凶兆应在我的头上？"便对手中宝剑说道："你如真有灵应，倘使我今晚要遇见什么不好的事，你就再响一声。"言还未了，那剑果然又是锵锒一声，出匣半截，紫光影里，不觉照在面前石头上面。英琼大吃一惊，暗想："我记得这是昨日进来的洞口，哪里来的石头？"好生诧异。近前一摸，正是一块大石，业将洞门封闭。用手尽力推开，这块石头恐怕重有上万斤，恰似蜻蜓撼石柱，休想动分毫。不由把英琼急出一身冷汗。正在心中焦急，猛一回首，看见地下一道白光，吓了一跳。定睛看时，原来是太阳的光斜射进来。才明白时间已是不早，适才洞门被石头封闭，所以显得黑暗，并不是天还未亮。洞中有了日光，能依稀辨出洞中景物。昨晚自己认为是一个土堆的那一团黑东西，原来是一些野兽的皮毛骨角，堆在洞的一角，约有七八尺高，一阵阵腥臭难闻。

英琼见洞门被石头封锁，便想另觅出路。先将紫郢剑放出，一路舞，一路往洞内寻找，借着日光和剑上发出的紫光寻觅出路。将这洞环行了一遭，不禁大为失望，原来这个洞竟是死洞。把英琼急得像钻窗纸的苍蝇一般，走投无路。明知此洞绝非善地，越想心中越害怕。坐在那块石头上，对着石缝中射进来的日光寻思了一阵。忽然暗骂自己一声：“蠢东西，我又不是不会爬高纵矮，何不从那石头缝中爬了出去？”从这阴霾愁险中，忽然发现这一线生机，立时精神倍增。恰好那块石头立脚之处甚多，英琼用手试了试，将身一纵，已攀住那个缺口。一比那个口径，最宽的所在不到四寸，只能望得见外面，想出去却比登天还难，心中重又焦急起来。不知不觉中从那缺口向外望时，猛看见对面山头上来了一个巨人，赤着上半身，空着两只手，看它脚步生风，正往这面山头走来。英琼心中大喜，正要呼救，猛一寻思：“我在此山行走多日，并未遇见一点儿人迹兽迹。这山离那对面山头，约有半里多路，怎么看去那样大法？并且那人并未穿着衣服，不是妖怪，也定是野人。”想到这里，便不敢出声，胆寒起来。

正想之间，那人已走向这边山上，果然高大异常，那高约数丈的大树，只齐它胸前。英琼不禁叫了一声“哎呀”，吓得几乎失手坠了下去。再看那巨人时，竟朝石洞这面走来，那沿路大可数抱的参天古树，碍着一些脚步的，便被它随手一拔，就连根拔起，拉倒道旁。英琼才明白昨日路旁连根拔倒的那些大树，便是这个怪物所为。虽然心中越发害怕，还是忍不住留神细看。这时那巨人已越走越近，英琼也越加看得仔细。只见这个怪物生得和人一般无二，果然高大得吓人：一个大头，约有大水缸大小。一双海碗大的圆眼，闪闪放出绿光。凹鼻朝天，长有二尺。血盆一般的大嘴，露出四个獠牙，上下交错。一头蓝发，两个马耳长约尺许，足长有数丈，粗圆约有数尺。两手大如屏风。浑身上下长着一身黄毛，长有数寸。从头到脚，怕没有十来丈长。英琼看得出了神，几乎忘记害怕。忽然眼前一暗，一股奇腥刺鼻，原来那怪物已走近洞前。那洞口齐它膝部，外面光线被它身体遮蔽，故而黑暗。英琼猛觉得石头一动，便知危机已迫，不敢怠慢。刚刚将身纵下石来，忽听耳旁哗啦一声巨响，眼前顿放光明，知道洞口石头已被怪物移开。急忙将身纵到隐蔽之所，偷偷用目往外看时，只见洞口现出刚才所见那个怪物的脑袋，两眼发出绿光，冲着英琼龇牙一个狞笑。把英琼吓得躺在一旁，连大气也不敢喘出。幸喜那怪物的头和身子太大，钻不进来，只一瞬间，便即退去。一会儿工夫，又有一只屏风般大、两三丈长的手臂平伸进来，张开五指粗如牛腿、长约数尺的毛手，便往英琼藏身之处抓来。**历险，得宝，再历险——少年奇遇记套路。**只吓得英琼心惊胆裂，急忙将身一纵，从那大毛手的指缝中，蹿到洞的左角。那大毛手抓了一个空，便将手四面乱捞乱抓起来。英琼到了这时，也顾不得害怕，幸喜身体瘦小灵便，只在那大手的指缝中钻进钻出。那怪物捞了半天，忽然那毛手退出。欲知究竟，请看下回。

第八回　斩巨人 马熊报恩 摘朱果 猩猩殒命

那怪物又低下头来看了看，重又将那大毛手伸进洞来，恰似小孩子在金鱼缸中捞金鱼一般，眼看到手，又从手缝中溜了出去，愤怒非常，震天动地般狂吼一声，那只毛手捞得越发加紧起来。英琼在这危机一发之间，越加不敢怠慢，在这石洞毛手之间纵过来跳过去，只累得浑身是汗，遍体生津，腰中又带着那一柄长剑，碍手碍脚。忽然一个不留神，英琼在右壁角，那怪物的毛手伸将过来，英琼刚要纵起身来，被那柄长剑在两腿中间一绊，险些栽倒，眼看那大毛手已离身旁只有尺许，稍一迟延，怕不被它捏为齑粉。还算英琼天生神勇，急中生智，见毛手到来，将身往后便倒，让过巨人毛手，自己右手着地，一个金鲤跳龙门的姿势，平斜着蹿到洞口一个石缝中潜伏。惊魂乍定，暗怪自己带的这口宝剑累赘误事。猛想起："此剑当初诛那四个僵尸并不费力，只一转瞬间就散成一堆白骨。它又能够变化神龙，发出十来丈的紫光。这个大手紧紧追逼，似这样逃来逃去，何时是了？自己想是吓糊涂了，竟会把这样奇珍异宝忘记。"不由暗骂自己一声"糊涂虫"。想到此地，已把宝剑出匣，擎在手中。那剑想是知道今日英雄已有用武之地，上面发出来的紫光，竟照得全洞皆明。那怪物的大毛手，起初不知道英琼藏在洞口石缝之中，只往深处乱捞。捞了一阵捞不着，正在急怒，英琼已打好主意。剑才出匣，那怪物好似已有了觉察，刚要将手退出洞去，英琼的剑光已不由英琼做主，竟自动地卷了过去。紫光影里，那怪物的大毛手指，已被剑光斩断两个下来，血如涌泉一般，直冒起丈许高下。那怪物受了重创，狂吼一声，那毛手很迅速地退了出去。英琼看见洞口现出亮光，在这间不容发之间，急智顿生。心想："这洞内逼仄，又无出路。那怪物既怕这口宝剑，何不趁它大手退出时纵到外面，与它分个死活？倘若侥天之幸，将它除去，也好为这附近几百里的生物去一大害。"想到此际，雄心陡起，把适才害怕忧愁之念化为乌有。英琼生有异禀，心思异常敏锐，她这种想头，只在一转瞬间。那怪物原是蹲在地下，将手伸进洞中去捞，被英琼紫郢剑斩了二指，痛楚入骨，便知不妙，急忙将手退出。刚站起身来，英琼在它腿缝中间纵了出去。

说了半天，那赤城子既引英琼前去拜师，为何半路上又将她抛在莽苍山凶寺之中，一去不返？除英琼斗龙，最后逃入石洞，被白衣怪物打倒入梦（那白衣怪物，是月光照在石头上面，被英琼眼花误认），以及她收脚不住，将头撞在石头上跌倒，误当作被怪物所击外，再有那凶寺中的四具将成旱魃的僵尸，红鼓中所藏先化神龙的紫郢剑，是何人所留？此山天气，为何这般温暖？以后英琼再到莽苍山盗取温玉，马熊二次报德，发现长眉真人留的石碣，那时自有交代，这且不言。不佞先向各位阅者补叙这巨人的来历。

自古深山大泽，多生龙蛇；无人迹的深谷古洞，常有许多山魈木客之类盘踞其中。这个巨人，便是山魈之一类，岁久通灵，力大无比。英琼所卧的那个石洞，便是它储藏食物之所，它擒来山中野兽生物，便拿来储藏在内，再用洞口那三丈高下的石屏风来封闭，以防逃逸。昨晚英琼睡在洞中，被它今晨走过发现。想是它当时不饿，防这小女孩儿逃走，才用石头将洞门封锁。那石屏风甚重，何止万斤，漫说英琼，无论有多大力量的野兽，也休想推动分毫。它将洞口封闭时节，英琼得的那口紫郢剑原是神物，忽然出匣长啸示警，将英琼从梦中惊醒。等到英琼发现洞门被石头封锁时，这个山魈业已回转，照往日习惯，先低下头来看了看，再伸手进洞去捞将出来食用。不想会被英琼的紫郢剑削去二指，愤怒非常，暴跳如雷，两个大毛脚蹬处石破天惊，毛手起处树飞根绝。正用左手拔起一根大树，想塞进洞去，将那仇人捣死，英琼已从它两腿中间溜了出来。

那怪物低头一看，怒发千丈，张开屏风般大的大毛手，便来捉英琼。英琼出来后，先将身体连连数纵，已纵离那山魈数十丈远。回头一看，只见那怪物果然生得凶恶高大，自己的头仅仅齐它脚踝。瞪着两只绿眼，张开血盆大口，伸出两只黄毛披拂的大手，追将过来。英琼虽然仗着宝剑的厉害，知道这个怪物身材高大，力大无穷，倘一击不中要害，被它抓着一点儿，便要身遭惨死。因此不敢造次，仗着身体灵便，只拣那树林密处，满树林乱纵乱跑。那山魈见英琼跳纵如飞，捞摸不着，惹得性发如雷，连声吼叫追逐，砰砰之声，震动山岳。英琼虽然身灵性巧，从清早跑到这正午时分，也累得力尽神疲。末后一次，那山魈好似有点儿气力不佳，追逐渐慢。英琼刚隐身在一棵大树身后，纵到那枝叶密处藏躲，那山魈好似不曾看见，背朝着英琼，在那四处寻找。英琼暗喜那怪物不曾看见，正想喘息片刻，用一个什么巧招，将它斩首。谁知那山魈更比她来得狡猾。英琼剑上的紫光，更是一个特别记号，人到哪里，光到哪里。它见英琼纵跃如飞，不易到手，等英琼纵上树去，故意用背朝着英琼，装作向前寻找模样，身子却渐渐往英琼身旁退来。这树虽然高大，只齐那怪物颈边。英琼喘息甫定，见那怪物退离树旁不过数丈，伸手可到，虽然以为怪物并未看见自己，却也不敢怠慢。正要往别的树上纵去，谁知那怪物离树切近，猛一回头，狂吼一声，伸开两只长有数丈的手，向那株大树抱来。那树被山魈一抱，树枝咔嚓连声，响成一片，纷纷折断下来。英琼正站在离地三四丈高下的树枝上，刚要往上纵起时，忽见那怪物如飞一般旋转身子，连人带树抱来，不由大吃一惊，知道中了怪物的计。急忙一个鹞子翻身，溜跳下来，离地丈许，将两脚横起，以树身一垫，来个水蛇扑食式，横着身子斜穿出去。原预备就势再蹿到别的树上去，累了半日，一个收不住劲，脚刚着地，正看见那怪物业已抱紧那树，一只断了二指的血手鲜血淋漓，那一只左手正往英琼藏身所在乱摸。

起初，英琼未尝不想用剑去诛那怪物。皆因那山魈的手生得太长，身体太高，若要刺它致命所在，剑未到，已先被它两手所伤，即使将它杀死，自己也难逃活命。也是她初得紫郢剑，尚不知道它的妙用的缘故，又受了李宁真传武功要诀，讲究我到人不到、我先到胜人后到的影响，**教条主义害死人。一笑。**所以白累了半日，几乎误事。这时见那怪物紧抱树身，正在找寻，并未发觉自己溜将下来，正是绝好下手机会，稍纵即逝，怎敢怠慢。脚刚沾地，便用力一垫，一个燕子穿云式，将身纵起有四五丈高下，一横手中紫郢剑，用尽平生之力，奋起神威，就势朝那山魈身后拦腰斩去。手才起处，那宝剑已化十来丈长的紫光，脱手飞去，连那山魈和那株大树只一绕。英琼在空中使不得力，原是借劲使劲，把吃奶的力气都使了出来。忽见手中宝剑凭空脱手飞出，疑心自己使过了劲，一时失手，大吃一惊。哎呀一声，一个风卷残花式，倒翻筋斗，刚要落下地来觅路逃生，耳旁猛听那怪物狂吼一声，吓得英琼心胆皆裂。接着又是轰隆咔嚓几声巨响，树身折断，地下尘土腾起有二三丈上下。震得英琼目眩神昏，心摇体战，落地时节一个站立不稳，伏在地下吓晕过去。待了一会儿，才得苏醒过来，觉得身旁腥味扑鼻，身上有好几处湿乎乎的，疑是自己落在怪物手中。急忙偷眼一看，适才那怪物业已齐腰变成两个半截，死在地下。怪物身上的血，竟像山泉一般，直往低洼处流去。

英琼正趴在一个血泊之中，知那怪物已被自己紫郢剑所斩，好不高兴。顾不得周身疼痛，正想起立去看个究竟，忽听四周咻咻之声。忙回身往外一看，离自己身旁有五六丈远近，伏着大大小小成千成百的大马熊，除怪物死的那一面没有外，身左身右同身后到处皆是。一个个俱是马首熊身，长发披拂，身体庞大，状态凶猛。头上生着一只独角，后足微屈，前足双拱，跪在那里，瞪着一双红眼，望着英琼，动也不动。这一种马熊，乃是狻猊与母熊交合而生。狻猊头生独角，遍体花鳞，吼声如鼓，性最猛烈，能食虎豹。那熊也是山中大力猛兽。这两种厉害野兽配合而生马熊，其凶猛可知。英琼从小娇生惯养，几曾见过这般厉害凶猛的东西，而且为数又太多。三面俱被包围，任你天大本事，也难逃走。何况累了这大半天，业已精疲力竭，浑身酸痛。自己一口宝剑适才又脱手飞去，想去寻回抵御，已来不及。不由长叹一声："我命休矣！"便想往山石上撞死，**这一情节类似于武松打虎之后，又见两头老虎出现。所谓余波荡漾之法。**免得生前被那些猛兽分食之惨。刚把身体站起，二足酸软得竟不受自己使唤，一个站立不稳，重又坐下。看了看四围的马熊，一动也不动，见英琼坐下，反把前爪合拢，朝着英琼连连拱揖起来。

英琼偷偷往四外一看，这成千成百的马熊，个个都是如此拱揖，好生奇怪。忽然灵机一动，娇叱一声道："我李英琼蒙神仙赐我紫郢剑，专与世人除怪诛妖。适才那个大怪物，又被俺斩成两段。尔等这些无知孽畜，竟敢包围于我，难道欺我匣中宝剑不利么？"说到此地，无心中随手往身后一摸，忽然觉着手触剑柄。心想："难道刚才吓糊涂了，宝剑并未脱手？"虽然这么想，还不敢骤然就看。后来越摸越像，手拿剑柄轻轻一拔，锵的一声，宝剑出匣，紫光闪闪，仍是那口宝剑。心中大喜，立时胆壮起来。也不暇计那剑怎么还在匣中，勉强将身站起，将手中剑朝那群马熊一指，喝道："尔等这群孽畜，急速退去！否则俺宝剑飞来，休想活命！"果然那些马熊非常害怕这口宝剑，剑才出匣，便都如飞后退了十余丈。可是仍不走散，一个个还是跪在地下，前足拱揖不住。英琼越发奇怪，不知这群野兽是什么用意。看它们神气，又不像伤人的样子。便喝问道："尔等朝我跪揖，不像要侵犯我的神气，莫非有求于我吗？"那些马熊听了，果然将头连点，又齐将前爪指英琼身后。英琼回头一看，猛想起昨晚洞中见的那堆兽骨，不禁恍然大悟，稍放宽心。重又喝问道：“尔等见我替你们诛去那个大怪物，心中感恩，故而朝我跪揖，是不是？”那群马熊又连连拜揖不止。内中有两个最大的，竟向英琼面前膝行了几步，见英琼无甚动作，又往前行，渐渐相隔只有三五丈远，才跪在那里不动，只把前爪拱揖。

英琼估量那两个大马熊必是这些马熊的首领，看它们的神气，非常怕那宝剑，便将剑还匣，向它们说道；“我原是无心替尔等除此大害，你们虽感恩，于我何益？如今怪物已除，更无用我之处，还不走去，等待何时？”那两个大马熊将头摇了摇，回身朝着后面指了两指，从口中发出了像打鼓一样的鸣声。便有十来个稍大一点儿的马熊，如飞绕向英琼身后而去。一会儿工夫，鼓声震地，在英琼两旁伏着的那些马熊，忽然一阵大乱，四散奔逃，一齐逃到英琼身后跪伏，各把前爪朝对面连指。英琼回身往那大怪物死处一看，对面尘土飞扬，山坡上十余只大马熊，口中发出鼓音，如飞往英琼立的所在逃来。后面相隔数十丈，一个巨人，与死的那个大怪物长得一般无二，发出与死怪物同样的狂吼，迈开大步，如飞追来。英琼这才明白马熊用意。因自己精力已疲，不敢轻易上前迎敌，忙将身体隐在一块大石后面，取出宝剑，相机行事。

那山魈原是一雄一雌，住在一个山洞。此山马熊最多，便是那山魈专门食品。今天雄山魈出来觅食，雌的正等得不耐烦，忽听洞外马熊吼叫与往日不同，它不知是诱敌之计，便追将出来。有一个马熊跑得稍慢，被那山魈追上，一把抓住颈皮，张开血盆大口，往颈间一咬一吸，便扔在地下，重又来追逃在前面马熊。英琼见这山魈这般凶猛，格外心惊，暗替自己适才侥幸。一会儿工夫，那山魈追到这边山上来，一眼看见雄山魈尸横就地，放下马熊不追，抱着那雄山魈上半截尸身，又跳又号，绿眼中流出来的泪滴有拳头般大小，神态非常好笑。那雌山魈号啕一阵，又去细看那雄的伤口，好似去研究是如何死的。又低头寻思了一会儿，忽然暴怒起来，挨近它的大树，被它拔得满空飞舞，沙石乱落，如雨雹一般，叫人见了惊心动魄。那山魈正在那里号叫，被它无意中回首，看见英琼身旁发出来的紫光，并看出英琼藏身所在，就猛一回身，如飞向英琼身前扑来。

英琼正看得出神之际，忽觉眼前一黑，那雌魈迎面如飞扑到，顿时慌了手脚。知道那怪物手长，如果使剑迎刺，剑还未到，已被它手所伤，自己力尽筋疲，又不能再似先前般跳纵。急中生智，只好孤注一掷，趁那怪物手还未到，把手中紫郢剑朝着那怪物颈间飞掷过去。自己奋力使劲，往旁纵出丈许。正待再起身逃走时，只见那十来丈长的紫光过处，朝那怪物颈间一绕，一个大似水缸的大脑袋斩了下来。同时十丈左右长的尸身，连着那颗大头，扑通两声，凭空跌倒尘埃。附近所在，树断石裂，尘土乱飞，约有盏许茶时，才得安静。那紫郢剑诛罢妖物，长虹般的紫光在空中绕了一个圈，竟自动回到英琼身旁剑匣之中，把英琼吓了一大跳。想不到此剑如此神异，心中大喜，抱着剑匣，连连感谢不止。

那些马熊见怪物被英琼所诛，一个个跳跃了一阵，走向两个死山魈面前，好似还有些畏惧，不敢骤然走近。末后那两个大的先用前爪往山魈身上抓了一下，不见动静，吼了一声。这千百马熊才一齐上前，四脚齐施，连咬带抓，一会儿工夫，这两个山魈只剩了一堆黄骨，拆散在地。英琼正看得起劲，忽觉腹中饥饿，便往先前洞中走去。幸喜衣服食粮俱未伤损，只是由家中带出来的那口家传宝剑，已被怪物大手折成两段了。连忙在洞中暗处换了血衣，走出洞来一看，这群马熊竟离洞门三丈远近，跪成一个圆圈，把英琼去路拦住。英琼一手拿着一支黄精，正在食用，按剑说道：“尔等大仇已报，为何还不放我上路，莫非恩将仇报么？”众马熊一齐摇头。那大的两个朝着英琼，用前爪比了又比，那个意思，好似叫英琼不要吃手中的黄精，接着从口中又发出先前的鼓音。当下便有十来个马熊分头走去。另有两个马熊走到一株树边，抱着一摇一拱，连根拔起，口爪齐施，把树枝折了个净尽。一个马熊抬一头，人立起来，抬到洞前。又有一个便骑了上去，抬走几步，重又放下，向着英琼指了指。英琼估量它是叫自己骑了上去，由它们抬走，虽然明白并无恶意，万一这些猛兽忽然野性发作，如何是好？又不知它们将自己抬往何方，到底有点儿不放心。眼看日色已交未初，天气还早，力竭神疲，得它们抬送一程，倒亦有趣。暗想："自己得这口剑，几次事先报警，我何不卜它一卜？"便问道："紫郢剑，这群野兽要抬送我过山，如果去得，你便长鸣两声；如果去不得，你便长鸣一声。我好打主意。"话犹未了，那剑果然锵锵两声。英琼心中大喜，便走近马熊跟前，纵上树身坐下。

那群马熊见英琼肯让它们抬走，一个个跳跃拱揖，好似十分欢喜。那两个大马熊，一个在前，一个在后，口中鼓声一响，这千百马熊竟前后左右，好似排队一般，抬了英琼，直往山下走去，走得非常迅速。连越过了好几个山头，末后到了一个山峰上去，满山峰尽是些奇花异草。刚刚上山不远，路旁现出有百十个马熊排列，一个个跪在地下，人立拱揖。再向前行数十步，远远望见一个大山洞。由十来个马熊领导，后面跟着一大群猩猩，每个猩猩双手捧着许多不知名的山果，飞也似跑到英琼身旁，将手中捧的果品献上。英琼随意取了几个食用，一面由那抬树的两马熊抬着她向前行走。一会儿工夫，走到洞前一看，这个山洞竟高大异常。那一群马熊和猩猩，前呼后拥地将英琼抬进洞中，放下树身。英琼下来，举目往四处一看，这洞中竟是轩敞异常，约有百十丈宽广。当中一块高约二丈、宽十余丈的巨石，上面满铺着许多兽皮。当下两个猩猩纵将上去，学人坐卧。随又跳将下来，拉了拉英琼衣袖，口中不住叫唤。英琼明白它的意思，便将身纵了上去坐下。再看下面，这成千成百的马熊，连着那许多猩猩，由洞里洞外，分成十数排，跪满了一地。另有十来个猩猩替换着将果品献上。

英琼正在随意食用，忽然看见果品当中有一种不知名的山果，血也似通红，有桂圆般大小。剖将开来，白仁绿子，鲜艳非常。

食在口中，甘芳满颊。可惜不多，只有十来个，一气把它吃完，觉着满腹清爽，精神顿长，把先时的疲劳一扫而空。知是山中奇珍，**再历险，再得宝。呵呵。**便将果皮拿在手中，朝那进食的猩猩说道：“此果甚好，可能领我去采些来带走么？”旁立那个猩猩闻言，似有难色，回转身来朝着它那些同伴叫了两声。当下便有十来个猩猩走出洞去，直走了半个多时辰，才回来了五六个，每个手中只取得一个朱果献上。又向旁立发令的那个猩猩哀号了几声。当下全洞中的猩猩都随着哀号起来。

英琼不知它们是何用意。只因贪看这些马熊、猩猩善解人意，又等猩猩采朱果，耽误了很大工夫。那洞中非常光亮，直到外面日色平西，尚不知道这座洞门正对西方。英琼正在那里指挥群兽，其乐洋洋之际，忽然看见洞外一轮落山红日，大有亩许，红光射进洞来，照得满洞通红。才知天已不早，不能上路，不禁着起慌来。再看洞外，依旧光明如昼，映着夕阳斜晖，幻出无边异彩。便想今晚暂且宿在此洞，明早再走。不过自己一个孤身幼女，处在这人迹不到的荒山，和这些猛逾虎豹的马熊、高大过人的猩猩同处，到底不能不有些顾虑。低头沉思了一阵，便对那些马熊、猩猩说道：“今日天黑，我已不能上路，意欲在你等洞中借宿一宵。尔等如果愿留我在此地，便皆急速全体退出洞去，以免我匣中的宝剑出来，误伤了尔等性命。”说罢，这千百马熊和那些猩猩，万鼓齐鸣地吼叫了几声，果然全体退出洞去，只留一个大猩猩在洞口侍立。

英琼见这些野兽能通人言，进退有序，非常欣喜。因时光还早，打算待一会儿再安睡。便跳下大石，信步走出洞外。见满山满野，尽是马熊栖息着。唯有那百十多个猩猩，却聚集在一个崖角下面，交头接耳，啼声凄厉。英琼虽然不通兽语，看去好似在商量什么似的。内中有一个老猩猩，便是适才指挥群猩的首领，正站在那里口鸣爪指，忽然回转身，见英琼走来，便长叫一声。众猩猩一齐回身，跪伏在地，朝着英琼不住地叩头。那老猩猩便走近英琼身旁跪将下来，拉了拉英琼襟袖。英琼便随它走近那猩群中一看，原来地下竟躺着五个已死的猩猩尸首。那老猩猩用前掌朝那死猩猩头上指了指。英琼俯身看时，这五个猩猩竟是一般死法：头上一个大洞，猩脑已空，看去好似被什么东西抓伤。内中一个，手中还紧捏着一个朱果。猛记起："适才贪吃那红色异果，曾由十来个猩猩再去采寻，后来只回来了一半，采回的红色果子也不多。自己因为天近黄昏，原打算明早叫猩猩带路再去寻找，不曾放在心上。看这几个猩猩，想是为采红色果子而死。只为自己一时口腹之欲，损伤了几条生命，好生难过。而且这几个猩猩死法一样，绝不是因采果子失足坠崖，定是此山还有什么怪物异兽。尝闻猩猩善于人言，偏偏此地猩猩能通意不能言，无法究问。我莫如也一半比，一半说，向这些猩猩盘问。倘若真有专吃猩脑的野兽，我便用身旁宝剑替它们除去，岂不是好？"想到此问，便朝那老猩猩问道："看你那五个同伴死法，好似因为采那红色果子，被什么怪物所伤。你何不领我前往，替你除害如何？"话言未了，这些猩猩同时齐声长鸣点首。英琼见皓月正明，清光如昼，自己这口宝剑又是能收能发的神物，立时雄心顿起，便叫那老猩猩领路前去。那老猩猩摇头，用前掌朝着月亮指了指。英琼估量是夜间不便前往，便又问道："你的意思，是说夜晚怪物不易寻觅？那么我明日再去如何？"那猩猩点了点头，又欢呼跳跃了一阵。便有十几个猩猩，将已死的五个猩猩尸体抬往山后而去。

英琼在月光底下闲眺了一会儿，回进洞中一看，仍是合洞光明，如同白昼，非常惊异，疑有异宝藏伏。满洞寻找了一个多时辰，并未发现，只得作罢安歇，夜间睡眠甚稳。洞中气候暖如初夏，较比连日辛苦饥寒，判若天壤。直睡到红日东升，也无一些其他异状。等到醒来，在石头上坐起。洞旁侍立的猩猩，看见英琼起身，长啸一声，立时鼓声震地，那洞外的猩猩、马熊，竟像潮涌一般蹿将进来。英琼几乎吓了一跳。这些马熊仍然排班匍匐，那百十个猩猩各捧花果献上。

英琼一一食用，仔细一看，并无昨日那种红色异果，才想起答应那些猩猩今日去替它们除怪。吃了一顿果子，先跑到洞外，寻那僻静所在，方便了一阵。重又进洞，站在石上说道："我今日便要起身。尔等昨日去采那红色果子，曾有五个同类被害。可速领我前去除却，以免我走后又来为害生灵。"话言未了，猩猩、马熊又各鸣成一片。英琼将包裹整理好了，又将剩的朱果同许多好吃果品包好，纵身下地。众马熊立刻让出一条大道。那老猩猩立起身来，朝英琼长鸣了两声，便在前头领路。双方相隔约有丈许远近，那老猩猩一路走，一面不时回头看望。

当下猩猩在前，马熊在后，俱都低头慢走，不发一丝鸣声，这寂寞的深山中，只听足声贴地，尘土飞扬。英琼随着那老猩猩越过了一个山头，那些马熊俱都停步不前，只由老猩猩领着英琼转到一个峭壁后面。忽然迎面一座孤峰突起有百十丈高下，山头上面满生着许多不知名的奇花异果。峰下面一个很长很深的涧，流水淙淙，泉声聒耳。英琼正觉这里景物清丽，那在前行走的老猩猩忽然停止不前，登时现出十分畏惧的样子。英琼刚要问话，那老猩猩忽然用前爪朝涧旁一个孔穴中指了指。英琼定睛看那孔穴，有六七尺方圆，黑黝黝的，看去好似很深。孔穴旁边有一块奇形古怪的大石，石上面有一株高才寻丈、红得像珊瑚的小树，朱干翠叶，非常修洁，树上面结着百数十个昨晚所食那种红色的果子。

英琼正奇怪那树生平从未见过，如何会长在石头上面？耳旁忽听呼声震耳。回看领路的老猩猩，已向来路退回有百十丈远近。心想："此地莫非就是怪物潜藏之所？"待了一会儿，不见动静，便想纵身到那石头上面去摘取朱果。刚一迈步，耳旁呼声忽止，匣中宝剑锵锒一声，连连飞跃。知有异兆，不禁吃了一惊。凝神往那孔穴中看时，只见有两点绿光闪动。一转瞬间，呼的一声，纵出一个似猴非猴的怪物，身上生着一身黄茸细毛，身长五六尺，两只膀臂却比那怪物身子还长。两手如同鸟爪一般，又细又长。

披着一头金发。两只绿光闪闪的圆眼，大如铜铃。翻着朝上一看，比箭还疾地蹿了下来，狼嗥般大吼一声，伸出两只鸟爪，纵起有三五丈高下，朝英琼头上抓将下来，身法灵活无比，疾如闪电。**这莽苍山的怪物也未免忒多了一点儿。**英琼见那怪物来势太快，不及抵御，忙将身子斜着往旁横纵出两丈远。那怪物抓了一个空，正抓在英琼站的那块石头上面，爪到处碎石纷飞。狂吼一声，又向英琼扑来。这时英琼已拔剑在手，才一出匣，便有一道紫光耀日争辉。那怪物好似知道此剑厉害，偏巧英琼无心中正拦住它去路，归穴不得，只得拨回头，飞一般往英琼来路逃走。英琼急忙在后追赶，正要将手中剑放出去时，一眨眼工夫，只听许多猩啼熊叫之声，那怪物竟已御风飞行，踪影不见。

又一会儿工夫，那老猩猩率领许多同类，一路号叫而来，见了英琼，倒身下拜。又见那猩群当中，竟又抬有许多断臂折股、破脑碎腹的猩猩。想是怪物逃走时，路遇这藏躲猩群，被它性起，捞着几个，故而有好些猩猩受伤。英琼见怪物逃走，懊悔适才未曾预先下手，偌大莽苍山，哪里去寻那怪物踪迹，欲待袖手而去，又可怜这些猩猩性命。那老猩猩想是也怕英琼走去，跪在地下，拉着英琼襟袖不放。那受伤未死的猩猩，更是哀啼不止。不禁勾起英琼侠心义胆，便对那老猩猩道："我虽然归心似箭，可惜适才被那怪物趁空逃走。我意欲留此十日，寻那怪物踪迹，替尔等除此大害。十日之后，如尚不能寻得，那也就是尔等命中该受那怪物摧残，我也不能久留了。"说罢，那老猩猩好似深通人言，十分欢喜。又领英琼回到峰旁，先纵往高处一望，跳下地来，朝那些同类叫了几声。便有十来个猩猩分头择那高处爬了上去，四外瞭望。那老猩猩好似仍不放心，又纵身上去看了看，才下来纵到洞旁石上，将上面朱果全采了下来，分几次送上，交与英琼。树上所摘，竟比昨日还要香美。

第九回　紫电飞芒诛木魃　青山赏雨动归思

英琼便尽兴吃了有十来个，把下余那些朱果藏在包裹之内，准备路上食用。刚刚收拾完毕，忽见那老猩猩纵了上来，领英琼纵到下面。英琼仔细看那树时，竟是生根在石头上面，通体透明，树身火一般红，树旁还有几滴鲜血。那猩猩手比了一阵，又哀啼几声。英琼明白这里便是昨日采果猩猩为怪物所害之地。孔穴看去很深，那老猩猩用手势让英琼站在外面，它却爬了进去。英琼因此处是怪物巢穴，不敢大意，便将那紫郢剑拔在手中，一面留神四外观看。只见这块奇石约有两丈高圆，姿势突兀峻峭，上丰下锐，遍体俱是玲珑孔窍，石色碧绿如翠，非常好看。英琼一路摩挲赏玩，无心中转到石后，只见有一截二尺见方的面积，上面刻有“雄名紫郢，雌名青索，英云遇合，神物始出”四句似篆非篆的字，下面刻着一道细长人眉，并无款识。猛想起腰中紫郢原来是口雄剑，还有一口雌剑埋藏在此。“英”是自己名字，那“云”不知何人？不禁起了贪心，便想一同得到手中。**又历险，又得宝。**

正在仔细往四外寻觅，那老猩猩从孔穴内纵了出来，身上背着一个猩猩，业已奄奄待毙，手上拿着形似婴儿的两个东西。原来这个洞便是怪物藏身之所。那怪物名为木魃，力大无穷，两只钢爪可穿金石，锋利无比，专食生物脑髓。穴旁石上大树，便是道家所传的朱果。凡人吃了，健身益魄，延年长生。三十年才一开花。此处的猩猩名曰猩猿，乃是猩猩与猿猴所生，善解人意。想是平日备受怪物摧残，与那马熊遭遇山魈感受一样痛苦。英琼来到洞中时，那些猩猩冒着百死，乘那怪物睡着时，采来朱果与英琼食用，引她来此报仇。那木魃生性好睡，尤其过午以后，更是昏睡不醒。及至英琼第二次再索朱果，那猩猩甚是害怕，大着胆子去采，才采到几个朱果，便将木魃惊醒，连忙亡命奔逃，已被怪物钢爪到处，伤了五个。照往日习惯，将猩脑吃罢，将猩尸扔到上面。内中有一个猩猩吓晕在地，逃避不及，被它生擒。那木魃吃罢生物脑血，便神醉欲睡，随手夹进洞去，准备明日醒来食用。恰好英琼到来，它估量又有买卖上门，纵身上去，不想碰在钉子上面。此怪物岁久通灵，看见英琼剑上紫光，知道不好，急忙御风逃走。那老猩猩的同类尚有一个不知存亡，知道木魃只吃猩脑，不食猩尸；又知英琼爱吃朱果，打算采来报德。采完朱果之后，嗅着洞口猩猩气息，冒险入内，寻找那被擒同类，已被木魃夹得半死，当下救了出来。无意中在洞的深处发现两个孩尸，顺手取将出来，原来是两支成形的何首乌。想是成形之后，在山中游行，被木魃看见，当成生物。等到抓死以后，觉得不似生物好吃。那木魃素来血食，不知此千年灵物妙用，随手掷在洞中，被那老猩猩寻着，献与英琼享受。

大凡猩猿之类，多是惜群爱众。起初看见两具孩尸，以为英琼同类，原打算带将出来，交与英琼一看。英琼起初也误认是孩尸，及至接到手中一看，长还不到一尺，虽然口目姣好，形态似人，却与生人到底不同。而且一股清香扑鼻，那被怪物伤处流出来的并不是血，竟是玉一般的白浆。猛想起她爹爹李宁说过，深山之中，若遇小人小马之类飞跑，便是千年灵芝与何首乌所化，吃了可以成仙。这两个小人，不知是与不是？如果真是灵物，岂不侥幸？又恐怪物洞中取出之物，万一有毒，非同小可。忽见面前那个老猩猩站在那里不动，心想：“闻说猩猩与猴俱不吃荤，何不试它一试？便把那小的一个递与那老猩猩，比个手势，叫它吃。那老猩猩起初以为是人，还不敢就吃，禁不住英琼按剑怒视，吓得它不敢不从，勉强咬了一口。英琼见那老猩猩咬了一口之后，忽然喜欢起来，连啃带咬，吃得非常高兴。等到英琼想起这是奇珍，难得遇见，不应这般糟掉时，已被那猩猩三口两口吃完，望着英琼手中那个大的，还不住地流涎，伸开两掌还待索要。英琼喝道："我原叫你尝一只小手，谁叫你都吃下去？我手中这一个是不能给你了。"她见猩猩吃了何首乌无甚动静，知道无毒。一面说，随手将那具成形何首乌手臂折断，便有许多白浆冒出。忙用樱口一吸，果然清香甜美，微微带着一点儿苦涩，愈加显得好吃。后来越吸越香，竟连肉咀嚼起来，才知那何首乌周身并无骨头，吃到嘴里仿佛跟薯蓣、黄精差不多，不过格外甘芳而已。因知是延年灵物，恐怕过时无效，平日食量本好，好在通体并不甚重，当下一顿把它吃完，用腰中绢帕擦了擦嘴。

还待再去寻那雌剑时，忽见那块大石缝中冒起一股白烟。正在惊异，忽听上面瞭望的猩猩连声吼叫，那老猩猩登时面带惊惶，用前掌连连比画。英琼知是怪物回转，不敢怠慢，将剑舞起一团紫光，纵身上崖。那老猩猩见英琼舞起一团紫光，不敢近前，另从旁处纵上崖去，寻一僻静所在，潜伏不动。英琼纵到高处，往四外一看，已是红日照空，将近正午。适才来路旁西北角上，大树丛中有十余只翠鸟，鸣声啁啾，正往自己立的峰侧飞来，日光下面，红羽鲜明，非常好看。一会儿工夫，掠过峰南，投入一个树林中而去。除此之外，四面静荡荡的，并无一些迹兆。那老猩猩也从僻静处纵了上来，同那瞭望的猩猩交头接耳一阵。回身朝着英琼，指一指西北角上那个树林。英琼不知它什么用意，心中不舍那石上所说的雌剑，意欲再下涧去寻找。走到涧旁，刚要纵身而下，那块奇石缝中冒出来的白烟，竟似浓雾一般冒个不住，转眼间涧壑潜踪，将那块奇石隐蔽得一丝也看不见。

英琼自在峨眉寄居数月，看惯山雾，知道这般浓雾，一半时不能消尽。下面碎石如刀，又不知那雌剑到底埋藏何处，即使冒险下去，也无法寻找，只得罢休。老等怪物不见回转，有些气闷。忽然想起："此山怎么竟有许多怪物野兽和灵药异果？**我也奇怪**

也。昨晚所居的洞中那样光明温暖，想必也有珍宝埋藏，昨晚寻找了一番不曾发现，何不趁现在无事回洞寻找？或有遇合，也未可知。”英琼小孩心急，想到哪里，便做到哪里，当下率领猩群，往回路向那洞走去。自从食了何首乌之后，已有个把时辰，觉着力气大增，身心格外轻快，非常高兴。提剑走离那西北角上大树林只有十余丈远近，前走的猩猩忽然惊鸣起来。英琼近前一看，原来地下死着两具马熊，脑髓已空，与昨晚猩猩死法一般无二。猜是那怪物逃走时，遇见马熊，被它抓食，当作晨餐。四外看看，虽然无甚动静，倒也不敢大意，加了几分小心，往前行走。这一群猩猩围着英琼，有的在前，有的在后，有的放下前足在地上爬走，有的人立纵跃。这一群狰狞野兽之中，却夹着一个容华绝世的红裳少女，真是一个奇观。英琼也觉自己有降妖伏兽之能，豪气不可一世。

刚刚绕过那大树林，才走得十来步，忽然后面一个猩猩狂叫一声，接着身旁的猩猩一阵大乱，四散惊逃。英琼知有变故，霍地旋转身子，举剑朝前看时，后面猩群中已有好几个倒在地上。适才奇石旁边孔穴中那个绿眼金发、长臂鸟爪的怪物，疾如闪电般伸开两只瘦长的长臂，腾空扑来，已离头顶只有尺许。英琼大吃一惊，来不及避让，忙将手中剑朝顶上一撩，十余丈的紫光，长虹般过处，一声狂吼，凄厉非常。忙纵身往旁立定看时，日光下两条黑影，耳旁又是重物落地的声音，扑通两响，那怪物已然从头到脚劈成两半。想是那怪物来得势猛，临死余力未尽，尸身蹿出去约有七八丈远近，才得落地。原来那木魃性如烈火，自从被英琼赶走，知道敌人剑光厉害，不敢正面交手，便将那两个马熊的脑髓抓去食用。不想被峰头瞭望猩猩看见，吼叫起来，惊动英琼上来看时，它已隐入深林。适才英琼所见南飞的翠鸟，便是被那木魃惊飞的。及至英琼领着猩猩回转，它几次三番要想下手，俱怕英琼宝剑厉害。直等英琼转过树林，到底沉不住气，原想从英琼身后飞来，一爪将英琼脑子抓碎。谁知英琼身后面走的那些猩猩看见两个死马熊，知是被怪物所伤，早已触目惊心，提心吊胆。禽兽耳目最灵，眼见木魃飞到，自然狂叫起来。它不由心头火起，随手打死了两个猩猩，身手未免迟延了一下。英琼才得闻警，旋回身子，将它用紫郢剑劈死，幸免于难。否则木魃腾空飞行，疾如飘风，如非因打死了两个猩猩这瞬息耽误，英琼紫郢剑纵然通灵，能自动飞出，恐怕也难免于危险哩。

英琼见怪物已死，心中大喜。众猩猩自然更是欢鸣跳跃，只是平日备受荼毒，木魃虽死，俱不敢近前。及至看英琼又斫了木魃几剑，不见动静，才大吼一声，众猩猩口脚齐上，乱撕乱咬。英琼知这些猩猩受害已深，乐得看着好玩，不来禁止。那老猩猩领众将那怪物撕咬了一阵，忽从怪物脑海中取出一块发红绿光彩、似玉非玉、似珠非珠透明的东西来，献给英琼。英琼取到手中一看，这块玉一般的东西，长才径寸，光华耀眼。虽然不知道用处，觉得非常可爱，便随手放在身上。**再得宝。**正要号令那老猩猩率领猩群回洞，忽听风声四起，雷声隐隐由远而近。抬头看时，红日业已匿影。路旁的树林被那雨前大风吹得如狂涛起伏，飞舞不定。一块块的乌云，直往天中聚拢，捷如奔马，越聚越厚，天低得快要压到头顶上来。乌云当中，时时有数十道金蛇乱窜，照得见那乌云层内，许多如奇石异兽龙鸟楼阁的风云变化，在转瞬间消失，非常好看。知道变天，要下大雨。这山行遇雨，本是常事。不过英琼连日过的都是丽春晴日，适才还是红日当空，万没料到天变得这般快法。此地离那山洞还有十里远近，怕把身上包裹淋湿没有换的，不禁急了起来。便迁怒那些猩猩道：“都是你们要撕怪物死尸，耽误时光。你看立刻大风大雨来了，怎么好？”言还未了，忽地眼前一道金蛇一亮，震天价一个霹雳打将下来，震耳欲聋，吓得那群猩猩一个个挤在一起，互相拥抱，不敢乱动。

英琼本想往树林中暂避，谁知举目往旁看时，离身十丈外，酒杯大的雨点，密如花炮般打将下来。那树林受了风雨吹打，响成一片涛声，如同万马奔驰一般，夹着雷电轰轰之声，震耳欲聋。

起初疑是偏东阵头雨，所以只落一处。及至转身看时，在自己所立的数亩方圆以外，俱是大雨倾盆，泥浆飞溅，只自己近身这数十丈地方滴雨全无，好生惊异。试往前行走了数十步，她走到哪里，离身十丈左右居然没有雨，猜是宝剑作用。计算时光已是不早，今晚势必仍在洞中再停留一夜。看那天色越加阴沉如晦，雨是越来越大，不像就会停止的神气，便决计认明路径回洞。那猩猩抬着它的死伤同伴，一个个战战兢兢，紧傍英琼身旁，随着行走。这几个峰头，本来生得峭拔玲珑，又加大雨，中间雨水由高处汇集数十道悬瀑，银河倒泻般往下降落。迎面十丈以内，尚辨得出一些路径；十丈以外，简直是一团烟雾，溟蒙一片。偶尔看见一两个峰尖时隐时现，泉瀑泻在溪涧中，吼声如雷，真是有声有色，另有一番妙趣。英琼一路看雨景，离洞渐近，雨势渐小。远望洞门，疏疏落落，挂起两三处银帘，近前看时，那雨从洞的高处往下飞流，恰似水晶帘子一般。从那无水的空隙中走进洞去，满耳兽息咻咻，那些马熊不知从什么时候跑了回来。除当中那块大石外，洞的四周，俱都满满地趴伏在地，只留了当中三尺阔的一条空隙。

英琼进洞以后，便纵身上石坐下。那些马熊万鼓齐喧地吼叫起来，一个个拱起前爪拜个不休。英琼嫌它们吵人，娇叱一声，登时全洞皆寂，除猩、熊呼吸外，更没有一些声响。这女兽王见猩、熊如此服她号令，好不高兴。见洞外雨势稍小，仍然落个不住。洞外天色渐渐阴霾起来，洞中却是仍旧光明。便手持宝剑，纵下石头，四处寻找她心中所想发光的异宝。整整找了三四个时辰，天已半夜，仍未寻着。她自从吃了何首乌之后，腹中一丝也不觉饥渴，身上也不觉着疲累。似这样寻一会儿，歇一会儿，在这块石头宝座上纵起纵落，直到天明，仍未有所发现。那些马熊见英琼走到哪里，便急忙四散让道，倒无什么表示。那老猩猩好似已知英琼心意，也帮英琼找，有时拾了两块透明的石头，交与英琼。英琼起初也很高兴，拿到洞外，暗中一试，并无异迹。见那老猩猩跟前跟后，知它善解人意，便问它道：“你知这洞内发光明如白昼的缘故吗？”那猩猩摇了摇头。英琼知它也是不知，因见它那般殷勤灵慧，心中一动，不禁脱口说道：“你这个猩猩很好，可惜不能把你带到峨眉去替我看守门户。”说罢，那猩猩忽然拉了拉英琼衣袖，跪将下来叩头。英琼知它能解人言，便道：“看你的意思，倒好似愿跟我去的样子。只要我走后，你能一心为好，不害生灵，我一成为剑仙，即刻前来度你。”那猩猩摇了摇头。英琼也未放在心上，仍然满洞寻找。那猩猩忽然若有所悟似的，把英琼衣袖一拉，用手势引英琼上了大石坐下。它口中长啸一声，它手下百十个猩猩竟然全体发动，寻找起来。除英琼坐的那一块大石外，这一座山洞，差点儿没给这些猩猩翻转过来，仍是无有踪迹。英琼起初以为这些猩猩久居此洞，既然请自己高坐旁观，由它们前去寻找，必定有所发现。谁知仍旧没有效果，渐渐失望起来。原来打算寻到宝贝，第二日天明动身，遥念峨眉故居，归心似箭。谁知宝贝也未寻着，这一场大雨又下了两日三夜，才得渐渐停止。

第三日天明，英琼出洞凝望，见大雨已停，朝阳升起。枝头好鸟，翠羽尚湿，娇鸣不已。地下红瓣狼藉。远近百十个大小峰峦，碧如新洗，四围黛色的深浅，衬托出山谷的浓淡。再加上满山的雨后新瀑，鸣声聒耳，碧草鲜肥，野花怒放，朝旭含晖，春韶照眼，佳景万千，目穷难尽。这一幅天然图画，漫说记者一支秃笔难以形容，就起历代画苑的名贤于地下，也未必能把这无边山色齐收腕底。英琼见天已放晴，这雨后山谷，又是这般佳妙，不禁狂喜起来，在这无限春光中徘徊了一阵。忽然一阵轻风吹过，桃梅树上的残花，如白雪红雨一般，随风缓缓翻扬坠落地面，不禁动了归思。

这时那全洞的猩、熊，也明白恩主不能久留，全体排起行列，跪伏在地。那老猩猩却紧随在英琼身旁，承颜希旨。英琼天性豪迈，在这洞中住了几日，调猩驯熊惯了。虽然兽类不通人言，那些猩、熊却也极知感恩戴德，把英琼当作神明一般供奉。及至见英琼进洞去取包裹，知要长行，一个个前爪跪拱，延颈长鸣。有的两眼中竟流下许多人类所不能流的兽泪来。猩猩的吼叫本极凄厉，那马熊的吼叫更似万鼓齐鸣一般，震动山谷。英琼最讨厌这两种叫声，在洞中居住这三日，一遇它们吼叫，马上娇叱禁止。它们颇通灵性，竟能揣知人意，很少叫唤。今日英琼要和它们分别，想到再要听它们欢迎的呼声，至少须在自己剑术学成以后。于是不但不加禁止，反觉它们这种号叫鼓噪，雄壮苍凉，异常好听。又爱这山中景致同气候，不禁也有些惜别之想。当下将身纵到一个高约三四丈的小孤峰上面，辨明去路。那些猩、熊见英琼纵了上去，急忙一齐围拢过来，将那石峰跪成一个圆圈，仰着头，越发吼叫不停。

英琼在这千百个猛兽自然鼓吹拥戴之下，正在那里独立感慨、顾盼自豪的当儿，忽见远远空际银雁般的一个白点儿，朝峰头飞来，渐飞渐近。英琼已然看清来人是个白衣女子，身材颇为秀美，知是剑侠一流，心中大喜。正要高声呼唤，那白衣女子距离英琼立身的所在，尚有百十丈光景，忽地一道青光，惊雷掣电般直射下来。峰下的马熊逃避不及，立刻便有三四个身首异处。英琼才知来者是敌不是友，又惊又怒。她自食了何首乌之后，已然身轻如燕，平地蹿起数十丈高下毫不吃力，只因连日不曾纵跳，却一丝也不觉得。这时因与熊、猩相处数日，情感已深，见到敌人剑光厉害，猩、熊四散奔逃，不由一着急，将身一纵，跳下峰来。那些猩、熊也着了急，亡命一般，齐向英琼身旁奔来。那道青光也如流星赶月一般，紧追过来。英琼大吃一惊，一道十来丈长的紫光随手出匣，紫巍巍耀眼生光，直朝那道青光卷去。那道青光好似有了知觉似的，霍地退了回去。英琼见来人剑光畏惧自己宝剑，立刻胆壮起来。

第十回　别猩熊　巧遇石明珠　擒猛虎　惊逢鬼道士

这时除那老猩猩仍在英琼身旁外，众猩、熊已然逃避无踪。英琼恼恨那白衣女子无故杀害生物，叵耐人家飞身空中，没法交手，便抬头向空中骂道："大胆贱婢！无缘无故杀死我的猩、熊，你敢下来与我决一死战么？"言还未了，眼前一道电闪似的，那白衣女子已经降落下来，站在英琼面前，约有数丈远近，含笑说道："这位姊姊不要骂人。俺乃武当山缥缈儿石明珠。适才送俺义妹申若兰回云南桂花山炼剑，路过此山，听得鼓声震地。见姊姊一人独立峰头，被许多马首熊身的怪兽包围，疑是姊姊山行遇险。因相隔甚远，恐救援不及，才将飞剑放出。原是一番好意，不想误伤姊姊养的异兽，这也是一时情急无知，请姊姊原宥吧。姊姊一脸仙风道骨，小小年纪，竟有这般驯兽之威。适才发出来的剑光，竟比俺的飞剑还要胜强十倍，并且叫妹子认不出是哪一家宗派。若非妹子见机得早，姊姊手下留情，差一点儿妹子在武当山廿年修炼苦功毁于一旦。请问姊姊上姓尊名？令师何人？是否就在此山中修炼？请一一说明，日后也好多多领教。"

英琼见那白衣女子年纪有二十左右，英姿飒爽，谈吐清朗，又有那绝迹飞行的本领，早已一见倾心。及至听她说话，才知原是一番美意，才发生这种误会。本想对她说了实话，因为常听李宁说人心难测，这口宝剑既然她连声夸奖，比她飞剑还强，万一说了实话，被她起了觊觎之心，前来夺取，自己别无本领，如何抵敌？她既怕这口宝剑，索性哄她一哄，然后见景生情，再说实话。主意打定后，先将宝剑入匣，然后近前含笑道：“妹子李英琼，师祖白眉和尚。偶从峨眉来此闲游，一时高兴，收服许多猩猩、马熊，不算什么。适才误会了姊姊一番好意，言语冒犯，还望姊姊恕罪。此剑名为紫郢，也是师祖所赐。**倒有心计。**请问姊姊师父何人？异日姊姊如有闲暇，可能到峨眉后山赐教么？”

石明珠闻言大惊道：“原来姊姊是白眉老祖高足，怪不得有此一身惊人本领。家师是武当山半边老尼。妹子回山复命后，定至峨眉相访。姊姊如有空时，也可到武当一游，妹子定将姊姊引见家师。以姊姊之天生异质，家师见了，必定高兴欢迎的。姊姊适才所说尊剑名为紫郢，是否长眉真人旧物？闻说此剑已被长眉真人在成道时，用符咒封存在一座深山的隐僻所在，除峨眉派教祖乾坤正气妙一真人外，无人知道地址。当时预言，发现此剑的人，便是异日承继真人道统之人，怎么姊姊又在白眉老祖门下？好生令人不解。姊姊所得如真是当年长眉真人之物，仙缘真个不浅。可能容妹子一观么？”

英琼适才就怕来人要看她的宝剑，偏石明珠不知她的心意，果然索观。心中虽然不愿，但不好意思不答应。看明珠说话神气，不像有什么虚伪。只得大着胆子将剑把朝前道：“请姊姊观看此剑如何？”手执剑匣递与明珠。明珠就在英琼手中轻轻一拔，日光下一道紫光一闪，剑已出匣。这剑真是非常神妙，不用的时节，一样紫光闪闪，冷气森森，却不似对敌时有长虹一般的光芒。石明珠将剑拿在手中，看了又看，说道：“此剑归于姊姊，可谓得主。”正在连声夸赞，忽然仔细朝英琼脸上看了看，又把那剑反复展玩了一阵，笑对英琼说道：“我看此剑虽然是个奇宝，而姊姊自身的灵气尚未运在上面，与它身剑合一。难道姊姊得此剑的日子，离现在并不多么？”英琼见她忽发此问，不禁吃了一惊；又见明珠手执宝剑不住地展玩，并不交还，大有爱不忍释的神气。她既看出自己不能身剑合一，自己的能耐必定已被她看破，万一强夺了去，万万不是人家对手，如何是好？在人家未表示什么恶意以前，又不便遽然翻脸当时要还。好生为难，急得脸红头涨，不知用什么话答复人家才好，情急到了极处。不禁心中默祝道："我的紫郢宝剑，快回来吧！不要让别人抢了去啊！"刚刚心中才想完，那石明珠手中所持的紫郢剑忽地一个颤动，一道紫光，滋溜溜地脱了石明珠的掌握，直往英琼身旁飞来，锵锒一声，自动归匣。喜得英琼心中怦怦跳动，只是不敢现于辞色，反倒做出些矜持的神气。

那石明珠见英琼小小年纪，一身仙骨，又得了长眉真人的紫郢剑，心中又爱又欲羡。无意中看出剑上并没有附着人的灵气，暗暗惊奇英琼一个人来到这人迹不到，野兽出没的所在，是怎生来的？原想问明情由，好替英琼打算，所说的话，本是一番好意。谁想英琼闻言，沉吟不语，忽地又将剑收回，以为怪她小看人，暗用真气将剑吸回。她却不知此剑灵异，与英琼暗中默祝。心想："这不是自己用五行真气炼成身剑合一的剑，而能用真气吸回。自己学剑二十余年，尚无此能力。"暗怪自己不合把话说错，引人多心。又见英琼瞪着一双秀目，望着自己一言不发。在英琼是因为自己外行，恐怕把话说错，被人看出马脚，多说不如少说，少说不如不说，只希望将石明珠敷衍走了了事。石明珠哪里知道，也是合该英琼不应归入武当派门下，彼此才有这一场误会。石明珠见英琼讪讪的，不便再做久留，只得说道："适才妹子言误冒失，幸勿见怪。现在尚要回山复命，改日峨眉再请教吧。"英琼见她要走，如释重负。忙道："姊姊美意，非常心感。我大约在此还有些耽搁，姊姊要到峨眉看望，下半年再去吧。"明珠又错疑英琼表示拒绝，好生不快，鼻孔里似应不应地哼了一声，脚微蹬处，破空而起。

英琼目送明珠走后，猛想起："自己日日想得一位女剑仙做师父，如何自己遇见剑仙又当面错过？此人有这般本领，她师父半边老尼，能为必定更大。可恨自己得遇良机，反前言不搭后语的，不知乱说些什么，把她当面错过。"忽忙高声呼唤时，云中白点儿，已不知去向了。没奈何，自恨自怨了一阵，见红日当空，天已大晴，只得准备上路。

那些猩、熊见明珠一走，便又聚拢过来。英琼便对它们说道："我要走了。我看尔等虽是兽类，却也通灵。深山之中，不少吃的东西，我走之后，千万不要再作恶伤人。我异日如访着名师，将剑术学成，不时还要常来看望尔等，尔等也不必心中难受。"话言未了，这些猩、熊俱各将英琼包围，连声吼叫个不住。英琼便问那老猩猩道："它等这样吼叫，莫非此山还有什么怪物，要我代它们除去么？"老猩猩把头连摇。英琼知它等感恩难舍，不禁心中也有些恋恋，便道："尔等不必如此。我实在因为再不回去，我的金眼师兄回到峨眉，要没法找我的。"那些猩猩虽通人性，哪知她说的是些什么，仍然包围不散。欲待拔出剑来吓散它们，又恐误伤，于心不忍，只得按剑娇嗔道："尔等再不让路，我可就要用剑伤尔等性命了。"手微一起，锵的一声，宝剑出匣约有半截，紫光闪闪。那些猩、熊果然害怕，一个个垂头丧气似的让出一条路来。

英琼整了整身上包裹，运动轻身功夫，往前行走。那些猩、熊也都依依不舍地跟在后面，**熊、猩皆存报恩之心，人类宁不自愧？**送出去约有二三十里的山道。一路上水潦溪涧甚多，均仗着轻身本领平越过去。走到未末申初时分，走上一座高峰，远望山下桃柳林中，仿佛隐隐现出人家，知道已离村市不远。自己带了这一群异兽，恐怕吓坏了人，诸多不便。便回头对那些猩、熊说道："送君千里，终须一别。我此次回去，如能将剑术练成，必定常常前来看望尔等。此山下去，便离村落不远，尔等千百成群跟在身后，岂不将山下居民吓坏？快快回山潜伏去吧。"众猩、熊闻言，想必也知道不能再送，万鼓齐鸣地应了一声，便都停步不前。那老猩猩却走到猩群当中，吼叫两声，便有许多猩猩献出许多异果。英琼见它等情意殷殷，随便吃了些，又取了些松子、黄精之类，放在包袱以内。那老猩猩便把下余果品，拣好的捧了些在手中。

英琼也不甚注意，见那些猩、熊不再跟随，便自迈步前行，下这高峰。走了半里多路，回望峰头，那些猩、熊仍然远望未去。

那个老猩猩却紧随自己身后，相隔才只丈许远近。英琼觉得奇怪，便招呼它近前问道：“你的同伴俱已回去，你还老跟着我做什么？”言还未了，看见它手中还捧着适才在群猩手中取来的果子，觉得畜类忠实远胜于人，不禁起了感触，**我亦有感**。说道：“原来你是因为你同类送我的果子，我没有吃完，你觉得不满意么？我包裹业已装满了，没法拿呀。”那猩猩摇了摇头，将果子放在一块山石上面，用手朝英琼指了指，朝它自己指了指，又朝前路指了指。英琼恍然大悟，日前洞中几句戏言，竟被它认了真，要跟自己回峨眉山去。便问它道：“你要跟我回去么？”那猩猩抓耳挠腮了一阵，忽然迸出一句人言，学英琼所说的话道：“要跟你回去。”原来这老猩猩本猩群中首领，早通人性。又加那日英琼给它一支成形何首乌，这几天工夫，横骨渐化，越加通灵。知道若能跟定这位恩主回山，日后必有好处。所以决意抛却子孙家园，相从到峨眉去。它也知英琼未必允许，所以跟在身后，不敢近前。及至被英琼看见，喊它相问，它连日与英琼相处，已通人言，只苦于心内有话说不出来。这时一着急，将颈边横骨绷断，居然发出人言。它的祖先原就会说人话，它是猩父猿母所生，偏偏有这一块横骨碍口。如今仗着灵药脱胎换骨，这一开端说人话，以后就不难了。这且不言。

英琼见它三数日工夫学会人言，好生喜欢。本想带它回去，怎奈沿路人兽同行，多有不便。便对它说道：“你这番意思很好，况且你心性灵巧，几天就学会人言，跟我走，于我大有用处。无奈与你同行，沿路不便。莫如你还是回去，等我遇见名师，学成剑术，再来度你如何？”那猩猩闻言，操着不通顺的人言说道：“我去，你去，采红色果子。”英琼看它说时，神气非常着急诚恳，又爱又怜，不忍拂它的诚心，到底童心未退，又苦山行无伴，且待到了有人家所在，再作计较，便对它道：“我不是不愿你同往，只因你生得凶猛高大，万一被人看见，不是被你吓坏，便是要想法害你。妖怪害你，我可以杀它；人要害你，我就没法办了。你既决心相从，且随我走到人家所在，先试一试，如果通行得过，你就随我前去，否则只有等将来再说吧。**与猩为伴，启发金庸，遂有《碧血剑》袁承志的大威小乖。**”

猩猩闻言，低头沉思了一阵，点了点头。英琼高高兴兴，又往前行走，觉得有些口渴。看见前面有一个山涧，泉水甚清，便纵身下涧，用手捧些水喝。那猩猩也捧着一手松子果品之类，纵身下来，放下手中果品，也学英琼的样子，伸了两只毛手去舀水。怎奈两只手指漏空，不似人的手指合缝，等于将水捧到嘴边，业已漏尽。捧了几回，一滴也不曾到口。招得英琼哈哈大笑。末后还是猩猩将身倒挂涧旁树枝，伸头入水，才喝到口内。重将石旁放的果品，捧在手中献上。英琼因沿路所采松子果品，都异常肥大鲜美，为峨眉所无；自从离了那山洞以后，十里之外，也不曾再遇见像那样好的果品。所以舍不得吃，想连那朱果俱带些回去，款待她唯一的嘉宾余英男。却没有想到这莽苍山，在云南万山之中，路程迂回数千里，不知要走多少日子。若不是路遇仙缘，恐怕还没回到峨眉，都要腐烂了。

英琼只在猩猩手中挑了几粒松子吃，重又打开自己包裹，将那些果品塞满。一猩一人，刚刚纵身上涧，忽然一阵腥风大作，卷石飞沙。那猩猩向空嗅了两嗅，长啸一声，将身一纵，已到前面相隔十丈远近的一棵大树上面，两足倒钩树枝，就探身下来。英琼见那风势来得奇怪，竟将猩猩惊上树去，正在诧异，忽然对面山坡之上跑下来许多猿鹿野兔之属，亡命一般奔逃。后面狂风过处，一只吊睛白额猛虎，浑身黄毛，十分凶猛肥大，大吼一声，从山坡上纵将下来，两三蹦已离猩猩存身的树不远。英琼虽然逐日诛妖斩怪，像这样凶猛的老虎，有生以来还是头一次看见。正要拔剑上前，那老虎已离英琼立的所在只有十来丈远近，一眼看见生人，立刻蹲着身子，发起威来：圆睁两只黄光四射的眼睛，张开大口，露出上下四只白森森的大牙，一条七八尺长的虎尾，把地打得山响，尘土飞扬。忽地抖一抖身上的黄毛，做出欲扑的架势。身子刚要往上一起，却被那树上的猩猩两只钢爪一把将老虎头颈皮捞个正着，往上一提，便将老虎提了上去，离地五六尺高。那老虎无意中受了暗算，连声吼叫，拼命般地想挣脱猩猩双爪。那猩猩更是狡猾不过，它将两脚紧钩树枝，两手抓着老虎头皮，将那虎头直往那大可两三抱的树身上撞去，那老虎虽然力大，却因身子悬空，施展不得。猩猩撞它一下，它便狂叫一声。只撞得树身摇摆，枝杈轧轧作响。英琼见猩猩擒虎，觉着好玩，由它去撞，也不上前帮助将虎杀死。撞了一会儿，那老虎颇为结实，竟然不曾撞死。那猩猩比人还要高大许多，加上这一只吊睛白额猛虎的重量，何止六七百斤，那树的横枝虽然粗大，如何吃受得起。那猩猩撞高了兴，一个使得力猛，咔嚓一声，树枝折断，竟然骑上虎背，两只钩爪往前一凑合，扣紧虎的咽喉不放。那虎被猩猩撞了一会儿，头已发晕，好容易落下地来，又被猩猩扣紧咽喉，十分痛苦，大吼一声，一个转身，前爪往前一探，蹿上高冈，如飞而去。

英琼因恐猩猩受害，急忙运动轻身功夫，在后追赶。追过了两个山坡，追到一个岩壁后面，忽听一声猩猩的哀啸，知道不好，急忙纵身追将过去。看那猩猩业已倒在地下，那老虎前爪扑在猩猩胸前，不住磨牙摇尾，连声吼叫。旁边立着一个红脸道人，手执一把拂尘。英琼见猩猩在虎口之下，十分危险，不问青红皂白，往前一纵，手中剑一挥，十来丈长的紫光过处，栲栳大的虎头，立刻削了下来。那红脸道人一见英琼手上发出来的紫光，大吃一惊，忙将身子后退，喝问道："哪里来的大胆女娃娃，竟敢用剑伤我看守仙府的神虎？"说罢，用手中拂尘朝着英琼一指。英琼立刻觉着头晕，忙一凝神，幸未栽倒。那道人正是那巫山神女峰妖人阴阳叟的师弟鬼道人乔瘦滕，比阴阳叟还要作恶多端。那白额猛虎本是他守洞之物，今日出去猎食，遇见英琼。那虎也颇通灵，正在追赶獐鹿野兔，忽然看见前面站定一个美丽女娃，便想按照往日习惯，衔了回去，与它主人采补。不想中了猩猩暗算，掉下地来以后，又被猩猩紧扣咽喉，施展威力不得，这才急忙逃回山洞。那乔瘦滕闻得前山虎啸不似往日，知道那虎必遇强敌，正要去救，那虎已背着猩猩回来，被他用拂尘一指，猩猩立刻晕倒地下。那老虎也是受了许多痛苦，又在树上撞了一阵，头晕眼花，便用两爪扑在猩猩胸前，原打算缓一缓气，再行咬吃报仇。谁想被英琼赶来，一剑将它身首异处。

乔瘦滕本不知虎后面有人追赶，及见来人是个美丽女孩儿，并未放在心上，也不知是猩猩主人。反起了不良之心，想擒回洞去，采补受用。谁想那女孩儿十分厉害，才一照面，一眨眼的工夫，随手发出十来丈长虹一般的紫光，将他心爱的老虎杀死，心中大怒。原想仍用颠倒迷仙之法，将那女孩儿擒住。谁知拂尘指将过去，那女孩儿并无知觉，才知来者不是平常之辈。看那女孩儿，好似寻上门来的晦气，来者不善，善者不来，不禁又恨又怕。他却不知英琼食了许多灵药朱果，轻易不受寻常妖法所侵。正在心中寻思，忽听对面女孩儿一声娇叱道："你是哪个庙里道士？竟敢纵虎伤人！我的猩猩本来是打赢了的，如今倒在地下不动，想是受了你之害。待我看来，如果受了你的暗算，我决不与你甘休。"一面说，一面往猩猩躺的地方走来。乔瘦滕见来人虽然年幼，一时发出来的剑光，竟与昔日长眉真人所用雌雄双剑无异，并且又能豢养这么大的猩猩，不敢造次用飞剑迎敌。又听英琼所言，天真烂漫，不像是专寻自己晦气而来，稍放宽心。知道此女明敌不成，暗中念念有词，先用妖法玄女遁将这周围十里山路封锁，以防逃去。自己也不还言，先在路旁一块石头上坐下，看那女孩儿如何施为，去救那猩猩。

这时英琼已然走近猩猩面前，见它躺在地下，脸皮紧皱，目中流泪，神气非常痛楚。看见英琼，勉强坐起，用手朝那道人直比，口中却不能发声。英琼好生怜惜，见猩猩手比，知是中了道人暗算，不禁骂道："好个贼道！被你害得不能说人话了。等一会儿我再与你算账！"英琼见猩猩直用手比它的喉咙，疑它是口渴，所以不能说话。当下解开包裹，里面除了松子、黄精之类，还有数十个吃剩的朱果，随手取了两个，塞在猩猩口中。越想越恨，便立起身来，指着乔瘦滕骂道：“你将我的猩猩害得不能说人话了，快快将它医好便罢，如若不然，我也把你舌头割去，叫你做一世的哑巴。”说罢，千贼道，万贼道地骂个不住。那乔瘦滕不知猩猩也吃过灵药，只见英琼走近，猩猩便能坐了起来，又见英琼取出朱果与猩猩吃，越发心惊。暗想：“这小女孩儿来历必定不小，似这样百年难得一遇的朱果，竟拿来随便喂猩猩吃。不要说头一次看见，连听都未听过。”又见英琼朝他指骂，心中大怒，狞笑答道：“你这个小女孩儿是何人门徒，跑到我这里来扰闹？我已下了天罗地网，你插翅难逃。快将来由说出，随我回归仙府过快活日子。”

话言未了，那地下猩猩食了朱果，已经恢复如初，倏地弩箭脱弦一般，纵到道人身旁，两手紧扣咽喉不放。乔瘦滕骤不及防，被那猩猩两只钢爪扣住，疼得喊都喊不出来，空有许多妖法，竟然施展不出，眼看红脸变白，两眼朝上直翻。还是英琼不知道这人竟是个无恶不作的妖人，恐怕弄死了人，不是玩的，忙喊猩猩住手。那猩猩果然听话，手一松，便纵回英琼身旁。乔瘦滕见猩猩放手，侥幸得保活命，自己生平几曾吃过这样大亏，心中大怒，不暇再计利害，用手往脑后一拍，便有两道黄光飞向猩猩背后。英琼见势紧急，拔剑往前一纵，长虹一般的紫光，与敌人飞剑迎个正着。乔瘦滕知道不好，急忙收回飞剑，已被英琼斩断一道，坠落地面。

英琼迎敌时，暗想：“这个贼道也会飞剑。”不禁心中发慌。谁想紫光出去，便将敌人打退，心中大喜。那旁立的猩猩，忽然高声连呼“妖怪”“飞剑”不止。英琼猛想起：“这个贼道长得异样，这样大的老虎说是他家养的。这猩猩颇通灵性，莫非他真是妖怪变成的人？”正待提剑上前，忽听对面道人骂道：“大胆丫头！擅敢伤我飞剑。你已入我天罗地网，还不投降，随我进洞取乐，死到临头，悔之晚矣！”英琼虽不明他说的什么，估量不是好话，骂一声："妖怪休走，吃我一剑！"说罢连人带剑纵将过去。鬼道人乔瘦滕见对面这道紫光，恰似长虹一般飞来，知道难以迎敌，口中念念有词，把手中拂尘望空中一挥，立刻隐身而去。英琼追到道人立的所在，忽然道人踪迹不见，心中大为惊异。把头看了看天色，正是申酉之交，还没到黄昏时分，见这道人白日隐形，越加疑是鬼怪。因听道人适才说已经摆下天罗地网，便用目往四外细看了一看。四外古木森森，日光斜射入林薄，带一种灰白颜色，果有些鬼气。知道久留必有凶险，无心再追究道人踪迹。正待退回原路，忽然一阵旋风过处，把地下砂石卷起有数丈高下，恰似无数根立柱一般，旋转不定。

第十一回　鬼哄森林　李英琼飞剑斩妖人
春藏魔窟　朱矮叟无心得异宝

一会儿工夫，愁云漠漠，浓雾弥漫，立刻分不出东西南北。四面鬼声啾啾，阴风刺骨。旋风浓雾中，出现数十个赤身女鬼，手持白幡跳舞，渐渐往英琼立处包围上来。那猩猩一声狂叫，早已晕倒在地。英琼也觉一阵阵目眩心摇，四肢无力，知是那道人的妖法。本想用手中宝剑朝那些女鬼斩去，谁知两只手软得抬都抬不起来，这才害怕起来。眼看那旋风中女鬼是越跳越近，耳旁又听有人说道："女娃娃，你已入罗网，还不放下手中宝剑投降，随你家祖师爷到洞府中去寻快乐么？"听出是那个道人声音，情知难免毒手。正待想一套言语诈降，哄那道人撤去妖法，等他现身出来，再用宝剑飞刺过去。心头盘算还没有定，忽见那些女鬼跳离自己身旁还有两丈远近，便自停步不前，退了下去。又听见道人在相隔十数丈外吆喝，以及击令牌的声音。令牌响一次，那些女鬼便往英琼立的所在冲上来一次。及至冲到英琼立处两丈以内，好似有些畏惧神气，拨回头重又退了下去。那道人好似见女鬼不敢上前，十分恼怒，不住把令牌打得山响，终归无效。英琼起初非常害怕，及见那些赤身女鬼连冲几次，都不敢近自己的身，觉得稀奇。猛发现手中这口紫郢剑端的是仙家异宝，每当女鬼冲上来时，竟自动地发出两丈来长的紫光，不住地闪动，无怪那些赤身女鬼不敢近前。英琼不由放宽了心，胆力顿壮。叵耐手脚无力，不能动转。否则何难一路舞动宝剑，冲了出去。

那鬼道人乔瘦滕所用妖法，名为九天都篆阴魔大法，原是非常厉害，漫说一个寻常女孩儿，就是普通剑仙，一经被他这妖法包围笼罩，也没有个不失去知觉、束手被擒的。偏偏英琼遭逢异数，内服灵药仙果，外有长眉真人的紫郢剑护身，虽然将她困住，竟是丝毫侵害她不得，不由心中大怒。起初原见英琼一身仙骨，想生擒回去受用。及至见妖法无灵，不由无名火起，便不管那女孩儿死活，狠狠心肠，将头发分开，中指咬破，长啸一声，朝前面那团浓雾中喷了过去，便有数十道火蛇飞出。

英琼正在那里无计脱身，忽见赤身女鬼退去，浓雾中又有数十条火蛇飞舞而来。正不知手中宝剑能否抵御，好生焦急，暗恨自己眼力不济，竟会看不见那妖道存身之所，否则这紫郢剑能发能收，只消朝他用力掷去，便可将他杀死除害了。想到这里，手中的宝剑忽然不住颤动，好似要脱手飞去的神气。这时那火蛇已渐渐飞近，英琼一阵着急，叹道："妖道呀，妖道！我只要能见你在哪里，我定把我的紫郢剑放出，叫你死无葬身之地的。"一言才罢，觉得手中的宝剑猛然用力一挣，英琼本来手脚软麻，一个把握不住，竟被它脱手飞去，眼看长虹般十几丈长的一道紫光，直往斜对面雾阵中穿去。接着耳旁便听一声惨叫。同时那数十条火蛇一般的东西，已迫近英琼身旁。英琼四肢无力，动转不得，相隔丈许远近，便觉炙肤作痛。在这危机一发之间，倏地紫郢剑自动飞回，刚觉有一线生机，耳旁又听惊天动地的一个大霹雳打将下来，震得英琼目眩神惊，晕倒在地。停了一会儿，缓醒过来，往四外一看，只见夕阳衔山，暝色清丽，愁云尽散，惨雾全消。那猩猩也被雷声震醒转来，蹲在自己旁边。自己手脚也能动转。面前立定一个云帔霞裳，类似道姑打扮的美妇人。急忙回手去摸腰中宝剑，业已自动还匣，便放宽了心。

英琼见那道姑含笑站在那里，绿鬓红颜，十分端丽，好似神仙中人一般，摸不清她的来路。正要发言相问，那道姑忽然开口说道："适才妖人已死，妖雾未退，才用太乙神雷将妖气击散。小姑娘不曾受惊么？"英琼听那道姑吐词清朗，仪态不凡，知是异人。又听她说妖人已死，才想起适才被妖法所困，后来宝剑飞出时，曾听一声惨叫，莫非那妖道已在那时被紫郢剑所诛？忙抬头往前观看，果然相隔十数丈外，一株大树旁边，那个道人业已身首异处，心中大喜。刚要向道姑回答，那道姑又接口说道："姑娘所佩的紫郢剑，乃是吾家故物。适才我在云中看见，疑是来迟了一步，被异派中人得了去。不想会落在姑娘手中，可算神物有主。但不知姑娘是否在莽苍山赵神殿中得来的呢？"

英琼见道姑说紫郢剑是她家故物，不禁慌了手脚，连忙用手握定剑把答道："正是在莽苍山一个破庙中得来。你说是你家的旧东西，这样宝贝，如何会把它弃在荒山破庙之中？有何凭证？就算是你的，我得它时，也费了一夜精力，九死一生才能到手，颇非容易呢。"还待往下再说时，那道姑已抢先说道："小姑娘你错会了我的意了。此剑原有雌雄之分，还有一口，尚待机缘，才得出世。若非吾家故物，岂能冒认？你问我凭证不难，此剑本是长眉真人炼魔之物，真人飞升以前，嫌它杀气太重，**也是"杀气太重"**。才把它埋藏在莽苍山中，是个人迹不到之所，外用符咒封锁。彼时曾对外子乾坤正气妙一真人说过，此剑颇能择主，若非真人，想得此剑，必有奇祸。果然后来有人闻风前去偷盗，无一个不是失败和身遭惨死。近闻那里出了四个僵尸、两个山魈和一个木魃，把一座五风十雨的灵山，闹得终年炎旱，隆冬时节，温暖如同暮春，一交三月，便天似盛夏。若非山中原有灵泉滋润，全山灵药异卉全要枯死。那山原无人迹，这还不甚要紧。谁知那四个僵尸日益猖獗，不久便要变成飞天夜叉，离山远出伤人。那两个山魈和木魃，更是每日伤尽生物，作恶多端。外子计算时日，剑的主人不久便去到那里，并说得剑人不但尚未学成剑术，连门都未入，只是机缘巧而已。贫道因此剑厉害非常，虽说长眉真人留下预言，万一不幸落在异派中人之手，岂非助纣为虐？特地赶到莽苍山，诛那几个怪物，顺便看那得剑之人是个何等样人。贫道到了那里，正是下雨之后，知道木魃已诛。再下去一看，连那两个山魈与四个僵尸，俱被取剑人除掉。外子原说取剑的人不会剑术，猜是那人无此本领，恐被异派中人得了去，一路跟踪赶来。适才看见剑上发出的紫光，急忙下来，你已被妖法所困，被我用太乙神雷将妖气击散，将你救醒。果然你的资禀异于常人，此剑也果然得主，才放了心。只不知你一个幼年女子，如何会到那群魔盘踞的莽苍山去寻取此剑？何人指引？如何得到并知用法？请道其详。”

英琼细听那道姑说话，不似带有恶意，有好些与石上之言相合，猜知来人定是一个剑仙。她说那剑原是她的，想必不假。低头寻思了一会儿，忽然福至心灵，跪在地下，口称：“仙师，弟子实是无意中得到此剑，并无人指引。”便把前事细说了一遍。然后请问那道姑的姓名，并求收归门下，伏在地下不住地叩头。那道姑笑道：“外子是乾坤正气妙一真人齐漱溟，我是他妻子荀兰因。你此次险些被人利用，归入异派。总算你赋禀福泽甚厚，才能化险为夷，因祸得福。收你归我夫妇门下，原也不难，不过你还不曾学会剑术，虽得此剑，不能与它合一，一旦遇见异派中高人，难免不被他夺了去。我意欲先传你口诀，你仍回到峨眉，按我所传，每日把剑修炼，二三年后，必有进境，我再引你去见外子。你意如何？”英琼闻言大喜，当下拜了师父，站起身来，那猩猩也在旁边随着跪叩。妙一夫人荀兰因笑道：“它虽是个兽类，居然如此通灵，以后你山中修道，倒可少却许多劳苦与寂寞了。”

英琼又说：“弟子曾蒙白眉和尚赠了一只神雕，名唤佛奴，骑着它可以飞行空中。还有一个世姊，名唤周轻云，在黄山餐霞大师处学剑。请问师父住在哪座名山？这三年期中，可不可以骑着那雕前去参见？”妙一夫人笑道：“‘吾道之兴，三英二云。’长眉真人这句预言，果然应验。就拿你说，小小年纪，就会遇见这样多的仙缘凑合。那白眉和尚辈分比我还长，性情非常特别，居然也把他座下神雕借你做伴，真是难得。我住在九华山锁云洞。你还有一个师姊名唤灵云，一个师兄名唤金蝉，俱是我的子女。你如真想见我，须待一年之后，至少须能持此剑随意使用，能发能收才行。”英琼闻言，喜道：“弟子不知怎的，现在就能发能收了。”妙夫人道：“你哪知此剑妙用？得剑的人，如能按照本派嫡传剑诀，勤修苦练，不出三年，便能与它合而为一，能大能小，能隐能现，无不随心所欲。你所说那能发能收者，不过因剑匣在你身旁，剑又由你主动发出，故能杀人之后，仍旧飞回，这并不算什么。你如不信，只管将你的剑朝我飞来，看看可能伤我？”

英琼虽然年轻，心性异常灵敏，这次同妙一夫人相见，凭空从心眼中起了一种极至诚的敬意，完全不似和赤城子见面时那般这也不信，那也不信。又恐宝剑厉害，万一失手，将妙一夫人误伤，岂不耽误了自己学剑之路？欲待不遵，又恐妙一夫人怪她违命。把两眼望着妙一夫人，竟不知如何答复才好。妙一夫人见她为难神气，愈发爱她天性纯厚。笑对她道：“你不必如此为难。我既叫你将剑飞来，自然有收剑的本领，你何须替我担心呢？”英琼闻言无奈，只得遵命答道：“师父之命，弟子不敢不遵，容弟子跑远一点儿地方飞来吧。”妙一夫人知她用意，含笑点了点头。英琼连日使用过几次紫郢剑，知道它的厉害，一经脱手，便有十余丈紫光疾若闪电飞出，恐怕夫人不易防备，才请求到远处去放，心中也未始不想借此看一看自己师父的本领。当下道一声：“弟子冒犯了。”将身回转，只一两纵，已退出去数十丈远近。又喊了一声：“师父留神，剑来了！”锵锒一声，宝剑出匣。心中默祝道：“紫郢紫郢，我这是跟我师父试着玩的，你千万不可伤她呵！”祝罢，将剑朝着夫人身旁掷去。那道紫光才一出手，只见从妙一夫人身边发出一道十余丈长的金光，迎了上去，与那道紫光绞成一团。这时天已黄昏，一金一紫，两道光华在空中夭矫飞舞，照得满树林俱是金紫光色乱闪。英琼见妙一夫人果然剑术高妙，欢喜得蹦了起来。正在高兴头上，忽然面前一闪，妙一夫人已在她身旁站定，说道：“这口紫郢剑，果然不比寻常，如非我修炼多年，真难应付呢。待我收来你看。”说罢，将手向那两道剑光一指。这两道光华越发上下飞腾，纠结在一起，宛似两条蛟龙在空中恶斗一般。英琼正看得目定口呆之际，忽然妙一夫人将手又向空中一指，喊一声：“分！”那两道光华便自分开。接着将手一招，金光倏地飞回身旁不见。那紫光竟停在空中，也不飞回，也不他去，好似被什么东西牵住，独个儿在空中旋转不定。英琼连喊几次“紫郢回来”，竟自无效。妙一夫人也觉奇怪，知有能人在旁，不敢怠慢，大喝一声道：“紫郢速来！”接着用手朝空中用力一招，那道紫光才慢腾腾飞向妙一夫人手上落下。妙一夫人随即递与英琼，叫她急速归鞘。然后朝那对面树林中说道：“哪位道友在此，何妨请出一谈？”言还未了，英琼眼看面前一晃，站定一个矮老头儿，笑对妙一夫人说道：“果然你们家的宝剑与众不同，竟让我栽了一个小跟头儿。”**小插曲，枝叶纷披。**妙一夫人见了来人，连忙招呼道：“原来是朱道友。怎么如此清闲，来到此地？”一面又叫英琼上前拜见道：“这位是你朱师伯，单讳一个梅字，有名的嵩山二老之一。”又对矮叟朱梅道：“这是我新收弟子李英琼。你看天资可好？”

朱梅笑道：“我在成都破慈云寺，见天下许多好资质，都归入你们门下。我虽然也收了两个徒弟，却是一个都比你们不上，有些气不服。等到十五那天晚上破了慈云寺，除掉了许多异派的妖孽，回到青城山金鞭崖，住了些日。你知道我是闲不惯的，又因为你的女公子和你前世的令郎，以及贵派门下子弟，好些人都奉了齐真人之命，前往云贵一带，各有事做。我很爱惜贵派门下这些小弟兄们，这路上邪魔异派甚多，打算暗中前去保护，顺便遇到机缘，也收一两个资质好的门徒。走到云南昆明，遇见苦行头陀的得意弟子笑和尚，他说正打算往回走，去与齐灵云姊弟会合，结伴同行。我见那孩子非常机灵，用不着我帮忙。我在那里游玩了几日，也往回走，路过飞熊岭，看见下面山脚下有一道人高声呼唤。下去看时，原来是昆仑派的剑仙赤城子，一条左臂业已斩断，身上还受了几处重伤，飞剑业已失去，神情非常狼狈。问起根由，他满脸羞惭地对我说了一遍。

“原来有一次阴素棠路过峨眉，看见一个小女孩儿在那里舞剑，天资根基都非常之厚，本想将她带回山去，收归门下。正要上前说话，忽见一只大雕飞来，认得是白眉老祖座前的神雕佛奴。阴素棠见那神雕能与那女孩儿做伴，那女孩儿必与白眉老祖渊源很深。那雕又向来不讲情面，厉害非常，幸喜不曾被它看见，连忙隐身退去。知道白眉老祖一向不曾收过女弟子，只猜不透那雕如何会那样驯服地受这小女孩儿调弄。她自脱离昆仑派后，原想独创一派。这些年来，老想寻得到一个根基深厚的门人，来光大门户。如今遇见这般出类拔萃的人才，怎肯放过。回山以后，越想越觉难舍。知道赤城子昔日曾随半边老尼到白眉老祖那里听过经，神雕佛奴与他曾有数面之缘。若派赤城子前往，即使那小女孩儿弄不回来，至少限度也决不会伤他。特地着人将赤城子请去，请他代劳一行。赤城子当年曾受过阴素棠许多好处，当然义不容辞。也是缘分凑巧，他赶到峨眉，正好神雕他去，不消三言两语，便把那小女孩儿带走。正当御剑飞行，偏偏遇见他誓不两立的对头华山烈火秃驴，知道难以回避。急忙按住剑光下去，先将女孩儿藏好，以免万一不幸，玉石俱焚。谁想下去一看，那个所在正是莽苍山，只有一座破庙，他便带那女孩儿往庙中走去。当时发现那庙中妖气甚重，后殿上停了四具棺木，知是已成形的僵尸。欲待另觅善地，已来不及。只得将那女孩儿带到钟鼓楼上面，匆匆嘱咐了几句话，忙驾剑光升起空中，便遇见烈火秃驴同滇西毒龙尊者的师弟史南溪追来。即使一个烈火祖师已够他对付，何况又加上一个穷凶极恶的史南溪，才一交手，便被人家将他的剑光绞断。幸喜他从阴素棠那里学会了五鬼隐形遁，急忙驾遁逃走，一只左臂已被烈火祖师斩断，身上还中了史南溪追魂五毒砂，伤势很重，驾不得遁，便在那山脚下躺着挣命等救星，已有一二十天光景。我给他几粒丹药吃，止住了痛。他说再静养二三日，借我丹药之力，便可复原，借遁回去，设法报仇。他又说那小女孩儿名叫李英琼，在莽苍山破庙之中。这许多天的工夫，不知走了没走，吉凶如何。她小小年纪，在那深山凶寺之中，十分危险。

他自己已是不能前去看望，托我无论如何代他前去寻觅一个下落。如果她还没有遇见什么凶险，他知道我不大看得起阴素棠，只托我给那小女孩儿在那庙的周围百里之内，另觅一个安身之所，给她几粒丹药充饥，十天之内，自有人前去接引。另外对我说了不少感激道谢的话。

“我本不愿代他人办事，一来因为他在难中；二来听他说那小女孩儿的禀赋几乎是空前绝后，有些不信，想去看看；三来这女孩儿小小年纪，在那荒山凶寺之中，待上这许多日子，吉凶难定，动了我恻隐之心。我也懒得和赤城子细说，又留了几粒丹药。赶到莽苍山一看，庙中钟楼倒坍，四具僵尸已然被人除去，只剩一堆白骨骷髅。无意中在一面鼓架旁边，发现长眉真人的符箓，猛想起真人飞升时节，曾将两口炼魔的雌雄飞剑埋藏在两处无人迹的深山之中，莫非此剑已被人得去？遍寻那小女孩儿不见，估量她无此本领。后来跟踪寻找，忽然看见两具大山魈的尸体旁边围着许多大马熊，在那里啃咬踢抓。我疑心那小女孩儿被那些马熊咬伤，心中大怒，打算用飞剑将它们一齐杀死。”

英琼正听得出神，听到这里，忽然失声说道：“哎呀！这些好马熊没有命了！”朱梅笑对她道：“你不要忙，听我说，我哪有这般莽撞呢？”又接着说道：“我当时原是无意中发现，距离那些马熊聚集的地方很近。它们见了生人，既不扑咬发威，也不畏避。我故意上前抚弄它们颈毛，它们一个个非常驯良。又看见一群最凶猛的猩猿，也是如此。我后来代那小女孩袖占一课，竟是先忧后喜，卦象大吉。我按卦象中那女孩儿走的方向，一路跟踪来到此地，忽然一声雷震，知道同道之人在此。将身隐在林中偷看，才看出夫人与令徒正在比剑。想不到长眉真人的紫郢剑今又二次出世，想是异派中杀劫又将要兴了。令徒小小年纪，这样好的根基禀赋，将来光大贵派门户，是一定的了。”妙一夫人笑道：“根基虽厚，还在她自己修炼，前途哪能预料呢？此地妖人已死，不知他巢穴以内什么光景，有无余党。现在天已入夜，你我索性斩草除根。道友以为如何？”矮叟朱梅笑道：“我是无可无不可的。”说罢，三人带着一个猩猿，迈步前行。走到坡旁，妙一夫人便从身上取出一个粉色小瓶，倒出一些粉红色的药面，弹在那妖人尸首上面，由它自行消化。**后来传到韦小宝手里，大显神威。一笑。**

三人又往前走了半里多路，才看见迎面一个大石峰，峭壁下面有一个大洞，知是妖人巢穴。这时已届黑夜，矮叟朱梅与妙一夫人的目力自然不消说得，就连英琼这些日在山中行走，多吃灵药异草，目力也远胜从前，虽在黑夜，也能辨析毫芒。当下三人一猿，一齐进洞。走进去才数丈远近，当前又是一座石屏风。转过石屏，便是一个广大石室。室当中有一个两人合抱的大油缸，里面有七个火头，照得合洞通明，如同白昼。英琼往壁上一看，呀的一声，羞得满面通红。妙一夫人早看见石壁上面张贴着许多春画，尽是些赤身男女在那里交合。知是妖人采补之所，将手一指，一道金光闪过处，英琼再看壁上的春画，已全体粉碎，化成零纸，散落地面。那猩猿生来淘气，看见油缸旁立着一个钟架，上面还有一个钟槌，便取在手中，朝那钟上击去。一声钟响过处，室旁一个方丈的孔洞中，跳出十来个青年男女，一个个赤身露体，相偎相抱地跳舞出来。英琼疑是妖法，刚待拔剑上前，妙一夫人朝那跳舞出来的那一群赤身男女脸上一看，忙唤英琼住手。那十几个赤身男女，竟好似不知有生人在旁，若无其事，如醉如痴地跳舞盘旋了一阵，成双作对地跳到石床上面，正要交合。妙一夫人忽然大喝一声，运用一口五行真气，朝那些赤身男女喷去。那些赤身男女原本是好人家子女，被妖人拐上山来，受了妖法邪术所迷，神志已昏，每日只知淫乐，供人采补，至死方休。被这一声当头大喝，立刻破了妖法，一个个都如大梦初觉。有的正在相勾相抱，还未如是如是，倏地明白过来，看看自己，看看别人，俱都赤条条一丝不挂，谁也不认识谁，在一个从未到过的世界中，无端竟会凑合在一起。略微呆得一呆，起初怀疑是在做梦，不约而同地各把粉嫩光致赛雪欺霜的玉肌轻轻掐了一掐，依然知道痛痒，才知不是做梦。这些男女大都聪明俊秀，多数发觉自家身体上起了一种变化，羞恶之心与惊骇之心，一齐从本来的良心上发现，不禁悲从中来，惊慌失措，各人去寻自己的衣服穿。叵耐他们来时，被妖术所迷，失了知觉，衣服早被妖人剥去藏好，哪里寻得着。只急得这一班男女一个个蹲在地下，将双手掩住下部，放声大哭。

妙一夫人看见他们这般惨状，好生不忍，忙对他们说道："你等想是好人家子女，被这洞中妖道用邪法拐上山来，供他采取真阴真阳。平日因受他邪术所迷，已是人事不知，如不是我等来此相救，尔等不久均遭惨死。现在妖人已被我等飞剑所诛。事已至此，你等啼哭无益，可暂在这里等候，待我三人到里面去搜寻你们穿的衣履，然后设法送你等下山便了。"众人起初在忙乱羞惧中，又在清醒之初，不曾留意到妙一夫人身上。及至妙一夫人把话说完，才知自己等俱是受了妖人暗算，拐上山来，中了邪法，失去知觉，供人淫乐，如不是来的人搭救，不久就要死于非命。又听说妖人已被来人用飞剑所斩，估量来人定是神仙菩萨，一齐膝行过来，不住地叩头。苦求搭救。妙一夫人只得用好言安慰。英琼看不惯这些赤身男女的狼狈样儿，便把头偏在一旁。那矮叟朱梅同那个猩猩，在众人忙乱的当儿，竟不知去向。妙一夫人正在盘问众人根底，忽见朱梅在前，猩猩在后，捧着一大抱男女衣服鞋袜，从后洞走了出来。那猩猩走到众人跟前，将衣服鞋袜放下。这一干男女俱是生来娇生惯养，几曾见过这么大的猩猩，又都吓得狂叫起来。那猩猩颇通灵性，知道这些人最怕心善面恶的东西，将衣履放下，急忙纵开。妙一夫人又向众人解释一回，众人才明白这大猩猩是家养的。见了衣履，各人抢上前来，分别认穿。

那衣履不下百十套，众人穿着完毕，还剩下一大堆。妙一夫人便问朱梅道："朱道友，这剩的衣服如此之多，想是那些衣主人已被妖道折磨而死。道友适才进洞，可曾发现什么异样东西？"朱梅笑道："我见道友有心肠去救这些垂死枯骨，觉着没有什么意味，我便带着这猩猩走到后洞，查看妖道可曾留下什么后患。居然被我寻着一样东西，道友请看。”妙一夫人接过朱梅手中之物一看，原来是一个麻布小幡，上面满布血迹，画着许多符箓，大吃一惊道：“这是混元幡，邪教中最厉害的妖法。看这上面的血迹，不知有多少冤魂屈魄附在上面。幸而我们不曾大意，如果不进洞来，被别的妖人得了去，那还了得！此物留它害人，破它非苦行大师不可。待我带到东海，交苦行大师消灭吧。”朱梅点了点头，说道：“道友之言不差，要将此幡毁去，果然非苦行头陀不可。否则你我如用真火将它焚化，这幡上的千百冤魂何辜？这妖道也真是万恶！适才在后洞中还看见十来个奄奄垂毙的女子，我看她等俱已真阴尽丧，魂魄已游墟莽，救她们苟延残喘反倒受罪。不忍看她们那种挣命神气，被我每人点了一下，叫她们毫无痛苦地死去了。”

第十二回　大发鸿慈 为难女顽童作伐
小完夙愿 偕仙禽异兽同归

妙一夫人望着眼前站的这一班男女，一个个眉目清秀，泪脸含娇。虽然都还是丰采翩翩，花枝招展的男女，可是大半真元已亏，叫他们回了家，也不过是使他们骨肉家人团聚上三年五载，终归痨病而死罢了。当下一点人数，连男带女竟有二十四个。便朝他们说道："如今妖人已死，你等大仇已有人代报。一到天明，便由我等送你们下山。但是你们家乡俱不在一处，人数又多，我等只能有两人护送，不敷分配，这般长途跋涉，如何行走？万一路上再出差错，如何是好？我想尔等虽被妖法所迷，一半也是前缘，莫若尔等就在此地分别自行择配，成为夫妇。既省得回家以后难于婚嫁，又可结伴同行，省却许多麻烦。那近的便在下山以后，各自问路回家；那远的就由我同这位朱道友，分别送还各人故乡。你等以为如何？"这一班青年男女听了，俱都面面相觑，彼此各用目光对视。妙一夫人知道他们默认，不好意思明说。便又对他们说道："你等既然愿意，先前原是在昏乱之中，谁也不认得谁，如今才等于初次见面，要叫你们自行选择，还是有些不便。莫如女的退到旁的石室之中，男的就在此地，由我指定一男将这钟敲一下，便出来一个女的，他两人就算是一双夫妇，彼此互相一见面，将姓名家乡说出。然后再唤别人继续照办，以免出差。何如？"

说罢，那些女人果然都腼腼腆腆地退到适才出来的石室之中去了。只有一个女子哭得像泪人一般，跪在地下不动。英琼见那女子才十五六岁，生得非常美貌，哭得甚是可怜，便上前安慰她道："我师父唤你进去，再出来嫁人呢，你哭什么？天一亮，就可下山回家，同父母见面了，不要哭吧。"那女子见英琼来安慰她，抬头望了英琼一眼，越加伤心痛哭起来。妙一夫人先时对这一干男女虽然发了恻隐之心，因要在天亮前把诸事预备妥当，知道他们俱受过妖人采补，不甚注意。及至见末后这一个女子哀哀跪哭，不肯进去，才留神往她脸上一看，不禁点了点头。这时朱梅不耐烦听这些男女哭声惨状，早又带了猩猩二次往后面石室中去了。英琼见那女子劝说无效，还是不住口地哭，正待不由分说将她抱往里面，妙一夫人忙道："英琼不必勉强于她，且由她在此，待我将这些人发落了再说。"英琼闻言，连忙应声，垂手侍立。那女也止住哭声。妙一夫人先在众人脸上望了一望，再唤英琼击钟。英琼领命，便将钟敲了一下。这些女子在这颠沛流离的时候，还是没有忘了害羞，谁也不肯抢先出来。妙一夫人连催两次，无人走出。恼得英琼兴起，走到她们房门口，只见那些女子正在推推躲躲，哭笑不得，被英琼随手一拉，牵小羊似的牵了一个出来。妙一夫人便看来人受害深浅，在众少男中选出一个。这一双男女知道事已至此，便都跪下，互说了家乡姓名，叩谢妙一夫人救命成全之恩，起来侍立一旁。英琼又将钟击了一下，那些女子还是不肯出来，还是英琼去拉出来，如法炮制。直到三五对过去，大家才免了做作，应着钟声而出。

这里头的男女各居半数，只配了十一对，除起初那个跪哭的女子外，还有一个男子无有配偶。那女子起初看众人在妙一夫人指挥下成双配对，看得呆了。及至见众人配成夫妻，室中还剩一个男的，恐怕不免落到自己头上，急忙从地上挣扎起来，跑向妙一夫人身前跪下，哭诉道："难女裘芷仙，原是川中书香后裔。前随兄嫂往亲戚家中拜寿，行至中途，被一阵狂风刮到此地。当时看见一个相貌凶恶的妖道，要行非礼。难女不肯受污，一头在石壁上撞去，欲待寻一自尽。被那妖道用手一指，难女竟自失了知觉。有时苏醒，也不过是一弹指间的工夫，求死不得。今日幸蒙大仙搭救，醒来才知妖道已伏天诛。本应该遵从大仙之命，择配还乡，无奈弟子早年已由父母做主许了婆家。难女已然失身，何颜回见乡里兄嫂？除掉在此间寻死外，别无办法。不过难女兄嫂素来钟爱，难女死后，意欲恳求大仙将难女尸骨埋葬，以免葬身虎狼之口。再求大仙派人与兄嫂送一口信，说明遭难经过，以免兄嫂朝夕悬念。今生不报大仙大恩，还当期诸来世。”说时泪珠盈盈，十分令人哀怜，感动得旁观那些男女，也都偷偷饮泪吞声不止。妙一夫人适才细看裘芷仙，已知她非凡品。又见剩下那个男的，虽然面目秀美，却是受害已深，看他相貌又不似有根底人家子弟，不配做芷仙的配偶。再听芷仙哭诉一番，料知她的被污，完全中了妖法，无力抵抗，并且看出她的为人贞烈，不由动了恻隐之心。正要开言说话，那裘芷仙已把话说完，又叩了十几个头，站起身来，一头往石壁上猛撞过去。英琼身法何等敏捷，见她楚楚可怜，早动了怜悯之心，哪容见死不救！身子一纵，抢上前去，将她抱了回来。妙一夫人便道：“你身子受污，原是中了妖法，不能求死。你既不愿择配，也无须乎寻死。我看你真阴虽亏，根基还厚。你既回不得家，待我想一善法，将你送往我一个道友那里，随她修行。你可愿意？”裘芷仙一听此言，喜出望外，急忙跪下谢恩，叩头不止。夫人便道：“英琼，搀她起来，等我打好主意再说。”这一干男女都对她羡慕不置。

那剩下的男子名唤唐西，乃是一个破落户子弟，学得一手好弹唱，被妖道掠上山来，他偏能承欢取媚。那妖道平时选他作众人中一个领袖，只他一人并不用妖法迷禁，反传了许多妖法与他。裘芷仙被妖道抢来才三日，就被他看在眼里。怎奈芷仙身有仙骨，被妖道看中，预先嘱咐，淫乐跳舞时节，不准他染指。他虽然心中胡思乱想，好在美貌男女甚多，倒也不在心上。今日闻得钟声，引众跳舞而出，忽听妖道被妙一夫人等所杀，大吃一惊。他为人机警，知道如要逃走，定然难保性命，莫如假装与众人一样痴呆，相机行事。后来他见众人都有了配偶，只剩下芷仙一人，知道要轮到他的身上，暗中好生庆幸。心想："这可活该我来受用。"及至芷仙痛哭，妙一夫人答应带了她走，自己空喜欢一场，还是变成一个光棍，暗恨夫人不替他做主。他本会几样障眼法，便安下不良之心，想抽空子抢了就走。

偏偏妙一夫人也是一时大意，看见唐西满身邪气，以为他受毒较深，还不知他已学会邪术，只嫌他眉目流动，知非端人，不大搭理他。将众人家乡问明之后，便把人分成两起，准备到了天明，与朱梅分别将他们送回故乡。见朱梅不在室中，正要唤英琼入内相请，朱梅已带了猩猩，二次由后洞走来。猩猩手上又包了一大堆食用之物，搁在石床上面。朱梅对妙一夫人道："恭喜道友！今天升作月下老人了。只是这多半夜工夫，不怕把这痴男怨女肚子饿瘦么？适才我又到后洞中去，又发现一个密室，里面还藏有许多食物丹药。道友请看。"妙一夫人闻言，才想起英琼、猩猩俱未进食，便唤大众进前随便取食。这些被难男女，平时饮食起居全系受妖法指挥，一旦醒来，又熬了半夜，俱都有些腹中饥饿，听了夫人吩咐，便都上前取食。

英琼见那些食物大半是川中出产的糖食饼饵之类，多日未曾吃过，颇觉好吃，只是有些口干。猛想起自己包裹内还有许多好吃的鲜果同黄精、松子，何不取将出来孝敬师父师伯？想到这里，忙将包裹打开，把莽苍山得来的那些异果取出献上。矮叟朱梅一眼看见那数十枚朱果，大为惊异，便问妙一夫人："这不就是朱果么？我学道这么多年，全未见过，只从先师口中听说过此果形状。爱徒从何处得来这许多，岂非异数？"英琼起初对妙一夫人说斩木魅经过，因不知朱果名称，只说是因叫猩猩领自己去寻红色果子，才得斩了一个怪物。妙一夫人也未想到英琼会将天地间灵物得来许多。及至见英琼取出，也觉稀奇，便叫英琼说斩木魅经过。英琼遵嘱说了一遍。朱梅道："这就无怪乎你仙缘遇合之巧了。此果名为朱果，食之可以长生益气，轻身明目。生于深山无人迹的石头上面，树身隐于石缝之中，不到开花结果时决不出现。所以深山采药修道的高人隐士，千百年难得遇见。加之天生异宝，必有异物怪兽在旁保护。别人求一而不可得，你竟无意中得到如此之多。你带来的这个猩猩，虽然是个兽类，颇有仙气，想必也是得吃此果的缘故了。”英琼又把同吃何首乌的事说了一遍。妙一夫人与矮叟朱梅俱惊英琼遇合之奇不置。

英琼起初拿出来时，原想孝敬师父、师伯之后，分给这些被难男女。及至听完妙一夫人与朱梅之言，才知此果有许多妙用，不禁心中狂喜，又有些舍不得起来。忙取了十枚献与朱梅，把余下三十多枚献与妙一夫人。夫人笑道：“此果虽佳，我还用它不着，我吃两个尝尝新吧。”说罢，随手拈了几个吃了。朱梅也不客气，吃了两个，把其余的揣在身旁，说道：“此果我尚有用它的地方，既然令徒厚意，我就愧领了。不过我这个穷老头子，收下小辈的东西，无以为报，岂不羞煞？”说罢，从身上取出一个两寸长，类似一只冰钻，似金非金、似玉非玉的东西，递与英琼道：“这件东西是我近日在青城山金鞭崖下掘土得来，发现之时，宝气上冲霄汉。等我取到手中，见上面篆文刻着‘朱雀’两个字。放在黑暗之中，常有五彩霞光。无论什么坚硬的金石，应手立碎。知是一个宝贝，只是不知道它的用法。但知妙一真人与玄真子能识此物，本打算去问他个明白。如今你既归妙一真人门下，我索性就送与你，等你见过真人再问用法吧。”英琼闻言，拿眼望着妙一夫人，还不敢伸手去接。妙一夫人叫英琼跪下领谢。英琼连忙跪下，谢了朱梅，接过那只冰钻。**又得一宝**。她自从被赤城子带出，虽然辛苦颠沛了好多日子，既得了许多异果奇珍，又得拜了剑侠中领袖为师，可算此行不虚，真是兴高采烈，心头说不出来的喜欢。妙一夫人叫英琼把剩下的朱果包好。英琼再三请夫人多吃几个，妙一夫人见英琼满脸天真至诚，不忍拂她的意，便取了八个带在身上。

英琼见裘芷仙站在旁边，秀目盈盈，泪光满面，望着朱果，大有垂涎之态，神气非常可怜。便取了两个朱果递与她道：“姊姊这半天未吃食物，想必腹中饥饿。妹子日前食了这个朱果，虽然有时也吃东西，腹中从未饥过。适才听了师父、师伯之言，才知道此果妙用。姊姊也吃上两个尝尝新吧。”芷仙闻言，含羞接过道谢，正要张口去吃。忽然满洞漆黑，伸手不辨五指，一声娇啼过去，接着又是一声惨叫。英琼疑是什么妖怪前来，拔剑出匣时，妙一夫人已将手一搓，发出一道白光，把全洞照得通明。再看地下，躺着一具死尸，业已腹破肠流，鲜血洒了一地。那个猩猩正用地下的碎纸在擦手上的血迹。洞口旁边倒着裘芷仙，业已吓晕过去。那一干被难男女，也吓得挤作一团，嘤嘤啜泣。英琼见那死尸正是适才择配时落后向隅的唐西，疑是猩猩野性未驯，无故伤人，恐怕妙一夫人怪罪，正要上前责问。妙一夫人笑道：“小小妖魔，也敢到我二人面前卖弄，我一时大意，差点儿没让他把人拐走。想不到这个猩猩眼力竟这样好。”

原来唐西因见心上人不能到手，仗着自己会了几样小妖法，时时刻刻想摄了芷仙逃走。妙一夫人起初只以为他是受邪太深。等到择配完毕，见他一人向隅，一双贼眼不住在那些女子身上打量，尤其对于芷仙格外注意；又见众人在惊魂乍定后，俱是满脸伤心与害怕的神气，唯独他神态自若，这才对他留一番心，觉得这人不是善良之辈。后来见他吃东西时举动轻捷，不似别人身体亏虚，行步迟钝。细细一看，果然看出这个人以前是假装痴呆，便知是妖人余党。估量他能力有限，不敢班门弄斧，且看一看再说。谁想唐西见妙一夫人等站在室中，离他较远，恰好芷仙接朱果时，正站在他的身旁不远，以为是一个良机。心想：“自己虽不是人家敌手，借法逃走，总还可以。”当下口中默诵妖诀，将室中灯火弄灭，黑暗之中驾起阴风，才待抱了芷仙御风逃走。他这点儿障眼法儿，如何遮得住妙一夫人与矮叟朱梅的慧眼，正要上去制止。那猩猩本自通灵，又食了许多灵药仙果，可以暗中视物。眼见唐西要抢了一个女子逃走，如何容得，将身一纵，已抢到唐西面前，一爪抓住芷仙，一爪往唐西胸前一抓，已将他活生生破腹抓死。**一个小插曲，便有枝叶纷披效果。**英琼听了妙一夫人之言，还不大明白。那猩猩自己上前朝英琼跪下，指着死尸，连喊“贼怪”。妙一夫人又把唐西举动说了一遍，英琼才知究竟。便走过去，将芷仙扶起，唤了几声。芷仙原是一时着了惊吓，被英琼一阵呼唤，悠悠醒转。英琼又对她把前事说了一遍，芷仙便上前谢了众人与猩猩救命之恩。

这时天光业已向曙。妙一夫人再细看其他男女，俱都无甚异样，便对朱梅道：“这些男女回家之后，多则五年，少则两年，俱要痨病而死。道友的灵药能够追魂返命，可怜他等无辜，索性行善行彻，积一些德吧。”朱梅笑道：“我的丹药熬炼实非容易，如今又剩得不多，我向来不救无缘人。夫人既代他们求情，我就帮夫人完成此番善举吧。”说吧，便从身旁取出一包丹药，拣了二十几粒，付与众人。妙一夫人又将石榻上的一个花瓶，叫猩猩拿到外面洗净，取些山泉来。一面同朱梅、英琼齐至后洞察看，又寻出许多首饰金银，拿来分与众人，带回家去。只等猩猩取水回来，服药上路。芷仙把两个朱果捡起吃完，觉得入口甘芳，精神顿振，愈加动了出家之念。

一会儿工夫，天光大亮，猩猩还未回转。英琼刚要出洞去看，忽听一声长啸，猩猩从洞外飞蹿进来，躲向英琼身后，它爪中取水的瓶不知去向。英琼不知就里，正要责问，忽听洞外连声雕鸣，不及再顾别的，纵身出去看时，果是神雕佛奴同约它去的那只白雕，正要离地飞起。英琼这一喜非同小可，高兴得忘了形，竟忘口中呼唤，将身一纵，竟纵起十余丈高下，刚刚抓着神雕佛奴的钢爪。那神雕佛奴原随它的同伴，回到白眉和尚那里去炼骨洗心。等到服完白眉和尚赐的丹药之后，白眉和尚对它说道：“你的同伴玉奴已是脱离三劫，将归正果的了。唯有你三劫未完，杀心太重。我在十年之中，就要圆寂坐化，念你跟随我一场，特地命玉奴将你唤回，与你脱胎换骨，洗心伐髓。你的新主人仙缘甚厚，可仍回到那里，忠心相随，自然能助你完成三劫，得成正果。你此去就无须乎再来了。”神雕佛奴早已通灵，听了白眉和尚之言，已知前因后果，便长鸣了数十声。白眉和尚知它依恋不舍，又对它说道：“你不必再依恋我。你的新主人现时已不在峨眉，你此去由莽苍山顺路经过，便能在路上相遇。她正要用你回山，急速去吧。”神雕佛奴仍是依依不舍，几经白眉和尚催迫，才行上道。那白雕玉奴同伴情深，仍旧送它飞回。

这两个雕排云横翼，疾如闪电，不消半个时辰，已飞到了莽苍山，各把速度降低，在空中留神细看。神雕佛奴本来淘气，偶然看见山涧之下有个大猩猩用瓶汲水，知是此山修道人用来代替童仆之用的兽类，便想将它抓住，逗它的主人出来，开个玩笑。谁想那猩猩也是通灵之物，汲水中间，忽然看见从未见过的一黑一白两个大雕朝它扑来，知道不好，没命般朝洞中跑回。任它行走如飞，怎赶得上神雕两翼的神速，一眨眼的工夫，便已追上，只一爪，便将猩猩离地抓起有十余丈高下，然后掷了下来。神雕的本意，原想将猩猩跌个半死，好引它主人出来，没料到猩猩身手会那样轻捷。神雕佛奴并不想伤生，只在它后面追随飞翔，不想倒会把自己主人引了出来。它见一个年轻的女子由洞中捷如飞鸟般纵将出来，只一纵，便抓住它的钢爪，早已认清是它的主人李英琼，当下又慢慢飞翔下来。英琼着地后，妙一夫人、矮叟朱梅也走了出来。神雕佛奴又朝空中叫了两声，白雕玉奴也飞翔下来。两个神雕站在英琼旁，竟比她人还高。妙一夫人见了这两个神雕，笑道：“这番我不愁分身无术了。”朱梅认得这两个雕是白眉和尚之物，非常厉害，寻常剑仙俱奈何不了它们，居然会听英琼使唤，真是奇怪。笑对英琼道：“你师父夫妻二人，与我当年成道，已经算仙缘凑合容易的了。谁知你比我们还要容易，竟有许多送上门来的奇缘。那白眉和尚脾气好不古怪，居然肯把座下两个灵禽赠你，岂非亘古未闻的奇事奇缘吗？”英琼道：“这黑的金眼师兄，原是白眉师祖赠我在峨眉做伴的。这个白的，当初原是奉了白眉师祖之命，接它回去的。原说去十九天就回，想必今日期满，故而又送它回来，不想竟在途中相遇，真巧极了。”

妙一夫人道：“既是神雕路遇，再巧不过。天已不早，就烦朱道友按照路程，与我同将这十一对男女分送回家。这神雕两翼载重何止千斤，芷仙现时有家难归，她又志在出家，我此时无暇带她同走，就叫英琼带着她回到峨眉暂住，以俟后命。只是这个猩猩无法带走，意欲命它先在此洞潜修，异日英琼剑术学成，再来带它便了。”英琼同猩猩共患难多日，听了夫人之言，未免依依不舍，只是初入师门，不知师父脾气，怎敢表示不愿。那猩猩早已通灵，一听夫人不叫它与英琼同去，急忙跑过来，朝着妙一夫人跪下，不住地叩头落泪，嘴里头结结巴巴，半人言半兽语地央求。妙一夫人笑道：“想不到此畜竟如此多情向上。我并非不让英琼带去，皆因人兽不能同载。黑神雕虽能载重，但是背上面积有限，它身又高大。再者，它虽然有些灵性，到底兽性还未除尽，万一飞在高空惊慌起来，英琼、芷仙俱要受它连累。只有白神雕可以带它飞去，但是白神雕乃是白眉禅师座下灵禽，未得它同意，我们怎好随便相烦呢？”说时，拿眼望着英琼，又看了那雕一眼。英琼恍然大悟，原来妙一夫人不是不让猩猩同去。但是不明白夫人既示意自己去烦白雕带猩猩回山，何以夫人自己不肯明说？因为出来日久，回山心切，也不及细想原因，便朝黑雕佛奴说道：“这个猩猩乃是我在莽苍山收伏来的，随我这些日，共了许多患难，异日帮我照应门户，采摘花果，极为得用。意欲烦你转求送你来的那位穿白的同伴，带它回转峨眉，那就再好不过了。”话言未了，那白雕一个腾达，扑向猩猩身上，舒开两只钢爪，就地将猩猩抓起，冲霄而去，吓得那猩猩连声怪叫。眨眨眼冲入云霄，往峨眉方向而去。

英琼见白雕去得突兀，也自心惊，正要向黑雕问猩猩的吉凶，妙一夫人道：“猩猩已被白雕带往峨眉，这番称了你的心愿了。我们众人眼前就要分手，此去数月后才得见面。你有神雕、猩猩做伴，别的自可无忧。不过你从师才只一日，要将功诀一齐传你，短时间内自是不能办到。你可随我到前面坡下，先将练剑的初步功夫口诀传你吧。”说罢，领了英琼，走到无人之处，将许多要诀一一指点。英琼天资颖异，自是牢记于心，一教便会。妙一夫人传完口诀，日光业已满山，便把洞中男女一齐唤出，按照路途方向，与朱梅分领一半，将各人送回家去。**这一番拜师过程倒也不同一般。**

第十三回 并驾神雕 逐鹿惊邪火 饥餐朱果 斗剑遇同门

英琼、芷仙依依不舍地拜送妙一夫人等走去之后，英琼笑对芷仙道：“姊姊休要害怕，请随妹子到峨眉山去吧。”芷仙见英琼小小年纪，有如此惊人的本领，心中非常羡慕佩服。闻言便道：“妹子命薄，惨遇妖人，迷却本性，失节辱身，恨不早死。多蒙仙师垂怜援手，准许妹子到姊姊洞府中，随姊姊修行，真是恩施格外。自堕魔劫后，已把生死二字置之度外，况有姊姊同乘，何惧之有？”英琼道：“如此甚好。恩师、师伯已经率众人走去，我们走吧。”一面说，一面将包裹取来，套在神雕颈上，先扶芷仙坐了上去，叫她两手紧攀神雕翅根，紧闭双目，不要害怕。自己随着也腾身而上，还怕芷仙坐不牢稳，一手紧抓神雕贴身处铁翎，一手伸向芷仙胸前，将她拦腰抱住。才喊得一声“起”，那神雕长鸣一声，健羽展处，已是离地二三十丈高下。英琼在雕背上喊道：“金眼师兄，飞得低些，一来沿途可以看看风景，二来省得裘姊姊害怕。”那神雕果然听话，不再高飞，就在离地二三十丈高下，朝前飞去。芷仙起先还觉得有一些头晕，后来觉得平稳非常，不禁偷偷低头往下观看。眼中一座座大小峰峦，在脚底下飞一般跑向身后，春山如秀，风景绝佳，不禁在雕背上连喊“有趣”。英琼恐怕她得意忘形，失手跌了下去，刚要唤她留神，忽然那神雕倏地加快速度，朝着下面一个山凹处飞将下去。忙从芷仙身旁朝下看时，原来山凹处有一只梅花鹿在那里吃草，被那神雕一眼看见，想要顺手抓回去当午餐吃。说时迟，那时快，那只大鹿看见天上一只大雕扑来，知是它的克星，正要纵逃，已是不及，被那雕飞近身旁，两只钢爪将那鹿拦腰一抱，便将它抱起。英琼、芷仙在雕背上觉着微微一震动间，那雕已擒鹿在爪，仍旧往上飞行。那鹿被雕擒住，知道性命难保，便用头上大角回头朝神雕颈间触来。那只梅花大鹿，角长有三四尺光景，差点儿没碰着芷仙的身体。惹得神雕性起，两只钢爪用力一扣，一齐伸入鹿腹。那鹿护痛不过，哟的一声惨叫，竟然死去。吓得芷仙心头不住怦怦跳动。

英琼正觉着有趣，忽听下面有人大叫道："何方贱婢，竟敢纵使扁毛畜生伤及仙鹿？快快下来，还我鹿的命来！"英琼闻言大惊，忙朝下面看时，只见山凹旁跑出一个非尼非道的女子，手中执着一柄宝剑。英琼吃了一回亏，昔日又听自己父亲讲过，异服奇装的僧尼道士最为难惹，况且又有芷仙同在雕背上面，益发用不得武。便向那神雕说道："飞得好好的，偏偏你要抓什么鹿，今日闯了祸了，还不快跑！"那神雕想是也知下面的人难惹，正加速度往前飞走。谁知下面那个女子见英琼并不答言，那雕依旧朝前飞行，心中大怒，急忙念诵口诀，将手中执的那柄长剑朝空掷去，脱手便是一阵黑烟，夹杂着一溜火光，朝着神雕身后飞来。神雕闻得身后风声，略将身子回旋，往后一看。想是知道那女子厉害，在空中稍微迟顿了一下，两爪松处，放下那只死鹿，拨转头，风驰电掣一般，直往前面逃走。那雕飞得那般神速，又不似适才平平稳稳地朝前飞去，时而高举冲霄，时而弩箭脱弦一般往下泻落。漫说芷仙胆战心惊，就连英琼也觉得头晕眼花。两人都是迎着劈面的天风，连口都张不开。英琼深怕芷仙受不住这般剧烈震撼，遭受危险，急中生智，忙将头躲在芷仙身后，好容易迸出两句话道："这般逃法，不大妥当，莫如降落下去，同来人拼个你死我活吧。"神雕本通灵性，恰好这时正朝前面一个低坡飞去，听了英琼呼唤，顺势降落。这时已飞出十来里地，离那飞剑已经很远。等到神雕落地，英琼扶着芷仙跳将下来，芷仙已是头昏脚软，支持不住，坐到地下。**借擒鹿生枝节，避免平铺直叙。**

英琼正要举目往天空看时，忽听神雕一声长鸣，倏地舍了英琼，往空便起。英琼连忙抬头看时，原来敌人飞剑已然赶到，被那神雕迎个正着，朝那黑烟火光中飞去。英琼不知神雕本领，深怕有了差池，忙喊："金眼师兄，快快下来，待我同她对敌。"话言未了，神雕已经冲入烟火之中，一个回旋，已将敌人飞剑抓入爪中，飞下地来。英琼看见神雕爪中抓着一把宝剑，烟火围绕，心中大喜。适才说话时节，已将身旁紫郢剑拔在手中，急忙迎上前去。那雕还未落地，便将宝剑掷将下来。英琼见那剑有火围绕，不敢用手去接。又见那剑稍微往下一沉，离地还有丈许，好似空中有什么吸力，略一停顿，又要往空中飞起。英琼恐它逃走，更不怠慢，忙将手中剑纵身往上一撩，撩个正着，十余丈紫色寒光过去，当的一声，将敌人那口飞剑削为两截，火灭烟消，坠落地下。英琼见神雕如此灵异，越发珍爱，便上前去抚弄它的翎毛，看看并无伤损，越加高兴。

偏偏芷仙受了这一番大惊恐和剧烈震撼，竟是手脚疲软，无力再上雕背飞行。虽然不敢请求英琼歇息一会儿再走，英琼已看出她那楚楚可怜的神气。又仗着自己有神雕、宝剑，不禁心粗胆壮起来。便对芷仙说道："此地离敌人巢穴不远，虽然是个险地，但是妹子有白眉师祖座下神雕，同长眉真人的紫郢剑，料无妨碍。姊姊既然劳累，我们休息一会儿，吃点儿果子再走吧。"说罢，便将雕颈上拴的包裹取下打开，取了两个朱果，递与芷仙。芷仙道："此地既是险地，怎好为妹子一人暂时舒适，去惹凶险？这个朱果，恩师妙一夫人同那位姓朱的仙师曾说是稀世奇珍，百年难得一遇。妹子自受妖法所迷，浑身作痛，手脚疲软，昨日在洞中蒙姊姊赐了两个吃下，昨晚并不曾睡，今早反觉神清气爽，可知此果功用非常。妹子是个命苦福薄的人，怎敢过分消受仙果？妹子随便吃两个松子，这个仙果姊姊留为后用吧。"英琼笑道："我得此果，已然好些天。这是鲜东西，虽说是仙果，恐怕也未必能够久藏。我只要留几个，回转峨眉与我余英男姊姊吃就行了，你就吃吧。"

芷仙人极聪明，与英琼见面虽然才只一日，谈话也才两三次，已知她有个小性儿。起初不吃，原是一番客气，及见英琼固劝，便也乐得受用。

二人正吃朱果，那神雕忽然叫唤两声，用嘴在包裹中衔了两个朱果，放在英琼身旁，睁着一双大金眼，大有垂涎之态。英琼笑道："你也想吃仙果吗？我起初还以为你尽吃荤的哩。"说罢，便拿起一个朱果往空中扔去。神雕将身微一扑腾，便纵上前去，衔在口中，吃下肚去。英琼觉着好玩，便取了六七个朱果，用家传连珠弹法，打向空中。那神雕也甚狡猾，竟用了六七种不同身法，去接吃口中。招得英琼哈哈大笑。还待向包裹中去取朱果时，一看只剩下九个了，才想起回山还要送人，便停止不打。那神雕连吃了几个朱果，倏地又冲霄飞起。英琼以为敌人寻来，连忙纵身拔剑看时，天交正午，碧空无云，一些迹兆皆无。再看那雕，已朝来路飞去，转瞬不见踪影。英琼不知它的用意，只好等它回来，再作计较。

芷仙见那雕如此灵异，便问英琼得雕始末。英琼便将峨眉山中父病割股，神雕接引去见白眉和尚，父亲病好出家，蒙白眉和尚赠雕为伴，种种从头说起。还未说到一半，神雕已经飞回，爪中抓着一个鹿的天灵盖，两个鹿角还附在上面，没有丝毫损伤。那角红得像珊瑚一样，横枝九出，非常好看。英琼才明白那雕百忙中擒取那鹿，原来为的是这一双鹿角，只不知有何用处。还等与芷仙接着往下讲时，芷仙道："妹子此刻头已不昏晕，此地风景虽好，金眼师兄又去将鹿角取回，难免不去惹动敌人追赶前来，我们骑上金眼师兄，回到姊姊洞府再说吧。"英琼也觉言之有理。那神雕忽然走近前来，蹲在地下，也好似催促上路神气。

英琼仍将包裹拴在雕颈，正待扶着芷仙先上雕背，忽然从身后树林子内走出一男三女。男的看去年纪和自己相仿佛，那三个女的，大的一个也不过二十以内，真是男的长得像金童，女的长得像玉女一般。才出林来，那年长的一个口中喊道："两位姊姊暂留贵步，我等有话相烦。”英琼起初疑是敌人跟踪寻来，连忙拔剑在手。及至定睛看来人，一个个俱是神采英朗，风度翩翩。自古惺惺惜惺惺，自然而然地起了一种好感。正要上前答言，忽然一阵狂风过处，飞沙走石，天昏地暗，耳旁又是鬼哭啾啾，竟和昨日追虎遇见妖人光景相像。不禁大吃一惊，知道中了妖人暗算。芷仙是个无能之人，英琼忙把她一把先抱在怀内，舞动紫郢剑护着身体。用目寻那妖人存身之所，好照上回一样，将紫郢剑飞出，取他性命。正在四处观望，耳旁又听数声娇叱道：“胆大妖孽！擅敢无礼。”话言未了，适才那四个青年男女站立的地方忽然发出数十丈长、亩许方圆的五色火光，把天地照得通明，光到处风息树静，雾散烟消，依旧是光明世界。接着便有三道红紫色、一道青色的光华和两道金光，同时飞将出去。英琼这时也辨不出谁是敌，谁是友，见那几道光华在自己头顶上飞来，慌忙将剑朝上一撩，手中紫郢剑竟自脱手飞来，与两道红紫色的剑光迎个正着，立刻在空中绞成一团，隐隐发出风雷之声。其余那三道光华飞到英琼头上，并不下落，反投向英琼身后而去。英琼正觉着有些诧异，忽听前面那个年长的女子说道：“我们俱是相助姊姊，为何自己人反争斗起来？还不将剑快快收去，省得二宝相争，必有一伤。”英琼闻言，还不明白。芷仙虽在惊惶中，因她无有临敌本领，只有害怕心思，反较英琼清楚，早看出来人是一番好意。忙喊：“姊姊休要误会，来的几位姊姊是帮你的。”英琼刚辨出来人语意，耳旁又是一声女子的惨叫，顾不得收剑，忙回头看时，离自己身后十来丈远近，躺着适才在空中看见的那个非尼非道、披头散发、奇形怪状的女子。还有一个奇形怪状的男子，业已望空逃去。再看那雕，业已望空中飞起，追赶那男的去了。从头上飞过去的那几道光华，正往回飞去。刚一回身，那年长的女子已走近身边，说道：“姊姊还不收回尊剑，等待何时？”英琼再看空中自己的紫郢剑和那两道红紫色的光华，如同蛟龙闹海一般，斗得正酣。便用妙一夫人所传收剑之法，将剑收了回来。然后上前与那四个青年男女相见。

英琼还不曾开言，那年长的一个女子道：“这位姊姊，何处得遇家母妙一夫人？请道其详。”英琼闻言，忙问那四个青年男女姓名。才知这其中的三个人便是妙一夫人的子女、自己的师姊师兄齐灵云、金蝉和餐霞大师的弟子女神童朱文。那一个黑衣女郎，正是在峨眉、武当、昆仑、五台、华山正邪各派之中，异军突起的女剑仙墨凤凰申若兰。

原来这四人途中与妙一夫人不期而遇，妙一夫人对他们将前事说了一遍，便对灵云道：“你父亲现在东海，仗着玄真子相助，将宝炼成，不久便要回归峨眉。后山的白眉和尚业已他去，李宁父女所居的栖云洞，直通潭底的凝碧崖，打算将那里辟出一个别府，做你们一班小弟兄姊妹聚会修道之所。英琼现在途中，你们四人可以迎上前去，与她见面之后，一同回到峨眉，借用半边大师的紫烟锄，将栖云后洞当年白眉和尚封闭的石壁锄倒。下面有百余级石阶，石级尽处，便转到洞侧深潭中心一块巨石。从巨石缺口处翻将下去，便是一条斜坡，直通凝碧崖。那里四季长春，到处都是奇花异卉，四外常有飞瀑流泉，终年无雨，最宜于练剑修道。你们到了那里，由灵云率领，朝夕用功，代传若兰、英琼口诀。三个月之后，灵云可去九华，将芝仙移植到峨眉来。日前追云叟派人向我借用九华洞府，我已答应了他，你们无须再回去。到了今年年底，你父回转峨眉，你们那时再听他吩咐。我救的这些青年男女，原同矮叟朱梅约好，将他们分送回家。为免村民大惊小怪，适才我假说他们是附近各县的人家子弟，发愿去峨眉进香，中途在莽苍山被大蟒吓回，替他们将山轿牲口雇好上路。但是我还不甚放心，恐怕他们俱都年幼，未出过门，路上出了差错。好在他们差不多俱在附近云南各县，打算随时暗中护送，等他们回了自己的家再说。英琼还同着一个被难的女子裘芷仙一路，她二人骑着白眉和尚的神雕，那雕如不载人，比你们剑光还要迅速。这一路上颇多异派中人，英琼虽然得着师祖的紫郢剑，但是有一个不会武术的女子同行，恐怕路上难免要遇麻烦。你们不必停留，急速去吧。”说罢，妙一夫人脚一蹬，一道金光，凌空而起。

灵云等四人也驾起剑光，直飞向峨眉一路追赶。灵云正走之间，忽见前面有一柄异派中人放的飞剑，夹着黑烟火光，如飞前进。依了金蝉，便要动手。灵云连忙止住，想看个究竟，便跟在那飞剑后面紧追。金蝉从烟火中看去，隐隐辨出飞剑前面一只飞鸟，上面坐定两个女子，猜是英琼、芷仙二人坐着神雕，被异派中人追赶。正要告诉灵云上前相助，忽见那只大鸟倏地似弩箭脱弦一般，飞向下面山坡落下。因摆脱烟火遮蔽，分外看得清楚，原来是一只大黑雕，背上背着两个年轻女子，便知是英琼无疑。灵云等也都看得清楚。说时迟，那时快，还未容灵云等上前相助，那雕已放下背上两个女子，蓦地冲霄飞入烟火之中。灵云知那异派飞剑颇为厉害，还恐那雕受伤，那雕已将那飞剑用钢爪抓住，飞落下去。再被下面女子剑上发出的十来丈长的紫光一撩，立刻烟消火灭，飞剑变成顽铁，坠落地下。灵云见那女子小小年纪，竟是身轻如燕，发出来的剑光尤为出色，非常欣喜。知道她的敌人决不肯善罢甘休，便招呼众人，远远按落剑光，隐身树林之内，一来想暗中助那两个女子一臂之力，二来看看她的本领。在林中待了一会儿，见那雕向那用剑女子要吃了许多红色果子，忽又冲霄而起，一会儿工夫，抓了一副大梅花鹿角回来。金蝉见那雕如此灵异，只喜欢得打跌。待了一会儿，见敌人无甚动静，急于要问那两个女子是否妙一夫人所说的英琼、芷仙，又见那两个女子要走，再也忍不住，不经灵云同意，首先出了树林。灵云等也只得跟将出来。灵云才要喊那两个女子留步时，忽然狂风大作，飞沙走石，鬼声啾啾，天昏地暗。金蝉慧眼早看见黑暗中一对奇形怪状男女，披头散发，施展妖法而来。朱文见是妖法，早将天遁镜放起十余丈的五色毫光，破了妖法。灵云等已看出妖人站的方向，各将剑光飞起。灵云剑快，首先将那女的当胸刺过。那男的妖人见这些幼年男女个个厉害，只一照面，他的同伴便死了一个，吓得心惊胆裂，忙借妖法望空逃走。这里灵云等与那两个女子通问姓名之后，果是妙一夫人所说的李英琼与裘芷仙，俱各心中大喜。

英琼见是同门师姊师兄，喜从天降。双方施礼，又谈了一阵。神雕佛奴也飞了回来，英琼便问妖人可曾抓死。神雕摇了摇头，知道被他逃走。灵云等俱不知那妖人来历，只得罢休。金蝉、若兰见那雕灵慧通神，善解人意，不住上前抚摸它的铁羽。那雕瞪着一双金光四射的眼，站在当地，一任二人抚摸，纹丝不动，又神灵，又驯良，爱得二人都恨不能骑上一回，才称心愿。大家谈谈笑笑非常投机，大有相见恨晚之概。英琼、芷仙剑术未成，也不同众人客气，竟自骑上雕背。灵云等四人也都随后升起，紧随那雕前后左右，一齐往峨眉飞去。

那雕两翼飞程，本比剑光还快，只因身上背了两个凡人，禁受不住天风，只得慢慢飞翔。灵云等又愿意同英琼在一起走，故而两下速度如一。金蝉、若兰孩子气比较重，既爱这两个新同门，又爱那雕，时而飞在雕前，时而飞在雕后，不时同英琼、芷仙二人说话。叵耐雕行迅速，扑面天风又急又冲，英琼将头藏在芷仙背后，还能勉强回答；芷仙两手紧攀神雕翅根，被对面天风逼得气都透不过来，哪里还回答得出。偏偏芷仙天生好强，又极爱面子，自从遇救出险以后，总觉自己非女儿之身，无端受尽妖人糟践，羞恨欲死。偏先后遇见英琼、灵云这一班小辈剑侠，大半都是比她年纪还轻，一个个俱都本领高强，飞行绝迹，美若仙人，英姿飒爽。不禁又是羡慕，又是佩服，越想越自惭形秽，远不如人。**插入裘芷仙，凝碧崖人众就分出层次，话题增加不少。**抱定宗旨，到了峨眉，无论如何都要从他们学些飞行本领，巴不得承颜希旨，得他们一点儿欢心才好。见若兰、金蝉飞近身旁，问长问短，自己连口也张不开，又怕若兰、金蝉说她大模大样，只好点头微笑，急得浑身俱是冷汗，无计可施。那英琼一旦遇见许多本领高强的同门伴侣，并且可以永久和他们在峨眉一处做伴，再不愁空山寂寞，只喜得心花怒开，洋洋得意。见金蝉、若兰问那神雕来历，便把一个头紧藏在芷仙背后，从李宁得病起，直说到莽苍山月夜斗龙，斩山魈，诛木魃，救马熊，灵猩舍命相从，以至同他们四人见面的情由，滔滔不绝，详细说了下去。金蝉、若兰听到还有一只神雕，已经把一只善通人性的大猩猩带到峨眉去了，越发觉得好玩高兴。朱文本同灵云并飞，偶尔顺风，听见一鳞半爪，后来也听出趣来，便拉了灵云飞近英琼，听得津津有味。神雕飞在空中，两翼平伸出来，好似两扇小门板一般。朱文知那雕能载重，好在自己深通剑术，不怕坠落，又想挨近英琼听个仔细，便收了剑光，试坐到雕翼上去。那雕见有人加坐在它右翼上面，只回头望了望，又转头望左叫唤了两声。灵云一面飞行，笑对朱文道："你坐在神雕翼上，轻重失了平衡，只图你顺便，它可受了罪了。"说时，朱文见那雕并不闪动，坐在上面迎着呼呼天风，平稳非凡，便望金蝉笑着微一点首。金蝉明白她的用意，便把剑光收了，往左翼上坐去。若兰也看出便宜，两人对抢着坐了上去。那雕连头也不回，竟自往前飞去。英琼见灵云一人向隅，好生不过意，便用手连招她来骑。**也不怕超载。一笑。**灵云近前笑道："尽够神雕受的了。"英琼偏着脸道："我后面还空着许多地方咧，姊姊上来，抱着我坐吧。"连说了几次。灵云不忍拂她意思，想叫雕翼力量平衡，便收了剑光，在英琼身后，近左翼处坐下。那雕不但不嫌重，益发加快速度，平稳往前飞行。若兰、英琼连喊有趣不置。

六人一雕，一路说一路飞，正在高兴非凡。忽听那雕长鸣一声，倏地一道青光，流星赶月一般，往南方斜射过去。接着对面云堆中，也是一声雕鸣，一只白色大雕横开丈许长的银翼，风驰电掣，摩空飞过，直向那道青光追去。英琼坐下的雕往高飞，迎个正着，口中不住长鸣。那白雕闻得同伴鸣声，舍那青光不追，横转双翼，减了速度，挨近黑雕身旁，一同飞行，两下一递一声叫唤着，显得非常亲热。众人见这只白色神雕比黑雕还要大许多，一双红眼，火光四射，浑身银羽，映日生辉，俱各连声夸赞。若兰便问这个白雕是否现在也归英琼所有。英琼还未答应，金蝉满拟白雕也和黑雕一样，不问青红皂白，将身一纵，打算骑了上去。谁知那白雕竟不许金蝉骑，见金蝉飞身上来，倏地空中一个大旋转，竟将金蝉闪脱。若不是金蝉会剑术飞行时，这一失足怕不落在地面化为肉泥。金蝉受了这个失闪，吃了一惊，又羞又气，骂一声扁毛畜生，忙驾剑光，想二次上前将它制服，收为己用。就连朱文、若兰，也都跃跃欲动。幸而灵云年长知事，知道白眉和尚座下神雕厉害非凡，稍次一点儿剑仙，俱不是它的敌手，适才见它追那青光，本领已可想见，不敢造次。便连忙喝住金蝉不得无礼，众人休要乱动。又对那白雕说道："舍弟年幼无知，我到了峨眉，自会责罚于他，仙禽休怪。"那白雕闻言，也长鸣示意。灵云忙将金蝉唤上雕背，不住地埋怨。金蝉本不甘服，怎奈适才路遇妙一夫人再三嘱咐，无论何人，俱须听从灵云之命。又加上金蝉要跟灵云学那屡次想学、灵云吝而不教的一套练剑的口诀，只得坐上雕背，干生闷气。这时英琼的话也逐渐说完，当下几个人倒清静起来。六人二雕，直飞到天黑，才到了峨眉后山降下。

这时候已是星月交辉，天已二更向尽。众人下了雕背。那大猩猩早在洞门口徘徊瞻望，看见主人同了几个嘉客骑雕飞来，欢喜非凡，迎上前去，跑前跳后。英琼便问："你早被它抱回来么？"那猩猩横骨已化，能学人言，便学着答道："回来么？"英琼大喜。金蝉便道："你说那猩猩，是否就是它？怎么大得吓人？"英琼道："你光说它大，它的心性却灵巧着哩！"说罢，黑雕陪着白雕，自在外头盘旋，英琼便自揖客进洞。猩猩猜知主人之意，先抢到前面，把洞口封的大石推开。英琼笑道："这东西真灵，不然我只顾让客，还忘了开洞呢。"灵云道："俱是一家人，无须客气。我们这里地理不熟，还是你先进去领路吧。"英琼闻言，便同了猩猩前行，先取出一盏油灯点上，然后邀众人坐定。忙放下背上包裹，跑到洞后，取了四个腊鹿腿出来。说道："姊姊哥哥们先坐一会儿，我去喂喂那金眼师兄同它的朋友，就回来的。"说罢，匆匆往洞外就走。若兰、金蝉、朱文都想去看一看，拉了灵云往洞外便走。

芷仙在雕背上坐了这一天，头晕腿酸，周身如同散了一样，看见洞中有一个石床，再也支持不住，恨不得躺一会儿才好。灵云见她累得可怜，叫她不要劳动，躺下养养神的好。说罢，便随众人出洞。芷仙猛见床侧石桌上有一封信，写“英琼姊亲拆”，知是英琼的信，便取来藏在身畔，一倒身睡在石床之上歇息，不多一会儿，竟自睡着。

灵云同众人出洞，见英琼正喂那黑雕，爪喙齐施，风卷残云般在吃那鹿腿。白雕站在地下，只是不动，也不去吃。金蝉虽是恨那白雕，适才在空中不让他骑，可是心里头还是非常之爱，见它不吃，便随意举了一只鹿腿去喂。那白雕把头一偏，连忙跳开。金蝉不舍，赶得白雕乱蹦乱躲。灵云怕金蝉把白雕逗急，急忙止住金蝉道:“白仙禽业已成道,想必不食人间烟火了,你强它则甚？可惜晚上无处去采果子，不然着猩猩去采些果子来，或者仙禽肯吃，也未可知。”一句话把英琼提醒，才想起自己包裹中还有九个朱果，同一些黄精、松子之类。见两个神雕又在长鸣，恐怕飞走，急忙回身进洞。见芷仙已自睡着，扯了一床被与她盖上。打开包裹，取了些黄精、松子同四个朱果，走将出来，对白雕说道：“我知你是吃素。这个朱果乃是仙果，我听我师父说，吃了可以延年轻身。可惜一路被我糟掉了不少，如今只剩下九个。我打算请你吃两个，给我爹爹带两个去，余下的五个我留在洞中待客了。”那白雕闻言，果然毫不客气走近前来，将两个朱果吃了，长鸣一声，点了点头，好似道谢的意思。接着伸出一只钢爪，英琼便将两个朱果递在他的爪中。这白雕抓了朱果，一个回旋，望空便起。黑雕佛奴也随着飞起，月光下一白一黑两个影子，转眼不见。金蝉、若兰忙问英琼：“二雕可要飞回？”英琼道：“那黑的，我叫它金眼师兄，它名字叫佛奴，白眉师祖业已赐予了我。白的是师祖座下仙禽，这次是送它同伴回来，不会在此停留的。”金蝉不住口地直喊可惜。果然不多一会儿，黑雕飞回。

英琼二次揖客进洞，坐定后，便取出那五个朱果，递给每人一个。说道:“裘姊姊业已吃过几个了，这一个留给余姊姊吧。早知此果是个仙果，不易得到，我先前也不把它猪八戒吃人参果，当饭吃了。”众人闻言，哈哈大笑。因适才听英琼在雕背上说过，知是仙果，大家慢慢咀嚼，果然甘香无比，食后犹有余甘。灵云细看这洞，有好几间石室，石床、石几、石灶样样俱全。洞外风景也甚清幽。只不知洞底凝碧崖风景如何，且待明早再去开辟。这时在灯光下，重新细看英琼，真是一身的仙风道骨，神采清爽，目如寒星，光彩照人。暗想:“她并未入门，却比那修炼多年的人，看去功行还要深厚。与若兰一比，真似一瑜一亮，难定高下。母亲说她生具异禀，果然不差。”

第十四回　抱不平 余英男神针御寇　寻仇隙 魏枫娘飞剑伤人

大家正说得高兴，忽听芷仙在床上大叫道："姊姊们千万提携我这苦命妹子呀！"众人知她梦中呓语，境由心生，俱都可怜她的遭遇。尤其灵云，自从遇见芷仙，便觉她性情温和，英华内敛，谈吐从容，动人怜爱，不由得点了点头。英琼在这空山古洞之中，寂寞惯了的人，一旦涉远山川，迭经奇险，死里逃生回来，得了许多飞行绝迹、本领高强、同自己差不多的剑仙，来常共晨夕，喜欢得不知如何才好。一会儿指挥猩猩帮着她打扫床榻，一会儿又去烧锅煮水弄饭弄菜，把过年时在城内买的那些年货俱搬出来，请大家食用，又把四壁宫灯点起，忙了个不亦乐乎。逗得若兰、金蝉高了兴，也帮她忙进忙出。中间还夹着一个大猩猩蹦前蹦后，显得四壁辉煌，人影幢幢，满洞生春，笑语喧哗，非常热闹。灵云、朱文虽然断绝烟火，但是也还不禁饮食，禁不住英琼劝客情殷，每样都用了些。英琼又去看了看芷仙，见她睡得正香，知道她多少夜不得好睡，昨晚熬了一夜，路上受了许多辛苦颠连，便不去唤她，只与她留下些吃的，灶中添上火，准备她醒来食用。自己仍同大家围坐，计议明早用紫烟锄去掘开通往凝碧崖的后洞。

英琼又把同余英男交好之事说了一遍。灵云道："她就是寒琼仙子广明师太和女韦护广慧师太的徒弟么？自从那广明师太误收了神手比丘魏枫娘做徒弟，**插入魏枫娘，为的是给下文的展开先做一铺垫。**把平生本领不惜尽心传授。谁知那魏枫娘在新疆博克山十年冰雪寒风中，将广明大师独创的天山派法术学成以后，假说奉了师命，到西南各省收罗弟子，光大门户，其实却是仗着本领，到处淫恶不法。又收了西川的黄骄、薛萍、钱青选、伊红樱、公孙武、厉吼、许人龙、邱舲等男女八魔做徒弟，愈加胡作非为起来。气得广明师太从新疆博克达坂赶到西川寻她时，被她约来滇西魔教中一个惯使妖法害人，名叫布鲁音加的蛮僧，埋伏在她的巢穴之中，假说请师父去赔罪悔过，由那妖僧暗中用乌鸩刺，废了广明师太左臂，还算见机尚早，得逃性命。广明师太逃出来后，因为她素来好胜，吃了徒弟的亏，虽然恨在心里，却不好意思寻人报仇，反倒避在一旁，装聋作哑。那魏枫娘见师父都不敢管她，越加无恶不作。去年被家母同餐霞大师在成都城外将她杀死，八魔才害怕，躲往青螺山敛迹，轻易不敢出头。事后广明师太写信来道谢家母同餐霞大师替她清理门户，并说她因误中孽徒暗放毒刺，不久便要圆寂，又说她还有两个徒弟，甚是不才，只有一个徒弟很好，名叫余英男，可惜不是空门中人，现在她师弟广慧门下，请家母同餐霞大师便中照应等语，想必就是此人了。”

英琼道：“她只说幼遭孤露，五六岁被恶婶赶将出来，倒在大雪之中，醒来已在一个山洞内，旁边还生着火，面前站定两个尼姑，一个年纪较长的，先收她做了徒弟。不多几天，那年纪较轻的，忽然要告别回山，行时对年长的说道：‘此女资质甚好，师兄莫再把她误了啊！’那年长的闻言，叹了口气说道：‘你既如此说，你就把她带了走；我救她一场，算是我记名徒弟。’说完，便叫英男重又拜师。英男拜罢刚站起身来，那年轻的便解开僧袍，将她抱在怀内。她觉着有些气闷，还未说出，忽觉身上寒冷。偷偷用小手拉开袍缝一看，只见下面尽是白雪云雾从脚下飞过。她虽然年幼，已猜出这两个师父都不是凡人，又喜欢，又害怕。如是过了好半天，才落到一个山上。她新认的师父已觉察出她在半空中往下偷看，笑对她道：‘你看在云雾中奔驰，好玩么？’她也是福至心灵，当时便跪下求教。她师父道：‘早呢，早呢。你先认的那个师父，名叫广明。我叫广慧，是她的师弟。我俩都不是教你的人。不过你同我二人有缘，所以被我二人将你援救到此。你要从我二人学本领，便会走入旁门，反误了你。不如等你机缘到时，再说吧。’当时英男同她师父还不大熟，又是小孩子，见师父不允，也就罢了。后来英男年长一些，屡次跟她师父出门，飞来飞去，仗着她师父非常疼爱，便执意要学。她师父被她磨不过，才教她坐功练气，及许多轻身击剑之法。又过了几年，她见她师父能在二三十里外飞剑取人首级，又打得一手好梅花针，她又磨着要学。她师父道：‘我教你打坐驭气，便是学飞剑的根底，那是从峨眉派一个好朋友处问来的，与我的飞剑不同。我的飞剑实是旁门，因为克欲功夫不纯，你的资质太好，反误了你。’执意不教。她又要学那梅花针，她师父道：‘你这孩子，真是见一样，要学一样。这原是我一个救急防身的东西，你既一定要学，好在于你现时用的内功并无妨碍，就教与你吧。’

“英男学成梅花针以后，在四五年前，她随广慧师太在西川路上，遇见一伙强人，劫一个镖客的镖。那强人劫了镖，还要将保镖的人众杀死。英男好生不服，便请她师父上前打抱不平。她师父道：‘你不要忙，自有人出头的。这些强人，还是自家人呢。’说罢，果然看见路旁纵出一个壮士，先替那镖客求情，那伙强人不允，动起手来。那壮士武功虽好，怎耐强人太多，堪堪寡不敌众。英男气恨不过，在暗中对那伙强人放了一把梅花针，那伙强人才败了下去。她师父见她放针出去，急忙带了她回到山上，埋怨道：‘你怎么爱闯祸，你看那壮士虽然不能抵敌，那旁边树林内还隐着一个能人呢，何苦我们结怨则甚？’说罢，便对英男道：‘三五日内，如有人来问我，便说我病了十来天，好多日不曾下山。不论来人怎样无礼，不可轻举妄动，以免再生事端。那来人不久便有人收拾她，她虽万恶，何苦我们自残呢？’果然到了半夜，广慧师太忽然真病起来。倒把英男急得要死，日夜衣不解带地服侍。到了第三天，果然来了一个女子，直闯进来，首先看见英男，便冷笑道：‘我听说我那老不死的师父在雪堆中救出一个女花子，想必就是你么？’英男年轻气盛，见那人盛气汹汹，刚要质问她为何出口伤人，广慧师太已在里面呻吟唤道：‘外面是哪位道友来了？恕我病中懒于行动，请进来吧。’那女子闻言，又冷笑一声，闯进室内。英男在外偷听，只听广慧师太与来的女子辩论了好半天。那女子一口咬定，各派剑仙中，使用这一种梅花针的，只有她师父同广慧师太，现在真凭实据在此，如何不认？口气非常强硬，咄咄逼人。广慧师太却说自己因误食山中药草，已病倒十来天，声音非常低弱，好似病势越发沉重。英男心如刀割，刚走进房，广慧师太忙对她使眼色，只得重又退出。那女子争论了一阵，半信半疑，说是还要去察访放针人下落，并要用飞剑去杀那壮士。出来时，一眼看见英男，眼中闪出凶光，硬要英男送她出洞。英男刚要倔强，又听广慧师太在内说道：‘你这贱丫头，来了几年，连什么也没学会，枉自生了一副聪明面孔。你师姊叫你送她，你也不肯，你就那样懒么？’英男上山以来，从未受过师父责骂，一闻此言，猜是病人肝火太旺，不好不依，只得忍气吞声，送那女子出洞。那女子走了不几步，忽然回头叫道：‘你这小鬼丫头！这事定是你偷偷干的吧？’说罢，手扬处，便有两道青光飞来。英男见那女子下毒手施放飞剑，吓得往房内飞跑，连喊师父救命。刚刚跑到病榻之前，广慧师太一伸手，便把她揽在怀里，只说：‘你师姊吓你的，不要害怕。’英男等了半晌，不见动静。广慧师太忽然站起说道：‘这个业障，真正可杀不可留了！’

“英男再看广慧师太，面容依旧红润，哪有什么病容。身后青白光已不知去向，还疑是来人飞剑已被师父收去，好生奇怪。正想问时，广慧师太道：‘来的那女子，名叫神手比丘魏枫娘，是我师兄广明师太以前的得意门徒。那中梅花针的强人，便是她手下党羽。我知道你闯了那祸，她一定看出梅花针是我独门传授，要寻我们的晦气，故此才将真气内敛，装病哄她。不想由此倒看出你一番孝道，越发令我欢喜。她进门时，本不信我的话，反因你一脸愁苦之容，错疑我生病，才相信我果不曾下山。又见你一身仙骨，满脸英姿，以为你已将我剑术同梅花针学成，私自下山，抱打不平，才逼你送她，放出飞剑，试你一试。你如果已会飞剑，势必也放剑抵敌。她已尽得我师兄所传，漫说是你，我也不好对付。我不想因不愿你学旁门剑术，不曾传授，你自然不会，无法抵敌，逃了进来。她这人虽万恶，却从不肯亲手杀一个无能力抵抗的人，因此才未下毒手。反越加相信我师徒果然不曾离山，收了剑光，又寻旁人晦气去了。这贱婢如此骄横，目无长上，恶贯已盈，不久便遭惨劫。我师徒也犯不着怄气，由她将来自作自受吧。’

“英男姊姊因了这一次小风波，练剑之心越急，日夜运用内功。叵耐广慧师太到如今，也未把飞剑口诀传授给她。在我离开峨眉之前，常同她见面，承她教给我许多打坐刺剑之法，有好些颇与仙师妙一夫人所传相似。她并说不久便要搬来与我同住。等我明日陪着诸位姊姊哥哥，把凝碧崖这条道路打开，再去接她来同住吧。”灵云闻言，也甚赞同。

自己师兄妹，头一次聚在一处畅谈，大家越谈越起劲，一个也不去做功夫，也不去安歇，一直谈到天明。床上芷仙睡了一夜，业已醒转，见洞口透进来的曙光，还疑是月色。见众人俱在围坐畅谈，急忙翻身坐起道：“诸位姊姊，天到什么时候了，怎么还未去睡？”若兰道：“天都亮了，你还睡呢。我们昨晚畅谈了一夜，谁也舍不得走开，偏你一人好睡。”芷仙听说天明，急忙爬下床，说道：“我昨日也不知怎会那样困法，原想倒下去稍歇一歇，竟会睡得那样死法。可是诸位姊姊也都受过好多日辛苦，倒一丝也不困，真可算得龙马精神了。”英琼道：“你哪里知道，漫说姊姊们剑术已成，就连我不过稍微懂得一些坐功，常时三五晚不睡，也不当要紧，这有什么稀奇？”说罢，见众人不会再睡，一会儿便要去开辟凝碧崖通道，兴冲冲跑到后面去烧水煮粥去了。那猩猩睡伏在石桌旁边，见主人入内，便也跟了进去，帮着烧火打水。一会儿工夫，先将水烧好，取出与大家盥洗。若兰、金蝉觉着好玩，便也跟进去帮英琼动手。芷仙更是连脸都不洗，先替英琼将杯箸等类摆好。

大家忙了一阵，英琼将粥煮好，切了一盘腊味，又取了一大盘咸菜捧将出来。金蝉、若兰最爱吃那腊味，赞不绝口。朱文笑对金蝉道："九华虽然清苦，辟邪村玉清大师颇预备许多荤素吃食，我不信这一趟莽苍山，会把你变成一个馋痨鬼。今天才到李师妹家中第二天，也不怕人家笑话。"说罢，抿着嘴，用两个指头在脸上刮。金蝉见朱文羞着笑他，便也反唇相讥道："朱姊姊你还不是不住口地吃鹿肉，还说我呢。当心把神雕的粮食吃完，神雕不依吧。"朱文正要还言，英琼见二人斗口，忙道："朱姊姊、金哥哥爱吃腊味，我还多着呢。即使吃完，只要叫我金眼师兄出去几趟，便能捉得好几个回来。我们都跟亲手足一样，谁还笑话不成？"朱文冷笑道："我不过见他吃得野相，好意劝他几句，他反倒来说我。这类烟火食，我一年也难得吃上两回，因见李姊姊劝客情殷，又加上头一次吃鹿肉，觉得新鲜，才拿两片撕着就稀饭。谁似他狼吞虎咽的，这一大盘倒被他吃了一多半。为好劝他两句，还反说人吃不停嘴，吃你的吗？"金蝉见朱文娇嗔满面，便低下头只顾吃，不再言语。**金蝉与朱文，宝玉与黛玉也。**

灵云是一向看他二人拌嘴惯了的，也不去搭理。见大家都吃得津津有味，便也取了筷子夹一片慢慢咀嚼，那一股熏腊之味竟是越吃越香。笑对金蝉道："无怪你们争吃，果然这鹿肉很香。英琼妹子小小年纪，独处深山，居然布置得井井有条，什么饮食设备样样俱全。与若兰妹子一样，都是那么能干，叫人见了又可爱又可敬。要像这种殷勤待客，怕不宾至如归，把山洞都挤破了吗？"若兰见朱文、金蝉拌嘴，在旁边也不答言，只顾吃。这会儿听灵云赞她能干，便笑道："姊姊怎么也夸奖起我来？我哪一点比得上诸位姊姊们？不过平日仗着先师疼爱，享享现成的罢了。"

这时朱文停箸不食，坐在那里干生气。金蝉不时用眼看着朱文，想说什么，又不好说出似的。英琼惦记着那只神雕，匆匆在后面取了两只鹿腿，出洞喂雕去了。芷仙怕他二人闹僵，看他二人神气，知道金蝉业已软化，容易打发，便劝朱文道："姊姊不要生气，招呼凉了，不受吃。"还要往下说时，灵云忙拦道："我们休要劝他们，他二人是这样惯了的。"朱文误会灵云偏袒金蝉，本想说两句，猛想起灵云患难中相待之德，不便出口，越发迁怒金蝉，假装看雕，立起身来，独自行出洞去。金蝉见朱文出洞，知她心中不快，讪讪地立起身来，也跟了出去。**"讪讪地""跟出去"，活脱贾宝玉神态。**若兰天真烂漫，还不曾觉察。芷仙年岁较长，见他二人这般情况，已然看出他二人情感与众不同。暗想："原来剑仙中人，一样也有男女之爱。"不由想起自己的未婚夫婿罗鹭来，好生伤感。灵云见芷仙尽自发呆，便劝慰她道："姊姊有何心事，这样愁闷？何妨说将出来，我们多少也可替你尽点儿小力。"芷仙道："妹子自遭大难，万念皆灰，恨不如死。多蒙恩师救援，得同诸位神仙姊姊长聚一处，真是平生之幸。不过妹子天生薄质，深恐学道不成，有负恩师同诸位姊姊一番厚意罢了，哪里有什么心事？"灵云见芷仙不说，便也不去强她。

这时若兰业已吃完，便对灵云道："天已不早，我去将师兄同二位师姊请回来，商量开辟凝碧崖吧。"说罢，跑出洞去一看，只见英琼一人站在崖边凝望，便问朱文、金蝉二人去向。英琼道："我想叫金眼师兄去请英男姊姊，在这里等它回来。适才朱姊姊出来，同我说了几句话，见师兄出来，便带了猩猩往崖后走去，师兄跑在后面，想是到崖后采梅花去了。"

第十五回　轻嗔薄怒　同摘梅花
慧质仙根　共寻碧涧

若兰猛想起适才二人吃鹿肉拌嘴情形，猜是金蝉与朱文赔礼，不及还言，照英琼指的方向便走。才将身转到崖后，便听朱文笑语之声，忙把身掩在一旁偷听。只听朱文笑道："该死的！花未采着，倒撒了我一头的花瓣。那边那边，我要那西北角上斜出来的那一个横枝。谁要这么大的，拿回家去当柴火烧么？"若兰猛闻一股幽香袭来，定睛往前面一看，原来崖侧生着一株大梅花树，开得十分繁茂。朱文站在当地指说，金蝉同猩猩分踞在梅树枝上。一会儿工夫，金蝉照朱文所要的小横枝采了下来，那猩猩却采了五六尺长的一根大枝。金蝉、猩猩下地以后，把梅花都去递与朱文。朱文似嗔似喜地看了金蝉一眼道："你采来了，我偏不要你的。"说罢，接过猩猩手中那枝长梅，回身就要走去。那猩猩非常淘气，也学着人言，对金蝉道："偏不要你的。"恼得金蝉怒起，上前举拳便打。吓得那猩猩连蹿带纵，飞一般跳下山崖，无影无踪。金蝉便向朱文赔话道："你还跟我生气么？下次我再不和你犟嘴了。"朱文站在那里，只是不理。金蝉仍是不住地说好话，定要朱文接他采的那枝梅花。朱文被他纠缠不过，正要伸手去接，若兰忍不住要笑出来，连忙忍住，高声说道："天都不早了，你们还采梅花玩，大师姊她们叫回去开辟凝碧崖呢。"

朱文见若兰忽然现身出来，不禁脸上一红，不再理会金蝉，回身便走。金蝉无法，只得同若兰跟在后面。刚走到洞口，众人俱在那里，神雕业已飞回，英男并未接来。英琼手中拿着一件白色半臂，正和灵云、芷仙讲说，三人不由凑上前去。只听英琼说道："适才我因想念英男姊姊，打算叫金眼师兄将她背来，与我们一同开辟凝碧崖。不想金眼师兄回来，只带了她穿的这一件半臂，问它英男姊姊可在家中，它只摇头。难道她又随她师父出门去了么？"灵云道："神雕飞回，想必英男不在庵中。不过这半臂又是何人与它带来？是何用意？这倒叫人难解呢。"正说到这里，神雕忽用它的钢喙，把英琼衣角拉了几下，又朝解脱坡那边长鸣了两声。英琼对众人道："我同金眼师兄处的日子不少，它的举动十九我能猜出，这会儿它要我到解脱坡去。莫非英男姊姊生了大病，没人照看，故而将她穿的半臂与我带来，叫我前去看她么？"话刚说完，神雕又叫了两声，不住地摇头，英琼好生不解。朱文道："这有何难，反正解脱坡离此不远，我们何须为此小事只管商量不决？我看天已不早，请大师姊领着众人开辟凝碧崖，我代英琼妹妹到解脱坡去看上一看，如果有病，我这里还剩有嵩山二老赐的丹药，与她吃上两粒，将她背到此间便了。"英琼闻言大喜，便将解脱坡方向说与朱文，就请朱文骑雕前去。那雕不待英琼吩咐，便自挨近朱文身旁蹲下。朱文越加高兴，骑上雕背，一个回翔，便已冲霄飞起。

这里众人急于开辟凝碧崖，大家一路说笑，回身往洞内便走。刚走到洞门跟前，英琼忽然回头，咦的一声。灵云问是何故。英琼道："那解脱坡原离此地不远，那神雕为何到了那里不往下落，反朝西南方飞去，是何缘故？"灵云道："我看那神雕在白眉禅师那里听经多年，非普通仙禽可比。看它背着文妹去的神气，此中必有缘故。此雕业已通神，文妹又非弱者，等她少时回来，必有分晓。我们还是办我们的事吧。"

说罢，英琼在前领路，灵云等随在后面，按照妙一夫人指定的方向进去。原来是半间石室，尽头处石壁非常坚固。估量地点已对，便由若兰取出紫烟锄，向那石壁上面打去。立刻紫光闪闪，满洞烟云，大的石块随着飞迸。不消十几下，已将这数尺的石壁锄了一个六七尺长、二尺来宽的石门，尽可容一个人出入。灵云便止住若兰且慢动手，先纵身进去一看。原来这里昔日原是后洞门户，那块石壁是从别处移来封闭的。洞内只有两丈多的面积，还是个斜坡，下临绝巘，旁边便是那万丈深潭，云雾弥漫，看不见底。地洞中一块丈许方圆、三四尺厚的大石盖在上面，四围俱是符咒，知道下面便是通凝碧崖的捷径。若兰纵身进来，站好方向，往那石上便锄。锄下去后，金光闪闪，那石还是纹丝不动，任你半边大师镇山之宝，也是无效。灵云见那紫烟锄竟然无功，知道是白眉和尚的佛法，连忙止住若兰，率领大家跪倒，默祝了一番。祝罢起身，眼前一道金光亮处，石上符咒竟然不见踪迹。便再次命若兰动手，这次锄才下去，那块大石居然应手而碎。灵云、英琼也同时拔出剑来动手，不消顿饭光景，将那块大石击成粉碎，现出一个石洞。若兰顺便用锄将那石洞中碎石拨开。灵云见下面黑洞洞的，便道："此洞定是通那凝碧崖的捷径。偏偏文妹又到解脱坡去了，下面黑洞洞的不知深浅。只索等她回来，用天遁镜照着下去吧。"若兰猛想到金蝉是一双慧眼，能在黑暗中看物，可以领着大家下去。回头一望，竟然不在面前。原来适才朱文骑雕走时，金蝉本想跟去玩玩，还可借此与朱文赔话，因怕姊姊拦阻，特意走在众人后面。灵云等因急于开辟凝碧崖，不曾注意到他。他见众人进洞，早抽身追赶朱文去了。灵云发现金蝉不在跟前，猜是追赶朱文，他二人俱不在此，无法下去，只得等他二人回来再说。

谁知等了两个时辰，朱文、金蝉才得回转，见了英琼说道："你说的那个余英男，大概被人抢了去了。"英琼闻言大惊，忙问究竟。朱文道："我骑上雕之后，直过了峨眉山六七百里，还不曾往下降落，我觉着非常奇怪。神雕不时回头朝我长鸣示意，飞得比我们驾的剑光还快，又飞出去好几百里，落到一个不知名的大山中。下了雕背走不远，看见一座洞府，洞门紧闭，四外风景好极了。我正在那里想主意，神雕忽然跑将过来蹲下，那意思要我骑上。我先疑心它飞累了，下来歇一歇力，再往前飞。谁想我二次骑了上去，它就往回路飞来。不多一会儿便遇见蝉弟赶来，一同骑上雕背，这才飞到你所说的那个解脱庵中落下。看见一个年老佛婆，满面愁苦，在那里念经，见我们从天飞下，非常害怕。我对她说明来意，她才说她本是广明师太用人，后来又跟随广慧师太。广慧师太五日前在本庵坐化，由英男同她将广慧师太埋葬以后，英男便说师父遗命，叫她到峨眉后山投奔英琼姊姊。她也知你出外未归，每日俱要到后山去看你回来不曾。到第三天上，忽然来了一个姓阴的道姑，说是与她有缘，硬要收她做徒弟。英男执意不肯，偏偏那道姑法术非常厉害，不由英男不从，只得勉强拜她为师。那道姑便要带英男到一个山上去修道，英男老想拖延，等你回来见上一面，费了许多唇舌，那道姑才容她再待两日。她恐你回来寻她无着，特到后山来与你留下一信。今天早上，那道姑便把她带走了。去的时节，她将庙中一切都送与了那老佛婆。又再三嘱咐，她走后如果有一个姓李的小姑娘来，便把以上情形对她详细说明，要紧要紧。那老佛婆把我错当作了你，才把这许多情形对我说。我问她那道姑什么模样神气，那老佛婆上了几岁年纪，说得不十分清楚。听她语气，那道姑绝非好人，英男定是被逼无法，被人强抢了去。那神雕领我去的所在，想必便是那道姑的巢穴，也未可知。”

芷仙闻言，忽然想起昨日进洞时，曾在石桌上捡起一封信，上写“琼妹亲拆”。彼时英琼出洞喂雕去了，自己因见人多，好意替英琼收好，不知怎的，一倒头睡着，便把此事忘却。听朱文所说情形，英男昨晚尚在庙内，今早才被那道姑逼走，岂不是自己误了人家？不由又羞又急，又不好意思直说出来。**尴尬人常做尴尬事——身为新来客人，凭什么多此一举？**正在为难，忽听英琼着急说道：“那老佛婆既说英男姊姊走前曾到我洞中留信，如何我们都没有看见呢？”芷仙知道英琼与英男交厚非常，不便再为隐瞒，好在自己是一个无心之失，忙接口道：“昨日我进洞时，曾看见石榻旁边有一封信，也未看清上面写的什么，因彼时身子困倦已极，被我随手塞在床褥底下，也不知是与不是？”英琼闻言，不暇与芷仙答话，急忙奔至榻前，将信取出一看，果然是英男亲笔。信中大意说英男前十天到后山来寻她，见洞门紧闭，以为她在左近闲游，寻了一遍，不见踪迹。起初还疑心她骑雕出游，后来接连来了数次，最后一次将洞中石头搬开，看见留的信，才知她被赤城子接引到昆仑派女剑仙阴素棠那里，神雕佛奴已于事前飞去。她想了一阵无法，只得回去把前事告诉广慧师太。广慧师太听说她被阴素棠接去，大为惊异，说那阴素棠现时已经脱离了昆仑派，如果被她接去，恐不会有好结果。并说自己后日就要圆寂，原想叫英男到后山与她同住，不想中途出了差错，好生替英男发愁。英男既担心好友，又见恩师就要永诀，心中悲伤已极，无法可想，自己每日守着广慧师太哭泣。过了两天，广慧师太果然坐化。那老佛婆原是当年西川路上有名的女飞贼铁爪无敌唐家婆，因为行劫一家大户人家，被广慧师太收伏，从此洗手皈依，跟随广慧师太已十多年，本极为忠心。英男同唐家婆将广慧师太埋葬后，又到后山来看英琼回来没有。英男的意思，以为英琼纵使暂不回来，神雕佛奴总要回来的。倘若遇见神雕，便请它将自己背到白眉禅师那里，问一问白眉禅师：如果那阴素棠是个好人，自己便设法寻了去，与英琼一齐拜在她的门下；假使阴素棠是个坏人，也好求白眉禅师搭救英琼，仍回峨眉同住，谁知来了几次，均未遇见。第三天上，又到后山，忽然遇见一个中年女道姑，自称她是女剑仙阴素棠，当时就叫英男随她回去。后来问明来意，才知她请赤城子接引英琼，路过莽苍山，遇见仇人史南溪，受了重伤。幸而遇见嵩山二老中的矮叟朱梅，给了几粒夺命神丹，才得保住性命，养息了些日，回转枣花崖，请人报仇。阴素棠听说她所要收归门下的李英琼，遗落在莽苍山中一个破庙之内，因史南溪与烈火祖师不是一时能寻得到的，先放下报仇之事，急忙驾起剑光，沿途寻找英琼，并无踪影。猜她已从原路回转峨眉，故跟踪到此，英琼却并未回家。巧遇英男，见她根骨甚厚，便要收她为徒。英男听说英琼在半路上孤身遗落，因听师父说过阴素棠不是好人，见英琼未被她网罗了去，不禁心喜。但是听阴素棠说英琼孤身一人在荒山破庙之内，并且已寻不见踪迹，又非常担忧。加上那阴素棠见寻英琼不着，执意要带她走，又害怕，又不愿意。后来阴素棠用飞剑相逼，英男被迫无奈，再三哀告，假说亡师后事未了，请容她再在解脱庵中住上几日，再随着她同去，费尽许多唇舌。英男的嘴本甜，一套花言巧语，居然将阴素棠哄信，但是却不准她多延，只能再等两天。英男无法，只得应允。她的原意，只因英琼信上说神雕只去十几日回来，想挨到神雕回来，骑了逃走。又假对阴素棠说，她与英琼情同骨肉，起初所以不愿随她同去，是因舍不得英琼。求阴素棠允许她这两日内常到后山，探望英琼回来不曾，如果回来，与她一同拜师，岂不是好？这几句话，果然大合阴素棠心愿，知道英男不会飞剑，不愁她逃走；又见英男一脸小孩子气，谈吐真诚，便答应了她。英男背着阴素棠，偷偷写了这封长信，留与英琼，托英琼回来，千万请神雕到枣花崖阴素棠那里将她背回，再一同逃到白眉禅师处安身等语。

英琼看完这一封信，一阵心酸，几乎流下泪来，当下便请灵云等设法去救英男，灵云道："我看阴素棠既然这样爱惜人才，英男在她那里绝无凶险。我们不愿她归入旁门，去接她回来，自是正理。不过也用不着忙在这一时，等到将凝碧崖开辟出来，再从长计议如何？**先搞基础建设。呵呵。**"大家闻言，俱都赞同。英琼虽然性急，也只得任凭灵云调度。当下重又进石洞，灵云先命朱文、金蝉二人持着天遁宝镜前导。初下去时，那洞只容一人出入，加上适才坠下去的碎石碍路，顶又不高，只得鱼贯俯身而行。及至走下去有数十丈远近，忽然觉着空气新鲜起来。灵云忙叫朱文收起宝镜。果然看见透出一片光亮，和早上出来的曙光一样。便往那有光所在走了下去，绕了几个弯子，竟是越走前面越亮。及至走到尽头，原来已出洞口，面前是一座峭壁。那洞口上下半截，平伸出去，上面只露出宽约数尺的一个孔洞，四外一无所有。朝上一望，只见云雾弥漫，伸手可接，看不见青天，也不知离上面有多高。再走到崖侧，往下一望，下面也是层云隔断，看不见底。若兰失声笑道："这里就是凝碧崖么？外头上不见天，下不见地，洞内又是这样黑洞洞的，我们又不是要逃走避难，好端端地跑到这里来居住，有什么意思呢？"

话言未了，金蝉忽然狂呼道："在这里了！"原来众人起初以为妙一夫人既说凝碧崖是白眉和尚禅悦之所，又叫连九华都不要回去，只在此处学道，估量那里一定是美景非凡。适才下来时，便充满了好奇之想。走了好一会儿黑路，好容易前途才出现一些光明，满心欢喜。及至走到了尽头，却是寸草不生，枯燥无味的一个死崖口。除了灵云年长，知道妙一夫人叫大家来住，不是别有用意，便是自己同众人还未走到地头。英琼是去过的人，已知道这里绝非凝碧崖。余人大半失望。还未容英琼说话，若兰已先说出不满意的话来。那金蝉更是性急，他见崖口上下俱被云遮，不由分说，将朱文宝镜抢到手中，揭开锦袱，向下一照。再加上他的一双慧眼，霞光到处，下面云雾冲散，早看见底下一个广崖，崖上下丛生许多奇花异草，嘉木繁荫，溪流飞瀑，映带左右，果然是一个仙灵窟宅。心中大喜，不由狂喊起来。

这时英琼正对灵云说："这里不是凝碧崖，那凝碧崖我昔日去过，哪里是这般光景？"大家听见金蝉高兴狂呼，也都围将过来，虽然看得没有金蝉那般清楚，也看出下面的山光水影，一片青绿，别有洞天，果然无愧"凝碧"二字。众人便商量着要驾剑光下去。灵云道："我想这条道路到此而止，便要驾剑光才能下去，绝没有这般简单。母亲既叫我们从上面开辟，想必还有路可通。我们下去，原不费事，裘、李二位妹子不会御剑飞行，如何下去？"金蝉道："姊姊总是这样虑前虑后，慢吞吞的。我们适才从上面下来，不就是这一条路么？至于裘、李两位姊姊，你同朱姊姊俱都剑术高强，不会背她们下去么？"灵云道："话不是这般说法。一个人做事，总要做彻，没有说畏难苟安，只做一半的。英琼妹子生具仙骨，又得了一口仙剑，吃了许多仙药灵果，身轻如叶，只消照父亲口诀去练，我从旁再稍微指导，不消一月，便能御剑飞行。芷仙妹子就难得多了，她至少还要练个三年五载。以后常要出入，只有我一人才能带她进出，倘若我们有事他往，岂非不便？”金蝉还要争论，朱文抢先说道：“我们既然看见下面景致，是不是凝碧崖还不一定，何妨大家将裘、李二位背的背，带的带，先同到了下面，看清地点是与不是，再由我们一同去寻那通下面的捷径，岂不是好？”金蝉听了这一番话，固是心服口服；众人大半少年喜事，俱都赞同。灵云也只得同意。便议定由灵云带芷仙，朱文带英琼，连同若兰、金蝉，共是六人。

正要举足，忽听顶上雕鸣。英琼听出是佛奴鸣声，忙唤众人稍停一停再下去。不多一会儿，果然佛奴从上面崖旁那数尺圆的孔洞中，束翼翩然而下，背上面坐着那个大猩猩。若兰笑道：“这个猩猩倒会享福，莫非求神雕携带，也到凝碧崖走走么？”言还未了，神雕已飞到英琼面前落下。猩猩看见主人，忙从雕背上跳了下来，趴伏在地。英琼道：“这番我同裘姊姊不必二位姊姊携带了。”说罢，拉了芷仙骑上雕背。那雕等二人坐稳，将身往下一扑，就势舒展两只钢爪，抓起地下猩猩，横开双翼，朝孔洞中斜飞下去。若兰拍手哈哈笑道：“他们倒好耍子。将来等我遇见机会，也收伏一只神雕来骑骑多好。”朱文道：“你们不用羡慕人家了，快些下去吧。”当下同了金蝉、灵云、若兰四人驾起剑光，飞身下去，一会儿工夫，便已着地。

英琼同芷仙已先到，笑对众人道：“这里正是凝碧崖，昔日曾被金眼师兄背我来过的，你看那边崖壁上面不是有‘凝碧’两个大字么？”灵云等举目往前一看，果然前面崖壁上面有丈许方圆的“凝碧”两个大字。左侧百十丈的孤峰拔地高起，姿态玲珑生动，好似要飞去的神气。那凝碧崖与那孤峰并列，高有七八十丈，崖壁上面藤萝披拂，满布着许多不知名的奇花异卉，触鼻清香。

右侧崖壁非常峻险奇峭，转角上有一块形同龙头的奇石，一道二三丈粗细的急瀑，从石端飞落。离那奇石数十丈高下，又是一个粗有半亩方圆、高约十丈、上丰下锐、笔管一般直的孤峰，峰顶像钵盂一般，正承着那一股大瀑布。水气如同云雾一般，包围着那白龙一般的瀑布，直落在那小孤峰上面，发出雷鸣一样的巨响。飞瀑到了峰顶，溅起丈许多高。瀑势到此分散开来，化成无数大小飞瀑，从那小孤峰往下坠落。峰顶石形不一，因是上丰下锐缘故，有的瀑布流成稀薄透明的水晶帘子，有的粗到数尺，有的细得像一根长绳，在空中随风摇曳，俱都流向孤峰下面一个深潭，顺流往崖后绕去。水落石上，发出来的繁响，伴着潭中的泉声，疾徐中节，宛然一曲绝妙音乐。听到会心处，连峰顶大瀑轰隆之响，都会忘却。**欲赏瀑布多姿多态，可到雁荡一游。**那溅起的千万点水珠，落到碧草上，亮晶晶的，一颗颗似明珠一般，不时随风滚转。近峰花草受了这灵泉滋润，愈加显出土肥苔青，花光如笑。

众人遇见这般仙景，一个个站在那里没声响，耳听大自然的仙音，目接无穷尽的美景，不约而同地静默得呼吸都要停止。金蝉快乐到了极处，忽然在静寂中一声狂呼。大家不知不觉地互相欢呼跳跃起来，一同高兴赞赏了一阵。英琼又向着崖前一株绿荫如篷、荫覆数亩地面的参天老楠树，指给灵云等看，说此树便是昔日白眉和尚结茅之所，把前事补叙了许多。

正说得高兴，忽然一团黑影从树顶飞落，接着又是哧溜一声，溜下一个黑东西来，把芷仙吓了一跳。定睛一看，原来是神雕背着猩猩，猩猩爪上还抓着一串佛珠同一张纸条。英琼接过一看，正是师祖白眉和尚所留。大意是说：他已早算出他们要来此地居住，崖壁上面有一个洞府，里边有一百多间石室丹房，昔年原是长眉真人准备光大门庭时开辟出来的，后来还没有用，便已道成升仙，一直没有人用过。自从白眉和尚到此借住，又开出来一道灵泉，从各大名山福地移植了许多灵药异卉，瑶草琪花，更为此地增色不少。那石洞中的石头，本是一种透明质地，日夜光明，最宜修道人居住。洞门西面有一条上升的道路，直通后山飞雷岭髯仙李元化洞府旁边的一个已经闭塞的石洞之中。南面还有一条上升道路，便是通李宁父女所居的栖云洞。佛珠赠予英琼，后来自有妙用等语。

英琼见纸条上面提到她的父亲，不禁动了思亲之念，流下泪来。灵云劝慰了几句，便从她手中接过那一串佛珠看时，一共只有十八粒。拿在手中轻飘飘的，非金非玉，非木非石，颗颗匀圆，有龙眼般大小。发出来的乌光黑黝黝的，鉴人毛发。知是一个宝物，想必将来定有用处，仍递与英琼套在手上。

第十六回　辟洞天　裘芷仙学道
传飞柬　李英琼出山

英琼恐楠树上面还有东西，将身一纵，蹿起十余丈高下，攀着树梢，将身往上一翻，只两三纵，已蹿入了白眉和尚所居的蒲巢之内。灵云等纵能飞行绝迹，看见她这种轻如飞鸟、捷比猿猱的轻身本领，也不由点头赞赏。金蝉、若兰好奇心盛，双双不约而同地跟踪上去。三人先后到蒲巢里面一看，那巢全是一些黑白鸟羽做成，又干净，又整洁。面积并不大，只有不到两丈方圆。当中有个大蒲团，旁边又有两个小蒲团，此外空无一物。寻了一阵，并无遗物，三人也不再流连，同时纵身下地。灵云便领众人同上高崖，去寻那座洞府，一路上又看了许多奇迹仙景。走了一会儿，尚未寻见那座洞府，忽听泉声聒耳，如同雷鸣一般。众人往前面一看，对面崖壁下面有一条长涧，宽有数丈。中流倏地突起一座石峰，石峰上面丛生着无数的青松翠柏，四围俱是大小孔窍。涧中之水，被那小石堆分成十数条银龙，从崖侧奔腾飞涌而来。流到那石峰根际，受了那石的撞击，溅起几丈高的水花落下。再分流绕过石峰，化成无数大小漩涡，随波滚滚往下流头奔腾澎湃而去，好似那中流砥柱都要被冲走。水撞在石缝孔窍中，收翕吞吐，响成一片黄钟大吕之声，所谓“地籁”。与刚才瀑布的鸣声，又自不同。灵云等正驻足玩赏，若兰见那石峰体态玲珑，屹立中流，一任下面奔流冲射，兀自一动也不动，又雄美，又好玩，心中高兴，飞身一纵，便到了石峰上面。金蝉、朱文、英琼也要随往，忽听若兰高叫道：“那底下才是座洞府。”说罢，便飞身回来，拖了灵云往下走。众人也随着下崖。

走下去不到十余步，果然看见一座石洞。那洞宽大宏敞，正对着那座中流砥柱，洞门上藤萝披拂，丛生着许多奇花异草，上面有“太元洞”三个大字。大家便走了进去。但见石室宽广，丹炉、药灶、石床、石几色色皆全。里面钟乳下垂，透明若镜。就着石洞原势，辟出大小宽狭不同样的石室，共有一百多间。知是祖师长眉真人所留无疑。走到最后，忽看见一间两三亩宽的石室，上面横列着二十五把石凳，猜是将来同门聚会之所。走过这间石室，地势忽然越走越高。灵云记着白眉和尚留纸所说，便率众人往南走去，果然发现一条甬道。循着这条甬道走了有好半会儿，越走光线越暗，便由朱文、金蝉用天遁镜在前照着行走。又走了二十多丈远，前面忽然有石壁挡住，业已到头，不能前进。正疑错了方向，忽然镜光照处，石壁上面似有字迹。近前一看，上面写着“栖云门户”四个篆字。摸了摸石壁，手感微软，颇似石膏凝结而成。灵云仔细想了一想，便命若兰用紫烟锄姑且试试。一锄下去，那石头竟像豆腐块似的，随手而落。灵云忙从若兰手中要过紫烟锄，亲自动手，不多一会儿工夫，便已开辟出一个六尺高三尺宽的门户，正齐那篆字下面，恰好篆字当成门额。石门开通后，见那石壁竟有三尺多厚，探头往门内一看，忽然看见亮光。大家走出门去一看，不禁同时欢呼起来。原来外面正是适才由上面下来时，到此无路可通，后来驾剑光下去的那个洞口。此门开辟，上面英琼所居的栖云洞，与下面凝碧崖，便打通一气，无须由半山当中再驾剑光下去了。大家高兴头上，便商量在上面先住一宵，明日再将应用东西搬将下去，仔细安排。

这时天色将近黄昏，英琼便去安排饮食，大家一齐帮她动手将饭做好。未及食用，英琼猛想起神雕同猩猩尚在下面，适才急于开辟洞府，不曾想到它们。急忙出洞看时，已不知在什么时候竟自回转。便回洞切了一只腊鹿腿，送出洞去与那雕吃。因那猩猩吃素，莽苍山中带来的黄精、松子业已吃得所剩有限，好生发愁。便对它说道："金眼师兄的粮，它自己能够去找，还能有富余，让我们沾光。你吃的东西大半是些果子，你也有法去寻么？"那猩猩闻言点头。英琼因洞中饭已做好，天已快黑，且过了今天再说，便把所剩的一些松子、黄精都给了那猩猩吃。随即招呼众人就座。

灵云在席上说道："这次毫不费事，便将师爷遗留的仙府开辟出来。我比诸位年长，我不同诸位客气，忝做诸位一个老姊姊。不过从今日起，诸位也就此各按年岁称呼，大家都方便一些，省得客套。此后既在一起练剑学道，便是一家人了。"当下各人序了一序齿，除灵云外，芷仙最长，其次便是朱文、若兰、金蝉，仍是英琼年纪最小。各人改了称呼以后，分外显得亲密。灵云又给那神雕、猩猩各取一个名字：神雕原名佛奴，因是白眉和尚座下仙禽，不便照此称呼，取名钢羽，算是大家同辈中的异类道友；那猩猿便将它原来名称颠倒过来，去掉两字的犬旁，叫作袁星。天黑以后，灵云便将许多学剑秘诀，按程度不同，分别传与若兰、英琼、芷仙三人。除芷仙是初次入门，只先学习坐功外，若兰、英琼二人，一个已得旁门真谛，一个生具仙骨慧心，一点便会。就连芷仙，也是绝顶聪明，不过根行较浅罢了。灵云传罢剑诀之后，便不许再为熬夜耗神，率领大家分在几个石床上打坐练功。一会儿工夫，除芷仙外，俱都入定。一宵无话。

到了天色微明，众人下床盥洗已毕，便将一切应用东西径由洞后捷径运至凝碧崖太元洞中。英琼想起昔日曾由崖上骑雕飞下凝碧崖去，便打算再骑着下去一回，以后剑术学成后，多一个出入之地。这时芷仙已与灵云、朱文、金蝉三人到太元洞布置去了，只剩若兰在上面帮她检点零星用品。英琼便将一切应带的轻便东西打了两个包裹，拉了若兰走出洞外。只见洞外已堆着两个死鹿，同一大堆山果黄精之类，知是神雕钢羽与猩猩袁星找来的食粮，心中大喜。便引袁星将那两具死鹿、果品携回洞中，到那通太元洞入口之处，叫它连上面遗留的粗重东西，陆续搬到下面太元洞去。自己同若兰依次出洞，骑上神雕，从那万丈深潭之中飞了下去。若兰初次从云雾中往下飞行，觉得非常有趣。不一会儿工夫，便到太元洞口落下。二人走进洞去一看，灵云等已将各人住室指定，俱都相离洞口不远。除金蝉与若兰各独居一室外，朱文是与英琼一室，灵云是与芷仙一室，以便早晚间用功，可以从旁指点。不消几个时辰，袁星将上面应用东西一齐运来。各人到了新居，贪恋美景，不是临流观瀑，便是登峰长啸，谁也不愿再行上去。若兰、金蝉更是小孩子心性，高兴异常，抢着骑雕飞行。那雕也忽然驯良起来，无论谁骑都不倔强。朱文却同了英琼，带了袁星去寻景选胜，游玩了大半天，又采来不少奇花异果，大家食用。从此众人每日随着灵云，在太元洞凝碧崖修炼，十分快乐。英琼几次要请灵云去接英男，灵云总说无须忙在一时。山中日月，转瞬到了四月下旬，虽只三四月工夫，英琼竟进步得骇人，照着妙一夫人所传的口诀，加上灵云旦夕在旁指点，竟能御剑飞行，指挥如意。众人俱觉她前途远大，未可限量，非常歆羡。

一天早上，灵云领了众人，各自分踞一个树巅，发出飞剑，练习剑术。忽从崖顶云端飞下一道疾若闪电的金光。英琼、若兰不知就里，正要上前抵挡。灵云已用手一招，那金光便落在她的手中，略一停顿，倏又往空飞去。众人俱从树巅飞身下来，围拢灵云面前。却见灵云手上拿着一封书信，原来是乾坤正气妙一真人的飞剑传书。上面写着：八魔年来见无人干涉，故态复萌，新近又做了滇西毒龙尊者的记名弟子，愈加淫恶不法，西川路上的商民受尽他们的荼毒。现在矮叟朱梅来信，说三游洞侠僧轶凡的弟子赵心源，同他新收的门徒陶钧，还同了几个少年剑侠，要在端午日到青螺山下赴八魔之约，了结昔日八魔邱聆劫镖一重公案。朱梅因自己有事，届时恐怕来不及前去相助，赵、陶二人难免不遭毒手，写信请妙一真人派人在暗中前去助他们出险除害。妙一真人命灵云、朱文、金蝉三人即日动身，前往川边青螺山，假说是去滇西，是朝山拜佛的香客，在青螺山左近寻一个僻静处安置，随时到魔宫察看，助赵、陶诸人一臂之力等语。

金蝉最是年少喜事，听见这个消息，欢喜得直蹦起来。英琼近日来已能御剑飞行，便要同去。灵云因信上没有写着她，又因她剑术还未精纯，八魔名声很大，不知深浅，不愿叫她前去涉险。英琼却以为自己虽然拜在峨眉教祖门下，但只见过妙一夫人，信上没有提她，焉知不是妙一真人还不知道妙一夫人已收她为徒？磨着灵云要跟了去。灵云本极爱她，知道父亲不叫她去，不是因为洞府无人主持，便是别有原因。见她的解释非常幼稚可笑，不忍过分拂她意思，再三婉言劝解说道："你的剑术还未精纯，上不得这般大阵。好在你的资质聪明，异乎常人，再有一年半载，便能出神入化，以后要修外功，何愁没有这种热闹机会呢？"

英琼还要拉着灵云撒娇，忽见若兰在灵云身后不住地对她使眼色。暗想："芷仙姊姊是本领不济。若兰姊姊早就学会剑术，还会许多法术，她为何也不说去？我要去，她又止住我，必有缘故。"这几个月光景，英琼与若兰感情最好，便想同她商量商量，再同去要求灵云。装作赌气，往洞内便走。若兰假装相劝，随到房中，对英琼道："教祖未提我们，想必是妙一夫人尚未与他见面，不知有我等二人。灵云姊姊一向做事谨慎小心，像个道学老夫子，同她商量，有何益处？好在你已能御剑飞行，加上座下神雕，难道她会去，我们就不会去？只管让他们先走。好在离端午还有七八天，他们三人前脚走，我们不会随后跟去，还愁追不上么？"英琼闻言大喜，正要回言，忽听外面有人说道："你们好算计，待我告诉我姊姊去。"英琼大惊，见是金蝉，忙起身问道："蝉哥，真要去告诉姊姊么？"金蝉笑道："哄你呢。谁不愿大家一起去？又热闹，又壮声势。连我这个最无用的人还要去呢。兰姊剑术高强，道法通神，琼妹又得了师祖的紫郢剑，同白眉禅师座下神雕，反不叫去，莫怪二位生气，连我也不服。只是姊姊一向惯用大帽子压人，偏有些歪理，不便同她抬杠。刚才你说我们先走，你们随后跟来，那是再好不过。你们进来时，我姊姊同文姊俱说兰姊刚才一句话不说，琼妹先前急于要去，后来忽然不说话，往洞内便走，兰姊又急忙跟进来，疑心你们二位要出花样，叫我前来探听口气，果不出她二人所料。不过她二人猜得倒不错，可惜所托非人，我不肯把二位真话拿出去报告罢了。”英琼闻言，不住口地称谢。金蝉便向英琼借那神雕一骑。若兰哈哈大笑道：“怪不得要做好汉，原来是别有所图呀！”

正说之间，灵云、朱文、芷仙三人也一同进来。若兰便朝英琼使了使眼色，英琼仍是装作生气模样。金蝉重又说起借雕的事。灵云道：“你总是小孩子脾气，我们都能御剑飞行，你偏借琼妹的雕则甚？”金蝉道：“姊姊休要处处怪人，我向琼妹借神雕，实含有两种用意：第一，我身剑合一，刚会不满半年，剑光没有你们快，省得为我耽误时光；第二，我们万一到了青螺山，对敌人家不过，兰妹、琼妹到了五月初六七日见我们尚未回转，便可骑着那雕前去接应，现在让那雕先去认一趟路多好。”灵云知他强辩，因是小节，便不再说。英琼更是无有问题。当下灵云等便与申、李、裘三人作别动身，若兰等送灵云等三人出洞，灵云又再三嘱咐三人好生温习功课，不要妄动。然后同了朱文、金蝉分别御剑骑雕，破空而去。

灵云等走后，依了英琼，就要随后动身。若兰却主张何必忙在一时，且等神雕回来再说，省得追赶不上，迷失路途。芷仙这几个月来非常崇拜灵云，见申、李二人商量跟去，留她一人守洞，一则空山寂寞，二则恐怕她二人走后，万一发生事端，独力难支，心中好生不愿。但是知道若兰性情温和，还好讲话；英琼素来刚直好胜，说做便做，任何人都劝说不转，灵云一走，更无人敢干涉她。只得偷偷与若兰商量，求她婉劝英琼，不要前去。若兰也是极愿前去的人，好胜好强之心也不亚于英琼，未便明里拒绝，却去推在英琼身上。芷仙见二人都执意要走，想跟她二人前去，又恐洞中无人照管，灵云回来怪她；自己又是本领不济，去了不但不能帮助大家除魔，反添累赘。左右为难，好生焦急。无奈何，又把守洞责任重大，恐怕外人前来侵占，自己不会飞剑，无法抵御的话，再向若兰恳求。若兰见她说时神态非常可怜，便对她道："此洞深藏壑底，外人哪里知晓？我们出去，不久就回，哪有这么巧法，就会发生事端？姊姊能力有限，大家都知道，即使有事，大师姊也不能怪你。姊姊如对本身多虑的话，我有两个小玩意儿，乃先师早年叫我到深山采药时作防身之用的。一个类似隐身法，叫作木石潜踪；还有一个是一面小幡。倘若遇见敌人鬼怪，抵敌不过时，先将这幡一展动，立地生出云雾，遮住敌人视线，好借剑光遁走。姊姊不会剑遁，你可再念'木石潜踪'口诀，只要觑定身旁，不论是树木山石滚到跟前，便和它一样，变成树木石头，等敌人走开，便可逃走。我将以上两法现在传授与你，以作万一防身之用。那袁星力大通灵，捷如飞鸟，力劈虎豹，再留它作为你的护卫，料无妨碍了。"

芷仙闻言无奈，只得请若兰将以上法术传授。若兰便从怀中取出一面小幡，连同各样口诀一同传授。双方又演习了几回，演习纯熟，天已近夜。英琼等神雕不回，跑来寻若兰商量，正瞧见二人在那里演习法术，觉得好玩，便也要学。若兰只得笑着也传授给她。英琼问起根由，又安慰了芷仙两句，同回房中用功。

次早出洞，神雕业已在夜间回转。英琼更不再商量，只嘱咐了袁星几句，叫它一切须听芷仙调遣，不准擅离洞府，早晚帮她煮饭做事。袁星数月来随着众人打坐，愈加通灵，已将人言学会，听见主人吩咐，急忙点头遵命。英琼高高兴兴地与若兰二人手拉手骑上雕背，向芷仙道声"珍重"，健翮凌云，直往青螺山飞去。芷仙目送申、李二人走后，便命袁星去将通上面门户用大石封闭，日夕用功，静等她们回来。

且说灵云等自从接了乾坤正气妙一真人齐漱溟的飞剑传书，先数日动身赶到青螺附近一座山中落下，金蝉便叫神雕回去。朱文道："琼妹又不等着骑，我们暂时借它一用多好，何必这么早就忙着打发回去呢？"金蝉趁灵云未在意，悄对朱文使了个眼色，说道："我们大家都在凝碧崖洞天福地相聚得多热闹自在，偏这回教祖单叫我们几个来，姊姊做事又太持重，李、申二位姊姊再三求着要来，都执意不允。如今撇下她们在凝碧崖岂不烦闷？原说神雕将我等送到就放回去。琼姊把这雕视若性命，来时又未言明，还是让它飞回去，给崖中诸位解解闷的为是。"朱文已明白他的用意，抿嘴笑道："如此说来，倒显出我有点儿自私之心了。"金蝉方要答言，灵云道："文妹、蝉弟不要再谈闲话。虽说离端阳还有数日，时间暇预，青螺魔宫我等并未来过。闻说青螺伏处万山深谷之中，不易找寻，这还不难；只有敌人方面能人甚多，我们不知虚实深浅，须得先去探查一番才是。这里到处都是亘古不化的积雪，寸草不生，虽说我们不怕高寒，到底无趣。我在成都曾听玉清大师说，她有一个昔年同门女道士女殃神郑八姑，如今已改邪归正，只为性情高傲，不愿附入各派，单独在这山腰中石洞内隐居，与玉清师太情逾骨肉，渊源甚深，倘将来有事滇西，尽可前去请教盘桓。玉清师太原是一句随意闲话，我留神问明了路径同进见之法，不想今日倒用得着了。"金蝉道："既有这样有本领的高人，我们还不快去拜见，只管待在这里则甚？"灵云道："你先不要忙，待认明了方向再说。"说罢，先看了看山势的位置向背，带了金蝉、朱文，往偏西一条深谷内走了下去。

灵云等上的这座高山，名叫小长白山，积雪千寻，经夏不消，地势又极偏僻，从来就少人迹。灵云想起了玉清大师说的路径，便带了金蝉、朱文往下寻找。刚刚走离谷地一半的路，忽听轰隆一声巨响。回头一看，最高峰顶上白茫茫一大团东西，如雷轰电掣般发出巨响，往三人走的方向飞来，经过处带起百丈的白尘，飞扬弥漫。灵云知道是神雕起飞时两翼风力扇动，山顶积雪奔坠，声势宏大惊人，捷如奔马而来。三人都会剑术，连忙将身刚得飞起，回顾下面，眼看大如小山的雪团正从三人脚底下扫将过去，溜奔谷底。滚到离谷底还有百十丈高下，被一块突出的大石峰迎撞个正着，又是山崩地裂一声大震过去，便是沙沙哗啦之声。兀的将那小山大小的大雪团撞散，激碎成千百团大小冰块雪团，映着朝日，幻出霞光绚彩，碎雪飞成一片白沙，缓缓坠下，把谷都遮没，变成一片浑茫。那座兀立半山腰的小峰也被雪团撞折，接着又是山石相撞，发出各种异声。三人重又落下。朱文道："我才说这里只是上头一片白，下头一片灰黄，寸草不生，枯燥寒冷，比凝碧崖洞天福地差得太远，还没想到会看见这种生平未见的奇景，也可算不虚此行了。"灵云道："你还说是奇景，幸而我三人俱会剑术躲避得快。你看那小峰，方圆也有亩许大，七八丈高，竟被雪将它撞断。要是常人，怕不粉身碎骨，葬身雪窟才怪呢。只是我们远客初来，便被我们的雕翼扇出这种奇观，我们倒看了好景色，不知可会惹主人不快吗？"三人正在谈笑之间，谷下面有一个女子声音说道："何方业障，敢来扰闹？有本领的下来，与我相见！"言还未了，谷下忽然卷起一阵狂风，那未落完的雪尘，被它卷起一阵雪浪冰花，像滚开水一样直往四下里分涌开去。不一会儿，余雪随风吹散，依旧现出谷底。朱文、金蝉听下面出口伤人，早忍不住驾剑光飞身直下。灵云恐怕惹事，连忙飞身跟了下去。

二人到了谷底一看，近山崖的一面竟是凹了进去的，山虽寸草不生，谷凹里却是栽满了奇花异草，薜萝香藤，清馨四溢，令人意远。再找发话的人，并没有一个人影，谷凹中虽然广大高深，只正中有一个石台，旁边卧着几条青石，并没有洞。灵云朝朱文、金蝉使了个眼色，朝着石台躬身施礼道："我等三人来寻郑八姑，误惊积雪，自知冒昧，望乞宽容，现出法身，容我等三人拜见一谈，如何？"说罢，便听那女子声音答道："我自在这里，你们看不见怨谁？"言还未了，灵云等往前一看，石台上坐着一个身穿黑衣的女子，长得和枯蜡一般，瘦得怕人，脸上连一丝血色都没有。灵云躬身道："道友可是郑八姑么？"那女子答道："我先前以为又是那贼秃驴来和我生事，不想却是三位远客。我看你等生具仙根，一脸正气，定非特地来找我麻烦之人。恕我参了枯禅，功行未满，肉躯还不能行动。你们寻八姑作甚？说明了来意，我再对你们说她的去处。”灵云道：“我名齐灵云，乃乾坤正气妙一真人长女，同了舍弟金蝉、师妹朱文，奉命到青螺有事。因以前在成都辟邪村玉清观见着优昙大师门下玉清师太，说起八姑大名，十分倾慕，便道来此拜见，并无他意。”那女子闻言，瘦骨嶙峋的脸上，竟透出了一丝丝笑意。答道：“三位嘉客竟是玉罗刹请你们来的么？我正是八姑。恕我废人不能延宾，左右石上，请随意落座叙谈吧。”三人各道了惊扰。坐定以后，郑八姑道：“我只恨当初被优昙大师收伏时一时负气，虽然不再为恶，却不肯似玉清道友苦苦哀求拜她为师，以为旁门左道用正了亦能成仙。不幸中途走火入魔，还亏守住了心魂，落了个半身不遂，来参这个枯禅，受了欺负。如今眼看别人不如我的，倒得成正果，始知当初错了主意。我因喜欢清静，才选了这一个枯寒荒僻所在修炼。我坐的石台底下有一样宝贝，名为雪魂珠，乃万年积雪之精英所化，全仗它助我成道。不想被滇西一个妖僧知道，欺我不能转动，前来劫夺。我守着心神，不离开这石台，他又奈何我不得。同我斗了两次法，虽然各有损伤，终于被我占了上风。他气忿不过，用魔火来炼我。我情愿连那雪魂珠一齐炼化。炼了一百多天，我正在危险之际，恰好玉清道友前来看我，替我赶走了妖僧。她如要晚来十几天，我便要连人带珠被魔火炼成灰烬。承她故人情重，陪我谈了好多天；又去运了许多奇花，栽植在这玄冰窟内。里面俱非山石，乃是千年玄冰凝结，长年奇寒，一到日落西山，四面罡风吹来，奇冷刺骨。每年只四月半起至七月半止，才能见得着日光，有一丝暖意，所以寸草不生。此地花草下面有灵丹护根，才能亘古长青。玉清道友对我说，她曾向优昙大师代我求问前途休咎，说我要脱劫飞升，须等见了二云以后。我也曾静中参悟，都是以前造孽，才有今日。如今罪也受够了，难快满了，算计救我的人也快来了，每日延颈企望，好容易才盼到道友至此。尊名已有一个云字，还有一位名字有云字的人，想必也是道友同门至契，不知道友可知道否？”

灵云道：“同门师姊妹中资质比较高一点儿的，只有黄山餐霞大师门下的周轻云妹子，要请她来也非难事。若论道行，都和我一样，自惭浅薄，要助道友脱劫，只恐力不从心。不知玉清大师可曾说出如何救法么？”郑八姑道：“道友太谦。玉清道友也曾言过，二云到此，为的奉命除魔，在魔宫中遇见一位前辈奇人，得了一样至宝和两粒灵丹，再借二位道友法力热心，我便可以脱劫出来了。”灵云道：“既然事有前定，只要用得着绵力，无不尽心。就是我等此来，也是为破青螺，相助一位道友脱难。但是此地从未来过，又不知敌人深浅虚实，特来请教。道友仙居与青螺密迩，想必知之甚详，可能指示端倪么？”郑八姑道：“若论青螺情形，我不仅深知，那八个魔崽子还是我的晚辈呢。当初他们的师父神手比丘魏枫娘，原和我有许多渊源。自从我闭门思过隐居此地，不知怎的竟会被她知道，前来访我数次，想拉我和她在一起。彼时我虽然未走火入魔，已是同她志趣不投，推托自己此后决意闭户潜修，不再干预外务，婉言拒绝了她。她终不死心，数次来絮聒。最末一次来，正赶上我用彻地神针打通此山地主峰玉京潭绝顶，直下七千三百丈，从地窍中去取那万年冰雪之英所凝成的雪魂珠。**极富想象力。**她见我得此至宝，又歆羡又嫉妒，竟趁我化身入地之际，用妖法将潭顶封闭，想使我葬身雪窟，她再设法将珠取去。不知我已有防备，再加寻珠到手，妙用无穷，她那点儿小伎俩，如何能将我禁锢？我因她徒党甚多，不愿和她明里翻脸，只将潭顶轰坍，我从冰山雪块之中飞身而出。她见我破了她的玄虚，才息了妄念。我虽装作不知，她岂有不明白之理？坐了一会儿，自觉内愧，忽然起身对我说道：‘人各有志，不便相强。青螺相去咫尺，我们俱是多年老友，我的徒弟甚多，希望你当前辈的人遇事指教照应，这想必可以请你答应了吧？’她这种小人之心，明是见害我不成，她正图谋大举，我住在她的邻近，怕我记仇去寻她生事，探探我的口气。明人一点就透，我便说只要人不犯我，我不但不管闲事，决不离开此地。照应既无所用其力，为人利用去妨害他人也决不做。她才走去，从此就没有再来。不久我就走火入魔，心在身死，不能转动，老防她来寻我麻烦。直到玉清道友来对我说道，才知被令慈妙一夫人在成都将她斩首，才去了我的心病。论理我应当遵守前言，不该趁她死后，帮助外人对付她的徒弟。但是那用魔火炼我的蛮僧，就是八魔新近请来的同党。因为这次正派同他们为敌，谣传乾坤正气妙一真人的金光烈火剑，业已在东海炼成，无论何派的飞剑，遇上便化成顽铁消融。知道只有我的雪魂珠能够抵敌，先由那蛮僧和我明要未允，又来抢夺，差点儿将我多年苦修的道行毁于魔火之下。他们既能食前言，我岂不可背信？无奈我身体已死，不能前去，只能略说他们一点儿虚实罢了。”灵云等连忙齐声称谢。

八姑又道：“青螺虽是那座大山的主名，魔宫却在那山绝顶中一个深谷以内。这里纵横千余里，差不多全是雪山。只魔宫是在温谷以内，藏风聚气，不但景物幽美，草木繁滋，而形势之佳更为全山之冠。那谷是个螺蛳形，谷口就是螺的尾尖，曲折回环，走进去二十多里，才看得见谷道。外面的人不易看见里面。虽然诸位飞行绝迹，进去寻找魔宫并不算难。但是他们必利用天然形势，随地布置妖法，若果没有防备，也难免不遭暗算。诸位此来，是否准备就去？我好早去准备。”灵云便把接着飞剑传书，才得知赵心源五月初五魔宫赴约之事，这位赵道友想必尚在路上，自己意欲先去探个虚实，再迎上前去与赵道友相见一面等语，说了一遍。八姑道：“三位来时，走的是西北云中直路。赵道友既和人相约，定知路径，当由川滇官道旁一条捷径而来。那条路上梵宇甚多，赵道友如在端阳前赶到，定要先寻住所，到时明张旗鼓前去赴约。只需明后日由三位中分出一位，前往东南那条人行路上寻找，便可相见。至于到魔宫去探听虚实，我看现在他们竟敢和峨眉为敌，请的能人一定不少。并非我小看三位道友，实因我将来脱劫，全仗诸位道友，意欲请道友代我看护顽躯，不要远离，我将元神遁化，亲去探看虚实。旧游之地，比较能知详细，即使遇见妖法，也容易脱身回来。道友以为如何？”灵云闻言大喜，称谢道：“我等因为事要机密，不便另寻寺观投宿，雪山高寒，又少山洞，难得道友不弃，正想在仙居停足数日，冒昧不便启齿，不想道友如此热肠肝胆，真令人感谢不尽了。”八姑道：“此后借助之处甚多，无须太谦。不过我已是惊弓之鸟，我这一副枯骨，不得不先用障眼法儿隐去，全仗三位道友法力护持了。”说罢，一晃眼间，石台上仍是空空如也。三人知八姑已神游魔宫，暗暗惊异，各人轮流在石台旁守护，分别在谷中玩赏风景，并不远离。

日光一晃消逝，有回山雪光反映，仍是通明。三人谈了一会儿，俱在石台旁坐定用功，静候八姑消息。半夜过后，八姑仍未回来。朱文道：“怎么八姑由申正走，到如今还不见回来哩？”金蝉道：“我也正担心她连自身尚不能转动，还去冒这种大险，姊姊不该答应她去。我们在此枯等，难受还不要说，要是人家出了事，才对不起人哩。”灵云道：“你真爱小看人。八姑与玉清大师同门，要论以前本领，还在玉清大师之上，又在此潜修多年，她如不是自问能力所及，如何会贸然前去？我并非依赖别人，自己畏难偷懒，实为她情形熟悉，比我们亲去事半功倍。难得她又如此热心，要是谢绝她这一番好意，听玉清大师说过，她性情率直，岂不反招她不快么？承她一番相助诚意，将来助她脱劫，即使我和轻云妹子力不能及，也定去求母亲给她设法，好歹也助她成道便了。”三人又谈了一阵，不觉到了天明。灵云也起了惊虑之心，已商量分人前去探看。忽听石台上长吁了一声，八姑现身出来，好似疲乏极了。三人道了烦劳，八姑只含笑点了点头。又停了一会儿，才张口说道：“魔宫果然厉害，大非昔比，我也差点儿闪失。此番不但知了他的细情，还替三位代约请了一位帮手。那位赵道友，我已探出他同行诸位剑仙住在大道旁一座庙中。三位少时寻去，便可见面商量进行。”

八姑刚要将探青螺之事详细说出，忽听山顶传来几声雕鸣，十分凄厉。金蝉和神雕处得熟了，听出是它的声音，又知道英琼、若兰二人要随后赶来，不由吃了一惊。

第十七回　鬼风谷神雕救主　玄冰峪八姑献方

金蝉便对灵云道："姊姊你听，钢羽不是回去了么，如何又在上面叫喊？莫非凝碧崖发生了什么事，前来寻我们吗？"灵云、朱文也听出雕鸣不似往日，灵云忙叫朱文去看，金蝉也跟着出来。二人才离开了谷凹，还未张嘴，神雕已在空中看见二人站在下面，长鸣了一声，似弹丸飞坠一般，将两翼收敛，一团黑影从空中由小而大，直往谷底飞落下来，一路哀鸣，往二人身旁扑来。金蝉本有心病，首先问道："你这般哀鸣，莫非你主人李英琼赶了来，在半途中失了事么？"那雕将头点了点，长鸣一声，金眼中竟落下两行泪来。朱文、金蝉双双忙喊："姊姊快来！英琼妹子被恶人困陷了，神雕是来求救的呢！"言还未了，灵云已早看出原因，救人心急，便对八姑道："有一位同门道友中途失陷，愚姊妹三人即刻要去救援，等将人救回，再行饱聆雅教吧。"八姑道："这位道友既有仙禽随身还遭失陷，定在鬼风谷遇见了那用魔火炼我的蛮僧了。这妖孽妖法厉害，名叫作雅各达，外号西方野佛，与滇西毒龙尊者都是一般传授。不过毒龙尊者门下弟子众多，声势浩大；他只独身一人，知他底细的人甚少。他除会放黄沙魔火外，还有一个紫金钵盂同一支禅杖，俱都非常厉害。三位到了鬼风谷，如那位道友被魔火困住，须要先破去他的魔火，才能过去救人；否则一经被他魔火罩住，便难脱身。千万留神小心，以免有失！"说到这里，金蝉、朱文已连声催促。八姑也说灵云事不宜迟。三人与八姑告罪道别，一齐飞上雕背。那雕长鸣了一声，展开双翼，冲霄便起，健翮凌云，非常迅速，不消片刻，已到了鬼风谷山顶之上。灵云见谷下黄尘红雾中，隐隐看见英琼的紫郢剑在那里闪动飞舞，知道英琼将紫郢剑护身，或者尚不妨事。眼看快要飞到，忽见对崖飞下一道青光，一道红光。定睛一看，对崖上站定两个女子，一个正是周轻云。一会儿又从崖这面飞过一个女子。这两个女子虽未见过，知是轻云约来的无疑。说时迟，那时快，一转眼间，神雕业已飞到对崖落下。这才看见崖对面山半腰中坐着一个红衣蛮僧，业已放出一条似龙非龙的东西，与轻云等飞剑、红光斗作一团。朱文也将宝镜取出，照向下面，黄尘虽然消灭，红雾未减。本拟飞剑出去助阵，忽听那年纪较长的女子说："请大家后退！"灵云已听郑八姑说魔火厉害，忙拉了金蝉退出去二十多丈。那年长的女子已从怀中取出一面小幡，一展招，连人带幡踪迹不见，一眨眼间已将英琼、若兰二人救上崖来。金蝉、朱文见二人中了妖法昏迷不醒，心中大怒，双双将各人飞剑放出，直取那红衣蛮僧。

西方野佛雅各达原本不在鬼风谷居住。他听六魔厉吼的好友逍遥神方云飞无意中说起郑八姑从小长白山冰雪窟中将雪魂珠得了去。他垂涎此宝已有多年，怎奈小长白山方圆数百里，只听过高明人传说，不知实在地方及如何下手，又没有练过玄门中开山彻地之法，只得作罢。忽然闻说被一个女子取去，非常嫉忿。知道此话是从神手比丘魏枫娘那里听来的，便约方云飞到魔宫打听个仔细。及至见着八魔，才知魏枫娘已死，果然此宝是落在八姑之手。八魔本来早就听说峨眉派许多能人要在端午节前来，又知雪魂珠有无穷妙用，正好鼓动西方野佛去将珠夺来，自己还可添一个大大的帮手。西方野佛问明了路径，赶到小长白山一看，谷中石凹内空无一人，知道八姑隐了身形不肯见他。连去了两次，用言语一激，八姑才现身出来。他见八姑走火入魔，业已身躯半死，欺她不能转动，便和她明着强要。八姑自是不肯，两人言语失和，动起手来，各用法宝，互有损失。西方野佛见雪魂珠未能到手，反被八姑破了他两样心爱的宝贝，妖法又奈何她不得，恼羞成怒，便用魔火去炼，准备雪魂珠也不要了，将八姑炼成飞灰泄愤。炼了多日，被玉清大师前来将他赶走，愈加气愤。也不好意思去见八魔，暗自跑到鬼风谷内潜藏。仍不死心，想再炼一样厉害法宝，与八姑分最后胜负，非将雪魂珠取到手中，誓不甘休。

这日正在谷内打坐，忽听远处一声雕鸣，抬头一看，只见一只黑雕，两眼金光四射，两翼刮起风力呼呼作响，身子大得也异乎寻常，疾飞若驶，正从谷顶飞过。知道这是有道行的金眼雕，不由心中一动。暗想："遇见这种厉害的大雕，我何必去炼什么法宝？只消追上去将它擒到收服，一加驯练，便可去寻那郑八姑，二次和她要雪魂珠。如再不允，我只须用法宝绊住她的元神，再命这雕暗中抓去她的躯壳，何愁宝不到手？"正想得称心，谁知那雕竟飞得比电还疾，眨眼工夫已没入云中，只剩一点黑影。刚在顿足可惜，忽然黑影渐大，又朝谷顶飞来。西方野佛好不高兴，这次便不怠慢，口中念念有词，忙将紫金钵盂往上一举。他这钵盂名为转轮盂，一经祭起，便有黑白阴阳二气直升高空，无论人禽宝贝，俱要被它吸住，不能转动。眼看黑白二气冲到那雕脚下，那雕只往下沉了十来丈，忽又升高，长鸣了一声。西方野佛见转轮盂并未将那雕吸住，大为惊异，便将钵盂收回。正要别想妙法，那雕忽然似弩箭脱弦，疾如流星一般，直往谷底飞来，眼看离地还有数十丈高下，猛听一声娇叱道："大胆妖僧，无故前来生事，看我法宝取你！"言还未了，那雕业已飞落面前。适才因为那雕飞得太高，雕大人小，竟没有留神看到雕背上还坐着两个人。此时近前一看，见是两个美貌幼女。情知这两个女子虽然小小年纪，能骑着这种有道行的大雕在高空飞行，必有大来历。但是自恃妖法高强，也未放在心上。暗想："我的钵盂未将你们吸住，你们不见机逃走，反来送死。送上门的买卖，岂能放过？"便大喝道："尔等有多大本领，敢在佛爷头上飞来飞去？快快将雕献来，束手就擒，免得佛爷动手！"言还未了，那两个少女已双双跳下雕背。

年长的一个手扬处，一道青光飞来。西方野佛怪笑一声，喝道："无知贱婢，也敢来此卖弄！"将左臂一振，臂上挂着的禅杖化成一条蛟龙般的东西，将青光迎个正着。西方野佛也是一时大意，想看看来人有多大本领，没有用转轮钵去吸收敌人飞剑。刚将禅杖飞出，不想对面又是一声娇叱，那年纪小的一个女子手一扬，冷森森长虹一般一道紫光，直往西方野佛顶上飞来。这才想起用转轮钵去收。刚刚将钵往上一举，谁知敌人飞剑厉害，眼看那道紫光如神龙入海，被黑白二气裹入钵内，猛觉右手疼痛彻骨，知道不好。连忙用自己护身妖法芥子藏身，遁出去有百十丈远近。一看手中钵盂，业已被那道紫光刺穿，还削落了右手三指。来人见妖僧钵盂内出来了黑白二气，自己飞剑被他裹入在内，正在心急，忽然妖僧不见，紫光飞向西北角去。朝前一看，那妖僧手拿钵盂，已逃在半崖腰一块山石上面，自己宝剑正飞追过去呢。

来的这两个女子正是李英琼与墨凤凰申若兰。两人自从神雕飞回，便即别了裘芷仙动身。路上商量，仗着神雕飞得快，打算先飞到魔宫内去建一点儿小功，再去寻灵云等三人。谁知那雕飞到青螺，八魔已请能人用妖法将魔宫隐住，找寻不着，只得驾那雕去寻着灵云再作计较。往回路走时，飞到一个山谷上面，忽然雕身往下沉了一沉，重又飞起。若兰对英琼道："下面有人暗算我们。"二人往下面一看，果然下面谷内有一个人正朝天上指手画脚，又见有黑白两道气由上往下朝那人手中飞去。英琼道："下面的人定是青螺党羽，我们何不拿他试试手呢？"若兰艺高人胆大，自是赞同。便商量先飞下去，一面和那人动手，倘若他是青螺党羽，暗命神雕将他抓走，去见灵云报功。二人商量好了，便降落下来。一看西方野魔打扮同说话，已知是个妖僧，便动起手来。若兰飞剑敌住蛮僧禅杖正觉吃力，忽见英琼宝剑得胜，妖僧败退到半崖腰上。更不怠慢，一面指挥飞剑迎敌，暗诵咒语，手一扬处，将恩师红花姥姥所传的十三粒雷火金丸朝蛮僧打去。西方野魔要是先用金钵收了若兰飞剑，英琼那把紫郢剑爱同性命，恐有闪失，决不肯轻易放出。他不该一时大意轻敌，反致受伤，伤了宝贝，还算见机得快，没有丧了性命。刚刚败逃出去，敌人飞剑竟一丝也不肯放松，随后追到。正在心慌意乱，忽然又从敌人方面飞来十几个火球，再想借遁已来不及，被火球在背上扫着一下，立刻燃烧起来，同时那道紫光又朝头顶飞到。西方野佛出世以来，从未遇见过敌手，自从和玉清大师斗法败逃以后，今日又在这两个小女孩子手里吃这样大亏，如何能忍受。本想将天魔阴火祭起报仇，未及施为，敌人飞剑、法宝连番又到，知道再不先行避让，就有性命之忧。顾不得身上火烧疼痛，就地下打了一个滚，仍借遁回到原处，取出魔火葫芦，口中念咒，将盖一开，飞出一面小幡。幡见风一招展，立刻便有百十丈黄尘红雾涌成一团，朝敌人飞去。英琼、若兰见敌人连遭挫败，那只神雕盘旋高空，也在觑便下攫之际，忽见敌人又遁回了原处，从身畔取出一个葫芦，由葫芦中飞出一大团黄尘红雾，直向她们飞来。若兰自幼随定红花姥姥，知道魔火厉害。一面收回金丸、飞剑，忙喊："妖法厉害，琼妹快将宝剑收回走吧。"英琼本来机警，闻言将手一招，把紫郢剑收回。若兰拉了英琼正要升空逃走，已是不及，那一大团黄尘红雾竟和风卷狂云一般，疾如奔马，飞将过来，将二人围住。还亏英琼紫郢剑自动飞起，化成一道紫虹，上下盘舞，将二人身体护住。二人耳际只听得一声雕鸣，以后便听不见黄尘外响动，只觉一阵阵腥味扑鼻，眼前一片红黄，身上发热，头脑昏眩。

似这样支持了有半个多时辰，忽听对面有一个女子声音说道："李、申两位姊姊快将宝贝收起，妹子好救你们出险。"若兰不敢大意，忙问何人。原来是秦紫玲赶到。紫玲用弥尘幡下去时，有宝幡护体，魔火原不能伤她，以为还不一刻就将人救出。及至到了下面一看，李、申二人身旁那道紫光如长虹一般，将李、申二人护住，漫说魔火无功，连自己也不能近前，心中暗暗佩服峨眉门下果然能人异宝甚多。知道紫光不收，人决难救，情知自己与二人俱素昧平生，在危难之中未必肯信，早想好了主意。果然若兰首先发问，立刻答道：“神雕钢羽与齐灵云姊姊送信，寻踪到此，才知二位姊姊被魔火所困，特命妹子前来救援。如今灵云姊姊等一起由玄冰峪郑八姑那里赶来，现俱在上面，事不宜迟，快将法宝收起，随妹子去吧。”英琼、若兰闻言才放了心，将紫郢剑收起，随紫玲到了上面。也是忙中有错，李、申二人该有此番小劫，竟忘了二人在下面不曾受伤，全仗紫郢护体。正在英琼收回紫郢、紫玲近前用幡救护之际，英琼收剑时快了一些，紫郢一退，红雾侵入，虽然紫玲上前得快，已是不及，沾染了一些。二人当时只觉眼前一红，鼻中嗅着一股奇腥。等到紫玲将二人救上谷顶，业已昏迷不省人事了。

这时灵云、朱文、金蝉已相继将飞剑随后放出，直取西方野佛。西方野佛起初见对面又飞来两个敌人，一个是一道金光，一个是一团红光，自己禅杖飞出去迎敌，竟然有点儿迎敌不下。正要将魔火移到对崖将敌人困住，忽听一声雕鸣，对崖上先后又飞下四女一男。才一照面，内中一个女子从怀中取出一面镜子，发出百十丈五彩金光，照到谷下，立刻黄尘四散。接着另一个女子忽然一晃身形，踪迹不见，一转眼间竟将下面两个幼年女子救上来，出入魔火阵中，无事人一般。同时对面敌人先后放出许多飞剑，内有一道金光，一道紫光，还带着风雷之声。不由大吃一惊，想不到这些不知名的年轻男女竟有这般厉害。他已吃过敌人紫光苦头，见来的又有一道紫光，不敢怠慢。一面指挥魔火向众人飞去，一面用手一指面前香炉，借魔火将炉内三支大香点燃。口中念诵最恶毒不过的天刑咒，咬破舌尖，大口鲜血喷将出去。对崖灵云等眼看敌人手忙脚乱，飞剑行将奏功，忽见谷底红雾直往上面飞来，接着便是一阵奇香扑鼻，立刻头脑昏晕，站立不稳。知道妖法厉害，正有些惊异，忽听紫玲道：“诸位姊姊不要惊慌。”言还未了，便有一朵彩云飞起，将众人罩住，才闻不见香味，神志略清。同时朱文宝镜的光芒虽不能破却魔火，却已将飞来红雾在十丈以外抵住，不得近前。紫玲一见，大喜道：“只要这位姊姊宝镜能够敌住魔火，便不怕了。”说罢，向妹子寒萼手中取过彩霓练，将弥尘幡交与她，吩咐小心护着众人。自己驾玄门太乙遁法隐住身形，飞往妖僧后面，左手祭起彩霓练，右手一扬，便有五道手指粗细的红光直往西方野佛脑后飞去。那红光乃是紫玲母亲宝相夫人传授，用五金之精炼成的红云针，比普通飞剑还要厉害。西方野佛眼看取胜，忽见对面敌人身畔飞起一幢五色彩云，魔火又被那女子宝镜光芒阻住，不能上前，正在焦急。猛觉脑后一阵尖风，知道不好，不敢回头，忙将身往前一蹿，借遁逃将出去有百十丈远近。回头一看，一道彩虹连出五道红光，正朝自己飞来。眼见敌人如此厉害，自己法宝业已用尽，再不见机逃走，定有性命之忧。不敢怠慢，一面借遁逃走，一面口中念咒，准备将魔火收回，谁知事不由己。紫玲未曾动手，已将颠倒八门锁仙旗各按五行生克祭起。西方野佛才将身子起在高空，便觉一片白雾弥漫，撞到哪里都有阻拦。知道不妙，恐怕自己被法力所困，敌人却在明处，一个疏神，中了敌人法宝，不是玩的。当下又恨又怕，无可奈何，只得咬一咬牙，拔出身畔佩刀，只一挥，将右臂斫断，用诸天神魔，化血飞身，逃出重围，往上升起。刚幸得脱性命，觉背上似钢爪抓了一下，一阵奇痛彻心。情知又是敌人法宝，身旁又听得雕鸣，哪敢回顾，慌不迭挣脱身躯，借遁逃走。

灵云姊弟、朱文、周轻云与紫玲姊妹等，在鬼风谷上面救出英琼、若兰，大家合力，赶走了妖僧西方野佛雅各达，还断了他一条手臂。各人将法宝飞剑收起，回身再看若兰、英琼，俱都昏迷不醒。灵云忙叫金蝉去寻了一点儿山泉，取出妙一夫人赐的灵丹，与二人灌了下去。因郑八姑尚是新交，英琼、若兰中毒颇深，须避一避罡风，仗着人多势众，不怕妖僧卷土重来，索性大家抱了英琼、若兰，同至谷底妖僧打坐之处歇息，等她二人缓醒过来，再一齐护送同走。众人下到谷底，重又分别见礼，互致倾慕。各人谈起前事，灵云听说女空空吴文琪也来了，司徒平弃邪归正，与紫玲姊妹联了姻眷，并奉玄真子、神尼优昙、餐霞大师、追云叟诸位前辈之命，同归峨眉门下，心中大喜。见英琼、若兰服药之后，因英琼以前服过不少灵药仙丹，资禀又异寻常，首先面皮转了红润，不似适才面如金纸。若兰面色也逐渐还原。知道无碍，一会儿工夫便会醒转。便请紫玲姊妹先去将女空空吴文琪、苦孩儿司徒平连章氏姊弟和于、杨二道童接来，再同返玄冰峪，商议破青螺之策。紫玲姊妹走后不多一会儿，英琼、若兰相继醒转，只是精神困惫，周身仍是疼痛。见灵云姊弟与朱文在侧，又羞又忿。灵云安慰了二人几句，便介绍轻云与二人相见，并说还有两位新归本派的姊妹去接吴文琪与司徒平去了。英琼、若兰对于轻云、文琪久已倾仰，又听本派更新添了几位有本领的姊妹，才转愧为喜。灵云道："都怪蝉弟不肯明言二位决意随后要来，我等在玄冰峪崖凹中谈心，不曾留心到外面，崖顶上想有八姑的障眼法术，所以神雕在空中找寻不见我等的踪迹，差点儿出了大错。异日禀知母亲，少不得要责罚他呢！"若兰道："这事也休怪小师兄，皆是我等年幼无知轻敌所致。妖僧的毒雾好不厉害，起初全仗英琼妹子紫郢剑护身，不时只闻见一丝腥味。后来耳旁听得有人说是奉了姊姊之命下来救我二人，有紫郢剑光隔住不得近身，琼妹急于出险，收剑快了一些，与紫玲姊妹的法宝一收一放，未能恰到好处，才有此失。如今服了姊姊带来的教祖灵丹，虽然还觉头眩身疼，想必不久便可还原。"

灵云仔细考查二人神态，知道尚不便御剑飞行。由此动身往玄冰峪，正好与紫玲等迎个对面。与轻云计议一会儿，决计暂时不令英琼、若兰等去受雪山上空的罡风，由二人骑着神雕低飞缓行，大家在她二人头上面飞行，一则保护，二则好与紫玲等相遇，免得错过。神雕佛奴自从伤了妖僧，便飞起空中，不住回旋下视，以备遇警回报。灵云等把神雕招了下来，请英琼、若兰骑了上去，先缓飞上高崖，再命神雕缓行低飞，往峰下飞去。灵云姊弟与朱文、轻云四人，着一人在神雕身后护送，余下三人将身起在天空飞行，观察动静。英琼、若兰在雕背上与轻云一路说笑，刚刚走离峰脚不远，轻云猛见对面走来一个身高八尺，脸露凶光，耳戴金环的红衣头陀，随同着一个中等身材，面容清秀的白脸道士，从峰下斜刺里走过。定睛一看，那道人不认得，那头陀正是成都漏网的瘟神庙方丈俞德。因为彼此所行不是一条路径，俞德先好似不曾留神到轻云等三人。轻云便对英琼、若兰说："对面来了两个妖人，须要留心。"言还未了，俞德同那道人忽然回头，立定脚步注视着轻云等三人，好似在议论什么。英琼、若兰适才吃了妖僧的亏苦，本来又愧又气，一听轻云说对面来了妖人，便也不顾身体疼痛，双双跳下雕背。这时两方相隔不过数十步远近，英琼首先看出敌人来意不善，先下手为强，手扬处紫郢剑化作一道数十丈长的紫色长虹，**英琼个性鲜明，一个方面就是莽撞。莽撞固然是缺欠，但不莽撞就不是李英琼了。**直朝俞德等飞去。

那道人正是云南孔雀河畔藏灵子的得意门徒师文恭，应了毒龙尊者的邀请，在路上听俞德说毒龙尊者还请得有尚和阳，心中大是不快，又不便中途返回。到了青螺，不去和毒龙尊者见面，先布置了一番，见快到端阳，敌人还没什么动静。无心中听八魔说起郑八姑得了雪魂珠之事，虽然一样起了觊觎之念，只不过他为人好强，不愿去欺凌一个身已半死不能转动的女子。打算到玄冰峪去见郑八姑，自己先用法术将她半死之身救还了原，然后和她强要那雪魂珠。依了俞德，原要驾遁光前去。师文恭因为左右无事，想看一看雪山风景，这才一同步行前往。刚刚走离小长白山不远，俞德恭恭敬敬随侍师文恭一路谈说，轻云等从峰上下来时并未觉察。还是师文恭首先看见峰头半飞半走下来一只金眼大黑雕，上面坐着两个女子，心知不是常人，便唤俞德观看。俞德偏身回头一看，雕后面还跟着一个女子护送，正是在成都遇见过几次的周轻云，知道这几个女子又是来寻青螺的晦气无疑，不由心中大怒。当下唤住师文恭，说道："这便是峨眉门下余孽，师叔休要放她们逃走。"

师文恭虽是异派，颇讲信义，以为既和人家订下比试日期，何必忙在一时？这几个女子还能有多大本领？胜之不武。只要对方不招惹，就不犯着动手。正和俞德一问一答之际，忽见雕背上女子双双跳了下来，脚才着地，最年轻的一个手一扬，便是一道紫色长虹飞来。师文恭认得那道紫光来历，大吃一惊，知道来不及迎敌，喊声："不好！"将俞德一拉，同驾遁光纵出百十丈远近。因救俞德慢了一些，头上被紫光扫着一点儿，戴的那一顶束发金冠连头发都被削下一片，又惊又怒。那紫光更不饶人，又随后飞来。师文恭知道厉害，不敢怠慢，先从怀中取出三个钢球往紫光中打去，才一出手，便化成红黄蓝三团光华，与紫光斗在一起。同时轻云、若兰的飞剑也飞将起来助战，若兰更从百忙中将十三粒雷火金丸放出十三团红火，如雷轰电掣飞来。师、俞二人措手不及，早着了一下金丸，将须发、衣服燃烧。师文恭心中大怒，一面掐诀避火，忙喊："俞德后退，待我用法宝取这三个贱婢狗命。"俞德见势不佳，闻言收了飞剑，借遁光退逃出去。师文恭早从身上取出一个黄口袋，口中念念有词，往外一抖，将他炼就的黑煞落魂砂放将出来。立刻阴云四起，惨雾沉沉，飞剑陨芒，雷火无功，一团十余亩方圆的黑气，风驰云涌般朝英琼等三人的当头罩去。轻云知道厉害，忙收飞剑，喊："二位留神，妖法厉害！"说罢，首先纵起空中。英琼的紫郢剑虽不怕邪污，怎耐求胜心切，不及收剑。若兰也慢了一些。二人刚要收剑起飞，猛觉眼前一黑，一阵头晕眼花，立刻晕倒，不省人事。师文恭正要上前拿人，忽听空中几声娇叱，雨后长虹一般，早飞下一道五彩金光，照在落魂砂上面，黑气先散了一半。同时又飞下一幢五色彩云，飞入黑气之中，电闪星驰般滚来滚去，那消两转，立刻阴云四散，黑雾全消，把师文恭多少年辛苦炼就的至宝扫了个干净，化成狼烟飞散。师文恭、俞德定睛往前一看，空中又飞下来几个少年男女。一个手中拿着一面镜子，镜上面发出百十丈五色金光。一转眼间，那幢彩云忽然不见，也现出一个长身玉立的少女。这几个人才一落地，先是一个幼童放出红紫两道剑光，跟着还有一男四女也将剑光飞起，内中一个女子还放出一团红光，同时朝师文恭、俞德二人飞来。俞德认出来人中有成都遇见的齐灵云姊弟、女神童朱文；还有万妙仙姑门下的苦孩儿司徒平，不知怎的会和敌人成了一党；其余两个女子不认得。

师文恭见敌人才一照面，便破了他的落魂砂，又忿恨，又痛惜，咬牙切齿，把心一横，正要披散头发，运用地水火风与来人拼命。谁知敌人人多势众，竟不容他有缓手工夫，法宝飞剑如暴雨般飞来。俞德尝过厉害，见势不佳，二次借遁避了开去。师文恭认得朱文所拿宝镜与寒萼所放出来的那团红光俱非自己的法宝所能抵敌，在这间不容发之际，行法已来不及，只得一面将三粒飞丸放起，护着身体往空遁去。准备先逃回去，等到端阳，再用九幽转轮大藏法术擒敌人报仇。身才飞起地面，紫玲见众人法宝飞剑纷纷放出，早防敌人抵敌不住，伺便逃走，将身起在空中等候。果然敌人想逃，紫玲更不怠慢，取了两根宝相夫人遗传的白眉飞针放将出去。这针乃宝相夫人白眉所炼，共三千六百五十九针，非常灵应，专刺人的血穴，见血攻心，厉害无比，不遇拼死仇敌，从不轻放。宝相夫人在日，一共才用了一次，紫玲因母亲遗爱，平日遵照密传咒语加紧祭炼，不消数年，已炼得得心应手。今日见师文恭脸上隐隐冒着妖光，一身邪气笼罩，知道此人妖术绝不止此，如被他逃走，必为异日隐患；又见他遁光迅速，难于追赶，这才取了两根白眉针打去。出手便是两道极细红丝，光焰闪闪，直往师文恭身上要穴飞去。师文恭知道不好，正要催遁光快逃时，偏偏那只金眼黑雕先前见主人中了敌人落魂砂倒地，早想代主报仇，将身盘旋空中，遇机便行下击，忽见敌人想逃，哪里容得，两翼一束，飞星坠石般追上前去。师文恭连白眉针还未避过，又有神雕飞来，防得了下头，防不了上头，一个惊慌失措，将身往下一沉，虽然躲过头部，左臂已被神雕钢爪抓住。暗骂："扁毛畜生也来欺我！"正待用独掌开山之法回身将神雕劈死，耳旁忽听呼呼风响，右臂上一阵奇痛彻骨。回头一看，不知从何处又飞来一只独角神鹫，将右臂抓住。就在这转瞬之间，被敌人白眉针打了个正着，立刻觉着胸前一麻。耳旁又听敌人那边说要擒活的，知道再不忍痛逃走，被这两只怪鸟擒去，身死还要受辱。当下奋起全身神力，咬紧牙关，运用真气，将两臂一抖，格格两声，两手臂同时齐腕折断。师文恭先是装作落地，再借土遁逃走。正赶上俞德伏在远处，见师文恭情势危急，自己又无力去救。正在着急，忽见师文恭从空落下，两只手臂已断，恐落敌人之手，不敢怠慢，冒着万险，借遁光冲上前去，连两只断手一把抱个正着，驾起遁光从斜刺里飞逃回去。

灵云等早见俞德逃走，便全神贯注师文恭一人，一见师文恭中了两根白眉针，又被神雕、神鹫双双飞来擒住，更以为师文恭决难逃走。忽见师文恭自断两手，身躯坠落下来，因两下里相隔甚远，正待上前将他擒住，却被俞德从潜伏处冲将上去，将师文恭抱起逃走。众人还要分人跟踪追赶，紫玲道："妖人已中了白眉飞针，两手又废，不消多时，那针便顺穴道血流直攻心房，虽然被同党救走，也准死无疑。我看那妖道满身邪气笼罩，本领非比寻常，适才若非我们人多势众，使他措手不及，胜负正难逆料。申、李两位妹子中毒甚重，青螺虚实尚未听郑八姑说完，穷寇勿追，由他去吧。"灵云本来持重，首先赞同。一看英琼、若兰面容灰白，浑身寒战不止，由灵云先给二人口中塞了两粒丹药，先保住二人性命，到了玄冰峪再说。这时那神雕和神鹫一递一声叫唤着飞将下来。灵云早听轻云说起神鹫来历，这时一见，果然非常威武通灵。这次因申、李二人连受重伤，不敢大意，由紫玲姊妹护着若兰同骑神鹫，灵云、轻云护着英琼同骑神雕，朱文持宝剑在前，金蝉、司徒平二人断后，缓缓低飞，同往玄冰峪而去。

到了谷底，大家捧起英琼、若兰同进谷凹，见了郑八姑，略谈前事。八姑闻言，又看了看英琼、若兰的中毒状态，大惊失色道："这两位道友中的乃是黑煞落魂砂，只云南藏灵子有此法宝。藏灵子虽是邪教，为人正直，决不与毒龙尊者一党。放砂的人乃是他徒弟师文恭，此人厉害非常。昨晚我神游青螺，见魔宫外面有师文恭设下的妖阵，亏是元神出游，我又处处见机，没有陷身阵内。不料他还炼了这落魂砂。听诸位道友说他来路，分明又是来寻我的晦气，若非诸位道友无心中与他相遇，我还不知能否应付呢！**英琼因莽撞连吃两次亏，但无意中却帮了郑八姑两个大忙。可称“福将”。**他这黑煞落魂砂与妖僧雅各达的魔火同是一般厉害，若非李、申两位道友根行深厚，遇一已不可救，何况其二。目前仗仙丹护体，不过苟延性命，不至像前人，一经中上，便即魂散魄消，神游墟莽罢了。”大家闻言，非常着急，便问可有解救之方。郑八姑道：“她二位中毒已深，甚难解救。除非寻得三样至宝灵药：一是千年肉芝的生血；二是异类道友用元神炼就的金丹；三是福仙潭的乌风草。先用金丹在周身贴体流转，提清其毒，内服乌风草祛除邪气，再用芝仙生血补益元神，尚须修养多日，才能复原。适才听说二位中了魔火仍能醒转对敌，不过仙丹妙用，腹内余毒未尽，又中了这极厉害的落魂砂，所以三者缺一不可。这三样至宝灵药求一尚甚难，何况同时全都得到，哪里有此凑巧的事？”

言还未了，金蝉跳起身来说道：“你说的我们已有了两样了。”八姑闻言，惊喜问故。朱文便把申若兰是桂花山福仙潭红花姥姥的弟子，藏有一瓶乌风酒，比乌风草还要有力；金蝉在九华得了一个肉芝，因它数千年道行，不肯伤害，后来又从九华移植凝碧崖等语，说了一遍。八姑道：“人间至宝都归峨眉，足见正教昌明，为期不远。不过她二位已不能御剑飞行，尤其不能再受罡风。峨眉相隔数千里，还有异类元神炼就的金丹无从寻觅，虽有二宝也是枉然。”寒萼听到这里，忍不住看了紫玲两眼。紫玲也不去理她，径向众人说道：“愚姊妹来时，餐霞大师曾传谕命愚姊妹救李、申两位眼前之厄。适才因听说三样至宝不能缺一，非愚姊妹能力所及。如今听说仙草、肉芝俱在峨眉，足见李、申两位妹子仙缘未绝。愚姊妹有一弥尘幡，能带人顷刻飞行千里，周身有彩云笼罩，不畏罡风。金丹更是现成。事不宜迟，此刻动身，尚可赶回来破青螺。不过听说凝碧崖有仙符封锁，极难下去，最好请一位同行才好。”众人闻言大喜。灵云因金蝉于肉芝有恩，取血较易，便命金蝉随行。

八姑问紫玲道：“适才听说师文恭中了道友的白眉针，如今又听道友说用弥尘幡送李、申二位回转峨眉，这两样俱是当初宝相夫人的至宝。初见匆忙，未及详谈，不知道友与宝相夫人是何渊源，可能见告么？”紫玲躬身答道：“宝相夫人正是先母。紫玲年幼，对于先母当时的交游所知无多。不知仙姑与先母在何时订交？请明示出来，免乱尊卑之序。”八姑见紫玲姊妹果是宝相夫人之女，好生惊异。知道紫玲姊妹定得了宝相夫人的金丹，故此对救李、申二人敢一手包揽。又见紫玲谦恭有礼，益发高兴。便答道：“我与令堂仅只见过几次，末学后辈，并未齐于雁齿。当时承她不弃，多所奖掖指导。算起来我与道友乃是平辈，道友休得太谦。此中经过，一言难尽。二位道友既是夫人爱女，以后借助甚多。现在李、申二位情势危急，请二位道友护送先行，明日峨眉归来，破了青螺，再行畅叙吧。”紫玲闻言，口称遵命。因司徒平道力浅薄，背人嘱咐了神鹫几句，教它加意护持。然后与寒萼分抱着英琼、若兰，请金蝉站好，晃动弥尘幡，喊一声：“起！”立刻化成一幢五色彩云，从谷底电闪星驰般升起，眨眨眼飞入云中不见。众人大为叹服。

第十八回 洒雪喷珠 临流照影 飞芒掣电 古洞藏珍

话说前文提到的裘芷仙，自从灵云等走后，李英琼、申若兰二人也跟着要骑了神雕赶往青螺，只芷仙一人在峨眉留守。芷仙因为凝碧崖虽说洞天福地，洞上还有灵云等法术封锁，但是如今正邪各派势成水火，自己学剑入门不久，本领低微，万一发生事变，如何得了。再加上姊妹们在一起热闹惯的，一旦都要远去，只剩她一人，影只形单，又孤寂又害怕，好生不愿。知道英琼虽然年纪最小，因她得天独厚，生具仙根仙骨，仙缘又好，最得众姊妹敬爱，平日性情坚定，何况她去志甚坚，更难挽回。自己百不如人，怎好勉强她不走？想起若兰情性最为温和，便去朝她委婉诉苦，求她转劝英琼，听大师姊的嘱咐，不要前去。满以为只要若兰为她所动，英琼一个人鼓不起劲，便可无形打消。谁知若兰也和英琼一样心理，好事喜功，不好意思当面拒绝，却去推在英琼身上。芷仙劝阻无效，自己又不敢学她二人的样，背了灵云一同前往。无可奈何，只得由若兰传了木石潜踪藏影之法，又赠了一面云雾幡，以备万一防身之用。眼望着英琼、若兰欢欢喜喜骑雕飞去，一时顾影苍茫，不禁伤心起来。后来想了一阵，自己又宽慰自己："假使不遇妖人，至多不过与夫婿完姻，终老人世，哪里能到得这种仙山福地，与这些仙姊仙妹盘桓，学习飞剑？又承众姊妹不弃，并不因自己失身妖人，天资平常，本领低微，意存轻视。少年喜事好胜，人之常情，自己既无有本领跟去立功，哪能强人所难，硬留别人陪伴自己？何况英琼、若兰还再三劝勉，仿佛怪过意不去似的，走时又承若兰殷勤传了法术，赠了法宝，岂不更为可感？”想到这里，不再烦闷，鼓起勇气，在外面先练了一回剑术，又将若兰所传法术演习了一回，然后入内打坐练气，虽然觉得有些孤寂，倒还不怎难受。初意以为英琼、若兰必定是随了灵云等同回，最早也得过了五月端午以后，算计还得好几天。她们在山，还可随便到洞上去满山闲游，如今既剩自己一人，责重力微，哪敢大意。除了在凝碧崖前练习剑术外，一步也不敢远走。连猩猿袁星上去采摘花果都恐生事，都再三嘱咐早去早回。

到第二天，芷仙做完了功课，一时无聊，喊了袁星，一同走到凝碧崖那一个壁立飞泉的小峰下面。因这小峰孤峰独峙，飞涌成瀑，声如仙乐，连那太元洞对面的小峰，都被众人商量取了名字，一个叫仙籁顶，一个叫玉响石。众人无事时，时常喊开金蝉，飞身到仙籁顶上寒泉凹中洗澡。这时正值暑期将近，越显洞天福地，境界清凉。芷仙平时见众人飞上飞下，随意沐浴，好生羡慕。自己因本领不济，又有许多心事，素常不似众人活泼，随意说笑，不便也和众人一样将金蝉喊开；总是趁众人都在前崖练剑玩耍时，悄悄唤了袁星去给她望风，独自一人跑到太元洞对面玉响石，于僻静之处脱了衣服，临流照影，独浴清波。仙籁顶上一次也未去过。这时刚走到峰下，袁星对芷仙道：“裘姑娘，你在此玩，我趁主人们不在，上去洗回澡去。”那袁星虽是个母猩猿，自从通了人言以后，处处都爱学人的动作，一样也知羞耻。芷仙无事时，又给它改做了几件衣服穿上，它越发知道爱好。除主人李英琼外，对芷仙最为尽心，芷仙也非常爱它。有一次它见众人俱往仙籁顶洗澡，它也想学样，被英琼看见，犯了小孩脾气，说它一身毛茸茸的，怪它弄脏了水，喊将下来，便要责打，多亏芷仙同众人笑着讲情才罢。

芷仙今日见它又要上去洗澡，便笑它道：“你又忘了上次不是？你主人回来，她打你，我可就不劝了。”袁星道：“我知姑娘人好，不会告诉的。我对姑娘说，洗澡还是小事，哪里都可以洗。

不过我虽是畜类，到过的山水很多，见的奇怪景致也不少，从没有见过我们凝碧崖这座小峰和太元洞前涧中那一块石头那么奇怪的。尤其是仙籁顶这座小峰，孤立在悬崖平顶的上面，流泉飞瀑，永远不断，却无一人知道它这泉源从哪里来的。上次我上去时，看见顶上只是一个三四丈方圆的浅凹，深才三四尺，四面还有二尺许宽的边沿，好似天生成的一个浴池。那水又甜又清，我拿手脚在池底摸了个遍，一个小洞也没有，并且还是平底，只中间稍微陷下去一点儿，又是实实的。那水本从崖旁那块龙石上流到池中，再由池里分溅出数十道细瀑布往下流的。我又纵到那块龙石上一看，更奇怪了。那龙石从下面看去，好似与凝碧崖相连。到了上面一看，不但完全两不相干，而且石头的颜色都不一样。凝碧崖石头是灰白色同赭色的，龙石却是上下墨绿绿的，连一些深浅都不分。这还不说。再看那水，也是和下面浴池一样的浅深，只东角缺了一块，水从那角流出，变成一股两三丈粗的飞瀑，落到下面浴池内，再往四外飞溅。我正寻找水源，钢羽便去告我主人，将我唤下来骂了一顿。我先不明白钢羽为什么要告我，我又不懂它说话。过了两日，我渐渐懂了钢羽的鸟语，问它那一次何必害我挨打？它先不肯说，我问了多少次，它才说这峰连那太元洞前的玉响石，有许多讲究，现在连主人都不能说，将来机缘到来，自会知道。它以前随白眉老禅师在此住了多年，所以知道得清楚。还说上次我上去，虽然告诉主人，主人并未打我，它还觉不解恨。它奉有白眉老禅师法旨，第一是保护主人，第二便是守护这峰。我再如偷着上去，它也不再告诉主人，定要用它的鸟爪子将我抓死。我自知敌不过它，它的一双眼睛又尖，以后就没敢上去。我每晚常见那块龙石和仙籁顶上宝光冲起，大家都以为是水光和月光相映闪出来的光彩。据我看来，绝不是什么水月光华，倒有些和莽苍山那座石洞相仿。你说没有宝贝，四面石壁自发光明，黑夜就如白昼；你说有宝贝，我主人曾命我儿孙同那许多马熊，把那石洞找了个遍，也找不出丝毫影子。别人不说，金蝉大仙生具一双慧眼，竟没留神到那仙泉的来历古怪。我本想对主人说，我又气不过钢羽那样强横霸道，事事它都要占先。**禽兽间也有是非。**总想得一个机会，寻出仙源根柢，看看到底发源之处藏有宝贝没有。查看真实了以后，再由姑娘去对我主人说，既不伤钢羽的面子，还讨主人同各位仙姑的喜欢。难得她们都不在家，意欲跑上去看个明白。在没有将宝贝寻出以前，就是她们回来，也请姑娘不要提起才好。”

芷仙听袁星一说，也动了好奇之心，便想一同上去。袁星长于纵跃攀缘，自不必说。就连芷仙自经众人指点用功之后，虽不能驭气飞行，轻身之法已经有了根柢。何况仙籁顶又只有十几丈高下，虽然龙石要高得多，有袁星相助，想来上去也非难事。凝碧崖又不会有外人闯入。当下便和袁星将上下衣服卸去，芷仙只穿了一身贴身衣裤，从飞瀑喷泉中穿到仙籁顶峰下，由袁星扶掖着，半爬半纵地到了峰顶一看，果然和袁星所说一点儿不差。起初还以为仙籁顶的浅池是经龙石上挂下来的那一条瀑布积年冲激而成的浅凹，再一看那四周池边宽窄匀圆，四面如一，宛如人工制就一般，才觉有些稀奇。当下先在池中宽了贴身衣服，跑到挨近飞泉落处，冲洗了一阵。又张口去接了些泉水来吃，果然甘芳满颊，清凉透体。那袁星却志不在浴，只管伏身下去，用手足到处摸索。停了一会儿，站起身来对芷仙道：“这里寻不出端倪，我们到那发源之处龙石上面去吧。”芷仙这时正披散着头发，迎着飞泉，眼望着龙石上那条瀑布如玉龙飞挂，倒泻银河。自知力弱，还不敢站在瀑布下面，只相离两三丈以外，已觉飞珠喷玉，顶沐寒泉了。一面洗浴，一面观赏四外仙景，耳听瀑声轰轰隆隆，与数十道细瀑泻落在峰下石头上面发出来的琤𪹏繁响相应，真如仙乐交奏一般。正在得意忘形，袁星语声被泉瀑之声一乱，都不曾听见。直到袁星过来拉她，连说带比，才明白了它的意思。仰头一看，从龙石下面看去，与仙籁顶倒还若断若连。到了上面，才知两下里相隔还有七八丈远。只瀑布发源之处，如龙石一般，平伸出在仙籁顶上。那龙石四面壁削，布满苔锈，滑不留足，不似仙籁顶虽然上丰下锐，还有着脚攀缘之所。再加上那道三四丈粗的飞瀑从天半倒挂，银光闪闪，声如雷吼，令人看了炫目惊心。再要逆着瀑布飞身数十丈上去，不禁有些胆怯，把初上来的勇气挫了一多半。袁星见芷仙为难，便说道："要从这里上去，漫说姑娘，连我也上不去。我不过是陪了姑娘先到这仙籁顶上看一看，龙石上面的情形更奇怪呢。姑娘要上去看时，且在这里等候，待我下去，绕道从凝碧崖上面纵将过去，再用山藤援接，只要避开这大瀑布，上去就不难了。"芷仙闻言，笑着点头。袁星便纵下仙籁顶，兴冲冲寻了一根长的山藤，跑到凝碧崖顶上，与龙石相距只有七八丈远。袁星带着山藤只一纵，便飞渡到了龙石上面。在瀑布左近择了适当地方，把长藤垂将下来。芷仙连忙纵身一把抓住藤梢，攀缘而上。到了上面一看，那发源之处却是一泓清水，光可鉴人，石形如半爿葫芦相似，水便从葫芦柄缺口处往下飞坠。下面是那样飞泉飙落，声如雷轰；上面的水却是停停匀匀的，若非缺口处水流稍疾，几乎不信这里是发源之处。再看面积，并没有仙籁顶大，水却稍微深了一些，其冷透骨。

那袁星到了上面，一刻也不曾安静，手脚并用地在水中东找找，西寻寻。芷仙便问它找些什么。袁星道："姑娘怎么一丝也不在意？你看这里是几丈粗的瀑布发源之处，水却这般停匀，池底石头如碧玉一般，连一个水穴都无有。如果这里头没有藏着宝贝，姑娘将我两眼挖去。"芷仙笑道："就有宝贝，这样大一座石峰，比仙籁顶还要高大，宝贝藏在里面，怎么取出来？这两座峰又是这里的仙景，漫说无法奈何它，就有法子想，既不敢把它弄毁，以免受大姊她们责罚，教祖怪罪，还不是空想？"袁星道："话不是这样说。但凡洞天福地中，所藏仙佛留下的宝贝，看去虽难，真要仙缘凑巧，得来却极容易。且不用忙，我早晚总要寻出它的根柢来才罢。倘若得到一两样宝贝孝敬我主人同姑娘，也不枉我跟随一场，受主人和姑娘许多恩义。"说罢，又满水中去摸索，算计天将近夜，仍是一无结果。芷仙浮沉碧波中，工夫大了，渐渐觉得足底有些寒意，便催袁星下去。好在下去比上来容易，只须从龙石上飞越到凝碧崖便可，无须再取路仙籁顶。当下仍由袁星先飞过去，芷仙紧抓山藤荡到对崖。复命袁星回到仙籁顶上取了贴身衣服，一同入洞换了干衣，重新出洞，坐在崖前。袁星又去取了些果子出来，一面吃，一面谈说。

正在得趣之际，忽见一朵彩云从空中飞坠。芷仙从未见过这种彩云，慌得口诵真言，正要用木石潜踪之法隐过一旁。彩云敛处，现出四女一男。男的正是金蝉。四女当中，一个是李英琼，一个是申若兰，业已委顿不堪；还有两个不认得，俱都生得仪态万方，英姿飒爽。才定了心神，上前相见。金蝉先喊芷仙道："若兰姊姊同英琼师妹都中了妖法的毒了。这二位是新入门的秦紫玲、秦寒萼师姊。你快和袁星帮助二位师姊，将她两人扶到洞里头去吧。我还要去寻芝仙要生血呢。"说罢，也没和芷仙引见，急匆匆自往后崖便走。芷仙高叫道："蝉师兄快回来，芝仙不在后崖，适才我见它独自现形出来，在玉响石上面拜月呢，你到那里去寻它吧。"金蝉闻言，才回转身来，往太元洞前跑去。袁星一见主人受伤，早已急得不可开交，眼泪汪汪地随在紫玲姊妹与芷仙身后，到了太元中洞二人的房内。此时英琼、若兰俱都牙关紧闭，面如乌金，两双秀目瞪得老大，不发一言。紫玲知道事在紧急，将申、李二人分别扶上石床之后，便问芷仙道："这位姊姊想必就是灵云大师姊所说的裘师姊了。李、申两位受毒已深，非乌风酒不救。她们现在已不能出声，师姊可知乌风酒藏在何处？"芷仙未及答言，袁星听得非乌风酒不救一句话，早已跑进内屋，去将乌风酒取出奉上。紫玲接将过来，叫寒萼去站在门外，以防金蝉闯了进来不便。寒萼道："你怎么喊我？我还有事做呢。"芷仙便叫袁星到门外去。袁星含泪道："好姑娘，你去吧，我要看我主人如何呢。"芷仙知它为主心切，只得站了出去。紫玲早知这里有这么一个通灵的猩猿，名叫袁星，却不料它如此忠义，十分感叹。当下先将申、李二人上下衣服一齐卸去。才一打开乌风酒瓶，立刻满屋都充满了奇臭。寒萼道：“这仙酒怎么这般臭法？”紫玲道：“这原是以毒攻毒。留神溅在手上，最好取个什么布条来才好。”袁星闻言，忙将身上衣裙撕下一大片来交与紫玲，飞也似跑到洞外，顷刻寻来了一根树枝。紫玲刚将布条扎在枝上，袁星便要去把英琼扶起。紫玲知它心意是想自己先救英琼，看它含泪着急神气，甚为嘉许，便对它道：“你快将她放下，我自会先解救你主人的。”说罢，果然先走到英琼榻前，将树枝上布条蘸了些乌风酒，给英琼全身除前后心外俱都抹了个遍。那乌风酒擦在英琼皮肤上面，先冒了一阵蓝烟，知是往外提毒，忙叫寒萼上前施救。寒萼便将宝相夫人的灵丹取出，口运真气，在英琼前后心滚转。一会儿蓝烟散尽，乌金色的皮肤渐渐转了红润。忽听英琼大喊一声：“烧煞我了！”接着一声响屁过处，尿屎齐下，奇臭无比。这时金蝉早已取来芝仙的生血候在屋外，紫玲见是时候，慌忙跑到室外取来芝仙生血，分了一半与英琼灌将下去，嘱咐袁星在旁看守。然后同寒萼去救若兰，也是如法炮制。不多一会儿，英琼、若兰先后醒来。芷仙也进来看视，见二人虽然精神疲惫，脸上病容已减，才放宽心。紫玲便对芷仙道：“她二位业已起死回生，再须将养些时，便可复旧如初了。适才见外面瀑布，最好给她二位洗沐一番。这屋子也须汲些清泉洗扫呢。”金蝉在室外闻言，知是又要自己回避，便朝室内高声道：“我到崖顶看看去，二位姊姊走时不要忘了叫我。”紫玲还言答应之后，金蝉径飞身上崖去了。

英琼醒来，见自己与若兰俱都身卧污秽之中，想起不听大师姊之言，果然吃了亏回来，又羞又气。一眼看见袁星笑嘻嘻站在自己榻旁，娇叱道：“你不去打水来洗屋子，在这里笑些什么？我吃了亏，你倒高兴！”说罢，伸手便要打去。寒萼忙拦道：“你休要错怪好人。刚才我们初下来时，它见你那危殆神气，眼泪汪汪，急得什么似的；如今见你醒来，才破涕为笑。它那毛脸上眼泪还没有干呢。”英琼闻言，对袁星脸上看了一眼，便不再言语。毕竟若兰性情温和，醒来见已回了凝碧崖，便把一切委之劫数。因自己虽然比英琼修道年深，根基、禀赋、仙缘都没她厚，不敢大意，只顾闭目静养，一听英琼在责骂袁星，忍不住睁眼笑道："琼妹妹就这般性急，什么都是劫数使然，这有什么吃亏不吃亏的？秦家二位姊姊嘉客初来，又救了我们的性命，没有什么好款待，洞天福地倒给我两人闹得一团糟，满屋子臭烘烘的。也不说请芷仙姊姊陪她二位到别屋去坐，或者陪到外面看看仙山风景，却犯什么小孩脾气呢？"紫玲姊妹早听说凝碧崖仙景无边，日后又是自己修道之所，适才下来虽然救人心切，只见一斑，已觉是平生见的仙山之中从未见过。被若兰一句话提醒，急于见识见识，估量金蝉此时定然避开，便答道："此地是愚姊妹将来附骥修道之所，倒不必急在一时，只是二位师姊姊必须沐浴一回。我看适才崖下瀑布就好，何不到那里去呢？"当下又和芷仙分别见礼问讯。

英琼、若兰闻言，便要起床，紫玲忙说此时还不可过劳。当下仍由紫玲姊妹分扶李、申二人，芷仙在前引路，同到仙籁顶下。紫玲姊妹听芷仙说此仙泉甚好，不禁见猎心喜，只留芷仙一人在下边，各人卸了衣服，扶着李、申二人，喊一声："起！"飞身到了上面。洗了一会儿，紫玲姊妹又往四下观赏了一阵，果然是洞天福地，仙景非常，赞不绝口。等到洗完下来，业已到了寅卯之交，袁星早将李、申二人衣服取来穿上了。李、申二人本想跟着紫玲同返青螺，及至驾剑光试了试，竟是非常吃力，驾驭不了。又经众人苦劝，才答应在山中休养。因紫玲姊妹初来，离破青螺还有余闲，便命袁星去请金蝉下来一同陪着，全山游了个遍。紫玲是喜在心里，寒萼更喜欢得眉开眼笑。又听众人说起平常在一起用功之乐，恨不能立刻破了青螺，来此居住，把那旧居紫玲谷早忘记在九霄云外去了。

大众谈说了一阵，又往洞中走去。英琼见袁星不在身旁，便问若兰道："我说袁星被芷仙姊姊惯坏了不是？你看我回来，它都不在旁边，也不知跑到哪里去顽皮去哩！"正说之间，已经入洞，到了英琼所居室内。英琼怕臭，首先捂着鼻子，正要让紫玲等到别屋里去，忽见袁星捧了一个英琼初到峨眉时，李宁制下的一个旧木桶出来。英琼正要喝问，若兰往室内探了探头，忽然扑鼻一股异香。往里一看，忙转身对英琼道："我说你专门错怪好人不是？我说袁星上哪里去呢，就这么一会儿工夫，它见用不着它，已将我们屋子打扫干净了。我们进去坐吧。"寒萼也闻见香味袭人，直喊好香。众人进屋之后，若兰又拿鼻子闻了闻，笑道："这东西真可恶！竟将我从福仙潭桂屋中带来的那盒千年桂实制成的冷艳香，都给偷出来用了。"大家说说笑笑，重新坐下，紫玲才细看二人所居之所。原来是两间极大的石室，四壁光洁如玉，里面石床、石几、石桌、石墩之类，俱如羊脂玉一般细润。再加上若兰爱好天然，把洞外奇花异卉移植了不少进来，更显得幽静之中，别有一种佳趣。转觉紫玲谷富丽中带了俗气。再加这太元洞内千百间石室，自分门户，到处都是金庭玉柱，宏大庄严，光华照耀，亘古通明，真称得起洞天仙府，此为第一。流连观赏，正不舍就去，当不住金蝉惦着青螺，再三催走。紫玲也想起那边正在用人之际，好在不久便要再来，当下别了英琼、若兰、芷仙三人出洞。三人送至凝碧崖前，英琼又再三叮嘱神雕，如用它不着，可请灵云大师姊命它先回。紫玲点头告辞，叫寒萼、金蝉站在一起，展动弥尘幡，化了一幢彩云，直往青螺飞去。

紫玲三人刚走不多一会儿，忽然一道金光闪处，飞下一个道人、四个幼年男女。若兰知道峰顶有法术封锁，外人不能擅入，忙做准备时，那道人已远远招呼，说道："贫道刘泉，奉了家师凌真人之命，将秦紫玲道友在途中所救的于建、杨成志、章南姑、虎儿四人送到仙山，请诸位道友暂时收留，候齐灵云道友回来自有交代。贫道尚奉师命，还有他事，改日再行领教了。"说罢，手中拿着一面符箓一扬，便化成一道金光，冲霄而去。

这时于、杨二童与章氏姊弟早跑到若兰、英琼等面前跪下，请求收录。李、申二人连忙唤起，略问了问他四人经过，便命袁星带入太元洞，去安置他四人的住所，再行出来谈话。于、杨二童还不怎样，南姑姊弟见袁星生得那般狰狞高大，不免有些胆怯。芷仙看出他二人脸上的神气，便拉着南姑的手说道："它叫袁星，乃是那位李姊姊用的仙猿，虽然它形态生得怕人，却是面恶心善。你们初来害怕，还是我领了你们去吧。"说罢，便要袁星在前领路，自己带了四人随后跟着。芷仙因听南姑说过经过，不由起了身世相同之感；又加南姑聪明伶俐，谈吐清朗，虽是初来，竟挨在芷仙肘下一同行走，如依人小鸟一般，非常亲热，愈发加了些怜爱。便把她一人先安置在自己一起，等灵云回来再做商议。将于建、杨成志与章虎儿也安置在金蝉房内。并对四人说道："峨眉高寒，这里虽然四时皆春，上面却奇冷难耐。现在夏季还不要紧，你四人俱没有多的衣被之物，等大师姊回来，再给你们想法吧。"说罢，依旧领了四人，出洞来见李、申二人。英琼笑道："我两人中毒太深，虽然被秦师姊救醒过来，身上还不大舒服，所以没陪他们进洞去看住所。裘师姊你将他四人安置在哪里哩？"芷仙笑道："我看南姑这一点儿年纪怪可怜的，她又不能和她兄弟同住一屋，别的屋我恐她害怕，我先将她安置在我屋内。她兄弟和于、杨二位与小师兄同居，等大师姊回来再说吧。"李、申二人点了点头。大家又在崖前坐谈了一会儿，李、申二人各自回洞静养用功。芷仙无事，便领了于、杨二童与南姑姊弟，带了袁星满崖游玩，又把以前经过说与他四人听了。四人见自己能在这般洞天福地居住，喜欢得个个眉开眼笑。

芷仙平日和众人在一起，本领最为有限，遇事都羞于出面，总是随在众人身后。这时见于、杨等四人均系初次入门，又见李、申二人因为病后养息，不暇顾及招待，便以识途老马自居，**又来尴尬事。不如此，仙府中就单调了。**领了这四个人一路走一路说，越来越高兴，不知不觉又从凝碧崖绕到太元洞西面。那里是一片山崖，满壁尽是些奇花异卉，碧嶂排天，并无上去的道路。芷仙正要招呼众人转身回去，忽见袁星攀萝附葛，手足并用，捷如飞鸟一般，已上去有十多丈高下。南姑等四人几曾见过这种奇景，不由拍手欢呼起来。芷仙刚喊得一声：“袁星下来！”忽听袁星大叫道：“裘姑娘快来，在这里了！”说罢，直往下面招手。芷仙初学了轻身功夫，一时见猎心喜，估量十几丈高，上去还不甚难。便舍了四人，将脚一垫，直往崖上纵去，屏气凝神，施展壁虎游行的轻身功夫，毫不费事地到了袁星面前。一看，原来袁星站立之所，是一块光滑滑莹洁如玉的石板，有七八尺见方。这崖数十丈以上，终年有白云遮蔽，看不见顶，并且看上去是越往上面越难走。四周虽然尽是些香草奇花，除了这块可以坐卧的白石，一切都与下面所见一样。便问袁星：“喊些什么？”袁星道：“姑娘，你看这是什么？”芷仙顺着袁星手指处定睛一看，那块白石前面，薜萝香草密布中，隐隐现出一个洞穴，洞门上还有字迹。这时袁星已用手脚将萝草之类扒开，芷仙往前一看，那座洞门就在这半山崖上，因为终年被藤蔓香草封蔽，所以平时不曾见到。袁星上来时一脚踏虚，才行发现。当下再一看洞门上字迹，竟是“飞雷秘径”四个篆字，朱色如新。洞门只有一人多高，三四尺宽广。洞内深处，隐隐看出一些光，里面轰轰作响。

芷仙知道这里是洞天福地，洞中绝不会藏什么猛兽怪异之类，再加袁星已首先进去，便随在它身后往前行走了数十步。洞内寒气袭人，涛声震耳，到处都是光滑滑的白玉一般的石壁，什么都没有。及至走到尽头，忽然不见了袁星。正在奇怪，猛听袁星在下面高叫道：“姑娘快下来，我在这里呢！”芷仙低头一看，原来洞壁西边角上，还有一个三尺多宽的深沟，沟下面有两三层三尺高下的台阶。下面银涛滚滚，声如雷鸣，也不知从什么地方发来的泉水。便跟着下去一看，石阶尽处，又现出一条石梁，折向西南，有一眼五六尺高的小洞。才将身钻了过去，便觉一股寒气扑面侵来。抬头一看，玉龙似的一条大瀑布，从对面石壁缝中倒挂下去，也看不清下面潭水有多深。只见下面瀑布落处，白涛山起，浪花飞舞，幻起一片银光，再映着山谷回音，如同万马奔腾，龙吟虎啸，声势非常骇人。再看自己存身之处，仅只是不到尺许宽的一根石梁，下临绝壑，背倚危节，稍一失足，便不堪设想。正有些惊心骇目，袁星又在前面呼唤。芷仙好奇心盛，仗着近来胆力、轻功都有了根柢，不怕失足，屏气凝神，跟着过去，谁知前面越走越亮。把这十余丈长的一条独石梁走完，折向南面，忽然面前现出一片石坪，迎面两间石屋。信步走了过去，里面竟和太元洞中诸石室一样，石床丹灶，色色俱全。猛见石壁上有光亮闪动，袁星忙唤芷仙道："姑娘留神，石壁里面定然藏有宝贝哩！我是畜类，未得祖师传授，不敢去拿，姑娘何不跪下祷告祷告？"芷仙闻言，一时福至心灵，果然将身跪下默祝道："弟子裘芷仙误被妖人摄去，多蒙教祖妙一真人接引，收归门下。只是仙缘浅薄，资质平凡，将来难成正果。适才听袁星说石中藏有宝物，弟子肉眼难识，想系以前本洞仙师所留。如蒙仙师怜念弟子一番向道苦心，使宝物现出，赐予弟子，弟子从此当努力向道，尽心为善，以答仙恩。"说罢，站起身，刚要过去，哧哧几声过去，石壁忽然中分，石穴中现出两长一短三柄宝剑插在那里。芷仙大喜，忙跑过去一看，剑下面还压着一张丹书柬帖，上面写着："短剑霜蛟，长剑玉虎。赠予有缘，神物千古。大汉光武三年四月庚辰，袁公归仙，以天府神符封此三剑，留赠有缘。去今三十二甲子同年月日，石开剑出，得者一人一兽。宝尔神珍，以跻正果；恃此为恶，定干天戮！"这数十个大字似篆非篆，笔势刚健婀娜，如走龙蛇。

芷仙虽曾读过多年书，几经辨认，还细绎上下文气，才行认出，不由喜欢得心花怒放。虽不知袁公来历，估量定是汉时一位得道仙人。重又跪在地下，虔诚默祝，叩谢一番。起来再一细算日期，今日正是柬帖上所说石开剑出的那一天。既说是"得者一人一兽"，那有缘者必是指着自己和袁星了。不过人兽虽各一份，剑却有三口，柬帖上又未指明哪个该得长的，哪个该得短的。长剑短剑虽然同是宝物，内中哪一口比较好些也不晓得。捧着这三口剑，看看这个，看看那个，不知要哪一口好。猛一回头，看见袁星站在身旁，瞪着一双大红眼，望着自己手上这三口宝剑，大有垂涎之意。暗想：“为人不可自私。今天如非袁星发现这洞，招呼自己跟了进来，哪里能遇见这种千载一时的机会？况且柬帖上明明写出它也有一份。我只顾欢喜，还没有看看这三口剑的内容，何不拔将出来看个明白，再行分配？”当下先将两口长剑交与袁星捧着，也没对它说明来历。先将短剑托在手中仔细一看，这箭长有二尺九寸，剑匣非金非玉，绿沉沉直冒宝光，剑柄上有“霜蛟”两个字的朱书篆文。将手把着剑柄只轻轻一抽，一道寒光过去，剑已出匣，银光四射，冷气瘆人毛发。便走出石室，在外面石坪上，按照灵云所传剑法略一展动。一出手，剑上面便发出两三丈长的白光，斗大的崖石稍微扫着一下，便如腐泥一般坠落。芷仙因为地势甚狭，恐怕损坏了洞中仙景，连忙将剑还匣。再将长剑从袁星手中拿了一口过来。这剑通体长有七尺，剑柄上刻着半个老虎。再和袁星手上的一口一比，剑柄上也刻有半个老虎，果然是一双成对的长剑。芷仙见这剑太长，便命袁星抓着剑匣，自己手拿剑柄轻轻一抽，一道青光随手而出。拿到手中，先并不觉甚重。及至略一舞弄，觉着吃力，那剑又太长，佩带不便，知道自己无福享受。又听灵云等平日说，各派飞剑以金光为上，白光次之，青光又次之，黄光还要次些。再把袁星手上那一口拔出一看，发出来的光华竟是黄的，越发觉得两长不如一短。

正要开口和袁星说知就里，袁星已忍耐不住，说道：“恭喜姑娘！凭空得了三口好宝剑。我只奇怪这三口剑都好似在哪里见过似的。”芷仙闻言，猛想起留剑的仙人名叫袁公，它又叫袁星，本是猩猿一类。昔日越女曾与袁公比剑，灵云师姊还说过越女剑法同袁公剑法不同之点。袁星又说此剑它曾经见过，莫非袁公便是它的祖先？难得它生得又高又大，此剑想必比我用来要顺手得多，自己仍取那口短的为是。不过虽说仙缘凑巧，又有仙留柬帖，说石开得剑者便是有缘之人，但是自己依人宇下，还未正式得过师传，凡事当由大师姊做主，岂可自己随意处分？这层务须对袁星言明，剑虽是它的，只可暂时由它佩带，正式归它，还得等灵云师姊回来，禀明了经过，由她做主，想必也不会不允，袁星与自己的地位也站得住些。当下对袁星道：“活该你这猴儿有造化，这两口长剑是你的呢！”便把柬帖上袁公遗书同自己等灵云回来做主的意思一一说了。

袁星闻言，喜得直跳道：“这一来，我也快学做人了。姑娘你知道留剑的袁公是谁吗？我听我祖宗说过，他老人家还是我们的老祖宗呢。自从商周时炼成了剑仙，只因在列国时候同越女比剑吃了亏，便躲到深山之中隐居修道，不履人世。听姑娘所说柬帖上言语，定是在那个汉朝时候才成的仙。我的一双眼睛最能看得出宝贝藏的地方。适才见姑娘一下得了三口宝剑，虽然喜欢，却没料到我还有份。只要齐大仙姑一回来，就成了我的，从此再也不怕钢羽看不起我了。我看这洞既是袁公当年修道的地方，也许还藏有别的宝物。姑娘左右没事，何不把它走完，看看还能得到什么仙缘不会？”芷仙被它说动了心，也存了希冀之想，便笑着点了点头，将那口短剑佩在身旁，吩咐袁星仍在前面先走。袁星夹着两口长剑，高高兴兴地觅路，再往前走。

第十九回　力辟仙源　欣逢旧雨
卷言伦好　情切友声

且说芷仙和袁星从石坪过去，又见迎面现出一所石室，两扇石门半开半掩。芷仙跟着袁星侧身而入，见里面像是一条石甬道，不透天光，甚是黑暗。芷仙便将霜蛟剑拔出试了试，剑才出手，好似一道电闪一样，黑暗之中，比适才外面所见还要显得光亮。心中大喜，借着剑上光芒，觅路又往前走，越走路越显得狭窄。走到后来，也不知走了多少里路。忽然走到尽头，迎面好似被山石堵死，到处一找，并无出路。不禁大为失望，便埋怨袁星道："都是你这猴子得了这样好的宝剑还贪心不足，白走了多少冤枉路，害得外面几个人在那里死等。还不快些往回走呢！"说罢，正要停步回身，忽见有一丝青光从对面石头缝里一闪。芷仙知自己剑光是白的，先怀疑是袁星也将剑拔出。及见袁星夹着双剑站在那里，口中直喊奇怪，不住朝那尽头山石上看视，才觉出有些奇怪。此时那一丝青光已从石缝中连闪了好几下，芷仙也学袁星往那发光之处看时，并看不出所以然来，那一丝青光也不再现了。正想问袁星可知什么缘故，袁星已经轻声说道："姑娘，据我看，这洞我们并未走完，这尽头处的山石和洞中石头并不一样，定是被人将去路用山石堵死。适才见那一丝青光来得奇怪，我们何不将这山石打开看个明白？说不定里面还藏着宝物呢！"芷仙闻言，贪心又起，便道："虽然这尽头处山石是此洞出路，但是这是一块整石头，又看不出它有多深多大，我们两个又不会法术，岂能容易打通，还不是空想么？"袁星道："我还有点儿蛮力，只要这石头没有被人用法术封锁，我就能弄开它。好在打不通我们再回去，也还不晚。”

说罢，将手中长剑交与芷仙，用两只长臂按在石头上面，奋起神力，狂啸一声，朝前推去，连推几下，并无动静。芷仙仍将长剑交它道：“我说白费牛力不是？这大山石如何能推得动？我们还是回去吧。”袁星道：“姑娘别忙，我末后一次用力，好似觉得这山石稍微动了动，定然没有法术封锁。据我猜测，这石至多有二三丈方圆，推它不动，想是被这洞口夹住。等我想个法子弄开它。”芷仙总觉有些徒劳，不住叫袁星接剑回去。袁星猛见芷仙手中剑光直闪，忽然心中一动，跳起身来，喜叫道：“有了！我们有这么好的开山利器，怎么不会用哩！”说罢，接过长剑一抽，一青一黄两道剑光同时出匣。手一抬，直向山石上刺去，只听嚓嚓几声，剑到石开，磨盘大的石块纷纷往下坠落。喜得袁星越发起劲，运动一双长剑，上下左右乱刺起来。不消一会儿，早将山石穿通了一个三四尺方圆、丈许深的孔洞。芷仙见它时而用剑连斫带刺，时而又腾出手来去搬那石头，有时海碗大的石头迸落到它身上，也不在意，仍是兴高采烈，猛力进行，只激得大小碎石满洞飞迸。自己恐被碎石打着，也不敢上前相助。似这样又过了顿饭时间，猛听坠石纷飞中袁星欢呼起来。近前一看，它已将这两三丈深的石壁洞穿，洞外面天光直射进来，便听到洞外涛声震耳。袁星接连又是几剑，竟开辟出一个可以过人的小洞了。

芷仙自是喜欢，便随着袁星从这新辟的石穴中走了出去。到了外面一看，哪里有什么宝物，自己存身之处却是一片伸出的平崖，有数亩方圆地方。一面是孤峰插云，白云如带，横亘峰腰，将峰断成两截。虽在夏日，峰顶上面积雪犹未消融，映着余霞，幻成异彩。白云以下，却又是碧树红花，满山如绣。一面是广崖耸立，宽有数十百丈。高山上面的积雪受了阳光照射，融化成洪涛骇浪，夹着剩雪残冰，激荡起伏，如万马奔腾，汹涌而下。中间遇着崖石凸凹之处，不时激起丈许高的白花，随起随落。直到崖脚尽处，才幻作一片银光，笼罩着一团水雾，直往百丈深渊泻落下去，澎湃呼号，声如雷轰，滔滔不绝。**摹写景物，还珠之"癖"也。**再往对面一看，正对着这面洞门，也是一片平崖，与这边一般无二。平崖当中，现出一座洞府，洞门石壁，有丈许大的朱书"飞雷"二字。原来自己已经到了洞外，对面飞雷洞仿佛听灵云等说过似的。

正算计过崖与否，忽听碧霄中一声鹤唳。抬头一看，一只仙鹤在斜日阳光下闪动着两片银羽盘空摩云而来，眨眼工夫，落到对崖上。这才看出仙鹤背上还趴着一个白衣道童，看年纪不过十五六岁，身子半骑半躺在仙鹤背上，一只手攀定仙鹤背颈，一只手抓紧仙鹤的左翼，仙鹤降地，兀自还不下来。那仙鹤忽地朝着对面洞里长鸣了两声，不多一会儿，便从洞里又跑出一个青衣道童，年纪和先前道童不差上下，口中直说："师兄，你怎么受伤了？"一面忙着将那道童从仙鹤背上扶了下来，正要往洞里走去。芷仙猛听背后一声娇喊道："燕哥哥慢走一步，我来了。"言还未了，早从芷仙身后飞起一团黑影，纵向对崖，把芷仙吓了一大跳。定睛一看，见是英琼，便猜若兰也来了，再回身一看，果然若兰也站在身后。

原来芷仙同了袁星入洞之后，好半天不见出来，南姑等四人在崖前等得心焦，依了于、杨二人，便要跟踪寻了去。南姑道："漫说这样又高又陡的山崖不好走，就是能走，裘仙姑并没有叫我们跟去，岂不叫她见怪？莫如还在这里等着吧。"四人正在议论不定之际。英琼与若兰本是中毒以后，精神疲倦，才回洞去打坐养息。及至按着峨眉真传用了一回内功以后，二人彼此互问真气运行如何。若兰首先说气不归元，非常吃力。英琼虽然稍好一些，也说没有往日自然。若兰便对英琼道："这次若没秦家姊妹相救，我两人还不知要吃多大的亏呢！"英琼忿怒道："这些妖僧妖道真是可恶！我平生还没吃过这种亏呢。只要有那一天，若不把这些异派妖人斩尽杀绝，我便不是人！"若兰笑道："不羞，一来就说生平如何，你总共今年才多大岁数？打量都像你似的，小小年纪，一出世便遇见许多仙缘，自然凑合？你以为修成仙人容易吗？修内功，积外功，吃尽辛苦不必说，哪一个不经过许多灾难？像我们吃了一点儿亏苦，不但有多少人解救，还有人替我们报仇出气，总算便宜而又便宜的了。那些不但吃了别人的亏，并且因而送命的，还不知有多少呢。”英琼笑道：“算了吧，这种丢脸又吃亏的便宜，你下次多捡几回吧，我是不想再捡的了。”若兰道：“你倒会打如意算盘，劫数到来，由得你吗？况祸兮福所倚，福兮祸所伏。我二人遭此一难，焉知不是我二人心狂气盛，自恃本领，不听大师姊嘱咐，教祖想玉我们于成，特意警诫警诫我们，想教我们异日不奉师命，不准轻举妄动吗？这都不说。我两人身体还未复原，用不得功，真急死人。适才因为急于进来用功，也没顾得招呼远客。看神气，那来的四人不一定将来便和我们一样，但是我们到底是主人，不该怠慢人家，免得叫人家以为我们逞能，看不起人才是。”英琼道：“我也并不是看不起他们，也不是怕羞，向来我不大爱理生男人，从小就是如此。我同他们不熟，又加人没有复原，不知不觉就变成不和人家投缘了。好在芷仙姊姊也是主人，有她代我们款待，不是一样么？”若兰说道：“说起芷仙姊姊，真是可怜。人极向上，偏她本领又低，根行又比别人稍浅，直到如今，除我送她一面护身的小幡外，连剑都没有一口。最难得她又自己事事都甘居退让，从不上前，只把大师姊教她一点儿初入门的本领拼命练习。有时教得难点儿，她练不上来，便去背人哭泣，越发苦练。对于众同门，更是无论哪一位，她都一样诚心结交，从没丝毫大意。你别看她资质不如我们，孔夫子说得好：‘参也以鲁得之。’我看她将来成就还不一定在你我之下呢。就拿这次到青螺去说吧，大家都想立外功，人前显耀，独独把她一人丢在山中看家，当然是又害怕，又不愿意，可怜她连你都不敢当面说，还托我讲情。我已几乎被她感动，想不去了。偏你这位小姊姑娘执意不肯，一定要去，白受了许多罪回来，才真冤哩。”英琼闻言，秀眉一耸，推了若兰一下，笑说道："我顶恨你专一爱做好人。照你一说，仿佛我好欺负老实人似的。去青螺不是你头一个愿意的吗？芷仙姊姊跟你商量，你不愿做恶人，却推到我的头上。我又不会作假，只好和她实话实说。这会儿又是我不对了。还有这位芷仙姊姊，同门姊妹在一起，大家又情投意合，比骨肉还要亲切，有什么话不可说，用得着什么客套？心里头有什么事就说出来，能办就办，不能办放过一旁，也不会有人怪你。老那么谦恭，虽不作假，倒显得不亲热了，这是何苦！"

二人正在谈笑辩难之际，忽见芝仙从外面捧着两片其红如火的草叶进来。自从芝仙被移植之后，英琼、若兰、金蝉三人无事时，都爱抱着它玩。灵云因这样要妨害它的道行，时常劝阻，三人仍是不听。芝仙也最爱三人抱它。这时它高高兴兴跑了进来，若兰先和它道谢舍血相救之德，英琼已抢着将它抱在膝上。还未及张口逗弄，芝仙已将一片朱草直往英琼口中便塞，嘴里咿咿呀呀说个不住。英琼见那朱草通体透明，其红如火，一叶二歧，尖上结着珊瑚似的一粒红豆，清香透鼻，知道是一片仙草。见它往自己口里乱塞，便问道："这是一片仙草，你想给我吃是不是？"芝仙呀呀两声，点了点头。英琼先将那叶上红豆吃进嘴里，觉得又甜又香，索性连叶子也吃下去，竟是甘芳满颊，甜香袭人，顿时神清气爽。正在咀嚼余味，芝仙已挣脱了英琼的手，跑回若兰身旁，将那一片也递给若兰。若兰见英琼吃了朱草之后，满口通红，正要笑她，忽见芝仙来教自己也吃，便笑道："你还是请她吃吧。这草吃下去，把嘴闹成个猴儿屁股，不擦胭脂自来红，才羞死人呢。"英琼笑道："你休要辜负芝仙好意。这不知是什么仙草，我吃了下去，觉得神清气爽，身子复原了一大半哩。"若兰也闻得朱草香味，再听英琼一说，不由也学了英琼的样，将朱草吃了下去，果然芳腾齿颊。英琼见她赞美，正要取笑，那芝仙倏地挣脱了手，跳下地去，往门外便跑。英琼直喊回来，那芝仙回头朝二人将小手招了招，仍往外头跑去。若兰道："芝仙朝我们招手，想必是领我们去采那仙草呢。”英琼闻言，一面点头，便同了若兰，跟在芝仙后面追去。那芝仙跑得甚快，放开其白如雪的两条嫩腿，出了太元洞，便往西面崖旁飞也似跑去。

南姑姊弟与于、杨二人正在崖前等得心焦，忽见远远跑来一个精赤条条尺许高的小人，其疾如飞，后面追的又是英琼、若兰，杨成志喜事，便迎着小人拦了上去。偏偏那里是一条窄径，那小人跑得正疾，猛不防前面有人兜拦，口里呀呀直叫，一时收不住势，又无处避让，眼看要被杨成志擒获。英琼、若兰二人本是和芝仙追赶着玩，一眼看见有人拦住芝仙去路，眼看就要将它捉住，头一个英琼就不愿意，娇叱道：“快些闪开！不许拦它！”接着脚一点，飞身纵将过去。说时迟，那时快，芝仙早一纵丈许高下，从杨成志头上纵过，往崖上一跳，晃眼之间不见踪迹。同时英琼也飞到杨成志跟前，埋怨道：“你这人怎么这般不知轻重？这就是我们的芝仙，大师姊费了多少事，当初说了多少好话，才从九华将它移植到此，救过好些同门的命，又是我们的恩人。你初来到此，什么都不知道，也该问一声。实对你说，连大师姊和全体同门都极爱它，虽然常和它跑着玩，谁也不敢动它一根寒毛，你倒冒冒失失地拦它。它最怕生人，你要吓着了它，小师兄回来，看他饶你哩！”若兰也从后面赶到，看得清楚。见英琼粉脸通红，指着杨成志没头没脸地乱说。杨成志被她说得颊红脸涨，一句也不敢作声。觉得怪僵的，便劝解道：“这也是他远来初到不知就里，好在芝仙现在也不怕人吓了，算了吧，不要说了。我们找芷仙姊姊去吧。”英琼道：“真怪，芷仙姊姊不是带这四位远客出来游玩吗？她跑到哪里去了呢？**尴尬之处**。差点儿没闯出祸来。”

这时南姑姊弟同于建也走了过来，因为同来的人出了乱子，都吓得不敢言语。这时见问，虎儿到底年纪还轻，便指着西崖上说道：“适才那个大猴仙跑到崖上，把裘仙姑也叫了去，她们钻到山里面去有半天了。”若兰道：“这事休怨这几位远客，都是芷仙姊姊同袁星把他们丢在这里不管，也不知到崖上去有什么好玩。

这崖我们都去过，崖顶也没什么出奇之处，他们到哪里去了呢？”南姑才接口道：“裘仙姑同袁星并未到顶上去。先是袁星上了崖半腰，后来喊裘仙姑去看，裘仙姑才上去。袁星便将上面藤草一分，想必是现出什么洞穴，她二位进去就没出来。”英琼、若兰闻言，都动了好奇之心。英琼便对四人道：“你们都守在这里，先不要走动。再见那芝仙出来，千万不可再去吓它。我们去找她两个出来。”四人自是一一点头遵命。英琼、若兰又问明了芷仙、袁星去处，双双将脚一点，便到了上面。洞口藤草已被袁星分开，那洞显得明明白白，二人便相随入内。过了瀑布、石梁，到那石室中一看，空空洞洞，什么也没有。出室寻路，上下曲折，又走了不少路。二人借着剑光，一路在洞中飞行，一路观察，顷刻间便走完那通飞雷洞的甬道。忽听潮音盈耳，声如雷轰。出洞一看，见了四外奇景，不禁惊异。同时见芷仙、袁星向着对崖眺望。顺眼一看，正遇那道童从洞内跑出来，扶那鹤背上的同伴。英琼见是熟人，不由心中大喜，忙不迭一面喊着，早飞身过去，和那道童相见。

那道童也认得英琼，连笑带说道：“李世妹怎得到此？师伯呢？我师父不在家，师兄前些日与一个小女贼交手，是我帮他将女贼打走。今天师兄一人出洞闲游，好久没回来。适才听得鹤师兄叫唤，他已受了伤回来。幸而师父还有丹药，我们扶他进洞再说吧。”英琼闻言，便喊若兰、芷仙、袁星都过崖来，先引见那道童道：“这是我从前和你们说过的周师伯的门人赵燕儿世兄，不知怎的会做了仙人的徒弟。我们有好多话要说，我同若兰姊姊得晚些回去，芷仙姊姊同袁星先回家去吧。都是你们要走开，新来的四个淘气鬼差点儿把我们芝仙吓坏了呢。”说罢，便请芷仙和袁星快回。这时若兰已略听芷仙说起她得剑大概。英琼忽然看见芷仙、袁星各捧宝剑，因为急欲要和燕儿述说别后之事，顾不得细问，只略略介绍了姓名，便催芷仙、袁星回去。芷仙因听英琼说，因自己走开，新来四人生了事，早着了慌，忙不迭同了袁星回洞去了。

芷仙走后，赵燕儿便扶着先前道童，请英琼、若兰进洞。英琼、若兰一看这座飞雷洞，又和别处洞府不同。洞门像是人工制就的两扇石门，入门便踏着数十层石级往下走。到了洞底，便见迎面八根钟乳凝成的石柱直撑洞顶，分两行对面排列，如同水晶柱一般通体透明。尤其难得的是，八根水晶柱都是大小匀圆，粗细如一，位置齐整。当中一座丹炉。迎着丹炉，放着五个蒲垫，估量是燕儿师徒用功之所。穿过水晶柱走几步，又是大小粗细不等的百千根钟乳，自顶下垂数十丈，凝成一座水晶屏，恰好将前后隔断，只两旁留出大小如一，宽约三尺，高约八尺的门户。再由门中进去，便见无数根钟乳结成的水晶墙隔成大小十数间屋子。从洞顶到下面，高有三十余丈。也不知哪里来的光亮，射在晶墙、晶屏、晶柱上面，照得合洞光明，到处都是冰花幻彩，照眼生缬。再加上洞中石床、石几之类似晶似玉，莹滑朗润，越显得气象庄严，宝光四射，明洁无尘，气象万千。燕儿将那道童扶到尽里面石室中石床上面卧倒，便请英琼、若兰随意稍坐，急匆匆去寻丹药去了。英琼、若兰见那道童身上并无血迹，只是牙关紧闭，面如金纸，瞪着双眼，不住转动，好似要说什么话说不出口似的。一会儿工夫，燕儿取来丹药和一片莲叶相似的草，若兰认得那药草正是福仙潭的乌风草，忍不住问道："赵世兄拿的这乌风草，乃先师红花姥姥福仙潭之物。当初齐灵云师姊取到此草，同我行至中途，正要往衡山复命，遇见一位骑鹤的前辈师叔将此草要去，齐师姊曾说那位真人便是峨眉门中的髯仙李师叔。今见此草，莫非这里便是李师叔的洞府么？"燕儿一面忙着救那道童，一面口中答道："家师正是髯仙李真人。当初将此草送到衡山，交与白师伯转交金姥姥，救了顽石大师。白师伯说，此草乃举世难寻的灵药，如今各派劫数到临，异教中妖术邪法甚多，异日大有用它之处。可惜除福仙潭外，没有地火之处俱都不能栽植。再三算计，只有东海天风窟和九华掌教真人的别府，同这飞雷洞三处可以移植。便将那数十株乌风草分了一半与东海三仙送去，将余下的一半亲自送往九华移植，又从中分了二株与家师，吩咐好好护持。家师自得此灵药，曾救过不少的人，所以我知道用法。”

说时那道童经燕儿给他服了髯仙李元化炼就的仙丹，又用乌风草在浑身拂拭，面色业已逐渐好转。燕儿知道无有妨碍，便说道：“我虽不知我师兄被什么妖法所伤，他既能骑鹤归来，必然受毒还浅。家师在洞时常常嘱咐，说此草以毒攻毒，非常厉害，不到万分危急，不可妄服，所以不敢造次。此草既是这位仙师姊仙山所产，想必知道功效，请看我师兄有无妨碍呢？”若兰道：“我看令师兄服了仙丹，脸色虽然渐好，还不见醒，恐怕不是中毒，也许被什么妖法所迷吧？当初先师对于各派妖法均极精通，妹子也学得一二。看他神气，好似中了敌人的香雾迷魂砂似的。我也拿不准是不是，待我来试试看。好在若是救不转，还有别的法子可想。只是赵世兄休得见笑。”英琼道：“你几时也学会这些啰嗦？赵世兄又不是外人，适才既认出这位师兄被妖法所伤，就该当时下手才对，偏要挨到这时，白叫人等着心急，一肚皮的话没法先说。**急性子人。直性子人。**”若兰道：“我没见你这急性子。各异派中妖法千头万绪，我的学历又浅，将才我也没看出来。后来见乌风草在他身上连拂，闻见一股子邪香，才猜是香雾迷魂砂。对不对，还要救醒转来才知道呢。你就爱埋怨人，真讨厌！”英琼还要再说时，若兰已将头发披散，从身上取出一个羊脂白玉瓶儿，说一声：“赵世兄休得见笑。”将瓶口对准道童，口中念念有词，一阵奇香过处，那道童脸上倏地飘起几丝粉雾。燕儿见那香袭人欲醉，正在惊异，若兰手中瓶口早闪出一两丝五色火花，射向道童脸上。刚把那几丝粉雾吸进玉瓶之内，便听那道童口中喊得一声：“好香！”立刻醒转了来，一眼看见旁边站定两个绝色少女，大喝一声：“贱婢竟敢到此！”便要上前动手。言还未了，燕儿知道误会，忙喊：“师兄休要莽撞！这两位是我世姊，来救你的。”说罢，忙与二人介绍见礼，匆匆又各说了一些来历。那道童名叫石奇，乃是人家一个弃儿，从小就被髯仙救到山中收为弟子，本领资禀都不在燕儿以下。一听英琼、若兰是妙一夫人门下，本是同门，又加二人英姿飒爽，秀骨如仙，想起适才冒昧，好生过意不去。

大家坐定之后，英琼忙与燕儿细谈经过，才知李宁出家，英琼遇见许多仙缘，众同门凝碧崖练剑；以及燕儿随周淳到成都路上，因叫门投宿不应，周淳纵身入内，遇见七星手施林；燕儿一人在门外等候，险些葬身蛇口，多蒙髯仙救度上山，收归门下学习剑术；后来髯仙等破了慈云寺，从成都回来，才知周淳已被嵩山二老中的追云叟收归门下等情节。彼此听了，都十分感叹欣幸。英琼久闻髯仙之名，便问燕儿："师叔哪里去了？"燕儿道："师父是往九华去的，曾说过了年才回来。如今离过年还早。"

言还未了，忽听一声鹤唳。燕儿猛然想起，向石奇道："我只顾和李世姊说别后之事，还忘了问师兄，师父未回，你被女贼所害，鹤师兄怎得将你救了回来？"石奇道："说也惭愧。我自那日在洞前见那女贼来偷飞雷涧瀑布中的逆鱼，因为是个女子，只要她有本领从千百丈洪涛中将鱼取去，先并没有和她计较。因她不时拿眼看我，我被她看得脸红，便躲进洞来。第二天，那女贼又带来了一个小的，还是明目张胆地偷鱼，我也没管她。谁知那小女孩儿竟趁着大女贼飞落水中取鱼之际，忽然偷偷纵过崖来向我说：'这位哥哥在这峨眉山后居住，你看见过一只大的黑金眼雕么？"说时满脸惊慌愁苦，好似怕那女贼听见似的。我还未及和她说话，那大女贼已偷了十几条金眼细鳞的逆鱼上来，看那小女孩儿和我说话，便骂着纵了过来。忽然又对我打量了两眼，笑了笑，也不再骂那个小女孩了。想是要在我面前卖弄，一手夹着她的同伴，驾一道青色剑光飞去。我也没有在意。第三天，女贼一人又来同我纠缠，我气她不过，和她动手，多亏你出来相助，才将她赶走。今早我又到洞外去观瀑，看那金眼逆鱼力争上游，偶尔有一条侥幸冲瀑而上，便化成翠鸟飞去。正想修道人也和它一样，只要心专不怕难，早晚有成就的一天。想着想着，忽然闻见脑后一股子奇香，回头一看，正是那女贼笑嘻嘻掩在我的身后。

我还未及放出剑去，便已晕倒，只觉身子被人夹在空中，好一会儿才落地。又仿佛有人扶着我到了一个地方放下。不多一会儿，便听得鹤师兄在耳边叫了两声。我心中虽然明白，叵耐身如火焚，软绵绵地动转不得。又一会儿，便觉鹤师兄将我背起。彼时我已越来越昏迷，心中又痒又麻，两手恨不能拼命抓紧一样东西，一会儿便不省人事了。醒来已回了家，别的我就不知道了。”

英琼听那女孩儿问人可曾见过一只金眼大黑雕，不禁心中一动。原来英琼从莽苍山得剑回来，得着余英男留书，说她师父广慧师太圆寂以后，原打算搬到后崖来，和她同居做伴。不想遇见已经脱离昆仑派的女剑仙阴素棠，将她逼走，带往枣花崖而去。不知怎么的，她总觉阴素棠太厉害，同她不甚投缘，希望英琼回来，千万请神雕佛奴到枣花崖阴素棠那里将她背回。当时英琼本想开辟了凝碧崖之后，就派神雕前去接她。偏巧灵云深知阴素棠根柢，又知她自从脱离昆仑派后，常和异派勾结，助纣为虐，新近炼了两样法宝甚是厉害，难得有这么一个人在她门下，正好窥探她一些虚实。英男本是三英之一，异日峨眉门下的健者，因缘早已注定，更不愁她会由此被外人网罗了去。阴素棠虽然外行不义，剑术已得昆仑真传。她对英男定是看出她资禀过人，才执意强迫收她为徒，并无恶意，乐得借此让她学些本领。有了这几层原因，便主张英琼不要忙着去接。英琼素来极敬服这位大师姊，虽然心中不无恋恋，经灵云一再开导，又加与众同门住在这种洞天福地，日常用功习剑，乐事甚多，日久也就淡然若忘。这会儿听石奇说了这一番话，再一问容貌装扮，越发断定那小女孩儿定是英男无疑，越想越觉自己对不起人。起初以为她学剑倒还不怎样，现知英男在那里受人欺负，想必盼自己如望岁一般，岂可再袖手不管？但是枣花崖地方从未去过，石奇被那女贼擒去时，因在昏迷之中，并未认明路径，到底是不是枣花崖也还不一定。石奇初交，又非对方敌手，自是不便相烦。燕儿虽系世交，听他语气，虽比自己得师早，本领还未必有自己大。自己在青螺吃了苦头，长了点儿阅历，知道凡事不可冒昧。想起昔日金蝉曾同朱文骑着神雕追寻英男，到过一个所在，不知是那枣花崖不是。现在既然用石奇、燕儿两人不着，不如先回洞去与芷仙、若兰二人商量，等神雕回来，再邀若兰同去，见机行事。当下便和燕儿道："我们要回去了，本想约二位师兄到凝碧崖去游玩一回，因为我还有点儿事须与这位申师姊商量办理，好在如今飞雷捷径打通，彼此均可常来常往，过了一二日后，我再来邀请二位师兄过那边去吧。"说罢，便起身告辞。

若兰先前听到石奇之言，因和英琼常谈，也早疑那小女孩儿是余英男，当着生人亦未及多问。一见英琼沉思了一会儿，忽然起身说要回去有事与她商量，更猜料中八九。刚张口要问时，见英琼朝她看了一眼，知她不愿当着多人说出，便不再问。及至石、赵二人款留不住，彼此定了后会，二人往回路走时，若兰忍不住问英琼，那小女孩儿到底是不是英男，为何当着人不肯说出。英琼便将自己的心思说了。若兰道："我当你有什么高明心思呢，你真聪明得糊涂。我因没去过枣花崖，便想等神雕回来，我们一块儿去。你却把眼面前认得路的忽略了去。"英琼忙问何故。若兰道："李师叔那只仙鹤不是把石师兄背回来的么？从前英男信上说她在枣花崖，焉知现在还在那里不在？神雕去的地方到底对不对？以前既未再三追寻，如今怎能便一定？我看去是定去接她，省得跟异派人在一起落不出好来。不过那阴素棠我曾听先师说过，总算是有名人物。石师兄说那女贼绝非本分人，我们也不可轻敌。最好查清楚了地点，算准了日期，悄悄前去将她背回。阴素棠如果不服寻上门来，那时端阳已过，我们的人全都回来，便不怕她反上天去。"英琼闻言，欢喜道："你说的话真对。不过总得在大师姊未回时去接，省得她和上次一般又来拦阻。"若兰道："你可错了。大师姊当初因为要知阴素棠虚实和让英男学点儿外人本领，所以才命暂缓去接。如今英男既然盼你相见甚切，石师兄又说她受女贼责骂神气害怕，平日虐待可知。大师姊如知她遭遇不好，岂有袖手之理？你难道还不知你们这几个号称三英、二云的，与本教昌明所关甚大么？”英琼闻言，虽觉若兰言之有理，到底还是快去接回才放心。当下站定略微商量，仍回身返回飞雷洞，去向燕儿说，最好借髯仙仙鹤一骑，先去认明路径，再做计较。

谁知才出洞门，便见一青二白三道剑光斗在一起，难解难分。再一细看，那使白光的正是石奇和燕儿两人。使青光的是一个女子，装束鲜艳，容态妖娆，眉目间隐含荡意，口口声声要石奇和她回去。要论这三道剑光，都差不了多少，只因是两打一，所以占了上风。那女子见不能取胜，一面指挥剑光迎敌，一面将长发披散，从身后取出一个尺许长的拂尘，口中念咒，正要施展妖法，恰好英琼、若兰二人赶到。英琼一见，便要动手。若兰忙道："你须等一等。这女贼又施展妖雾迷人，虽是邪法，收将来异日与人取笑也是好的。你只需如此如此，我们便可抢过它来。"英琼依言行事，看若兰如何。若兰早将那白玉瓶儿取出，仍和先前一样披发念咒。那女子并未留意身后来了两个劲敌，刚刚将拂尘转动，飞起一团彩雾，猛听身后一声娇叱道："不识羞的贱婢，敢用妖术迷人！"急忙偏身回头一看，原来是一个十三四岁的小女孩儿，身材容貌和自己师妹余英男不相上下，不过比英男还要来得英朗，佩着一柄长剑站在那里，指着自己辱骂。就在这一转瞬间，还未及张口，猛觉手上一动。再一回头，一道青光闪处，另一个年纪稍长的女孩儿手中拿着一个白玉瓶子，瓶口发出五色火花，收自己发出去的香雾，另一只手却将自己的拂尘抢了逃走。也不知她用什么法术隐身，竟飞到自己面前，俱未觉察，直到她将自己宝贝抢走，才行看清。不由又惊又怒，正要另施妖法报仇，这时又听先见的小女孩儿喝道："石、赵二位师兄收剑回去，待妹子取这无耻贱婢！"那女子正愁敌人太多，双拳难敌四手，一见石奇、赵燕儿真个将剑收回，正待指挥飞剑去追若兰，忽见一道紫巍巍剑光如同神龙一般飞到。先前抢宝女子却收了剑光，站在前面，拿着自己拂尘，笑嘻嘻观阵，并不上前助战。

第二十回　万里孤征　余英男杀贼枣花崖
一心助友　申若兰遭劫玉女洞

那女子本来识货，一见这道紫光，便知不是寻常。暗想：“世上用紫色剑光的，只听前些年师父说过，并未亲见，不想在此相遇。这两个女子不知是什么来历，小的已经如此厉害，大的更不用说。”不由恨怒之中又有些害怕起来。偏偏自己平素好胜，仗着来时带了许多法宝，还不甘心就走。谁知就在她这一转念的当儿，那道紫光已与青光相遇，才一接触，便感不支。那女子知道不好，欲待收剑已来不及。英琼的紫郢剑自经用峨眉真传炼过，益发神化无穷，哪容敌人收回，两下相遇，只绞得两三绞，便将那女子青色剑光绞碎，化为万点青萤，坠落如雨。接着英琼将手一点，那道紫光如长虹一般，直朝那女子头上飞去。这次女子见机得早，一见飞剑被毁，虽然切齿痛恨，已知危险万状。再见紫光飞来疾若闪电，无法抵御，不敢再作迟延，连忙取出一样东西迎风一晃，化成三溜火光，分三面冲霄而去。英琼还待追赶，转眼之间已不见踪迹。

那女子逃后，四人重又相见。若兰道：“那女贼并非善者，她适才逃走，用的是三元一体坎离化身之法。从前先师也会此法，可惜我未学到。若非得过异派能人真传，决难有此本领。只可惜没顾得问她名姓来历，便将她吓跑了。”英琼道：“只顾我们说话，还忘了问赵世兄，李师叔的仙鹤既能将石师兄背回，必然通灵，知道那女贼的去处。现在我和申师姊要借它引路，到女贼那里去救一个人回来，不知可否？”燕儿道：“师妹早不说。鹤师兄原是奉师父之命，回洞取一样东西。就便带来柬帖，说峨眉新辟凝碧崖太元洞，不久便要光大门户，已为各异派所知，迟早就要前来侵犯。飞雷洞是要紧所在，凝碧崖的后路锁钥，叫我和石师兄随时留意，设法将通凝碧崖的道路打通，连成一片，以便互通声气等语。我已将合洞捷径被师姊师妹们打通的事儿写了一封信，托鹤师兄带去回复师父，如今鹤师兄已经走了。”说罢，又问英琼援救何人。英琼把自己借鹤引路去救余英男之事，一一对他说了。果然石、赵二人俱问要自己相助可好。英琼道：“现在还谈不到请二位师兄帮忙。鹤师兄已走，我们认不得路，且待神鹤回来，骑了它去试试看。如不行，只好等青螺诸同门回来再说了。”又略谈了一会儿，当下仍和石、赵二人告辞，从原路回转。

刚回到太元洞前，一眼看见芷仙同那新来四人拿腊肉逗雕玩呢。英琼喜得连忙跑了过去，抱着神雕颈子，骑到雕背上去。那神雕见主人无恙，好似非常高兴，不住点头往英琼身上挨贴。倏地舒展两片钢翅，离地三四尺，满崖低飞起来。只看得新来四人个个脸上带出惊喜神气。飞了一会儿，英琼招呼神雕落下。芷仙又将和袁星入洞得了三口宝剑之事说了一遍。袁星早已手捧长剑跪在一旁。英琼、若兰将这三口剑分别抽出看了一看，果然寒光耀目，冷雾凝辉。知是前辈剑仙用的至宝，非常代芷仙、袁星高兴。也主张除芷仙不算外，袁星的两口长剑，须等灵云回来禀过，再行定夺。暂时仍由袁星佩带，嘱咐不许生事妄用。袁星自是唯唯应命，起来恭侍一旁。英琼便和若兰、芷仙二人商量，依了英琼，恨不能当时就去救回英男。若兰说：“现在天已不早，外面比不得凝碧崖永远通明，这几晚又没有月色。还是算计外面尚未明前再行动身，赶到那里已是日里，也好寻找。”三人商议了一阵，各自回转太元洞，由芷仙领了新来四人，分别先去安歇。英琼、若兰练了一会儿工夫，命袁星出去将神雕唤来。英琼问道：“钢羽，你从前不是背着朱师姊、小师兄二人去追我英男姊姊么？后来他二人回来，说你飞到一个地方便往下落。带去英男姊姊的阴素棠，是不是便藏在那洞内？你还认得么？”神雕闻言，不住长鸣点头示意，英琼心中先自欢喜。

到了丑寅之交，芷仙跑来问二人可是真要出去，有无话说。英琼道：“我们无非去接了她就回来，至多不过一个整天。洞中之事，仍烦芷仙姊主持。最要紧的是不要让那四个新来的孩子离开你，省得出事就是了。”若兰道：“你这人太小心，自己又多大，老气横秋，口口声声喊人家孩子。人家初来，不知轻重，见我们追芝仙，以为我们是要真去捉它，才好意上前相拦。你一点儿不怕人害臊，一丝情面不留，说了一顿也就是了。人家都那么大了，受了教训还闯祸吗？我就可怜那南姑姊弟，适才你骑雕飞着玩时，她不住地赔小心，请我转求你不要怪他四人。她兄弟虎儿口口声声直说没有他的事。他姊弟仿佛同来的人惹了乱子，连他们也带累上似的。偏你又不大爱理他们，他们心里又越发不安了。”英琼道：“谁还再怪他们？我不过是嘱咐芷仙姊，他们初来不知深浅，多留点儿神罢了。又因为忙着听芷仙姊得剑的事，又忙着商量接英男姊姊回来，他们又拘束不说话，难道我无话想话说么？我也不知什么缘故，南姑姊弟还可，那于、杨二人，我一见面就不大高兴。可见一个人有缘没缘真是难说哩。”若兰见英琼言多矛盾，知她童心犹在，说话率直惯了的，便不往下再说。算计天已不早，英琼、若兰便和芷仙作别，准备去救英男。二人刚出了太元洞，若兰猛想起昨日听赵燕儿说，髯仙李元化的飞鹤传柬之事，便问英琼：“石、赵二人曾愿相助，这种事固然人少为妙，不过也得通知他们一声。还有通飞雷洞捷径不比凝碧崖上有法术封锁，髯仙李师叔还专为此事飞鹤传柬。大师姊他们未回来时，我两人责任很重，虽不一定在我们走这一会儿工夫就出事，但是也不可大意。反正是一样走，莫如我二人仍从后洞出去，见了石、赵二位，把这层意思对他们说了，派袁星把守洞门。我昨天见它新得的两口长剑竟比我的飞剑还好，虽然未经修炼，不能与身相合，能发能收，即此也非寻常异派所能抵御。一旦有警，再加石、赵二位相助，我再留下紧急时封锁洞门的法术，也就不妨事了。”英琼闻言，也以为是，便带了神雕，径从后洞出去。

这时天色只东方略有微明，正是石、赵二人用功之时。英琼等一出洞，便见石奇站在洞前石坪上，燕儿站在旁侧孤峰半腰上，各用剑光互相刺击，你来我往，在满天星光下面，时如白虹下泻，时如闪电飞掣，银蛇乱窜。再加上左侧广崖上波涛汹涌，汇为洪瀑，谷应山鸣，声若雷轰，越显得当前人物的雄奇壮阔，不禁叫起好来。石、赵二人闻声，见是李、申二人，便收了剑光，上前相见。李、申二人说了来意。燕儿一眼看见神雕和袁星，昨日只听英琼说了个大概，非常羡慕，便又问长问短。英琼笑道：“赵世兄，我们回来再说吧，还有事呢。”石、赵二人也知防守责任重大，便不再说相助的话。若兰又笑道：“其实以二位师兄本领来说，原不怕有人来此侵犯。不过师叔既事前警告，总得谨慎一些。妹子还会一点儿障眼法，乃先师所传，准备妹子深山修道，防人侵害之用。意欲传与二位师兄，做个万一之助，如何？”**玉清、郑八姑、紫玲、申若兰……出身旁门的，几乎都又有本领又较为懂事，言行痛快。怪哉。**说罢，取出九面寸许长的小旗，那旗虽小，上面却画着无数风云雷雨，山精水怪，及蚯蚓般的怪符。若兰给大家看了看，按九宫方位口中念咒，朝洞前石坪上分掷过去，九点红光落地，没入地中不见。然后说道：“此名乾坤转变潜形旗。如遇敌人厉害，只须口诵真言，避入阵内，自有妙用。此法颇为神妙，先师曾制服过多人。只当初因盗乌风草，被峨眉教祖长眉真人破过一次外，并无一人破得。直到先师归真以前半个月，才传授给妹子作防身之用。此旗只能防守，不能随时取出应用，非先期布置不可。今将用法传与二位师兄，万一有事，不要忘了携带袁星。”又将用法咒语传给石、赵二人，然后同了英琼飞上雕背，各与石、赵二人道别，喊一声：“起！”直往枣花崖飞去。

神雕飞行迅速，二人稳坐在雕背上。上面是星明斗朗，若可攀摘；下面是云烟苍莽，峰峦起没，大小群山似奔马一般，直从二人脚底倒退过去。这时遥瞩天边，东方已微微有了明意。倏地起了一阵乌云，把天际青光遮成一片漆黑，连下面云山都在微茫杳霭之中若隐若现。英琼刚说得一声："怎么天还不亮，许要变吧？"一言未了，若兰忙叫："琼妹快看奇景！"英琼侧转头一看，先是东南方黑云踪中闪出两三丝金影。一会儿工夫，又见有数亩方圆的一团红光忽而上升天半，彩霞四射；忽而没入云层，不见踪迹。若金丸疾走，上下跳动，滚转不停，要从天际黑云中挣扎而出。以后红光越来越显，越转越疾，倏地往下一落，又没入天际，便不再现，只东南半天现出了鱼肚色。头上的星也隐去了好多。二人在雕背上迎着天风，凭虚飞行，一路谈说，一路看那朝日怎样升天。倏地瞥见正东方红影一闪，霎时半轮亩许方圆火也似红的太阳，已经端端正正地从地平上涌起。**空中看日出。如今乘飞机由欧美返回，常可睹此奇观。当年，还珠却不可能有此经历，竟写得如此生动、真切！**那些黑云也都不知去向，干干净净的天，只红日出处有半圈红影。满天只剩数十百颗疏星，光彩已暗，摇摇欲坠，越显天高。再低头一看，下面是云潮如海，咕咕嘟嘟簇拥个不住，把脚下群山全都隐没，只剩那几个高山的尖儿如岛屿一般，在云海中隐现。上面却是澄空若洗，一碧无际。英琼笑对若兰道："我们山上观日出，也不知看过多少次，却没想到这日出前的幻影，越到高处越好看。起初错把东南方日光反射的幻影，当作日出的所在，又在说话，直到日已升起了一半才看出来，真是好笑。"

若兰还未及答言，那雕忽然回头长鸣了一声，两翼微收，倏地一个偏侧，直往下面云层里飞去，登时连人带雕都钻入了云层之内。一片片白云直朝二人襟袖飞进飞出，觉着脸上湿润润的。二人猜是到了目的地，顾不得再说闲话，聚精会神，准备见机而作。转眼之间，那雕已背着二人穿过云层，飞落在一座山上。二人飞身下雕一看，这山崖上下到处都是参天枣树，时当五月，金黄色的细碎花朵开得正盛，衬着岩石上丛生着许多不知名的红紫野花，好似全山都披了五色锦绣，绚丽夺目。再加上上有飞瀑，下有清溪，泉音与瀑鸣，琤瑽轰发，交为繁响。浓荫深处，时闻鸟声细碎，偶一腾扑，金英纷坠，映日生辉。真个是山清水秀，景物幽奇，虽比不上凝碧仙府，却另有一种幽趣。

英琼急于要接英男，也无心观赏风景。因听金蝉、朱文二人说过，这山崖上有一个石洞，便和若兰留神四处寻找。若兰主张不可轻易涉险，嘱咐神雕先去横空下瞩，听候招呼。自己和英琼寻到洞旁，觅一僻静所在潜伏。英男如在此山，决不会不出来，但得相遇，便悄悄引她回转峨眉，比较稳妥。真不能相遇，再做计较。二人议定之后，上崖走不多远，又过了一片枣林，果然看见前面有一石洞，洞门上写着“玉女洞”三个篆字，石门关闭，并无人影。二人先在洞旁岩石后面潜伏，静候有人出来，相机行事。等了个把时辰，并无动静，英琼心急，未免不耐。若兰久闻师父红花姥姥说起阴素棠的厉害，再三嘱咐不可造次。英琼无奈，又等了有个把时辰，仍是无有影响。便对若兰道：“这牢洞紧闭，也没个人出来，别说英男姊姊，连这里头到底有没有人都不知道。似这样死等，等到什么时候是了？我看这事绝难平安无事将人接回，还是寻上门去问个明白。如果英男姊姊在这里，我们就说是她朋友，特来看望，先和她见了面再做计较。如果不在，也好另做打算，省得在这里干等着急。”若兰拗她不过，只得说道：“寻上门去，我等力薄；何况阴素棠原本要的是你，更为不可。我以为英男既在此山，绝不会不出洞门一步。如怕洞中无人我们空等，我倒可以过去观察一下。”

说罢，嘱咐英琼不要走开，自己飞身到了洞旁，略一看视，回来说道：“真怪极了！这里枣花如此茂盛，又加神雕曾经来过，地方又与小师兄所言相符，当然是枣花崖无疑。适才我去看那洞门，不但紧闭，还曾经人从外面用法术封锁。亏我识窍，没有冒昧挨近洞前。换了别人，早着了她的道儿，脱身难呢。看这神气，洞中人业已他去。她既用法术封锁，绝不舍离此地，必要回来，不过日期和时间就说不定了。”英琼闻言，跳起身来说道：“如果洞中的人封洞而去，英男姊姊定在洞中无疑了。”若兰问何以见得。英琼道：“据你们看，那女贼既不是阴素棠本人，必是阴素棠的宠信门徒或同道的党羽，石、赵两位师兄曾说她对英男姊姊不好。英男姊姊既怕她，又急于想和我见面，见人便打听神雕的下落，此种情形日子久了，岂不被女贼她们看破？当然防范她一定很严。照前后的情形看来，定是阴素棠不在这里，只女贼和英男姊姊在此修炼。那女贼吃了我们的亏，估量自己能力不济，到别处去请别人帮忙，或者就是去请阴素棠也说不定。她恐怕英男姊姊逃走，又不愿带她同去，所以才用法术将她封锁在洞内。若我们能打开这个牢洞，便可将她接走。你说我猜得对不对？”若兰闻言，深觉言之有理。便答道：“如果真在洞内，这事倒好办。她那封锁门户的法术虽然厉害，只是不知道的人误走进去要吃亏，若是事先看破，并不是没有破法，进洞不难。不过人家不在家，攻破人家洞府，不论正派邪派，都觉理上说不过去。莫如我们还是再等一会儿，到了日落不见人回，再行下手。你看如何？”英琼气忿忿地道：“这些邪魔外道，专门害人为恶，同她讲什么理？我只要我的英男姊姊，好歹将她接了回去才罢。”说罢，便起身往洞前飞去。若兰恐怕有失，连忙飞身追去时，刚喊得：“琼妹且慢！”英琼的紫郢剑已化成一道紫色长虹，疾如闪电，飞向洞门，只一冲射之间，便将洞门冲断。**继续莽撞。奇怪的是，怎么就获得了铁定接班人资格呢？**倏地一阵烟雾过处，由洞口射出数十道火箭。英琼更不怠慢，朝着剑光一指，道一声：“疾！”只见紫电森森，略一盘旋，便将那些火箭扫荡得烟消云散。若兰虽知英琼紫郢剑是仙传至宝，还没料到上起阵来竟是百宝不侵，所向无敌，好生欢喜。见妖法已破，忙招呼英琼住手，自己先飞身入洞，仔细看了看，在地下拔起三面三角小旗。说道：“我只知她洞口暗藏烟云符箓，洞内必有埋伏，却不料她还藏有三面火星旗。琼妹的紫郢剑真是灵异极了！”一面说着，英琼早跟着一同入内。

　　这洞在外面看去，以为里面甚大，其实只有七八间石室，布置陈设极为华丽，迥不似出家人修道之所。若兰道："看她洞中陈设，便知这里主人是个旁门左道。"正说之间，忽见一个小女孩儿的影子在侧面石室旁边一晃。二人连忙追将过去时，英琼一眼瞥见地下有一张纸，好似写着英男字样，顺手拾起。若兰已飞身上前，将那小女孩儿拉了过来。英琼一看，那女孩儿只有十三四岁，年纪虽小，却是明眸皓齿，容态娇艳，眉目间隐含荡意，见了生人并不害怕，一面挣扎，一面问："你们两人是怎么进来的？是不是寻我的大师姊？"英琼刚要张口，若兰朝她使了个眼色，笑问那女孩儿道："我们正是找你的大师姊同那余英男，你可知道她二人往哪里去了么？"那女孩儿闻言，脸上好似有些惊异，说道："那不知好歹的贱丫头余英男，她没有朋友呀，你们寻她则甚？"英琼一听那女孩儿骂英男是贱丫头，早已生气，不等说完，上前一把将她抓住，喝道："我便是余英男的好友。你既然背后骂她，想必她平日受你们的虐待。快快说出她住什么所在，领了我们前去便罢。"言还未了，那女孩儿一声冷笑，倏地挣脱了英琼的手，脚一顿处，起了一道青烟，便想逃走。若兰笑道："这些障眼法儿也来卖弄。"说时，早飞身上前将她捉了回来。对英琼道："这里是出口。我不认得英男，你先快去别屋寻找。待我问这丫头，我自有法子，不愁她不说实话。"英琼闻言，便把全洞寻了个遍，并无一人。又寻到一间房内，有英男昔日穿过的几件衣服。出来一看，那女孩儿被若兰用法术禁制得两眼泪汪汪，已经说了实话。

原来阴素棠自犯了昆仑教规脱离正教，便处心积虑想独树一帜，与昆仑对抗。同赤城子二人同恶相济，到处物色门徒，不论男女，一律兼收。又开辟了几处洞府，做她门人修道之所。她门下原有四个得意门徒，三男一女，分带了这些新收门徒散居各地。同时又命他们各地留心，物色收罗有根基的男女幼童。枣花崖只是别府之一，起初原住在这里。新近在巫山十二峰中寻了一座好洞府，便带了两个得意门人移居过去，只留下她最宠爱的第三门徒桃花仙子孙凌波和余英男在此居住，并命英男先跟孙凌波学剑。

起初阴素棠物色英琼不着，无心中用强收了英男，对英琼并未死心，还想利用英男和英琼交情，将英琼也收罗了去。后来听人说起英琼在莽苍山得了紫郢剑，业已归入峨眉门下。各异派又把英琼所遇种种仙缘奇迹说得锦上添花，都说长眉真人有三英、二云预言，将来必为各异派的隐患。阴素棠好生后悔，埋怨赤城子太不小心，不该将英琼丢在莽苍山中，让外人收罗了去。先对英男极好，本打算将自己昆仑嫡传用心传授。谁知英男自小清修，又加天资颖异，根骨优厚，竟看出阴素棠种种败坏清规劣迹，将来必无好果。又加想起亡师之言，自己与英琼情若骨肉，万分难舍，每日价除了学剑之外，总是愁眉苦脸。阴素棠看出她貌合神离，对师父对同门都不亲热，已经不快。没过多时，又有人提起长眉真人预言，英男名字正犯讳，几次占卜都于自己将来不利，只因英男质地太好，不舍得就逐出门墙。偏偏孙凌波一向得宠惯了的，初见英男时，一听师父说此女根基禀赋俱在众门人之上，恐怕将来英男得宠，传了师父衣钵，好生忌恨。一见师父起了疑虑，便乘虚而入，时进谗言。日子一多，英男渐渐失宠，常受孙凌波的欺侮。英男绝顶聪明，一看情形不对，言行加了许多谨慎，仍是挽回不了她师徒们的欢心。既念亡师，又怀好友，每日价背人欲泣，好不伤心。幸能洞外闲眺，还未禁止，英男便借练剑为由，每日站在洞外，眼巴巴望着空中，盼望神雕飞过，便可带她去与英琼见面。谁知两眼望穿，也不见神雕飞来。只知英琼在莽苍山，想寻了去，又不知路径，更无法下山，只是心中愁苦。自阴素棠移居巫山，在孙凌波掌握之下，更成了刀俎上的鱼肉，虽未遭受毒打，常常受到辱骂，已觉难堪；又加上孙凌波在重庆物色了一个破落户的女儿，拜在阴素棠门下，算是小师妹。那女孩儿便是若兰、英琼所见的那一个，名叫唐采珍，年纪虽小，已解风情，又刁猾，又能说笑，会巴结人，深合孙凌波脾胃。又加是她自己物色来的，来日不多，已传了好些小妖法。这唐采珍看出孙凌波厌恶英男，益发助纣为虐。这还没什么。有一次，孙凌波竟从山下勾引了一个姓韩的少年入洞淫乐，吓得英男更加忧惊气苦，觉得此间绝非善地。幸亏孙凌波醋心甚重，姓韩的与英男、唐采珍说话都不许，才略放了点儿心，只是求去之心愈切。

前些日孙凌波不知听何人说峨眉后山飞雷洞涧中逆鱼味美，明知那里是峨眉派剑仙窟宅，仗着自己妖法剑术，竟大胆前去偷了两次，无人干涉，得着甜头。第三次又去，遇见石奇，觉得比姓韩的又强得多，本就活了心。回来又赶上那姓韩的一味和英男兜搭，被英男戟指痛骂。不由醋心大发，把姓韩的大大排揎了一顿，总算看清不是英男的过错，只略微说了几句挖苦话便罢。次日又想去偷鱼，就便相机勾引石奇，恐怕姓韩的在家作怪，便把英男带了同去。英男见孙凌波又去偷鱼，本就怕姓韩的又来向她啰唣，一听带她同去的地方又是峨眉，愈加合了心意，高高兴兴随她到了飞雷洞。一眼瞥见石奇英姿勃勃站在那里，猜他不是坏人。此来原是想得便打听英琼下落，知道问本人必定不易知道，那金眼雕又大又出奇，必为人所注目，只须问出雕的地方，便可寻得一些踪迹。趁孙凌波穿瀑偷鱼之际，连忙飞身过去，问石奇可曾见那只神雕。正说之间，被孙凌波上来看见。她原见石奇一脸正气，既住在这种仙灵窟宅所在，必有大来头，虽然心痒难搔，还不敢造次下手，准备多来几次，他自来上钩。一见英男贸然上前搭话，错会英男也有了意，不由醋心又起。追过去刚要责骂，对面一见石奇，更显他仪表非凡，丰神挺秀，越看越爱，不愿将泼辣之态给他看出。又嫌英男在旁碍眼，不便和人家调情，决意明早再来，这才住口，将英男带回。她只防英男，却忘了唐采珍天生淫根，平日见了孙、韩两个浪荡情形，早就动了邪心，趁她走这半天，再被姓韩的一勾引，便苟合起来。孙凌波回去也未看出，只把英男辱骂了一顿。英男被屈含冤，越想越难受，觉得再住下去，一定凶多吉少。又听石奇说并未见过那雕，猜定英琼是在莽苍山未回，不曾见过自己留的那封信，所以不来接她。在此既无生路，不如冒险前去寻她，还可死中求活。因听阴素棠说过，莽苍山在本山的西南方，有好几千里。虽然不认得路，事到如今，只好瞎撞，也说不得了。正在心中盘算不定，偏偏孙凌波心中迷定了石奇，英男在家虽不放心，也不管了。第二日又去借着偷鱼勾引，却被石奇、燕儿两下夹攻，将她赶了回来。她因昨日见石奇对英男说话温温和和的，错认为容易上手，走时匆忙，除随身飞剑外，所有法宝俱未带去，差点儿吃了大亏，这才知道对方不是可以软求的。回来迁怒于英男，骂了几句。越想越难割舍。第二日又将师父留在家中的法宝取了些带在身上，赶到飞雷洞，恰好石奇在背手观瀑，正好下手，便悄悄掩了过去，暗用迷魂香雾，将石奇抱了就走。

回到洞前，遇见唐采珍赶上来悄悄说道："师父同了一位客人在里面呢。亏得我先前和韩大哥在外面玩耍，不在洞内，没有被她撞着。现在我将韩大哥藏在崖旁隐秘之处，我抽空到外面来等你好几次了。"孙凌波虽知师父也和自己是一般玩面首，不过门下的人明目张胆地在洞中私藏男女还没有过，不能不避讳一点儿。便将石奇交与采珍，命她择地隐藏。入内一看，那客人正是赤城子，连忙上前相见。阴素棠问她适才何往。孙凌波并未说出峨眉之事，只支吾了几句。阴素棠道："我那云南旧府，自从因想收那姓李的女孩子，已有好久没有回去了。你二师兄新近为了一个女子，吃了一个小贼和尚的大亏，差点儿送了性命。那小贼秃名叫笑和尚，是苦行头陀的孽徒，年纪轻轻，又狠又坏。你大师兄得信往救，去了多日，不见用信香报信，我打算回去看一看。如今峨眉新出许多小妖孽，非常刁恶。本派根基尚未大定，最好暂时紧闭洞门，不要招惹他们，白吃亏苦。我同赤师叔路过这里，顺便下来嘱咐你们。英男天资虽好，对我信心不坚，你要随时开导教诲于她。采珍也还不错，只稍微浮荡一些。我无暇多留，你遇事留神。如有急难，可将信香焚起，我自会前来解救。"说罢，又命孙凌波取了两件应用的法宝，径同赤城子往云南老巢飞去。孙凌波同余英男、唐采珍送走阴素棠后，孙凌波忙问唐采珍将人藏在何处。唐采珍领了前去一看，那人已不知去向，猜是被他同伴赶来救走，好生可惜。只得权且仍拿姓韩的解闷取乐。

到了翌日，又赶往飞雷。她走之后，那姓韩的和唐采珍正刚上手得趣之时，哪里忍耐得住，竟自在别的室内淫乐起来。英男原本在洞口闷坐闲眺，盘算去留。无心中入内取剑出来练习，撞见二人正在苟且，不由失声惊呼起来。姓韩的本就不安好心，见被英男撞破，索性一不做，二不休，想拖了英男一起下水，赤着身子，上前便扑。英男武艺本就高强，阴素棠所传练剑之法虽然只教了半截，经她下功苦练，已有了根柢。姓韩的不过是川东小盗，如何是她的对手。先见这一双狗男女的丑态，已经又羞又怒；再一见他还要沾染自己，随手用剑一挥，将姓韩的拦腰斫成两截。闷气虽出，猛想起自己闯了大祸，少时孙凌波回家，一见心上人被杀，岂肯甘休？当时把心一横，指着唐采珍说道："我不杀你这个臭丫头，我如今走了。少时孙贱人回来，不准你对她说我去的实在方向。你如说了实话，她只要将我追回，我就对她说出你同那贼子的丑行，她也饶不了你！"说罢，匆匆取了纸笔，写了两句自己因拒奸杀了姓韩的，此去不归，行再相见等语，便自下山走去。孙凌波二次吃亏回来，一见姓韩的身首异处，因为日久爱疏，心已他移，并不动心，只用化骨散化了尸体，连眼泪也没滴一点。倒是英男出走，师父知道必定见怪，何况又为自己行为不端而起，决定追上前去，杀以灭口。这次因为惹了峨眉门下，恐人家跟踪寻来，不敢大意。问明英男去的方向，嘱咐唐采珍不要外出，将洞门用法宝埋伏，法术封锁，径驾剑光追赶英男去了。那唐采珍到底年轻，果然怕孙凌波将英男追回问出实话，于自己不利，明见英男往南，却说往北。孙凌波背道而驰，如何追赶得上。这是英男年来经过情形，暂且不言。

话说若兰、英琼由唐采珍口中得知英男一些大概，只知她避祸出走，还不知是去莽苍山寻找英琼。只后悔迟来了半天，英男业已他去，所写纸条也没留去处，茫茫天涯，何处去找寻她的踪迹？又恐她孤身逃走，万一遇见什么异派歹人，岂不是才出龙潭，又入罗网？好生代她忧虑。因为那女孩儿年纪太小，便饶了她。英男既不在此，无可留恋，便走了出来。那时神雕仍在空中飞翔，见主人出来，倏地长鸣一声，径自飞下。英琼猛想起英男还不会御气飞行，虽然事隔大半天，想必也不曾走远。自己虽然无法寻找，神雕神目如电，排云下观，针芥不遗；它又深通灵性，普通剑客并不是它对手：何不命它沿路追去探看，一旦相遇，便可将她接回，岂不是好？想到这里，忙对神雕说道："前回在峨眉常由你护送到解脱庵去的那个英男姊姊，与我情同骨肉。如今她被恶人逼走，往西南方逃去。我意欲同若兰姊姊顺路追去，只恐查看不到。请你先飞在前面查看，我同若兰在后面分头追寻，好歹要追她回来才好。"说罢，那雕长鸣一声，首先朝西南方飞去。

英琼和若兰又商量了几句，正准备各驾剑光低飞，顺着西南山路追寻，忽听破空的声音，从东北方箭也似疾地飞来两道青光，转眼落地，现出两个女子。才一照面，内中一个才喝得一声："便是这两个贱婢！"立时有两道青光朝英琼、若兰顶上飞到。英琼眼快，早认出内中一个正是飞雷洞败走的桃花仙子孙凌波，一拍剑囊，紫郢剑先化成一道紫虹迎上前去。若兰也跟着将剑光飞起迎敌。来人中一个红衣女子一见紫光飞来，大吃一惊，慌不迭地首先收回剑光。

那孙凌波原是追赶英男，追了半天未追上，便猜英男狡猾，故意说东却往西走，唐采珍不曾弄清。却没想到反是唐采珍怕她知道详情，于自己不利，故意给她当上。她既追赶不上，便想回洞，再细问唐采珍，英男是怎生走法，好歹要将她追回，杀以灭口。反正英男不会御剑飞行，只要中途不被别人引去，无论她如何走得快，也绝逃不出自己的手。想到这里，无心中往上面一看，已经追离峨眉甚近。想起近日相遇石奇之事，心中一动，不由啐了一口。刚要往回路飞行时，忽见东南方下面山凹中，一道青光直向自己飞来，近前一看，正是自己的好友姑婆岭黄狮洞金针圣母的女儿千手娘子施龙姑。

话说龙姑、孙凌波二人商量停当，便驾剑光往枣花崖飞去，准备再问一回唐采珍，好去追寻英男的下落。刚刚飞到枣花崖不远，孙凌波一眼先看见自己洞门前站定两个女子，便知有异。忙和龙姑招呼一声，催动剑光，流星下泻般赶了下去。两下相离才十丈以外，早认出是在飞雷洞前破去自己飞剑、法宝，赶走自己的冤家对头。暗骂："好两个贱丫头，得了便宜卖乖。我还未曾去寻你们算账，你们倒寻上门来晦气。"当时怒火上升，仗着身边多带了两样法宝，又有龙姑这样的好帮手相助，竟忘了敌人那道紫色剑光的厉害，不问青红皂白，首先将飞剑放将出去。龙姑先听孙凌波招呼，已有准备，见孙凌波飞起剑光，也跟着将剑光飞将出去。两道剑光如流星赶月，一前一后，还未到达敌人头上，就在这疾如闪电的当儿，忽见对方年幼的一个女子，只将手一拍一扬之间，立刻便有一道紫色长虹神龙出海般飞卷上来。龙姑虽然学了一身惊人本领，以前在金针圣母卵翼之下，从来隐居姑婆岭，除了和孙凌波两人闲着无事比试着玩外，下山掳掠面首，俱是无能之辈，略施些法宝，便可得手，用不着施展本领。这次还是头一次和敌人正式交手，先前未免存了轻敌之心。即见敌人剑光来得厉害，猛想起母亲在时，曾说各派剑光中，除以金光为最厉害，遇见不可轻敌外，余者俱可应付。唯独有一种紫色剑光，乃是峨眉开山祖师长眉真人当初炼魔之物，其厉害不在金光以下。而且这剑经长眉真人历劫三世，从未离身，有数百年修炼苦功，业已变化通灵，神妙莫测。长眉真人成道以前，连传衣钵的教祖都没有赐，反将它藏在一个深山之中，用法术封锁，留有偈语，说若干年后此剑出世，峨眉门户必然光大，同时各异派也将遭受空前浩劫，而得剑的人也是得天独厚极有仙缘的人。紫色剑光放将出来，寒光耀眼，百步以内，冷气侵入肌骨。举世数百年，只有这么一道剑光是紫色的。余外还有一对鸳鸯霹雳剑，发出来的光色也是一红一紫，但是带着风雷之声，与此剑不同，虽然也非凡品，要比此剑就差多了。今日一见敌人出手是道紫光，已经惊异。及至两下剑光才一接触，越觉不是对手。同时对阵上年纪稍长的女子又是一道青光直飞上来。才暗喊得一声："不妙！"孙凌波的一道剑光已首先被那道紫光卷住。才想起头一次丧剑失宝，自己两口飞剑仅剩这一口，如何这般大意？又气又急，收又收不回来，无可奈何，只得运用真气，指挥剑光拼命支持。龙姑的一道剑光，总算英琼小孩心性而幸免于难。因为恨孙凌波淫贱，上次被她逃走，这次既知英男受她的害，决放她不过，一心一意先破去她的飞剑，然后取她性命。还有一个敌人无关轻重，特地留给若兰去收拾，自己好专心一意代英男报仇。因为这种原因，龙姑的剑光才未被紫光卷住。

要论龙姑的本领，差不多尽得金针圣母之长。见紫光固然厉害，这道青光也甚不弱。最奇怪的是，这道青光竟和自己剑光的路数有好些相同。暗忖："与母亲剑光同一派别的，除了桂花山福仙潭红花姥姥，并无第二个。但是那用紫光的女孩儿分明是峨眉门下无疑，这两个绝对相反的门户怎会合到一起？"想到这里，不由喝问道："对面女子何人门下？快说出来，免得伤了和气。"若兰笑骂道："蠢丫头，不用打听，我早知你的来路，可惜你家姑娘如今不和你认一家了。我名申若兰，那是我师妹李英琼，俱是峨眉乾坤正气妙一真人门下。你两人叫什么名字，什么来历，何不也说出来，看我适才猜得对不对呢？"龙姑闻言，暗自吃惊。当下先还骂了两句，道了自己和孙凌波的名姓，仍旧迎敌。情知再勉强支持下去，不施展别的法宝绝难讨好，头一个孙凌波剑光先保不住，那时敌人两下来攻，自己也吃亏。但又想起母亲之言，无论如何不要生事。尤其是峨眉派，两下相隔咫尺，招惹不得，一不留神，便步母亲后尘，身败名裂。到底初学为恶，顾虑还多。她只顾迟疑不决，猛往旁边一看，孙凌波的青光受紫光压迫，光芒大减，急得脸涨通红。孙凌波有两口飞剑：一口剑是自己采五金之精多年修炼而成，便是初次和英琼在飞雷洞前交手失去之物；

这一口是阴素棠早年在昆仑门下防身之宝，因宠爱孙凌波，便赐给了她，比她本人所炼当然要强得多。起初和英琼是仇人相见，分外眼红。一则仗着此剑轻易遇不上敌手，又有龙姑相助，不假思索，先放了出去。及至被紫光圈住，才知厉害。此剑再失，漫说新炼不易，炼出来也是平常，如何肯舍，只顾运用真气支持，连别的法宝也无暇使用。英琼本是恨透了她，一见青光锐减，心中大喜，用峨眉心法，暗运一口太乙先天真气，指着紫光，喝一声："疾！"那紫光顿时平添出无限光芒，将敌人青光包围了个密密层层。先前还似一条小青蛇在紫雾彩焰中闪动，转眼之间，青光越来越淡。孙凌波知道万分不妙，仍存万一之想，忙咬定牙关，把丹田五穴十二道真气集中运用出去，想拼命将剑收回。不料运气运得太猛，猛觉身子随着自己那股真气，竟好似被什么东西吸住，往前带了就走，不由吓得出了一身冷汗。耳听紫光氛层中铮铮两声过处，两点残余青光一长一短，从空坠落在山石上面，轰的一声，把阴素棠百年苦功炼成的一口飞剑化成顽铁。若非孙凌波见机得快，身子再被紫光吸住，血肉之身怕不变成了齑粉。就在这疾若闪电的当儿，孙凌波连忿怒痛惜的工夫都没有，那道紫光早如闪电一般穿到，孙凌波纵然带有法宝也不及施展。幸而施龙姑早就料到此招，还未等孙凌波剑光被毁，早端正好了玄女针准备万一。眼看危机一发，这时龙姑因记着母亲遗命，不到万分紧急，玄女针不肯轻易使用。暗怪孙凌波既知飞剑难保，不如索性丢开，能敌另想别法，不能敌也好准备脱身之计。岂不知那紫光如此厉害，只要青光一破，必定接着飞来，万难抵御。正想之间，忽见紫光影里，青光益发暗淡。猛想："今天不得罪人决难脱身，反正得用玄女针伤人，何不早用，还可保全孙凌波一口飞剑。"灵机一动，更不迟疑，随手取出两套玄女针，喝一声："对面丫头看宝！"那针九根一套，如一串寒星，直朝若兰飞去。

若兰适才听敌人说是金针圣母的女儿，已经心惊，知道她法宝甚多。最厉害可怕的是她母亲用的玄女针，放出来不见人血决不飞回。除非你的本领将它破了，如若不然，无论你用什么遁光逃走，它也能跟定了你。金针圣母在日，也不知用此针伤害了多少生命，因此作孽太多，才遭惨劫。去年奉师父红花姥姥之命，往武当山向半边老尼借紫烟锄和潜琉璃，与石明珠闲谈，听说玄女针已被半边老尼收了去。只要此针不在她手，别的法宝，都经师父在日说过来历破法。自己不先出手，便可占一点儿便宜，看她来路，相机抵御。因此只用剑光迎敌，留神静以观变。偶尔一眼看见英琼剑光非常得势，正在高兴，猛听对面一声断喝，接着便有九点五色彩星飞来。知道不能抵御，躲也躲不脱，一面忙喊："琼妹留神，敌人妖针厉害！"一面咬紧牙关，将左臂气脉用真气封住，不但不躲，反将一条欺霜赛雪的粉臂迎了上去。接着喊一声："琼妹留神，快飞身过来！"同时早一把将头上青丝抖散开来，口中念动真言，正待想法也狠狠回敬敌人一下。猛觉左臂奇痛异常，真气差一点儿封不住穴道，眼看支持不住。那旁李英琼破了敌人飞剑，高高兴兴，正指着紫光去取敌人性命，忽听若兰一声惊呼，回头一看，业已中了敌人法宝，已是惊心。龙姑第二套玄女针又朝英琼飞来，英琼不知法宝来历，又听若兰警告，不敢再用剑光去追敌人。紫郢剑原与英琼心灵相通，只一动念，便即飞回，龙姑飞针来得快，紫郢剑也回得快，恰好两下迎个正着。龙姑心想："紫郢剑虽厉害，却奈何我玄女针不得。"眼看二宝相遇，口诵真言，将收回来的第一套玄女针也打出去，朝着彩星一指。原打算将十八根玄女针分散开来，使英琼前后不能相顾，无论怎样会躲也得受伤。谁知那道紫光见了玄女针，竟化成一面紫障围将上去，将玄女针挡住。只见九点彩星在紫光中飞舞，如五色天灯，上下流转，休想近前一步。龙姑大吃一惊，这才知道紫郢剑果然名不虚传，恐怕步孙凌波的后尘。敌人的剑光已如此厉害，必是峨眉门下上等人物。同时又见申若兰的剑光和自己的剑光正在纠缠，敌人虽然受伤，并未跌倒。又将头发披散，取出三个金环正待施放，认得此宝是红花姥姥镇山之宝三才火云环，越发不敢大意。又见孙凌波也在那里取宝要放。一面用玄女针和飞剑独战李、申二人，一面忙着飞近孙凌波面前，悄喊道："敌人厉害，还不快走!"说罢，不俟孙凌波答言，一手取出一面手帕一晃，化阵青烟，破空而去，那玄女针和飞剑也随着飞走，转眼不知去向。若兰的火云环刚刚飞出，敌人业已遁走，只得收回法宝、飞剑，坐于就地。

英琼顾不得追赶敌人，连忙过去看视。若兰便对英琼道："我已中了那贱人的玄女针。那针好不厉害，放将出来，不见敌人的血，决不飞回，被她打中要害，性命难保。亏我知机，拼一条左臂受点儿微伤，才得免除大难。这贱人名叫施龙姑，乃是金针圣母的女儿。昔日听师父说，她母女二人近年隐居姑婆岭，离峨眉甚近，已是多年不问外事。想是她母亲遭了天劫，无人管束，所以又出来为恶。如今我左臂气穴已经被我封闭，转动不得，一过七日，便要残废。只盼大师姊她们回来，看看有无解救了。"英琼因为强拖若兰出来寻找英男，害她受这般重伤，好不惭愧惶急。**英琼接连三次挫败，似与先前所言"领袖"之预期不符；岂不知这样文本的张力才充足。**反是若兰知道自己应有许多劫难，虽然痛恨敌人，并不在意。只是一条左臂血脉逐渐凝滞，痛如火焚，实在忍受不住。对英琼道："敌人走时并非真败，这里是她们的巢穴，她们却往别处败退，叫人好生不解。恐怕其中有文章，不可不防。我已受伤，妹子一人势孤，还是急速离开的好。"一句话将英琼提醒，忙答道："妹子害姊姊受这样灾难，心中难过已极，竟忘了将姊姊护送回山，等调养好了再想法报仇，反倒待在这里，更是该死!"说罢，便要扶着若兰起身。

若兰道："英男妹子虽然逃出龙潭，并未脱离险地，我二人就此回去，万一她重陷敌人手内，如何是好？此地又不可久待。依我之见，好在我还可勉强支持，莫如我二人仍是顺她去路，迎着神雕往前寻去。如能相遇，便同了回去；不能相遇，神雕都找不到，我们也是徒然，想必是她灾难未满，且等大师姊回来，再商量个主意，一同前往。好在阴素棠器重英男，即使被她们寻回，也得等阴素棠回来处治，不过多受折磨，不至于死。”正说之间，忽听远空一声雕鸣，二人知是神雕回来，转眼神雕排云盘空而下。英琼见神雕并未将英男背回，好生失望，便问神雕是否见着英男。神雕摇摇头。二人无法，只得由英琼扶着若兰同上雕背，回转峨眉。

第二十一回　吮雪肤　灵物示仙藏
窥碧岑　虎儿遭愚弄

英琼和若兰进了太元洞，二人商量，仍命神雕再去寻找英男下落，如再找寻不见，可在枣花崖周围上空盘旋查看，只要见着英男被敌人寻回，能下去仍将她背回，不能下去，急速回来送信。说完之后，满以为神雕领命即行，谁知神雕却不住摇头，并不飞走。英琼着了慌，忙问："你不肯去，莫非英男已陷别人罗网？再不就是敌人厉害，无法近身？"神雕仍是摇头长鸣。英琼无法。又见若兰回洞以后，说完几句话，便盘坐用功，脸上青一阵，紫一阵，知她虽然不说，定是痛苦异常，越加焦急。还要和神雕说，神雕忽然往外走去，只得回转来慰问若兰。说不上两句，只见芝仙笑嘻嘻地跑了进来。英琼心中一动，还未及张口，那芝仙已纵到若兰身上，不住地掀她左手襟袖，口中呀呀不已。英琼道："兰姊姊受了伤，手快残废了，芝仙能救她么？"芝仙摇了摇头，只用小手往若兰袖子里伸去。若兰因左手肿胀，衣袖解脱不开，正觉束紧难受。见芝仙如此，知有用意，便请英琼代她将袖子割开撕去。英琼代她将衣袖扯断，贴身的一件，差一点儿与血肉粘成一片。平日玉骨冰肌，藕也似的一条粉臂，如今肿有尺许粗细，胀得皮肉亮晶晶的，又红又紫。九个针眼业已胀得茶杯大小，直流黑血。好不心疼，不由流下泪来。再看芝仙，已经站在若兰膝上，抱着她受伤的臂膀，不住用小嘴去舐。若兰受伤以后，时久越觉热胀酸麻，疼痛难禁。知道此针并无解药，灵云等回来，未必能够解救。满拟再强撑些时，如真忍受不住，想是自己命中注定，长痛不如短痛，索性将左臂斩去，免受许多痛苦。只碍着英琼在旁，必要阻挡，难于下手，只好暂时忍痛苦挨。这时被芝仙一舐，竟觉伤口一阵清凉，虽然并未消肿，痛却减了许多。

正和芝仙说感谢的话，忽见袁星、芷仙一同走来慰问。问起芷仙，先是袁星得了神雕传信，由神雕代它守门，袁星又告知芷仙才知道。袁星与二人见礼之后，便说它平日本就懂得神雕的话，适才神雕因见主人着急，今日的事又非示意所能明白，所以才去寻找袁星，托它代说等语。英琼闻言大喜，忙问究竟。袁星道："钢羽说它奉命寻找余仙姑，知道余仙姑所行不远，便在余仙姑去路周围数百里内往返低飞，穷找细寻，并未见着一点儿踪迹。末后第三次飞过枣花崖不远一个黑谷之内，仗着一双神目，飞入谷内探看，遇见一个道人。那道人竟精通各种鸟语，将钢羽招了下去，说他名叫百禽道人公冶黄。说余仙姑为往莽苍山寻觅主人，误陷浮沙，坠入黑谷。百禽道人算出余仙姑和他有缘，是助他将来脱劫之人，便指引余仙姑由黑谷去莽苍山一条密路，不但近得多，还可避免敌人追赶。又对钢羽说，峨眉不久光大门户，三英行即相见。他本知道主人们在峨眉修道，因为余仙姑到莽苍还有许多仙缘奇遇，所以单是指引余仙姑的道路，未说主人们在哪里。叫钢羽此时不可前去寻她，如要去寻，须同生人前去，就在丑日动身。此时前去，彼此无益有损。钢羽大概知道那道人来历，所以回转。"神雕素通灵性，袁星转述之言自无差错，英琼略放宽心。一会儿南姑姊弟与于建、杨成志也要进来慰问。若兰因赤臂不便，只叫南姑一人进来，看了出去，说与三人，英琼因有髯仙事前警告，便命袁星、神雕同往后洞轮流看守，留芷仙在洞中一同陪伴若兰。若兰经芝仙一舐，伤口肿虽未消，疼痛却止了许多，便去了断臂之想。

因为若兰这一受伤，大家都不甚高兴。其实英琼本非看不上新来的四人，偏那四人一来，先赶上英琼、若兰二人中毒初愈，兴致不佳；接着便是误惊芝仙，招英琼不快；后来李、申二人又忙着去寻英男回来，始终顾不得和四人长谈。那四人初来乍到，除芷仙渐熟外，经英琼上次排揎之后，不知不觉心中畏惧，都不敢和李、申二人亲近。南姑聪明本分，一味约束兄弟虎儿兢兢业业，漫说学道修剑，但能长居仙府，于愿已足。于建性情豪放，胸无城府，自幼饱经忧患，知道这次是旷世仙缘，一心一意只盼青螺诸人回来，拜师学道。因为杨成志闯了祸，不奉芷仙的命令，一步也不敢乱走动。只有杨成志自幼丧了父母，向无管束，虽然天分过人，却是性情忌刻，私心最重，又爱多事。**本非修道人。写此一人，便有矛盾。若都是纯良君子，故事由何而生？**初来凝碧崖，一见这样洞天福地，本抱着莫大的愿望。又见英琼、若兰等人不但本领法术超群，而且还一个比一个生得美赛天仙，容光绝世，比南姑又要胜强好几倍，越加心喜，恨不能常和她们亲近。谁知李、申二人连正眼都未对他看过，到了不久，就因为惊走芝仙，吃英琼当众数说一顿，心中好不觉得难堪。尤其害怕英琼日后告诉未来的师长，说自己心躁气浮，不是大器，又后悔，又气忿。因见本山的人对芝仙如此重视，猛想起以前曾听人说，深山大泽之中，往往有灵芝、何首乌之类的灵药修炼成形，化为小人小马出游，如能得着生吃，便可成仙，想必便是此物。自己正奇怪，自从在妖道洞中出险以后，所遇见的男女剑仙，除了那花子打扮的凌真人，连送四人到凝碧崖的刘真人外，哪一个年纪都不大，最年长的也不过二十来岁，尤其是名字有一个蝉字的小仙童和这姓李的小仙姑，更显得比自己还要年轻，偏又有那种惊人本领，想必定与芝仙有关。正想遇见机会打听个仔细。第二日南姑因和芷仙同居一室，听芷仙讲起芝仙的来历和芝仙血液的宝贵，所以全山的人都爱护它，便对虎儿说了。南姑原是嘱咐虎儿，叫他不要见了芝仙，妄自惊动的意思。虎儿与于、杨二人同居一室，便在闲谈中说了出来。说者无心，听者有意，杨成志愈觉自己所料不差。又自作聪明，以为此中必定还有密情，外人绝难知道，且待机会再说。再听见若兰受伤，芝仙一舐便好，愈加起了机心。

也是芝仙该遭磨难。它给若兰舐了一阵，渐渐疼止，便住了嘴，仍坐在若兰身上，和英琼、芷仙逗弄着玩耍。英琼道："那日你原是领我们去寻仙草，被新来的人将你惊走，以后连着有事，没有顾到寻你，如今那仙草还有么？"芝仙闻言，将小手指着天摇了摇头。一会儿便挣下地来，就往外走。英琼不明它用意，便请芷仙跑去看，是不是指引仙草的地方。芷仙闻言追了出去。芝仙回望芷仙追来，索性停步，似在等她同行。芷仙便请它在前引路。刚出太元洞口，遇见杨成志在前，于建、南姑姊弟在后，正迎头走来。芝仙一见杨成志，呀的一声惊呼，回头纵向芷仙怀内。芷仙连忙抱紧了它，说道："芝仙不要害怕，他们日后都是本门中人，日前初来无知，误惊了你，不会伤害你的。"芝仙仍是一个劲往芷仙怀里躲。杨成志等四人见了这般景象，自是一齐停步，不敢上前。芷仙觉着日后四人长住此地，芝仙每日出游，难保不无心相遇，岂不又吓了它？不住用话开导，又叫四人分别上前相见，请芝仙不要疑虑。四人见那芝仙长才尺许，生得又白又嫩，近身便闻见一股清香，个个都爱到极处，恨不能抱上一抱才好。那芝仙经芷仙再四解释之后，才睁着一双澄碧欲活的大眼，望着四人呀呀两声，笑了一笑。虎儿小孩子心性，仗着芷仙好说话，竟涎着脸凑近前去，抚弄芝仙温腴如玉的小手。南姑一见大惊，正要呵斥，那芝仙偏和他投缘，不但不躲，竟伸出小手向虎儿招弄。**芝仙这个形象源于民间"人参娃娃"之类的传说，但写得丰富有趣。**喜得虎儿心花怒放，连芷仙都觉出奇怪。南姑见芷仙并无不愿神气，到底不敢大意，不住朝虎儿使眼色，叫他退下。于、杨二人觉着好玩，也想学样时，那芝仙已挣脱芷仙怀抱，跳下地来，便往前走。芷仙连忙跟去。杨成志一见，心中大喜，却故意说道："我们跟裘仙姑看看去。"说罢，头一个跟在芷仙身后面走。于建、虎儿、南姑均都童心未退，也都跟去。芷仙为人素无机心，并未禁止。

那芝仙跳跳纵纵，一路穿山越涧走着。不时纵向高崖，采取一种红蒂青皮，形如金橘的果子，整个咬吃。杨成志见芝仙爱吃这种野果，也想采取一个，偏偏满山奇花异果甚多，唯独这种果子非常稀少。芷仙见南姑等跟来，便喊南姑上前说道："芝仙吃的这种果子，名叫翠实，吃了可以明目，乃是一种仙草。一株五叶，叶如野桑，每株顶上生着一粒翠实。此地四时皆春，每隔单月开花，双月结果。每一结果，芝仙便满山满崖地搜寻来吃。大家因芝仙喜爱，都舍不得吃，留给它独个享受了。"说到这里，正走过一个崖凹之下，满崖壁紫草朱藤，奇花欲笑，迎风飘落，清馨四溢。崖下面又是一道宽大溪涧，碧波透明，清澈见底，绿水潺潺，与仙籁顶泉声遥遥相应。明波若镜，山光倒影而下，白云片片，不时在水底花影中穿过。这地方名叫紫花崖、绣云涧，是凝碧仙景中最清丽文秀之所。众人虽是来过数次，也不禁流连赞美，边说边走。忽见芝仙往悬崖上纵去，离地有数丈，一手攀着朱藤翻了上去。芷仙方要跟纵上去，芝仙已经纵下，手中采了六七个翠实，递了五个与芷仙，指了指四人，意思是叫芷仙分给四人吃。芷仙笑着分与四人吃，入口苦涩非常，食后回甘，觉得满口清香，凉沁心脾。大家都向芝仙道了谢，又随着往前走。转过崖去，便是一个小山坡，坡上修藤翠竹，黛色参天，风动琅玕，声如鸣玉。奇石小峰掩映其间，块块都是玲珑透瘦，孔窍甚多，若有音乐鼓吹自石中出，又与竹声泉声互相交奏，成为繁响。新来四人，这里却未来过，个个称奇。芷仙道："这里名叫仙音坂，是芝仙玩月之地。虽不在此生根，可是它每晚均来此参拜星斗。"说着，走入竹林深处，现出一个天然石台，周围有亩许方圆大小。台上有两座玉石丹炉，炉前有四个石墩。合台石色墨绿，莹洁如玉。这时芝仙业已走到台后，正面一块翠玉，高足有三十丈，大可十丈，上丰下锐，生得如巧工堆成的假山峰一般，体态灵秀，洞穴甚多，大小不一。芝仙走到峰前停了步，用小手拉着芷仙，指着峰前一个较大的洞，教芷仙去看。新来四人也随着芷仙，往那翠石中间洞穴中看去。脸才凑上去，便闻见一股清香直透鼻端，头脑心神为之一爽。芷仙所见的洞口大些，看见几丛又红又绿的花草在那里摆动。余人只闻异香，并看不见什么。

芷仙便问芝仙道:“那仙草就生长在这灵翠峰石腹里面么？两月前大师姊曾说，前面丹台是太祖师炼丹之所。灵翠峰并非此地原生之石，是从他处移来，峰下面必定藏有至宝。后来大家费了多少事，只差没去将这小峰移开，查看多日，了无他异。你日前仙草是怎么取出来的呢？”芝仙闻言，便将小手伸入洞内掏了一会儿，取出一块形如莲花的翠玉来，先往洞口比了一比，按上去好似天衣无缝。若非预先知道，简直不知这块翠莲花就是这灵峰的锁钥。无怪灵云等当初虽然想到灵峰下面必有宝物，竟会察看不出。芷仙再将那块形似莲花的翠玉取下来一看，背面还有几行朱书篆文，正是长眉真人留谕。细绎文意，才知当初长眉真人开辟凝碧十八仙景之后，曾在前面墨玉台炼有两炉丹药。后来参透玄天秘奥，不久白日飞升，两炉丹药用它不着。欲待传赐门下弟子，又因为诸弟子个个爱好，道行浅深虽然不一，炼丹一门已得真传，不愿他们贪师之功，不劳而获。算计光大本门，须待三英、二云出世。彼时正值正邪各派遭受空前浩劫，这次一代弟子们俱都入门未久，全仗根骨优厚，与邪魔争胜负存亡，所受险阻艰难，过于前代弟子百倍。这灵翠峰下是峨眉全山灵脉发源之所，便将两炉丹药埋藏下面，用仙法共炼百零八日。日久年深，丹药化去，借洞天福地灵气，化成一种仙草。那仙草名叫丹珠草，碧梗朱叶，其红如火，遍体明如晶玉，一叶二歧，当中歧尖结着一粒朱实。不但吃了延年益寿，无论被什么邪魔外道法宝毒害，将此草连叶取一片服了下去，立刻起死回生。因此草成熟须经多年，恐为外人发现，特从星宿海底取来一座万年碧珊瑚结成的灵翠峰，外用灵符镇压。经过多年，此草借天地灵气成熟结实。同时除了里面保护仙草的灵符还在外，外面灵符也已放去。那仙草共是九株，每株各生阴阳两叶。采叶之后，须隔三十六年，始能二次生叶结实。此中自有奥妙，非有仙缘，不能妄取，取必有灾。到时掌教弟子齐漱溟自有安排等语。芷仙一见，心中大喜。因为素来持重，凡事不敢妄来，连忙招呼众人回转，去报与李、申二人商量，怎样取了这仙草，与若兰治伤。那芝仙也好似非常高兴，却不肯跟芷仙回去。芷仙回到太元洞前，嘱咐四人随意在附近游玩，自己便往洞内报信。

英琼一见翠莲花上长眉真人所留的法谕，心中非常高兴。只是有听候掌教师尊安排的话，不敢擅取。若兰疼痛虽然稍止，伤处未痊，如果要等灵云回来，禀明掌教师尊，又恐缓不济急，好生踌躇。若兰本是行事持重，又随红花姥姥多年，有了阅历，宁愿多受些罪，也不敢有违祖师法谕。英琼又跑到灵翠峰去看了一会儿，见那仙草生在峰内，可望而不可即，就是冒着不是，想去采摘，也办不到。重又回来与芷仙、若兰商量，除了灵云回来想法外，别无善策，只索暂时作罢。

仙府昼夜通明，新来四人饮食起居均由芷仙招呼。这时英琼、若兰已能辟谷，吃不吃均可随意。只芷仙还未能完全禁绝烟火。平时是由袁星去将应用的火食蔬菜洗涤干净，拿到凝碧崖前昔时白眉禅师喂养两只神雕一个藏谷的石洞，由芷仙自去调制。芷仙无事时，又将仙府各种奇花仙果制成药酒，以备众同门高兴时，前去随喜饮上两杯。那洞本来洁净，经芷仙多日布置，石几、石凳、石灶、酒窖以及应用物品色色俱全。众人又给那洞起了个名字，叫作仙厨。新来四人也随芷仙在仙厨进食。这日芷仙同了四人从灵翠峰回转，与英琼、若兰谈了一阵，又去安排好了四人食宿，仍回若兰房内。因芷仙说南姑如何聪明本分，怪可怜的，英琼素爱热闹，又想起连日因为有事，竟顾不得同新来的人多谈，便请芷仙去叫了南姑来到房内，陪若兰谈天。芷仙依言去将南姑唤来，大家谈得颇为投机。过了好一会儿，英琼见南姑有了倦意，自己和芷仙也该是用功时候，好在石床甚大，石室如春，索性叫南姑就睡在若兰床上，连芷仙都不要回去，省得南姑有时一个人在室内寂寞。南姑见英琼只是率真，并非有心骄人，越发心喜。先还不肯就睡，及至见李、申、裘三人相继入定，一合上眼，不觉沉沉地睡去。睡梦中忽听英琼、芷仙说话，惊醒转来一看，英琼首先对她说道："你兄弟和杨成志闯了祸了。"南姑闻言大惊。**倒下一笔。**又听英琼对芷仙道："这姓杨的那日一拦芝仙，我也说不出什么缘故，总觉他不是个安分的东西，果然闯出这样的祸来。如今他二人吉凶莫卜，算是他们咎由自取。只是翠莲花上太师祖法谕分明说那仙草须待掌教师尊安排，妄取有灾，连我们都不敢妄动，他们倒有这大胆子。大师姊又不在家，倘仙草被毁，掌教师尊怪罪，怎生是好？"若兰道："这事据我看，须怪不得章虎儿，他年纪幼小，知道什么？只是杨成志一人之过。最可怕的是现在芝仙也不知去向，万一同时被困在内，受了损害，那才糟呢！"南姑听三人语气，猜是虎儿受了杨成志引诱，在灵翠峰闯了大祸，又不知虎儿生死存亡。因见三人都是愁眉怒脸，不敢动问，急得眼泪汪汪，望着三人直转。若兰见她可怜，便对她道："你不要急，一人做事一人当，我们并不怪你。令弟今早起来，大约是受了杨成志的引诱，去盗取仙草，不知怎的陷入灵翠峰内。如今丹台附近都被云烟笼罩，他二人想必被困在内。适才我勉强负痛到了丹台，尽我平生所学，竟不能近前一步。须等大师姊回来才能解围了。"

南姑忍不住试问事情经过，英琼抢着说了大概。原来杨成志居心叵测，先前已曾提过。昨日芷仙发现丹珠仙草之后，因有长眉真人法谕，大家都不敢擅动。杨成志暗想："虽然吃了芝仙的血可以得道延年，但是这里众人爱护甚严，擅自下手，一旦发觉，必定不肯甘休。那仙草既有这等妙用，难得众人都要等青螺的人回来，禀明了掌教师尊，才敢采取。何不趁此时机下手，偷儿叶服了下去，先搏个长生不老，岂不是好？只是这事须得找个帮手。"因和于建处得日久，看他平日言行性情，绝不敢随自己干这种冒险的事。这几日想从虎儿口中，由南姑那里得到本山实况，同虎儿颇为亲密。还怕虎儿常受南姑告诫，不敢明言，特意想了一套说辞。背着于建怂恿虎儿，说古往今来成仙得道的，全靠仙缘。

往往有时师父得到灵药仙草，未及服用，被徒弟偷去服了，立刻成仙，师父反而不能飞升，皆是他本人没有仙缘之故。如今他们发现仙草，不去采来服用，想是注定留给别人。要虎儿帮他前去盗取。虎儿也甚聪明，先记着姊姊的话不肯同去。杨成志心术甚坏，**这个样子，岂堪造就！**原想利用他涉险，自己却捡便宜；见他不去，又恐他转去告了南姑，事情败露。便道："你真是傻子。你想那座灵翠峰的洞口，连你都钻不进去，仙草在内如何采取？我要你同去，是因为申仙姑说你根骨不错。那翠莲花背面不明明写着无缘的人不能妄取吗？无缘人不能取，有缘的人当然可取了。我们要是无缘的话，我们去了，也不过隔着洞口看看，闻闻香气而已；要是有缘，必然有法可想，怕者何来？假使有缘不取，错过机会，将来还得像平常修道人，一步一步地受尽千辛万苦，才能成道；岂如食了仙草，立地成仙的好呢！再说现在谁也不能断定里面准有多少株仙草，一株不缺。我们盗到手，吃到肚里，即使将来他们知道短了几株，因为事前有芝仙采过，定说是芝仙吃了，也决不会疑心到我们。现在我们去见机行事，看我们仙缘如何，并不强为。成固可喜，不成亦无甚紧要，你道如何？"说罢，又将凭空学道如何受苦，能够在修道以前得着灵丹仙草，便能立地成仙，学他们往空中飞来飞去，如何好法，说得个天花乱坠。虎儿极有义气，感情心又重，虽然有些将信将疑，禁不住杨成志几番哄骗和强求，便答应下来，杨成志得寸进尺，又商量下手之法。他因洞口甚小，芝仙却能入内去取仙草，算计别有入路。知道芝仙常在那里盘桓，决定先去查探芝仙的行径，趁青螺的人未回来，李、裘二人定要照应若兰伤势的这两天内下手。

当日杨成志故意和于建启衅口角，以便不和他做一路，装着往太元洞附近游玩，同虎儿携手偕游。等到去离于建甚远，便和虎儿改道，顺着洞里路径，先到仙音坂丹台附近去看了看。才到丹台，便见芝仙独个儿在灵翠峰前，等到走近却没了踪迹，越猜那峰定有入口。他知芝仙最灵，恐怕惊动了它无法下手，与虎儿使了个眼色，若无其事地在峰前略看一看，便回到丹台，择了一个挨近灵翠峰的地点坐定。虎儿几番要说话，都被他止住，只拿眼觑定峰前，静观芝仙从何处出来。待了一会儿，没有动静。因快到安歇时候，恐怕芷仙、南姑寻他们，只得先回来，到明早再说。刚下丹台要往回路走时，忽听灵翠峰旁极轻微的琤玶两声。杨成志本是五官并用，时时留神，急忙回首一看，仿佛见灵翠峰东北角下一块翠石稍微动了一动。心中虽默记着那个地方，表面却仍做毫不经意地往回路走。虎儿问是哪里响，杨成志故意大声说道："想必是芝仙出来吧，我们快走，莫惊了它，让诸位仙姑见怪。"说罢，拉了虎儿便走。回到太元洞住的室内一看，于建一人盘膝坐在室内，按照芷仙说的峨眉初步入门功夫，在那里试习。杨成志冷笑了笑，也不去理他。于建试坐了一会儿，下榻散息，仍是含笑和二人说话，并没有把适才口角记在心里，杨成志始终冷着脸，爱理不理的神气。虎儿倒没什么，依然说笑。于建问虎儿："适才同杨兄到何处游逛？可是没去过的所在？"虎儿未及答言，杨成志突然站起道："这里规矩严，我们岂敢随便乱走，不过只在仙籁顶看看飞泉罢了。"于建闻言，因二人走时自己正站在高处，明明看他们绕道往绣云涧那边走去，知他瞎说，也不再问，当时并没料到二人有何异举。三人貌合神离的，随即安歇。

杨成志躺在石榻上，心中盘算明早如何下手，哪里能够安眠。算计时光，到了第二日丑末寅初，知道众人都不会出来。听了听于建、虎儿睡得正酣，悄悄将虎儿唤醒，一同轻手轻脚走出洞外。也是合该有事。袁星一向露宿在太元洞口，又深通灵性，外人一举一动须瞒不了它。还有神雕，更是目光如电，敏锐非凡，要被它看破行藏，杨成志和虎儿怕不被它钢爪撕成两片。偏偏这几日奉命把守后洞，一个也不在跟前。杨成志带了虎儿，人不知鬼不觉地溜出洞去。因要暗窥芝仙动静，到了仙音坂，便即放轻了脚步。按照预定主意，叫虎儿预先从仙音坂竹林外面，绕到灵翠峰前东北角下潜伏。自己鹭伏鹤行，轻悄悄由正路抄了过去，慢慢爬上了丹台一看，并不见芝仙踪影。再看虎儿业已到了峰前僻静之处埋伏，二人遥遥相对。等了一会儿，不见芝仙动静。正觉有些失望，猛然间闻着一股子清香。仔细往旁边一看，丹台侧面崖壁上有一盘紫藤，结着十来个昨日所见的翠实，生得非常肥大，猛然心中一动。且喜相隔不远，轻轻下了丹台，将这十几个翠实全都摘在手中，先吃了两个，将余下的藏在怀中。刚要重往丹台上走去，忽见来路上草丛闪动，有一个白东西在草中乱晃。定睛一看，正是芝仙如小孩一般，从绣云涧那边跳跳纵纵地往丹台走来。走了几步，又低头往地下看看，好似发现什么似的迟疑了一会儿，又欢跳着往前行走。杨成志恐将它惊跑，连大气都不敢出。一会儿芝仙上了丹台，先望空长嘘了两声，声虽不大，其音清越，非常悦耳。然后面向东方，跪拜了一阵，起来朝天吐出一团白气，如数十道游丝在空中飘摆，一会儿又吸了进去。约有半个时辰，更不迟疑，跳下丹台，径往峰前走去。走到峰东北角下，好似预知有人埋伏在侧，不住东寻西找。杨成志不敢怠慢，早已提气凝神，掩了过去。那芝仙自从移植洞天福地，日受众仙侠爱护，虽然忘了机心，到底耳目灵敏。它走到峰前，闻着生人气息，心中惊异，便去寻找。一眼看见虎儿埋伏在旁，惊得呀了一声，便往回跑。一回头，又见日前所见恶人伸开两手扑了上来。灵峰附近经长眉真人符咒祭炼，不比别的地方见土就能钻入。一着急没了主意，慌不择地偏身奔向东北峰角，揭起一块尺半大的翠石，往里便钻。虎儿哪知利害，早扑上前去，一把抓着芝仙一条又嫩又白的小腿，拖了出来。那芝仙挣了两下未挣脱，反被虎儿一把抱紧，知道已遭毒手，将口一张，喷出一团白气，打在虎儿脸上，如同刀割一般疼痛难忍。虎儿害怕，直喊："芝仙厉害，快来帮一帮，我捉它不住了！"杨成志忙喊："虎兄弟千万不可撒手！"说时，一面取下丝绦，将芝仙捆了个结实。然后说道："你再想吐气和逃跑，我便生吃了你。"那芝仙以为要遭大难，呀呀直哭。

虎儿先前倒不觉怎样，及至将芝仙捉到手中，想起姊姊之言，又见芝仙不住哀鸣，不由又害怕，又心中不忍，劝杨成志道："现在已经知道翠峰洞口，把它放了吧。"杨成志瞪了虎儿一眼，说道："好容易才得到手，你知道些什么！"说罢，一手夹紧芝仙，取出那十几个翠实，说道："你只要指引我怎样采那仙草，不但不伤你，还请你吃仙果。"那芝仙被逼无奈，指一指适才逃进的洞口。杨成志见那洞口足可容虎儿出入，连自己也勉强爬得进去，不禁狞笑道："只要进洞，便可取到仙草么？"芝仙含泪点了点头，不住拿眼望着虎儿，大有请他哀怜神气。虎儿看它可怜，劝杨成志道："我们原说是只要从芝仙身上知道采仙草的洞口，现在既然知道，它又不会说话，怪可怜的，把它放了吧。"杨成志也不理他，复对芝仙道："久闻学道的人能遇见你，便是仙缘，你又惜血如金。今日天赐仙缘，既落我手，便饶不得你。"说罢，张口便要往芝仙手臂上咬去。吓得芝仙胆落魂飞，不住在杨成志手上乱挣乱跳。虎儿才知上了杨成志的大当，此时和他善说业已不行，纵起身一个冷不防，朝杨成志劈面一拳打去。随手一把抢过芝仙，不问青红皂白，随手扔出。芝仙本是灵物，一脱人手，虽有丝绦捆住，借虎儿一扔之劲，早甩出去有十来丈远近。不知怎的，滚转之间，一路挣脱绑索，呀呀连声，如飞逃走。

杨成志吃虎儿冷不防这一拳，打得两太阳穴金星直冒。虎儿怕他去追芝仙，早趁势纵了上去，两人同时扑倒，扭作一团，在地上打滚。直到芝仙跑得没影，虎儿才松了手。杨成志挣脱起来，他万没料到虎儿天生这一把蛮力，芝血未吃到口，还吃了这大暗亏，把虎儿恨入骨髓。只是他为人奸诈，知道若真个翻脸，不但羊肉吃不成，还得闹一身腥膻。心中一动，又生奸计，**恶根，已非一时贪欲。**反倒敛了怒容，笑对虎儿道："好兄弟，你这是怎么？我怎敢把芝仙怎样？无非是见那洞口太小，不知内里虚实，想逼出它的实况罢咧。你看你把我打成这个样子。如今芝仙已走，再没法想，只得进洞试试，如果得不着那仙草，也只好算我两个福薄命浅罢了。好在这事已做到这般地步，芝仙不会人言，虽不怕它告状，须防它去引了人来，还不下手，等待何时？”虎儿到底年幼，见杨成志被自己打了个鼻青眼肿，他反朝自己赔话，好生过意不去。便答道：“杨兄休得怪我，既然是我误会了意，请你原谅我年纪轻。盗草之事，昨日既然答应你，自然是有福同享，有祸同当。只要不伤芝仙，我听你招呼就是。”

杨成志朝洞口看了看，便叫虎儿先进去看看里面虚实。虎儿依言，将身子钻了进去，只见黑暗中红绿光影乱闪，鼻中闻见奇香，一摸总是个空，心中害怕，不敢深入，便对杨成志说了。杨成志暗骂蠢材，恐芝仙报信，迟则生变，自己在洞口试了试，居然挨挤得进，便也蛇行而入。一到了里面，既不愿虎儿在先得手，又怕自己查看不到有所遗漏，叫虎儿在他身后帮同寻找。杨成志心急，独自先行，已经走到西南角上。虎儿在他身后，正用手随着红绿光影乱扑，猛觉脑后被小泥块打了一下。回头一看，芝仙正站在洞口朝他招手。觉着奇怪，要喊杨成志看时，见芝仙朝他直摇手。虎儿心中一动，暗想：“莫非杨成志没有仙缘，芝仙感恩，前来指点仙草所在么？”正在寻思，猛见芝仙先是连连招手叫他出去，后来又拿手指着虎儿北面。虎儿以为芝仙所指的地方有仙草，便照它所指之处走去。刚刚走到，又听芝仙呀呀连声，现出满面惊惶之色，在洞口一闪便即不见。虎儿方在纳闷，猛听杨成志惊呼了一声。虎儿连忙回头看时，只见一道金光闪处，满洞起了五色烟云，金光影里，杨成志如同中了魔一般，手脚并用，乱挥乱舞，转眼没入烟云，不见踪影。虎儿年幼心热，胆子又大，并不知道厉害，还想上前去看时，身子已被烟云绕住，眼花缭乱，也分不出东西南北，撞到哪里都是软绵绵的，休想移动分毫，进既不可，退亦不能。这才着急害怕起来，喊了两声杨成志，未见答应。顷刻之间，烟云越聚越密，竟将虎儿紧紧包裹，立刻奇冷透骨，五官四肢完全失了效用，一阵头昏眼花，透气不出，倒于就地。

于建睡眠本来警醒，因日里和杨成志口角，晚上又吃他冷笑，想起自己少孤命苦，好容易承凌真人讲情，暂时得住在这种洞天福地。只是尚未正式拜师，此地仙侠又多是女子，未必能够收归门下，前途茫茫，殊难逆料。一向认为杨成志是患难生死之交，却不料他为人如此忌刻，自己若和他一般见识，恐怕越遭诸仙侠轻视，凡事只可逆来顺受。满腹愁肠，好久未曾睡着。后来一想：“凡事俱有数在，既能身入仙府，绝非偶然。休管别人怎样，只要自己遇事谨慎，努力潜修，不畏苦难，皇天不负苦心人，终有成就，想这些闲事则甚？”心气一平，便即合眼睡去。睡梦中仿佛听见有脚步声响动，微微睁眼一看，见是杨成志领了虎儿，轻脚轻手地正往室外走去。知他二人回避自己，先是装作不知。二人走后，才想起杨成志平素和自己感情颇好，又叙过生死口盟，昨日忽然借故寻事与自己翻脸，虽说彼此失和，不愿同在一起，何须乎这样鬼鬼祟祟？虎儿一个小孩子，他却格外和他要好，中间许多全是做作。越想越觉他们行动可疑。猛想起南姑曾说，听裘仙姑说这里不但是洞天福地，还到处都生有奇花异卉，仙药仙草。各位仙侠虽在此住了多时，因掌教真人未来指示以前，大家都还不能完全指出名来。除了有几种异果尚可采食外，许多不知名的仙草，谁都不敢乱动，恐防无心中损坏天材地宝。所以再三嘱咐新来四人，如不奉命，只可随意观赏，不可擅自攀折。莫非杨、章二人见了仙草灵药之类，特地生事撇开自己，偷来受用？他二人有了奇遇，自己并不眼红。只是他们这种行为有如窃盗，要被李、申两位仙姑知道，岂能轻恕？不由为他二人担起心来，不肯坐视，决计前去寻着他们，如无异举便罢，如有出轨行为，无论如何也须婉言劝阻，以免闯出祸事，大家遭殃。

当下走出太元洞，因昨日曾见二人绕道往绣云涧，便朝绣云涧追去。经这一番仔细寻思，已经延迟个把时辰。到了绣云涧找了个遍，哪里有二人的踪影。知道全崖仙景甚多，地方又大，不易寻找，只得上崖，想从高处瞭望。才到崖顶，便见仙音坂丹台那边白云弥漫，彩烟笼罩，如同百十丈圆的一个五彩锦堆，云蒸霞蔚，瑞气千条，真个是天府奇景。不由喜欢得手舞足蹈起来。心想这般重的彩雾，连那灵翠峰都隐藏不见，虽不信二人会藏在彩霞之中，到底这般奇景举世难逢。又疑心是有宝物放光，好在相隔不远，便跑近前去，想看个究竟。才离彩云十丈以外，便觉祥光耀目，照眼生辉，不可逼视。再往前走了几步，不但金光彩霞射得眼疼，还觉奇冷透骨，浑身打战，不敢造次，退了回来。估量二人决然不会在这里，心中总惦记着出事，不敢多作流连，便择高处往回路走。

渐渐走到通飞雷洞的广崖之下，又猛想起初来不久，裘仙姑同袁星无心中在崖上发现后洞，各得了一口仙剑，彼时杨成志甚为眼热，莫非他也有非分之想？那悬崖壁立千丈，险峻非常，杨成志幼时练过武功，纵然勉强能上，虎儿也绝上不去。还有神雕、袁星把守洞内，不能容他二人胡为，又觉不对。因为到处找寻不见他二人，业已过了两个时辰，不多一会儿，便是芷仙招呼众人进餐之时，只得姑且上去试试。谁知那峭壁虽然满生藤萝仙草，可以攀缘，脚底下却是其滑如油，万难着足。还未上到山腰洞口，才只上了十来丈，已觉力尽神疲。越猜他二人绝上不去，打算下去。略一疏神，一手抓了个空，失足滚了下来。满以为死虽不至于死，必然要带点儿伤。看看滚到离地还有两三丈远近，忽然被一堆山石将腰背硌了一下。于建一负痛，不由把腰一挺，变成头朝上脚朝下往下溜去。正在心中暗喜，两脚着地，或者可以不致受伤。就在这一转眼间，猛觉两脚又撞在一块大石上面，撞得脚跟生疼。那山石有四五尺见方，好似浮搁着的，并未生根在崖壁上面，被于建一撞竟撞脱了本体，骨碌碌直往下滚。于建一惊，立时两脚护体，往起一拳，昏迷中竟觉两脚落实。起初以为到了地面，惊魂乍定，低头一看，那山石坠处，竟是一个小洞穴，自己恰好站在洞内，离下面还有一丈七八尺远呢。从上到下虽不过高，可是将才第一次被山石将身子硌向偏处，不是上来时路径。这小洞下面的岩壁凭空缩了进去，形成上凸下凹，除了站在洞口，由一丈七八尺高处往下跳外，连想滚转而下都办不到，不由焦急起来。待了一会儿无法，惶急中无心低头一看，那洞竟有三尺见方，洞口四面俱是青石，莹洁如玉。脚底下站的也不是泥土，而是一块青石板，上面满刻蝌蚪篆文。正中心一道细缝，一边一个凹进去的月牙，月牙里面各伏着一个盘螭钮环。

第二十二回 天惊石破 宝剑龙飞 雾散烟消 淫娃鼠遁

于建暗自惊异，蹲下身去，顺手拿起左边钮环往上一提，觉着并不吃力。刚刚揭起，便见里面金蛇乱窜，吓得于建连忙将石板盖好，一个惊慌疏神，差点儿没跌出穴外滚下崖去。侧耳一听，洞穴中铮铮乱响，好似金刃相触之声。于建不敢再看，又没法下来。正在着急，忽见半崖腰洞口飞下一条黑影，定睛一看，见是袁星。方喊得一声："袁仙救我下去！"袁星已经纵到面前，一见那洞穴，便问于建怎得到此。于建不便说自己疑心二人行动，只说寻找二人，从崖上滚下，被这洞穴挡住，无法下去，请袁仙援手。袁星侧耳往穴中一听，正待答话，猛一抬头往前面一看，忽然面现惊疑，急匆匆抱了于建，纵下崖去。说道："如今丹台那边出了事，你只在此看定上面洞穴，先不要对旁人说起，我去报信就来。"说罢，正要拔步飞跑，正遇芷仙走来，一眼看见于建，便问可曾看见虎儿和杨成志。于建道："弟子今早起来，不见他两人在室内，出来寻找，如今还未及见呢。"芷仙未及答言，袁星已抢着说道："裘姑娘可知丹台灵翠峰宝物出现么？"芷仙闻言大惊，忙问就里。袁星道："我也才知道。如今事不宜迟，同去见了我主人再说吧。"同芷仙急忙飞回到太元洞内。

若兰自经芝仙舐后肿虽未消，疼痛已止，除了手臂麻木失了知觉外，已无什么苦痛，和英琼正在闲话。见芷仙面带惊慌匆匆跑来，后面还跟着袁星。到了室内，袁星先自越步上前说道："袁星素常留心凝碧崖前飞瀑仙源，知道本山一定藏有许多奇珍至宝，也曾和裘仙姑说过，虽知那仙源定通别的所在，总未寻着真实地方，未敢妄报。适才同钢羽把守后洞，对崖飞雷洞李真人门下石、赵两位大仙因听袁星说申仙姑在枣花崖受伤，意欲前来探望，命袁星回禀。在洞侧崖上，只见丹台那边仙云大起，灵翠峰已隐没不见，想是宝物出现，再不就是发生了什么事故。请主人和二位仙姑速去探视要紧。”若兰见多识广，红花姥姥在日，曾说凝碧崖藏有长眉真人的法宝甚多；到了以后，又听灵云也是如此说法。一则知道这些法宝俱有仙符封锁，二则无有教祖法谕，谁也不敢乱动。一闻此言，知道教祖不久就要回山，灵云等尚未归来，法宝决不会无故出现，好生惊疑。便问芷仙新来诸人可在室内。芷仙道：“我因还有半个时辰便是他们进餐之时，连日见南姑满腹心事，从未好好安眠，难得安睡一刻，意欲先叫他们三人前去安排，回来再唤南姑。见他们三人均不在室内，寻到崖前，只看见于建一人，就回来了。”若兰闻言，心中一动，忙对芷仙道：“芷仙姊快去寻找杨、章二人，如果找到，不许他们乱走动。袁星仍回后洞把守，回复石、赵二位道友，说我伤势业渐痊可，不敢劳动。明日便是端阳，等青螺诸位师姊回来，再去奉请。今天但盼不要出事才好。”说罢，匆匆拉了英琼，驾遁光往丹台飞去。袁星忙喊主人慢走，还有话说时，二人业已飞出洞去。

芷仙见咫尺之间，还驾遁光飞走，知道事关重要，忙着出洞寻人。袁星追上前去说道：“仙姑且慢，还有事呢。”芷仙便问何事。袁星道：“我因见这里许多地方每交午夜，必有宝光上腾，时常留心。刚才我从崖上飞下，又被于建无心中撞落山石，发现一个洞穴，里面金铁交鸣，响声甚大，定有宝物在内。那洞穴外有门户符篆，我不敢妄自开看，正要回来报信，便见丹台仙云大起，知道事关紧要，连忙走来先说。偏偏我主人同申仙姑那般性急，不俟把话听完便走。我也知丹台是全山最要紧的所在，主人们定来不及先顾别处。不过洞穴既现，法宝又在里面作响，万一发生事故，岂不怪我知而不报？我看那新来四人中，姓杨的最是有些鬼头鬼脑。于建曾说寻他不见，万一闯了祸，现在也无法挽救。不如我去后洞把守，姑娘亲去洞穴前守护，等主人与申仙姑回来，再做计较。”

芷仙见一波未平，一波又起，估量新来诸人自受申斥，每日颇为恭谨，不敢闹事，便依了袁星。回到崖前，见于建一人两眼望着崖壁洞穴，正在惊慌。见芷仙走来，连忙跑上来说道：“仙姑、袁仙快看上面洞穴！”芷仙忙问何故。于建道：“二位走后不久，我在下面听见哧的一声，从洞中飞出一道青色彩虹，疾如闪电，光华耀眼，冷气逼人，往天上飞去了。”芷仙闻言大惊，忙和袁星拔出宝剑，飞身上崖。走到穴前一看，那穴纹丝不动，两扇洞门仍然关得严严密密的。袁星侧耳一听，里面响声龙吟虎啸，如奏仙乐，只是声音却比先前小了许多。芷仙、袁星商量了一阵，因听于建说业已飞走一道青色彩虹，不敢大意开看。芷仙又问于建怎会发现这洞穴。于建又把上项事情说了。再往丹台那面一看，只见仙云笼罩，彩雾霏霏，也看不见李、申二人动静。问起袁星，知道比先时还要浓厚。袁星恐后洞再要出事，忙着要走。芷仙一时也拿不定主意，只好一人在穴旁把守，且喜响声越来越低，别无动静。过了半个时辰，远远望见李、申二人回到太元洞前。芷仙急忙招呼二人过来，先说明发现洞穴之事，不及细问灵翠峰如何，便要去寻杨成志和虎儿。英琼气忿忿地说道：“这两个业障！也许死在灵翠峰了，寻他则甚？”芷仙闻言大惊，刚要问时，若兰道：“我已丢了一件法宝，那边未了，这边又有了事，怎么偏在大师姊回来前一日同时发生？如今先顾不得说闲话，先把这洞封住再说。”说罢，口诵真言，用符咒先将洞穴封住。施法以后，立刻穴上起了一阵烟云。若兰大喜道：“这里不妨事了。听穴中响声，定然藏有仙剑之类的法宝不在少数。只可惜我知道迟了，适才飞走那道彩虹，不知是什么法宝。大师姊和诸同门不在家，连出许多事，真是气人。我们下去细谈吧。”若兰又盘问于建。于建不敢再为隐瞒，便将二人连日行动可疑及前事说了。三人因于建发现洞穴事出无心，并未怪他，只嘱咐以后诸事留意，分别回洞。

芷仙忍不住问虎儿怎么遭难，真的可曾身死？若兰道：“我一到丹台，便看出那仙云不是偶然发出，定是师祖设下的仙阵，如无人私入阵内，决不会发动。我又看出灵翠峰已经飞去，自不量力，想从生门入内，看看有无法宝遗存。谁知师祖仙法妙用无穷，如非当初偶听先恩师说，和师祖在福仙潭斗法，恩师用身外化身得免于难之事，彼时无意中跟着先恩师学了点，差点儿我也陷身在内。就这样还将我一件护身法宝失落阵内，才得脱身。我当时并未深入阵里，只在生门前观望，隐约见虎儿伏倒在地上。归来驾遁光到处寻找，不见杨成志，定然也陷在阵内。虎儿所入恰好生门，或者不至于死。杨成志那厮就难说了。适才听于建之言，定是他两个业障垂涎仙草，前去偷盗，咎由自取，不去管他。只是芝仙常在那里盘桓游憩，它又识得仙草所在，如将它也陷入阵内，那才糟呢！虎儿根骨甚好，虽不似夭折之相，但是仙阵厉害，如有不幸，岂不可惜？”正说之间，南姑惊醒转来，一听众人说起经过，痛不欲生，眼泪汪汪跪在三人跟前，请求搭救，并求众人领她到灵翠峰去。若兰道：“事已至此，我等道力浅薄，有何法想？现在丹台附近仙云笼罩，我等俱不敢上前，你去有什么用处？除等大师姊她们回山，新入门的秦家姊妹法术精深，或者能够挽救；否则只有请大师姊赶往东海，向掌教师尊求救了。”南姑闻言，不敢勉强，只急得饮泣吞声，哽咽不止。英琼见她可怜，便和若兰说了，姑且领她到丹台走走。若兰因为适才冒险撞入仙阵，又驾遁光遍山寻找芝仙与杨成志踪迹，运气时疮口受了震动，渐渐觉得伤处又有些胀痛，起初并未十分在意，仍同了南姑再往丹台。南姑走至丹台左近，便跪在地下，求师祖长眉真人怜救虎儿一命。在自呼号了好一会儿，只哭得力竭声嘶，仙云毫不减退。若兰、英琼也是代她难过，再三劝慰，才将南姑扶起。

刚往回走，英琼一眼看见若兰袖口有紫血流出，忙喊：“兰姊，你看你的手臂又怎么了？”若兰也觉着臂上一阵阵刺骨生疼，捋袖一看，那伤口重又迸裂，虽不似先前那般奇痛，渐渐有些禁受不住。芝仙又不知去向，无可奈何，只得一同回转太元洞再做计较。回洞落座不久，又觉伤处一阵奇痒，肉已溃烂，更不能下手抓挠，唯有咬牙忍受。英琼、芷仙虽没有身受痛苦，也是心中难受万分。四人都是愁眉泪眼，好容易挨到第二日。英琼自若兰受伤，早就想派神雕去青螺送信，请灵云先想救治之法。若兰再三不肯，说守山责任甚重，如无髯仙警告，后洞未辟，还可借崖顶上祖师的仙符封锁，不畏敌人侵犯。髯仙警告定要应验，自己又受了重伤，一旦后洞有事，神雕是个有力的帮手，万万遣去不得。英琼只好作罢。且喜当日便是端午，从寅初盼起，直盼到午后，仍未见众人回来。英琼只记着破青螺是在午前，有秦家姊姊的弥尘幡，顷刻千里，不难即回。哪知灵云等破完青螺，还要转救郑八姑，有些耽搁。又疑心灵云等破完青螺不就回来，或者又往别处去，好生后悔日前不遣神雕送信的失策。又见若兰浑身火热，伤处苦痛难忍；南姑关心同气，不住悲泣。越加焦急得如热锅上的蚂蚁一般，一会儿在室中宽慰若兰、南姑，一会儿又跑出洞去向空凝盼。正在望眼将穿，忽见袁星如飞跑来说道："主人快去，飞雷洞出了事了！"**一波未平一波又起。**英琼闻言大惊，不及细问，知道若兰不宜劳顿，得知警耗必定焦急，只悄悄嘱咐芷仙在洞中护慰，自己只说到崖顶上去迎接灵云。一出太元洞，速往后洞赶去。

这时石奇、赵燕儿因见来人厉害，早将若兰的法宝祭起护着洞门。英琼原知道阵法生克，便和袁星掐诀行法，穿阵而出。到了外面一看，侧面高峰上站定一个道姑和日前对敌逃走的孙凌波与施龙姑三人，正和神雕、石奇、赵燕儿斗在一起。英琼更不怠慢，忙将紫郢剑放将出去。袁星见主人上去，也望空一声长啸。神雕听得袁星啸声，倏地由剑光影里一个转侧，疾如投矢般飞下地来。等袁星纵上雕背，二次凌云又起。袁星手舞两柄长剑，发出十余丈寒光，杀将上去。

原来石、赵二人因那日英琼、若兰驾雕飞去，又是歆羡，又是佩服，只盼二人得胜回来，好去瞻谒凝碧仙府。及至等了半天，不见动静。芷仙被英琼喊回洞去，并不知若兰受伤之事，回了太元洞，便被英琼留住陪伴若兰，所以二人先不知音信。后来见芷仙不再出来，却换了神雕和袁星把守对面洞口。一雕一猿，互用鸟语兽言对答，有时袁星又进洞去取些腌腊果子出来，与神雕互相对吃，非常有趣。知这神雕既回，李、申二人也必回来，只不知胜负如何，不通兽语，难为问讯。第二日早起，燕儿忍耐不住，心想："一雕一猿俱是深通灵性，话虽不通，叫它送信示意，总还可以。"便从对崖飞到后洞，对袁星道："我和石师兄因惦记着李、申二位的胜负，意欲入洞探望，请你回去禀报一声如何？"袁星便用人言将若兰受伤之事说了。石奇刚跟踪过来，闻言大惊，便和燕儿商量要进洞慰问，请袁星前去通禀。袁星知是主人好友，不敢怠慢，立刻遵命回报。及至袁星回来，说是灵云等未归，若兰病体未痊，要缓日才能待客，二人只好作罢。因见袁星佩有两柄长剑，问它可会剑法。袁星把得剑之事说了。并说只在平时看主人和各位仙姑练习，默记一点儿，新得此剑尚无传授，要等齐仙姑回来禀明之后，才能练习。二人将剑取出看了，知是两口奇珍。又问神雕可通人言，神雕摇了摇头。袁星道："我们猿猴猩猩本与人类同种分化，横骨一化，便通人言。有两种猩猩，更是生来一教就会。鸟类中除了鹦鹉、八哥尚能学舌外，余者不脱胎换骨，终难人语。我这位钢羽大哥，本领道行比我要强百倍，只这一样还不知得修多少年呢。"神雕闻言，长啸了两声，好似表示受屈的神气。石、赵二人见雕、猿都这样精灵，有时问到神雕，便由袁星做通译，谈谈说说，颇为有趣。

直到天晚，石、赵二人在飞雷崖前比剑练习了一阵，又叫袁星也练。袁星先说一声："二位大仙指教。"便将两柄长剑舞动起来。剑一离剑匣，便是两道二十来丈的青白光华，在微月繁星之下舞将起来，越显得晶莹耀眼，瘆人毛发，比以前看时大不相同。

袁星虽然不能运动剑光飞出手去，舞剑本领竟比石、赵二人还强，喜得石、赵二人连连拍手称赞不置。袁星一得夸赞，越发起劲，将平时所偷记的峨眉剑法舞成了一团寒光雪影，疾如电闪，在平崖上下翻滚。石、赵二人好生惊奇。正舞到酣处，神雕想是也有些技痒，一声长啸，舒展健翮，冲霄飞起，睁开两只火眼金睛，野鹰攫兔般觑定崖上那团寒光，盘空下视，倏地两翼一收，水鸟啄鱼般疾若飞星，穿入剑光丛中。只听袁星一声怪啸过处，一团黑影，两点金星，早带了那两道寒光腾空飞起。那神雕好不促狭，从空飞泻，用钢爪从袁星手上夺去那两柄长剑，兀自在空中盘桓飞舞，也不远去，不时低飞，离袁星头上丈许高下，等到袁星纵身欲抢，它又冲霄飞去。只急得袁星在崖上连连顿足怪叫了好一阵，直露出哀求的神气，才敛翼飞将下来。袁星连忙纵过去，将剑抢到手中，归入匣内，才用人言说道："我想请石、赵二位大仙指点剑法，并非特意卖弄。你不怪你错投了胎，既没有长两手，又不会人言。谁还不知你从白眉禅师听经学道多年，能抓取人的飞剑？何苦气不服我则甚？"言还未了，神雕延颈顾盼之间，一声长鸣，又要飞起。吓得袁星往石、赵二人身后直躲，满口告饶才罢。引逗得石、赵二人哈哈大笑不止。袁星虽是畜类，心极向上，自得此剑，爱逾性命，神雕和它玩笑也怕得要死，又和神雕说了一阵好话。神雕延颈瞑目，偏着一个头，大有不屑神气。又引逗得石、赵二人一阵大笑。末后神雕叫了几声，袁星面带喜色，对石、赵二人道："我们钢羽大哥要带我到空中去舞剑呢。"说罢，二次拔出双剑，将身一纵，上了雕背，神雕凌云便起。石、赵二人仰头一看，只见那袁星骑在雕背上，舞动两道剑光，穿云掣电，上下青冥。舞到疾处，好似千百条青白神龙围裹着一团黑影，在星光之下乱窜，时而高出云霄，时而低翔岩谷，光华盘空，腾挪变幻。霎时间风声四起，草木萧萧作响，连那个崖上洪波巨瀑都听不见响声。石、赵二人看得兴起，也将剑光放出，迎上前去。三人一雕，驾驭着四道青白剑光，满空飞舞，出没云际，约有个把时辰。神雕倏地束紧双翼，流星飞泻般直往侧崖万丈洪瀑之中穿了下去。猛听袁星一声怪叫过处，神雕微一腾扑，便已翻身上崖。等到石、赵二人收剑赶过来一看，袁星已经下了雕背，正在收剑入匣。再看神雕，仍和刚才一样，钢爪抓地，稳如泰山般站在那里，慢条斯理地剔毛梳翎，黑羽上亮晶晶直泛乌光，金睛四射，顾盼威猛。燕儿见一雕一猿如此神异，好生代英琼欣幸。石奇心想："凝碧仙府禽兽已经如此本领，余人可想。"二人俱都不舍回洞，直玩到午夜做功课时，才回飞雷洞去。

第二日一早，便到崖前仍和袁星说笑玩耍，袁星又回洞去取了许多储藏桃杏之类出来，大家同吃。石奇问起袁星，知道今日端阳，灵云等破完青螺便要回来，越发高兴。一会儿工夫，便到中午，石、赵二人俱未能断绝火食，回洞用完了素食，刚刚走出洞来，迎头遇见袁星说道："适才钢羽飞翔空中，去捕生鹿回来腌腊，在姑婆岭上空看见两个异派女子和一个道姑驾了剑光，正往我们这里飞来，半途又遇见一个异派中的道士，便落下去。我问那些人的形象，有一个颇与那日与二位大仙交手的女贼相似，也许这个女贼又约人来此寻衅，二位大仙须要留意。"正说之间，忽听神雕连声长啸，袁星连忙舍了石、赵二人，纵过崖去。就在这一转顾之间，忽见两道青黄色的剑光从侧面孤峰顶上飞将下来。石、赵二人不敢怠慢，忙将剑光飞出迎敌。抬头一看，孤峰顶上站定一个道姑和两个女子。内中一个正是那日逃走的桃花仙子孙凌波，却未动手，只在一旁高声喝道："那两个业障还不束手投降，随仙姑们回去，少时便要死无葬身之地了！"言还未了，这边袁星早骑在神雕背上，舞动双剑，冲霄而起，杀上前去。孙凌波一见神雕来势甚急，雕背上坐着一个似人非人的东西，舞动两道青黄长虹，风驰电掣般飞来，摸不着深浅，不敢怠慢。自己两柄飞剑俱被敌人破去，便将阴素棠给她的一柄白骨飞叉祭起，化一道青灰光华迎上前去。那道姑识货，知道神雕来历，大吃一惊，忙喊："二位道友去擒那两个小厮，待我来对付这个孽畜！"说罢，口中念念有词，先喷出一团轻烟，笼罩着三人全身。由孙凌波与另一女子迎敌石、赵二人，自己准备单独迎敌袁星。神雕毕竟见多识广，一见道姑身旁起了一股黑烟，口中连连鸣啸，倏地拨头飞下地去。袁星正待上前立功，忽见神雕不战而退，口中连连叫唤，知它用意。下了雕背，忙跑近石、赵二人面前，说道："神雕说来的妖人厉害，二位大仙不可轻敌，可将申仙姑法宝祭起护着洞府，我回去请主人去。"说罢，拨头往洞中便跑。神雕放落袁星，二次仍又飞上前去。石、赵二人本觉迎敌吃力，因为年少气盛，不肯示怯，其势又不能弃了洞府逃走，只得将若兰法宝护住两边洞府，以备缓急，奋力与敌人决一胜负。那三个敌人当中，孙凌波首先不愿伤害石奇。还有一个正是施龙姑，一则有了孙凌波先入之言，再见燕儿也是一身仙骨，恨不得将这两个道童生擒回去，与孙凌波各分一个受用，两不相扰。两人俱是一般心思，俱都不肯轻下毒手。

那道姑本是为寻峨眉门下报仇而来，谁知一到此地，便见崖下飞起一只火眼金睛的黑雕，认得是白眉和尚座下神禽，不由大吃一惊。以为神雕既然在此，白眉和尚也必定驻锡此间，如果遇上，绝非敌手。当着孙、施二人，又不便知难而退。暗怪自己不该轻信人言，说是峨眉主要人物俱在东海炼宝，只剩几个初入门的仇人在此，不难手到成功，谁知上了大当。知道神雕厉害灵巧，两只钢爪善攫法宝，不畏飞剑；何况雕背上还坐着一个似人非人的东西，手中两道剑光发出十余丈青黄光华，竟看不出是何家数。不敢怠慢，先将黑眚砂放出一团黑烟，将三人身体护住，以免遭那神雕暗算。然后独自上前迎敌。就在这略一寻思之间，眼看那雕才一照面，便即飞了下去，雕背上似人非人的东西竟是一个猿猴。适才因为飞行太疾，又有剑光围绕，不曾看清。又见猿猴一下雕背，和那两个道童匆匆说了两句，便纵身跳进对崖一个山洞中去了。那猿猴如此灵异，定然又是白眉和尚豢养的灵兽，想是看出来人厉害，入内送信。正猜疑今日之事有些凶多吉少，忽见下面起了一阵彩烟，敌人剑光并未退去，两边山崖洞府连那两个道童俱都失了踪迹；同时那只神雕重又冲霄飞起，直往剑光丛中扑去。那道姑一面嘱咐孙、施二人留神，一面运用全神，将一道青灰的剑光迎敌。那神雕何等灵巧，早看出来人剑光不弱，不能得手，身上仗着白眉禅师用不坏金光护身法炼过全身，敌人剑光伤不了自己，只往剑光丛里虚张声势，扑了一下，便即破空直上，隐入青冥。道姑见神雕飞走，以为它害怕剑光，正暗忖白眉和尚座下神雕有名无实，想要帮助孙、施二人先将敌人剑光破去，再做计较。谁知那神雕并未远走，忽从云层里直扑下来，往三人头上抓去。那道姑见日影里弹丸飞坠般落下一点黑影，直往头顶上罩来，暗骂："不知死的孽畜！竟敢暗算伤人。"将手一扬，黑眚砂化成一团黑烟，往上冲起。神雕见难下手，一个转侧，舍了三人，又往剑光丛中飞去。一任它鹰飞鹘落，上下翻腾，想尽出奇制胜之法，那道姑俱有防备，不能占得丝毫便宜。石奇、燕儿本非来人敌手，仅仗神雕相助，勉强支持个平手。道姑明知敌人用的是隐形阵法，**斗了半天，还不交代道姑身份，也是一种叙事技巧。**几番想用黑眚砂从敌人剑光起来之处打将下去，俱被孙、施二人拦住。

正在相持不下，忽听一声娇叱，下面岩石上现出一个幼女，手扬处飞上一道紫虹般剑光。施龙姑识得厉害，忙喊："这丫头用的是紫郢剑，二位留意。"道姑已将那道青灰色剑光迎上前去，与紫光相遇，只绞得一绞，便觉支持不住，心中大惊。同时神雕飞将下去，又背了袁星舞动两道青黄色长虹飞将上来。孙凌波知道今日不下毒手绝难取胜，对施龙姑道："姊姊还不下手，等待何时？"施龙姑此来，原是受孙凌波和道姑的鼓动，目的只想觑便生擒石、赵二人回山，并不想用玄女针伤人。先见石、赵二人用阵法隐去两边洞府，易了山谷位置，便知不易得手。及见神雕飞跃，日前在枣花崖相遇的那个使紫郢剑的小女孩子又出来助阵，情知这里离峨眉派根本之地太近，更不知有多少厉害敌人还未出来。孙凌波只管催促，龙姑只管迟疑不决。那道姑见飞剑光芒锐减，情势不妙，想要用力收回，哪里能够，被英琼紫郢剑一绞，便成了两截，余光青荧，似两截断了的火柴飞坠。那紫光更不饶人，破了剑光，便直往道姑头上飞去。孙凌波见势不佳，舍了石、赵二人，忙将飞叉迎上前去，想抵挡一阵，好让道姑行法。谁知又被紫光迎着一绞，化成无数断光流萤四散。施龙姑先迎敌石、赵二人还不怎样，及至袁星舞动玉虎剑二次飞了上来，虽不能飞剑出手，可是骑在雕背上来往盘旋，竟不亚于飞剑活跃。那两道剑光又大又长，舞起来如黄龙离海，长虹贯日，用尽元神，休想克动分毫，本就难于应付。及至孙凌波见道姑危急，分出飞叉前去接应，只剩龙姑一人独敌这四道剑光，如何能是对手。偏偏孙凌波白骨飞叉迎着紫光便成数截，龙姑心惊微一疏神，便被袁星两道剑光绞住，指挥不灵。石、赵二人见英琼带着一雕一猿连连得胜，又喜又愧。一见龙姑飞剑已被袁星两道剑光绞住，石奇暗运真元，指着剑光，直往龙姑身上飞去。那道姑虽然满身妖术邪法，除了一柄飞剑，用起来大半仗着符咒。起初全神贯注飞剑，不舍得把它失去，难于分心。及至飞剑被敌人破去，又惊又怒。她还不知紫郢剑何等厉害，以为黑眚砂满可以护住三人身体，剑光一挨，便受邪污坠落。放放心心地一手取一把黑眚砂，一手拿着一个泥犁落魂幡，正在念咒施为，英琼紫郢剑已经绞断孙凌波白骨飞叉，往三人站立的孤峰飞来。孙凌波飞剑、飞叉全都毁在英琼剑下，虽然万分痛惜忿恨，也不敢再用法宝出手。眼看紫光飞来，见那道姑仍若无其事一般，也以为黑眚砂可以御敌破剑，一时疏忽，只一味催促施龙姑快放玄女针。言还未了，英琼、石奇的飞剑双双飞到，英琼与孙凌波仇人相见，分外眼红。也是那道姑命不该绝，英琼将手一指，紫郢剑舍了道姑，直取孙凌波。只听一声惨呼，紫光过处，一道白光直从峰顶坠落。那道姑和施龙姑各驾遁光分头窜开。山峰阴风大作，愁云惨雾中夹杂亩许方圆一团黑影，鬼声啾啾，直往下面英琼立足崖前罩下，同时更有八九道红光射将下来。那神雕连连叫唤，展开双翼，将身向前。

雕背上袁星也舞动剑光，护着全身迎了上去。英琼经了几次大难，已知慎重，自己仅这一口紫郢剑，见敌人连施妖法，无力兼顾，只得舍了敌人，将剑收回，待要护住全身。

就在这一转眼间，先是一道金光从天而降，接着便是一团五彩云幢滚入黑氛浓雾之中，同时，又见七八道各色剑光直往对面峰头飞去，立时烟消雾散，满眼清明。灵云姊弟率了紫玲姊妹、朱文、文琪、轻云等飞身落地。英琼心中大喜，连忙收了乾坤转变潜形旗，与诸人相见，又将石、赵二人请来见了。石奇因为飞剑受污，好生难过，同众人见礼之后，先飞到崖下寻着那柄落下的飞剑。再上那孤峰去一看，除了孙凌波尸横就地外，道姑和施龙姑业已在妖法被破时逃走。

原来施龙姑被孙凌波催放飞针时，忽见紫光、白光同时飞到，正要抵御，那白光近身数尺，忽然落下。正想赞美黑眚砂厉害，却未料紫郢剑不怕邪污，竟然冲烟而入。只听孙凌波狂叫一声，连肩带首断为两截，倒于就地，把龙姑吓了一跳。所幸见机甚速，还被剑光微微扫了头顶一下，将青丝齐根寸许削落。吓得龙姑胆落魂飞，忙驾遁光避开。惊魂乍定，不由急怒攻心。再看那道姑已将泥犁落魂幡展动，黑眚砂放出去，把心一横，索性也将玄女针放出，准备报仇雪恨。没料到灵云等从青螺回来，行近峨眉后山，紫玲忽闻着一股腥风，连说有异。便将遁法升高，看见不远处黑烟笼罩，连忙赶了过去。朱文首先将天遁镜放出。紫玲一见那八九道红光，认得是金针圣母的玄女针，大吃一惊，恐怕下面的人受伤，知道此针只有弥尘幡能破，连忙飞了下去。龙姑也颇识货，一见敌人声势大盛，连孙凌波尸首俱顾不得携带，连忙收了飞针逃走。那道姑自知邪不敌正；妖法被天遁镜一破，早化黑烟逃走。孙凌波仇未报成，枉送了自己性命。这且不言。

灵云等担心凝碧崖，又不见若兰、芷仙等在侧，只剩英琼同一雕一猿在飞雷洞崖上与敌人争斗，忙问凝碧崖可曾出事。英琼道："话长呢，后洞现已打通，我们回家再说吧。"当下仍将乾坤转变潜形旗交与石奇，吩咐神雕、袁星把守后洞，匆匆别了石、赵二人，一同由后洞回去。众人剑光迅速，俱都惦记凝碧崖发生变故，无心观赏沿途景致，转眼便将飞雷捷径走完，收了剑光。英琼忙将若兰受伤经过说了个大概。灵云、朱文一听若兰受伤，先不顾别的，便率众往太元洞走去。才走近若兰门首，便见芷仙满面惶急，在室前探头凝望。一见众人回来，心中大喜，高声喊道："兰姊，大师姊回来了！"说着，便迎了众人进去。原来若兰在英琼出去这一会儿，伤势越发沉重，渐渐元气隔不断要穴，毒气要往肩胛一带窜了上去。不是因为灵云等今日就要回来，几乎想将一只臂膀断去。南姑心念虎儿，也是哭得如泪人儿一般。芷仙看护二人，本就代她们忧急，因等英琼独自御敌，好一会儿不见回来，越发担惊害怕。正在无计可施，正好众人回来。灵云先进室中，见若兰袒臂在床，忙回身喊金蝉止步，自己同了紫玲姊妹，走近石床前看视。若兰因为运气阻遏毒血流行，不能行动说话，只微微用目示意。灵云未及开言，紫玲一见若兰疮口，便知是中了金针圣母的玄女针。忙问若兰受伤时间，已经两日，好生惊异。说道："这玄女针若中的不是要害，如不将伤处残废，至多一个时辰，毒气攻心而死。申师妹能延长这么多时候，足见道力高强了。"灵云因紫玲知道来历，便请她从速施治。紫玲先要过凌真人所赠丹药，与若兰敷了半粒，又用半粒服了下去。然后道："这种飞针，是取五金之精与百虫百鸟之毒，千锤百炼而成，再加多年修炼，再也狠毒不过。当初先母也会炼此种飞针，因为嫌它太毒，不曾修炼，仅炼了红云针与白眉针两种。除白眉针万不得已时作防身之用外，红云针中了并不要紧，仅仅使敌人受伤而已。闻金针圣母已遭天劫兵解，如此毒针随便传人，恐怕她末劫不易超拔呢！适才神雕想是知道此针厉害，救主心切，竟横展双翼迎上前去。我们若来迟一步，李师妹虽仗剑光护体不致妨事，那神雕必定受伤无疑。因为此针之毒，各家妙用不同。愚姊妹虽知破针之法，医治伤处却无解药。若非凌真人赐的仙丹，申师姊道力高深，能以维持数日，虽不丧命，手臂也废了。”说时，若兰自敷了神丹，紫血不流，疼痒立止，臂上一阵白烟过去，虽未立刻还原，浮肿渐消，皮肤也由紫黑转成红润，屈伸自如。便要下床和众人见礼。灵云、紫玲连忙拦住。大家落座，细说前事，才知有芝仙舐臂之事。

第二十三回　两界等微尘　幻灭死生同泡影
灵岳多异宝　金精霞彩耀云衢

且说南姑先见众人前来，都忙着与若兰治伤，不敢请求，心中却是焦急非常。一见众人坐定说话，再也忍耐不住，逡巡含泪，上前朝着灵云等跪下，方要开口，英琼已抢着将前事说了。灵云一面招呼南姑起来，听完英琼之言，说道："不但灵翠峰下师祖藏有仙药，凝碧全崖共有五峰九泉十八洞，到处皆藏有剑仙宝笈灵药奇珍。只为蝉弟等年少喜事，掌教师尊未来，恐他无知妄动，所以未对众同门详说。如今错已铸成，芝仙通灵，既能平时出入峰内，料无妨碍。只索先去救人要紧。"南姑闻言，略放宽心，忙又叩头称谢不置。当下除了芷仙仍陪着若兰外，连南姑都随着众人同去。

灵云等到了丹台附近一看，只见仙云弥漫，彩光耀目，变幻不定，俱都赞叹仙家妙用。灵云先将身纵起高空细看仙阵门户，下来对众人说道："这是师祖先天一气仙符化成的两仪微尘阵。听家母说此阵共分生、死、晦、明、幻、灭六门，入阵的人只要不落幻、灭两门，生死系于一念。要入此阵，非从死门入内不可。若要破去此阵，恐非我等浅薄道力所能及了。"寒萼素来好大喜功，方要开口，紫玲时刻留神，忙对她使了个眼色。灵云已经觉察，便问："何人愿随愚姊同往，去将被陷的人救出？"寒萼闻言，首先答应："妹子愿随大师姊入阵瞻仰。"紫玲好生不以寒萼为然，但是话已出口，又不好叫她不去，好生不悦。余人大半明白灵云用意，同声答道："既有二位师姊入阵，料无妨碍。我等入门日浅，道力微末，如用不着时，不去也罢。”灵云又问紫玲可愿同去。紫玲自是谦逊不遑。金蝉方要开口，被朱文止住。灵云也不勉强，便向朱文借过宝镜，对寒萼道：“师祖仙法深参造化，恐非旁门法宝所能应付，可将此镜带在身旁；以备防身之用吧。”寒萼暗想：“弥尘幡乃母亲修炼多年的至宝，大师姊竟说是旁门法宝难于应付。不信这驱遣云雾的阵法，倒有如此厉害。我不免入阵相机行事，倘能破去，岂不人前显耀？”心中虽如此想，面上毫未显出，含笑将镜接过藏在怀里，又向紫玲要了弥尘幡。紫玲微瞪她一眼，再三嘱咐诸事小心，一切听大师姊指挥。寒萼也不理会，只笑着点了点头，**这个寒萼也属“反面”角色。按照所谓叙事“矩阵”理论，一个饱满的故事，需要设置“主正”“主反”和“辅正”“辅反”两对角色，才能形成足够的内在张力。所言虽然有些机械，但基本精神有道理。寒萼性格的设立，便是如此。**便走过去问灵云从何方入阵。灵云道：“此阵死门在东北，生门在西南，幻门在中央，灭门在极东，晦门在极南，明门在西北。被陷两人尚不知在哪一门上。死门难入，易于求生；生门易入，容易被困；灭门是破阵的枢纽，此时尚谈不到；幻门变化无穷，容易迷途，陷窒真灵；晦门黑暗如漆，恐非寻常所能应付；只有西北明门可以开通。妹子初来，不知峨眉玄妙，不如你我分道而行。你由西北明门入阵，我去打通东北死门，一齐往中央会合，便可从幻景中用我的元阳尺，你的天遁镜，观察被陷的人所在了。”寒萼闻言，虽然不甚心服，反正自己并不知此阵就里，正好由容易之处下手，便即领命，与灵云各道了一声“请”，各用法宝护身，双双飞入仙云彩雾之中。

寒萼因灵云说极东灭门是全阵的枢纽，此门一破，全阵冰消，打算先将西北门打通，不赴中央，直往灭门相机行事。倘能仗身带法宝破了全阵，岂不大有光彩？即或不能，便推说自己法力浅微，入阵之后迷了方向，有弥尘幡护身，也不愁无法脱身。主意打定，便往西北明门飞去，艺高人胆大，想要看看此阵到底有何玄妙。初入阵时，竟连弥尘幡也不用，驾着剑光，穿入云雾之中。

只觉彩云弥漫，围绕周身，并无什么异处，暗自好笑。英琼说若兰此次探阵百般小心，仅在阵门前略微观望，并未深入，还遗失了一件法宝，才得脱身，实在张大其词。她却不知此阵各门变化不同，若兰入的是生门，根本便错了步数。灵云因连日见寒萼质佳气锐，非修道人所宜、想借故折服她。又因师祖阵法奥妙，恐她过分闪失，特地让她由明门进去，又将天遁镜与她护身，使她到时知难而退。寒萼既不知就里，一味在云雾中恃强前进，并不觉有什么阻碍，逐步留神，毫无变故发生。只觉云层厚密，除彩光炫眼难睁外，什么也看不见。想起自己已经走了有好一会儿，要按外面所见形势，这一堆彩云至多不过数十亩方圆，剑光何等迅速，再按时间计算，这一会儿工夫至少也飞行了百十多里，何以还未将阵走完？也看不出一丝迹兆？想到这里，一面将弥尘幡取出，一面又将宝相夫人的金丹放起。要照平时，这两样法宝一经放起，一个是化成一个五色云幢护住全身，一个是一团栲栳大的红光，无论敌人法宝、阵法如何厉害，有此二宝护身，身隐彩云红光之中，不但进退自如，还可破去敌人的法术、法宝。谁知不用这两样法宝还不怎样，刚将二宝取出才一施展，便见红光照处，身旁彩云倏地流波滚滚一般，往四外退去，霎时云散雾消，面前只剩一片白地。误以为法宝生效，正好笑灵云虚言，这彩云也不过平常驱遣云雾法儿罢了。自觉明门已破，待要往正东方灭门飞去，四外一看，不由惊疑起来。原来彩云退后，四外已通没一丝云影，只见一片平地，白茫茫四外无涯。再仰头一看，天离头顶甚低，也是白茫茫的上下一色。前面既看不见灵云同被陷的人所在，后顾来路也看不见同门诸人。山谷林木俱都不是适才景色，仿佛又到了一个天地。先还以为自己飞了好一会儿，也许剑光迅速，穿出阵去，飞离凝碧仙府。后来又想：“凭自己目力，无论剑光如何迅速，飞到何处，也没有四望无涯，看不见一丝边际的道理。”再一想：“自己原是由西北直扑正东，眼前景象不似真的天地，莫非已经到了灭门？莫要被阵中幻景瞒过？”想到这里，重又振作起来，不问青红皂白，反正有弥尘幡在手，且往东去，相机行事，不行再回来也不迟。当下仍用弥尘幡往前飞行，只见大地如雪，闪电般往脚下身后退去。走了又是好一会儿，前途依然望不见边际，天却眼看低将下来。寒萼毕竟是一时神志昏迷，渐渐有些警觉；越走越觉情形不对，只是心中还未服输。暗想："弥尘幡能藏须弥于芥子，动念之间顷刻千里，何不飞身回到原处，看看是否仍在阵内？如果已飞出阵外，可见此阵并无多大玄妙；如果仍在阵内，再看情势以定行止。"想到这里，便回身飞驰，以为不难顷刻回到适才的所在。谁知一转身，便见头上的天越发低将下来。猛见手上弥尘幡与那粒金丹俱都还原，彩云红光全都消逝，才知不妙，又恨又急。这才想起灵云之言，刚把天遁镜从怀中取出，那头上的天已如一张无垠广幕一般罩将下来。霎时间天地混沌，一阵大旋大转，七窍闭塞，头晕脚软，晕死过去。

等到醒来一看，已睡在太元洞若兰室内石床上面。紫玲站在自己面前，面带惊喜之容。一边南姑手上抱着虎儿，也好似沉睡方醒，两眼半睁半闭。金蝉手上却抱定一个赤体的婴儿，口中只管唠叨。那婴儿浑身白如凝脂，两只肥胖胖欺霜赛雪的小手环抱着金蝉头颈，与身后朱文牙牙学语。余人俱在室内或坐或立。寒萼似梦方醒，正待起立，觉得身子有些软绵绵的，重又睡倒。这才想起前事，暗想；"不好，莫非失陷阵内，被人救出？失闪师祖阵中并不算出丑，只是母亲的弥尘幡和那金丹如有损坏，自己百死不能蔽其辜。"也不顾紫玲说她，忙问道："姊姊见我们的弥尘幡么？"紫玲忍不住说道："你有多大道行，竟敢妄窥师祖仙阵？大师姊见你狂妄无知，不好不准你去，特意借了朱师妹的天遁镜与你，原是想你稍微瞻仰师祖道法，知难而退。你竟私下逞能，不肯先行取出应用。若非大师姊怜惜，诸事小心，特意命你从明门入阵，你再妄入晦、灭两门，母亲数百年辛苦、历尽千灾百难炼就的金丹至宝，岂不断送你手？那杨成志误入生门，看见仙草，妄动先天一气灵符，困入阵内三日，虽被大师姊救出，有仙丹搭救，现在还是奄奄待毙。虎儿一念仁慈，得芝仙指点，避入明门，因不似你逞能深入，只是饿了三日，服了仙丹即可复原。芝仙因想救虎儿出险，灵符发动，也同时被陷在内。幸而它通灵，识得奥妙，见势不佳，虽然不及遁走，只是被陷晦门附近，为云层所困，总算万幸，没被伤害。不然，新来四人虽被我等所救，杨成志已经闯了大祸，再伤芝仙，罪更大了。大师姊仗着九天元阳尺，先救出芝仙、杨成志、虎儿。阵中变化无穷，九天元阳尺只能护着大师姊全身，发出来的光华也不过照见离身数丈以内，往返数次，并未见你的踪迹。末次出阵，另由明门入阵，看见天遁镜金光闪动，追踪过去，才见你横卧在一面神旗之下，一手拿着宝镜和母亲的金丹，一手却拿着我的弥尘幡，业已人事不知。仍用九天元阳尺将你连人带宝一齐救出阵来，总算侥天之幸。二宝在阵中虽然失了效用，出阵试验并无损坏。除杨成志昏迷最甚外，只你一人连用丹药和九天元阳尺救治，才得醒转。以后休再以微末道行妄自尝试了。”寒萼吃紫玲训斥了一顿，不禁满面惭愧，不发一言。轻云、文琪等见寒萼不好意思，各用言语又劝勉了一番。寒萼虽得醒转，还是四肢无力。灵云嘱咐她与若兰、虎儿俱须养息些时。知道长眉真人的法术无人能解，只得等掌教师尊回山再做计较。

因为连发事故，又有髯仙李元化先期警告，俱都不敢大意，当下又派金蝉、朱文、周轻云、吴文琪四人分班带了神雕、袁星去守护后洞。等过了当日，再约飞雷洞石奇、赵燕儿来凝碧崖观赏风景。分派以后，灵云同了紫玲、英琼、芷仙四人便往太元洞侧崖上去，查看若兰用法术封闭的洞穴。到了穴旁一听，里面依旧金铁交鸣。英琼、芷仙俱说适才若兰封洞时，洞中响声业已渐小，这回声音比前时要响亮得多。灵云闻言，猜想穴中定然藏有飞剑之类的法宝，起初不及预防，业已飞去了一口。恐再有差错，重用符咒封锁，才行回转太元洞去。这才分配众人的住室：轻云与文琪同居；紫玲与寒萼同居；南姑仍和若兰、英琼同居一室：

因恐新到之人再去生事，由金蝉带着虎儿、于建、杨成志同居一室。议定之后，灵云、紫玲又去看了杨成志的病状，见他业已醒转，只周身疲惫到了极处，便又给他吃了粒丹药，吩咐静养。便同紫玲回到若兰屋内探视，见虎儿已能起立，南姑两眼含泪正在劝说，神气非常友爱。见灵云、紫玲进来，忙又上前跪下谢罪。灵云吩咐事已做错，以后诸事小心，无须多礼。南姑姊弟称谢起来，站过一旁。

这时除吴文琪在后洞防守、金蝉去采摘仙果准备款待新来同门外，余人俱在室内。寒萼连服丹药，业已复原。若兰伤口也渐收合，毫不妨事。大家相见，分别就座。灵云招呼南姑姊弟也随便坐谈。芷仙便将开辟飞雷捷径与袁星合得三口宝剑之事说了，又将宝剑取出请灵云做主。灵云道："凝碧同门以芷妹根基较差，遭逢最苦，用功最勤，人最和善本分，因为未得教祖夫人传授，仅随我等练习，造诣不深，远非诸同门之比。我们各有飞剑法宝，皆出师长所赐，漫说无命不便擅赠，即便赠了，芷妹也不能使用。难得仙缘凑合，又有袁仙留谕，自然归芷妹佩用才是。唯独袁星不比神雕钢羽有数千年道行，又经白眉禅师佛法点化，异日帮助我等光大本门，出力之处甚多。它仅只是莽苍山一个老猩猿，遭逢异数，得遇仙缘，蒙琼妹将它带到这种洞天福地，享受莫大清福，已觉非分。现又凭空得了这两口玉虎剑，遇合太觉容易。适才在飞雷洞上空见它在雕背上舞动双剑，虽不能脱手飞行，已有峨眉嫡派家数，足见它平日留心我等练习，藏有深心。用之于正，不但是琼妹一条臂膀，同时令教外人看了，也觉峨眉门下禽兽都有几分仙气，岂不光彩？只恐它野心未退，得意忘形，出外为恶，就像杨成志那般无知妄为闯出祸来，莫说琼妹，连我也担待不起。剑是它得的，自然归它，从此不但我等要多留一分心，连琼妹也须时刻告诫；导入正轨才是。"英琼闻言，忙代袁星领谢遵命。芷仙听了这一席话，心中暗自一惊，哪敢把众人未回时、袁星带了自己去探仙籁顶仙源之事说出。英琼又去将袁星从后洞唤来，向灵云拜谢，将剑呈与众人观看，俱都代它欣羡不置。只有灵云正色训道："这两口玉虎剑，乃你祖先袁仙在东汉飞升时遗留之宝，非比寻常。你一个异类遭逢绝世仙缘，须要忠诚小心，时刻留意，谨守教规，努力潜修。异日教祖回来，我等自会代你恳求，使你脱胎换骨，得一正果。如敢得意忘形，犯了大过，你须知峨眉教规最严，不但追去飞剑，并将你斩首消形，万劫不复，那时悔之晚矣！此剑仍归你佩用，由你主人李仙姑暇日传你身剑合一练法。仍回后洞，小心防守去吧。"袁星闻言，吓得战兢兢叩头山响，将剑接过，捧在头上，又向英琼和室中诸人分别跪叩，才倒退了出去。紫玲姊妹同南姑姊弟见灵云宽严合宜，语言得体，无不暗中佩服。

袁星去后，灵云又道："现在该商量新来四人的处置待遇了。起初我因我等既不能收徒，又未奉命师尊法谕，不敢将他等妄行带回。偏偏凌真人见他等可怜，现身说情，尊长之命，不敢违拗，就是掌教师尊也未便不给情面，才由凌真人送他四人到此。按说凌真人用青螺旧址新创天师派，正需门人，他等四人资质大半中人以上，为何不自收留，却要他等归入峨眉门下？我等此时绝不敢妄自接受，僭收弟子。况他四人来了不多日，已经闯出祸来，虽说无知，终系大错。据我听虎儿之言，杨成志心术最不堪问，掌教师尊回山，决不收留。现因凌真人之介绍，如要遣去，凌真人性情古怪，不无介介。若是仍留在此，漫说凝碧崖仙迹与宝藏甚多，恐他日久故态复萌，又出差错。要等掌教师尊回来再行处置，诸多碍难。当初凌真人原说异日掌教师尊如不肯收归门下，他愿收留。依我之见，此时对他四人暂以同等道友相待，暂且不传授剑法。如见四人中真有不堪造就之处，省得掌教师尊回山，关系凌真人情面为难，由我抽空借送还九天元阳尺为由，将他等一同送往青螺，向凌真人说明苦况经过，听他处置。好在凌真人夫妇道术高深，别创一派，如蒙收归门下，与在此间学剑仅止门户不同，一样可以深造。诸位以为如何？"众人自然唯灵云之马首是瞻。

只苦了南姑姊弟，不知怎的，一到此地，便觉有了归宿似的。起初因虎儿受杨成志利用犯了过错，南姑早就提心吊胆。此时一听灵云之言，不禁惶急起来，见室中诸人，连日前再三恳托过的若兰、芷仙、英琼三人俱无异词，猜是灵云领袖群英，言出法随，请求决然无用。心中埋怨虎儿，若非他做错了事，尚可有词求情。连日见三人对自己情意，如单为自己请求或能生效，但是又不舍与同胞幼弟分别。低头沉思了一阵，除了从此约束虎儿处处小心谨慎，暗中再分别求众人说情之外，别无良法。她只顾思虑呆想，众人俱看出南姑心意。英琼看她可怜，才要张口，灵云忙使了个眼色，英琼只得用言语岔开。大家商议了一阵，紫玲便请教灵云如何下手用功。灵云略微谦逊，便将峨眉要诀尽心传授，详释正邪不同之点，把紫玲姊妹听了个心悦诚服。**心性各不相同，是非便亦随之。如不计剑术、仙法，与大观园也相差不许多。**

灵云料有神雕在后洞防守，一时也未必有事，便叫轻云去喊来吴文琪、金蝉参加练习，吩咐雕、猿格外小心，有警即报。到了午夜以前，除该班守洞的人外，俱都回室用功。到了丑初，是众人在洞外互相练习击刺的时候。灵云率领众同门来在凝碧崖前，有的分据几个峰间和树梢，有的站立当地，各人任意择好了地方。只听灵云一声吩咐，便分别将剑光朝中央灵云站立的地方飞去。先彼此互相击刺了一阵，然后乘虚蹈隙，三五错综，十余道金光、紫光、青光、白光、红光，在离崖十丈高下满空飞舞，夭矫腾挪，变化无穷，舞到酣处，如数百条龙蛇乱闪乱窜。内中只英琼一人站立在飞雷径洞口，居高临下，正指挥着一道紫色长虹，与灵云、金蝉二人的剑光，似三条神龙一般，在空中纠结。忽听一阵金铁交鸣之声起自脚底，留神一听，竟从下面洞穴中发出。暗忖："这洞穴已经若兰、灵云二人先后用法术封闭，怎么会响得连相隔数十丈以外都听得这般大声？"想到这里，觉得奇怪，将手一招，将紫光先行收回，想到那洞穴前看个究竟。灵云姊弟看英琼剑光退出，以为英琼又要玩什么花样，把手一指，姊弟二人三道剑光，随后追去。若兰、朱文二人的剑光本是作对儿相敌，一见英琼剑光收退，灵云姊弟的剑光追上前去，双双不约而同地将剑光一指，迎上去敌个正着。五道剑光在空中纠结，相隔英琼立处甚近。若兰剑光较弱，加以重创新愈，堪堪有点儿不支。金蝉倏地将手一指，一红一紫两道剑光，一个迎敌若兰，一个竟反友为敌，帮助朱文向灵云反攻起来。灵云微微一笑，运一口气喷将上去，光华大盛，力敌三人飞剑，毫无怯色。朱文觉得有趣，朝若兰打了个招呼，喊一声："蝉弟休要逞能！"说罢，抛下灵云，会合若兰的飞剑，反转来朝金蝉夹攻。灵云本是劲敌，再加上朱文、若兰俱非弱者，金蝉堪堪不支，忍不住口中高叫道："文姊太没道理，我好心好意帮你，你们倒以多为胜起来。"紫玲、寒萼见他们几人斗得十分有趣，舍了轻云、文琪，刚想上前代金蝉解围，轻云、文琪也抱着同样心思。四人剑光才刚飞到，忽听英琼在崖壁上一声娇叱。随见英琼站立之处，飞起一道青光，长约七尺，有碗口粗细，正往当空飞去。灵云一见，喊声："不好！众姊妹休放这道青光飞走。"言还未了，将足一顿，身剑合一，先自往空便起。众人一见，不暇思索，也忙着驾剑光分头堵截。那道青光本是朝南飞走，迎头被灵云剑光拦住。刚要迎敌，觑便擒收，那道青光倏地盘空一个回旋，青龙游海，拨回头如电闪星驰般飞逃。灵云用峨眉秘授捉光掠影之法，一把未抓着光尾。同时众人剑光分中左右三面随后追拦上去，只有飞雷径洞口那一面无人迎挡。那道青光识得退路，径往这面飞去，疾如闪电般，转眼便穿洞而入。众人虽然剑光不比寻常，叵耐那道青光并不迎敌，只是逃遁，所以不易追上。灵云猛喝道："紫妹还不用弥尘幡，等待何时？"紫玲闻言，刚将幡取出，未及施用，忽见飞雷径洞口一条黑影一闪，眨眼现出个赤足小和尚，只一伸手，便将那道青光接住，拿在手里。那青光先还似青蛇般乱闪乱跳，似要脱手飞去，被那小和尚两手一搓，便变成尺许长一口小剑。同时袁星也从洞内飞身出来，手舞两道青黄剑光，往那小和尚头上刺去。那小和尚只一闪身，不知怎的一来，袁星早着了一掌，直跌下崖去。

英琼原是听见穴内响声，赶去看视，才到穴前，便听出那响声有异。先以为既有灵云封锁，绝无妨碍。正想喊众人去看，忽见穴上闪出一片金光，接着一阵云烟过处，便见烟中飞起一条青蛇般的光华，出穴便飞。英琼因听说洞内藏有飞剑，自己不会收剑之法，事起仓促，一时慌了手脚，只顾惊呼，没有将剑去拦。及见众人纷纷上前一堵，正待相助，恰好那青光又往头上飞回。英琼相隔最近，自然不肯放过，忙将紫光放出追去，两下相去仅有数丈远近。猛见飞雷径洞口闪出个小和尚，将青光接去。英琼记着髯仙留谕，后洞不久有人前来寻衅，这小和尚既未见过，又从后洞现身，不经把守的人通报，已猜是敌人无疑。又见袁星追去，被小和尚一掌，便跌下崖来，更难容忍，娇叱一声："贼和尚休得无礼！"早将紫郢剑飞去。众人中倒有一半不认得来人的，又在追拦青光忙乱之际，遇见这般突如其来的怪事，眼看袁星吃了大亏，更未留意听灵云呼唤。在前面追赶的，除了灵云、紫玲姊妹飞行最快，若兰离得较近，同时呼叱连声，纷纷将剑光法宝放起，飞上前去。金蝉追来，大声喊嚷："这是笑师兄，自己人，诸位师姊休得无礼！"那小和尚见神龙般的剑光连同彩云红光，似疾雷骤雨般飞到，早已自知不敌，一声"失陪"，光脑袋一晃，**笑和尚的标志性动作——"光脑袋一晃"**。登时无影无踪。等到四人听明金蝉之言，轻云、文琪、朱文也同时赶到，来人已不知去向。

民国通俗小说精粹导读丛书
陈洪　主编

蜀山剑侠之英琼传

（下）

还珠楼主　著
陈洪　导读、批点

南开大学出版社
天　津

目 录

（下）

第二十四回　指挥若定　灵云收得七修剑　鼓勇无前　英琼盗取万年玉

袁星从崖下狼狼狈狈地爬了上来，走到众人面前，躬身禀道："吴仙姑因要回来比剑，原说去去就来，命袁星和钢羽把守后洞。这小贼和尚从空中一个筋斗坠将下来……"袁星被来人打下崖去，本未听明来人来历，先在后洞又吃了来人一些亏苦，未免有些气忿，"贼和尚"三字冲口而出。金蝉见它出言无状，正要呵责，忽听叭的一声，袁星左颊上早着了一巴掌，疼得用一只毛手摸着脸直跳。金蝉笑道："打得好！谁叫你出口伤人？"英琼见它连连吃亏，于心不忍，一面喝住袁星，休得出言无状，好好地说。金蝉不住口地喊："笑师兄快现身出来，我想得你要死哩！"连喊数声，未见答应。

袁星见金蝉这等称呼，才明白来人竟是一家，自己白挨了许多冤打。众人又在催问，只得忍气答道："袁星见和尚从空跌下，以为是什么人把他从空中打下的，好意怕他跌伤，叫钢羽来接。钢羽却说那和尚怕是奸细，且等他下来再说。袁星素来信服钢羽，却忘了前一时候和它口角，它借此报复，**动物也使促狭**。给袁星上当，不但未去接救，反拔出剑来，准备厮杀。果然那和尚是存心捉弄人，眼看他快要落地，不知怎的一来，便没有了影子。回身一看，他正往洞内跑，嘴里头还唠唠叨叨地说：'峨眉根本重地，眼看不久一群男女杂毛要来大举侵犯，却用这么一个无用的秃尾巴大马猴守门，真是笑话。'因他不经通报，不说来历，旁若无人地往里就走，又口口声声揭袁星的短处，又忘了钢羽也在洞前一块山石上面站着，却并未阻拦，一时气忿不过，便追上前去。先因看不清是敌是友，只用剑将他拦住，问他是哪里来的。他也不发一言，先站定将袁星从头到脚看了个仔细，然后说道：'我看你虽然做了正教门下家养之兽，可惜还有一脸火气，须得多几个高明人管教才好。'弟子又忍气再问他的来历。他便退出洞去，说道：'你问我的来历，想必是有人叫你在此做看家狗。你既有本事看家，来的敌人必定也对付得了。要是敌不住来人，你就想问明人家来历，也是白饶。莫如我和你打一架玩玩，看看你到底可能胜任，再说来历不迟。'袁星原是恨他骂人，又恐错得罪了主人的朋友，巴不得和他交交手，便问他怎样打法。他说他用空手，叫袁星用剑去砍他。袁星以为哪有这样便宜的事，先怕错杀了人，还是用手。是他连声催促，袁星又吃他打了几下很重。他人虽小，巴掌却比铁还硬。被打不过，好在是他逼袁星用剑。谁知不用剑还好，一用剑，任袁星将剑光舞得多急，只见他滴溜溜直转，休想挨得着一点儿。被他连骂带打，跌了十几次筋斗，周身都发痛。他竟说我是无用的废物，未免欺人太甚！**"欺猩太甚"，呵呵。**不和我打了。说罢，往里便走。钢羽始终旁观，不来帮忙。和尚一走，直催弟子快追。追到此地，看出主人仙姑们和他并不认识，才想在他身后乘机下手。只觉得他一转身，手上两口剑好似被什么东西挡住。接着便被他打了一下，踢了一脚，便跌到崖下去了。"

英琼闻言，觉得其错不在袁星，来人又是在暗中打人，未免有些不悦。这时，凡与来人认识的，俱都齐声请笑师兄现出身来，与大家相见。金蝉正喊得起劲，猛觉手上有人塞了一样东西。金蝉在成都与来人初见时，常被来人用隐形法作弄，早已留心到此。也顾不得接东西，早趁势一把抓了个结实。心中一高兴，正要出声，忽听耳边有人说道："你先放手，我专为找你来的，决不会走。只是这里女同门太多。我来时又见那猴子心狂气傲，仗势逞强，特意挫挫它的锐气。不想无心得罪了人，所以更不愿露面。我还奉师命有不少事要办，你同我到别处去面谈如何？"金蝉知他性情，只得依他。再看手上之物，竟是两个朱果。无暇再问来历，便对众人说道："笑师兄不愿见女同门，你们只管练习。我和他去去就来。"说罢，独自往绣云涧那边走去。英琼一眼看见金蝉手上拿着两个朱果，猜是莽苍山之物，不由想起英男，心中一动，正要问时，金蝉业已如飞跑去。灵云因法术竟封闭不住那洞穴，恐怕里面还有宝物再出差错，约了众人同去查看，想法善后。

正说之间，忽见一道光华从空飞降。来人正是轻云，手中拿着两封柬帖，标明拆看次序。那柬帖正是妙一夫人的飞剑传书，先是金蝉接到。因金蝉霹雳剑仅比紫郢剑稍次，胜过众人，可以帮助防守。又因有一封柬帖标有取宝之法，才请轻云下来，交与灵云。灵云先朝柬帖跪拜，打开第一封一看，不由心中大喜。顾不得先说别的，忙请轻云将那青蛇形飞剑带了上去，交与寒萼代收。再约秦紫玲与朱文，连她本人一同下来，相助收宝。余人仍在上面防守。不一会儿，轻云将朱、秦二人约到，灵云才将收宝之法说出。

原来那宝物乃是长眉真人采五行精英，用九九玄功，按七真形相，炼就的七口飞剑。深藏在凝碧崖旁天波壁中腰青井穴中元洞内壁上七个玉石剑囊之内，总名七修，分龙、蛇、蟾、龟、金鸡、玉兔、蜈蚣七种，各有象形，专破异派五毒，乃是峨眉至宝。长眉真人飞升之时，因火候尚未纯青，未传门下。用法术将洞穴一齐封闭，由七口飞剑各依生克，昼夜三次，在洞中自相击刺磨炼。仅留了一封柬帖，**事先编程，自动运转。还珠提前进入自动化时代。呵呵**。交与妙一真人。昨日妙一真人算计时日已到，打开柬帖，才知这七口飞剑来历和收用之法。柬帖上并说因为那日母猿袁星身上来了周甲天癸，污了青井穴的法术封锁，也正值宝物该是出世之期，穴外法术虽然被污，内洞还有两层封锁：头一层便是那石门，第二层是一面六阳玦。这六阳玦如遇午年午月，每日午时阳盛阴衰，物极必反，转致失了效用。同时那七口宝剑在洞内互相击刺，因有生克关系，较弱的一口，必乘此时被迫穿出，石门阻隔不住，自然随它本身灵性飞遁。内中有一口玄龟剑，首先化形飞去。第二口蛇形的青灵剑，也在次日相继飞出。虽然当时收住，如不会运用，仍要飞逃。头一口玄龟剑飞出之后，落在一个未入门的弟子手内，不久自会珠还。其余六口，务要早日下手，以免失落异派之手。妙一真人因为与玄真子、苦行头陀轮流合炼一样纯阳至宝，不能分神，恰好妙一夫人到东海看望，也因有事他去，才用飞剑传书，命灵云率领轻云、朱文等，照长眉真人所传收剑之法，即时下手。收剑之后，由灵云收藏，等真人回山，再行分派。

灵云吩咐好了众人，传了咒语，手举九天元阳尺，念动真言，朝洞门内旋转的光华一指，金光闪处，光华全敛，一面玉玦，随着飞入灵云手内。众人入内一看，洞中五道光华仍在闪转腾挪，互相纠结，斗个不息。正待往里进步，门外六阳玦一收，宝物好似有了觉察，倏地相次分散，向外便飞。灵云早有防备，手中九天元阳尺往上一起，先化成一道金虹，往那五道光华围去。余人早各按分派，念动收宝真言，照预说的方位，往左右四壁一指，那五道光华也各依众人指处，掉转头，疾如闪电往壁上飞去，晃眼钻入壁中不见。灵云收了元阳尺，见适才遗失的乌云神鲛网等宝物仍在地上，因未使用与剑相敌，并未损伤，便取来收好。同了众人近前一看，果然有大小七个玉囊嵌在壁上，色如羊脂，与壁相平，仅看出周围细缝。囊形也与剑形相类，注有古篆剑名：龙名金鼍，蟾名水母，鸡名天啸，兔名阳魄，蜈蚣名赤苏。除去玄龟、青灵二剑外，俱在囊内。众人各用真气将七个剑囊一齐吸出，忽见金光闪处，壁上空穴全都生长还原，并无缝隙，俱都惊叹仙法妙用不置。再看手上玉囊，竟是透明如晶，囊中剑形，俱与名称相符。

各人高高兴兴捧了出洞，驾剑光上升穴顶，招呼洞外诸人，同往太元洞内。又向寒萼要过青灵剑，藏入囊中。众人见那七个剑囊，只龙、蛇二剑最大，约有尺许，小的只三四寸大小。听灵云说起收剑经过，才知竟有若干妙用，互相称贺了一阵。灵云便将这天啸剑取来带在身上。其余五剑，金鼍交与紫玲，水母交与轻云，阳魄交与英琼，赤苏交与朱文，青灵交与若兰，玄龟剑空囊交与芷仙暂时佩带，静等教祖回来定夺。灵云原意，七修剑乃是灵物，三次峨眉斗剑破异教五毒囊的至宝，剑数太多，既不能全数随身携带，供在室内又恐疏虞，不如分给众人佩带，较为稳妥，既非私情赠授，又未传用法，不过是暂时分着保存，并非有所厚薄。不料随意一分，引起寒萼许多不快，心中好生怏怏。**设定为负面角色，便生波澜。但灵云也有不是。前面已交寒萼佩带，现又重分，反缺了她，难怪其不悦。又，紫玲、寒萼本领原高于侪辈。**紫玲从旁看出，知道灵云事出无心，寒萼尘孽本重，深恐她倚强任性，入门未久，得罪同门，大是不便，觑着众人不注意时，偷偷用目示意。寒萼明白乃姊用心，只微微笑了一笑，面容转趋和蔼，仍和往常一样，寻着若兰说笑，好似依了紫玲暗示一般。紫玲才放了心。这时灵云已将妙一夫人的第二封柬帖打开，与众人传观。

原来妙一夫人未到东海以前，路遇诸葛警我。诸葛警我知道妙一夫人道行高超，性情尤其宽厚，同门仙侠无不尊崇，若求她向苦行头陀缓颊，必蒙允准。上前参谒之后，便禀明笑和尚获罪之事。并说绿袍老妖何等厉害，笑和尚独入虎穴，绝无幸理，务求夫人援手说情，妙一夫人道：“笑师侄九世苦修，厚根独具。苦行道友不久功行圆满，要用他承继法统，纵然稍犯清规，不过借此惩戒，使他早完三劫，磨炼身心，以备异日付托衣钵之重。此去虽当凶险，定能因祸得福。你既关心同门，且待我到了东海，见了诸位道友，问明前后因由，再作区处。”说罢，别了诸葛警我。到了东海，见三仙正在丹房内轮流交替，用自身三昧真火炼一件纯阳之宝，只在便中与妙一真人晤谈，除命灵云照长眉真人遗柬收取七修剑外，顺便谈起笑和尚之事。妙一真人道：“你来了正好。我同玄真、苦行两道友因炼这件纯阳之宝，大干许多邪教禁忌，虽不畏妖人破坏抢夺，总恐他们得信准备，一切都不可不防。又因此宝炼时颇耗元气，宁愿多延时日，凡事谨慎。自炼宝之日起，我等三人以二人对着丹炉，运用玄功，发动真火；一人休息，化身照护，隐蔽宝光，以免妖人发觉。似这样每隔三日轮流接替，还有八九之期，便可炼成。现时不但斩除文蛛，消灭妖人未炼成的恶蛊，事关紧要，峨眉也在多事之秋。灵峰飞去，有恩师遗留仙阵封锁，尚可等我回山，再取灵药。只是三英行即同归门下，内中英男为往莽苍山寻找李英琼，现受黑霜阴霾之厄，冻僵在莽苍山阴寒晶之内，已有数日。幸得她未遭难时，因腹中饥饿，从几个大猩猿手中夺了几个以前英琼采遗的朱果吃了，借着仙果之力，周身气血虽已冻凝，唯独心头方寸尚是温热，苟延残息。那莽苍山冰冻万丈，如此高寒之所，只为山阳藏有万年温玉精英，亘古不凝冰雪，四时皆春；所有阴寒之气，萃于山阴。英男年幼无知，被一妖道利用，想借她一身仙骨，几世纯阴，去盗取寒穴玄晶之内的冰蚕。**冰蚕之名始现。到了金庸那里，写到《天龙八部》中，游坦之得之，生出无限波澜。可谓“点珠成金”。**他又本领不济，未算准日时生克化用。英男去时，正值寒风归穴之际，入穴数步，便被寒风吹倒。妖道眼看别人为他僵死洞内，他却袖手而去。如今英男骨髓皆化成寒冰，纵有我等灵药，救活之后，非得到万年温玉，不能回温复原。峨眉不久又有许多妖人来盗芝仙精血，众弟子不能远离。英琼仙缘最厚，多服灵药仙草，元阳充沛，又有神雕、灵猿为她辅助，神雕顷刻千里，灵猿莽苍原是故里，众弟子中，只她一人可以前去。趁寒风出穴之际，入内将人救转峨眉，再敌守玉妖尸，盗取万年温玉。笑和尚百蛮山除妖之日，也正是妖人侵犯峨眉之时。若论力敌，众弟子皆非对手，此事全仗临机应变，举动缜秘，人多反不相宜。可着金蝉借了朱文天遁镜，助他前往便了。”妙一夫人便照妙一真人意思及应如何行事，写了两封柬帖，用飞剑传书，命灵云等依次行事。

大家看完了妙一夫人柬帖，头一个英琼悲喜交集，当下便要带了一雕一猿，赶往莽苍山去，将英男救回。**英琼的好处便在于至**

情至性，为友热诚。灵云道："琼妹先不必如此急躁。既有掌教夫人之命，去是一定由你前去，不过你初次独身远行，虽有神雕相助，也须慎重。按说，救人只须寻到了地头，并非难事。只是那冰蚕和温玉两样宝物，一个有妖道觊觎，一个有妖尸守护。那妖道处心积虑，想得冰蚕，他见英男妹子失事，决不就此甘休，必要另想法儿。你救人时，难保不会遇上。若论你的剑术，虽然入门未久，仗你资禀颖异，苦功练习，造诣已非常人。加以紫郢剑又是师祖炼魔之宝，如会运用，无论正邪各派飞剑，俱非敌手。可惜你应敌阅历稍差，青螺两次遇险，皆由于临事疏忽，并非此剑能力不济。此去如遇妖人阻拦，切忌贪功轻敌，务须记住守多攻少。若用剑光护身，无论对方如何厉害，至多不能取胜，万无一失的。还有柬上所说寒风洞穴，约在丑末寅初，现在时辰已过，去也无益。神雕顷刻千里，何必如此亟亟？为防万一起见，可将紫玲师妹弥尘幡借去一用，在今晚课完时起身，将人救回以后，再商盗玉之策便了。"

英琼答道："师姊之言极是，只是妹子与英男姊姊情同骨肉。昔日她在解脱庵失陷，彼时妹子能力太差，各位师姊有事在身，又断定她借此可学昆仑剑术，并无凶险，延搁至今，累她受了多少气苦，可怜她盼望妹子接她回来，犹如望岁。现在又为寻找妹子，奔走逃亡，受尽艰辛，冻僵在寒穴之内。虽说吃了朱果，苟延残息，但是身已冻僵，不能转动。每日尖风刺骨，其苦更甚于死。妹子读完恩师柬帖，心如刀割。不知踪迹，还打算明日禀明师姊，拼着命不要，上天入地，也要寻她回来。今既知道她受苦之处，哪能再作迟延？即使时辰已过，寒风厉害，此乃有形之物，不比妖法难于防范，如见不能前进，自会知难而退，但求早早见着她的本人，寸心才安。而况袁星虽是畜类，自随妹子，业已离乡甚久，适才听它说起莽苍情形，它的子孙多半失踪，想有妖物侵害，情甚可悯。提前赶去，既可代它除害，又可观察情形，先事准备。妹子定遵师姊吩咐，倘遇妖人，决不冒昧从事便了。"灵云起初原恐英琼早去不能救人，遇见妖人怪物，又去贪功吃亏，才命她算好往返时辰前往。及见英琼秀目红润，慷慨陈词，眷言伦好，诚挚悲壮，**个性全出**。不禁为之动容。又因莽苍山面积甚大，柬帖只说风穴在山之阴，并未说明地址，纵然神雕飞行迅速，目光锐利，早去探寻，也不为无理。只得请轻云、文琪二人暂代神雕守洞。再三嘱咐小心，不可大意。紫玲将弥尘幡递过，英琼道谢收下，别了众人，与轻云、文琪二人径往后洞，连袁星同跨神雕，直飞莽苍山而去。

英琼自到峨眉，一向随着众同门在凝碧崖修炼，从未单身骑雕长行。上次与若兰骑雕同飞青螺，去时兴高采烈，互相谈笑，并未留神下面景致。两次中毒大败，铩羽而归，又是紫玲用弥尘幡护送，迷惘中更谈不到观赏。想起前情，时常气闷。难得有这种机会，又在连日功行精进之余，大可一试身手，心中好不痛快。身在雕背上穿云御风，凭临下界，经行之处，俱是崇山大川，一些重冈连岭，宛如波涛起伏，直往身后飞也似的退去。有时穿入云层，身外密云，被雕翼撞破，叆叇氤氲，滚滚飞扬，成团成絮，随手可捉。偶然游戏，入握轻虚，玉纤展处，似有痕缕，转眼又复化去，只余凉润。及至飞出云外，遨翔青冥，晴辉丽空，一碧无际，城郭山川，悉在眼底，蚁垤勺流，仿佛相似，顿觉神与天会，胸襟壮阔。**把这一段补到《庄子·逍遥游》篇，可做鲲鹏“背负青天朝下看”的注脚**。迎着劈面天风，越飞越高兴，娇叱一声：“钢羽带了袁星前走，看我追你。”一言甫毕，早已超出雕背，身剑合一，紫虹贯日，疾如星飞。神雕见主人高兴，益发卖弄精神，倏地束拢双翼，如弹丸脱手，往下坠落。离地数十丈，倏又振羽高骞，破空直上。一路闪展腾挪，凤舞龙翔，往前疾飞。英琼秉着峨眉真传，紫郢名剑，也只能追个平手。只苦了袁星，用两条长臂，紧抱神雕翅根，不住口怪叫：“主人快些上来，袁星要跌死了！”英琼明知神雕故使促狭，不由又好气，又好笑。后来确见神雕翻腾震动，太过激烈，**可比“歼-20”特技飞行。一笑**。袁星吓得连眼都不敢睁开，于心不忍，骂得一声：“蠢东西，胆子这么小！”一言未了，收剑光重上雕背。神雕见主人上骑，阔翼展处，又复平如顺水行舟。只见脚下山川，倒着飞退，铁羽凌风，仅剩雕顶柔毛微微颤动，稳速非凡。袁星才止了喘息。英琼还尽自说它没有勇气，将来怎能和人交手？袁星哪敢还言，只拿眼偷觑前面，忽对英琼道：“前面莽苍山到了！”神雕闻言，回望英琼。英琼便照柬上所指道路，吩咐先莫惊动妖人，快往山阴飞去。神雕点了点头，又往上升高了百十丈，照旧飞行。袁星见主人没有了愠意，才敢恣意说话，不住口指给英琼，何处是昔日旧游所经，前面不远，便是那斩妖所在。

飞行迅速，谈笑中不觉飞过莽苍山阳，渐及山阴。忽听尖厉之声，起自山后，恍如万窍呼号，狂涛澎湃。隐隐看见前面愁云漠漠，惨雾霏霏，时觉尖风刺骨，寒气侵人。英琼驾着神雕，便往阴云之中飞去。凭着自己与神雕两双神目，仔细寻找那寒晶洞坐落何处。在阴云中飞行了一会儿，忽听神雕长啸一声，倏地左翼微偏，一个转侧，斜飞上去。英琼情知有异，连忙定睛下视，只见下面愁云笼罩中，隐隐现出一座悬崖。崖根凹处，旋起一阵阴风，风中一股股黑气，似开了锅的沸水一般，咕嘟嘟涌沫喷潮，正往雕脚下冒起。神雕想是知道厉害，刚将身侧转避过，那旋风已卷起万千片黑影，冲霄而上，飞起半空，微一激荡，便发出一种极尖锐凄厉的怪声。倏地分散，化成千百股风柱，分卷起满天黑点儿，往四面分散开去。英琼在雕背上微微被风中黑点儿扫了一片在脸上，觉着奇冷刺骨，激灵灵打了个寒颤。取下一看，色如墨晶，形同花瓣，薄比蝉翼，似雪非雪，虽然触手消融，微觉冰痛麻木，情知柬上黑霜定是此物。再看神雕、袁星，均各自着了几点儿，袁星固是喊冷不置，连那神雕也不住抖翎长鸣，片刻方止，不由暗自心惊。霎时间怪声渐远，风势渐小，下面景物略可辨认，才看出那崖背倚山阴，色黑如漆，穷幽极暗，寸草不生。崖根有一个百十丈方圆的深洞，滚滚翻翻，直冒黑气，仿佛巨狮蹲坐，**奇景！**怪兽负隅，阔吻怒张，欲吞天日，形势险恶，令人目眩。

正要下去看个仔细，忽听巨洞中怪声又起。神雕早有防备，不等旋风黑霜从穴中卷起，首先冲霄直上。这次飞得较高，只见雕足下千百根风柱中墨眚翻腾，飞花四溅，怪声嚣号，万壑齐吼，较先前声势还要来得骇人。英琼虽在风的上面，有时雕翼被风头扫着一下，竟觉铁羽钢翎都有些抵御不住，知道厉害。等二次旋风吹散，重又冲霾下视，才及穴口，三次旋风又起。似这样循环上下，飞行了十来次，以英琼神雕的本领，竟无法在下面落脚，休说再想入穴救人，英琼好不着急。神雕被狂风激荡了一阵，倒不怎样。袁星已有些禁受不住，因为适才在雕背上被英琼数说过几句，不敢现出畏难之色，虽在强自支持，上下牙齿却不住在那里打战。英琼暗想："这也难怪，它不过是一个畜类，通灵未久，怎比神雕受过真传，道行深厚。柬上原说趁寒风出穴之际，才能入穴救人。看风势一次比一次激烈，想必还早。何不命神雕领去寻找袁星的子孙和那些马熊下落，以备再来盗玉之用？"想到这里，便将心意对神雕、袁星说了，又吩咐谨慎小心，休要惹事淘气。袁星闻言，正是求之不得，骑着神雕，领命自去不提。

英琼索性飞身上空静候，直等到正午时分，风势才渐渐减小。救人心急，不顾寒冷，决计用弥尘幡和剑光护体，冒险冲入。主意打定，恰好旋风黑霜渐渐停歇，只穴口还有黑气，似洞中山泉微微起伏翻滚。英琼先不使弥尘幡，身与剑合成一道紫虹，从天下注，直往洞内穿去。飞临洞口，觉着那洞口黑气竟似千万斤阻力，拦住去路。毕竟紫郢剑不比寻常，被英琼娇叱一声，运用玄功，冲破千层黑眚氛围。入洞一看，紫光影里，照见洞口内只有不到五六尺宽的石地，日受霜虐风残，满洞石头都似水蚀虫穿，切锉铲削，纷如刃齿。过去这数尺地面，便是一个广有百寻的无底深穴，黑氛冥冥，奇寒凛冽，瘆人毛发。这还是寒飓业已出尽之时，连英琼这般身具仙根仙骨，多服灵药灵丹，已有半仙之体，都觉禁受不住，不敢怠慢，便将弥尘幡展开护身。再看英男，哪有踪迹。心想：“柬上原说她被妖道所算，入穴便倒。如今不见在此，万一陷入无底深穴之内，怎生下去寻找？”正在伤心焦急，忽听穴底隐隐又起异声，洞外怪啸也仿佛由远而近，遥相呼应。暗喊：“不好！倘如狂风归洞，与霜霾出穴，两下夹攻，万一这幡不能支持，岂不连自己也葬身穴内？”又因柬上指定今日，时机稍纵即逝，想起英男，不忍就去，徘徊瞻顾，好不惊惶失措。口中连喊英男，毫无应声，反觉穴底风吼雷鸣，越来越紧。紫光影里，眼看穴内黑氛越聚越浓，冷得浑身直打抖战，危机转瞬将临。心想：“今日不将英男救出，休说对不起死者，屡次出山失败，有何面目去见凝碧同门？”不由把心一横，咬紧银牙，准备驾剑光冒奇险，到穴底探看一番。

英琼身临穴口，还未下入，忽见一丝黄光，在洞壁上闪了一闪。回身一看，洞口黑氛聚处，隐隐见有一道黄光退去。猛一眼瞥见洞口左近地面上，似有一个四五尺长短的东西隆起，通体俱被黑霜遮没，只一头微微露出一块白色。定睛一看，不由心中大喜，如获至宝，飞上前去，抱了起来，立觉透体冰寒，身体麻木。同时穴内异声大作，黑氛已经冲起。知道危机一发，不敢丝毫怠慢，也不暇再顾身上寒冷，战兢兢舍死忘生，驾起剑光，从洞口千层黑氛中破空飞起。身才离地不过数十丈高下，忽见一道黄光直从对面飞来。英琼怀中抱着一人，浑身冷战，正愁无法抵御，忽然又见一团黑影翩然下投。英琼仗着紫郢剑刚刚让开，耳听一声惨叫，两道光华同时闪处，那黄光如陨星坠落，落下地去。回头一看，那团黑影正是袁星骑着神雕，舞着两口长剑，发出两道光华，已将敌人击落。英琼因为救人要紧，自己虽有幡、剑护身，仍恐闪失，忙喊：“你们快来！”神雕闻声回飞，英琼在彩云拥护之中，命往山阳飞去。行未片刻，后面狂风大作，黑眚遮天，又是刚才阴惨气象。不一会儿，飞过山阴，寻了一个有阳光之处落下。一看自己周身，业已湿透。再看怀中英男，全身僵硬，玄冰数寸，包没全身，只微微露出一些口鼻。不由一阵心酸，流下泪来。急于想将英男身上坚冰化去，看看胸前是否还温。所幸山阴山阳，一冷一热，宛如隔世，又值盛夏期中，阳光下不消片时，玄冰化尽，现出英男全身，面容如生。只是颜色青白，双目紧闭，上下牙关紧咬，通体僵直。**此人命运多蹇，与英琼恰恰相反。**解开湿衣一摸，果然前胸方寸虽不温热，却也不似别处触手冰凉。知还有救，先将身带灵丹强撬开口塞了进去。问起袁星，知它子孙和马熊俱受妖尸之害，现藏在两处幽岩夹层之内。英琼专注英男，不愿将袁星带来带去，便命它暂留莽苍山，等自己救人回来，一同去盗温玉。匆匆抱起英男，上了雕背，直往峨眉飞回。

到了凝碧崖落下，灵云等见将英男救回，甚是心喜，连忙接入洞内。这时英男服了丹药，一路上受了和风暖日，自腹以上，已不似先时寒冷，只四肢手足还是冰凉。灵云对英琼道："不料琼妹竟如此神速，将人救回，真是可喜。据我观察，必有更生之望。不过她在玄晶洞，多受风霜之厄，已经冻得周身麻木，失去知觉，此时将她救回，精血俱已成冰，必然痛苦非常。还是由琼妹急速去将温玉盗来，方可施救。适才飞雷洞赵师弟来说，你走后不久，便发现妖人痕迹，着我留意。事不宜迟，快去快回吧。"英琼闻言，急匆匆换了湿衣，又向灵云要了几粒丹药，带在身旁备用。见英男秀目紧闭，仍未醒转，抱着满腹热望，二次别了众人，驾起神雕，直往莽苍山飞去。

飞到山麓，业已深夜，空山寂寂，四无人声。英琼在雕背上借着星月光辉，凭虚下视，四外都是静荡荡的，除泉鸣树响外，什么动静都没有。暗想："适才急于救回英男，没顾得细问袁星，那些马熊、猩猿藏在什么地方，妖尸巢穴是否昔日洞府？"正想之间，已经飞到日里救人所在，按下神雕，喊了几声袁星，神雕也连作长鸣，俱都不见回音。暗骂："蠢东西，日里虽不曾明白吩咐，难道就不知我回来，等在原处？"先在附近僻处找了一遍，仍未找着。二次上了雕背，凭着神雕一双神目，仔细搜查，哪有些微踪迹。观看星色，已离天明不远。一赌气，命神雕重又降下。唯恐离开后，袁星寻找不见，只得仍在原处，候至明天，再作计较。神雕放下英琼，便自飞走，只剩英琼一人，独坐岩石旁边。正在调息凝神之际，忽听远远风吹树梢，簌簌作响，声音由远而近。只顾盘算盗玉之事，当时听了，并未在意。

一会儿工夫，忽觉一股冷气吹到脸上，登时不由激灵灵打了个冷战，毛发根根欲竖。定睛一看，离身三尺以外，站定一个白东西，形如刍灵，长有尺许，似人非人，周身俱是白气笼罩，冷雾森森，寒气袭人，正缓缓往自己身前走来。这黑夜空山之中，看了这种奇形怪状的东西，英琼虽是一身本领，乍见之下，也不免吓了一跳。及至定睛注视，才看出那东西一张脸白如死灰，眉眼口鼻一片模糊，望着自己直喷冷气，行起路来只见身子缓缓前移，不见走动。英琼猜是深山鬼魅之类，估量它未必有多大能为，一面暗中准备，且不下手，看看它玩些什么花样。见它前进一步，自己也往后退下一步。那东西也不急进，仍是跟定英琼，缓缓往前移动。似这样一进一退，约有二十步。英琼猛想起袁星平素极为灵敏，怎会今日不在此地相候，莫不是中了妖物暗算？不过袁星身佩双剑，不比寻常，似这般蠢物，岂有不能抵御之理，又觉不像。想到这里，忽然颈后又是一股凉气吹来。回头一看，也是一个白东西，与先前所见一般无二，正在自己身后，相离不到二尺，一伸手便可将自己抱住。怪不得先前一个并不着急，只是缓缓跟随，原来是想将自己逼到一处，两下夹攻。暗骂："大胆妖物，你也不知我的厉害，竟敢暗算于我。"说时迟，那时快，那两个白东西倏地身上锵锵响了两下，风起云涌般围了上来。英琼早已防备，脚点处，先自将身纵开。正待将身旁飞剑放起，忽见那两个白东西竟互相扭作一团，滚将起来。只觉冷气侵人，飞沙走石，合抱粗树被它一碰就折，力量倒也着实惊人。有时滚离英琼身旁不远，竟好似不曾看见一般，仍在扭结不开。英琼好奇，便停了手，静作旁观，心中好生奇怪，只不解这是什么来历用意。眼看东方已见曙色，这两个白东西仍是滚作一团，不分胜负。英琼不耐再看，手指处，紫郢剑化成一道紫虹，直朝那两个白东西飞去。紫光影里，只见一团白影一晃，踪迹不见，竟未看出是怎么走的。

天光大亮，神雕尚未飞回。先以为神雕昨日原和袁星一路去寻猩、熊，必见袁星不在，前去寻找。及至等了一会儿，雕、猿两无踪迹，不免着起急来，将身飞起空中，四处瞭望。这时朝阳正渐渐升起，远山凝紫，近岭含青，晴空万里，上下清明。唯独北面山背后有数十丈方圆灰气沉沉，仿佛下雾一般，氛围中隐隐似有光影闪动。英琼年来功行精进，已能辨别出一些朕兆。情知袁星失踪，昨晚又看见那两个白色怪物，神雕一去不归，吉凶难测。附近一带，纵非妖人窟穴，也非善地。那团灰雾，说不定便是妖人在弄玄虚。想到这里，便往那有雾之处飞去。飞过北面山崖，往下一看，不由大吃一惊。原来下面是一个极隐秘的幽谷，由上到下，何止千寻。四围古木森森，遮蔽天日。那雾远望上去，还不甚浓；这时身临切近，简直是百十条尺许宽、数十丈长的黑气在那里盘绕飞舞。隐隐看见袁星骑在雕背上，舞动两道剑光，在那里左冲右突。神雕飞到哪里，黑气也跟到哪里，交组成一面黑网，将神雕、袁星罩住。袁星两道剑光有时虽然将黑气挥断，叵耐那黑气竟似活的一般，随散随聚，刚被剑光冲散，重又凝成一条条黑色匹练，当头罩到，休想脱出重围。英琼见雕、猿正在危急，心中大怒，不问青红皂白，也未看清对面妖人存身之所，娇叱一声："袁星休急，我来救你！"一言未了，连人带剑，直往黑气丛中穿去。果然长眉真人炼魔之宝不比寻常，一道紫色匹练往黑气影里略一回翔，便听一阵鬼声啾啾，漫天黑氛，都化作阴云四散。英琼心中大喜，精神勇气为之一振。袁星在雕背上杀了半夜，已杀得力尽精疲，神魂颠倒，只顾舞那两道剑光，竟未看见主人到来，妖法已破，仍不停手。还是神雕看见主人从空飞降，不住昂首长鸣，才将它惊觉。同时英琼也飞身上了雕背，忙问妖人何在。袁星气喘吁吁地答道："是两个鬼小孩，就在那旁岩石上面。”英琼手指剑光，护着全身，从袁星手指处一看，半崖腰上，有一块突出险峻岩石，石上放着一个葫芦，余外什么都没有。不敢大意，先将剑光飞过去，只一绕间，葫芦裂成粉碎。近前观察，并无什么奇异之处。情知袁星适才只顾迎敌，神志不清。又问神雕，可知妖人去处。神雕也摇头表示不知。英琼无法，默忖妖人知难而退，必在暗处弄鬼，自己现在明处，不可大意，还是暂时离去，问明了袁星经过，同妖窟所在再说。

正要命神雕飞走，袁星忙道：“主人慢走，它们俱在下面岩洞中呢，我们走了，一个也休想活命，求主人开恩，救救命吧。”说罢，张口朝下面长啸了两声。不多一会儿，只听下面一阵杂沓之声，震动山谷，尘土飞扬中，先高高矮矮纵出二三百个大小猩猿，后面跟随着四五百只马熊，一个个朝着上面英琼伏膝哀鸣，甚是依恋凄楚。英琼想起前情，颇为感动，便向袁星道：“昔日莽苍山那些猩猿、马熊俱尽于此么？”袁星眼泪汪汪答道：“它们都被妖怪害了，剩的就只这些。昨日袁星在两处夹岩层里将它们找着，听说主人前来，又可代它们斩妖除害，欢喜非常。不料昨日以为主人走了再回来，还得好久时候，又去和它们团聚，大意了一些，被妖人手下两个鬼小孩看见，跟在袁星身后，引鬼入室，来捉它们。袁星和他们打了半天，被他们用妖法全数赶到下面岩洞以内。**《西游记》中，孙猴子两次离开花果山，他的徒子徒孙两次遭受荼毒。还珠取法于此。**只袁星仗着两口宝剑，虽遭困住，他们却没法近前。到了半夜，又被内中一个鬼小孩捉去十八只马熊和袁星的子孙，想必难免一死了。他们虽捉袁星不住，可是有那黑气罩住，一刻也不能停手，只要被黑气挨上一点儿，立刻便倒。正在危急时候，远远听见鬼叫，鬼小孩一听，连忙收了黑气，将洞封住就走了。袁星和它们合力去推，也未推开，只得拼命叫喊，只盼主人听见，赶来搭救。忽然洞口响了一下，听见钢羽在外叫唤，洞口石头也被它抓开。封洞的石头并不大，不知先前怎会推它不开。它们初见钢羽都害怕，不敢上前。正想说明，唤它们逃命，那两个鬼小孩业已飞了回来，未容钢羽飞起，先放出一条条的黑气。钢羽说主人已来，那黑气是生魂炼成的妖法，它也怕缠上走不脱。幸而这两口剑不怕邪污，叫袁星快用剑光护着全身，只要主人一来，便不妨事。那黑气真是厉害，看似空的，剑斫上去，虽能将它斫散，却是非常费力，刚刚斫散，又合拢成条。急得袁星一面拼命抵敌，一面高喊主人快来。后来钢羽说，声音被黑气罩住，外面听不见，除了主人自己寻来，只有到危急之时，它拼着再转一劫，自己顶上炼的金丹，将它烧化飞去了。后来袁星实实支持不住，催它快烧。它又舍不得，说主人定会寻来，实在危急再说。眼看气力用尽，主人就寻来了。”

英琼自经青螺两次大难，比先前持重。明知敌人不战而退，必有用意，现时处境，颇为危险。眼看着这么多的猩、熊，凭自己一人，怎能护着退走？即使侥幸走出谷去，猩猿身轻矫健，长于纵跃，还可命它们自行觅地潜藏。唯独那些马熊，俱是庞然大物，又蠢又重，走起路来，蹄声震动山岳，最易为人追踪觉察。妖尸厉害，和那些猩、熊在一起，岂非给敌人一个绝好的标记？如果救出谷去，就丢开手不管，它们仍是一样，要葬送妖人之手，何必多此一举？好生迟疑不决，只顾在雕背上沉思。那些猩、熊竟一齐延颈哀鸣起来，袁星更是不住垂泪哀告。英琼不由动了恻隐之心，暗想：“柬上原有借助它们之言，且做到那里再说。”想罢，将神雕降低飞行，命袁星手舞双剑在前领路，自己在雕背上压队护送。**刘玄德携民渡江。所携人兽虽异，仁心则同也。**那谷甚是幽僻曲折，连穿过了两个岩洞，才得出险。且喜后面始终无人追赶，那些猩猿、马熊，想都被吓破了胆，出谷以后，只顾随着袁星攀缘纵跃，穿林过岭，飞也似的往前奔跑，头都不回，只搅得崖土滚滚飞扬，蹄声动地。

英琼驾雕横翼低飞，督率这些威猛无匹的兽队，宛然中军主将。铁羽凌虚，英华绝世，寒虹在手，仙袂临风，顾盼自豪。**拍成大片，镜头感甚强。**也不知经过了多少峻岭崇冈，幽谷大壑，前路欲尽，忽见袁星领着猩、熊竟往一个密林之中穿去。林后碧嶂摩空，壁立万丈，仿佛无路可通，神雕已停飞不前。英琼暗骂袁星："蠢东西，适才经过许多隐僻之处，却不藏躲，我当你有什么好所在，却跑到这树林以内，人家就寻不见么？"正要呼唤袁星近前来问，只见密林中一阵骚动过去，树梢青叶起伏，宛如碧浪，耳听兽蹄踏在残叶上面，沙沙作响，与枝干摩擦萧萧杂杂之声，汇成一片。顷刻之间，风息树静，所有猩、熊都没了踪影。英琼心中奇怪，娇叱一声："袁星何往？"身早离了雕背，飞身穿林而入，密林尽头，便是适才外面所见峭壁，一片浑成，并无洞穴，猩、熊一个不在。猛见袁星从一个藤萝掩覆的崖缝中钻了出来，英琼喝问："这里是什么所在？那些猩、熊何往？它们既受妖尸之害，可知那妖穴在什么地方么？"袁星答道："这里是个崖孔，里面有一地穴，甚是广大僻静，自从那年袁星因采果子发现，还从没有人来过。今日因为事在紧急，北山虽有几处地方，都被那两个鬼小孩搜遍，难以藏身，所以才带了它们来此潜伏。那妖尸巢穴，便是昔日主人斩完山魈所居的山洞。昨日主人走后，它们已对袁星说了详细，连主人昔日命它们留神寻找的宝贝，也被妖尸得去。说起来话长，妖尸向来不出洞，那两个鬼小孩却要防他们跟踪寻来。待袁星去对钢羽嘱咐两句，请它在妖穴附近空中巡视防备，再请主人到地穴里详说如何？"英琼闻言，点了点头。袁星便去嘱咐好了神雕，回至崖前，将危崖根际一盘百数十年古藤揭起，请英琼入内。

英琼见那入口处是四五尺方圆的一个洞穴，黑影中仿佛只有两丈四五尺深便到了尽头。壁上尽是苔藓，触手湿润。山石错落高下，甚是难行，不似有多大容积。入内走不两步，袁星已将封洞古藤还原，越过英琼前头领路。走离尽头还有三四尺光景，忽然回身，又走两步，往下一沉，便即不见。英琼近前一看，袁星降身之处，乃是一块突出的大石。如从地面上看过去，举步便到了尽头。须由石上越过，回转身来，才看出那石根脚还有一个三尺大小孔洞，通到下面。洞并不直，形势弯曲，常人至此，须要返身转侧，前胸贴石，滑溜而下。否则即使发现这洞，也当它是一个石上死窍，用东西试探，触手可以见底，难知里面尽有深奥呢。英琼见那洞只能蛇形而入，索性驾起剑光，穿了进去。初进去时，那孔洞与螺旋一般。有的地方石齿犀利，幽险绝伦。有的地方石润如油，滑不留手。休说常人难至，就连袁星也是连滚带溜而下。转过两三次弯环以后，越走越宽，袁星已能立起身来。又向下斜行有半里左右，才将这甬穴走完，到了平地。猛见极薄一片丈许宽的光华，直射地面，恍如一张数百丈长银光帘子，自天垂下。定睛一看，出口之处，乃是一个广约数顷、天然生就的地穴，四外俱被山石包没，只穴顶有一条丈许宽的裂缝，阳光便从此处射入。耳听兽息咻咻，声如潮涌。光幕之下，照见前面千百条黑影，在那里左右徘徊。英琼才一现身，那些猩、熊早轰地吼了一声，争先恐后，跳纵过来，离英琼身旁尺许，纷纷爬跪欢呼。英琼急于要知妖尸底细，不耐烦嚣，吩咐袁星命它们退散开去，不许喧哗。袁星领命，吼了两声。这些异兽真也听话，吓得一个个垂首贴耳，轻轻缓缓散过一旁，只微微一阵骚动过去，即便宁静。

袁星又领了英琼走入侧面一个凹洞之内，寻了一块石头，用手拂拭干净，请英琼坐定，说道："那妖尸的洞，主人昔日曾经住过，离刚才袁星被陷之处，不过二十余里。因为主人这次所行方向不对，未曾看出。那洞内先前盘踞过两个山魈，自被主人除去，本山猩、熊便成了一家。那洞本来甚大，主人去后，因为行时吩咐，还有再来之言，想起恩德，益发不敢无故伤生，同居一处，甚是相安。因知主人爱吃那朱果，以为别处还有，它们每日吃饱，便去满山寻找。数月前在原生朱果的一个崖洞之内，居然找到一株。它们知道那朱果如不采摘，永远不落，每日总有数十猩、熊在洞外轮流看守。

"不多几天，忽然看见前回从天上飞落用剑光伤了几只马熊的姑娘，还同了一个女的，飞落在那先前生朱果的大石上面。马熊虽然记恨她昔日残杀同类之仇，只怕她飞剑厉害，不敢上前。起初以为她也寻找朱果，后来见连那朱果树下大石都被她翻转，又用剑光在周围挖土寻找，才知不是，朱果也没被她发现。她二人由早起来，找到天黑，什么也没找见。忽然径往洞里走去，和主人先前寻找宝物一样，用剑光到处搜寻。满洞猩、熊都被吓跑，且喜这次一个俱未伤害，只在洞中连住了几日。有那胆大一点儿的猩猿，常去偷看，见她二人全都面壁而坐，手里不知拿着什么东西，放出一道光华，照向壁上，也不知是什么意思。第三天，又有猩猿前去偷看，那洞已被她们用光华将石壁打通，新发现了许多石室，还有一层天井。那两个女子又满处搜寻了一阵，最后忽然朝着主人昔日在洞里坐卧的那块大石打起坐来。两人四手，不住在石上摩擦，只擦得光华闪闪，火星直冒。火光射到那块大石上面，没有多少时辰，听见石头沙沙作响，石灰子像下雪一样纷纷飘洒。从石里也发出一片半黄半青的光华，先是由青黄转成深黄，又由深黄转成红紫，末后又变成深紫。石头也由厚而薄，由大而小。忽然又是一亮，由石上闪起三尺来高的紫色光焰。

“那两个姑娘好似非常喜欢，正在同时伸手往那发紫光的地方去取时，倏地一声像夜猫子般的怪啸，凭空现出一个四五尺高、塌鼻凸口、红眼绿毛、一身枯骨、满嘴白牙外露的僵尸。那两个姑娘只顾注定石上紫光，起初丝毫没有觉察。那僵尸突然出现在大石旁边，一照面，便像怀里取东西一般，先将那发紫光的东西伸手抢去。那两个姑娘又惊又气，手一扬，飞出两道青光，直朝那僵尸头上飞去。那僵尸怪笑一声，把嘴一张，冒起一道黄烟，当当两声，青光落地，原来是两口宝剑。那两个女子一见不好，内中一个不知拿出一个什么东西，火光一亮，同时飞走。幸得那僵尸颈上锁着一条铁链，双脚底下又套一个铁环，跳起身来，追了没有多远，铁链已尽，只好落下。急得他两手扯住铁链，又咬又叫，却没法去弄断它。在气愤头上，不知怎的，被他飞起身来，用那双枯瘦如柴的手臂一捞，捉住了几个猩猿和马熊，当时被他咬断咽喉，吸血而死。只有两个伏得最远的猩猿，得逃活命，逃出对大众一说，知道洞里出了妖怪，比以前山魈虽小，却厉害得多。偏偏它们在洞中住惯，觉得哪里都没有这个洞好，割舍不下，虽不敢当时回去，过了两日，老断不了前去窥探，想趁僵尸睡时报仇。

“有一次去了三个猩猿、两个马熊，刚到洞口，便被僵尸看见，追了出来，居然逃回了一个，才看出僵尸那条链子能长能短，是他克星，只能追离洞口十丈以内，任他怪叫挣扎，也不能再长。一到尽头，链上便发出火星，烧得他身上绿毛枯焦腥臭，枉自着急跳叫，只好回去。可是他口中黄烟沾上就死，如非他头上有条链子，那些猩、熊都要被他害尽了。后来去一个死一个，去两个死一双，实在无法近前，个个胆寒，也都不敢再往洞里去了。**难得这头猩猿学会人言没有几天，竟然有这样强的表达能力。一笑。**

“过没多日，洞里又多出两个小孩，也是僵尸手下，长得倒和生人一样。不过他们受了僵尸传授，头上又没有锁链。自从出了这两个小孩，全山猩、熊便遭了大殃。也不知他们使什么法术，只将手里那些黑气放出，猩、熊挨着，便被捆上，随着他们走，先还是每日出来，捉上三两个，供僵尸吸血，他们吃肉。随后简直是见了就捉，不拘多少。还算他们每次捉猩、熊时，都有一定远近，只须逃出他们站立之处半里以外，便不妨事，他们也不来追赶，单将离他们切近的捉去，因此才没被他们绝种。众猩、熊逃来逃去，好容易逃入两处崖夹层里去，苟延残喘，有半个多月，没有受他们伤害。直到昨日主人带袁星到来，寻见猩猿和马熊，才知走后已被他们害死了十成之七。被捉去的猩、熊，仅仅在半月前逃回了一个。据它说起洞中情形，那僵尸身上已渐渐长肉，不似先前浑身尽是骨头。每日在洞中只磨那条链子，却命那两个鬼小孩出洞到处去搜寻野兽。捉了回去，不全是为吃，每次总挑出七个，用口中妖火烧死，将那烧出的青烟，收在一个葫芦以内。

那两个鬼小孩虽是他的手下，他并不放心，每次命他们出洞，也用一条黑烟绕在头上，回洞再由他收去，大约有一定长短，走过了头便不行，所以他们不能离洞太远。这日共被他捉去了十五个，头一天烧死了七个，第二天照样烧死七个。只剩下逃回来这一个，原被僵尸用黑烟捆住，在后洞地穴内不住哀号，以为准死不活。万不料妖怪也会发善心，另外一个从没见过的小孩忽然走来，**留一悬念**。手上拿着一口黑魆魆的小剑，上面发出乌光，往捆的地方一指，便将黑烟挑破，放了出来。逃时走过前洞，见僵尸和那两个鬼小孩俱都不在洞内，满洞尽是猩、熊的残肢碎骨，血肉狼藉，烧化成灰的更不知有多少。

“袁星自是伤心，彼时因主人要救余姑娘，急于回转峨眉，不及细说。等主人走后，又去寻找他们，不料有一个鬼小孩中途跟上袁星，到了地头，便被困住，差点儿连袁星都遭了毒手，幸得主人赶到，才得活命。因见两个鬼小孩俱怕主人，不敢露面，又知他们自有黑烟拘束。昨日虽然比往日离开妖洞要远得多，如往这里来，相隔有二百里山路，他们没有僵尸吩咐，决来不了，又是绕路走的，还穿过几处崖洞，只要他们不从后面偷偷跟来，再也看不透我们的去向，何况还有主人保护呢。百十年前，本山原有一条山龙，甚是凶恶，专吃野兽，这地穴便是当初仙人驯龙之所。袁星出生不久，曾见这龙大白日里从适才入口处破壁飞去。一则地太隐秘，二则有龙盘踞，先时从没敢到这崖前来的。年深月久，那龙也不见飞回，袁星才敢到崖前林中采果。那年春天采桃子，落了一个在崖壁下面，揭起藤萝寻找，才发现那裂口。一时好奇深入，寻到此地，当时不甚在意。自随主人们学习内功，猛想起这地穴还有多少奇处，恰好它们受僵尸侵害，无处存身，引到此地躲避，再好不过。即使被僵尸寻到，不知底细，也进不来。只是昨晚还被一个鬼小孩捉了许多猩、熊去，至少捉到便须死几个，余下的也要挨日烧死。只望主人赶来除妖，救它们活命了。”说罢，跪了下来。

英琼闻言，只管盘算如何对妖尸下手。还有三个妖童，俱甚厉害，这些猩、熊已是望影而逃。柬上所说借助它们，想必便是从袁星口中得知这些底细了。既说盗玉，当然还须隐秘，且等自己前去探个动静再说。便向袁星问明了路径，正要由原路出洞，袁星道："主人既不要袁星同去，这地穴后面有一条窄路，转过去又是一片凹地，比这外面还宽，生着许多花草野果，尽头处是个夹层，两崖对立，高有百丈，有一天窗，直达崖顶。因为太高太陡，没爬上去过，想必通着外面。主人何不打那里出去，顺便看看景致？"英琼命袁星领路，由石缝中钻了出去，果然是一片凹地，黑暗中花影披拂，时闻异香。走有数十丈远近，到了夹层，两面峭壁削立，宽才数尺，黑暗阴森，异常幽险。渐行渐窄，忽见路旁壁上，有二尺方圆白影闪动。抬头一看，已到崖窗底下，上面窗口密叶交蒙，隐约只露微光。当下舍了袁星，驾剑光飞身而上，越往上升，窗口光影越暗，转觉窗口并非出路。正在心中奇怪，猛一回身，瞥见侧面还有一个岩隙，适才那团白影，竟是从这隙口漏入。随即飞将过去一看，果然是个出口。随意用飞剑将隙外藤萝削去，以便出入。毕竟心中好奇，还放那崖窗不过，重又回身，还想从崖窗上面飞出。近前借剑光一看，哪有洞口，崖顶石形错杂，一条一条的甚是纷乱，色黑如漆，并非枝叶。暗忖："刚才在下面明明看见这里密叶交蒙，怎么到此反不见有什么孔窍？"心中惦记往妖穴探看，不愿久延。正要飞身回转，忽见头上光影微微一闪，照在石顶条纹上，仿佛枝叶闪动，和先前下面所见一样，转眼消逝。情知有异，急忙定睛细看，忽然又是一闪，才看出那光影是从侧面凹处一个石缝中反射进来。不假思索，指挥剑光，竟往那石缝中射去。一道紫虹闪过，碎石纷裂，喳喳两声，震开石缝，连人带剑，飞将出去，落在崖顶上面。耳旁猛听咦的一声，一道乌光敛处，面前站定一个青衣少年，猿臂蜂腰，面如冠玉，丰神挺秀，似带惊异之容。英琼久闻灵云等常说异派剑光，颜色大都斑驳不纯，离不了青、黄、灰、绿、红诸色。这人用的剑光，乌中带着金色，虽未听见说过，估量不是什么好人；又加这里离妖穴虽有二三百里，并不算远，适才率领猩、熊逃遁，难免不被妖人跟踪追来。来人年纪，至多不过十七八岁，穿着似僧非道，赤足芒鞋，也与袁星所说鬼小孩相似。一时情急，见面不由分说，娇叱一声："大胆妖孽，敢来窥探！"一言未了，手指处，一道紫虹，直朝那青衣少年飞去。那少年原怀着一肚皮心事，特意到此练习剑法，正在得心应手之际，忽见地下石缝震开，飞起一个美如天仙的红衣少女，已是先吓了一跳。及至定睛一看，来的女子正和日前仙人指示的一般，心中大喜，只苦于说不出口。正待上前用手招呼，那少女已娇嗔满面，指挥着一道紫虹，直往头上飞来。情知危险，忙将那日仙人所传剑法，将手中小剑飞起，一道乌光，将紫光迎个正着，斗将起来。

英琼满以为紫郢剑天下无敌，少年怕不身首异处。谁知敌人并非弱者，那道剑光乌中带着金彩，闪烁不定，与自己紫光纠结一起，暂时竟难分高下。暗想："妖尸手下余孽，已是如此难胜，少时身入妖穴，势孤力薄，岂不更难？"不由又急又怒。一面留神看那少年，也不张口说话，只管朝自己用手比画。恐他另用妖法，又和以前一样吃苦，将脚一顿，飞身上去，用峨眉真传，身剑合一，迎敌上去。那少年先见紫虹夭矫，宛如飞龙，甚是害怕。及见自己乌光竟能敌住，略放宽心。正用手比画，招呼敌人住手，忽见敌人飞入紫光之内，身剑相合，凭空添了许多威势。自己虽承日前仙人传授身剑合一之法，只是尚未学会，敌人又不知自己心意，一个失手，立刻便有性命之忧。机会到来，又舍不得就此遁走。只得停了手势，聚精会神迎敌，仍是不支。渐渐觉着自己剑光芒彩顿减，再不逃走，眼看危机顷刻。无可奈何，暗中叹了一口气，将手一招，收回飞剑，借遁光便往后路逃走。英琼一向赶尽杀绝，紫郢剑疾若闪电，饶是少年万分谨慎，且敌且退，就在收剑遁走的当儿，还被紫光飞将过来，微微扫着一点紫芒。只觉头上一凉，情知不妙，飞起时一摸头上，后脑发际已扫去一大片。吓得亡魂皆冒，不敢再顾旁的，催动遁法，飞星坠落般逃命去了。

英琼哪里肯舍，忙驾剑光随后追赶。眼看一道黑烟中含着一点乌光，比闪电还快，往正北方疾驰而去。追过两三处山峦，忽然乌光一隐，便没了踪影。上面碧空无云，下面虽有陂陀，也无藏身之处，又未见乌光下落，不知被他用什么法儿隐去。仔细往四外一看，晚照余霞，映得四外清明，正北山后面如下雾一般，灰蒙蒙笼罩了二三里方圆地面。飞近前去一看，颇与袁星所说地形相似。按剑光落下，寻着袁星所说的石洞窄径，飞身进去，越走路越低，往下转了几个弯曲，觉着方向又变往回路。行未多时，已将窄径走完，看见缺口外面天光，才一出口，便是昔日遇见缥缈儿石明珠的大石下面，知道已到旧游之地，那大洞就在旁边不远。连忙敛了剑光，略沉了沉气，细一辨认，洞前风景，依稀仍似以前一样。心想："偷盗终是黑夜的事，自己又不知温玉形象，天已不早，索性等到天黑，再行入内，先看明了温玉所在，能下手便盗，不能再退出另打主意。"这时太阳已被高峰隐蔽，满天晴彩，将近黄昏，倦鸟在天际成群结队飞过，适才所见灰色浓雾，已不知何时收去。峰峦插云，峭壁参天，山环水抱，岩壑幽奇。洞旁绿柳高槐上，知了一递一声叫唤，鸣声聒耳。花草松萝，随着晚风飘拂。越显清静幽丽，令人到此意远神恬。谁又料到这奥区古洞中，还潜伏着一个穷凶极恶的妖尸，危机咫尺呢！英琼想好了主意，便将身隐入缺口以内，待时而动。

身才立定，忽闻人语。悄悄探头往外一看，由侧面大洞中，走出两个幼童打扮的人来。及至近前，细看容貌，一个生得豹头塌鼻，鼠耳鹰腮，一双三角怪眼闪闪发光，看去倒似年纪不大；那一个生得枯瘦如柴，头似狼形，面色白如死灰，鼠目鹰准，少说也有三旬上下。都和先前所见青衣少年一样，道袍长只及膝，袖子甚短，头梳童髻，赤足芒鞋。英琼暗忖："据袁星所说，妖尸手下已有三个妖童。这两个妖人，虽然生得短矮，并非幼童。照这样推测，洞中妖尸，正不知有多少党羽。自己孤身涉险，倒不可以大意呢。”正在寻思之间，那两个妖人已走至缺口左面一块磐石上，挨着坐下，交头细语。英琼伏在缺口左面，心想：“如在暗中下手，将他们除去，枉自打草惊蛇。不如先从这二人口中探一些虚实。”便轻轻向左移了两步，正当二人身后，相隔不过数尺，虽是悄声低语，也听得清楚。

第二十五回　美仙娃失机灵玉崖
哑少年巧逢玄龟剑

先听那瘦子对他同伴说道："米道兄，你知我因在黑海采千年珊瑚，无意中救了玄天姥姥的外曾孙黄璋，承他传我向玄天姥姥学会的七禽神术，从来算无一失。当初我原说温玉虽好，一则没有昆仑、峨眉、华山、五台诸派的三昧真火，不能化石如粉；二则不将后洞打通，不能知道藏宝之所，待洞一通，你我的对头便会出现。你偏不听，硬说当年偷看了长眉真人遗简，温玉该在此时发现，另有能人开石取宝，临时出了变故，只需知道底细，临机应变，手到拿来。我素常谨慎，怎样劝说也强不过你。又为若得了温玉，便寻得出青索剑的线索之言所动，才商量好一个盗玉，一个盗剑，同来此地。当时如依我，你先进去探看，也不至连我也失陷此地。如今被他收去法宝，破了飞剑，强逼着我二人做他的奴隶，打扮得大人不像，孩子不像。休说见着同道，即使将来法宝盗回，脱身逃走，传将出去，也是笑话。**陡生变数。**"

那姓米的闻言，叹了一口气，答道："刘道兄，事到如今，埋怨也是枉然。凭良心说，我二人并非善良之辈，可是一到他的手内，才觉出世上恶人还多。这还是长眉真人的火云链，尚未被他弄断。他的元神，尚未炼得来去自如，凭他用尽心力，离不开洞前五里方圆。山中猩、熊，已被他害死过千。现在因要采取生魂，炼阴魔聚兽化骨销形大法，用得着，还不去说他。起初没打算火云链如此难破，还在想原身脱出，采用童男童女祭炼之时，每回捉到猩、熊，总是当时一齐弄死，略吸一点儿血便丢开，一任猩、熊宛转哀号，休说放走一个，从未看他变过脸色。又要逼我们做他徒弟，又不放心我们。每次命我们出去擒捉生物，总是用他多年在石穴内采取的千年地煞之气炼成的黑煞丝，将我们套住，以防我们逃走。他却不知我们千辛万苦炼成的法宝，俱已被他收去，如不还给我们，叫我们走，我们也不愿意。后来猩、熊死的死，逃的逃，渐渐没有踪影，他却说我们不愿他炼成法宝，一意凌逼我们。可他这般凶恶，还有登门拜师的。那孩子一身仙骨，别说他，连我看了都爱，那种好质地，又值各派收徒之际，何愁没人物色，偏投到他的门下。我以为他见了必定不怀好意，也不知那孩子和他说了些什么，居然他头一次开了笑脸，并且非常宠信。我们得道多年，还得受那孩子节制，每次都由那孩子去探出猩、熊所在，算准了里数、方向，才命我们套了黑煞丝，前去寻找。我们像狗一般，被他套来套去，一些不能自主。今早捉猩、熊时，好容易连白眉和尚的神雕也都困住，还有那只神猿。不料飞来一个红衣女孩儿，用一道紫虹，斩断黑煞丝，破去他的造孽葫芦，硬将那一群猩、熊彰明昭著地公然救走。我好心好意要跟踪探个下落，那孩子却说早晚猩、熊还可寻找，你二人却休想借此逃走，也不敌那女子，立逼我们回洞。我早看出那孩子心怀叵测，藏有深意，若论他的性情，决不会和他一气，这一来越发可疑，果然他回去编了好些谎话。若不是念在他往时讲情好处，几乎想给他明说出来。总算他一听那道剑光形如紫虹，只有吃惊，没有迁怒于人，还是万幸。那玉被他终日擎在手上，我们挨近身前便倒。虽说每日黄昏前后与天明前后，有个把时辰回死入定，有那孩子在侧守护，也难近身，要想盗玉，更是休想。早晚他元神炼就，他道一成，我们便死无葬身之地了。”

那姓刘的答道：“你莫多虑，适才我又私下占了一卦，甚是不祥。我们身在虎穴，固是不好，可是他的劫数，也快到来，眼前有一厉害阴人与他为难。早上所见红衣女子，定非寻常。最奇怪的是，卦象上现出昨早捉来的百十只猩、熊，竟是他莫大的隐患。

我们平时是怕他发觉追赶，只需乘他不利之时，冒险闯入他以前潜伏的石穴，盗了自己宝物逃走便了。**妖人却是占卜高手，意外。**”

英琼闻言，才知这两个矮子，不是妖尸本来党羽，出于暴力压迫，为他服役，心中并不甘愿。连另外一个孩子，也都未必和妖尸一气。无形中要少却多少阻力，颇为心喜。不过温玉现在妖尸身旁，片刻不离，谁都不能近身。这两个矮子，虽不知他们道行如何，听他二人说话语气，也非弱者，竟被妖尸制得行动不能自由，妖尸本领厉害，可以想见。下手盗玉，绝非易事。且喜已从二人口中得知妖尸黄昏、黎明前后，有一两个时辰回死，这二人已抱了坐山观虎斗之心，只需制得住那妖尸宠信的少年，便可下手。此时想是妖尸回死之时，所以这二人在洞前这般畅言无忌。适才赶走的少年，如是他们所说的孩子，正好趁此时机，前往洞内探个明白。只是自己不会隐形之法，如要出去，又恐被这两个矮子觉察，到底有些不便。

正在委决不定，猛然灵机一动："现放着两个绝好内应，何不现身出去，和他二人说明？不提盗玉之事，只说奉了长眉真人遗命，来此除妖，情愿助他二人盗宝脱身，叫他们说出那孩子详情，谅无不从之理。"想到这里，才要举步走出，忽听洞内传出一阵异声。那两个矮子一听，立刻现出慌张的神气，互相拉了一把，一言不发，起身便走。同时洞前一点乌光，从空飞坠，现出适才所见青衣少年。才一现身，便指着那两个矮子直比手势，口中喃喃，单见嘴动，不见出声。那两个矮子好似和他分辩，隐约听见"师父入定，我二人因洞中烦闷，又以为你在洞中守护，出来闲眺，并未远离"等语。那少年仍是戟指顿足，比说不休。英琼已看出矮子所说的孩子，果是适才所见少年，不由又增了几分胆气。看神气甚是向着妖尸，他这一次又和自己想定的主意作梗，心中有气，暗骂："看你一表人才，却去作那妖尸手下鹰犬！何不趁此时机，将他除去，去了妖尸爪牙，乘机入洞，除妖盗玉便了。"随想随即将手一指，一道紫虹，直往少年顶上飞去。

那少年猛不提防，大吃一惊，知道厉害，一面仍用那乌光迎敌，一面往洞中退走，两手不住朝着英琼连挥。那两个矮子，早一道黑烟直往洞内飞去。英琼也不明白那少年挥手用意，趁妖尸未醒，索性一不做二不休，紧紧追逐不舍。那少年见英琼进洞，满脸现出惊疑之容，不住比手顿脚。英琼也不理他，追入洞中一看，洞门依旧，里面景物已非昔比。以前所睡的大石，业已不知去向。当中石壁上，开通了丈许宽的门户。满洞血肉狼藉，猩、熊残肢碎骨到处都是，腥气扑鼻。这时那少年已从石门中退入，英琼跟踪追进。里面已开出一个天井，方圆约有数十丈。庭心有一株大可十抱的枯树，年代久远，已成石质。放眼左右，石室纷列，玉柱丹庭，珠缨四垂，光怪陆离，美丽已极。到了这里，那少年越发情急，拼命运用玄功，迎敌英琼飞剑，手里直比，不到万分无奈，不肯退后一步。英琼早变了先前主意。暗想："不入虎穴，焉得虎子。这哑少年又非自己敌手，既已显露形迹，乐得追到妖尸存身所在，乘他未醒时，将他除去，岂不一举两得？"

正在举棋若定之际，忽见那少年脸色惨变，猛觉脑后微微有一丝冷气，那少年突地将手一指那道乌光，身子从旁飞纵出去。英琼见那少年竟然不顾危险，离却剑光护庇，身子往侧纵开，暗骂："不知死的妖孽！"刚要指挥紫光放出毒手，取那少年性命。英琼先前迎敌方酣，又知妖尸未醒，那两个矮子心有异图，不会前来助战，并未留神到脑后那一丝冷气。就在用紫光追逐少年，侧身转眼的当儿，猛觉脑后寒毛直立，打了一个寒噤。情知有异，连忙回身一看，不由吃了一惊。只见离身三二尺远近，站定一个形如骷髅的怪人。头骨粗大，脸上无肉，鼻塌孔张，目眶深陷，一双怪眼，时红时绿，闪闪放光，转幻不定。瘦如枯木，极少见肉。胸前挂着一团紫焰，浑身上下乌烟笼罩。走路如腾云一般，不见脚动，缓缓前移。正伸出两只根根见骨的大手，往英琼头上抓来。英琼兀自觉着心烦头晕，寒毛倒立，激灵灵直打寒战。知道妖尸出现，想起飞剑传书之言，自己恐不是他的对手，不敢再顾杀那少年。少年剑光也非弱者，诚恐腹背受敌，连忙将手一招，招回剑光，护住全身。百忙中一看那少年，业已收剑旁立，面带忧容，并未上前助战。英琼若趁此时遁走，本来无事。**英琼心雄胆壮，但粗率轻敌，幸而福星照命，总有意外之喜。传奇小说，“福将”是不可少的角色。**无奈素常好高，贪功心切，总以为紫郢剑万邪不侵，目前已炼得身剑合一，即使不能取胜，再走也还不迟。只这恃强一念，几乎命丧妖窟。这且不提。

且说英琼放下少年，飞剑直取妖尸。眼看紫光飞到妖尸头上，那妖尸忽然一声狞笑，从头上飞起一条红紫火焰，直敌紫光。一颗髅骷般的大脑袋，撑在细颈子上，如铜丝纽的拨浪鼓一样，摇晃个不停。那红紫火光宛如龙蛇，和英琼紫光绞在一起。舞到疾处，有时妖尸颈上也冒起火来，烧得他身上绿毛焦臭，触鼻欲呕。那妖尸满嘴獠牙，错得山响，好似他也怕火非常。只不知他自己炼的法宝，何以用时连他本人也要伤害。似这般相持了个把时辰，渐渐那条红紫火光被英琼剑光压制得芒烟锐减，那妖尸却怪笑连声。英琼暗忖：“原来妖尸不过如此，除了那条火光，并无别的本领。”正在心中高兴，猛听两个矮子在暗中说道：“你看师父颈上的火云链，只要一被这女子的紫光烧断，便可出世了。”英琼一听，猛想起适才在洞外所闻之言，那道火光便是长眉真人的火云链。怪不得妖尸忍受火烧，也不用别的法宝和自己对敌，原来是想借自己紫郢剑，去破火云链，他好脱身。若不是这两个矮子从旁提醒，险些上了妖尸的大当。这妖尸本就凶恶，火云链一去，更是如虎生翼，那还了得。但是既不能用飞剑除他，难道和他徒手相搏不成？就在这稍一迟疑之际，那妖尸好似欣喜万状，怪笑连声，跳跃不停。颈上火光逐渐低弱，眼看就要消灭。英琼一见不好，连忙将手一招，刚要将剑光收回时，那妖尸已似有了觉察，未容剑光退去，倏地将长颈一摇，口中喷起一口黑气，催动那条火光，如风卷残云般飞将上去，裹住紫郢剑光尾只一绞。英琼收剑已来不及，耳听铮铮两声，紫光过处，将那条整的火光绞断，爆起万千朵火星，散落地面。英琼情知火云链已被紫郢剑绞断，**又闯一个祸**。好生后悔。同时那妖尸早狂啸一声，破空飞起。英琼不识妖尸深浅，见他想逃，惦着那块温玉，一时情急，忘了危险，竟将手上紫光一指，朝空追去。

紫光升起，约有二三十丈。英琼正待跟踪直上，猛觉脑后寒风，毛发直竖。急忙回身，又见一个妖尸，与前一个一般无二，周身黑气环绕，直扑过来，离身不过数尺，便觉脑晕冷战，支持不住。知道中了妖人分身暗算，收回剑光护身，已来不及。当此危机一发，忽然急中生智，猛想起昔日与若兰同赴青螺，芷仙一人留守峨眉凝碧崖，心中害怕，若兰曾传芷仙木石潜踪之法护身，自己当时好奇，将它学会，从未用过，如今事在危急，何不试它一试？当下一面将身纵开，百忙中竟忘了收回紫郢，心中默念真言，就地一滚，刚要将身形隐起，对面妖尸已喷出一口黑气。总算英琼一身仙骨，禀赋过人，逃避又快，虽然沾受一点儿妖气，立时晕倒，身已隐去。那妖尸原知紫郢剑来历，拼着忍受痛苦，借它断了火云链后，知道敌人有此异宝护身，决难擒到。且喜锁身羁绊已去，便将元神幻化，先将紫郢剑引走，然后趁敌人身未飞起，从她身后暗下毒手。偏偏英琼十分机警，竟自避开，将身隐去。妖尸也看出敌人用的是隐身之法，必然尚在旁边。因为不知敌人本领虚实，又因敌人既然身带长眉真人当年炼魔的第一口宝剑，必是峨眉门下嫡传得意弟子，不论来人功行如何，就这口飞剑先难抵挡。明知敌人尚在洞中受伤未去，顾不得擒人，不如趁她暂时昏晕之际，来一个迅雷不及掩耳，先使用法术将她困住，将那口宝剑隔断，然后用冷焰搜形之法，慢慢将她炼化，以除后患。英琼才一隐身，妖尸便口中念念有词，黑气连喷，顷刻之间，地上隐隐起了一阵雷声过去，偌大山洞，全变了位置。妖尸知道紫郢剑通灵，外人无法收用。敌人已被自己用玄天移形大法困住，除了即时钻通地窍，不易脱身。仍回地穴之内，去炼那冷焰搜形之法。

且说英琼当时觉着一阵头晕眼花，浑身冷战，倒在就地，耳旁只听雷声隐隐，身体宛如一叶小舟在海洋之中遇见惊涛骇浪一般，摇晃不定，昏沉沉过了好一会儿。**累累出师不利，只因一个“莽撞”。**所幸生具仙根，真灵未混，心中尚还明白。强自支持，坐起身来，从身畔取出灵云给的丹药，咽了下去，才觉神志清醒。猛想起那口飞剑还未曾收回，知道那剑是通灵异宝，除了自己，别人无法驾驭。即使勉强收了去，一经自己运用吐纳玄功，一样可以收回。谁知连用几次收剑之法，毫无影响，猜是入了妖尸之手，这才着急起来。再看四外，都是漆黑一片，仿佛身在地狱。用尽目力，也看不出是什么境界。又过了一会儿，雷声渐止，已不似先前天旋地转，痴心还想逃出。后来见无论走往何方，俱如铁壁铜墙一般。飞剑在手，尚可勉强想法；利器一失，更是束手无策。情知已被妖法困住，不能脱身，只急得浑身香汗淋漓，心如油煎。正在无计可施，忽听四壁鬼声啾啾，时远时近，凭空一阵阵冷气侵来，砭人肌骨，地底也在那里隆隆作响。先还可以禁受，几个时辰过去，渐渐冻得身摇齿震起来。那鬼声越听越真，现出形象，英琼知难抵御，只索性仍用那木石潜踪之法，避个暂时。从丛绿火中，隐隐看见许多恶魔厉鬼，幢幢往来，似在搜寻敌人。那地下响声，更如万马奔腾，轰隆不绝，听了心惊。英琼强忍奇寒，咬紧牙关，如捉迷藏一般，与这些恶鬼穿来避去。有时避让不及，身微挨近绿火，益发冷不可当。

似这般避来躲去，也不知经过了多少时候。忽又听到远远妖尸怪啸，那冷气好似箭一般直射过来。先还是稀稀落落，后来竟似万弩齐发，由疏而密。漫说是黑暗之中，就在明处，任你天生神目，遇见这种无形的冷箭，也叫你无法躲闪。英琼被这冷箭射到身上，宛如利镞钻骨，坚冰刺面，又冷又疼。觉着东边冷箭射来得密，便躲到西边，西边密，又躲到北边。一方面还得避着那些鬼火魔影，到处都是危机。似这样在这不见天日的幽暗地狱中蒙头转向，四面乱撞，不知如何是好。一会儿妖尸怪声越来越近，虽仗有法术隐身，究不知能否瞒过敌人眼目。再加魔鬼寒潮，无法抵御，地下响声大震，更不知妖人闹的什么玄虚。时候一多，实觉支持不住，眼看危机顷刻，就要冻得痛晕倒地。忽听山崩地裂一声大震过去，接着又听万蹄踏地之声，轰隆四起。正在惊心骇目，以为死在眼前，猛觉一股温热之气，由前面袭来。那些冷箭寒飙，也如一阵狂潮，从身后涌到。英琼一个抵挡不住，扑地跌了一跤。昏瞀惊惶中，觉着背上吹过一阵飓风，勉强将身站起，冷箭已息，只剩四外绿火，仍在闪动。阵阵暖风从侧面吹将过来，奇冷刺骨之余，被这暖风一吹，立时觉得百骸皆活，如被重棉，舒服了许多。起初不明究竟，还在惊疑，正赶上一大丛绿火拥来，英琼当然回身就跑。刚一回身，便见黑暗中有数十点蓝光闪动，先又疑是鬼魅妖火。忽听那蓝光丛里发出怪兽吼声，听去甚是耳熟，留神一听，地下大响渐止，只剩蹄声骚动。不但那吼声和马熊相似，同时还听到神雕也在不远的高处长鸣，猛然灵机一动。暗想："妙一夫人飞剑传书，曾说马熊要助自己成功。适才听那一声大震，便觉冷气全收，暖风袭来。莫非那些马熊寻来，将这陷身的妖穴攻穿么？事已至此，只得冒险一试。"便向那有蓝光之处跑去。身临切近，已听出马熊咻咻鼻息，心中大喜，不由失声说道："我李英琼被妖法困住，你们若是马熊，急速领我逃了出去！"一言未了，那些蓝光果然纷纷后退。恰好有一个马熊回身时节，一条长尾正扫到英琼身上，英琼顺手一抓，毛茸茸地抓了个满手。料无差错，连忙随了这群马熊就跑，只听巨蹄踏地，吼啸四起。前行没有几步，便见最前面蓝光下落，听到马熊纵落之声。英琼恐有差池，看准蓝光落处，纵将过去一看，下面是一地穴，仿佛有亮光从外透进。正待也将身随着纵下，忽听身后马熊悲鸣，奔腾跳跃，拥将过来。英琼忘了自己有法术隐身，马熊虽能暗中视物，怎能看见自己，一不留神，被马熊一撞，撞落穴底。百忙中回头一看，身后还有十几点蓝光，业已随着惨叫，不复再有声息。那许多绿火魅影，正飞也似往穴口扑来。

原来妖尸想在他潜伏的地穴之内，先使妖法，驱遣魔鬼，想要生擒敌人，好久没有结果。算计敌人绝未被妖气喷倒，仍然隐住身形，擒她不了。此女不除，隐患无穷。把心一横，拼却自己不能享受，玄功入定，再使那冷焰搜形之法，想将英琼活活冻死，已经过了两天一夜。却未料到英琼多服灵丹仙果，已有半仙之体，虽然难以支持，末后又被马熊攻穿地窍，破了冷气。那些魔鬼也颇厉害，虽擒不了英琼，却能循声追迹。英琼不该情急失声，被魔鬼追将过来。英琼已经逃脱，只苦了后逃的七八只马熊，白白送了性命。

英琼一见魔鬼追来，知道不妙，正要往那有亮光之处逃跑。忽然顶上剥啄一声大响，一道紫虹自上而下，紫光影里，照见一块大石，连着上面天光，直射下来。外面雕鸣分外清晰。英琼认得是自己的紫郢剑，不由喜出望外，连忙将手一招接住。**福将。**这时上面鬼火魔影，也在那里纷纷下投，只听得下面马熊乱撞乱叫，走投无路。英琼飞剑在手，胆气一壮，因为鬼火已快临近，惊弓之鸟，原只想护身逃走。谁知紫光才一出手，近身魔火宛如寒冰投火，一见消散。接着又听远处妖尸啸声，上面魔影全都蜂拥退去。英琼听到外面神雕鸣声越急，知它通灵，必是在唤自己逃走。忙驾剑光，飞身上去一看，立身之处，正是妖尸洞前一块石地，陷身石穴，虽然宽大，高只丈许。那些马熊，约有四五十只，也都奔纵上来，只管四望叫啸，并不往身前走拢，似在寻找什么。猛想起自己还隐住身形，连忙收了法术，现出身来。神雕早已注定紫光，翩然降下，一见主人无恙，不住昂首长鸣示意。此时英琼虽脱虎口，尚在险地，觉着周身酸痛，四肢麻木。又见神雕用嘴紧扯衣袂，情知不是妖尸对手，要想盗玉，还得略微将养再来。正待乘雕飞走，忽见那些马熊一齐围拢上前，伏地哀鸣。适才全仗它们攻穿地穴，才得脱身，丢下它们而去，必然死于妖尸之手。欲待似前次救走，势又不能。正在为难之际，一眼瞥见黑烟起处，妖尸已从洞中飞身出来。神雕越发用力衔扯，似催英琼赶快逃避。两下相隔，原不甚远，眼看黑烟快要飞到跟前。英琼一见势在紧迫，紫郢剑失而复得，有了前车之鉴，不敢再使飞剑离身上前迎敌；又加这些马熊于己有恩，弃之不仁，只得勉强用剑光护住全身，相机进退。

那妖尸一见紫郢剑仍在英琼手内，大吃一惊，正要施展妖法取胜。英琼见妖尸忽然停步，周身冒起黑烟，转眼之间，又是天旋地转。知道再如不走，难免又蹈先前覆辙，玉石俱焚，将身飞上雕背。倏地晴空一个大霹雳，夹着数十道金光，从天下射。未及看清来历，便觉眼前一片漆黑，耳旁呼呼风响，身在雕背上，仿佛腾云驾雾一般。以为又被妖法陷住，忙运玄功，两手紧抱雕背，将剑光舞了个风雨不透。过没有多大时候，倏地眼前一亮。定睛一看，自己仍骑在雕背上，并没飞动，存身之处，已换了一个境界，妖尸不知去向，面前一片大梅林。虽然五六月天气，早过了梅花时节，老干槎枒，绿叶浓荫，鸣禽上下，衬着满山野花杂卉，姹紫嫣红，远山含翠，近岭凝青，越显得天时融淑，景物幽艳。偶觉身上还在痛楚，想起前事，如在梦中。再往绿林尽处一望，一角墙宇，朱红剥落，若有梵宇。四望云林烟树，岩壑泉石，无不依稀似曾相识。心想："明明适才和妖尸交手，霹雳一声，便觉昏暗不能自主，怎会换了这个所在？莫不又是妖尸玄虚？端的吉凶难测。"

正在惊疑之际，忽听神雕长鸣示警。耳听头上飞剑破空之声，一道乌光，直往身前不远降下，现出以前两次交手的青衣少年，一手拿着一张纸卷，一手连连摇摆，似要试探着走将过来。英琼见妖尸党羽跟踪而至，又惊又怒，不问青红皂白，手指处，剑光直飞过去。**依然莽撞。**那少年早已防到，也不抵敌，先将手中纸卷扔将过来，满脸愁容，将足一顿，破空便起，一点乌光，转眼飞入云中消逝。英琼吃过苦头，不敢穷追。那纸卷上面还包着一块石头，拾起一看，大出意料之外，甚是后悔。

原来那少年名叫庄易，**生出庄易与米、刘二矮的情节，李英琼**

大战妖尸才不落故套，枝叶纷披。本是与红花姥姥同辈的异派剑仙可一子的唯一门人。只因可一子早悟玄机，不肯滥收徒弟，为祸世间，自知所学不正，难参正果，爱庄易资质，不肯误他，只传了一些防身法术。兵解以前，庄易正因误食涩芝，失声喑哑。可一子与他留下两封柬帖，吩咐到时开视，自有仙缘遇合。可一子兵解以后，庄易到时打开柬帖一看，上面写着命他某日去到莽苍山灵玉崖前，有一大洞，里面有一个妖尸，守着一块万年温玉。那妖尸生名谷辰，曾将自己一部道书盗去，穷凶极恶。后来长眉真人用七口神剑将他诛心而死。知他因得那部道书，已能变化幽冥，当时不能将他元神消灭，若干年后，仍要出土为害，给他颈上锁了一根火云链，再用玄门先天妙术开叱地窍，将他尸身元神一齐封闭。那谷辰秉天地极戾之气而生，与百蛮山阴风洞绿袍老祖心肠手段一样毒辣。只因真人飞升在即，不及运用玄功将他元神炼化，出此权宜之计。当时曾经留下两口炼魔宝剑同两个预言，等妖尸地窍中炼得可以出土之后，自有能人前去除他。那妖尸虽能将火云链炼得长短随心，到底长眉真人至宝，有生克妙用，无法取脱，仍不能离开灵玉崖一步。再加他在地窍之内，日受地风，周身已成枯骨，虽然得了那块温玉，只能使身上渐渐还暖，不能长肉生肌，须要本门百草阳灵膏，才可使他还原。命庄易拿了阳灵膏同一封书信，假说师父被峨眉所算，死时想起谷辰该到出世之日，命庄易拜在谷辰门下，用阳灵膏坚他的信心，必蒙收留。只须设法将他那块万年温玉盗在手内，便不愁没有机缘，得归正果等语。庄易看完柬帖，依计行事。妖尸先要吃他生血，经庄易表明来意，交了书信，妖尸果然大喜，非常信任。他知妖尸厉害，那温玉日常挂在胸前，虽然早晚有一两个时辰回死，怎奈人一近前，便中邪倒地，不敢造次，只得静等机会。无事时，也常往满山游玩。

这日无心中发现洞前枯树下有暗道，一时好奇，飞身下去，想探个仔细。先时穴径甚狭，越走越宽。刚走到一处甬道，忽见对面飞来一道乌光，大吃一惊。知道后退已来不及，冒险用他师父可一子所传收剑之法一试，居然收住。原来是一口龟形小剑，乌光晶莹，鉴人毛发，剑柄上有两个“玄龟”篆字，知是一口上好飞剑。正在谛视，忽然满壁红光，现出一个道婆，白发飘萧，高鼻大耳，手拄一根铁拐。庄易见那道婆气概不是寻常，以为剑的主人追来，情知不敌，一时福至心灵，躬身施礼，便要将剑奉还。那道婆已看出他是个哑子，便对他道：“物各有主，果然不差。剑是你的，无须还我。我隐居在此已有多年，从无一人知道。今日正在丹室闲坐，瞥见一道剑光飞过，我认得那是长眉真人的七修剑之一，稍来慢了一步，已经落在你手，想是前缘。我看你资质甚好，虽然所学不正，人却是一脸正气。你口哑不能出声，乃是误服毒草，并非生来口哑。这后洞门户原通灵玉崖，自从长眉真人禁锁妖孽谷辰，倒转山岳，移动地肺，业已封闭多年，你竟能到此，必是妖尸业已出土。问你也说不出，你在此少候，待我去看看，或能助除妖盗玉的人一臂之力，也未可知。”说罢，便化成一道红光，往庄易来路飞去。

约有顿饭光景，道婆飞回，手中拿着一封柬帖，说道：“长眉真人，纤微之事俱能前知，真不愧为一派开山宗祖。你的来历，我已明了。我现受长眉真人遗柬之托，说你奉有师命，准备改邪归正。那温玉你到不了手，自有能人来取。从今以后，可以息了你那盗玉之想，处处取那妖尸信任，静候机缘到来。那盗玉的人，名叫李英琼，是个少女，所用飞剑，是一道紫光。你只须助她成功，必能归到峨眉教下。此洞已与妖穴相通，我已不愿居此。我近来也正嫌此洞幽秘，新近另辟了一座洞府，即时就要移去。这口玄龟剑，虽仗你师父所传收剑之法将它收下，但此剑乃长眉真人当年亲炼，异派中人能运用者极少。我现在先传你口诀，从明日起，你可抽空去到外面崖顶练剑，还有别的机缘凑合。那妖尸也知此剑来历，你回洞以后，不可隐瞒，可比手势，说你今日闲游，到山南一座破庙旁边石洞之内，看见一块画有符篆的石碣，被你无心中将它推倒，便见下面陷一深穴。下去一看，石案上平列着七口异形的小剑。刚取得这一口龟形的，便觉天摇地动，雷响光摇，心中一害怕，连忙纵起时，只见六七道五色光华，从穴中冲霄飞去。少时没有动静，再下穴去一看，除了这口玄龟剑当时拿在手里外，余下六口，俱都飞走。还要故意问他可知此剑来历。妖尸闻言，不但不疑，一定另传你用剑之法。你只管阳奉阴违，每日仍来此地学习便了。”庄易已看出那道婆是神仙一流，早跪了下去，还未及请问法号，那道婆把话说完，化道红光飞去。

第二十六回　妖奴异心叛魔 神禽舍身救主

庄易因出来时久，也从原路回转，并未深入。回去对妖尸一说，果然并无疑忌。对那两个矮子，却是拘束百端。他看出两矮心有异志，乐得利用，不时市恩市惠，代他两人解围。这日出外闲游，发现袁星同一大群猩、熊。心想："妖尸虽然多伤性命，犯不着助他为恶。但是米、刘二人，正为妖尸祭炼百兽生魂，寻不见猩、熊，每日受罪。加上这些俱是山中猛兽，猩猿还可，那马熊何等凶恶，多死几个，以暴除暴，也不为过。"便回去说与米、刘二人，禀明妖尸，算准地点，由二人拿了法宝妖丝，前去擒捉。先擒回来了百十个马熊，除照例弄死一些，余下关闭在地穴之内。第二次前去，因袁星双剑厉害，米、刘两人多时不回，庄易奉命前去监督，正遇英琼飞到，救了神雕、袁星，还破了装黑煞丝的葫芦。庄易一见用紫色飞剑的女子，便知道婆之言应验，心下大喜，只碍着米、刘二人，不便上前相见。他恐米、刘二人与英琼为难，借一个故，逼着米、刘二人隐身退去。

当日天明，又照往常到那崖顶练剑，复遇英琼从下面飞身出现，几次想表明心迹，只苦于说不出口。末后被逼无奈，恐防玄龟剑有失，只得先行遁走，差一点儿没被紫郢剑送了性命。正往妖洞飞逃，忽觉身子似被什么力量吸着下沉，大吃一惊。及至落地一看，正是前日所见的道婆，说："那女子我已在暗中见过，长眉真人果然赏识不差，只可惜杀劫太重了些。她顷刻之间便要追入妖洞，被妖尸困住。你如见她失陷，可算准那关马熊的石穴上面，将这一道符箓焚化，三日之内，自有妙用，使她脱身。那时妖尸行法未完，必不能即时收法追赶。你再隐住身形，将第二道符箓焚化，将妖尸震倒。同时将这第三道符箓，朝那女子身旁南面掷去，顷刻移山易岳，那女子连在旁生物，便都离开了险地。然后再拿我一个纸卷，速驾遁光，往南方追去。等那女子落地现身，你再将这纸卷丢与她看。上面写有你的来历，教那女子速返峨眉，约请一个姓周的女子，同来盗玉除妖。那妖尸我也难以制他。这三道灵符，俱是长眉真人遗留，还是那日你我相见时，在一个洞窟里寻到。用时只须默念发火真言，便生妙用。切不可乱了次序。”当下传了发火真言，递过三道灵符，一个纸卷，道袍展处，一道红光，踪迹不见。

庄易两次和那道婆相见，俱都不及问得姓名。只得默记于心，望空跪拜，赶回洞去。刚到洞前，便和英琼交起手来。心中还想用手势叫英琼趁妖尸未醒前回去，偏偏英琼听了米、刘两人之言，有了先入之见，苦苦追逼，以致妖尸警觉，借英琼紫郢剑破去火云链，用妖法将英琼困住。庄易去看囚马熊的石穴，已经无门可入。趁妖尸入穴行法之际，偷偷化了灵符，眼看一道银光，直穿地下，才行暂时离开。然后在左近隐形观察。到了第三日，听到地下怪声大震，日前所见那只金眼大黑雕钢爪上抓住了那道紫光，不住用长喙去啄地下石头。接着闻得地下隆隆之声，那女子已现身出来。妖人也由洞中飞出追赶。忙将第二、三两道灵符次第焚化，见妖尸已被震倒，他就追上英琼，将纸卷扔下，才行飞去。

英琼看完纸卷，才知那哑少年并非妖尸一党，如果早些得知就里，不但不会涉险被困，下手还要容易得多。如今妖尸颈上火云链被自己紫郢剑斩断，行动已能自如，又有了防备，岂不难上加难？照纸卷上所说，明指着要周轻云相助，才能成功。暗想：“轻云虽然入门较久，论她飞剑能力，还未必能胜过自己。况且凝碧崖正在多事之秋，若须她相助，妙一夫人飞剑传书怎未明言？来时颇为自负，怎便事急回去求人？而且轻云也未必分身得开。

好在已有哑少年做内应，妖尸每日仍有两次回死，莫如还是再试上两回，真不能盗玉，再行回山求助不迟。”

主意打好，吩咐那些马熊自行觅地潜伏，径跨神雕回转原处。穴中猩、熊见她回转，俱都欢呼跳跃，围上前来。英琼一见袁星不在穴内，等了一会儿，也未见回来，心甚忧疑。刚刚飞身出穴，想命神雕前去寻找，袁星已经狼狼狈狈跑了回来。问它何往？袁星说道：“因听神雕回说，它在妖尸洞顶上空瞭望，见洞中妖氛四起，将附近山环全都遮蔽。待了好一会儿，仿佛看见主人的剑光闪了几下，便不见动静。待要飞身下去，不知虚实，未敢造次。主人无事，固用不着；万一有事，再连它一齐失陷，回去求救的都没有。回来一见主人果然未回，才着了慌。知道袁星此地路径甚熟，背了袁星到妖穴附近落下，由袁星前去先探个动静，它在空中接应，想法将主人救出。到了那里，由那条螺形山窟钻出去一看，只见那洞已变了形状，宛然不似先前主人住时样儿。刚想偷进洞去，便遇见那日所遇见过的两个鬼小孩。袁星知敌他们不过，回头就跑，以为他们俱会妖法飞行，必定追上。谁知他们先只是步行，直到追出很远，才一人一面，将袁星围住。他们说主人业被洞中妖尸害死，要袁星答应他们两件事，才饶活命：第一是袁星归顺了他们；第二是要袁星将两口长剑送他们。袁星不服，便用宝剑和他们打。这两个鬼小孩并无法宝、飞剑，不知他们用什么妖法，兀自天昏地暗，山摇地动，怎么走也走不出去，到处都有恶鬼现形。

“正在危急，忽见一道紫光一闪，耳听钢羽叫声，立时妖云全散，两个鬼小孩也不知去向。及至留神一看，只见钢羽飞来，爪上抓着主人的飞剑。它说它在上空飞翔，看见主人剑光在山崖后地面上不住盘旋，不时穿入地内，好似要择一个所在飞入。它知主人被困时，剑光业已自行飞走，恐怕失落在敌人之手，仗着白眉禅师传它抓剑之法，费了无穷气力，追逐过好几个山头，先前很难抓住，有时抓住也被它挣脱，还伤了好几片毛羽。末后剑光好似失了驾驭，在空中自在游行，才得冒险上前抓住。算计剑光自行往地下冲击之处，必是主人失陷之所。知主人仙根仙骨，不会送命，想往剑光飞翔之处寻找。回来看见两个鬼小孩将袁星困住，只可惜不敢将剑光松爪，不及兼顾，被两个鬼小孩逃走。因救主人情急，也不管利害轻重，一面命袁星仗着路熟，偷入洞中寻找；钢羽却往先前发现剑光的地方，用另一只钢爪去抓开山石。若是真正无法，再行回山求救。除妖尸住的后进有妖气挡住，舞动剑光也冲不进去外，凡是从前所晓得的地方，全都找遍，也未寻见主人踪迹。总觉地形全都改变，与前大不相同，钢羽说是妖尸弄的玄虚。似这样寻有两天，老想回山送信，老是迟疑不定。洞中共有三个鬼小孩，除了有一个穿青衣身材略高一点儿的，见了我们自己避开外，先遇那两个，遇见几次，都被钢羽赶跑。

"第三天上，钢羽忽然抓了剑光飞去。等了有好一会儿，那两个鬼小孩又现身出来。袁星因钢羽不在，连忙寻了一处地方潜伏，幸而未被他们看见。后来见钢羽飞回，看准一个地方，连连用爪抓地，只几下便听得几声地震，主人带了马熊飞身出来。袁星心里喜欢，刚要过去，忽听洞中怪声大起，飞出一个似僵尸的怪物，放出黑气，朝主人飞去。眼看近前，晴天一个大雷，射下无数道金丝，将那怪物震得跌了一跤，爬起来回头往洞里就跑。同时又见一朵彩云，比电闪还急，往南方飞去。再看主人、钢羽，连那许多马熊，俱都不知去向。这时袁星正往主人站的地方跑去，劈头遇见两个鬼小孩从地上爬起，迎个满怀。连忙舞动剑光退走，逃到一个山环之内，被他们追上，又将袁星困住。正在头晕眼花，支持不住，一道乌金光亮一闪，那穿着青衣的小孩飞来，一见面便唤住那两个鬼小孩，收了妖云，袁星业已将要晕倒。后来这个却是哑巴，眼看他和那两个鬼小孩比画了一阵，又争论了一阵。那两个鬼小孩先是不服，后来这个又用手在地下画了几下，才勉强分出一个，将袁星追上。说他三人中一个，主人已经见过。那两个矮鬼，一个姓米，一个姓刘，俱非鬼怪，乃是天生异相。主人已经被人救走，他们也不再同我们为敌，并且还愿为主人的内应。只求将来擒妖尸时，不要伤他们。现在妖尸已被长眉真人灵符震伤元气，须要静养，养好就要离开此地，请主人急速下手。适才妖尸传话，每日要寻取十三只马熊、猩猿，连饮生血，并炼法宝。知主人回山再来，还得两天。袁星就是猩猿头子，在主人未斩妖尸以前，务必给他们办到，以免妖尸亲自用法术搜寻，玉石俱焚，并省他们受妖尸凌逼。如若不从，纵有后来穿青衣的讲情，他二人也不能放袁星逃走。

“袁星被迫无奈，只得答应下来。他二人果然没有追赶。走没多远，便遇钢羽飞来，将袁星接回。它说适才明明看出主人就困在附近地下，只是无门可入。忽然看见山南有先辈熟人的剑光一闪，知道有了救星。飞过去一看，果然是失踪多年，在白眉禅师那里听过经的前辈异派剑仙中数一数二的人物青囊仙子华瑶崧，便向她哀鸣求救。听华仙姑说起，她本就要离开此山，也是受了长眉教祖之托，知主人有难，前来相救。因为这次妖尸劫数未到，不愿露面结仇，只可在暗中指点。说主人已被妖尸易岳移山，陷身地肺之内。漫说妖法厉害，就是洞中阴恶之气，也受不住。所幸根基甚厚，多服灵药，暂时还不妨事。还算妖尸一时疏忽，移山时恰巧将关马熊的石穴一齐倒转，正当地肺的穴窍，那里比较容易攻穿。上面虽有妖法封锁，却忘了下面那些马熊受不住闷气，必然用头乱撞。这东西原是山中力大无穷的猛兽，不消两日，便可攻破，地气一泄，妖寒全散。唯恐主人还不易脱身，又给了一道破山灵符，命钢羽掷向主人陷身之处。只须稍露孔隙，主人剑光便可穿入，震开山石，脱身出来。它谢了华仙姑，依言行事，将主人救出。又叫袁星对主人说，还是急速回山，寻一位仙姑相助才好。”

英琼一听，妖尸震伤，手下全都和自己一气，多一周轻云，也无关重要。想起那哑少年曾在洞顶相遇，何不再去寻他，问明详细，以定行止。想到这里，便命袁星暂时回洞歇息，神雕仍往妖穴附近探看。独自一人，回到夹缝中，飞身穿出崖顶一看，那哑少年庄易面带焦急之容，正在那里往来盘旋。见英琼现身出来，慌忙上前相见，先用手指了指心、口两处。英琼知他口哑，便先向他道了歉。然后请他坐下，用手在地上写画，以代谈话。庄易点了点头，随手折了一根树枝，在地上写道："那妖尸被长眉真人灵符震伤元气，须要修炼三十六天，才能复原。颈上火云链已破，复原之后，便要飞往别处。现在正命刘、米两矮子到处搜寻猛兽，祭炼妖法。因与你交手时节，见我未曾上前相助，颇起疑心，如今谁都不肯信任。为防你再去和他为难，已用身外化身之法，将元神分化。另用极厉害的妖法防卫本身，全洞都布置好了罗网。除却晨昏回死之时，妖尸元神须要入穴守护，外人一进洞，便会被获遭擒。就是趁他回死之际，休说他藏身地穴，那头层洞门都难进去。我此时抽空与你送一个信，须要急打主意才好。"英琼又问了问妖尸的起居动作，知妖尸防护严密，那块温玉就挂在他的胸前，实实想不出好法子。庄易又因身在虎穴，妖尸颈上束缚已去，行踪诡秘，来去飘然，万一回醒，元神飞出，一个不及觉察，被他看破，便有性命之忧，急于要想回去。

英琼正待起身相送，猛想起自己来时，曾借有秦紫玲的弥尘幡。救若兰回山时，因为想借天风阳光暖和一下，又因雕行迅速，自己到底功行尚浅，弥尘幡虽快，上次在青螺中了妖法，被紫玲救回峨眉时，昏惘之中，兀自觉得头晕心跳，又未遇见大敌和危险，所以仅止用它护身，回去并未催动，一直再未使用。只奇怪二次救马熊，正苦无法护送，头一次虽仗敌人未来追赶，第二次被妖尸困住，何以也忘了取出应用？想到这里，伸手往怀中一摸，不由急出了一身冷汗，粉面通红，心头直跳。原来那弥尘幡已不知在何时失去。连忙唤住庄易，略微镇静心神，想了想，猜是被妖尸困住时节，那幡不比紫郢剑，已和自己成了一体，别人不能使用，不被妖尸得了去，也必遗失在地穴之内。休说回山去约轻云，此宝一失，怎好意思去见秦家姊妹之面？越想越急，便对庄易说了，请他留神探个动静。庄易又急匆匆在地上写出，那幡似未落到妖尸之手，不是遗失地窍以内，便是在旁处失去。只要遗在地窍，自适才被马熊和英琼的剑光攻破以后，妖尸并未使它还原，进去搜寻不难等语。英琼连忙重重拜托，连用法一齐传他，如果寻着，急速飞来。庄易点头答应，便作别飞去。英琼几番细想，除了遗失地穴以内，实在想不出遗落何所。据庄易传那华仙姑之言，再三说是如无轻云相助，一人绝难成功。先前是不想回山，现在就是想回山，不将弥尘幡寻到，也是无颜回去。左思右想，打不定主意。

一会儿黄昏过去，进入深夜。算计妖尸已经回醒，不便前去，且候至清晨见了庄易，再作计较。在崖顶忧惶徘徊，到了天色黎明，庄易飞来，说弥尘幡遍寻不见。妖尸已对他起了疑心，无可奈何，只得编了一套说辞，现在尚不能明告。问英琼愿去约人来助不？如想独自盗玉，他说对妖尸所说那一番话，正是一个机会。只要英琼到时肯委屈假意承应，即使被擒，仍可脱身。可趁今日黄昏，妖尸回死时，前去一试。不行再回峨眉求助，也不迟在这一日。英琼问他承应什么？庄易又不肯明写出来，把树枝指在地上，脸上红了又红。英琼心乱如麻，一心记挂失幡之事，见他为难，也未追问。一会儿庄易又告诉英琼，前洞外人已难入内，指明了崖夹缝中那条通至二层洞门古树穴内的窄径暗道，请英琼由此前往，可以躲过头层封锁，省得用妖尸所传出入之法，招妖尸疑心。万一被擒，休要慌急，能暂时从权更好，倘如不能，他必在无人之时前来看望，彼此一切意会，千万不可说私话。因为妖尸心灵无比，如不在他回死之时，离他五六十丈远近以内，口角微动，他俱觉察。不能从权降顺，痛骂他一顿，倒是无妨。一露马脚，二人同时遭殃。说罢，作别飞去。

这一来，英琼越发失望。庄易走后，猛想起救英男回山时，曾在山南一座崖前取暖。回来又在一个地方等候袁星，打了一夜坐，被两个似人非人的白色怪物放寒气将自己惊动。莫非一时不留神，将幡遗落在彼？何不趁着这富余时间，前往寻找？明知法宝非常物件，如无绝大本领之人盗去，或是在被妖法困住时，心神无主，决难随便失落。但是事已至此，不能不作万一之想。当下便令袁星留守，带了神雕，先往山南降落之处，寻了一个仔细，哪有丝毫踪迹，满腔失望。再往那晚打坐之处飞落，仍留神雕在空中，先往树林之中寻找，仍无踪迹，细想那两个白色怪物相斗时情形，正要出林再找，忽听远远起了一阵细微声息。英琼自来机警，便停声缩步，从林隙中往外一看。只见一阵旋风，卷起一团白雾，从西面峰脚一个岩洞中飞落林外。这次两个白东西一落地，先揭去头上的白面罩。看身量容貌，俱都生得一样，好似两个孪生的兄弟。英琼才知那晚两个怪物，竟是这两个妖人闹的玄虚。弥尘幡如果遗失，必落他们之手。一着急，几乎飞出林去。再看那两个白衣人，已走近身旁不远立定，说起话来。英琼藏身树后，侧耳听时，偏是相隔稍远，那两人说话声音又低，啁啾不似人言，一句也听不出。英琼又急又恨，待要移前几步，听他两人说些什么。身略移动，猛然一眼看见树杪阳光，将自己的影子斜射了半个在地上，离那两人立处不远，心中一动："那两人既会法术，自己的人影落在他们面前，没有不见之理，怎么连头都不往后回一回，若无其事一般？这事太不近情理，莫非又在闹什么鬼？"

才一转念，忽听空中一声雕鸣，日光之下一团黑影，直往自己顶上扑到，疾如飘风。只听身后风声呼呼，树木折断，咔嚓连响。知有变故，连忙回身一看，一个面如黑铁的道人，一手拿着一张小木弓，弓上排列着数十小箭，似连珠般射将上去；另一手拿着一柄拂尘在头上连挥，顷刻之间，白色茫茫，将道人全身笼住。那小箭一出手，倒是一溜黄色火星。空中神雕，正用两只钢爪抓那火星，虽然随抓随灭，无奈火星大多，只这一转瞬间，已射了三四十个上去，看看有些忙乱神气。

原来那道人正是利用余英男去盗冰蚕的无影道士韦居。自盗蚕未能得手，后见英琼业已救了英男飞走。正在无可奈何，忽听有人呼唤，回头一看，正是多年老友、福建武夷山雪窟双魔黎成、黎绍。同恶相济，久别重逢，自然一见心喜。问起情形，才知黎氏兄弟被怪叫花凌浑追逃到此，就在这莽苍山阳的兔儿崖玄霜洞内藏身。韦居也略说了经过，约他俩同盗冰蚕，开创一家道数。黎氏兄弟便约他同居洞中，相机行事。**横生枝节。还珠常用手法。**

第二日英琼又来，黎成在暗中看出英琼身有异宝，想好计策，先用魔雾想将英琼迷倒。不料英琼多服灵药，仙根甚厚，还未近前，便即警觉。黎氏弟兄以前吃过许多苦头，见英琼身旁剑气瘆人，魔雾难侵，不敢再上。改用幻影，乘英琼分心之时，由韦居隐了身形，偷至英琼身后，用妖法将弥尘幡盗去。彼时英琼正注视两个怪物满地乱滚，神雕又不在跟前，并未在意。随后便驾剑光飞起，去察看袁星踪迹。三个妖人跟踪追到袁星被困所在，见下面黑气如丝，满空交织，英琼已将剑光飞出手去，一道紫光过处，妖氛尽扫，救出猩、熊。三个妖人俱认得那雕是白眉和尚座下仙禽；又见英琼驱遣猛兽；还有先前雕背上那一只大猩猿，手使两道剑光，也分不出什么家数，宛如神龙闹海，长虹刺天，寻常不易得见；尤其那满空黑丝，何等厉害，被紫光一照面，便破了去，施放的人比自己定然高明。故未敢露面，任她从从容容将这数百猩、猿救走。知这女子来历必然不小，当时并未敢造次，仍回兔儿崖。取出所盗来宝物，见是一面似锦绣织成的小幡，上面绘有烟云古篆，霞光隐隐。三个妖人未曾见过，虽知是件异宝，只苦于不知来历用处，暂时商量，先由韦居保管。正在商量之时，忽见幡上光云骤起疑诧谛视之间，倏地轰隆两声，似花炮脱手般，化成一幢彩云，冲霄飞去，转眼不见。再看韦居，拿幡的左手业已震破，五根手指倒震断了四根。黎氏弟兄原知正派法宝，外人到手不易使用，特意叫韦居去盗，如能使用无事，再和他强要，本无好心。一见韦居果然吃了苦头，好不暗幸。对于英琼，更是不敢轻视。偏那韦居不知死在临头，一面将自备丹药嚼破敷治，越发心中愤恨，只是觉着能力不济，也无可奈何。

事有凑巧。那妖尸洞中两个矮妖人，一名米鼍，一名刘遇安，原是异派中有数人物，因盗温玉未成，反被妖尸谷辰强作奴仆，常思背叛。这时趁妖尸困住英琼，入穴行法，庄易又不在跟前，偷偷溜出商议，正赶上韦、黎三人闲游北山。两矮原与黎氏弟兄相识，五人相见之后，互谈经过。两矮便请韦、黎三人遇机相助。三人一听妖尸谷辰业已出世，两矮那般本领，都被他收去法宝，做了奴隶，如何敢惹，略与敷衍，便即避开。因两矮谈起被困女子穿着容貌和被困时情形，好似那女子法宝虽然厉害，自身并无多大道行。头一个韦居心中后悔，为女子先声所夺，未使妖法一试。当时也未想到英琼会脱出妖尸毒手，以为必死，也就丢开。

今日三人正商量用什么方法去盗冰蚕，忽见神雕背了英琼飞来，落下便即飞去。依了黎氏弟兄，说英琼既能逃出虎口，本领必非寻常，不可冒昧。韦居执意非下手不可，猜英琼是为了寻仇而来。仍由黎氏弟兄故意飞到英琼身前说话，引她偷听注意。再由韦居从林后入内，暗使妖法冷箭，两下夹攻。不料这次神雕并未飞远，早看见两个妖人飞落近英琼身前不远，因见主人未有动作，也未下击。忽见还有一个妖道，隐身绕入林中，要从主人身后暗下毒手，如何不急，两翼一束，如弹丸飞坠，从空下投，快要到达地面，才长鸣示警。林中树林丛密，虽然碍事，禁不起神雕得道多年，炼就钢爪钢羽，一双阔翼，收合之间，成抱大树，俱都纷纷折断，砂石纷飞。妖道韦居已拿着数十支穿心弩，口念咒语，想要发将出去。忽听大风扬尘拔木，当头一大团黑影飞到，知道不好，连忙将身飞纵出去一看，正是日前所见白眉和尚座下仙禽，已经离头不远，大吃一惊。忙使妖法，展动在手拂尘，祭起一团浓雾，护住身躯。神雕识货，见主人业已警觉，妖道拂尘上的妖雾异常污秽，不愿沾染，将身飞起高空。妖道在急忙中，不顾暗算英琼，左手穿心弩向空发出。只见神雕伸开钢爪，一抓就是一个。妖道着了慌，便把手中弩箭化成数十点黄火星，连珠发出。心中暗骂："你这扁毛畜生！任你钢爪能抓，只要射中一支，怕你不周身寒战，落下地来。"神雕原本性烈，一见黄火星飞来太多，不好应付，略一疏忽，左翼上连中两箭，身上一冷，知道已吃了亏，长啸一声，将两翼展开，直朝那数十点火星扑去。等到一齐射到翼上，倏又将两翼一收，将那数十点火星一齐夹入腋下，一个禁受不住，直往林外坠落。

就在神雕刚中头两支弩箭时，英琼已经回身，看出神雕忙乱，娇叱一声，一道紫光，直往雾影中妖道穿去。韦居想是应该遭劫，明知敌人飞剑厉害，竟会以为自己护身妖雾，聚天地至淫极秽之气炼成，专污法宝飞剑，用它护身，万无一失。正可借此牵制敌人，会同黎氏弟兄，另用别的妖术邪法，两下夹攻，使敌人措手不及。万没料到紫郢剑不怕邪污，等到紫光飞入雾影氛围，并未坠落，才知不好，休说遁走，连"嗳呀"两字俱未喊出，被英琼飞剑拦腰斩为两截。黎氏弟兄中的黎绍最为奸狡，早就垂涎英琼姿色，一见英琼回身和韦居交手，忘了身后敌人，脚一点处，首先飞到英琼身后，取出一面妖网，正要张口喷出一股妖雾，再将妖网罩将过去。谁知英琼一心惦记弥尘幡，见妖雾散处，妖道腰斩就地，早纵将过去，低身便要搜检。忽闻一股奇腥从后吹来，觉得头脑昏眩，猛想起那两个白衣妖人尚在身后，暗道一声："不好！"忙摄心神，连人连剑飞起。回头一看，离身不远，一个白衣妖人口中冒出黄烟，手持一团五色妖网，似要发出。英琼不问三七二十一，指挥剑光，直飞过去。黎绍刚把妖气喷出，忽听身后喊得一声："且慢！"便见韦居身首异处。英琼纵身过去，口中妖气又未将人迷倒，知道不能讨好，不敢再将手中妖网发出。还未及回身逃遁，英琼剑光已疾若闪电，飞射过来，紫虹齐腰一绕，登时了账。黎成比较胆小，见神雕飞来，英琼已和韦居对面，抱了坐山观虎斗的主意，原不想上前。一见黎绍轻敌，到底骨肉关心，喊了一声"且慢"未喊住，忙也纵身入林，想将黎绍唤住，正赶上英琼连斩韦居、黎绍。英琼见神雕中弩飞坠，不知吉凶，飞身出林，寻踪查看。一见黎成飞来，再也凑巧不过，两下连话都未说一句，被英琼紫光迎面当中穿过，黎成只嗳呀一声，肚肠已被剑光穿破。

英琼连诛三凶，听神雕在前边长啸，更比弥尘幡还要来得关心，也不顾搜检三凶尸首，忙驾剑光飞身过去。只见神雕正站在林外一块岩石上面，两爪紧抓石根，两翼展开，似飞不飞，浑身羽毛根根直竖，抖颤不已，仿佛平时抖翎发威的神气。身旁不远，散落着一地的小弩箭，箭头黄色火星早已熄灭，只微微有些放光。英琼起初不知神雕身受重伤，见它依旧神骏，略放宽心。一眼看到适才妖人施放的法宝，顺手便要拾取。可怜神雕业已周身寒战，不能奋飞，一见主人又要步它后尘，奋起神威，一声长啸，倏地从岩石上跃掠下来，微微将英琼身子一撞，撞出一两丈远近。英琼见神雕无故撞她，两翼不收，身上毛羽老是不倒，才觉出有些异样。忙停了手，走近身旁，用手一摸，到处都是冰凉抖颤，触手麻木。不由吃了一惊，忙问道："我看你这样儿，莫非受了妖人的害了么？"神雕闻言，将头连点几点，不住低头去挨英琼手臂，漫声长啸，甚是依恋。英琼忙将身上丹药与它吃了，仍是无效。言语不通，又不知怎样才能解救，飞又飞不起来。意欲用自己剑光勉强带它飞转岩穴，它又只是摇头，心中焦急万状。一会儿神雕强挣着将头低到地面，连颤带抖地用嘴在地上画了一个"袁"字。英琼猛想起神雕异常灵异，必然自知解救之方，只苦于鸟语难通，想必是要叫袁星前来代它传话，问了问，果然点头。明知邻近妖人窟穴，不知是否还有余党，丢它在此，去带袁星，不大放心。但是事已至此，无可奈何，只得嘱咐它不要叫唤惊动敌人，自己去去就来。神雕又点了点头。英琼什么都不顾，忙驾剑光直飞岩穴。袁星倒不曾外出，英琼只说得一声"跟我走"，命袁星横倒，伸出一双皓腕，将它抱定，驾剑光飞回来路。

剑光迅速，来去不到一个时辰，且喜没有出事。神雕见主人带袁星飞来，不住低鸣，示意袁星跑近前。袁星问了问，对英琼道："它和妖人对敌时，见妖人放的冷箭太多，抓收不及，恐防中了要害，坏了功行，仗着佛法，运用真气，护住前胸，特地展开双翼，将那些冷箭一齐收去。它却中了妖法，只是外面寒战，不能飞行。又服了主人给的灵丹，并不妨事。不过眼前不能飞动，须在附近择一隐秘之处藏身，由它自运玄功，将阴寒之气从翎毛中抖散，须要好几天工夫，才能复旧如初。命中该遭此劫，仗着主人福庇，没受大伤，还算便宜。请主人不要忧惊。"英琼闻言，略放宽心。想起适才曾见妖人从西面崖脚洞中飞出，远看那洞倒不甚小，如无妖人余党在内盘踞，这里峰回路转，四周山岭排天，林峦幽静，倒是绝好藏身之所。想了想，命袁星看护神雕，自己飞往洞中一看，那洞果然高大明亮，细细搜寻了一遍，并无妖人余党，心中甚喜，连忙回身。因神雕已不能飞行，纵跃俱觉为难，便命袁星伏下地去，举起神雕双脚，同往洞内放下。才准备去寻弥尘幡，出洞搜检三个妖人的尸首。

袁星忙道："适才钢羽说，妖人冷箭是采北海阴寒之精炼成，虽然妖人死后失了作用，寻常还是近它不得，遗留此间，恐为别的妖人得去。请主人用紫郢剑将它毁了，切不可用手去拿。"英琼才明白神雕撞她用意。仍命袁星守护，径往林中一看，三个妖人尸首俱在林中未动，血污遍地，蚊蝇纷集。唯独第二次杀死的白衣妖人，身上一个蚊蝇都无有，猜他怀中有宝。因恐又有冷箭之类的东西，用剑挑破衣服一看，竟是一无所有，只左手拿着一个五色网兜，隐隐放光。试探着拾起一看，轻如缘绡，薄比蝉翼，颜色鲜明，似丝非丝。估不透来历，且揣在身旁囊内，将来回山问了诸同门再说。妖人左手却压在下面，用剑背拨翻转来，见还压着一个装宝物的兜囊。挑开一看，中有一块似晶非晶、似玉非玉的东西，色如渥丹，入手阴凉。**降魔必伴随得宝。嘿嘿。**另有一柄小剑，一本道书，翻了翻，俱是符箓，全不认得。再将那两个尸身细细搜检，除最后死的妖人身旁也检出一口同样小剑，那行刺自己的妖人，除了那柄放妖雾的拂尘，已被紫郢剑斩断，冷箭被神雕收去外，别无长物。连搜数次，哪有弥尘幡的踪迹，不由又着急起来。因天已不早，须赴庄易之约，无可奈何，只得把所有搜来的东西，全装入自己宝囊以内，用剑光将许多冷箭断成粉碎，飞身入洞。命袁星不许离开神雕，驾剑光飞回地穴。

第二十七回 重返仙山 灵泉初孕暖冰肌
三探妖窟 毒眚齐飞裂地肺

黄昏将近，英琼算计庄易不会再来，便照他所说的捷径，往灵玉崖妖尸洞内飞去。起身时节，仿佛见身侧下面，似有一丝银光一闪，因为时机紧迫，没有在意。黑暗之中，借着剑光照路，不多一会儿，便从那枯树窟中，穿了出去。一看，静悄悄的，一个人影俱无。天空雾漾漾，低得似要到了头上。再看二层洞门，黑气弥漫，定睛细看，仅仅辨出门户。英琼大着胆子，身剑合一，冒险从二门穿了过去。里面倒还光明，只封锁门户的黑气有二三尺厚，虽然闻见奇腥，却无他异。到了里面一看，一排五间天然生就的石室，几榻丹炉，森然罗列，石壁莹洁，似玉一般。因早得庄易指示，知道当中一间钟乳屏障后面，甬道尽头处，有一深穴，下面便是妖窟，便将剑光按住，悄悄循路走进。走完甬道，忽觉奇腥刺鼻，霉气袭人。指剑光一照，果然有一深穴，又有黑气笼罩，看不见底。只得加紧戒备，仍用剑光护身，往下飞落。在浓密黑氛里弯曲转折，降有数十百丈，才得到底。又前行了几丈远近，忽睹微光，渐渐身子也穿出浓雾。剑光照处，看出两旁岩石低合，只有人高。前面现出一个广洞，到处都是湿阴阴的，霉气中人欲呕，那微光便从洞中发出。知妖人巢穴已到，且喜没有惊动。二次收了剑光，移步行近洞前，微微听得兽息咻咻。

探头往里一看，洞里竟是一个怪石丛列，穷极幽暗深窟，宽约百丈。满地上竖着数十面长幡，俱画着许多赤身魔鬼。每面幡底下，叠着三个生相狰狞的马熊、猩猿的头颅，个个睁着怪眼，磨牙吐舌，仿佛咆哮如生。当中有一面一尺数寸长小幡，独竖在一个数尺高的石柱之上。幡脚下有一油灯檠，灯心放出碗大一团绿火，照在妖幡和兽头上面，越显得满洞都是绿森森阴惨惨的，情景恐怖，**渲染恐怖气氛，也是还珠所长。**无殊地狱变相。英琼虽然胆大，看看也未免心惊。正在细查妖尸踪迹，忽听当中主幡后面起了一阵怪声。接着满洞吱吱鬼叫，阴风四起，大小妖幡一齐摇动，那些兽头也都目动口张，似要飞起。英琼疑心妖尸又闹什么玄虚，待要使用剑光护身时，怪声忽止，阴风顿息。猛一眼看见石柱背后，还躺着一个绿衣怪物，微将身纵起，辨出正是日前对敌的妖尸。周身四围，突现出一圈绿火，将他围住，绿衣赤足，僵卧地下，口里黑烟袅袅。胸前碗大一团红紫光华，正是那块温玉放光。心中大喜，不问青红皂白，就要飞进。

刚一入洞，忽然劈面一样小东西打来，被剑光一挡，落在地下。同时好似见石柱往里闪动，迎面有一道乌金光华飞来。定睛一看，哪有什么石柱，竟是哑少年庄易，穿着一身墨绿怪样衣服，垂手站在那里，头顶一个灯檠，因为满洞幽碧，适才没有看清。见他飞剑来得甚慢，知是示警，叫自己退去，并非为敌。暗想："日里明明和他约定，来此一试，他既未再见自己的面，事前又未说明妖窟还有这般布置，只说往常妖尸回死，他便可随意飞出，怎又与妖人去作灯檠？尤其是以前两次和自己对敌，总怕紫郢剑伤了他的剑光，且战且退，这次却死命抗拒自己的飞剑，拦住去路，不能上前抢玉，令人不解。"

一面迎敌，一面盘算。还待抽空冲到妖尸身旁动手时，忽听洞顶怪石上有人喝道："胆大女娃，竟敢前来送死！"言还未了，便听当当几声磬响，衬着地下回音，眼前怪状，格外令人心悸。英琼循声注视，看出洞顶怪石上面，还站着日前所见的米、刘两矮，穿着麻衣麻冠，脸如死灰。手中一个持磬连敲，一个持钟待打，手却指着英琼，往外直挥，意思也是要她退出。英琼虽然明白他们示意妖尸厉害，但是事已至此，一不做，二不休，娇叱一声："妖孽休要猖狂，还不纳命！"说罢，算计庄易剑光不会伤害自己，打算不管庄易，上前抢玉。

正在这连前带后没有多少分晷之际，猛地磬声才毕，钟声又响，地下妖尸突然缓缓坐起。先是目瞪神呆，宛如泥塑。倏地咧开阔嘴，露出满口獠牙，似笑似哭地怪啸一声。接着把手一指，大小妖幡全都展动，满洞阴风起处，鬼声啾啾，兽息咻咻。暗绿光影里，数十百个兽头，带起浓雾黑烟，直扑过来。妖尸身旁绿火，化成千万点黄绿火星，一窝蜂般飞起，妖气熏人，头晕目眩，地动山摇，又和上回被陷情形一样。英琼惊弓之鸟，才知先未见机，后退嫌迟，不敢怠慢，忙将身剑合一，依原路往外飞逃。且喜紫郢剑光毕竟是长眉真人至宝，英琼又是不求有功，但求无过，始终不曾离身。就在这惊慌昏暗之中，暗运玄功，一任剑光觅路飞遁，紫光闪闪，宛如飞电驾虹般，往上游走穿行。不时听到后面地合石坠，宛如雷震山崩，惊心悸胆，哪敢回看。不多一会儿，穿过甬道，出了二洞石室，慌不择地忙往古树穴内钻去。到了地穴，见那里猩、熊三个一堆，二个一丛，分散在穴内盆地之上，自在嚼食藤草花果。看见紫光飞来，一齐昂首长鸣示意，跳跃不停。暗想："谁说畜生无知？猩猿一向素食，倒没什么，这些马熊都是天生异兽，凶猛绝伦，性喜血食，多厉害的虎豹豺狼，遇上便无幸理，竟会被自己当初几句劝勉的话，改用草木充饥，不再杀生害命，真是难得。"心中惦记雕、猿，适才拼死命从妖窟冲逃，虽仗有紫郢剑护身，仍沾染了一些妖气，兀自觉得头脑昏眩，心头作呕。见猩、熊无恙，便不下落，只在穴中略一回翔，径往兔儿崖玄霜洞飞去。袁星早在洞口等候，迎接进去，见神雕仍在抖颤不停。英琼问袁星："钢羽可曾好了一些？"袁星说："钢羽须照这样运用玄功接连七日七夜，才能将阴寒之气一齐驱散。洞外三个妖人尸首，已经埋好，以免显露形迹。适才听到山北地震，疑是主人又遭失陷，袁星和它都非常着急。再候一个时辰，主人不归，便要命袁星去寻找日前那位救星了。"

英琼见雕、猿如此忠义，甚为感动，近前抱着神雕头颈，抚摸它的毛羽，觉得虽然冷气侵人，已不似先前触手麻木，知道好些，略微宽慰。渐渐月上中天，月光从洞内移向洞外。黑暗之中，只有神雕一双火眼金睛放光。英琼觉得心头发烦，又为失了弥尘幡无处寻找，神雕中邪不能远离，好生焦急。待了一会，嫌洞中黑暗闷气，出洞飞上顶去一看，半轮明月高悬空表，碧空万里，净无纤云。下面却是四山云雾齐起，到处都是白茫茫成团成絮，包围着许多遥峰近岭，只露角尖，宛如大海汪洋独棹扁舟，容于洪涛骇浪之中，时见远方岛屿出没隐现。转觉昔日莽苍山夜月梅花，有此清丽，无此壮阔。奇景当前，终因心事在怀，身体不适，无意流连。兔儿崖原是山中最高所在，洞在崖根，一面平冈，一面下临绝壑，云雾都在足下。英琼正想心事，忽见崖冈之下，似有银光一闪，低头一看，一片轻云，正从脚下升起。先似成团白絮，笼以轻绢。不一会儿零云整雾，叆叇凝合，山下云层逐渐升高。身在银海，一片浑茫，更觉得没什么意思，心头又烦热作恶。便将身转回洞去，寻了一块石头坐下，尽自盘算心事，越来越觉得头晕难受。无聊中想起日里在妖人尸身上搜来的几样东西，见洞口云稀，月光又现，打算取出观看。往宝囊中一伸手，首先摸着日里所得的那一块似晶非晶、似玉非玉的圆石。才一取出，顿觉满洞黄光闪耀。定睛一看，那光竟从石上发出，光虽不强，近身三两丈内，已能毕睹，猛想起弥尘幡失落，因为归时天晚，还忘了搜寻洞内，何不搜寻一回？

当下又强打起精神，持玉照路，在洞中寻找。找来找去，忽然发现石壁旁边还有一个石穴。钻将进去一看，里面也是一间石室，有两个石榻，一个石案，陈列着一些酒肉、干粮、鲜果之类，还有半葫芦丹药，知是妖人遗留之物。正苦烦渴，随手取了两个桃杏吃了。再找室内，别无他物。刚喊袁星进来，将案上果子取去，与钢羽同吃，猛觉头脑昏眩，身上烦热，越发厉害起来。一个懒劲，坐在榻上，便即晕倒，以后便神志昏昏，不知人事。有时清醒，觉着周身寒热酸疼，仍难坐起。见袁星已用葫芦汲来清泉，随侍在侧，问想饮不。英琼问天亮了没有。袁星道：“天已亮了。钢羽说主人身染妖气，有一半天将养，便见痊愈，并不妨事。千万不可劳动心神，求速转缓。”英琼闻言，想起自己又病倒荒山，妖穴密迩，虽有雕、猿随护，神雕一样的在那里受苦；尤其是温玉未得，反将弥尘幡失去，无颜回山。一阵焦急，心如油煎，立时又昏了过去。

迷惘中，不知过了多少时候，仿佛听见袁星在喊：“主人醒来！秦仙姑来接你了。”睁眼一看，果然是秦紫玲含笑坐在身旁。先以为是心切成梦，及见是真，想起弥尘幡，不由咦了一声，羞得无地自容。正要起身开口述说，紫玲道：“你受毒不轻，现在尚未复原，且缓起来。我们正在后洞抵御许多妖人，忽见神雕独自回山，你又多日不返，疑你失陷，大师姊特地命我抽空由前洞暗开教祖封锁，偷偷前来，探个动静。行至中途，想起你身边的弥尘幡，不知可曾失落？那幡经我母亲和我用过心血祭炼，已与身合，虽然非我母女亲手相借，外人不能使用，但是那妖尸神通广大，恐用邪法毁去。一时情急，姑且用收宝之法一试，径从东南方飞来。上面还附着我母亲一封小柬，说近来得三仙相助，功行大进，参透玄秘。那日正受完了风雷之苦，忽见弥尘幡飞回，以为我姊妹失了事，大吃一惊。忙拔了一根头发，用三昧真火，点起信香，请玄真师伯驾到洞前，哀求解救。经玄真师伯运用玄机，告知因果，才知你还有八难未满，掌教师尊特地命你饱历艰辛。我姊妹并未遭难，幡是在你手中失去。并知你连在妖穴失利之事。你中的乃是万年地煞阴霉之毒，仗你一身仙根仙骨，并无大碍，仅只数日，便可满难。我母亲因灵元初复，不能多耗真气，将幡给我送回，知我不久便会知道，用法收转。又以超劫在即，嘱我峨眉事完之后，与司徒师兄同寒妹等大劫到前再去等语。及至神雕将我领到这里，才放了心。至于仙府，目前正值多事之秋，被妖人大举围困，业已多日，须等你将玉盗回，英云遇合，才能将妖阵破去，妖人逐走。所幸前洞通天绝壑，长年云封，下临无地，又仗教祖灵符障眼，没被妖人觉察，出路未断，才能前来接你回去，将息好了再来。有了弥尘幡，更可随意出入。一切话长，你多日不归，大师姊们虽知你不致失陷，总不甚放心，神雕一回，更是悬念，还以先回山去为是。钢羽、袁星尚有用它之处，无须同回，仍留在此，省得山中出入不便。”英琼闻言，又感又愧，不便再说什么，**正所谓“不经磨折不成佛”**。只得由紫玲扶起。出室一看，神雕业已昂首长鸣，依然神骏。先问袁星，才知刚刚病了二十三昼夜，且喜未生变故，卧忆前尘，好不心惊。

当下二人同出洞外，嘱咐雕、猿小心潜伏，只可探查情形，休要轻举妄动。然后由紫玲抱定英琼，取出弥尘幡一晃，化成一幢彩云，飞回峨眉。英琼在空中往下一看，妖云密布，山壑潜踪，时见光华乱窜，也分辨不出底下是什么所在。就在这微一寻思的工夫，觉得身子往云雾中飞沉，忽然满眼光明，仙景如绘，已降落在凝碧崖前。南姑正在太元洞前闲立，一见彩云飞坠，现出二人，慌忙迎了上来，说道：“适才敌人又用风雷攻袭飞雷后洞，诸位仙姊俱往后洞迎敌去了。”紫玲闻言，忙对英琼道：“琼妹身尚未愈，千万不可造次，可由南妹扶你进洞养息。我去见了大师姊们，叫她们放心。”英琼身子也委实软得厉害，眼看紫玲仍用弥尘幡一晃，竟往侧崖飞雷捷径飞去。南姑殷勤来扶英琼进内，到了室中一看，只有虎儿一人在石榻上面壁兀坐。南姑要唤他下来相见，英琼连忙拦阻说：“用功夫时，不宜中断，等他坐完再说。”南姑笑道：“他哪有那个福气就得传授？就是妹子，学了一些入门口诀和坐功，除了转教他打打坐，养养心神外，本门真传，漫说自己尚未得着皮毛，就是会了，没有诸位姊姊吩咐，怎敢私相授受？不过是怕他淘气，仙府正在多事之秋，恐他又和上次一样闯祸，逼他面壁养心罢了。”

说时，虎儿已跳下来，上前施礼相见。英琼见他果然安详得多，随口夸奖了几句。正要问妖人侵犯之事，几道光华闪处，灵云、轻云、紫玲姊妹及芷仙先后入室。诸同门相见之后，灵云首先说道:“异派妖人想乘各位前辈炼宝不能分身，欺我等年幼力薄，勾结许多同类侵犯仙府，打算劫取芝仙和七口飞剑。石、赵两位师弟被困飞雷洞前，业已数日，仗有掌教师尊灵符护体，没有受害。如今全山虽被妖法封锁，一日三次风雷攻山，有我等支持，并不妨事。英男师妹，已蒙掌教夫人飞剑传书，收归门下。知取温玉尚须时日，怜她受苦，特赐殊恩，用灵符开了本山温泉，将她身体自腰以下浸入泉眼，借灵泉阳和之气暖身，已能言笑如常，就只暂时不能随意走动。再将温玉得来，当时便好。这里的事，话说起来太长。你中邪情形，我们业已尽知。你须要服了丹药，静养一半天，痊愈之后，再与周师妹同往莽苍，先寻师祖遗留的青索剑，再去盗取温玉。只有你两人双剑合璧，用弥尘幡护身，飞入妖阵，斩断妖人的都天神雷烈火旗，才能将妖人封锁破去，大获全胜呢。”

英琼闻英男回生，心中大喜，急着想见一面。灵云说:“此后成了同门，朝夕聚首。她既不能离开泉眼，你又急于调治，好在不出数日，诸事全了，何须急在一时？你走后接连飞剑传谕，莽苍妖尸自被你误破火云链，脱了羁绊，情知正教要和他为难，你必还要再去。一则聚兽妖法尚未炼成，不舍功亏一篑；二则意狠心毒，还想借着机会报仇，到时将山脉倒转，将来人陷身地肺，和他以前所遭一样。助你的庄、米、刘三人，除庄易是奉有师命，准备归入本门外，那米、刘二人，又将妖人的钟磬故意慢打，才使你于万分危急之中，脱身而去。彼时稍慢一些，地肺翻裂，纵有紫郢剑护身，也难脱走。这三人都被妖尸看透行藏，处死他们，不过一举手之间，因为尚有利用之处，表面故作不知，心中已恨如切骨。庄易有华仙姑传授仙法，到时尚可脱险。米、刘两人，以前虽行不义，近已洗手多年，又有向善之心，不宜负他们。掌教夫人说，你将来光大门户，用人之处甚多，与别人不同，特授取舍之权，任你伺机处置。不过你到底年幼道浅，一切仍须小心谨慎为是。”英琼见师尊如此器重，自是感奋异常。灵云说完了话，便取飞剑传书中附来的丹药，与英琼服了，吩咐好生静养，一交子夜，起来运用两次玄功，便可痊愈。说罢，等众同门略微寒暄，便即一同出去。

英琼服药不久，便觉神气渐渐清健，到了第四日早上，已经复原。苦思英男，正想前去探望，忽见轻云一手拿着弥尘幡，飞将进来说道：“适才寒萼师姊轻敌，从正门上空出去，绕向飞雷崖敌人阵后，想破掉妖阵中央主旗，没有得手，若非仗有弥尘幡护身，差点儿陷入阵内。归途看见你那神雕独自盘空下看，似要择门飞入。恐妖法厉害，将神雕陷住，命它暂在远方高空等候，回来送信。紫玲师姊袖占一卦，说是应在袁星身上。大师姊因你身体业已痊可，本想敌罢妖人，回来命我和你遵照飞剑传谕，同往莽苍。一听神雕飞回，必然莽苍有事，不便延迟，着我和你即刻动身，现在一干妖人正用妖法攻洞，我们由前洞通天绝壑上去吧。”英琼闻言，连忙拿过紫郢剑，与轻云同驾弥尘幡，一幢彩云，飞出通天壑，直升高空。神雕早在空中等候，迎上前来。当下二人一雕，同往莽苍山飞去。先到了地穴之中一看，果然袁星不见踪迹。又飞往兔儿崖玄霜洞，亦是无有。英琼忙问神雕：“袁星被妖尸捉去了么？”神雕点了点头。依着英琼，当时便要前往探看。还是轻云再三主张慎重，说：“既然妖窟有了三位内应，妖尸又在黄昏时分回死，何必急在一时？”英琼只得勉强忍耐。因地穴之内黑暗卑湿，穴中猩、熊又未被妖尸发现，决定暂住玄霜洞内，与轻云先寻那口青索剑的藏处，到了傍晚再作计较。

轻云取出飞剑传书附来的柬帖一看，大意说紫郢、青索，一个阳刚，一个阴柔。青索剑原埋藏在妖洞左近，离昔日英琼斩木魈的山壑不远。自那日妖尸倒转山谷，泄了地气，封锁灵符失去效用，青索剑原本灵通，径自在地下穿行，已离奥区仙府不远。三日之内，便要穿透地壳，自行飞往北海。不到时候，没法掘取。到时稍一防备不及，稍纵即逝，难于追寻。那奥区仙府，在猩、熊潜伏的地穴附近，已由醉道人派一位与轻云有三世宿缘的弟子在彼准备，命轻云于后日午前赶到，一切自能应手等语。英琼惦记袁星，只草草看过，不曾留神。轻云猛想起昔日餐霞大师传授飞剑时，曾有“宿缘三世，有碍飞升”之言，不但把来时一腔欢喜一齐冰消，反倒羞急起来，当时也未便说明。

到了黄昏将近，轻云与英琼骑着神雕，便往灵玉崖飞去，离崖不远落下。英琼以为仍可从三个内应口中，得知一些底细，照旧由袁星所指的秘径出去。那秘径原来窄小，自经那日妖法震动，好些地方俱被堵塞。两人用剑光费了好些事，才得走到出路的缺口。英琼首先听到外面有人笑语和野兽悲号之声。探头往外一看，并非庄、米、刘三人，乃是两个从未见过的道童，地下生着一堆火，一边躺着一个被妖法禁制的野猪。两个道童便坐在猪的身上，一人手持一柄短剑，另一人手持一个半爿葫芦，里面盛着一些红水，不住拿短剑就活猪身上挑开皮毛，切那生肉，就火烤吃，也不将猪先行杀死，一任它悲鸣呼号，以为笑乐。火光之下，照见两童虽然不过十六七岁，却都生相异常凶恶。再见了这般惨恶之状，英琼首先按捺不住，将手一拉轻云，相继飞身出去。才一照面，那两个道童已经觉察，知道来了敌人，同时站起，手扬处，各将短剑化成一道黄光飞出。轻云暗笑：“小小幺魔，也会卖弄。”玉肩摇处，早将剑光飞出，将两童黄光绕住。接着飞纵过去，用玉清师太所传禁身擒拿之法，双双捉住。那两道黄光已被英琼剑光绞断。一同将两童擒入缺口喝问，才知妖尸发觉庄、米、刘三人联合背叛，终觉有些不妙。偏偏这日又来了一个恶党，便是这两个小道童的师父、云边石燕峪三星洞的青羊老祖路过莽苍山，看见一只猩猿在那里舞剑，宛然峨眉嫡派，细看无人在侧，用妖法将它擒住。那猩猿竟通人言，说剑是在土内掘的，因昔日偷看别人舞剑，学得一些，并没师传，只要放了它，自愿拜师，跟回山去。它说这山里还有一口剑，可惜拿不出。青羊老祖自是心喜，要它领去。领到一处山崖，忽从空中飞来一只大黑雕，那猩猿忽然高叫起来，那雕闻声，往下飞扑。青羊老祖看出那雕是白眉和尚的神禽，才知上了当。正和那雕对敌，巧遇洞中妖尸神游洞外，帮着青羊老祖用妖法将雕赶走，将猩猿擒回洞去，留青羊老祖师徒帮他几日的忙。那猩猿非常狡猾，几番想逃，都被识破。本来想将它杀死，因为妖尸要用它日后炼那妖法，如今吊在地穴，已有数日了。

正说到这里，轻云见那两个道童一身妖气，知非善类，本想杀他们除害，又因他二人年纪太幼，于心不忍。正在寻思，忽听缺口外面一声怪叫，两童闻声，同时高喊道："师父快救我们！"轻云手提二人原未沾地，因见他们俱都驯服乞怜，毫不挣扎，渐渐疏了防范。这时听外面有了怪声，略一分神，两童喊了一声，倏地往下猛力一挣，一道黑烟闪处，直往缺口外面飞去。英琼、轻云也跟踪追出，见迎面飞来一个青脸长须道人，穿着一身青服，手持一根竹杖，一颗头长得如山羊一般。那两个道童业已落地，一溜烟往洞里跑去。那道人将手中竹杖一晃，化成一条青蛇飞来。英琼知是道童师父，手起处紫光飞出。道人一看见紫光，知道不妙，想收法宝，已来不及，紫虹过去，将那青蛇断成两截。略一回旋，更不怠慢，直往道人顶上飞去。道人见情势危急，不及再使别的妖法，化成一溜黑烟，径往洞内飞逃。英琼刚要追进，倏地四周黑烟弥漫，地动山摇，鬼声啾啾，惨雾溕溕。隐约听到神雕在空中连声示警，不敢怠慢，连忙招呼轻云，用剑光和弥尘幡护体，纵身高空，上了雕背，故意往东遁走。初升起时，还听后面怪声，转眼不听响动，才绕回兔儿崖落下。英琼见今晚情形和那日涉险一样，妖尸到时并未回死，越发长了凶焰。尤其袁星被擒，三个内应俱被妖尸觉察，适才可惜不曾问那两个道童，三人情况如何，估量吉少凶多，越发焦急。轻云也是另有心事在怀，默默相对。

到了次日清早，英琼又要轻云前往奥区，早将飞剑到手，便可早日将事办完。轻云说："师尊命有时日，早去也是无用。"英琼道:“不是还有一位同门道友在那里守候吗?我以前怎的竟未发现?就是不能得剑，早作商量也好。”轻云仍是推托不去。英琼无法，对于妖穴三个内应毕竟仍然放心不下，见这日无事可做，觉得既有弥尘幡可以护身退走，索性日里前去探上一回。轻云不便再不应允，只得答应一同前往。这次神雕也不带，命它守洞，径自出其不意，直扑妖穴，与他一个迅雷不及掩耳。或者盗玉，或者救出袁星，一得手便即遁回。只需两人紧持弥尘幡，形影不离，再加有紫郢剑光护体，虽不一定有功，料无闪失。商议已定，由轻云将弥尘幡一展，化成一幢彩云，直往二层妖洞飞去。刚要到达，离地还有数十丈，便见下面黑雾沉沉，将一座山洞完全罩住。转眼之间，云幢护着二人身体，业已穿过雾层，落在二层洞内一看，四外静得一点儿声息俱无。二人见未被敌人觉察，忙将弥尘幡收起，暗持手内。英琼原是熟路，悄声将那已成化石的古树穴指给轻云，以备万一脱身之用。然后轻悄悄照日前行经之路，仍由当中石室走了进去。

才一进门，便听见侧面一间石室有人叹息，英琼侧耳一听，甚是耳熟。一个道:“你说救星快来，怎么还不见动静?时机一过，没活路了。”另一个正要还言，英琼已经探头往里，看出说话这人脚上头下，倒悬空中，两脚似被什么东西绑住，却又不见绳索痕迹，英琼便要近前相救。轻云自在成都辟邪村与玉清大师同居多日，对于旁门妖法已经知道不少，看出那两个矮子被妖法禁制，倒吊室中，身旁定有妖法埋伏，防人援救。见英琼毫不思索，便要走近，连忙拉住，悄悄对英琼说了，叫她不可造次。同时两矮也看见英琼同了一个仙风道骨的女子站在室外，正议论救他二人之事，忙同声喊道:“我们虽被妖尸用黑煞丝捆住吊起，身旁设有埋伏，但是并拦不住李仙姑的紫郢剑，只需用那紫光朝我两人头脚身侧绕它一绕，便可破去。我们已和庄易商量好了，决计改邪归正，助李仙姑盗温玉斩妖。快请下手相救吧。”英琼不俟二人把话说完，早指挥手上剑光，直往二人近身之处飞绕了两圈。紫光影里，果然看见百十条黑丝似断线一般，满室飘扬。米、刘两矮脱身之后，慌不迭地跑将过来说道："那妖尸甚是机警，此时必因炼法将身绊住，如不快走，等他发觉，必然又用妖法移形换岳，将我等困住，再用阴飙地火，化成齑粉，那时想走，便走不脱了。"

言还未了，英琼正想向他们打听袁星、庄易踪迹，猛觉双脚一软，往下一沉，脚下的地凭空直陷下去。同时阴风四起，鬼声啾啾，黄雾绿烟一齐飞涌，红火星似火山爆发一般往上升起。轻云本就时刻留神，一见不好，首先一手抓住英琼，一手展动弥尘幡，**书中法宝甚多，独喜此弥尘幡。要速度有速度，要隐形有隐形，堪比F22，一笑。**往上升起。烟雾火星中，眼看足下成了一个无底火坑。米、刘二矮猝不及防，哪里存身得住，竟似弹丸飞坠，往下翻滚飞落，口中不住哀号："仙姑救命！"就在英琼、轻云转瞬升起之际，一见二人命在顷刻，竟忘了危险，同时大动恻隐之心，连话都未及说，好似彼此都有意会，不约而同地手中掐诀，返身往下飞沉。彩云飞坠中，降没有二十多丈，早一人抓着一个，同喊得一声："起！"比电闪还疾，冲霄直上。英琼百忙中注视下面，忽见一朵火花一闪，往脚底冲上，耳旁又听怪声，那妖尸突地从地穴下面现身追上，睁着一双黄绿不定怪眼，张开满嘴獠牙，手拿着一面妖幡，一手掐诀，那五色焰火似春潮一般，往上冲来。且喜挨近彩云，全都消灭。再抬头往上一看，不禁大吃一惊，原来二人只顾救人，忘了危机四伏。

就在彩云下沉之际，虽然时光不及分晷，上面适才裂开的地穴，突又四面合将拢来，眼看只剩二尺宽的隙口。下面是无边无底的火焰地狱，上面地壳又将包没，如何不急。刚要将紫郢剑飞出手去，猛听嚓嚓连声，身子已在彩云保护中穿出地面。再看下面，石块如粉，已将地壳包没，真个是危机一发，少迟便未必能够脱身。这时石室业被妖法震裂，二人便驾着彩云，提着米、刘二矮，穿透黑氛，直往空中飞去。到了兔儿崖落下，米、刘两矮先谢了救命之恩。英琼问起袁星，才知袁星被擒以后，几次逃脱，都为不舍那两口宝剑，想要一同盗走，最后仍被那羊面妖人擒住。先因想将袁星带回石燕峪看守门户，并没害它之心，后来看出野性难驯。同时妖尸谷辰又因主幡短一灵兽真魂，起初碍着青羊老祖情面，本想就庄、米、刘三人中择一代替，及见袁星不肯驯服，用它作主幡元神，自是再好不过。如今袁星同庄易俱被妖尸困入地穴，业已二日。早先三人未被妖尸看出行藏时，曾定本月庚辰为妖法炼成之期，颈上残留的半截火云链也同时可以脱卸。自从英琼来到，它知敌人厉害，日夜加紧祭炼。近来虽说每日仍有几个时辰在穴中行法，已无须回死。大后日才是庚辰，如果日期不改，庄易、袁星尚有数日活命。青羊老祖手下两个道童虽然年幼，也是穷凶极恶，每日常去凌虐米、刘二矮。昨早听他们在室外说话，仿佛说妖尸有突然改期，在期前下手之说，庄、袁吉凶就不可知了。说着，忽然跪了下来，说是他二人虽然身在旁门，业已洗手多年，这回偶因一时贪心，几蹈不测。算出此次虽得侥幸脱难，因为以前造孽太多，魔劫还重，非归入正教门下，跟着广积功行，不能免祸。又看出英琼一身仙根仙骨，前程远大。明知峨眉门下男女弟子不能乱收徒弟，尤其是异派旁门中人。但因向善与避祸心切，他二人也颇会一些旁门道术，善于隐行潜踪，入地穿行，并不一定要求传授，只望作为驱遣的奴仆。一则借她福庇；二则除了妖尸时，好代他们夺回已失的几件法宝和他们所炼的护命元丹。说罢，叩头不起。

英琼正为袁星之事愁烦，一则念他二人前次在妖穴两番提醒之功，二则又不忍见他们身遭惨死，三则想得一点儿虚实，才奋勇冒险将他们救出。一闻跪求之言，又不便伸手相扶，不禁着起急来道：“你两人真是胡闹！我在峨眉不但所学有限，为时不多，而且许多年长功深的同门，并无一人收徒。无心收了一雕一猿，已恐教祖怪罪，何况你二人虽在旁门，俱是得道多年，又是男的，我怎能违了教规，做你们的主人师父？你们如有心向善，事成之后，待我代你们禀过大师姊，教她给你们设法，此时万万不可。”

边说边往侧面避开。米、刘二矮仍不起来，一味哀求说："仙姑来历我等已早闻传言，非比寻常。又从卦象上看出，主人如不收容，我们早晚必遭横死。否则，这位周仙姑一样是仙根深厚，因为无缘，所以不敢相求。主人既因教规为难，我等情愿立下重誓，永归正教，只求收为奴仆，托庇门户。也不敢随主人厕居仙府，但求事完带往峨眉，我们另在附近择地潜修，不奉呼唤，也不妄与主人相见。有事驱遣，再命我二人前去，岂不可以两全？雕、猿畜类尚蒙主人收留，何况我等。"无论如何恳切陈词，英琼只是一味躲闪。

二矮忽然对使了个眼色，一阵旋风，似走马灯一般将英琼围住，跪拜哭求起来。轻云本就见二矮生相奇特，又见英琼受窘，不禁好笑。正要开言劝说，英琼被迫不过，倏地秀眉一耸，说道："我一肚皮愁烦，你二人却如此纠缠，真悔适才误救了你们。再不起来，休怪我下绝情了！"说罢，手一扬，将剑光飞出，指着二人。英琼原是想将二人吓退，谁知出手快了一些，二矮又是十分情急，不曾留神躲避，紫光照处，只听嗳呀两声。英琼一见不好，忙将剑光收起时，二矮已双双倒于就地，鲜血淋漓。英琼连忙同轻云近前一看，一个削落半截手臂，一个将头发削去大半，头皮也削去一层，痛晕过去，好生过意不去，直说："怎好？"忙着便要取灵丹出来救治。

轻云早看出二人受伤不重，一多半是用幻术打动英琼怜悯。一则因来时有灵云吩咐；二则代米、刘两人设想，也是旁门中得道多年有数人物，只为脱劫心切，情愿为一女子奴仆，可见修行委实不易，早动了恻隐之心。一见英琼为难，乐得觑便成全，便说道："琼妹你忘了临来时大师姊传掌教夫人法旨么？三英二云，独你根厚，日后光大门户，险难正多，不比旁人，须多要几个助手。雕、猿遇合，因是仙缘注定；这两人如此存心，也非偶然。人家为做你门人，落得受了重伤，你还不屑答应么？"英琼着急道："你怎么也帮着说情？你看他两人生相和以前行为，漫说教规有碍，我也不敢当此大任，保他们将来。如说助我盗玉有功，向善心切，我情愿遇见机会，尽力量帮助他们，不是一样，何必非做我徒弟奴仆不可？于我有损无益，还伤了他们的体面呢。”轻云道：“缘有前定，由不得你。掌教夫人怎不准别位同门相机行事？你如再为难，不妨和他们说明，须等事完回山，禀过大师姊，问了诸同门，再定可否，如蒙赞许，不论为徒为仆，仍照他们自己请求，在仙府附近另寻修真之所，平时供你驱遣，到时助他们脱劫。你看如何？他二人俱是旁门，被你仙剑所伤，不易痊可。我曾从玉清师大学了一点儿旁门法术，你如依得，我情愿成全他们，将伤治好。否则落了残，你又不收人家，孽由你造，我可不管。”英琼经轻云再三劝说，只得勉强应允。轻云才含笑过来，只取了两粒灵丹，在二人伤处各按一粒，口中念念有词，喊一声：“疾！”二人应声而起，先向英琼叩完了头，又谢了轻云成全之德。英琼一看地上血迹虽在，二矮伤处却是好好的，任何仙丹，也无此快法，才知上了人家的当。既已答应，不便反悔，埋怨了几句。轻云只含笑不答。米、刘二矮却是垂手侍立，非常恭敬。因知袁星被困地穴，除了制伏妖尸，万难入内，只得先商议寻剑之事。

第二十八回　含群力　同收青索剑　从众请　初试火灵珠

二人正在商议之间，英琼一眼瞥见米、刘二矮站在洞门口边交头接耳，低声细语。神雕在洞外，也不住长鸣。英琼对这两人本是无可奈何，暂时将他们收下，并非出于心愿。一听神雕鸣声有异，出洞一看，夕阳偏西，松林晚照，四外静荡荡的，悄没一些声息。回头见二矮仍在低语不休，越发起了疑心。正待开言喝问，二矮已走近身侧，躬身说道："弟子等蒙恩收录，异日超劫有望，只是寸功未立，难邀主人及各位仙长信任。回想以前，弟子等原在北海潜居，为了莽苍山这块万年阳和之精凝成的温玉与长眉真人遗留的青索剑而来。那剑原分雌雄二口，交相为用，能有无穷变化，神奥超玄。即使不能双剑合璧，能得一口，也非异教旁门所能抵御。一时起了贪心，冒险前来盗剑。自经劫难，痛悟前非，才知神物有主，弟子等福薄道浅，不配觊觎。因见主人已将雄剑紫郢得去，如再将青索到手，异日必为一代宗主。未来时商量，本想脱出妖穴，取来献上。无奈那剑原藏在妖洞不远深壑之内，起初不知地点，四处搜寻不遇。自那日主人被陷脱身，震穿地肺，无心泄了地气。那剑因有长眉真人封锁，不能即时往上飞升，连日顺着泄口，在地下穿行。晚来宝气上烛重霄，弟子等刚刚寻见一些蛛丝马迹，未及下手，便被妖尸发觉行藏，用黑煞丝困住，不能脱身。偶听主人与周仙姑商量取剑之事，不知是否此剑？如是此剑，主人与周仙姑虽然剑术精深，仍恐难以到手。当初长眉真人原为此剑未炼到火候纯熟，非常野性，极难驾驭，所以才将它封锁地肺之内，受地底水火风雷昼夜淬炼，循环不息。一出地面，便有千百丈精光，照耀天际。幸是此山有石处太多，不然，此剑早已出土飞去。须要预先有人深入地肺，取了剑囊，顺着此剑穿行之路，由后追赶，直追到它出土之所。上面更须有剑术极精之人，还得用四五口极好仙剑拦堵。**如同草原上驯服野马。真亏了还珠楼主，有此奇想。**那剑异常灵通，一见不能飞越，必然掉转头来，飞回故道。恰好地下之人，正手持剑囊等候；上面的人，再一用峨眉本门收剑口诀。一入剑囊，得剑之人只须受过峨眉真传，行法之后，再照预先布置防它飞遁，取出试习，一与身合，此后便能应用自如。当日我等探寻宝气来源，发现长眉真人遗偈，参详后，知道此剑如此难收，自知能力不济，恐求荣反辱，所以不敢下手。那剑囊现时仍在那深壑岩缝之中，弟子等虽有入地之能，只是还有长眉真人封锁，非有本门解法，不能近前。那妖尸和青羊老祖原知此剑来历，但也知此剑是他克星，又无法驾驭。因见宝气上腾，知道快要出世。又因主人迭次和他为难，一见那口紫郢剑，便料出是长眉真人所命，越发惊慌。更因祭炼妖法，不能离开，出洞寻仇，诚恐那剑被正教中人得去，神物遇合，于他不利。所以昼夜赶炼，想在期前成功飞遁。所幸他还不知长眉真人留有收剑偈语；又因党羽太少，一心炼法，不及兼顾。那剑囊所在，虽与妖尸近隔咫尺，但没有防守。如果今晚趁妖尸入定之时，命弟子等前去，弟子等得到剑囊，照适才所言行事，必能成功。这里山脉阴阳向背，地层厚薄，昔日寻剑，弟子等业已查勘详细。只需傍晚时分，先行看准那剑穿行之处，算好出土之时，至多不过二日，那剑必冲破地层，斩断山脉而出。主人和周仙姑只在那里守候，此剑一得，雌雄二宝遇合，如妖尸不在期前遁去，绝无幸理。只是期前需要再约两位剑术精通、持有仙剑之人，以保万无一失才好。”

英琼闻言，方在半喜半疑，沉吟不语，轻云早看出二矮虽在旁门，并非凡士，所说真诚，亦无虚假，心中大喜。便代答道：

“你二人如此诚心，异日必蒙教祖嘉许。至于收剑一层，我们事前已有掌教夫人传谕，到时自有安排。唯独你们所说剑囊，甚关紧要。你二人既有入地之能，等到今晚，看准宝剑穿行所在，由我们亲身保护尔等前去，用解法解开深壑封锁，好让你们下去。此乃入门第一件奇功，你二人所受艰苦不少，须要格外仔细。我再给你二人灵丹数粒，以防地气中人。”说罢，**看来轻云成熟、老练许多。灵云、轻云，二“云”皆稳健一派；英琼、英男，二“英”则风格迥异。**取出四粒丹药，分给二矮。二矮连忙称谢，接过道：“弟子等当初所练旁门左道，原善于在地下潜形遁迹，寻常阴寒卑湿恶毒之气，已是不能侵害。可惜此山石质太多，宝剑穿行范围恐怕不大，稍觉费事。更恐时久，有些窒息，无处吸引清气。有此灵丹，更无妨害了。”

四人一阵问答，时光易过，不觉到了黄昏。出洞一看，神雕不知何时他往。六月天气甚长，夕阳虽已没入崦嵫，远方天际犹有残红，掩映青旻。近处却是暝烟晚雾，笼幕林薄，归岭闲云，自由舒卷。时当下弦，一轮半圆不缺的明月，挂在崖侧峰腰，随着云雾升沉，明灭不定。崇山峻岭，茂林修竹，因风碎响，与涧底流泉汇成音籁。端的是清景如绘，幽丽绝伦。唯独干莫宝光，深藏地肺，渺难追探；不似丰城剑气，上射穹霄，可以迹象。看了一会儿，忽然风起云涌，弥漫全山，月光底下，仿佛银涛，又和那晚英琼所见一样，浓云广覆，宝光剑气，更难寻觅。漫说李、周二人觉与二矮所言不对，连二矮也自惊奇，说道：“那剑光只初发现时最盛，光华上烛，就是俗眼，也不难窥见。第二日只在西南方现得一现，便被云遮。本山常起云雾，虽是时隐时现，但是像适才那样清明景象，应无不见之理。此剑决不会为妖尸得去。若说就在弟子等被困之时，为外人取去，又无这等容易。这都不足为虑，只恐神物变化通灵，业已穿出地肺，化龙飞去，那就太可惜了。”轻云虽知飞剑传书仙谕，不会落入外人之手，听二矮一说，也觉可虑。

正想命二矮去探剑囊在否，忽听一声雕鸣，神雕从半峰腰上穿雾摩云而来。英琼刚要问它适才到哪里去了，神雕业已近前落下，口中衔着一封柬帖。英琼取过一看，上面写着："青索剑明日正午便当出世。妖尸明晚子时定将妖法练成，因为自恃穷凶，一意孤行，急于飞遁，不俟庚辰正日，便行举动，弄巧成拙。命轻云等仍照已定之策，明日午前前往奥区仙府，自有能人相助。得剑以后，稍微练习纯熟，一齐飞往妖穴深处，有此两剑合璧，便能护身无碍。那温玉挂在妖尸胸前，妖尸一斩，急速用弥尘幡罩住妖尸，以防他变化元神抢走。那剑光华冲霄，恐为外人发现，已用法术隐没，少时便当一现。"周、李二人正看之间，忽然二矮齐声喊道："那不是宝光，主人们快看！"周、李二人顺二矮指处一看，西南远方，相离数十里之间，果然有一团青气，穿出云雾之上，缓缓往前移动，转眼消逝。二矮道："弟子等日前所见，较此还要明亮，不知何故？"周、李二人才将柬帖与他二人看了，只未署名。英琼看出是那日所见纸卷华瑶崧笔迹，一问神雕，果然点头。料知明日便可告成功，心中甚喜，和轻云望空拜谢了一阵。因二矮说那剑既是明午出土，恐来不及，须要早些前去，取那剑囊，照计而行。

当下仍留神雕守洞，四人站在一起，英琼原本去过，展动弥尘幡，直飞昔日生朱果的深壑之中落下。二矮以前曾用许多心机探寻，更是轻车熟路。先寻到一个岩凹之内，将石上遗偈与周、李二人看了，果与所言相符，便由二矮自去进行。因离妖穴太近，恐防待得时候久了，惊动妖尸，便用弥尘幡回转兔儿崖，决计当晚不再前往妖穴，养气凝神，静等明日午前，赶往奥区仙府，寻着相候之人，先取那口青索剑。

时光易过，不觉到了巳时。英琼主张不用弥尘幡，驾了神雕先去，两翼翔云，一会儿到了岩穴前面落下。金蝉已早在半路相候，迎接下去，与严人英、笑和尚相见，**这一"英"，几乎没什么戏**。互说经过。人英因为醉道人事前有话，先时见了轻云，未免神态不宁。谈了一阵，因见为时无多，那剑又该归轻云所有，只得忸怩对轻云说道："小弟来时，奉有师命，原有柬帖一封，面交师姊。小弟只知上面写有取剑之法，不过家师曾说此信只可令师姊一人观看罢了。"说罢，躬身正色，将柬帖取出，放在身旁石上。轻云原本心内有病，连忙拾起，走向旁边一看，不禁脸上红了又红。转身对人英说道："醉师叔柬上说，师兄已知收剑之法，就请师兄吩咐，相助妹子成功吧。"人英道："理应如此。不过师姊原是主体，目前尚少一人相助，不知会不会有差错？时机已到，我们先到外面指定的地方商量，以防万一如何？"金蝉忍不住答道："严师兄，先前问你怎样取剑，你不愿说。如今又和周师姊对打哑谜，说什么还缺少一个人。莫非以我们五人之力，还不行么？仙人们咋神秘兮兮呢？"

说时，五人正往外走，忽见外面一道乌光，一闪而过。人英惊呼道："那口仙剑在这里了！"一言甫了，大家全以为青索仙剑出世，纷纷驾起剑光飞出。英琼在后面，先未听清，及至随了众人飞出一看，乌光敛处，现出一个青衣少年，正是那被困妖穴的庄易，连忙唤住众人，分别引见。庄易急匆匆在地上写出时辰已到，速照仙柬所言行事。轻云忙请人英领到那日金蝉、笑和尚第一次发现的洞中，说道："庄道友来，恰好足了人数。现在就请庄道友和笑师兄、严师兄、琼妹分守四角，如见仙剑出土，急速拦住，再由琼妹用紫郢剑去逼它回转。那时我已从二矮手内取过剑囊，用本门收剑之法，引它归鞘。"

那洞原本甚大，众人分配已毕，才将方位站好，便听地下隐隐起了异吼。众人俱都聚精会神，目不旁瞬，觑准中心柬帖所指之处。一听地下声音越吼越近，一声招呼，除英琼，余下四人各将剑光飞起，乌光、银光与金蝉、笑和尚霹雳双剑的红紫光华，连结成一团异彩光圈，照眼生辉，笼罩地面。不一会儿，地皮震裂，渐有碎石飞起。英琼也连人带剑，化成一道紫虹，飞贴洞顶，注目下视。顷刻之间，石地龟坼，裂纹四起，全洞石地喳喳作响。

忽然轰的一声大震，洞中心石地粉碎，宛似正月里放的火花一般，四下飞散，地下陷了一个大洞。砂石影里，一条形如青虬的光华，离土便要往洞外飞腾。当门一面，正是庄易、严人英，一道乌光，一道银光，如银龙黑蟒，双绞而上，拦住去路，只几个接触，便觉不支。恰好笑和尚、金蝉二人的霹雳剑也转瞬飞来，才行敌住。四口仙剑，纠缠这道青光，满洞飞滚了好一会儿，渐渐青光越来越纯，也不似先时四下乱飞乱撞，急于逃遁。轻云也飞身入穴，从二矮手中取来剑囊，估量时候已到，喊一声："琼妹还不下手！"英琼早等得不甚耐烦，闻言指挥紫郢剑飞上前去，才一照面，青光倏地在空中一个大翻滚，大放光华，挣脱原来四口飞剑，拨转头便往原来地穴飞去。轻云正用自己飞剑护着全身，口诵真言，使用收剑之法，一见青光飞来，方要手举剑囊，收它入鞘，猛觉一股寒气，瘆人毛发，竟将自己剑光震开。刚喊得一声："不好！"幸而人英飞剑追来，一见轻云危急，不顾利害，飞身与剑合一，直穿过去。英琼剑光也同时飞到，两下一合，将青光压住。轻云才觉站定，六人五道剑光，紧逼着这道青光缓缓归鞘，入了剑囊，才行停手。**剑文化是中华传统文化中特殊的一个分支，其中既有"文"基因，又有"武"基因；既有"现实"基因，又有"神异"基因。写剑之神异，文学史上当以此为极致。**

大功告成，轻云自是心喜。因为急于要用此剑去盗玉除妖，一切都顾不得谈，先回人英洞内，寻了间石室，请大家在室外守护，以防不测。独自在室内，用峨眉心法炼气调元，身与剑合，一俟纯熟，便可前往除妖夺玉。那口青索剑也真奇怪，先时那般神妙莫测，夭矫难制，一经用了峨眉本门心法，收剑归鞘之后，便即驯服。轻云入门较久，功夫颇深，因知此剑非比寻常，仍是丝毫不敢大意。先将真气调纯，诵完口诀，二目聚精会神，觑定剑柄，谨谨慎慎，运气吐纳，直到那剑顺着呼吸，出入剑囊，青光莹莹，照得眉发皆碧，了无异状，才敢放心大胆，将剑收起，凝炼先天一气，指挥动静。不消个把时辰，虽还不能身剑相合，已是运用随心，不禁大喜。练到黄昏过去，居然可以驭剑飞行。轻云便驾着剑光出室，满洞游行了一转，和驯服烈马差相仿佛。才收去剑光，落下与诸同门相见。大家自免不了一番称赞道贺。

英琼对轻云道："这位庄道友被困妖穴，业已数日。原来妖尸要拿他和袁星择一个来祭炼妖法，只因青羊妖道爱袁星质地，执意想收回山去看守门户。妖尸性情执拗，说一不二，只为妖法炼成飞走之后，青羊妖道虽无他厉害，于他却甚有用处，这次又帮他的忙不少，不好意思违拗。盘算了多时，最后决定，用庄道友生魂主持妖幡。又因事机紧迫，不及等待庚辰正日下手，恰好今日时辰是个庚辰，便定在今早辰时祭幡，一切俱已布置完备。如在原来地穴下手，庄道友甚难幸免。想是妖尸恶贯满盈，作法自毙，要等我们前去除他，庄道友不该遭他毒手，好端端在前些日倒翻地肺，变了形位，泄了东方太乙之气，所居地穴已成死户，与日时生克不合，将地下法坛移至二层洞前举行，仗着妖法封闭严密，以为外人万难入内扰乱。谁知青囊仙子华仙姑，早已预料到此，埋伏在二洞前面古树穴内，眼看时辰快到，乘妖尸闭目入定，准备身与幡合，再由青羊妖道代他摄取庄道友生魂，连那口玄龟剑，一起拘纳主幡之际，倏地冒着百险，隐身上前，从青羊妖道手下抢了庄道友，便向古树穴中逃去。这不过与妖尸一个措手不及，知道庄道友受妖法禁制，神志昏迷，逃时万不及使用隐身之法，必被妖尸、妖道觉察，跟踪追赶。彼时我等青索剑尚未到手，要任他追到此间，岂不引鬼入室，给我们添了大患，误了取剑之机，妖尸岂不更为难制？但是上有妖法封锁，不能逃出，除此之外，别无他法。刚避入穴底凹处，正要先连庄道友身形一齐隐去，妖尸、妖道已经追离切近，匆促忙乱之间，妖尸忽然又使故智，移山换岳，想将逃人困住。不料弄巧成拙，地形才倒转一些，华仙姑退路忽然裂了一条大缝。华仙姑见后面土石已夹着妖气潮涌一般卷来，后退一样无路，姑且冒险，连用剑光冲进，万一地层不厚，破土而出更好，总比束手待毙强些。恰巧那条裂缝正通青索剑穿行之路，上面便是我等昨日所见藏剑的入口，居然一些也未费事，平安逃出。当时真是危急，间不容发。华仙姑带了庄道友隐身遁到别处，妖尸已追赶不及了。更巧的是地层变动，将通奥区那一条捷径，被妖尸无心堵死。他不知我们有多少人和他为难，恐再将袁星失去，妖法更炼不成功，追敌未得，便赶回去，未曾觉察，尚是幸事，否则刚才取剑，岂不棘手？如今妖尸因时辰已经错过，计算干支，除了今夜子时勉强可用外，余者便非等庚辰正日不可，否则便不能得天地交泰之气，妖幡灵效更差。生魂定用袁星，青羊妖道自无话说。我们因为时间不足一个整日，华仙姑说妖尸鉴于以前失误，这次防备更为严密，所有妖术、法宝，全数使用出来，宛如设下好几层天罗地网。没有紫郢、青索两口仙剑开路，纵使弥尘幡也难入内。这口青索剑非常神异，收时那般难法，万一师姊驾驭不住，错了机会，温玉未得，反误了袁星性命，如何是好？不想师姊功夫如此深纯，练得这般快法，真是难得。**还珠小说的弱点在于时常有大段讲述。金庸的叙事本领便高出一筹了。**”

轻云道：“哪是我功夫深纯。一则仗诸位师兄妹道友相助，先免去收剑时难关；二则教祖仙剑不比寻常，原是本门之物，一经收伏，自能运用。你得那口紫郢剑，不比我更易吧？”金蝉道：“仙剑合璧，本门光大，妖尸授首在即。先时李师妹那般着急，如今正该早些前去除妖夺玉，也省得袁星多受许多罪，怎么大家都说起闲话来了？”英琼道：“大家都说我性急，小师兄竟比我还要性急。你没见适才庄道友所写华仙姑的话，须在妖尸、妖道行法之时前去，乘妖尸入定，下手夺玉，要比较容易些么？”金蝉方才无话。

英琼见笑和尚总是闷闷不语，便笑问道：“听说师兄得了一粒宝珠，何妨取出来大家鉴赏一回？”笑和尚道：“再休提这粒珠子。我如非一时贪心，尚不致惹出这般大祸，将多年辛苦炼成无形仙剑，成了顽铁。此珠虽在身旁，因尚未除去妖物，将珠献过家师，奉命收用，一则不知用法，二则有些悔恨，实不愿取出来赏玩。日前只蝉弟强着看了一次，不看也罢。”轻云道：“师兄休要心中难受。那无形仙剑乃是苦行师伯独门传授，不同寻常宝剑。是凝聚五金之精，采三千六百种灵药，吸取日月精英，化成纯阳之火，纯阴之气，更番洗炼成形。再运用本身真元，两门灵气，合而为一。**如果写《中华剑文化》，这样的文字都应该收录。**可惜师兄功夫尚未上臻绝顶，所以才被邪污。但是灵物一样要受灾劫，才成正果。听家师说，三仙二老以及各位前辈所用镇魔之剑，哪一口不经几回灾劫，才到今日地步。何况灵气未失，本元尚在，只需除妖回山，略破一些功夫，必比以前还要神妙，何必为此愁烦呢？倒是这粒宝珠，委实非比寻常，异日一经苦行师伯祭炼，化邪宝为灵物，足可照耀天地。上次在凝碧仙府未及鉴赏，还请取出，我等一开眼界如何？”笑和尚本来见了女子不善应答，被周、李二人相继一说，虽不甚愿意，不便再为拒绝，只得说道：“此珠我尚不会应用，不过早年随家师学了一些藏光晦影的障眼法儿。因见此珠精光上烛九霄，自知本领不济，恐启外人觊觎，特地将它收入宝囊，将光华用法术封闭。如就这样观看，只是一颗鹅蛋大小的红珠，并无甚出奇之处。如要看它原形，须稍费一些事罢了。”说罢，从僧袍内先取出一个形如丝织的法宝囊，然后把那粒乾天火灵珠取将出来，请大家观看。

众人围拢前去一看，那珠果有鹅蛋大小，形若圆球，赤红似火，摊在笑和尚掌上，滴溜溜不住滚转，体积虽大，看去却甚是轻灵，余无他异。英琼好奇，便请笑和尚将法术解去，看着光华如何。笑和尚答道：“此珠自经那日在东海当着诸葛师兄封闭宝光之后，虽与蝉弟看过，并未显露宝光。妖穴密迩，一旦被妖尸警觉，岂不有了麻烦？”英琼说：“此洞深藏壑底，宝珠虽然灵异，光华岂能穿山贯岳而出？”执意要看。**童心，且有几分莽撞。正是英琼本色。**金蝉也因以前未见此珠灵异之处，从旁力请。笑和尚无奈，答道：“我此时正当背晦，还是谨慎些好。我这宝囊乃是家师采集东海鲛丝，转托严师兄的令祖姑、太湖西洞庭山妙真观方丈严师婆用神女梭织成，经过法术祭炼，专一收藏异宝。另有一根鲛丝绦，系在颈间，一经藏宝入囊，不但不会遗失，外人也休想夺去。既是诸位同门道友执意要看，好在离除妖还有两个时辰，待我将它先收好了再看，也是一样。”说罢，先将火灵珠收放囊内，手持囊颈，盘膝打坐，口诵真言。约有顿饭时顷，渐渐囊上发出一团红光，照得满洞皆赤，人都变成红人。宝囊原极稀薄透明，先还似薄薄一层层淡烟，笼着一个火球。顷刻之间，光华大盛，已不见宝囊影子，仿佛一个赤红小和尚，手擎着比栲栳还大的火团一般。除了金蝉一双慧眼，余人俱难逼视。更不知经过祭炼，运用时节，还有多大神妙。

大家齐声称赞了一会儿。笑和尚正要施展法术，封闭宝光，英琼猛听洞外神雕连声鸣啸，心中一动，喊声有警，便驾剑光飞出洞去。宝光果然上透崖顶，把天红了半边，星月都映成了青灰色。循声一看，山北面一道黄光，如电闪星驰般飞走，神雕展开双翼，正在追赶。英琼知有妖人窥探，哪里容得，忙驾剑光追上前去。身还未到，神雕已先追临切近，那黄光倏地回头朝神雕飞来。英琼见这道黄光与那日妖洞道童所用虽是一样路数，光华却强盛得多，恐怕神雕有失，手指处，紫郢剑飞迎上去。后面众人也随后追到，纷纷将剑光祭起。还未近前，黄光已被英琼紫光绞个粉碎，化成百十点金星四散。再寻那行使飞剑之人，已经不知去向。

第二十九回　斩妖尸　得宝返仙山
逢巨恶　无心留隐患

英琼听神雕随着落下，还在叫唤，过去一看，原来钢爪之下，还紧紧抓着一个妖人，神气业已奄奄待毙。英琼认出是那日所见羊面妖人的徒弟，正要接过来问，庄易连忙抢上前去，口诵禁法，从身旁取出一根丝绦捆好，提在手上，不使沾地，与众人比了比手势。轻云想起那日被他挣逃，明白用意，知道小妖人曾借土遁逃走，便和众人说了。那道童先是装死，后知识破机关，绝难活命，不住口大骂，尤其把庄易骂了个淋漓尽致。众人问他话，也不言语，只管骂两声，高喊一声“师父救命”。金蝉恨他不过，顺手一个嘴巴，连门牙打掉了好几个，他仍是骂不绝口。这时笑和尚也收了宝珠飞来，见他拼死大骂，过来说道：“你好好招出实情便罢，否则你想好死，且不能呢！”说罢，将手一指，使用佛门降魔锁骨缩身之法，那道童立刻觉着周身又疼又痒，骨髓奇酸，实在禁受不住，**还珠还擅写酷刑。与莫言异时瑜亮。**忙喊：“快请住手！我说就是。”众人问他来意，才知他名杜远，还有一个师兄名叫甄柏，俱是青羊老祖门徒，适才妖尸正将袁星绑出，布置法坛，忽见南山红光烛天，看出是一种千年修炼的稀世奇珍。因为时辰快到，妖尸和青羊老祖俱不能分身。两童宝剑又已被周、李二人日前破去，没有防身利器，虽然得了袁星两口长剑，尚难运用飞行。便命二童同驾青羊老祖的剑光前去探看，准备到子夜炼成了妖幡之后，再去取那宝物，同回云边石燕峪三星洞去，联合各异派能手，与峨眉为仇。二童到了奥区仙府前面，正遇神雕盘空巡视，哪里容得，只一下先将杜远抓擒。甄柏一见不好，首先撇下杜远，独驾剑光逃走。

众人一听还逃走了一个，少不得回去报信，已经打草惊蛇，多数主张就此前往。唯独笑和尚不以为然，说道："妖尸自恃妖法厉害，决不舍去炼幡机会，轻易逃走，至多寻了前来。既然华仙姑事前指示，还以到时进行为是。好在为时无几，我们如不放心，且将人分布妖穴上空，相机行动如何？"金蝉、英琼不肯，仍主早些下手。笑和尚不好意思拗众，只得作为罢论。依了笑和尚与人英，妖童到底年幼，既已说了实话，不妨告诫一番，饶他活命。英琼却说那日亲见他杀猪饮血凶恶之状，妖人手下绝无善类，还是除去好。米、刘二矮也从旁说此人万不可留，久必为恶多端。杜远还待哀求，金蝉已等得不甚耐烦，只说了一声："这还有什么为难的？"把手一扬，剑光过处，斩为两截。

当下由米、刘二矮前导，同驾剑光，直飞妖穴。到了一看，到处都是黑烟妖雾笼罩，哪里看得出山崖洞府。众人端详了地位，按照前定，首由周、李二人当前开路；余人由金蝉手持弥尘幡护身，跟踪下去。英琼、轻云二人刚一落地，便见庭院之内，景象阴森，无殊地狱变相，与那日地穴所见大略相同。满院云烟笼罩，到处兽号鬼哭。数十面大小妖幡，发出黄绿烟光，奇腥刺鼻。二人剑光到处，黑烟随分随聚，虽然不为妖法所伤，只看不清妖尸、妖人与袁星所在。正待指挥剑光，往发光的妖幡上扫去，忽听金蝉高叫道："周师姊，那西边古树前面，不是袁星么？你们还不赶快上前救它！"英琼闻言，忙和轻云驾剑光往西飞去。身临切近，青紫两道光华照处，才看见袁星绑在一面长幡之下。英琼剑光过去，数十缕黑丝，化为飞烟四散。袁星脱了羁困，看见紫光在黑烟中飞翔，方要赶过，忽然一只枯如蜡人的怪手伸将过来，一把将袁星抓去，接着群幡齐隐，不见踪迹。英琼闻声追上，那怪手已隐入黑烟之中。这里严人英、庄易、笑和尚、金蝉与米、刘二矮六人，仗着金蝉一双慧眼，早借弥尘幡掩护，各人指挥剑光，将青羊老祖围住。周、李二人见黑烟越来越盛，看不见妖尸所在，袁星又被妖尸抢去，情知危险，又恐妖尸逃脱，焦急万状。一会儿工夫，青羊老祖的飞剑连被人英等剑光绞断，自知不敌，一同没入黑烟以内。众人益发冥搜无着，只得由人英等六人将剑光在空中交织，以防妖尸遁走。

正在无计可施，刘遇安忽对笑和尚道："满天都是黑煞丝，妖尸将温玉光华祭起，我们虽有至宝护身，要想伤他，颇非容易。妖尸诡计多端，迟则生变，莫要中了他的道儿。大仙那粒乾天火灵珠，精光上烛重霄，是纯阳之宝，何妨取出一试？"笑和尚自得此珠，因为取自妖物身上，未奉师命，不知用法来历，从未用过。被刘遇安一句话提醒，心想："用虽不能，若持在手中，照觅妖迹，或者可用，也说不定。"当下忙请金蝉、人英等到一处，用弥尘幡护身，盘膝坐地，口诵真言，解了禁法。刚刚将宝囊取到手中，便觉地皮震动，同时一团红光透起，照彻天地，妖气尽扫，阖院通明。这才看出妖尸已将满院妖幡全数移在隐僻之处，袁星又被绑在一根幡脚之下，青羊老祖守护在侧。妖尸闭目兀坐，口诵手摇，五指上发出五道黑气，指着袁星。英琼、轻云一见袁星情势危急、双双飞出剑去，一取妖尸，一取青羊老祖。紫光过处，青羊老祖应声而倒，斩为两截。刚要协助轻云夹攻妖尸，猛听地底砰的一声大震，立刻地覆天低，当院陷下一个无底的深坑，坑内罡风夹着烈焰，如怒涛一般往上涌起。就趁众人惊心骇顾之间，妖尸倏地化成一股黑气，比电闪还疾，冲到英琼身边。英琼日前吃过苦头，不知是妖尸炼成的黑煞飞剑与身相合，微一顾忌却步，被他就地上又将袁星抢起，也不和众人为敌，满院乱飞，所到之处，将地上竖立的数十百面大小妖幡逐一拔起；二矮知道妖尸就要收幡夹了袁星逃遁，连忙齐声高叫："诸位大仙！妖尸就要拔幡遁走，温玉在他胸前黑煞丝结成的囊内，非有生血，不能点破，快快下手！"

二矮只顾一路狂喊，众人早将剑光纷纷飞上前去，虽有剑光弥尘幡护身，烈火不侵，但是妖尸非常厉害，一条黑气，宛如乌龙出海，在七八道剑光丛中闪来避去，怪声啾啾，并没有受着一些伤害。得便就将妖幡收去，转眼工夫，妖幡剩了不到十面。英琼既恐袁星丧命，又恐妖尸带了温玉逃走。正在着急，恰巧笑和尚触动灵机，暗想："妖尸如此重视那些妖幡，到了这般田地，还想带了逃走，我们怎的见事则迷，何不先将妖幡斩断？"想到这里，径将剑光直往那妖幡上面飞去。这些妖幡，共是八十一面，每一面都经妖尸在地底修炼多年，好容易才采得千百只猩、熊生魂，如何肯舍，打算收一面是一面，到了势在临危，再行遁走。一见众人只顾追敌，不曾顾到妖幡，益发得志。他那黑煞剑在异派中最为厉害，又存心不与紫郢、青索迎敌，一味避让，所以众人困他不住。只可惜安坛之时，颇费手脚，虽能随意移动位置，收起来也非顷刻可能了。知道今日虽无幸理，只需避开紫郢、青索二剑，余人剑光不能伤他。英琼、轻云一时情急，忘了双剑合璧之训，由他往复纵横，干自着急。这时一见笑和尚飞剑去斩妖幡，猛被提醒，二人一个在东，一个在南，双双不约而同，各将剑光直朝一面幡前飞去。

也是妖尸该遭劫数，自恃不走，抢幡心切。英琼的紫郢剑原与金蝉的霹雳剑同是一般的颜色，只光华威势略有差异，先与金蝉同追妖尸。妖尸一见笑和尚已将妖幡连连斩去两面，九九之数既不能全，恐再不足八九之数，异日报仇更难，情急匆忙，回顾紫光追来，只图避让，直往幡前飞去，没料到英琼倏地分道扬镳。妖尸一到，正要用收诀取幡，猛见轻云青索剑迎面飞来，一时乱了步数，不及躲闪，打算姑且一挡再走，谅不妨事。无巧不巧，英琼紫郢剑也同时飞到，青、紫两道光华无心合璧，光华大盛，幻成一道异彩，绕着黑气只一绞。只听"吱哇"两声惨叫，黑气四散，一朵黄星疾如星飞，冲霄而去。这时上面妖雾未散，地下烈焰犹在飞腾。金蝉眼快，一眼看见黑烟散处，两团黑影正往火坑中坠落，想起袁星在那黑烟之中，忙将弥尘幡展动，往下一沉，伸出两手，一把一个，抓个正着。上来未及说话，严人英叫道：“此处快要地震，我们飞身出去再说吧。”众人见金蝉一手提着妖尸躯壳，一手提着袁星，还带着一团红紫光华。知道袁星遇救，妖尸除去，温玉已得，心中大喜。闻言纷纷各驾剑光飞起，到了远处峰头落下。妖尸天灵盖震破，直冒白烟。袁星满口血迹，两手紧持那块温玉，业已死去。英琼见了，不由悲恸起来。米、刘二矮道：“主人不必难受。袁道友想是听我二人说那温玉在黑煞丝结成的囊内，潜光晦华，非有生血，不能破去，趁妖尸夹着它飞行，疏于防范之际，咬碎舌尖，破了妖法，将玉抢到手中。正值妖尸在遭劫之时发觉，急欲运用元神遁走，没顾得下手将袁道友弄死，也许只喷了一口妖气。如将它带回仙府，必能设法起死回生。那妖尸神通广大，幸是我们下手快了一步，妖尸又只图留着它活命，以为炼幡之用；不然微一弹指之间，怕不将它身体裂如碎粉，纵有起死灵丹，也难活命了。”袁星虽然周身依旧温暖，众人因为连用丹药施救无效，它两口宝剑也不知失落何方，纵得温玉，也觉得不偿失，个个戚然无欢。恼得英琼、轻云性起，各将飞剑放出，指着妖尸枯骨，青紫光华连连绕转，只听碎骨沙沙之声，顷刻粉碎。

正待商量携着袁星骸骨回山，忽听山崩地裂一声大震，连众人站立的峰头都摇摇欲坠。眼望妖洞那边沙石纷飞，扬尘百丈，把一座大好灵山仙洞，震塌了一个深坑。金蝉眼快，看见尘沙之中，似有两道光华冲起，正随着许多残枝碎木，由上往下飞落。知是宝物，忙将弥尘幡一晃，一幢彩云直往尘沙之中飞去。少时飞回，捞了许多东西回来。内中正有袁星两口宝剑，只是剑鞘全失。还有一柄拂尘，两个铁铃，一柄乌金小剑。二矮一见大喜道：“我等知道地肺倒转，顷刻山崩地裂，不及收回法宝，原打算事定之后，再去掘土搜寻，不想齐大仙竟施妙法，代我们取来。只此两件，是我二人多年辛苦炼成，虽被妖尸收去，灵气已失，再加祭炼，仍可还原。余下还有几件东西，且等随了诸位大仙回转灵山，认明仙府，再来寻取吧。”说罢，拿眼望着轻云。轻云知他二人志在寻回故物，又恐后返峨眉事有变局。因已看出二人向善心诚，便对他们道：“你们随我们同返，或是后去，俱不妨事。我等回山，必代你二人力求，如有仙缘，早晚俱是一样，莫如你二人还去寻你们的法宝，就便寻取袁星失落的剑鞘，以免落入外人之手。”说时，金蝉早将所得之物交还二矮。二矮闻言，正合心意，一面谢了金蝉，答道：“既承周仙姑体谅微衷，还望主人开恩成全。万一袁道友难于回生，我二人情愿深入北海，盗取返魂香，救它活转，以报收容之恩。”英琼点了点头。**二矮可爱，亦复可怜。**

二矮刚走，英琼猛想起神雕为何不见？正问众人可曾看见，忽见神雕健羽摩云，从西南方面盘空而来，转眼到众人头上，钢爪松处，掷下一封柬帖。**专职快递。一笑。**更不停留，旋转双翼，竟往妖洞陷落之处飞去。英琼打开柬帖一看，乃是青囊仙子华瑶崧交神雕带回来的，大意说：众人去得稍早了一步，妖尸末劫未终，仅仅兵解而去。所炼妖尸、邪宝，俱已失去，解却异日凶焰不少。笑和尚所得乾天火灵珠同这块温玉，俱是纯阳至宝，未有师承，不可妄用。袁星乃被妖尸邪气所中，昏迷不醒，只需回转仙山，用九天元阳尺驱走邪气，再用灵丹调治，即可回生。袁星剑匣与米、刘二矮失去的宝物，俱被埋藏地底，业已告知神雕，自会取去。还有妖尸遗下的数十面聚兽妖幡，也在地下埋藏。妖尸元神虽然遁走，对他心血祭炼而成之物必然不舍，一将元神凝炼成形，或借躯还形，定要回来收取。**除恶不尽，只为留着后面再开发。呵呵。**那幡已与妖尸心灵相通，无论藏在何方，都能跟踪寻觅。尤其那幡上许多无辜猩、熊生魂，永受妖尸禁制，也觉可怜。青囊仙子意欲自己带去，寻一位道行高深的同辈，设下法坛，将幡上邪法破去，解了猩、熊生魂羁缚，以便转轮化生。等神雕将妖幡搜出以后，可做一堆放好，自会来拿；并命众人不可私自携走，无益有损。庄易可随笑和尚、金蝉同往百蛮山先立外功，自有复音良机。余人回转峨眉，双剑合璧，解困退敌之期已至。不久便是妙一真人夫妇回山，开辟峨眉五府，众弟子分宝修真，出世济人之时等语。

众人读罢，少不得望空拜谢一阵。尤其是哑少年庄易，受恩深重，临别竟未得向青囊仙子当面叩辞，异日有无见面之期，柬上未曾提起，心中更为难过。金蝉道："笑师兄，我们此去百蛮山，又得一个好帮手了。"庄易闻言，连忙摇手逊谢不迭。再说神雕一经飞落灵玉崖妖尸地穴之上，钢爪起处，沙石翻飞，顷刻之间，便掘深下去有三数十丈。米、刘二矮又帮着用彻地玄功，一同寻找。不多一会儿，将七十余面妖幡、两个剑匣，连米、刘二人失去的宝物，全都搜掘出来。二矮当中，以刘遇安存心最贪。他知妖尸主幡共是大小九面，还有两面最小的才只七寸多长短，更见妖尸行法时持在手内，估量是个厉害法宝，恰巧寻时首先被他自己发现，便悄悄取来藏在宝囊以内。神雕何等灵异，况且来时青囊仙子说过数目多少，那妖幡不运用时虽然看似黄色粗麻织成，上面仅只画些赤身男女魔鬼与奇怪符箓，并无异处，但是上面妖气怎能瞒得过神雕，事完以后，还不住在他头上盘桓飞鸣。偏偏众人也飞身过来，刘遇安不由又悔又惊。先已藏过，再当着众人取出，深觉不便；不取出交还，又恐神雕不允。只得悄悄低声默祝："雕仙成全，容我这一回。"神雕意似不允，眼看越盘越低，众人也身临切近。

刘遇安正在为难，忽听一阵破空声音，一道黄光自东方飞来，落地现出一个黄冠草履、身容威猛的长髯道者，直奔那一堆妖幡，伸手便要拾取。事出不意，柬帖又有"自己来拿"之言，多半疑是青囊仙子遣来，方打算上前问讯。只庄易看出来人是异教之士，打算上前拦阻。忽然一道光华一闪，比电还疾，光华敛处，现出一个年老道姑，认出来人正是青囊仙子华瑶崧，业已抢在道人前面，将幡取在手中，对那道人道："吴道友，飞升在即，还要此物何用？让贫道拿去，解却这些沉沦的冤魂吧。"那道人原是个异派中的能手，路经此地，看出便宜，打算飞身下来，抢了妖幡便走。

没料到青囊仙子早已隐身在此，没有得手，反闹了个无趣，不由厉声喝道:“老虔婆，自从那年青城一遇之后，多少道友寻你报仇，俱不知你下落，以为你死多年，不料你却在此兴妖作怪，移形换岳，倒转灵玉崖，坏了灵山仙景，定是你这老虔婆和你手下这一干无知的小辈所为的了。你不露面，还可饶你，你既敢现身出来，如不将灵玉崖那块温玉献出，我定和你清算青城旧账，叫你这老虔婆难逃公道!”青囊仙子闻言，一丝也不冒火，含笑说道:“我们一别多年，没料道友还是这般气盛。夺去道友金鞭崖，乃是当年道友误听恶徒蛊惑，擅起兵戎，以致为矮叟朱道友赶走。贫道当时因为贵门徒虽然多行不义，道友本身尚少惭德，曾为道友再三缓颊，才得免遭飞剑殒身之难。怎么不去寻朱道友报仇，倒怪起贫道来了？至于倒转地肺，破坏灵玉崖仙景，乃是妖尸谷辰所为。贫道只为峨眉门人斩了妖尸，取去温玉，所遗妖幡附着千百野兽生魂，意欲解除异类冤孽，向峨眉诸道友要了，还未取走，便遇道友驾临，不得不现身出来相见。闻得道友功行不久圆满，理应名山静养，以等仙缘，何苦出山多事？难道忘了极乐真人前时预言么？**横生一枝节，不只是为了添热闹，还为刘遇安私藏妖幡解困。**”

那道人闻言，转身往左右一看，见英琼、轻云、金蝉、笑和尚、庄易、严人英等个个仙风道骨，不比寻常，俱都环立在侧，怒目相视，不由又惊又怒道:“原来老虔婆仗着峨眉小辈人多，故而口出狂言。须知我吴立一生言出法随。你既然在此，盗玉之事，绝非这几个小辈所能办到，必定是你主持无疑。快将幡、玉献出，免我动手。”青囊仙子未及答言，金蝉早向庄易、英琼问明敌友，一见道人出言不逊，一个忍耐不住，用手一拉笑和尚，先喝一声:“无知妖道，擅敢在此猖狂!”接着将霹雳双剑飞出手去。那道人先见这些少年男女资禀出群，虽然惊异，心中还以为不过是峨眉门下新收弟子，以前又未听说过，仗着自己本领，并没放在心上。一听骂声，回脸一看，竟是那面如冠玉，垂发披肩，颈戴金圈，在众人当中最年幼的一个，还不屑放出飞剑，只打算行法禁制，略微给他一点儿苦吃。

就这一转念头之际，忽见那幼童同另一个小和尚将手朝他一指，便有红紫两道光华，夹着风雷之声，迎头飞来，认得是峨眉掌教的霹雳双剑，才知这些小孩并非易与。忙将手一张，先飞出两道黄光，分头敌住。英琼本来早想动手，因为轻云见青囊仙子一任来人出言冒犯，并不发怒动手，猜那道人必非弱者，力主慎重行事，英琼虽被轻云拦住，心中还是跃跃欲试。一见金蝉和笑和尚动手，庄易、严人英也跟着将剑光放出，如何能耐，也将紫郢剑放起。轻云见大家动手，战端已开，道人既非易与，自然是相助为佳了。吴立分出两道黄光，敌住了金蝉、笑和尚。因为对面强敌青囊仙子尚未动手，不敢怠慢，正待另使法术、飞剑取胜时，侧面又飞来一道银光、一道乌光。喊一声："来得好！少时让尔等这一干小妖孽知道祖师爷的厉害。"随说将手一挥，又飞起七八道黄光，打算一半迎敌，一半乘隙飞将过去，乘敌人措手不及，伤他性命，再另用一口主剑，去敌青囊仙子。

谁知这些少年年纪虽轻，剑光却如游龙一般，神化无穷。黄光虽然较多，休说飞越过去伤人，竟被这四道光华阻止，休想上前一步。暗忖："这些小孩，哪里来得这许多好飞剑？"方在失惊之际，倏地又听两声娇叱，对面两个少女，各人又飞出一道紫光、一道青光，比电闪还疾，直往剑光丛里穿去。**践行"合璧"预言。**越知不比寻常，略一迟疑，后来这两道青紫光华；已与自己黄光接触，只绕得一绕，倏又合拢，盘绕着三四道黄光，似毒龙互斗，绞结挣命一般，微一屈伸，便见黄光收敛。知道不妙，想收回已经不及，被敌人青紫两道光华联合截住三道黄光一绞，黄光四碎，往下飞落，宛如明月天香，洒了一天桂子。余下六道，一道被敌人银光盘住，一道被乌光盘住，先时两道被霹雳剑盘住，急切间一道也收不回来。剩下还有两道，又被这后两道青紫光华二次盘住，光华渐敛，眼看又要步适才两道后尘。再看青囊仙子，仍是含笑旁立，始终不曾动手。才知今日轻敌，上了大当，不由又痛又惜，又悔又恨，急出一身热汗，无计可施。末后实实不舍多年心血炼就的飞剑，把心一横，用手一拍顶门，先披散了头发，口中念念有词，正要将舌尖咬碎，行法向敌人喷去。忽见满天黄雨，纷纷落下，空中六道黄光，同时又被敌人破去四道。下余两道也在危急，敌人更不容情，立刻破了，纷纷如陨星坠落一般，直飞过来。又听青囊仙子说道："峨眉诸道友虽然年轻，已受本门心法，内有紫郢、青索两口仙剑。道友一再执迷，莫非还要待毙么？"吴立一听那青紫光华，竟是长眉真人当年炼魔之宝，久已闻名，不想今日在此遇上，眼看大祸临头，危机一发，再不见机遁走，定要身败名裂。

他自前些年和矮叟朱梅斗剑，失去金鞭崖后，**生出一个前因，他日可写前传。报章连载的小诀窍。**怀恨在心，立志报仇，炼成了二十六口黄精剑，准备约好当年同住金鞭崖的同门伴侣麻冠道人司太虚，去寻朱梅晦气，夺回金鞭崖。到了崂山一谈，才知司太虚自青城一败，隐迹参修，已悟正果，不但不肯相助，反劝他道："你我二人超劫在即，以前原是自己错误，难怪旁人，何苦又动无明，自寻魔障，耽误飞升？"吴立终觉恶气难消，见司太虚执意不肯下山，一怒而去。因为以前朱梅有追云叟、青囊仙子等人相助，这多年来，更听说与峨眉派有了密切交情，唯恐众寡不敌，想另约几个能人，异日可壮声势，再寻朱梅晦气方休。

刚越过莽苍山，迎面飞来一朵黄星，疾如电驶，知是异派中人的元神破空出游。因想看看是谁，给他开个玩笑，忙用玄门先天一气大擒拿法，想将那黄星收住。那黄星竟似早已料到此着，并不躲闪，眼看近前，倏地黄光一闪，自动飞入吴立袍袖之内。吴立很是惊异，便问："适才我没留神，今见道友这般行径，莫非是我的熟朋友么？"说罢，忽听袖中尖声答道："吴道友，你不认得我，我却认得你。现在时机紧迫，没工夫多说。我现在被人所害，躯壳已失，须要借你法体隐身，日后另觅屋舍，报仇雪恨。

我在地肺之内采地下万年玄阴之气，用黑煞丝凝炼成了数十面玄阴聚兽幡，也一同失去。幸而我预先掩去幡上灵气，敌人并不知就里。诚恐我走后，敌人将它破坏，现在情愿送给道友。你可速往前面灵玉崖，那里已经陷成深坑；你如见一人俱无，那幡便已失去，可以不必找寻；如见有人，想他们必然还在寻找，可来个迅雷不及掩耳，抢了就走，省得肥水便宜仇人。”吴立一听，暗忖：“久闻人言，当初玄阴教祖谷辰未死以前，惯炼聚兽之法。这玄阴幡乃是异教中至宝，如得在手中，再知用法，足可报仇，胜似寻人相助。”因为袖中连连催促，说时机稍纵即逝，利心一动，也未计及袖中元神是谁，所言真假，不计利害，**利欲熏心之时，便是灵命迷失之际**。便照所言往灵玉崖飞去。到了一看，崖已倒陷成穴，地下尘土飞扬，果然有数十面黑幡妖气隐隐，放在一堆。离幡不远，站定几个少年男女。此时神雕正在低飞追迫着刘遇安将私藏的幡现出。吴立志在取幡，也未留神到这一个白眉和尚座下神禽，一催剑光，径往下面飞坠。原以为对方既能移形换岳，斩了袖中之人，本领必不寻常，只打算抢了就走。及至现出一个老道姑，正是当年帮助朱梅夺去金鞭崖的青囊仙子，以为一切之事，俱都是她所为。幡未到手，还吃人家奚落，已是羞恼成怒。自问能力，还可抵敌，想起前仇，正要动手，谁知反吃了几个小孩的大亏，连被破去好几口黄精剑。知道紫郢、青索厉害，纵使法术，也是无效。如要脱身，不但外面剩余两剑难保，还得牺牲两口，才能免祸。就在这一转瞬之间，所有放出去的飞剑全数消灭，敌人飞剑纷纷往自己头上飞来。幸而吴立早已见机，先放起四道黄光迎住，接着又放起两道黄光去敌霹雳双剑。

事已至此，多延一刻，多遭一点儿殃。又想起袖中黄星，竟是那厉害魔王妖尸谷辰的元神，有名的心狠意毒，请是请来了，不知该如何打发，福祸委实难测。又悔又急，又惜又恨，心乱如麻。微一踌躇，第二次放出去的剑光又有消灭之势。暗道不好，将脚一顿，也不再收那六口飞剑，径驾剑光破空逃走。刚刚飞过峰顶，忽听一声雕鸣，金睛火眼，一只大黑雕直从下面冲霄追来。定睛一看，认出是白眉和尚座下神禽，不由吓了个亡魂皆冒。一面驾着剑光逃遁，一面默使隐身之法，已是慢了一步，被神雕追来，钢爪舒处，正抓在吴立背上，连皮带肉，抓下一大片去。吴立拼命挣脱，且喜身形隐去，神雕也未穷追，才得逃命。**仍然留一茬口。**

这里英琼等见吴立逃走，正要分人去追，青囊仙子连忙止住，吩咐众人："暂且停手，待我奉些微意。"说罢，将手一指，飞起一道光华，先将空中六道剑光圈住，然后默用玄功收了下来，分给众人，恰好六人各得一口。原来是六柄黄色短剑，大小长短，一般无二，非金非铁，映日生光。众人心中大喜，连忙拜谢。

青囊仙子道："吴立虽是异教，除了性情刚愎外，并无多大过恶。他因心慕正教，采取黄金之精，炼成此剑，辛苦淬砺，已有多年。先还不敢自信，一出手先遇见峨眉派两位道友，因他飞剑有二十余口之多，众寡不敌，败在他的手内，渐渐自满得意。意欲再寻几个助手，找矮叟朱道友报仇雪恨，夺回金鞭崖。却不想遇见你们，虽是入门不久，各人仙剑俱非寻常。尤其紫郢、青索二剑，乃长眉真人遗命传授，你们前辈诸道友中，也找不出第三口，他如何能是敌手。他功行将满，不久羽化飞升。我始终不出手者，就是想使他败在你们手内，让他知道峨眉后辈尚且如此，如何能再为仇？知难而退，免遭兵解之苦。后来我又留神观察，他竟带着一身妖气，为以前所无，而他所炼飞剑，并无邪气。适才明明见他从远方飞来，一到就抢妖幡，好似预定一般。如非我早在旁隐身防备，几乎被他拿去，为祸后来。假使他是无心路过，遇见妖尸元神，得了指示，在妖尸固然是得益不少，如虎生翼，可是他本人异日惨祸，恐怕还不止于兵解呢。袁星现虽昏迷，回山之后，有了元阳尺，解去邪毒，自然会醒，尔等事已办完，可以速返峨眉，去解围退敌了。"英琼、庄易又分别上前叩谢解救之德。米、刘二矮也双双过来，跪请指示仙机，并求代向众人说项。

青囊仙子对英琼道："你应劫运而生，光大峨眉门户，与别人不同。三英二云，独你杰出。虽然杀气太重，然亦非此不可。不久齐道友回山，自会特许你一人便宜行事。他二人虽然出身邪教，现已悔悟回头，向道真诚，你尽可收录，决不受责。吴立走时，我拦阻白眉仙禽稍慢了一步，临逃还吃了大亏。此人心地偏狭，必然痛恨切骨。他门户以外，有本领的朋友甚多，如不见机改悔，必从此多事。米、刘二人，于你也甚有用，不过他们所炼法宝、飞剑，均属旁门左道，暂时又不能使他们丢弃，务须用之于正，以免耽误正果罢了。"说罢，拿眼看了刘遇安一眼。刘遇安原本心中有病，适才向青囊仙子求情时，语带双关，唯恐青囊仙子向他索取妖幡。一闻此言，又喜又愧，首先起誓明心："弟子如将那宝去行错事，必遭惨祸，永久沉沦！"青囊仙子早明白他言中之意，微笑说道："你二人苦修也非容易，既能如此，再好没有。倒是我不久超劫，原不想参加此次劫数，所以只在暗中相助，并不露面，以为妖尸决难知道有我。谁知临时生变，非出面不可。如今造下恶因，决难脱身事外。起初我原想将这妖幡去寻一位道友，共同解去冤孽。这一来，又须缓日行事，留它以毒攻毒，相助三次峨眉斗剑时一臂之力了。只是我如用这妖幡制胜，伤我清名，我索性成全你们。你二人到了峨眉，等候教祖回山。入门听训之后，可仍回此地。我当再到奥区仙府，传你二人用幡之法，以备异日即以其人之道，还治其人之身，何如？"米、刘二矮闻言惊喜，尤其刘遇安更是喜出望外，形于颜色。青囊仙子当时微微皱了皱眉头，众人俱未觉察，只笑和尚看在心里。**留悬念**。青囊仙子又道："庄易自赴百蛮山相助除去文蛛，不久便可复音还原。现在髯仙李道友飞雷洞被毁，除妖之后，他门下弟子移居凝碧，人英前去，也不愁起居寂寞了。"说罢，向众人一举手，道声："各自珍重前途！"一道光华闪过，破空而去，转眼没入云中不见。

这里众人也各自分手。英琼、轻云、人英三人，带了袁星尸体，与米、刘二矮用弥尘幡同回凝碧仙府。笑和尚、金蝉、庄易仍往奥区，共商二上百蛮山之策。笑和尚道：“都是蝉弟心急，如不是米、刘二人提醒我，取出乾天火灵珠，后来妖尸又不舍弃幡逃走时，险些功败垂成。此番到了百蛮山，再心急不得了。”金蝉道：“我也是怕时间稍纵即逝，早去岂不更好？谁知妖尸竟那般厉害，黑烟密布，离开剑光和弥尘幡光华所照之处尺许以外，连我都看不清楚，别位更是不行。彼时我一手持定弥尘幡，一手指挥霹雳剑，这幡和剑俱非寻常法宝。幡因发出妙用，非运玄功不能把持。那剑更因我学剑成功日浅，不敢大意。只顾全神贯注，大敌当前，简直无暇将怀中天遁镜取出。后来准备收剑取镜，你已将火灵珠取出。此珠真也神异，发出来的光华四面均亮，不似天遁镜只照一面。你虽吃了许多辛苦，坏了无形飞剑，得此也足以自豪了。”笑和尚道：“你说哪里话。休说那剑经我多年苦修，而且出诸师父，岂能与珠去比得失？何况只我冒险一试，尚不知用法呢。”金蝉道：“事已过去，悔也无益。你得此珠，总可算是慰情聊胜于无。适才李师妹托我，说此间猩、熊对她有些恩义，因为回山匆忙，不及招呼。它们现藏在地穴之中，还有一些在山南觅地潜伏，因为惧怕妖尸，不敢外出求食，恐怕日子久了，地穴内的丛草不够吃的，请我去放它们出来。我们何不去看一看？”说罢，同了笑和尚、庄易，径从天窗洞下去。

那些猩、熊先见紫光红光，以为英琼回来，个个踊跃欢呼。及至三人落地一看，并不认得，尤其庄易昔日捉过它们，有的吓得乱叫乱窜，有的竟拼命向三人扑来。三人将剑光升往高处，下面猩、熊还是咆哮不已。金蝉道：“这种胜于虎豹的恶兽，见人就扑，放了出去，岂不造孽？”笑和尚道：“这话并不一定，也许是我等面生之故，你且将话说明了试试看。如果真的冥顽无知，哪怕李师妹异日见怪，不但不能放它们，还得惩治一番，以免将来受害。”金蝉答道：“你的话不错。李师妹日里相见时不是说过，它们俱有灵性，自从收伏以后，轻易从不伤生，只知以草木为食么？”说罢，高声喝道：“尔等休要咆哮。尔等的恩人李仙姑，已和我们合力除去妖尸，因为急于回山，不及来此看视，请我们到此，放尔等出去。尔等如系一时误会，以恩为仇，可一齐俯伏，我便放尔等过去；倘如自恃猛恶，出去为祸生灵，我们飞剑便不容情了。”说罢，下面猩、熊便驯服了一大半。金蝉又高声再喝一遍。先是下面猩猿朝着那些马熊叫啸了几声，倏的同时俯伏，昂首鸣啸起来。

三人都觉奇怪。金蝉还不甚放心，又亲自飞落下去，试探一回。那些猩、熊见金蝉落下，不但不似先前磨牙张口，咆哮扑噬，反而缓缓爬行过来，围着金蝉跪伏，不时用口在金蝉脚底闻嗅示媚，神气非常驯善亲昵。金蝉心中大喜，又招呼笑和尚与庄易飞身下来。那些猩、熊对笑和尚也和金蝉一样，唯对庄易却有好多都是怒目狺狺，带着又恨又怕神气。金蝉、笑和尚才知适才咆哮，是为了庄易。便对它们说道：“这位庄大仙已经弃邪归正，与我们是一家人了，你们怕他则甚？外面已无敌人，尔等去留，可以随便，无须再存戒心了。”说罢，又叫庄易特地去挨近它们。众猩、熊仍是望而却退，也不往外走出，意似观望。金蝉、笑和尚俱觉它们能解人意好玩，不时摸摸这个，抚抚那个。过有顿饭光景，忽听外面隐隐有猩、熊鸣啸，声音由远而近。洞内猩、熊也互为应和，声震耳鼓。正要分人出外看视，忽听扑腾腾响成一片，百十只大小猩、熊，相继由壁侧缝中转了过来。同时满洞猩、熊，俱都悲鸣起来。三人料是山南那些猩、熊已发觉妖尸伏辜，前来会合。不多一会儿，众猩、熊忽向三人跪下，昂首吼了几声，纷纷站起，猩猿在前，马熊在后，转过岩壁，径往入口之处纵跑上去。三人跟在后面，一同走出。那些猩、熊到了后面，又都回身伏地，意甚依恋。笑和尚道；“妖尸已除，尔等已无后虑。此后可各寻岩穴潜伏，优游岁月，将来转劫，自有善果，勿伤生灵，以干天戮。我们不久也要他去，尔等无须再为依恋，只顾走吧。”说罢，将手一挥。众猩、熊又同声狂吼了一阵，才起立欢啸，三五成群，蹿高纵矮而去。三人见此光景，甚为感动。笑和尚道：“这般猛兽，为数又多，不是李师妹以德感化，正不知每日要伤多少生灵。无怪诸位前辈，说她将来要光大门户，领袖群英。即以这件事而论，出世不久，便积了若干外功，虽然仙缘注定，一半也可算得时势造成，好事都叫她遇上，岂非奇怪么？**到此，成长史告一段落。**”

第三十回　情重故人　名山访道侣
喜收神火　奇宝吐灵辉

话说李英琼偕同众多道友斩妖尸、取温玉，救治了余英男，愈加声名大振。妙一真人峨眉开府之后，见她剑术修行突飞猛进，遂命与易静、癞姑共同经营另一重地幻波池，作为峨眉的重要别府。**以下为“领袖”功业史。**

原来易静、癞姑、李英琼同米鼍、刘遇安、上官红、神雕钢羽、灵猿袁星等师徒诸人，自从大破幻波池，起先还紧记李宁行时之言，只在洞中布置仙府，修道炼宝，以备他年遵奉师命，开建别府，并防妖邪来犯。日月一久，见无事故发生，无形中也就松懈下来。易静等三人功力又复大进。英琼更把前得的几件至宝奇珍，连同莽苍山木魈脑中的一块青灵髓和矮叟朱梅所赐形似冰钻之宝，一齐照下山时所奉仙示炼成。那钻形之宝，英琼先因朱梅只说将来有用，未说出它有何妙用，法宝又多，还不十分看重。直到奉命下山，才知此是前古奇珍燧人钻，威力至大，但须炼过，也不可以轻用。及用太清仙法炼成一试，威力果然神妙，心中自是欣喜。英琼虽然刚烈疾恶，口直心快，但是性情中人，不特对父纯孝，对于同门也极诚恳谦和，人又生得美秀天真。近年勤修道业，更似仙露明珠，精神朗润，神仪内莹，丰标特秀，望如瑶岛飞仙，桂府霜娥，容光照人之中，别具一种冷艳出尘之致。使人对她爱中生敬，不敢逼视；再不便是自惭形秽，如有仙凡之分。休说不常见的人，便是易静、癞姑朝夕同修的至交姊妹，也往往有此感想，觉着英琼这两年来，性情神态一毫未变，不知怎的，另具一种清华高贵的威仪，俱都称奇不置。癞姑原本最爱英琼，见她后来居上，总共才几年光阴，竟有这等境界，功力尤为精纯。料知将来承继道统，秀出群伦，必定有望，每和易静谈起，全都代她高兴。三人情分越处越厚。

仙山岁月，本甚逍遥，再经法力兴建布置，把幻波池仙府点缀成了玉室瑶宫，比前更多灵景。幻波池仙府原有五遁禁制，威力已极神妙，三人又将圣姑所留道书总图全数得到，如法勤炼，悟彻玄机，比起从前威力更大的多。外人休说深入五宫重地，只一进门，不用三人动手，门人、雕、猿也先自警觉，略一伸手，便可将人困住，死活由心。尤其上官红根骨最厚，人也最美，最得师长怜爱。易静初次收徒，便得到这等美质，期许自不必说。癞姑、英琼也都对她爱极，全都尽心指点传授。上官红也真自爱，识得轻重，尽管感激师长深恩成全，奋勉勤修，对众同门和那神雕，却是始终恭敬谦让，从不以此自满。英琼见她如此好法，想起袁星近年功力也颇精进，米、刘二徒限于根骨天赋，比起上官红虽有逊色，但也是知道向上，从未犯甚过错，对师也极忠诚。自己小小年纪，末学后进，收到这样徒弟，也非容易。只是二姊癞姑，具有佛道两家之长，人更诚厚义侠，三人中独她一个门人都没有。本来还可出山物色，只为父亲行时叮嘱，说沙红燕和众妖邪还要卷土重来，甚或连老怪丌南公也可能被引出，势甚凶险，全仗应付得宜，才能免祸，因此不敢轻出。谁知历时已久，并无甚事发生。

李英琼日前拜观恩师仙示，所说多是两三年后之事，语气甚好，直似不会有甚事故发生情景。只内中几句偈语，隐寓三人不久还要收徒，论资质似还不在上官红以下，也未明言何人所收。这是新现出来的字迹，未来如真凶险可虑，恩师事前必有指示，怎未明言？至少在此两三年内无甚大事发生。也许爹爹爱女心慈，唯恐自己法力尚未炼成，骄敌生事；或是疾恶多杀，致树强敌，故意如此说法。人多静极思动，英琼早就动念，有了出山之想。

这日三人闲谈中谈起癞姑尚无门人，未免委屈，因而谈到仙示所说不久收徒之言。英琼又想到至交姊妹中，只有余英男亲如手足，身世可怜，屡次向师长求说，许其同来幻波池修炼，未蒙允准，说英男尚有一事未办，事完始许同修。久未相见，不知境况如何？如照仙示语意，仿佛诸男女同门，这数年多在外积修外功，各有遇合成就。只自己三人深居幻波池内，从未离山，一个同门也未见过。反正无事，即便妖人来犯，仗着原有五遁禁制，决不致被他冲进。如果只守不攻，怎会将老怪物引来？越想越觉无碍，便向二人提议，欲往山外访看余英男和诸同门，询问各人近况，并代癞姑物色门人。

易静曾在幻波池连受挫折，又加修炼功深，已不似从前那样轻敌自恃。再想到身是众人之长，如有失闪，贻羞师门，还使几个量小一点儿的女同门轻笑，却与凡人一般。行事更谨慎起来。听了英琼之言，想起李宁行时所说，本想劝阻。不料癞姑恰在日前悟出仙示隐意，再想起恩师屠龙师太分手前所说的话，知道英琼与众妖邪因果定数难移。李宁全为爱女杀机太重，恐误仙业，又知她素来孝顺，欲使先将太清仙法练成，再行出山，免得法力尚浅，骤遇强敌，难于应付。反正群邪早晚来犯，故意如此说法，实则事已注定，不可避免。也早知道英琼天生是妖邪的克星，遇事逢凶化吉，决可无虑，否则师父也不会委以重任，许其率意而行。此时静极思动，正是英琼消灭群邪的开端。仙示原命自己随时暗助，必定指此。于是忙先接口笑道：“英男师妹委实可怜，从小孤独，历尽艰危，又受寒冷冻骨之灾，比谁都苦。虽然名列三英，此时功力、法宝尚非别人之比。听说下山时，诸男女同门均蒙师长恩赐，独她一人所得最少。除自己冒险得到那口南明离火剑威力甚大而外，只蒙师长赐了一件法宝，并还只供防身之用。目前妖邪有多厉害，凭此一剑，遇上强敌便非对手。琼妹与她患难深交，自是想念。再说我们久不与诸同门往来，连个音信也没有。最可气的灵云大姊她们，当铜椰岛分手时说得那么好，计算日期，紫云宫当已入居，又常轮流出宫修积，便不能来常聚，也该顺便看望一下，我们听了也好喜欢。如今连个音信都无，仿佛幻波池深居地底，就不该上门似的。琼妹就便寻找她们评个理儿也好。至于我这丑怪样子，纵收徒弟，也和屠龙恩师收我一样，不会有甚灵秀资质。休看我丑，我偏最爱琼妹、文妹和小寒山二女以及红儿那样的人品。如收一个丑八怪，师徒二人法力不如人高，却拿丑和人对比，多么气人！还不如没有呢。这个不劳琼妹费心。我的意思，妖邪不来，何苦守株待兔？本定日内和易师姊说，在群邪未来以前，由易师姊暂领门人坐镇，我和琼妹轮流出山修积外功。不过琼妹照例一出山，连人带雕、猿便是五个，人要去上大半，这么大一座仙府，剩我和易师姊、红儿三人，不特太单，外洞也无人轮值。若让你孤身出外，又觉无伴。我想红儿近来法力足能应付，莫如令其同去，长点儿经历，多认得几个本门师长也好。别人就不用去了。”

易静见癞姑说时暗使眼色，知她机智过人，胆大心细，平素谨慎，当此群邪早晚来犯之际，忽许英琼独自出山，当有原因。连日为防妖邪来犯，专一勤炼五遁禁制，不曾开看仙示，想是无碍，便即应诺。英琼因自己学道日浅，又是一个年轻小妹，对于两位师姊奉命唯谨，早想出山一行，唯恐拦阻，心正盼望，闻言甚喜，急于往寻余英男，忙答：“二位师姊放心，我此行无多耽搁，连神雕也不带去，只和红儿寻到英男妹子，再往姑婆岭看望秦寒萼和几位师姊妹，顺便探询诸男女同门近况住处，立即回山，预计数日之内，就和英男同回了。”癞姑笑道：“你只随意所之，不必担心。这里有易师姊和我在此，洞中五遁威力近来更大，就有妖邪来犯，也能对付一阵。你要替我物色徒弟，就不如红儿那样好看，人品也须过得去，莫收个丑八怪来气我。”易、李二人见她摇头晃脑，似真似假，神态滑稽，俱都好笑。易静笑道：“我还不是生得又丑又小，红儿何尝像我？包在我身上，怎么也得找个美慧灵秀的徒弟。如何？”癞姑道：“你是道家元婴炼成，如何能比？

我生平最厌丑人。可是前听小瞎尼师姊口气，仿佛我的徒弟比我还要丑怪，此人向无虚言。我们诸同门虽不说男的金童，女的玉女，十有八九也差不多。就几个年长一点儿或是品貌稍差的，至少丰神俊朗，带着几分秀气。男的虽有几位貌丑，如南海双童、尉迟火、商风子等有限几个，看去也不讨厌。女同门便都个个是美人，只我一个奇丑无比。我再收两个丑徒弟，岂不笑话？我一想起就心烦，唯恐遇上，不收不行，收了有气，索性就不去想了。”

英琼知她爱说笑话，并非真有成见，互相说笑了几句，便起身辞别。易静随令上官红近前，指点了几句，又将随身七宝中的灭魔弹月弩和兜率宝伞令她带在身旁，以备御敌防身之用。上官红前随易静往南海玄龟殿省亲，曾蒙易周、杨姑婆夫妻赐了一件白云衫，也是兼备防身、御敌妙用的奇珍。另外还有一口仙剑。癞姑、英琼也各赐了一件法宝。如非无甚经历，已可孤身行动，除非遇见几个强敌首恶，决可无害。上官红见师恩如此深厚，感激得几乎流下泪来，随即拜命辞别。英琼行时，似见米、刘两矮怏怏不乐，料是不能随行所致。英琼忙于起身，也未在意，随带上官红往山外飞去。英琼只知余英男和李文衎、向芳淑三人同在浙江东天目后山深处松篁涧古仙人成公旧居崖洞之内，还未去过，此时不知人在那里没有。江浙诸省，还是小时随同父亲避祸时曾往一行，东西天目山均曾到过，尚还记得。上官红前随易静南海省亲，曾由江浙上空飞过，易静爱她，曾将沿途所经名山一一指点，记性又好，竟比英琼还熟。二人遁光连在一起，把臂同飞。英琼见她秀美温柔，女同门中极少这样人品。暗忖：“癞师姊不愿收丑徒，不知是真是假？此行如有机缘，能像此女这样收上一个，给她带回，岂不是好？”二女一路说笑，一过汉水，便顺长江东下。此行只是思念旧友，无甚要事，沿途名胜所在，虽未下降，飞过时必在空中留连观赏一会儿，方始前飞。三湘洞庭和鄱阳湖孤山等处，并还绕道前往，沿途耽搁，飞行自然较慢，飞了两日一夜才到京口。

英琼怜爱上官红，恐她飞久疲倦，对于师长又最恭顺，有话不肯求说。想起昔年随父南游，欲往焦山访友，正值江中风狂浪猛，父亲恐被仇敌发现踪迹，欲行又止。曾说焦山庙中，住有一位老友，姓汤名成，以前私交最厚，庙中素斋甚好。何不前往一访，就便歇息，一览江天之胜？心念一动，一同隐身飞降。寻到江心寺一问，汤成已在庙中披剃多年，法号大明，人尚健在，年已八旬，并还做了庙中方丈，只是年老喜静，轻易不见外客。二女知他为前朝名臣，隐名为僧，不便明言来历，便和知客僧说久闻禅师道高德重，特地渡江求见。知客方待推病辞谢，英琼已问出方丈居室，正待隐身入内。大明听说有两位道装少女求见，意甚坚诚，虽疑是故人之女，但是来人年纪太轻，又觉不对，遂暗出窥探。上官红窥见窗外有一老和尚，忙用传声告知。英琼试用传声说出来意。大明本有一事为难，一听是昔年忘年至友齐鲁三英中李宁之女，再见二女穿着虽然朴素，神采照人，望之如仙，人未见面，便在耳边说出来意，知非寻常。好在自己苦修多年，清名在外，记名女弟子颇多，无甚顾忌，忙即回房，令人来请。二人随了知客同去禅房，假装慕名参拜，自道姓名。大明随令沙弥走出。然后笑道："知客随我多年，室无外人，贤侄女但说无妨。"随问："令尊现在何处？贤侄女年纪这么轻，远涉江湖，家学渊源，不必说了。适才竟能在我耳边说话，莫非武功之外，还精道法不成？"英琼便把父女出家修道之事一说。大明大喜，失惊道："贤侄女竟是峨眉派剑仙么？我正有一为难之事，昨求神佛默佑，还在愁急，不料贤侄女师徒今日来访，岂非幸事？"

英琼问故，才知庙中隐有一位高僧，先来庙中挂单，名叫镜澄，本是侠僧轶凡的徒弟，为奉师命，除那江心泉眼中恶蛟而来。大明见他相貌清奇，操行艰苦，背人一说，大为投契，留在庙中居住。不久，便乘大雷雨夜，将恶蛟除去。行藏绝隐，除大明外，并无一人知道。事完本要他去，大明不舍，再四挽留，由此一住数年，除每日用功入定外，从不出外，也无他事。日前偶同大明去往山前闲眺，发现前面两条大官船，正在扬帆顺风疾驶。刚过去不久，镜澄忽然咦了一声。再看左侧，有一小船驶过，船上一僧一道，船行迅疾如箭，晃眼追上官船，依傍同行。先与船人似在争辩，一会儿便同跳上船去。回顾镜澄忽然不见，到晚回转，说在日间管一不平之事，虽然救了两船人的性命，但与妖人结下深仇。并说庙中寄居，便为避一仇敌，想等师父闭关期满，前往求助。不料今日所伤妖道，竟是仇敌门下，踪迹已泄，早晚必然寻来。镜澄本可一走了事，唯恐贻祸，自己又非仇人对手。算来只有昔年师弟赵心源与峨眉、青城两派剑仙多有师门渊源，听说人在川西行道，如能寻见，或可无事。镜澄当日曾与妖道约定，要在一月以后往九华山斗法，一决存亡。又暗告大明，这类妖人多无信义，万一期前来寻，就说自己本是游方僧人，在庙中寄居。只装众均厌恶不理会的神气，不可与来人多言，说话务要谦和。说完匆匆飞走，一晃已二十来天。

这日忽有男女二妖来寻，话甚强横，说奉乃师龙真人之命，令秃驴镜澄三日之内前往天台山顶纳命;否则全庙和尚均无幸免。并称换地斗法，并非为了九华山乃峨眉派贼道往来之所，便不肯去，实为龙真人不屑与秃驴定约之故。说完，故意示威，扬手一道碧光，将后殿台上一座七尺多高的铁香炉，连石台斩成两半，腾空飞去。庙中和尚自是惊惶，幸而都是大明嫡传徒子徒孙，事情不曾外泄。虽因女妖人行时，知客答话得体，又见全庙均是寻常僧众，口气缓和，只令速寻镜澄，告知前事，未再口出伤人，但心终不放。

大明深知镜澄精于剑术道法，看他行时匆促神情，知道厉害。正在愁急，不料二女寻来，竟是峨眉门下高弟，听口气直未把妖人放在心上。先还不信二女小小年纪有此法力。英琼因对方乃父亲至友，便把学道诛邪经过说了一些，又取飞剑、法宝略显神通。大明看出二女本领果比镜澄高强，惊喜交集，便问如何去法。知客答说："二人原说，乃师近往仙霞岭访友，尚须数日才回天台，故此限令第七天到达。如等他亲自上门，全庙人众休想活命。现在刚过三天。”大明便留二女在附近民家或觅山洞暂居，到日前往。英琼欲寻英男，不肯留住。后经相劝，谈到天黑，吃了一顿丰盛素斋。英琼赠了大明三丸灵丹，说往天目山访看三个女同门，到日同往天台诛邪。镜澄如回，告以事绝无害。大明以妖人凶恶，不甚放心，坚邀英琼在成功之后再来一见。英琼笑答这类妖人绝非自己对手；事如不成，妖道必要前来寻事。实是事忙，恐难再来。说完辞别。

英琼因受大明之托，又不知妖人虚实来历，心还在想：“各异派中有名人物，并无姓龙妖道。”等到了天目山松篁涧，刚要下落，忽见下面飞上一道白光，中一青衣少女，见面笑问：“二位道友，可是来寻家师的吗？”二女早看出对方是峨眉家数，一问名叫楚青琴，乃英男新收女弟子。见她相貌美秀，新学本门剑术已有根基，心中甚喜，便说了来意。青琴一听，二女竟是师父至交，向往已久，不禁狂喜，忙唤：“师伯、师姊，请入洞中礼拜。”英琼知英男等三人，连同李文衎新收弟子司空兰，都因事外出，说要第三日才回。洞中石室虽只七八间，外景灵秀，又经英男、芳淑时常布置，陈列精雅，全洞光明如昼，净无纤尘。英琼见青琴根骨法力虽不如上官红，人却老成温柔，对自己和上官红亲热异常，再四挽留。心想：“反正要到第七日才往天台除害，英男等三人回来同去，正是时候。”便把先前打算寻见英男，不到日期先往仙霞岭搜除妖道的原意打消，就在洞中住下。青琴貌美灵慧，早听乃师说起英琼法力之高，将来并有入居幻波池同修之望，想见面已非一天，留住以后，一面诚敬款待，一面殷殷求教。英琼也极爱她，每问必答，谈得十分亲热。

到了第二日夜间，正值山中大雨之后，山光如染，夜景澄鲜，明月吐辉，碧空万里。青琴为表恭敬，特在崖顶设下酒肴，把乃师新从海南各地采来的佳果，连同洞中腌腊笋蔬之类，全数搬了出来，请二女食用，对月畅饮。英琼正对上官红笑说：“我们自从入居幻波池以来，只三月前你师父寿日，曾往静琼谷同吃了一回寿酒，仙府中除偶用酒果外，从未动过烟火之物。你余、向二师叔都会做菜，讲究饮食。你幼受恶人虐待，人间珍味多未尝过，以后道成，便断烟火，难得有此现成美食，何不吃个畅快？”

话未说完，青琴忽然惊呼：“妖人来了！”英琼随手指处一看，西北方遥天空际，忽有三点紫色星光游动，并不甚快，细看也无邪气。因对自己飞来，**UFO？一笑**。忙把身形隐去，悄问青琴：“怎知妖邪？”青琴答说：“弟子看错了。那日有一妖道龙飞，遁光也是紫色，只是较暗，被师父用南明离火剑赶走。这紫光乍看相似，以为妖人来犯，不料看错了。师伯，紫光是如意形，正朝我们飞来，看去像朵灯花，里面又没有人，是何缘故？”英琼近来法力大增，已看出那紫光似是无主之物，载沉载浮，在皓月明辉之下，互相激撞引逗，时缓时快，迎面飞来，相隔已近。心疑是什奇怪法宝，也许主人遇敌受害，因具灵性，自己飞回。忙用太清仙法设下禁网，并将圣姑留赐的一面宝网拿在手内，准备此宝如有主人，便放过去；如系无主之物，便用分光捉影之法收下，再作计较。刚布置好，忽听侧面又起了破空之声，又是一道暗紫光华飞来，看意思似向前面三朵紫焰追了上去。这时那紫焰相隔英琼只十来里，空中望去，宛如三朵如意形的灯花，时大时小，舒卷无常，灵焰流辉，精光明艳，好看已极。本来飞不甚快，晃眼便被暗紫遁光追上。方疑宝主人追来，忽听青琴高呼：“紫光便是妖道龙飞，师伯留意！”英琼先听青琴一说，知道天台山妖道竟是昔年在成都辟邪村斗法漏网的妖道七手夜叉龙飞。师叔风火道人吴元智便死在他子母阴魂剑下。前听人说他已经伏诛，怎会还在？早就打算遇上时决不再令漏网。及见暗紫妖光飞来，心中一动。又听青琴指说，正要上前，那三朵紫焰刚被妖光追上，略一接触，忽然由慢而快，电掣星飞，迎面射到。后追紫光中妖道也已现身，好似宝光快要到手，忽被逃遁，妖光也被荡退老远。略一停顿，重又急追，势甚神速，还未追上。先是数十道暗绿光华夹着大片阴云惨雾，狂风鬼啸之声，急涌而来。英琼低喝："妖光厉害，青琴不可动手。红儿先去迎敌，我收完三朵紫焰，再同除害。"

英琼原因看出紫焰与佛火心灯所发灯花神光相似，知是至宝奇珍，不是妖道所有，一时疏忽，只顾收那紫焰，不曾先除妖道，于是惹出好些事来。说时迟，那时快，英琼话刚说完，紫焰朝人直飞，已经自投太清禁制之内。英琼如用手中宝网将其兜住，除了妖道，再收不迟。只因紫焰强烈，吃太清禁制一挡，光焰突然暴长，上下乱冲，想要挣逃，唯恐遁去，又知上官红必能胜任，连法宝、飞剑均顾不得使用，立将身剑合一，朝那紫焰圈去。一面施展分光捉影之法，一面发出手中宝网，大蓬其亮如电的银丝朝上网去，三管齐下，自是成功。其实神物有主，英琼那口紫郢剑正是古仙人艾真子的故物，与这三朵灵焰气机相感，原有应合。英琼剑光往上一圈，那大蓬银丝乍一出现，还未罩上，紫焰已被英琼接去，落在手上。见是三朵形似灯花，若实若虚，温软轻浮的宝光，急切间看不出是何质地，但知是异宝奇珍，心中大喜。恐其遁走，仍将宝网招回网住，同放法宝囊内。再看上官红，已与妖道交手。妖道来势甚急，本不知崖顶有人隐形相待。一见紫焰飞到崖顶，金霞突现，阻住去路，看出前有太清禁制，猛想起下面正是前遇峨眉门下三女弟子所居，来时怎会忘却？不禁又惊又怒，唯恐至宝被夺，忙催遁光急追，想先下手为强。忽听一声清叱，对面崖顶另飞起一道紫光和一蓬银丝，正朝紫焰网去。光中人刚现身，同时对面又飞来一个白衣少女，美艳如仙，从所未见，不由色心大动，妄想擒回山去受用。刚一转念，一道银虹已迎面飞来。

龙飞邪法原高，近年加功苦炼，较前更凶。看出对方剑光强烈，方觉峨眉这些小狗男女怎都持有仙剑？为想生擒敌人，暗使阴谋，先把随身飞剑放出迎敌。再将一套子母阴魂剑化为数十道惨碧妖光，想将对方围住，即便飞剑不受邪污，稍微沾上邪气，人也晕倒。哪知凶星照命，上官红胆大心细，遇敌唯恐丢人，未曾行兵，先防败路。又见来势猛恶，满空妖云邪雾，阴风鬼号，料知邪法厉害，早有准备。不等妖光围拢，玉臂一振，身穿白云衫立化为一幢银霞，将身护住。紧跟着，扬手便是一粒弹月弩，酒杯大一团寒光，出手爆炸，一声大震，剑光立被荡退，妖云邪雾也被震散了一大片。龙飞见状大怒，正待施展邪法再下毒手，猛瞥见那三朵紫焰已被另一少女收去。紧跟着，一道紫虹电掣飞来。忽想起敌人这道剑光，颇与传说中的紫郢剑相似，心方一惊。英琼对敌素来胆大疾恶，心灵手快，法宝又多，剑光刚飞出去，紧跟着又把新炼成的青灵髓和燧人钻一起施为，再将太乙神雷连珠打出。当时金光百丈，霞彩千重，雷火漫空，精虹电舞，一齐施威。满空妖云邪雾，固是转眼消散，连龙飞的九子母阴魂剑，吃紫虹、青霞、火钻、神雷四外夹攻，立成粉碎。甚至连当头的朗月疏星，飞云断絮，也全被映成了好些异彩，霹雳之声震得山摇地动，响彻重霄。

妖道已经警觉那收紫焰的少女就是峨眉三英中第一号人物。因其年轻美貌，犹存侥幸之心，见机稍迟，没想到敌人这等厉害，一套子母阴魂剑先被消灭。另外一件法宝刚发出手，妖光闪得一闪，还未发出威力，又吃上官红弹月弩一团寒光飞来，立被击破。敌人法宝、飞剑、太乙神雷又复一齐夹攻而至。不由吓得心胆皆寒，忙纵妖光想逃，已是无及。紫虹先已上身，一团六角形的青色奇光又相继迎头打下，猛觉周身如坠洪炉，奇热如焚。知道不妙，只得运用邪法，将右臂往上一扬，施展化血分身，化为一溜紫红色的妖光，电也似急刺空飞去。

英琼因想妖道不除，必留后患，焉肯容他逃走，忙喝青琴速回守洞，随带上官红飞身追去。双方飞遁均快，宛如惊鸿渡空，流星赶月，向前急驰。妖道回顾敌人穷追不舍，虽然咬牙切齿，暗中咒骂，还有两件厉害法宝未用，但因敌人威力太大，休说寻常正教门下，便昔年辟邪村所遇对方诸长老，也极少这等法力。最可恨是敌人欲斩尽杀绝，早晚追上。正在惶急万分，忽见前面高山入云，峰巅杂沓，知道正是越城岭黄石洞左道中名人秦雷、李如烟夫妇所居。暗想："这两人邪法甚高，以前本是同道至交，因为刁狡险诈，知道正派势盛，不肯与众合流，借口人不犯我，我不犯人，终日在山中逍遥快乐，差一点儿的同道，多不肯见面。这厮还有一弟一女，更是凶横异常，虽被禁止出外，心实不服。此时必在洞内外下棋、种花，何不假装托庇，引鬼上门？能仗他所设八反风阵，将敌人炼化报仇更好；否则，这厮平日狂傲，专说大话，仇敌上门欺人，也必难堪，怎么也不肯甘休。"毒念一生，立往黄石洞飞去。

事也真巧。秦雷这日心灵上忽有警兆，如在平日闭洞不出，外有邪法禁制，龙飞急切间也冲不进去，原可无事。偏是他多疑情虚，想起平生淫恶，害人太多，虽因见机隐迹，久未出山，终是提心吊胆，唯恐正教中人寻上门来。一时情虚，去往洞外演习妖阵，以防万一。事完，见无异兆，天色又极晴朗，日丽风和，谷中繁花盛开，景物奇丽。妖妇李如烟，因秦雷近年常说峨眉敌党，近派门人下山行道，虽是一班小狗男女，竟比老的还要厉害，万一寻来生事，却是惹厌，最好就在洞中闭门不出，或保无事。想起时常气闷，见当日这般好景物，便笑秦雷过于胆小怕事，**有道是妻贤夫祸少。多少贪官是妻子卖官、妻子索贿落的水！又有何等大人物是被枕头风吹乱了心智以致遗祸广远！**空负多年盛名，传说出去，岂不被人笑话？弟、女二人再一附和，秦雷想起多年盛名，这等胆小怕事，虽是家人，也觉难堪，竟被激动。于是四人分成两起，下起棋来。一局未完，秦雷心终不定，一想谨慎些好，便回洞内去取法宝，以备临事应敌之用。谁知刚一入洞，龙飞便已逃来。下面三人虽听破空之声由崖后传来，偏那一带危崖高矗，遮住目光。又正当专心下棋之际，听出是同道中的飞行之声，只是快得出奇，方一寻思，来人遁光已绕崖飞近，以为龙飞有急事相求，不知后追强敌。刚起身招呼，还未看真，妖光才一到地，一道紫虹和一道白虹也跟踪追到。看出来了两个女敌人，也不想想龙飞邪法并不寻常，如何这等狼狈？秦雷之弟秦迟，因和龙飞交厚，首先扬手一道黑光，放过龙飞，迎上前去。

英琼、上官红追敌时，为求迅速，除遁光外，法宝、神雷全部备而未用。一见下面现出一条山谷，风景甚好，中有男女三人，龙飞正往右崖洞中逃去，已疑对方定是妖邪一流。再见妖党迎敌，如何能容，法宝、神雷一同发下。三妖人也真该死，分明见来敌剑光不是寻常，依然自恃谷中设有妖阵，以为略一施为，便可将人困住。做梦也未想到对方出手如此神速，法宝威力大得出奇，紫虹迎着妖光只一绞，立时粉碎。秦迟见状大惊，正待施展妖阵，数十百丈金光雷火连同各色宝光、飞剑，已同时夹攻而来，端的比电还快，未容施为，先吃上官红一弹月弩，将身子炸成粉碎。妖妇李如烟母女更是措手不及，刚惊呼得一声，化道妖光想往左侧闪避，并发挥妖阵时，妖女先被燧人钻那一道带有五色火花的红光穿胸而过，炸成粉碎。妖妇一见爱女危险，情急欲援，青灵髓已当头压下，人被青光罩住，当时周身奇热如火，空有一身邪法异宝，一件也未用上，当时惨死，二女剑光、神雷再往下一压一绞，连元神也一起消灭。

龙飞见状，猛想起当地形如一个钵盂，上空已被敌人剑光、神雷布满，没有逃路。秦雷人最狠毒，知道自己如逃进洞，阴谋必被看破，不问对敌与否，必对自己先下毒手。到了洞门以内方一迟疑，只见英琼杀完三妖人，一指飞剑、法宝，正往洞中攻进。忽听一声怒吼，眼前一暗，天日全昏，只见愁云漠漠，惨雾沉沉，四外阴风飕飕，风虽不大，吹上身来竟有寒意。雷火、宝光照耀之中，四外都是一样，先前崖洞花树，已全不知去向。英琼知陷妖法之中，便往左右冲了一阵，也未冲出。雷火、宝光虽仍强烈，但只冲不出去。耳听另一妖人与龙飞争论咒骂之声，时近时远。等用神雷、飞剑射去，始终未见人影，却也无害。暗忖："如今紫郢仙剑威力越发神妙，身剑合一，万邪不侵，妖阵并不能伤自己。除四外妖雾黑暗而外，并无他异。到底是何作用，怎未觉出？"

心正奇怪，忽见上官红飞近身来，笑问："师叔，可觉冷么？"一句话把英琼提醒，暗忖："自己近来功力大进，休说微风，便连北极陷空岛那等奇寒，都无奈我何，怎会身上有了寒意？红儿虽然不如自己，但也曾服小还丹和圣姑指名留赐的毒龙丸，怎会冷得脸都变色？前听易师姊说有一个最厉害的妖人，邪法狠毒阴险，所炼风烟邪雾，能在不知不觉之中使人中毒昏迷，能连全身化尽。如若遇上，要将心神护住，再打主意除害，以免冷不防误中暗算。幸亏我仙福深厚，法宝众多，更有仙佛门中至宝如定珠、紫郢剑、青灵髓之类，如善运用，仍可转败为胜。照此形势，必是所说邪法无疑。"英琼刚与上官红联合，待将青灵髓招回防身，先御邪风，再取定珠一试时，忽听龙飞笑问："秦道友怎不下手？"妖人答说："我这八反风阵威力极大，多高法力也迟早会被吹化。尤其贱婢雷火越强，阴风受了激荡，威力越大，早晚必将贱婢擒住，报仇泄恨，你忙作甚？"

二妖人原因仇敌虽被困妖阵多时，只一个面上略带寒色，另一个更是若无其事；又见宝光、神雷威力神妙，虽有邪法、异宝，出手等于白送，无法应用。因而故意说此反话，想诱敌人收回法宝、神雷，免得一时疏忽，不及转变阵势，被敌人仗着法宝、神雷之力猛冲出去。哪知英琼天生是邪魔的克星，胸有成竹，佛家至宝又极神妙，哪把邪法放在心上，闻言仍将定珠放出，全不理会。那粒定珠又与心灵相合，炼成第二元神，一运玄功，一团佛家慧光祥霞，立即从头上飞起，晃眼加大，竟达亩许方圆，将二女护住，阴寒之气立止。英琼知道定珠神妙，不可思议，邪法越强，慧光也是越盛。一见珠光暴长亩许，才知邪法果然厉害。就这转盼之间，忽听八方风动，狂飙怒号，宛如海啸，波鸣浪吼，声势猛恶，比起前在莽苍山风穴所闻风声还胜十倍，但不现甚形迹。初次经历，因觉风声猛恶，没想到妖阵已被佛光破去。英琼正想如何才可冲出，刚把遁光合在一起，打算冲出阵外再说，猛觉那风并不上身，似往四面吹去。晃眼瞥见天光，当空阴云惨雾也齐化为残絮，急如奔马，随着狂风往外卷去，一闪不见，天色重转清明。只见前见崖洞换了方向，知被邪法颠倒阵形所致。

二妖人刚由洞前驾了妖光向上飞起，因由定珠慧光出现，以至破阵，共总一两句话的工夫，休说英琼不曾留意，便妖人也没想到这等快法。尤其秦雷心痛妻女之死，妖阵被破，竟忘逃走。及见龙飞先逃，妖风全灭，忽然警觉，跟踪飞起时，二女也同看破，忙纵遁光急起直追。秦雷也是运数将终，心恨龙飞，意欲逃出敌手，先将他杀死出气。一见背友先逃，更是怒极。仗着飞遁神速，怒吼一声，抢向前去。龙飞知他心凶手毒，时刻提防，闻声忙即闪避。秦雷飞遁极快，立被越向前去。偏那地方是片危崖，必须绕崖而过。秦雷正往上斜飞，刚绕过崖角，猛听破空之声，方在心惊，一道朱虹已迎面飞来，看出厉害，事起仓促，忙逃无及。微一惊疑之间，朱虹先已上身，二女人还未到，法宝、神雷先由妖人身后一齐打来。秦雷多高法力也是无用，一个措手不及，顿时形神皆灭。龙飞却是机警异常，往侧一偏，瞥见对面飞来一个少女，手发朱虹，正是日前所遇持有南明离火剑的余英男，身后又有两个强敌，不由亡魂皆冒，慌不迭往斜刺里飞去。英琼见英男飞来，心中欢喜，略一缓势，龙飞已经逃走。匆匆不顾说话，一声招呼，联合一起急追下去。

第三十一回　救仙童 误投玄牝阵 援道侣 同返幻波池

话说龙飞惊魂皆战，不顾命地朝前飞驰。英琼、英男一受父执重托，一受妖人日前欺侮，全都愤激，立意除此一害。彼此又是至交姊妹，敌忾同仇，疾恶之心尤甚，不问青红皂白，只管穷追。追来追去，不觉追上回路，到了庐山五老峰上空，天光已到了半夜，月照中天，碧空如洗。眼看龙飞在前，即将追近，忽由五老峰上飞起一片暗红色的妖光，将龙飞接了下去。英琼、英男、上官红也已飞近，见峰腰磐石上坐着一个奇形怪状的丑胖妖妇，龙飞正在大声疾呼："师姊留意，贱婢法宝厉害！"妖妇方答无碍，同时前见红光已将男女二妖人一齐护住。妖妇手持一支红光闪闪的小叉，似想发出。不料三女来势神速无比，竟未容她施为，连神雷带飞剑、法宝同时下击。龙飞早就觉出不妙，因为连受重创，元气已伤，又知再逃仍无活路，本心只想乃姊飞龙师太近将元神凝炼，无异生人，神通越大，如往求助，不求免死，只求舍却肉身，在她妖法护庇之下保住元神遁走，便是万幸。不料妖妇仍是当年狂傲骄敌的心性，不容分说，反用妖光将他一起护住，连想单逃都不能够。正急得乱叫，数十百丈金光电火，连同红、紫、银三道剑光以及青霞、火钻同时压到身上。休说妖妇，便是天仙，也难禁受，当时全成粉碎，连残魂一齐消灭。

三女方在快意，忽听身后崖洞中有鬼哭之声，心中奇怪。英琼凑近前，便听鬼声哭喊道："外面可是李英琼、余英男二位道友吗？"英琼一听，语声颇熟。又见崖脚是片整石，并无洞穴，知道人被妖法禁制。只想不起被困的人是谁。英琼便问:“你是何人?怎会知我二人名姓?”随听壁中答道:“我二人现为妖法所困,不能脱身,肉体已在日前兵解。因不听金蝉、石生他们之劝,意欲转世,不料途遇司空湛门下男女妖徒,将我二人摄来此地,欲与妖妇合谋,用我二人生魂祭炼法宝。妖徒因寻隐僻所在祭炼妖法,出山物色地方去了。多亏三位道友飞来,将妖妇杀死。我们以前也非无名之辈,此时一败涂地,无颜自解。只请三位道友念在玄门一派,用贵派太乙神雷,朝着正面离地三丈的崖壁上打去,再用李道友佛家定珠朝残魂一照,邪法自解,那时再说详情吧。”

英琼性急,越听那语声越似以前听过,偏生想不起来。及听说起人已兵解,并与金、石诸人相识,正要下手解救,又听出另一人是个女子口音,却甚耳生。方想他们是何人,忽听英男手指壁间笑问道:“你二人怎的不说名姓?我们知你好人坏人?”说完,仍不听回答。英琼方要开口,吃英男摇手示意,便即住口。英琼方用传声问故,上官红站在旁边错会了意,以为内中被困的是左道妖魂,又听对方口气可疑,暗忖:“此人既遇七矮师叔,如是好人,决不会容他兵解,又被妖徒寻来,不加闻问。”同时瞥见空中似有红云一闪不见。李、余二女只顾查听对方,不曾留意,便把乙木仙遁暗中准备,以防万一。随又听壁中女子微微叹息了一声,说道:“英男贤妹,我的声音你听不出来吗?”英男笑道:“我早听出你那同伴口音,便料有你在内,不然我也不问。想当初,你虽强迫收我为徒,并非恶意。尤其贱婢孙凌波对我凌虐,你并不袒护她,只有帮我骂她。虽因心志不投,背你逃走,受尽苦楚,但我并不恨你,何必藏头缩尾?如以为只要出困,便可脱身,除非我三人肯放你们逃走,否则仍是无望,何不实话实说?”女的叹道:“说来话长,一言难尽。擒我二人的对头,乃是一男一女,均得司空湛真传,淫凶狠毒,几无人理,隐形飞遁,更是神速。乃师前年为大方真人所败,自知不了,逃往海外隐藏。二妖徒不曾跟去,并向乃师夸口,欲炼邪法报仇。仇敌来去如电,说回就回。我对你不敢再说师徒情分，只请你念在当初我虽强迫你拜师，终是好意，请念昔年香火之情，先将我二人放出，再谈详情，以免万一仇敌赶回，措手不及。”

英琼闻言，忽想起男的正是在峨眉强迫自己随他同行，后在莽苍山遇见仇人，把自己放在古庙内的赤城子。听女的口气，必是阴素棠无疑。**照应一下开头。**暗忖：“这两人以前也是昆仑派有名剑仙，只为一时失足，误入歧途。二人法力颇高，怎会落到这般光景？按他们以前行为虽然可恨，自己和英男总算因祸得福。”闻言心肠早软，笑说：“男妹，他二人既受邪法禁制，必多苦痛，放出再问，也是一样。”英男刚一点头，猛瞥见红影一闪，忽听壁内惊呼：“二位道友救我！”声才入耳，离地三丈的崖壁突现一洞，一片粉红色的妖光裹着阴、赤二人的生魂电也似急飞起。同时红光中现出男女二妖人，一个摄了生魂向上急飞，一个手指一片同色妖光朝三女当头罩下。事也真巧，李、余二女均想先破邪法，救出二人生魂，再问经过，手中太乙神雷正往外发，双方正好撞上，接连两声震天价的大霹雳，雷火金光四下里横飞中，二女两道飞剑也已出手。妖人似知不妙，慌不迭纵起妖遁，向上斜飞。二女看出妖遁神速，阴、赤二人生魂又被另一女妖人摄了先飞，唯恐妖人隐形逃走，不易追上，方在着急，一同追去，忽听上官红笑说：“妖人决逃不掉，二位师叔放心。”说时，一片青霞中杂无数巨木影子，忽由上下四外突然出现，齐向中心压到。二妖人已经先后离地，飞起数十丈高下。女的带了生魂在前，闻得雷声，失惊回顾，当空青霞神木忽现。男的看出对方飞剑、神雷厉害，果不虚传，差一点儿没受重伤。方想一面飞逃，一面示意妖女，令其隐形同遁，等把生魂摄走，再打复仇主意。猛觉青霞照眼，看出是乙木仙遁，知已入伏，喊声：“不好！”想逃无及，连女的一齐被困住。上官红正想施展全力，用乙木神雷将二妖人打死，忽听英男疾呼：“红侄，且慢，不可伤那生魂。”上官红笑答：“遵命。”把手一指，青霞连闪几闪，便将阴、赤二人身外红云荡向一旁消灭。再把手一招，二人生魂便脱出重围，向三女面前飞来，口中疾呼：“妖邪诡计多端，留神遁走。”上官红原本细心，见妖人被困青霞之中，四外神木宝光正在疾飞电旋，往上压去，晃眼神雷便要爆炸，正在施为，猛想起妖人邪法颇高，怎会身困阵内毫无抵御？忽又听英琼一声清叱，一道紫虹往上一绞，只听接连两声惨号怒吼，两条红影突往左侧地底穿去。女的一个稍微落后，吃英男飞剑拦腰一绞，扬手一片金光雷火，震成粉碎。只男的被英琼斩断双脚，受伤逃去。

原来这男女二妖人一名金泰，一名温如花，自从妖师隐逃海外，便与许飞娘等妖人勾结，专与正教中人为难。这日行经边岭，缺少两个生魂。阴、赤二人晦运当头，认出前面遁光眼熟，心想：“此去转世，如无人相助，好些不便。”又自恃身带法宝，尚能运用，不但未逃，反倒迎上前去，意欲看清来人，相机求助。谁知自投罗网，刚一对面，认出来人竟是司空湛的妖徒金泰、温如花，知道二人淫凶狠毒，翻脸无情，心中着慌，只得硬着头皮上前答话。刚说得一半，发现女的目射凶光，嘴皮微动，觉出不妙。正在戒备欲逃，一片妖云已当头罩下，虽有法宝防身，但是原身已失，功力太差，勉强能够自保；对方邪法又高，对于搜摄鬼魂，又具专长。不多一会儿，法宝被人夺去好几件，元神也被擒去。妖人初意，将二人生魂炼那妖幡。因缺少一个帮手，知道妖妇飞龙师太元神新炼成形，正好合谋。又因阴、赤二人尚有飞剑不曾夺去，为防逃遁，便将二人生魂带往五老峰，禁闭洞内，交与妖妇防守，自去寻觅设坛之处。等把地方找到，归途遇见小南极四十七岛两个旁门散仙，也是一男一女。得知南海双童和金钟岛主一音大师叶缤师徒两下里夹攻，四十六岛妖人十九伤亡。这两人本是夫妇，不知叶缤手下留情，有意放走，妄想逃往中土，寻人报仇。行至五老峰附近，撞见二妖人，又将生魂摄去。

二妖人正想和妖妇商议，多炼一面妖幡，遥闻杀声震天。连忙飞往查看，瞥见妖妇尸横就地，崖上立着三个少女。隐身往探，听出是峨眉门下，又惊又怕。忙使邪法分途下手，想将阴、赤二人元神先行摄走，就便暗算仇敌。先因师言峨眉三英最是难斗，上来还留有退步。不料上官红预有戒备，早将乙木仙遁暗中埋伏，原防崖中妖魂逃走，恰好用上。二妖人最是机警狡诈，见势不妙，假装被困，各幻出一个化身，暗中紧附阴、赤二人之后，随同遁出。本心先前只是骤出不意，自己精于地遁，逃时还想暗放冷箭，报仇出气。不料所摄两散仙的生魂本非弱者，看出仇敌势败，意欲乘机遁走，出时突然猛力强挣，哀声呼喊求救。英琼先听英男一说，早就心动，闻言警觉，立把定珠慧光放出，恰将妖人隐形法破去，两散仙也便挣脱邪法禁制。英琼又扬手一神雷，英男飞剑一绞，二妖人一死一伤，穿地逃走。两散仙也是孽重，英琼不曾想到另外还有两个生魂，吃佛家慧光一照，本身邪法全破，仅比寻常游魂强不多少，再因对方也是峨眉门下，慌不迭乘机逃去。等三女想起，打算喊回盘问来历，助其转世，已经逃远不见。

阴、赤二人脱险以后，即向三女下拜，说起兵解经过。三女觉对方也是前辈剑仙，落得这般光景，又对自己如此卑躬屈膝，自称从此悔悟，改邪归正，越动怜悯。一面还礼，问其意欲如何。阴素棠凄然答道："我二人本意想往人间，选一积善人家投生。此时想起良机难遇，一个不巧，再遇这类妖邪，仍难免祸。最好求贤师徒深恩成全，助我二人转劫重生，感恩不尽。"三女俱都心慈，对方一经归正，早有同情。二英回忆昔年，也颇有知己之感，英琼首先应诺，英男、上官红自无话说。行时，因见残月犹挂林梢，空山无人，到处泉响松涛，五老峰一带景甚幽静。上官红笑说："此时离天明尚早，何处寻访人家？此山夜景清幽，我们闲游到天明，再计较如何？"李、余二女闻言笑诺。随即行法，把残尸去尽，步行下峰。遥望鄱阳湖波光云影，上下同清，斜月光中，宛如大片水晶琉璃，上面放着两三个翠螺，景更清丽。阴素棠偶说含鄱口望湖，风景更好。英琼性急，便同飞往。到了含鄱口，众人再改步行。快要到达，阴素棠忽然悄说："我们速隐身形。"三女依言，随她手指处隐形飞降。一看，前面崖后立着两幢红影，正是先前受伤逃走的妖人同了妖女生魂，面前倒着两个少男少女死尸，正在行法，一边争论；意似想要借体重生，为防原死人的生魂突然回转，并被外人看破，正商议行法，隐避形迹。余英男见男女妖魂已经飞起，等待女尸抢扑上去，男的因双足已断，说女的只剩元神，不必忙此一时，将其拦住，意欲抢先。猛想起阴、赤二人正在寻找庐舍，正好学样，恐妖魂附体，便有顾忌，又防逃走，一时心急手快，也没和英琼说，飞剑、神雷一齐发动。二妖人已成惊弓之鸟，本就胆寒，女的又是元神，逃遁较易，剑光雷火一现，首先遁走，英男飞剑没有追上。只男妖人私心太重，为防仇敌追来，意欲抢先，不料众人由后掩来。等到他闻得雷声想逃，已被神雷击中，飞剑又拦腰一绞，当时伏诛。元神刚待飞走，英琼、上官红的飞剑同时夹攻，电掣飞来，当下将妖魂围住，只一绞便已消灭。

英男随对阴、赤二人说起前意。二人早看出地上两人十分俊美，又是修道多年的法体，闻言也颇合意。便对三女道："这两人必是前逃两生魂的法体，也是旁门中人，因胆怯情虚，又被佛家慧光一照，元气大伤，只能另投人身。借用他们的躯壳无妨，但是这类旁门中人道路不同，身上邪气也还未尽。最好仍请李道友用佛家慧光再照一下，我二人便可回生，永拜大恩了。"英琼笑诺。随将定珠放起，照定死尸头上。阴、赤二人随运玄功，往上一合，当时复体重生，坐了起来，伏地拜倒。三人连忙避谢不迭。一看那两具肉身功力甚厚，又是一男一女，俊美非常，佛光照后，不带一丝邪气。二人因妖人伏诛，只逃得一个元神，试用玄功一收，先失去的法宝均在妖人法宝囊内，妖人死后，由空下坠，落向危崖之内，立连宝囊飞回，还多得了几件法宝，二人欲送三女收用。三女见他们意甚坚诚，只得各分取了一件。

事完，互相劝勉两句，正待分手，阴素棠道："李道友眉间杀气甚重，虽无大害，也须留神。前两月偶游黄山，云路中突遇沙红燕，同了辛凌霄师妹，说起幻波池诸位道友，仇深恨重，正在约人前往报复。所约人中，内有两个乃是潜伏东海已二百多年的妖人，妖法甚高，不可不防。以我猜想，必在日内往犯。三位道友如无甚事，最好回山待敌，比较稳妥。易道友他们法力虽高，又有圣姑所留五行仙遁，固是无碍，但李道友这粒定珠关系甚大，有此佛门至宝，便老怪丌南公亲来，至多不胜，也不致便遭毒手。不过事情还须善于应付，否则沙红燕乃老怪爱徒、宠姬，如若杀死，老怪纵因道友为后辈，也必不肯甘休。此女虽是左道，近年因受老怪再三告诫，有所收敛，已少为恶，能不伤她最好。辛师妹更是昆仑派同道，与贵派师门颇有渊源，素不为恶，只是受人蛊惑，又以丈夫卫仙客惨死，不知悔祸，一意孤行。虽然愚昧无知，处境可怜，也望诸位道友网开一面，免得多树强敌。贫道以前也是正派中人，**正派、邪派，形同水火。还珠小说的大框架由此建立。金庸小说的中后期作品有很大突破。《倚天屠龙记》之魔教由邪归正成为正面主角，而少林、武当反而正邪参半。《笑傲江湖》的“正派”左冷禅、岳不群恰是邪门妖人，“邪派”任盈盈、向问天则是堂堂正人。这样写，避免简单化、脸谱化，表现人性的复杂，人生的复杂便更深刻了。**一朝失足，不可自拔，以致骑虎难下，才有今日。如非贵派诸位道友两次解救，连元神均难保全。此时幸得重生，悔恨无及。尚望诸位道友采纳愚见，仙福无量。”

英琼闻言，想起父亲行时之言，本就心动，听完猛觉心灵上起了一丝警兆。忙向二人称谢辞别，同了英男、上官红回山，途中英男想起师命所办的事已经办完，正好移居幻波池，与英琼等同修。因为爱徒楚青琴尚在天目山留守，算计李、向二同门必已回山，意欲回转天目山，带了青琴，就此移往幻波池。和英琼一说，英琼因方才心灵上有了警兆，便令英男师徒随后再去，自带上官红先返幻波池相候，以防万一。其实英琼如不急此一时，随了英男去天目山，携带青琴，便可岔过，不致受那危难。一则定数所限，不能避免；再则英琼如不先遇妖人，发难便缓，个人虽然无事，幻波池仙府却也未必能够保全了。经此一来，英琼虽吃点儿亏，易静、癞姑却有了准备。并且时机瞬息，好些巧合之处，稍差一些。便成大害。此是后话不提。

英琼、上官红听阴素棠一说，惦念幻波池安危，归心似箭，别了英男，二人一同加急飞行，往幻波池飞去。当地离依还岭云路约三千里，二人飞遁神速，不要多时便飞了一多半。天已过了中午，沿途云白天青，到处山光如黛，晴空万里，天风不寒。二人破空急驰，飞得甚高。上官红笑说："今日风日晴美，弟子沿途留神观察，不见丝毫征兆。也许师叔听了阴素棠之言，一时多疑，并无甚事。"英琼方答："我今日心神不甚宁贴，多半有事。"话未说完，人已飞到巫峡上空。遥望前面一山，高矗云外，只要再飞过去三数百里，便到依还岭对面的宝城山。因飞得高，老远望见隔山依还岭上静悄悄的。英琼心刚一放，只顾朝前观看，互相问答，没有留意到山那面有无异状。等到飞过十来里，依还岭已经在望，二女脚底山甚高大，内中颇有峰峦洞壑之胜。虽与依还岭遥遥相对，相去只有二百来里，因为易、李、癞姑三人自到幻波池一直无暇，仅在空中路过，来往两三次，发现下面景甚奇秀，屡欲往游，未得其便。二女过时，想起前面中部一带，风景似乎更好，这才低头俯视，既然顺路，就空中查看过去。便将遁光降低，向前飞行。先前因飞行大高，只见下面一片苍绿，大小峰峦玩具也似。这一降低，越看出山的好处，只见沿途白石青松，树色泉声到处迎人，应接不暇，虽是走马看花，也觉有趣。英琼暗忖："此山与依还岭相连，中间只隔着一带危崖大壑，想不到风景这么好，洞壑又多。将来开辟两处，以供门人修道之用，岂不也好？"心念一动，又看出幻波池不似有事情景，相隔又近，瞬息可达，既然无事，便不必忙。于是又把飞行放缓，只顾留意观察，始终没有回看来路山头一带。

正飞行之间，瞥见下面一条白光，白练也似蜿蜒于山半树海之中。定睛一看，原来下面乃是一道广溪，那发源处是一山谷，水由谷中奔腾而来，穿行于丛林绿野之间，沿途分成许多支流，再顺山势往前面绝壑中化为大小瀑布，飞舞而下。记得以前虽也见过，因为飞得太高，水势无此洪大，又当有事之际，没有在意。这时见这山谷两边峰崖对峙，势均灵秀，中宽五六丈，均是水道，不见一点儿陆地。由高下视，宛如一条缩小的江峡，而景物灵奇，又复过之。一时好奇，想看这条溪峡到底有多长，有无别的奇景。方和上官红同往峡口下降，猛瞥见石口外溪岸旁泊着一条梭形的独木小舟。心想："这里山高路险，与世隔绝，怎会有船停泊？"方要开口，上官红忽将身形隐起，悄说："师叔你看，那三小孩多好！"英琼目光到处，三个幼童年均十二三岁，正由对岸草树中飞纵出来，手上各拿着一些花果，急匆匆往独木舟上一纵，朝天看了一看，各持竹竿双桨，驾舟往溪峡中如飞驶去，不时偏头回看，面上各带惊慌之色。二女也早落地，见幼童共是两女一男。内中一女生相奇丑，身材又极矮胖。而且身上到处浮肿，东一块西一块，坟起寸许高下。肤色也是红白紫黑相间，闹了个五颜六色，更加丑怪。下余二童，却是粉妆玉琢，美秀入骨。又都穿着一身树叶兽皮织成的短裙披肩，臂腿一齐裸露在外，各赤着雪白的双足，每人腰背间均插有两三件奇怪兵器，大都土花斑驳，似新出土不久，刃尖却有金光外映，一望而知不是常物。船用独木制成，三童操舟之术极精，转眼便已穿进峡口。**小舟入峡谷，有桃花源的味道。**

二女见了觉着奇怪，本要追去，因三童纵出之处似有光气上升，知道下面藏有宝物，以为幼童既往峡中，不怕寻他不到，先未追踪。赶往树林中一看，见草地里倒着一株大树，似是连根拔起，下陷深穴，宝光隐隐，映着晴日，幻为异彩。英琼见穴甚深，没有下去。试行法一招，一圈旁有五孔的金花突然飞起。忙用分光捉影之法收下一看，竟是一枚上刻五孔和十二元辰的金钱，背面还刻有不少风云水火符箓，都是密层层叠在上面，虽然不明用法，但已看出是件异宝，不期而得，心中大喜。再将遁光往下一照，见这地穴深达三丈，离地丈许以下，便成六角井形，整齐如削。旁边放着一条长藤，好似幼童用以上下。穴底还有一个陶罐，也用法力收了上来。只见罐大尺许，形式奇古，通体无口。拿在手上一摇，内有水声，不知何用。料非常物，便交上官红收好。穴中已空无所有，重又向峡中追去。二女飞到谷口，见相隔二里的转角上，独木舟和幼童影子一闪。等到赶去，就这晃眼之间，连人带船一齐不见。那地方两崖上挂着好几道瀑布，都是白练高悬，由上直下，喷珠溅玉，声若雷轰，激得水烟溟蒙，涌起数十丈寒雾。定睛四顾，前途哪有木舟影迹。方想这船怎会隐逃这么快？忽听上官红喊道："在这里了！"随说，便纵遁光往左边瀑布中穿去。同时接连好几支竹箭由水中迎面射来，又听幼童喝骂之声。这类寻常兵器，原奈何英琼不得，还未近身，便吃遁光消灭。紧跟着，上官红已将男女三幼童擒了出来。

原来瀑布里面，乃是一座极大的水洞，离转角处甚近。幼童事前发现空中飞来遁光与破空之声，疑是对头寻来，慌不迭驾舟入谷飞逃。本还以为峡口外有仙法禁制，外人不能走进，心方略定。丑女忽然想起，当日禁法应失灵效，船到转角，觉着可虑，便连人带船一齐藏入水洞之中，往外查看。忽然有人说话，跟着现出一个美貌少女，凌波而立，正在张望。幼童一时情急，便将平日防身竹箭隔水掷出去。不料人未射中，猛觉身上一紧，另一少女突然现出，连人带船一齐制住，押了出去。俊美的两个童男女以为身落毒手，正急得破口大骂。丑女忽然大喝："三弟、姊姊住口！这不是那妖人，莫不是救我们的师父吧？"男童已急得粉脸通红，闻言怒答："仙人不是说你师父和你此时长得差不多，好点儿也有限吗？怎会比姊姊还好看？又说谷口今日禁制失效，妖妇必要寻来。他们人多，必是她的同党。反正我们须听仙人的话，宁遭残杀，决不拜她为师。"丑女急道："三弟说得不对，莫非会飞的就是妖妇？也许是师父派来的呢。等问明情由，再骂不晚。"另一少女似是长姊，本随男童同骂，自听丑女一说，便住了口。

略一寻思。便朝二女问道:“你们从哪里来的？我们三人均有师父，决不再拜别人为师。如杀我们，又和你们无仇无怨，再说仙人也不饶你们，还是放了我们的好。”

说时，英琼已看出这三个男女幼童全部根骨深厚，灵秀美慧，竟不在上官红以下，任其喝骂争论，只是查看。闻言笑道：“我们决不伤你们，只问你们姓名来历，怎会在此居住？有无师长父母？至于强收你们做徒弟，绝无此事。就你们肯，我还不一定收呢。”随命上官红撤去禁法，听其回答。长女方要开口，丑女忙抢向前，拦道：“姊姊、三弟，等我来说。”随对英琼道：“我名竺笙。他们是我姊姊竺生和三弟竺声。我三人乃同胞孪生，因是生相丑怪，身包厚皮，被父母弃往深山之中。为大鸟抓到本山竹林以内，本要抓吃，幸遇仙人将怪鸟杀死救下。托一女仙抚养，指竹为姓，起名音同字不同。到七岁上，女仙出山不归，断了食粮，仗着力大身轻，本山鸟兽山粮又多，苦候了四五年。这日往采黄精，我姊姊、三弟无意中吃了两个奇怪草果，回来人便晕倒，只气未断。我误认为毒果，将带回的十几个一齐丢掉。哪知过了三日，他二人身上厚皮脱光，越长越好。只我没吃那果，如今还丑怪。再往原处寻找，一枚也看不见。这日正在后悔，前救我们的仙人忽然飞来。我们小时见过，女仙又曾说他法力甚高，再来时便拜他为师，或求接引。仙人先是不允，说还未到时候。后经苦求，方说我们师父在依还岭幻波池内，早晚自会寻来。并说峡外山顶石洞里面，隐藏着一个妖妇，不久出世，如见我们，必要强收为徒，千万不可答应。峡中设有禁制，外人不能走进。但是峡外古松之下，藏有东西，应为我三人所有。必须在今日午后，用他灵符前往发掘。东西到手，禁法便失灵效。不久妖妇也必醒转，来寻我们晦气。我们师长此时如不寻来，必为所擒，不依她，便难保命。令我们到时务要小心，得手速回。只要挨到仙缘遇合，拜师之后，至多受场虚惊，成仙却有指望。我因不曾见过师父，恐怕错认，向其请问，他说师父和我现在一样貌丑。仙人去后，偶往峡外采取山粮，也是三弟胆大，知道妖妇此时睡在洞中，和死人一样，想将她杀死，免得害人。于是我们同去，十几里的山路，一会儿赶到，见近顶危崖之下，果有一洞。先未见人，等到走进，忽有白光一闪，当中山路上坐着一个怪女人。三弟连放好几箭，挨着妖妇便化成灰。我们看出不妙，正要退走，妖妇忽然醒转，用一片黑烟将我三人困住，立逼拜师。我们先未答应，吃了不少的苦，在洞中被困好几天。妖妇本是一个骨头架子，不知怎的越长越胖，也未见吃东西，渐渐长得和好人一样。跟着，来了好些同党。我知不能脱身，乘她睡时，打手势商量。等她醒来，答应拜师，说我们喜欢吃荤，家中留有腌肉、衣服，必须取来，请放我们回山一行。妖妇居然应允，我还在喜欢。到了路上，才看出每人身后均有一蓬黑烟随定，妖妇并还看破我们心意，老远鬼叫，说她已用仙法遥制，想逃必死。我们虽然害怕，无计可施，想回原住洞中，在墙上画字，留给仙人师父观看，好救我们。哪知刚进峡口，一道青光闪过，黑烟尽散，遥闻妖妇怒骂之声，也未理她，由此不敢再出峡外。今日算计老松下面藏珍该当出世，只得硬着头皮，乘妖妇此时打坐未完之际，前往掘取。刚一到手，便听破空之声。因为妖妇同党全都会飞，也是这等声音的多，心中害怕，刚藏入洞，你们便寻了来。我看你们不像妖妇说话凶横，也许是好人。反正我们听仙人的话，宁死不从，话已言明。你们如非妖党，请给我们想个法子脱难；如是妖党，只好由你们杀害。可是仙人决不饶你们。随你们便吧。”

英琼笑问仙人名姓，丑女答说：“仙人是个手持青竹的少年。”英琼再问相貌，知是枯竹老仙，不禁心动，便将癞姑相貌说出，问：“你三人所等师父，可像此人？”三幼童闻言，惊喜交集，同声笑问：“我师父正是这样。你怎知道？可能带我们寻她吗？”英琼随说自己是癞姑师妹，以及幻波池同修之事。竺氏姊弟大喜道：“原来你是李仙师吗？我们三人本该拜在三位仙师门下，早说幻波池，也不敢无礼了。”说时早同跪拜，求告起来。英琼看出三童都是极好根骨，又问知自己和易静、癞姑各收一人为徒。枯竹老人并还留有一片竹叶为信，竺生已经取出。上写：“三人仙根仙骨，福缘甚厚，务望器重，多加传授，不消数年必有成就。”暗忖：“这三人只竺笙奇丑，偏又拜在癞姑门下。”方在暗笑，竺笙见英琼对她注视，笑道：“李师叔嫌我丑怪吗？他二人未吃异果以前，比我更丑。听仙人说，这身上厚皮，早晚脱掉，和姊姊长得一样，就不讨嫌了。”英琼见她姊弟三人资禀差不多，竺笙却更灵慧机警，天真可爱，偏生得这等丑相，本代可惜，闻言越喜。再一细看，果然身材相貌均和乃姊差不多，只为紧附头脸身上的厚皮所掩，变成丑怪神气。闻言知能医好，越发喜欢，拉她手笑道：“我怎会嫌你？只有爱你。这是你们师姊上官红，见完礼一同走吧。”

竺氏姊弟和上官红正在礼叙，英琼猛觉心灵上又起了警兆。暗忖：“今日心神为何两次不宁？仍以早回为是。”竺氏姊弟所居在尽头处山洞之内，还想去取衣服。英琼笑说：“幻波池不少仙衣，你们的既非珍物，不必去取。”随驾遁光，带了竺氏姊弟同往峡外飞去，准备一出峡口，直飞依还岭。到了峡外，竺声忽说：“师父，我还有一件法宝没取到手呢。”英琼只当还有藏珍未取，随同下降，仍是先前树穴。竺声探头一看，惊呼：“法宝被妖妇偷去了！”英琼一问，才知所说正是那枚六角金钱，不由好笑，告以前事。并说：“等与你易师伯看过，知道用法，仍还与你。”竺声笑说：“此宝甚难收服，师父拿去最好。如被妖妇偷去，就可惜了。”英琼知他得了枯竹老人指点，正待要问，眼前似有一片极淡的红光微微一闪，因在说话，青天白日别无他异，自恃法力，也未在意。正要起飞，忽听身后冷笑一声，随听竺氏姊弟同声大喊：“妖妇来了！”同时一蓬粉红色的烟丝已朝众人当头撒下。妖妇隐身前来，动作绝快，骤出不意，几为所算。总算英琼近来功力大进，身藏至宝有好几件，均能随心运用，定珠更具极大威力。闻声一团慧光祥霞先已飞出，恰好敌住，粉色邪烟也便收去。就这样，竺氏姊弟已中邪法，昏迷欲倒，幸被佛家慧光一照，方始复原。

英琼百忙中瞥见一个面容妖艳，肩挂葫芦，腰佩宝剑的妖妇，一闪即隐。当时天旋地转，四望昏沉，到处茫茫，一片灰色暗影，和在越城岭陷身妖阵情景差不多。方才的天光云影，树色泉声，以及大小峰峦，全都失踪。心中大怒，忙将青灵髓取出，先将竺氏姊弟护住。跟着太乙神雷往外打去，想将邪法震破。哪知往常出手便千百丈的金光神雷，这次竟会无甚光焰，只现出百点酒杯大小的红火，略闪即隐；雷声也甚闷哑，毫不洪烈。阴沉沉的天幕愈来愈低，随着连珠神雷，快要低压到头上。敌人却不见影迹。情知邪法厉害，不比寻常，唯恐一时疏忽，误伤三小姊弟，便命上官红施展乙木仙遁，将其护住。收回青灵髓，仗着几件仙剑、至宝向前开路，能除妖妇更好，否则依还岭便在对面，易静、癞姑定必警觉，里应外合，也将妖妇除去。主意打定，上官红已放起一片青霞，将三小姊弟护住，想请英琼也藏身在乙木仙遁之内。英琼因为天性疾恶，又因先前连起警兆，断定妖妇是强敌大仇，留必为患，不肯与上官红联合，只命上官红暂守勿攻，见机行事。自己身剑合一，再将定珠和别样法宝纷纷放出，朝前猛冲。正喝妖妇现形纳命，偶一回头，上官红连护身青霞一齐不见。微一疏神，猛又觉出神思昏昏，身上有了倦意。再看环身飞舞的那些宝光，除定珠外，也渐渐减色起来。知道不妙，忙照师父传授，运用玄功，镇定心神。总算功力精纯，转眼灵智恢复，那几件与身心相连之宝重放光明，尤其那团慧光祥霞分外晶莹。可是四外的暗影也越来越浓，吃宝光逼住，宛如在雾海之中浮沉着数十百丈一团精光宝焰，闪起千重霞影，顿成奇观。英琼才放了心，恨极妖妇，立以全力朝前猛冲。

也是妖妇该死，分明已看出敌人法宝威力神妙，虽因经历尚浅，初次遇到这等玄阴六戊邪阵，不知破法，但想要伤人已是万难。恰巧又来了两个妖党。妖妇本在主持阵法，颠倒五行，想将敌人引入阵中心玄牝门内迷倒。因和同党相见，只顾谈说咒骂，不料敌人已被引近旗门前面。妖妇如果被英琼看出形影，便难活命。因那同党中的一个正是沙红燕，知道李英琼厉害，忙喊：“敌人持有佛门至宝，不可大意！”说时英琼已被引到妖妇所居山洞前面的玄牝旗门之下，因为初上来神雷无功，又见上官红失踪，差一点儿神志昏迷，有些胆怯，不求有功，先求无过，专一自保，虽有制胜之宝，竟未敢轻举妄动，只把燧人钻持在手内，相机待发。正往前冲，猛觉慧光照处，前面现出一个无底黑洞，无数黑影乱箭一般飞舞，环射上来，吃定珠慧光一照，全都消散。英琼还不知主要旗门已被定珠无意中所破，见前面黑洞洞的，心中一惊，待要后退。妖妇却着了慌，忙使邪法妄图补救。就这倒转阵势之际，那旁上官红已看出破绽，竟然带了三小姊弟逃出阵去。妖妇还要追赶，吃沙红燕拦住，悄说：“阵法虽然神妙，但困敌人不住，心身相连的奇珍与神雷不同，此阵早晚必破，岂不可惜？转不如将阵收去，我们三人合力先与敌人较量，能胜更好，如不能胜，索性等各位道友前来，再图大举。”说时，三妖人忘了妖阵中枢已破，声形已不能掩。

英琼恨极妖妇，早就跃跃欲试。闻声扬手一燧人钻，朝那发声之处打去。此宝乃前古奇珍，发时一道两头尖的红光，长只丈许，前锋尖上射出五彩精芒和大股火星，宛如连珠霹雳，爆炸如雨。更能随着主人心意追杀仇敌，一个抵挡不住，不死必伤，妖妇名叫宝城仙主屠媚，昔年和幻波池圣姑寻仇斗法，结下深仇。不久走火坐僵，藏在本山近顶崖洞之内，隐迹多年，本无人知。新近沙红燕偶往东海寻一隐藏多年的妖人屠霸，才知妖妇乃屠霸之妹，以及她走火坐僵经过，意图勾结，与幻波池诸人为仇。特意赶回黑伽山，把丌南公所炼固形丸偷了两粒送去。妖妇本就梦想幻波池的灵丹藏珍，难得有此倾心结纳助她复体的死党，自是喜极，双方十分投契。沙红燕知她服完灵丹尚须四十九日始能复原，所居宝城山正对依还岭，唯恐事机不密，被仇敌看破，约定复原后再见一面，和辛凌霄分头约人，以图一举成功。当日因新约到一个能手，要在三日之后才可赶到，特来商议。妖妇最是骄横，自恃炼就好些厉害邪法妖阵，本想建功。没想到敌人这等厉害，初次出手，便遭挫折，自觉脸上无光，仍想再用邪法一试，不肯就收。微一迟疑，燧人钻已当头打到，本就难逃一死。英琼先被邪法颠倒，颇生疑虑，没想到成功如此容易。瞥见燧人钻上雷火强烈，一片霹雳声中，烟雾纷纷消散，对面现出男女三妖人，沙红燕也在其内。忽然醒悟，有了破阵之望，忙把法宝、神雷一齐打出，慧光正冲旗门而过，千百条黑影闪得一闪，全数消灭，清光大来，重见天日。同时妖妇已被燧人钻所伤，负痛欲逃，吃英琼紫郢剑电掣般追上，只一绞，形神皆灭。

沙红燕及另一妖人比较见机，又各持有防身法宝，等红光一现，早各放出一片碧光将身护住，另放飞剑、法宝迎敌。英琼因不见上官红和三小姊弟踪迹，急怒交加，上来便使全力，双方在当地恶斗起来。另一妖人也是老怪丌南公的爱徒，名叫伍常山，生得扁头大肚，身材矮胖，一双鱼眼凶光闪闪。周身碧光笼罩，更擅玄功变化，隐现无常。手指三道钩形妖光，满空飞舞，光甚强烈。威力极大的紫郢仙剑竟奈何他不得；别的宝光、神雷打将过去，妖人更似不曾在意，打得周身碧光乱爆，宛如银雨横飞。不时身形一晃不见，忽化作一只两三亩大碧光环绕的怪手，朝下抓来。英琼如非定珠护身，几为所伤，连元神也可能被摄去。

沙红燕也是一个劲敌，又偷了丌南公两件法宝，比起那年初遇难斗得多。沙红燕因所约党羽未来，本不想就动手，因为妖妇疏忽，枉有好些邪法，一件也未用上，便遭惨杀，不由激怒。先想同党神通变化，或者能将仇敌元神抓去。及见英琼持有定珠，邪法、异宝无奈她何。正在愤恨，忽听有人笑骂道："无耻妖妇，哪里弄来这些山精海怪？既敢上门现眼，便该到我幻波池走一遭，只在这里乌烟瘴气作甚？"英琼听出是癞姑口音，心方一喜，话还未听说完。伍常山一听有人发话，声音似在沙红燕前面，知来了敌人，自恃玄功，暗忖："莫非这个敌人也有定珠防身？好歹抓死他一个再说。"便幻化一只大手，朝发话之处抓去。初意敌人仗着隐形嘲骂，自己所炼仙人掌势急如电，只要在百丈方圆以内，不论敌人隐形如何神妙，也是难逃毒手。不料撞在钉子上面，一下抓空，敌人语声又在左近发出。似这样时东时西，时前时后，一下也未抓中。

癞姑近来法力越高，又精地遁之法，特意引敌分神，给他吃苦。仗着隐形地遁，挑逗戏弄，激令发火。等话说完，妖人方在愤怒，又在妖人耳旁骂道："你有鬼手，我有神手。本来不想打你，是你自己惹出来的，不能怪我。且先让你挨一巴掌，试试味道如何？"妖人忽见面前人影一晃，猛伸怪手一把未抓中，叭的一声巨震，后心上早挨了一下重的。此是癞姑师祖心如神尼独门传授的伏魔金刚掌，近年功力更高，多厉害的防身妖光也必受伤。妖人以为人在前面，没料到动作这等神速，这一下打得心胆皆震，元气大伤。不由急怒交加，猛施全力，双手齐挥，朝发话处抓去。不料就这一转身抓敌之际，左脸上又着了一掌，打得两太阳穴金星乱冒，护身碧光全无用处。急痛昏迷中，就势乱抓，一把居然将敌人抓中，心中大喜，觉着是条手臂。正想下毒手将敌人抓裂雪恨，猛又觉出轻飘飘无甚分量，也未挣扎。低头一看，所抓乃是先前被燧人钻炸断的妖妇一条臂膀，而敌人早已不知去向。妖人不由怒火上攻，随将轻易不用的一件法宝取将出来，正待施为，忽听敌人大喝："师妹快走！这扁头大肚子的丑怪物，被我两巴掌打昏了心，竟把他师父那座落神坊偷了出来，如为我们破去，老怪物必定恼羞成怒，上门讨厌。方才玉清大师和青囊仙子送来好些仙果，易师姊正等你回去吃呢，懒得斗怪玩了。"妖人只见前面人影一晃，现出一个奇丑无比的癞女尼，**这个癞尼形象渊源深远。济癫和尚、癞僧跛道（《红楼梦》）、寒山拾得等，都有关联。有一个这样的人物，就平添了三分趣味。**拉了先斗敌人，招回空中法宝、飞剑，一同往幻波池逃去。

伍常山所用法宝，形似一座黄金牌坊，共有五个门楼。出手向空一掷，立时高达数十丈，在五彩云烟环绕之中，由门内发射出狂风烈火，迅雷飞叉，夹着轰轰隆隆雷电之声，怒涛一般，朝前涌去，声势猛恶，无与伦比。所过之处，休说是人，便是整座山岳也被化成劫灰，**大吨位热核武器也！**端的厉害非常。丌南公为了此宝威力大大，曾下严令：非遇强敌，不许妄用；便用，也不许骤然发挥全力，更不许在离地十丈以内施威。妖人发出时，原意敌人必用法宝、飞剑抵挡一阵，自己也欲擒先纵，等到风火云雷、太白金刀将敌人前后罩住，再施全力报仇雪恨。不料敌人早用传声暗告英琼，故意诱敌，逃得又是那么快法。想起两掌之仇，怒吼一声，把手一指，那矗立半空的一排五座牌楼声威更盛，百十丈风火云雷排山倒海一般朝前追去，二百来里的空路，一晃相继飞到。

英琼回顾，见风火牌楼在前，妖人在后，光焰万道，照得满天通红，宛如一座大火山，横空直驰过来，更有无数金刀火叉朝前猛射，霹雳之声仿佛连天都要震塌，声势猛恶，从所未见。前面越过危崖，便是依还岭，猛想起仙山景物本就灵秀，又经自己师徒数人匠心布置，得有今日，也费了不少心力，雷火如此猛烈，唯恐损坏仙境。心想：“红发老祖和幻波池五遁，那么厉害惊险的场面，均仗定珠之力化险为夷，怕他何来？”一时情急，方欲回身一试，不料癞姑早已想到，低喝：“琼妹，怎不知轻重利害？伯父行时之言，已将应验，稍失机宜，幻波池全山齐化劫灰，岂可大意？来时已有准备，还不快走！”说时，二人越过依还岭前绝壑，英琼正待前飞，猛瞥见身后突冒起一片灰白色光华，一闪即隐。随听神雕鸣声起自白光之处，心疑另有妖党潜伏岭上，也许神雕被困在内。正想回看，无奈手被癞姑拉紧，不得脱身，忙喊：“二姊稍停！”癞姑答道：“这是你那几个孽徒大胆惹事，好在暂时无碍，还有解救。我们回洞见了师姊，再出迎敌，或守或战均可。事已至此，由他们去吧。”伍常山见二女飞遁神速，暗骂：“贱婢，你的巢穴就在前面，就算你能逃我手，也必将你幻波池化为劫灰。”又恐功力不如乃师，驾驶不住，违背师训，回山受责。反正不易追上，索性把稳前进，准备飞临幻波池上空，再下毒手。这一缓势，双方相隔便差了好几十里。

英琼、癞姑二人已到幻波池，妖人追离依还岭尚有二三十里。因在牌坊之后，前面风火云雷又甚强烈，岭上烟光隐现甚快，并未看出。晃眼追近，又是一片五色轻烟突然涌现，贴着全山地面，也是一闪即隐。伍常山素来骄横，一毫不以为意。沙红燕却深知敌人与幻波池禁制的厉害，见伍常山不照预计行事，所约帮手一个未到，便先下手，已觉冒失。又见敌人不战而逃，尽情戏侮，途中不时回顾，分明是诱敌。但知伍常山一向刚愎自用，轻不出山，蒙他相助，又把师父交他掌管的落神坊私带出来，实是绝大情面。那么自负的人，平生极少遇见敌手，却被一个无名小癞尼打了两掌，自难怪其气忿。又想："此宝威力大得出奇，崩山坏岳，易如反掌，差一点儿的法宝、飞剑稍微接触，便被金刀雷火化尽。即使幻波池禁制神妙，不易攻进，先将依还岭震成粉碎，稍出恶气，当能如愿。"因此不曾拦阻。追时暗中留意，先前烟光虽未看出，那五色彩烟却被瞥见。沙红燕认出此是昔年五台派之宝太乙五烟罗，还有三套佛教中的修罗刀，均被媖姆得去，重新炼过，威力越发神妙。这些异宝均是左道克星，轩辕法王的大弟子五淫尊者便被此二宝所杀。专能抵御邪法异宝，一任多厉害的风雷水火，全能挡住。自己和伍常山均怕修罗刀，必须留意，免为所伤。忙喝："敌人已用太乙五烟罗护住全山，师兄且慢，看清虚实，下手不晚。那修罗刀想必也在敌人手内，留神被她暗算。"

伍常山虽非妖魂炼成，也曾费多年苦功，炼就身外化身，又深知修罗刀的厉害，闻言又惊又怒，答说："师妹不必多虑，我自有道理。"说时，风火牌楼已经飞过绝壑，到了依还岭上空。伍常山虽然恨极敌人，仍守丌南公之戒，始终未将牌楼降低。那五烟罗紧附地上，薄薄一层淡烟，在未接触发生妙用以前，直看不出一点儿影迹。当空雷火刀叉虽极猛烈，离地数十丈，自然不觉。伍常山又只是闻名，不曾见过。见幻波池就在面前，敌人已早飞落，并无异状。心想沙红燕言之过甚，把手一指，大蓬风火云雷连同金刀飞叉，崩山倒海一般往下激射。满拟这等猛恶的威势，敌人纵有法宝防护，也难抵御。哪知数十百丈雷火金刀暴雨一般射向地上，竟似被甚东西挡住。池中灵泉依旧滚滚翻花，齐向中心飞射，化为一根水柱飞瀑，直落数百丈。伍常山因敌人降时，好似胆怯匆忙，隐蔽灵泉上面的树幕，并未放落复原，隔水下望，池底五座高大洞门经过主人仙法兴建之后，比起以前沙红燕三人幻波池所见，还要壮丽得多。只被烟网隔住，下面且不说，池周围的草树也没有伤到一根，水波也未被那雷火冲动。

沙红燕看出敌人戒备严密弄巧还有厉害埋伏，有如惊弓之鸟，想起前情，未免疑虑，正在低嘱同党，留意敌人暗算。伍常山素来凶暴，见状非但未有戒心，反倒大怒，大喝："师妹且退一旁，豁出回山受责，我不将幻波池炸成粉碎，誓不为人！"口说着话，手掐法诀，往上一扬，那三十六丈高大的金牌楼，即带着数百丈风火云雷，千万把金刀火叉，朝下压去，一近地面仍吃阻住。伍常山越发气愤，竟以全力施为，将手连指。一阵雷鸣风吼之声过处，牌楼由合而分，列成五面，分别向下面五座洞门各发出大股风雷烈焰，朝下猛射。这一来，紧附地面的五色轻烟渐渐由淡而浓，虽将雷火刀叉勉强敌住，似有不支之势。灵泉受了猛烈震动，也已腾涌起来，随着水面烟网起伏如潮。二妖人先还高兴，以为乃师法宝神奇，只要把五烟罗冲破，即使前途难料，将上半灵景毁去，也可稍微泄愤。伍常山一味骄敌恃强，哪知厉害，为想增加威力，竟照师传布成阵势，把牌楼定在地上，朝下猛攻。

又隔一会儿，沙红燕见那么强烈的雷火，除冲得五色彩烟越发光彩鲜明，不住起伏震荡而外，并不见有别的动静，渐觉不妙。因见伍常山持久无功，怒火重又勾动，不便明劝，拿话笑点道："敌人虽是几个无名后辈，俱都诡诈多端，又各有两件法宝，仗着幻波池原有五遁禁制，越发骄狂。今日之事，甚是奇怪，如说诱敌，不应隔断入口，又不出斗，其中必有诡计。"伍常山接口怒道：

“师妹平日何等自负，怎对峨眉群小如此胆怯？为代师妹报仇，除这落神坊风火牌楼而外，又把师父天罡雷珠带了两粒。再隔一会儿，如攻不进，拼着闯祸，也要将此山炸成平地，看他如何藏头缩尾！”随听身后有人骂道：“放你娘的春秋屁！我师父师伯不屑与妖孽一般见识，随便放点儿烟云，你连草都不能伤一根，还吹什么大气？如若不服，无须各位师长出手，就凭我们几个门人后辈，教你知道厉害！”二妖人闻声回顾，见发话的是一个身材高大，手持两把长剑，貌如猩猿的怪人，不禁大怒，扬手一道钩光朝前飞去，人已不见。跟着，又在侧面现形，仍在嘲骂。等飞钩光过去，又是一闪不见。沙红燕看出敌人仗着少清隐形飞遁之法，故意挑逗对手怒火，虽料对方志在诱敌，却也有气，正准备冷不防暗下毒手。忽又听左侧又有五人笑骂道：“袁师兄，你怎不出手？这妖妇是丌南公的小老婆，为防老怪拼命，容她多活些日，也还罢了；这丑怪物有多讨厌，还不早点儿打发他回去？”说时，左侧危崖上又现出一个道装矮子，正在大声喝骂。沙红燕最恨人说她是丌南公的宠姬，不由怒极，立纵遁光追赶。矮子似知敌人厉害，一闪不见。沙红燕心中恨极，立将邪法、异宝一齐施为，扬手大片青光，天幕也似，电掣飞去，晃眼连人带宝追出老远。沙红燕忽听身后哗笑之声，雷声忽止，回头一看，不禁大惊。

原来沙红燕追敌时，伍常山因被袁星讥嘲，激动怒火，见对方隐现无常，连用飞钩不能伤他分毫。以为风火牌楼已经排成阵势，暂时无人主持，不过威力略有强弱，并无大碍。又看出敌人法宝、飞剑不如前遇二敌，怒火头上一时疏忽，便暗用邪法挡住敌人逃路，等一现形，立下毒手。正施邪法，待要起飞，忽听身后又有人笑骂：“狗妖孽，你的报应到了！”伍常山闻声刚一回顾，一蓬灰白色的光丝已当头撒下，对面又现出另一道装矮子。百忙中看出那是地底阴煞污秽之气炼成的黑眚丝，先前轻敌太甚，没想到敌人会有这类左道中最阴毒的邪法异宝，不禁大惊。想用玄功逃遁，已是无及，全身立被绑紧。情急之下，仍想将身畔天罡雷珠放出，炸断妖丝，索性毁灭全山，与敌一拼。只见妖烟邪雾突然飞涌，面前又现出三面妖幡环绕身外，**以毒攻毒，最为痛快。**喊声："不好！"妖幡上面早飞起一片暗绿色的影子照向身上。对方正是英琼门下的袁星、米鼍、刘遇安三人，事前受有高明指教，想好下手方法，伍常山一时骄敌心粗，竟受暗算，空有一身邪法，并未用上。那幡本是莽苍山妖尸谷辰多年心血炼成的邪法异宝，事败逃走时，被米、刘二矮偷了三面，又是主幡，最为阴毒厉害。伍常山先吃黑眚丝绑住，如何能敌，当时觉着心神昏迷。自知无幸，怒吼一声，情急拼命，竟在快要昏迷倒地以前，将天罡雷珠由身畔自行飞出。两团酒杯大小的精光刚往上飞，眼看暴长，猛觉疾风压顶，一片白影带着两点金星，突自空中现形飞堕，宛如流星飞射，双爪齐伸，将两珠一齐抓去。伍常山刚看出是一只大雕，神志已全昏迷，倒于就地。满山五色彩烟，忽然电也似疾齐往中心掣动，闪得一闪，便将那五座牌楼一齐裹住。又有一片佛光往下一压，立时雷住风停，火散烟消，仍化作尺许高一座小牌坊。被那彩烟裹住，穿波而下，往池底飞降。

当沙红燕回顾时，风火牌楼已被敌人收去，对面崖上站定两矮子和那猿形怪人，手指地上卧倒的伍常山说道："无耻妖妇，我们因奉师命，不肯伤你同伴，还不将他带走，要放在这里示众吗？乖乖带了回去，自行设法解救。否则，此宝乃妖尸谷辰所炼妖幡，我们只能擒人，不能破解。你若不自想法，七日之内，你那同伴就没命了。"沙红燕闻言，自是急怒交加，无如同伴尚在敌人手内，如再逞强，立有性命之忧，空自咬牙切齿，无计可施。微一迟疑，对面三人一雕忽然一闪不见。没奈何，忙赶过去一看，伍常山已是面如死灰，昏迷不醒。周身均是黑眚丝交错缠紧，更有一片暗绿色妖光深嵌入骨，知道危险万分。沙妖妇又是愧愤，又是急怒，其势不能不先救人。正想带人飞起，寻人解救，忽听西北方遥天空中传来一声长啸，宛如一支响箭破空冲云而来，势甚迅疾，声还未住，一条红影已随啸声飞堕。沙红燕不禁喜出望外，忙喊：

“邹道友，你居然先期而至，此仇必报无疑了。”要知来人是谁，以及群邪大闹幻波池，李英琼误伤沙红燕，癞姑智激丌南公，如意紫灵焰、天心双环同除元凶，余英男入居幻波池，易静大战鸠盘婆，九鬼吠生魂等等惊险情节，请看下文分解。

第三十二回　恨重仇深　长啸曳空来老魅
危临敌盛　宝云如雾护仙山

前文说到李英琼在宝城山收了竺生、竺笙、竺声三小姊弟，刚要一同起飞，忽遇妖妇宝城仙主屠媚寻来，因是骤出不意，虽有至宝，不善应用，几被邪法所困，后仗佛家定珠之力，破了玄牝妖阵，杀死妖妇。上官红已在事前仗着乙木仙遁护身，带了三小姊弟预先突围逃去。同时紫清玉女沙红燕同一妖党伍常山来寻屠媚，欲往幻波池寻仇，一见妖妇被杀，全都激怒。双方正斗法间，癞姑忽然隐形飞来，连用佛家金刚掌将妖人打伤，随用诱敌之计，拉了英琼往幻波池逃去。妖人大怒，竟将老怪丌南公的镇山之宝落神坊放起，当空立现五座牌楼，发出千百丈风雷烈火和金刀火箭，宛如一座火山，带着千百丈长一条火龙，精光万道，雷电交鸣，火箭金刀宛如雹雨，朝二女急追过去。不料癞姑来前，早有高人指教，预示仙机，准备停当。男女二妖人刚追到幻波池旁，二女已先飞下，依还岭全山均被太乙五烟罗护住，一任雷火金刀猛烈攻打，丝毫不动。妖人正在激怒，袁星同了米、刘二矮忽然出现，用前在莽苍山所得妖幡黑眚丝，将妖人伍常山绑住，中邪昏死过去。沙红燕发现回救，已是无及。因听敌人去时发话讥嘲，同党中邪倒地，身被黑眚丝绑紧，深嵌入骨，不能不救，师门至宝落神坊又被敌人收去，焉能不切齿痛恨，无如势穷力竭，无可奈何，只得救人要紧。

沙红燕正打算将人救走，化去黑眚丝，再想报仇之计，忽听一声长啸，来自遥天，晃眼一道碧色的妖光，拥着一个身材矮小，其瘦如猴，周身穿得火也似红的赤面妖人，已随啸声自空飞坠。看出来人正是被杀妖妇屠媚的情人赤手天尊邹勤。知道此人神通广大，邪法高强，更擅玄功变化，炼就阴火碧云。人最阴毒，凶狠沉着，动作如电，声到人到，飞行绝迹，瞬息千里，又精五遁之术，厉害无比。前被极乐真人与长眉真人禁闭在东海底水眼之内已数十年，新近方始脱困出来。他本就恨极正教诸仙，再经自己前往怂恿，于是合谋，连同另一妖人，约定日内往幻波池盗取毒龙丸和圣姑藏珍，并杀易、李、癞姑师徒，报仇雪恨。不料伍常山性急，又看中屠媚美色，强约往访，致遇英琼、癞姑，狭路相逢，伤人失利。邹勤与屠媚本来有奸，双方多年不见，好容易复体脱困，未及叙旧，便被仇人杀死，自是恨极，必以全力与敌一拼。沙红燕心中暗喜，表面却作悲愤之容，凄然说道："邹道友晚来一步，媚姊轻敌，不肯听劝，已死于李英琼贱婢毒手了。"邹勤妖光已先收去，闻言把紧压怪眼之上的一字浓眉微微一皱，阴沉沉狞笑道："我早知道了。伍道友身上黑眚丝，乃妖尸谷辰在地底苦炼多年而成之宝，厉害无比，非我不能化去。稍迟人必受伤，任他法力多高，三日之后便无救了，此时救人要紧。幻波池这些小狗男女，命在我的手中。他们有太乙五烟罗，此时决攻不进，非我施展神通，炼成法宝，不能成功。我们走吧。"说完，朝沙红燕看了一眼，将手一招，一片碧光微闪，带了伍常山和沙红燕，一同破空飞去。

妖人走后，袁、米、刘三人本来隐身在侧，忽同出现，空中神雕也便飞下。米、刘二矮首先问袁星道："师父回山必知此事，如何是好？"袁星答道："师父法令虽严，但你二人志在立功诛邪，与炼邪法害人不同，平日又无甚过失。丑媳妇难免见公婆，况你们今日又立下功劳，足可折罪。还是随我一同回去，见师请罪的好。"刘遇安道："话虽如此，但是师伯、师父建立仙府之时，曾下严令，门人犯规，决不宽容，何况第一次立法，必更严厉。你没有听易师伯所说的话么？师父对我们虽极恩厚，但是人最好胜，性刚疾恶。如知我二人背师祭炼邪法，三位师长只她门人犯规，必定大怒，如何能容？我二人也是该死。已经立志改邪归正，本无二心，只为初拜师时，见师父年纪太轻，无甚法力，只仗一口紫郢剑，虽知名列三英，后望无穷，终恐遇见强敌，不是对手。难得遇到邪教中这等异宝，以为有用，本心实想建功，别无他念。后到仙府，见恩师蒙师祖器重，法力日高，几次想将妖幡毁去，一则无暇，再则邪法厉害，毁它甚难。又知师祖和各位尊长神目如电，不会不知，既未禁止，也许将来有用，心里也不舍。因循至今。日前恩师出山远游，大师伯忽命我们往静琼谷用太清仙法设一埋伏，以为妖人来犯时，作一呼应。心想此幡到手，尚未炼过，遇见强敌，尚难如意运用。米师兄再一劝说，意欲乘机改用本门仙法重炼，将邪气除掉，免得带在身旁，还要设法隐蔽，终日提心吊胆，恐被师长发现怪罪。等到炼成，自行检举，同时托二师伯说情。哪知邪气上升，被人发现，起了误会，往告大师伯，将我二人唤去，当时便要处罚。如非二师伯和华太师叔再三讲情，许我们在静琼谷待罪，几乎当时便将师祖所赐法宝、飞剑收去，重责之后，逐出门墙。休看事情已过，并不算完。一则师父未回，不能作准；二则幻波池开府立法之始，三位师长曾经言明，任何门人犯规，一律处治，决不姑息。大师伯不过是看华老前辈情面，特让师父自去立法，以为惩一儆百之计。此时如回去，还可借着大师伯之命，作为待罪在外，等到建下功劳，再托各位师伯叔向恩师求情，至多挨上一顿打，还可无事。否则恩师对我二人出身左道，本不放心，再知此事，必以为故态复萌，处罚重些尚非所计，就怕怒火头上，追去法宝、飞剑，逐出山外，不要我们为徒，那就糟了。那后来妖人邹勤，曾听以前先师说过，知他底细来历。这厮邪法甚高，精于玄功变化和五行遁法。他知太乙五烟罗难于攻破，现正回山炼宝，正可暗往下手。好在来时，我们身形已隐，未被看见。适和米师兄商议，意欲深入妖窟探他底细，豁出妖幡送他手内，相机与之一拼。如能暗中除害，自是万幸；即或不行，仗着师祖所赐防身法宝，也不致有甚大凶险，怎么也能立点儿功劳回来。那时恩师见我二人志诚心苦，盛气已消，再有几位师长说情，便可从轻宽免。如就此见师，想起平日师训，实在不敢。因恐三位师长万一生疑，故向师兄明言心事，否则，妖人走时，我们早在暗中跟去了。”

说完，神雕低声急啸。袁星本通鸟语，便劝二人道：“钢羽说你二人面有晦色，去不得呢。师父怪罪如重，我愿替你们受罚，还是不去最好。”米鼍苦笑道：“袁师兄厚意深情，万分感谢。不过你随恩师多年，还不知她性情？尤其二师伯人最义气，待下恩厚，法力又高，料事如神，她早看出我们心意，如可挽回，早就传声相唤了。你看洞门紧闭，太乙五烟罗未撤，分明不许再进仙府。待在这里，毫无益处，只有早点儿立功，或能表明心迹。至于面有晦色，我也知道，如无晦色，焉有此事？真要该死，有甚凶险，也是在数难逃。我想师祖既允恩师收我二人为徒，将来多少必有成就，不致便遭惨劫。我二人久想立功，以赎前愆，难得有此良机，师兄不必劝阻。”袁星因听神雕啸声，说二人此去凶多吉少，仍想劝阻，笑道：“你说洞门未开，我并无过，如何也不令进去？你们就要去，也等我见过师父，探明心意，真个不行，再走不迟。”二矮同声笑道：“如等师父有甚严令再走，那就是逃，罪更大了。不如在未奉命以前，先向恩师遥拜通诚，就此离山，将来回山请罪，还有话说。”说罢，便同向幻波池跪下，虔心祝告，先诉背师隐藏妖幡之罪，再说此行心志，等到建有微功，可明心迹，再行回山待罪。因奉大师伯之命，暂时不许擅入仙府，故未当面拜别，望乞深恩宽恕。拜罢起立。袁星还想强行阻止，二矮将手一拱，道声：“再见。”身形一晃，便即隐形飞去。

袁星一把未抓住，人已无踪，忙喊：“钢羽大哥，怎不追他们回来？”神雕便用鸟语回答，意思说二矮此去，本是定数，师长多半知道，不过敌人太凶，为尽同门之义，向其警告，使知戒备，其实拦也无用。双方正问答间，忽听幻波池底癞姑传声相唤。紧跟着彩烟浮动，光影闪变，再看身子已在太乙五烟罗笼罩之下。袁星暗忖：“此宝为何始终不撤？连放自己入洞，也是这等严密，难道形势真个紧急不成？”那太乙五烟罗，本是薄得几非寻常目力所能辨认的一层淡烟，紧贴地上，这时因唤雕、猿回去，高起一条，以作归路。袁星正在寻思，神雕忽用鸟语急唤快走，料知有事，忙同往池底飞下。到地一看，洞门竟是大开，好像在诱敌神气，便向中洞赶入。迎头遇见癞姑，笑骂道：“你真胆大！连我们此时还不敢冒失出外，你有多大本领，敢和米、刘二人去惹强敌？沙红燕这个妖妇何等狠毒，也是你们几个所能应付的？他二人走了么？”袁星乘机跪禀道：“他二人虽然背师祭炼妖幡，实是贪功心盛，并无他念。他们因立法之始，恐师父法严，不敢来见，现往妖窟去探虚实，意欲立功赎罪。此行实是危险，还望师伯开恩，念其平日无过，代向恩师求情，加以宽免。”癞姑笑道：“此是他二人劫数，不能避免，非此也难成道。否则他们私自离山，如何能够？你当他们还能生还么？”袁星一听口气不妙，便惶急起来，急喊：“二师伯素来待我们恩厚。弟子常听米、刘二师弟说，他们根骨禀赋均非上乘，早年又不该误入旁门，虽得本门传授，功力尚浅。他们是师父初收门人，师父何等威名，而他们和诸位同门比较，好些不如，实在自惭形秽。如非此时兵解有好些危害，早去转世，何待今日？务望师伯深恩垂怜，设法解救，感恩不尽。”癞姑笑道：“你这猴儿倒也义气。不过定数难逃，不经此难，永不如人。你师父为三英之秀，将来门人众多，只他二人不济，岂不难堪？你无须操心，我们已有安排。不久群邪大举来犯，你和神雕均有使命，见过你师父，可照以前传授，各守阵地，相机待敌。去吧。”袁星还在求说，忽见英琼走出，面有怒容，不敢开口，向前行礼，叫了一声：“师父。”英琼便问：“米、刘二人何往？”袁星看出师父神气不佳，便把前事委婉陈述，并代求恩。英琼怒道：“他二人就算心迹无他，即以隐匿妖幡，背师行事而言，已犯重规，如不念在相随这些年，平日无过，早用飞剑斩首，还能容他们走么？你也专喜胆大妄为，如不以他们为戒，一旦犯过，悔无及了。”袁星哪敢再说，诺诺连声而退。

原来英琼同了上官红走后，易静忽想起群邪不久来犯，静琼谷斜对幻波池，如在谷中设下太清禁制和五行仙遁，到时再命得力门人前往埋伏，里外夹攻，可有好些用处。因觉米、刘二矮在旁门中多年，经历甚深，好些妖邪均知来历；近又用功，通晓五行仙遁：便令前往布置。哪知二矮自在莽苍山得到妖幡以后，唯恐背师行事一旦发现，必受重责，时常想起害怕。后才醒悟青囊仙子华瑶崧已在得幡时，经其默祝，代将邪气清除，故此无人得知。及至峨眉开府，恐师祖怪罪，暗中祷告了几次。后见奉命下山时并未提及，心虽放宽，但因师父疾恶性刚，听平日口气又极严厉，始终不敢明言。此幡非经炼过，又不能用，难得有此机会，布完仙遁，便在谷中私自祭炼。刚刚炼成，可以随身应用，不禁又叫起苦来。

原来那妖幡乃数千年地底阴煞之气，又经妖尸多年邪法炼成，华瑶崧禁制一破，邪气立时上腾。二矮虽能应用，那邪气却掩藏不住，知道回山必被师长看破。既已炼成，看出它的威力甚大，既不舍弃去，也轻易毁它不了。实在无法，只得将它暗藏谷中，不带在身旁。以为谷中设有仙遁，外人不能出入，可以隐瞒。哪知第三日回去复命，二矮正向易静禀告埋伏停当，玉清大师命门人张瑶青，拿了一封书信来见易、李、癞姑三人，指点未来机宜，刚到依还岭，便看出静琼谷中邪气隐隐，以为藏有妖邪。瑶青人甚谨慎，并未去探，直飞池底，正遇袁星，问明来意，引到里面。当着二矮说出，也还有个推托，偏生易静因瑶青乃玉清大师初传弟子，人又极好，为了自己之事而来，意欲厚待。二矮的话恰巧说完，便命仍往谷中，再加一道灵符，隐蔽形迹。二矮领命走后，瑶青方说来时所见妖气之事。这时癞姑正在西洞入定，接到师姐眇姑心声传语，正在问答，还未来晤。易静一听岭上面现出邪气，当地又是静琼谷一带，以为妖邪已来，不禁大惊，忙同瑶青隐身飞去查看。到时正值二矮仗着灵符隐蔽，发挥妖幡威力，得意扬扬，不禁大怒，随即现身。二矮大惊，跪地求告。易静本要处罚，将二人逐出山去。后经二矮再三哭诉求饶，易静因是立法之始，还待不允宽恕，癞姑忽然寻来，一面代为力求，一面暗用传声示意，说适才接到眇姑心声传语，少时再说。易静方始会意。但因奉命创立教宗，以后门人众多，无论如何，赏罚必须严明。尤其二矮出身左道，初犯这等重条，不加责罚，异日胆子更大。又知英琼回山，必定不容。这才改命二矮在静琼谷戴罪立功，等英琼回来，三人商议之后，再行论罚。易静本意将妖幡毁去，青囊仙子华瑶崧寻来，朝易静使了一个眼色，故意说道："此幡经仙法重炼，正好以毒攻毒，就不想要，也留待将来和妖人一拼。随便毁去，岂不可惜？"易静应诺，陪了来客同回仙府。一问来意，和玉清大师柬帖差不多，只是比较详细。

原来沙红燕曾在幻波池大败，回山向老怪丌南公哭诉，丌南公只说："凭我的法力威望，如何能与这群无名后辈动手？将来法宝炼成，必要扫荡峨眉，将敌人师徒一网打尽，报仇不在此一时，你何必忙？"沙红燕本是丌南公两世宠姬，平素娇惯，看出妖师意甚坚决，不为做主，深知老怪习性，不敢再强。但心存怨望，当时不说，暗中勾结老怪门人伍常山，并四处约人，意图大举。老怪法力甚高，本难隐瞒，只因宠爱沙红燕，见吃了人亏，也颇愤恨。无如对方势盛人多，上次铜椰岛已尝过味道，深知敌人道法高强，应援神速，牵一发而动全身，此去败多胜少，还落一个以强压弱之名。转不如表面不管，任凭沙红燕自去约人，双方功力相当，能胜更好，败也不背平日信条。好在沙红燕对自己法宝均能使用，只要带一两件防身，敌人便无可奈何，哪知老怪一时疏忽，沙红燕竟会和他负气，只去约人，不去盗他法宝。更因老怪忙于炼法，心无二用，长日入定，没想到自己那么严厉的法令，门人会将他镇山之宝盗出去惹事。事有凑巧，妖徒伍常山平日最是恭顺，奉命唯谨，这次竟会看透师父心意；又因沙红燕巧言蛊惑，许以重利，除答应事成之后把幻波池藏珍和毒龙丸分他一半外，并说好友宝城仙主屠媚快要复体重生，愿为媒合。伍常山以前好色如命，只为相貌奇丑，又受一妖妇遗弃，一怒回山，恰奉师命在山坐镇，炼法炼丹，轻易不得外出。对于沙红燕本来爱极，因是妖师禁脔，不敢染指，私心却甚爱慕，言听计从。再听说起屠媚天生尤物，秾艳绝伦，不禁大喜。乘着妖师入定之际，便带了镇山之宝落神坊，随同偷下山来。如非沙红燕连遭失利，深知幻波池五遁厉害，想多约几个能手相助，已早来犯。除这男女三人之外，还有东海两个著名妖邪：一是屠媚之兄屠霸，一是昔年在长眉真人手下漏网的老妖孽席圆，大约不久也要来到。

玉清大师和青囊仙子从另一妖党和昆仑派女仙崔黑女口中得到消息，知道事机危急，恐幻波池诸人难于应付，特来告知。张瑶青途遇诸葛警我，得知大方真人神驼乙休和凌、白诸老对于此事已有一点儿准备，不过本人都不能来，只在暗中传语峨眉诸同门，令其到时来助，事情仍是可虑，命众留意。易静转问癞姑："眇师姊有甚话说？"癞姑笑说："我这位瞎姊姊，对我实在真好。此是她日前偶听屠龙恩师说起，特用玄功入定，详参前后因果，已知就里。但她命我照计而行，不许先说。米、刘二徒颇关重要，你还好说，琼妹最是疾恶，又爱面子，对外胆大，对内胆小。前为一班同门，以为她最年幼，却最先收徒，又收的是两个左道中人，时常担心。恐其出身邪教，禀性难移，受他们连累，故对两矮严厉，不稍宽假。日内回山得知此事，必不能容，到时你我还须合力劝解。你是大姊，不可再推波助澜了。便照真的说，两矮虽然不合背师行事，心实无他，人也颇知向上。他们此去，所受甚惨，如非此是他年成败关头，转祸为福，我已早代他们隐瞒了。少时我还要出山一行，太乙五烟罗现在师姊手中，可交与我，将全山护住。别的均照华老前辈所说行事便了。"

癞姑说罢，又互相商议了一会儿。癞姑说："你听地底震动，远远传来雷声，琼妹必已回山，在宝城山遇敌，我去接应她回来吧。”易静回顾，雕、猿均不在侧，笑说：“这么大一座仙府，门人却只有五个，其中还有一雕一猿。米、刘二徒再一被逐，就剩红儿一人了。”癞姑笑道：“我还一个门人都没有呢，等我去了回来，不久便可添人进口，从此源源而来。并且英男师妹日内也要来此同修，她再收有门人，以后不怕人少，只怕要为他们操心呢。”易静料知眇姑已示前因，方要询问，癞姑说：“时辰已至，不久就有热闹，师姊陪着华老前辈谨守洞府，我去去就来。”说罢飞出，到了上面，癞姑先将太乙五烟罗暗中埋伏。侧顾雕、猿和米，刘二矮正聚池前，手指对山，互相密议，身形已隐，未被发现。遥闻神雷连震，由对山传来，知众门人已经看出宝城山上敌我相持，二矮要仗黑眚妖幡前往接应，便用传声笑骂道：“凭你几个没出息的东西，也敢以卵敌石？万不可去。那是你们师父，还听不出？守在这里接应，不是一样？”米、刘、雕、猿听出癞姑口音，忙喊：“二师伯！”

癞姑说完，已经飞走。刚到宝城山，便见下面烟光高涌中，上官红带了三个男女幼童，用乙木仙遁护身，突围而出，却不往本山飞回。又见阵中英琼的定珠在发出佛家慧光，知道无碍，便朝上官红赶去。双方见面，正要说话，身子忽被一股极大的潜力吸紧，往斜刺里山头上飞去，知有前辈高人接引，也未强挣。上官红方说：“师叔可见三师叔么？”眼前倏地一花，长幼五人一齐落在一座大只两丈方圆，上下钟乳如林的石洞之中。靠壁晶幕下面，坐定一个面容清秀，白发如银的年老道婆，从未见过。癞姑知非庸流，便率上官红等下拜，恭问：“弟子癞姑同了师侄上官红等，被仙法接引来此，不知老前辈法讳，有何赐教？”道婆微笑命起，说道：“我在东极大荒山南星原，一住千年，偶然游戏人间，也只元神来往，预先算定，事完即回，不似枯竹老怪有许多做作，连令师妙一真人尚少见面。我的行动均有法力隐蔽，外人更推算不出，难怪你们不知我的姓名来历了。”癞姑一听，知是齐霞儿上次所寻东极大荒山前辈女散仙卢妪，不禁大喜，重又跪拜道：“你老人家便是卢太仙婆，弟子得拜仙颜，福缘不浅。群邪不久围攻幻波池，太仙婆既许弟子等拜见，必有赐教。”卢妪二次命起，笑道：“你无须如此恭礼，我虽痴长些年，如论令师前生，原本同时，以前况又少通交游。虽与令师祖长眉老前辈，为擒血神子郑隐有过一面之缘，并无深交。不要如此称呼，唤一声师伯叔足矣。我此行便为幻波池之事而来。当初令师借我吸星神簪，事完被我当时收回，实因当时尚有他用，不便在外久留。不料我那对头得知此事，故意将他性命相连之宝巽风珠留在令师那里，以示大方，显我小气。我气他不过，为此以元神飞来中土，欲助你们脱此一难。原恐此宝关系重要，难于付托，不料你们五人俱都美质，你更与我投缘，功力也颇深厚，堪当大任。不过敌人神通广大，先机不能预泄。好在此宝与我心灵相通，又经我预用法力禁制隐蔽，到时自能发声，照以行事，决可无害。这三个小顽童乃我对头所救，既然看重，就该传点儿防身法术，偏是鬼鬼祟祟，藏头缩尾。今既遇我，就是缘法。现你三人已将赤杖真人昔年遗留的几件防身之宝得去，这几件法宝已经真人法力封禁，你们拿去重加祭炼，须费好些时日。幸我识得他的妙用，只要将禁法一解，立现威力。现有柬帖一封，灵符两道，等将诸宝解禁之后，由上官红率领竺氏姊弟，去往依还岭昔年未拜师前所居之处，设一法坛，将第一道灵符如法施为，仇敌多大神通，也难查见你们底细。等到两月之后，阵法由心运用，可命三小姊弟代为主持。休看他们年幼道浅，仇敌决不能伤他们。况且此时不曾正式拜师，未入幻波池，遇敌时照我柬帖的话答复，便可无事，气也把他气走。此洞现在我法力禁制之下，敌人虽难查听，一出洞门，你们不可再提此事。到了依还岭，先发灵符，后看柬帖，看完不久也自化去。此时岭上虽有太乙五烟罗笼罩，我用土遁送你们去，事更隐秘，决不致被人察觉。非等上官红把人约来，不可再与师长同门相见，以防泄露。”

卢妪说罢，先将吸星神簪交与癞姑，传了用法。再命三小姊弟近前，将所得法宝取出，分别传授，指点用法。并将柬帖、灵符交与上官红，令其依言行事。癞姑暗中偷觑卢妪是元神出游，但精神凝炼，无异生人，如非事前知道，决看不出，好生敬佩。正在暗赞，卢妪似已觉察，笑道：“你将来前途远大，闲中无事，何妨到我南星原一游呢？”癞姑方率众拜谢应诺，卢妪又道：“我送上官红往依还岭，就回山了。李英琼现已将妖妇杀死，你们快去吧。”说完，伸手一挥，一片奇亮如电的银光一闪，立有一股极大潜力袭上身来，将人托起，往洞外飞去，晃眼便达战场。癞姑为了诱敌，存心戏弄，先用地遁隐身，猛然出现，连打了伍常山几下金刚神掌，将其激怒。随带英琼飞往幻波池，与易静、华、张三人相互说完经过。料知群邪不久必来围攻，为防万一，太乙五烟罗仍罩全山，准备多挨时日，等到过几天再行收去，纵其入洞，用五遁禁制御敌，相机行事。

英琼闻知米、刘二矮私藏妖邪法宝，经过多年，不曾自首，好生气愤，本要重罚，众皆力劝。癞姑又说：“二矮心坚志苦，禀赋又差，非仗此劫，不能转祸为福。现在自知罪重，不敢来见，正好听其自然，既显你的宽厚，又使异教门人知所儆戒。”英琼方始允诺，心终不快。随谈起巧收竺氏姊弟之事。易静笑道：“二师妹想收一个美秀门人，不料仍是难师难弟。”英琼接口道：“此话不然。我听他们说身是异胎，身包厚皮，满是紫斑，奇丑非常。后来两个服了异草，将皮脱去，长得和金童玉女一般。只癞姑师姊令高足未服，至今皮还未脱。但我看他三人，以她最为灵慧，一旦将皮脱去，必在她姊弟以上。”癞姑接口笑道：“她长得丑八怪，才能与我相称，这个无妨。我先前本是开读恩师仙示，知我三人每人要收一个徒弟，偶然说笑，莫非真个以貌取人么？倒是方才我见此女双目隐蕴杀机，煞气竟不在琼妹以下，根骨心思也以她最为灵巧，将来淘气无疑，不知要费我多少事呢。”华瑶崧道：“只要真好，淘气何妨？你们本是应运而生，群邪皆当遭劫，我看杀气越重的人，将来成就越大。不过遇敌时，总是宽厚些好，不要疾恶太甚。否则事虽定数，你们也不致妄杀，但树敌大多，到底讨厌。”

癞姑看她说时朝易静、李英琼看了一眼，知有原因，方要开口探问。英琼忽想起余英男师徒就要前来，人必在途中，便把先前自己与英男约定在幻波池同修之事说出。又将所得法宝紫灵焰取出，与众同观。华瑶崧喜道：“此是紫青神灯兜率火所结灯花灵焰，共有七朵流落人间，乃九天仙界至宝奇珍，与谢道友佛家心灯有异曲同工之妙。英琼所得还是最大的三朵，威力更大。我还知道此宝用法，现时如炼，只消十九日，可由心运用，神妙无穷。有此异宝与佛门定珠，从此虽不能说是所向无敌，用以防身避邪，绰绰有余了，可喜可贺。如按太清宝篆第七章祭炼，再用贵派本门心法，更有威力。本来此宝最启妖邪觊觎，难得幻波池深居地底，又有五遁禁制，宝气不致上腾，等到炼成，与本人心灵相合，多大法力也夺不去了。”英琼闻言，自是心喜。易静便令英琼速往东洞炼宝。英琼因念英男师徒人在途中，现当多事之秋，恐与群邪狭路相逢，欲往接应，回来再炼。易静答说：“此宝既是关系重要，速炼为是。我代琼妹接应余师妹回山。还有新收三个弟子，我尚未见，也想就便一看。琼妹就不必去了。”英琼素对易静恭谨，连声应好。癞姑笑道：“那三姊弟我已见过，个个美质，看固无妨。但照卢老前辈所说，最好不要入阵交谈，看完就回来吧。”易静随口答应，随即飞走。

易静到了岭上，因静琼谷改由雕、猿轮流防守主持，而袁星去见英琼尚未回来，只神雕盘空守望，见了易静便飞过来。易静见它通身亮若银霜，二目金光电射丈许，知道近来功力越深，已经脱胎换骨、伐髓洗毛，甚是喜爱，夸奖了几句。令等袁星出来代为传示，由此便在谷中主持，听传声和预定神雷暗号发动埋伏，无须再回仙府。并问空中可曾发现别的异兆？神雕昂首长鸣，将头连摇。易静知它神目如电，远视千百里外，料知妖人未到，也许为时尚早，便朝英男来的一面飞迎上去。刚过宝城山，便见英男同了楚青琴师徒二人迎面飞来：双方会合，高兴非常，略谈两句，便同回飞。易静先前原是一时乘兴，随便一说，本要回转。反是英男听见易、李、癞姑三人各收了一个弟子，根骨既好，恰巧姊弟三人又是枯竹老人引进，料定不凡，欲往一视。易静本也心动，便同往后山飞去。

哪知卢妪禁法神妙，设坛之处竟看不出一点儿迹兆。易静暗忖："身为师长，门人行法之处竟看不见，如在外人眼里，岂非笑话？"因以前来过，知道法坛所在，忍不住唤了一声："红儿！"随听上官红传声应道："师父可是命师弟他们出见么？"易静听上官红用本门传声答话，料知事关机密，心想不见也罢。英男好奇，因有英琼门人在内，不知底细，仍想一见。易静面软，又爱英男美秀天真，身世可怜，不愿扫兴，仍用传声问上官红，是否可以出见？上官红答说："卢太仙婆法力神妙，师父来此已被算出，在阵法未布成前，弟子等四人已难自行出入，望师父宽恕。"英男只得罢了。本意往见英琼，因听易静说她现在东洞炼宝，也只好作罢。初来依还岭，见当地景物如此灵秀，沿途观赏过去，不由走慢了些。易静又说起前居静琼谷境更幽胜。幻波池虽是云廊霞壁，玉柱金庭，到处珠光宝气，精丽非常，可惜深居地底，没有园林之胜，是个美中不足。等到这次大难之后，还要用法力重新开建，与上面几处灵秀清丽之境打成一片。因见英男随地流连，赞不绝口，随邀英男往谷中走去。英男人本随和，又爱美景，便即应诺。

易静途中问起以前师父命办何事，因何迟来，于是走得更慢了些，英男话未说完，已到谷口。正值袁星见完英琼，得知乃师去往东洞炼宝，易静已行，癞姑要往各洞巡视，重加禁制，奉命往静琼谷主持埋伏，便即飞回。一见易、余、楚三人从后山走来，人已落在烟网之下，知将英男接回，好生欣喜。所去又是静琼谷一面，仰视空中神雕，不知何故忽往山外飞走，唤了一声未应，忙即赶上前去。英男和英琼至交姊妹，因袁星是英琼开山弟子，见它虽是异类修成，一别数年，居然一身道气，功候颇深，又听说有脱胎换骨之望，好生代她师徒欢喜。令与爱徒楚青琴礼见之后，便夸奖了几句。

英男说不两句，正要同往谷中走进，忽听空中厉声怒喝："余英男贱婢，今日休想活命！"语声未歇，五六丈方圆一团烈火，已如火山崩坠，当头下压。空中立现出一个火也似红的怪人，双手齐发火团，落地便即轰的一声展布开来，晃眼之间，静琼谷一带立成火海。这怪人形如童婴，相貌并不丑恶，来势却是又猛又急，突然由空现身，事前连点儿飞行声息均无。易静那高法力，又是久经大敌的人物，直等敌人出声发难，方始得知。如非人在太乙五烟罗下，一任二女法力多高，骤出不意，也难免于受伤。先已听英男说过，得知一点儿怪人来历，不禁大怒。因灭魔弹月弩和兜率宝伞均在上官红手内，无法取用。口喝："大胆妖孽，敢来我依还岭扰闹行凶，叫你知我厉害！"随取一粒散光丸，隔网往上打去，那太乙五烟罗自经嫫姆重炼，越发神妙，敌人任多厉害的法宝，均难侵入。而自己人不特出入由心，法宝、飞剑也可穿网而出，应敌时分合由心。

原来怪人因为英男日前取宝，吃了大苦，心中恨极，偏值元神凝炼要紧关头，空自急怒交加，无可如何。一经成形脱困，震破罗网，立时到处搜寻敌人踪迹。因是炼就独门玄功，长于飞遁，经人指点，先到英男旧居东天目山松篁涧，见人未在，发现英男与李文衍留书，得知人往幻波池，立即跟踪寻来。行时忿无可泄，将全洞用太阳真火炸成粉碎。幸而李文衍等他出，只弟子司空兰一人留守，又正采药在外，人甚机警，归时发现一个火人突然现身入洞，看出厉害，忙即隐向一旁，未遭毒手。怪人将洞炸成粉碎，便往幻波池飞来。以前曾听人说起，圣姑所留五遁禁制十分厉害，还格外加了小心。仗着天生神目，能透视云雾，远及千里，特由两天交界之处，御着乾天罡煞之气飞来，其疾如电。起初尚在踌躇，唯恐入池报仇，误陷癸宫水遁以内，便无胜理。到时发现仇人正在下面，立时凌空下击。满拟所炼太阳真火猛恶无比，又是得隙即入，寻常法宝、飞剑决不能挡，就被发现也禁不住，何况仇敌毫无警觉。仇人相见，顿犯恶性，也未思索查看有无异状，竟想连仇敌同伴一齐烧死。及见一团团的大火球随手发下，虽似红雪崩坠，溶散开来，将当地化为火海，隔火下视，又好似有一层薄薄的彩烟，将火像山一般托住，敌人除面带惊忿之容外，一个未伤。怪人知敌人有法宝防护，越发暴怒，正待加力施为，猛瞥见一点银光由下飞起。刚一入眼，未容抵御，叭的一声大震，前发烈火竟被散光丸震散大半。暗骂："贱婢！你哪知我厉害。倒是那五色彩烟十分神奇，不将敌人诱出，绝难如愿。"念头一转，将计就计，乘着烈火受震，四面飞扬中，暗中行法一收，火便消散大半。

易静不知是计，一见敌人好似手忙脚乱神气，先前英男的话还未听完，想这妖人能发这等猛烈的毒火，决留不得，意欲为世除此一害。也没和英男说，立即行法，由烟网中冲出，一面放出师传飞剑和那护身七宝中的阿难剑，一面左手连发太乙神雷。刚把六阳神火鉴取在手中，未及施为，猛想起敌人所用分明是太阳真火炼成，如何以火御火？一个不敌，岂不上当？同时发现敌人身上飞出两道赤虹，将双剑敌住，并无退意。易静看出是诈，耳旁又听英男传声急呼："师父有命，此人不可轻敌，必须小心。妹子话还未说完呢。"心中一动，未及将鉴收起，忽听怪人大喝："先杀你这贱婢，也是一样。"随说，数十百道火虹已电射而来。跟着，怪人将手连扬，下面烈火又由分而合，暴涌上来，将人围住。那火虹比电还疾，内中一道已经上身。易静手中六阳神火鉴上六道相连的青光还未飞起，吃火虹一射，忽转红色，知道不妙。幸是心灵相合之宝，应变又极机警，见势不佳，阿难剑首先飞回，与身相合。易静觉得那火势热得出奇，而且火虹中杂有无量数细如牛毛的银色光针，竟与大五行绝灭神光线的威力差不多。等再发太乙神雷和牟尼散光丸想去震散时，已是无效，并且一击之后，火势略分即合，只有加盛，端的厉害无比。如非近来炼了太清仙法，功力大增，在火虹初射时，应变稍迟，便非受伤不可。身在阿难剑光环护之下，虽然无碍，但是火力奇大，越来越盛，身上渐觉奇热难耐。耳旁又听英男传声急呼："师姊先退。"

易静这才想起太乙五烟罗自经师长转赐之后，只自己和英琼、癞姑三人能随心出入，英男被隔在下，这等急呼，必有原因。自居幻波池以来，初次遇敌，心终不甘就退，急切间想不出破法，防身宝伞又在爱徒手内。于是一面运用玄功，仍指飞剑、法宝御敌；一面打算试将上官红手中宝伞收回。忽听嗞嗞连声，有一少女口音娇呼："易师姊，不要理这种混蛋，到时自有对头来收拾他，我们乐得看热闹。且同到下面一叙如何？"随说，两道青荧荧的箭形冷光，已由斜刺里冲焰分火而入。易静方觉眼熟，来人已到身前，正是前在碧云塘相遇，后来奉命随灵云暂往紫云宫同修的方瑛、元皓。那冷光便是枯竹老人赐予二人的太乙青灵箭，所到之处，千寻烈火直似狂涛怒奔，立被冲开了一条火巷。见面未及回答，又听元皓用本门传声说："奉师长之命，请先下去一谈。"料有缘故，便将准备发放的两件新得法宝停手不发。三人同道一个"请"字，青灵箭光往下一指，便同冲火而下。怪人见状大怒，想运用玄功跟踪追去，还未追近，冷不防一团形如璧月的寒光迎面打来。刚认出是太阴月魄寒精所炼之宝，心中一惊，待要退避，寒光已经爆散，化为千万银雨，四下激射。同时另一道童手上又发出几团三寸大小乌油油的墨色精光，只听叭叭连声中，齐化玄云炸裂。下面烈火遇上，便即消灭，立时荡开一片空地，彩烟轻扬，闪得一闪。等到烈火重合，潮涌而上，敌人已全数退下。

怪人起初还疑后来二敌是对头克星门下。继一想："对头门人虽有两个，全都是穿着一身冰纨雾縠，仪态万方、美绝天人，并且远居极海，闭宫多年，怎会来此？对头师徒衣饰最是清丽绝尘，分明不是这等装束。"再见敌人将同党接引下去，便不再出手，互以师姊妹相称，执手殷勤，笑语十分亲切，分明全是峨眉门下。只不知由何处把对头的寒雷玄珠取了些来。以为敌人伎俩只此，企图困守待援，不敢迎敌。自己差一点儿没有上当，被敌人吓退。想起至宝尚在仇敌之手，如何罢休？不由怒火上攻，厉声喝道："贱婢速急出斗，免我火炼全山，多伤生灵。否则，便将月儿岛所得法宝还我，或可两罢干戈，不再与你们计较。"方瑛接口朝上骂道："无耻妖孽，月儿岛最末一次藏珍，乃本门连山祖师所藏，理应为本门弟子所有。昔年嵩山二老师伯连去几次，独此一件不曾寻见，何况英男姊姊？虽然彼时连山祖师曾有'以火济火'的几句偈语，乃指南明离火剑而言，与你何干？你自贪心糊涂，已将坎离神经得到，自恃玄功与火珠护身，致犯神碑之诫，妄想连宝取走，才被神雷震死，毁去躯壳，被困火穴之内。好容易参悟神经，炼成形体，见英男姊姊取走此宝，妄动贪嗔，寻仇到此。莫非那数百年火炼苦厄不够你受，非要遭劫，连元神一齐消灭才称心么？"这几句话一说，怪人直似火上加油，急怒交加，厉声喝道："神碑偈语，原有玉我于成之言，此宝分明应为我所有，被贱婢乘隙偷进，捡了我的现成；行时又妄用离火剑引发火山下面埋伏，使我多受苦难。你们还敢花言巧语。休看你有法宝防御，我这太阳真火最具威力，至多四十九日，任何法宝皆能炼化。那时连人带山齐化劫灰，休怪我狠。"方、元二人闻言，朝着上面扮了一个鬼脸，说道："你不怕吃苦头，随你的便。我们同门至好，许久不见，懒得和你这类孽畜废话，要找地方谈天去了。"

易静因上空虽然布满千重烈火，下有宝网笼罩，仍是通行无阻，连草木也未燃焦，此宝用来防身御害，真个神妙无穷，先前真未想到有如此威力。心正赞美，闻言想约大家同返幻波池。元皓已先说道："闻说这里有一静琼谷，我们谷中谈心去，以便看这妖孽现眼，另外还有话说呢。"易静笑答："这样也好。只是池中还有两位远客呢。"话才出口，张瑶青忽然飞来，说癞姑已请青囊仙子华瑶崧代易静在中洞坐镇，癞姑也在一起。近月余内，尚无甚大不了得的事，请众人留在静琼谷中，待机听请，当敌人未擒以前，不必回去。"易静知癞姑先听眇姑心声传语，又遇南星原前辈女仙卢妪，两次均未明言详情；方、元二人忽然来到，又劝去静琼谷中叙谈，越知有事，随口应诺，开了谷口禁制入内。瑶青说完，已先飞走。随即谈起各人经过。方、元二人前事另有交代，暂且不提。

第三十三回 遗偈悟连山 获藏珍双英并秀
飞光离远峤 惊浩劫一女还山

原来英男自从在南疆碧云塘与英琼分手之后，想起李文衍因被化血神刀所伤，暂住姑婆岭秦寒萼洞中，等候七矮陷空岛取来灵药医治，才能复原；易、李、癞姑三人随去北海。剩下自己孤身一人在外行道，现当师长闭关和休宁岛群仙胜会，群邪势更猖獗，诸须留意。师父又命自己不久有一要事，必须办完，始许与英琼在幻波池同修，不知能否胜任。越想越觉可虑，几次开看仙示，后半空白，终无字迹。心想："何时才能应验，得与平生良友同修？"正在日日盼望。这日偶从莽苍山经过，想起昔年风雪被困，受那寒冰冻髓之苦，如非英琼舍命相救，又得诸同门照护，早已惨死，事后想起十分心寒。同时又想到上次元江取宝，曾得到一件前古奇珍，此宝形如一块黑铁，无甚宝光。开府时师父妙一夫人只说关系她今后成就甚大，时至自晓，也未传授用法。莫非与师父所说那件要事有关不成？心中寻思，不觉飞近山阴，意欲就便去往风穴一探，看那狂风是否还有那样厉害，就便试验自身道力能否忍受。心念一动，便即寻去。因为当初受创太甚，回思尚有余悸，分明近来功力大增，仍然谨慎，不敢直飞风穴。到了穴前下降，步行走去，耳听穴中悲风怒号，异声乱起，山阴一面，昏沉沉惊沙蔽空，暗无天日，与山阳日丽风和，繁花盛开，大不相同。风已归穴，并不猛烈，声势尚且如此厉害，越发不敢大意。方要去往穴口，忽见前面乱石丛中似有黄色妖光闪动，忙即隐身；悄悄藏在左近，仔细探听，才知是两个妖人，一名全绍，一名史准，恰是万珍、李文衎昔年强敌，因为被二女所败，正在商议报复之计。

原来月儿岛火海之下困着一个怪人，名叫火无害，本是人与大荒异兽火犴交合而生，其形如猿。后在东极大荒南星原左近得到一部道书，将周身红毛化去，成了一个异派中的有名散仙。怪人因是天生异禀，从小便能发火，成道以后更擅玄功变化。偶听人言，月儿岛火海之中藏有连山大师遗留的好些奇珍，并有一部火经，如能得到，便能吸取太阳真火，炼成火仙。他想起自己天赋异禀，正好合用；加以生来不畏烈火，不问入口是否发火时期，均可前往：因此一得信便赶了去。事有凑巧，那月儿岛自经连山大师仙法封闭，常年烈火千丈，由火山口内喷出，上冲霄汉；再不便是布满冰雪，全岛坚如精钢，就是那精于穿山地遁的人也休想入内。这时刚巧嵩山二老取完法宝走去，火口未到封闭时候，火无害既是火精，正好入内，立时冲焰冒火而下。当时觉着火势十分猛烈，运用全力才得勉强下降，仿佛奇热之内，另具一种威力。火无害人极自恃，毫不在意。等到入内，又是容容易易将那火经得到，看完大喜。明知火海禁忌，一任来人多大神通，要取法宝，只凭各人缘福，取上一件，当时就走，方可无事。但他心生贪念，以为下面最厉害的是那烈火，既无所惧，又见守洞石人已被斩断，破了禁法，所以并不厉害。临走时发现中洞一座神碑上有“双英并美，离合南明，以火济火，玉汝于成”十六字偈语。旁加小注，说碑中藏有一件至宝，名为离合五云圭，乃大师昔年降魔镇山之宝。本是阴阳两面合成的一道圭符，阳符另有藏处，尚未出世，大师所藏只是阴符，特意留赠有缘来人得去，如与阳符合璧重炼，便具无上威力。火无害以为应在自己身上，又不知火海法宝只此一经一宝，下余已被嵩山二老相继取走。本来火口已封，此是大师仙法神妙，早就算出前因后果，特意放其入内，使仗本身火力与所学火经炼那神碑，好使法宝出世，留赐英男。当时便在碑下习那火经，不消数日，便已精通。正在如法施为，开碑取宝，上面火口忽然封闭，一声雷震，断了出路。火无害自恃神通，又将火经炼会，妄以为从此太阳真火可随意运用，取之不尽，颠山覆岳，易如反掌，毫未放在心上，仍在烈焰之中化炼神碑。炼到四十九日过去，忽然满洞金光云霞似万道金蛇闪得一闪，惊天动地一声大震，当即把全身震成粉碎。虽仗玄功变化，应变神速，元神得以保住，但被阴阳相生的五行真火包围，四面更有千万根奇亮如电的七色金银光针环身乱射，只当中留有一个大圆空洞，元神被困在内。不想冲出还好一些，那千万光针近身即止；只一想逃，立由上下四外猛射过来，元神立被击散。认出是大五行绝灭神光线，威力之大，不可思议。性又浮躁，也不知吃了多少苦头，元神常被击散，后来实在受不住那苦痛，只得停止。始而藏身中心空处，**与当年孙悟空藏身八卦炉差相仿佛：都是猴子，都被火炼，都藏身火炉一间隙。**忍苦待机，后被悟出玄机，竟在里面修炼起来。连经数百年，居然将元神炼成形体，和观音座前红孩儿神情相似。**有此一比，更可证还珠受到《西游记》启发。这一启发，为作品增色不少。小说中由邪归正，或是异类成道的人物，都较有特色，如干神蛛、火无害等。**末两年静中参悟，得知大师禁法再有数年便解。这时神碑已被炼开，中现一洞，离合五云圭便藏在内。因碑上有“以火济火”之言，认定此宝为他所有，正在里面苦心耐守。全绍、史准不知由何处探出底细，想将风雪中的风母精气摄去，炼成八面妖幡。然后再施邪法，用一阵极大妖风将月儿岛自顶揭去，救火无害出困，与之联合，去寻白云大师与万、李二女报仇雪恨。

英男一听妖人说得甚凶，又知妖幡已经炼成七面，用邪法隐蔽，收藏在月儿岛上，只等最末一幡炼成，立时下手。再听说起“离合南明”的偈语，好似应在自己身上，不禁跃跃欲试。但因人单势孤，不知对方深浅，有点儿踌躇。恰巧女空空吴文琪就住在附近不远，已由山顶上两次发现妖踪。因值妖人事成回去，等到赶来，人已逃走。这次有了成算，算好时日，隔山遥望，发现妖光，立即寻来。没看出英男隐身左侧，只见妖人用一面妖幡正施展邪法，将穴中数十百根风柱摄起。眼看无数大小风柱矗立穴中，发出极凄厉的异啸，互相挤轧排荡，电旋星飞，凌空急转。忽然随着妖人手指处，由风柱丛中飞起一根，被一股黄光裹住，急转了一阵。倏地由大而小，化为一缕黑烟，往幡上飞去，晃眼不见。看出邪法厉害，不由大怒。二妖人也是该死。先炼邪法，是在穴中，本来人不知鬼不觉，便可成功。因为连番无事，渐渐胆大，又不耐穴中狂风玄霜之苦，便在上面行法祭炼，致被二女先后发觉。吴文琪比英男修道年久，颇有经历，看出妖幡炼成，是个大害。又由侧面隐身飞来，见状更不寻思，左手一指仙剑，朝妖幡上飞去，右手猛发太乙神雷。等到妖人警觉，已是无及。幡悬穴上，吃剑一绞，当时粉碎，妖人却未受伤。紧跟着，吴文琪将雷火金光似暴雨一般打去。妖人将最重要主幡失去，方在急怒交加，想要迎敌，英男也已现身，手指南明离火剑，化为一道朱虹，电掣飞出。二女也忙见面，联合一气。妖幡一破，幡上所摄风母也全复原，化为滚滚狂风，重又归穴。英男南明离火剑最具威力，妖人还未施为，一道朱虹已经上身，持幡妖人先被腰斩。另一妖人见势不佳，纵起妖光便逃。英男本来谨慎，这时因见妖人邪法有限，忽然胆大起来。想起前在峨眉，师长同门曾说月儿岛火海藏有连山大师好些奇珍，关系重要。白、朱二老连去数次，虽然取走不少，最后一次更将守洞石人斩断，法宝全数取走。但下山时听师父口气，好似门人还有岛上之行，内中法宝藏珍也未取尽；又听妖人之言，岛上还有七面妖幡，万一所说阴谋成功，岂非异日大害？本来就想追去，耳听文琪身后急呼："余师妹，此是八反教下妖人，不可放他逃走。我须封闭风穴，不能同行。你那离火剑是他克星，但追无妨。"

英男闻得传声，人已飞起，再听这等说法，自然穷追不舍。妖人飞遁本快，因同党被杀，恨极仇敌，回顾英男追来，不时在前现身引逗，意欲将英男引往月儿岛，用邪法诱入火海之中烧死报仇。英男更是急怒，连追了一日夜，也不知追出多远，看出妖人志在诱敌，也未放在心上。料定是往月儿岛，所去方向也对，不特不肯停止，除害之心反而更切。正急追间，忽见大海茫茫，无边无岸，脚底波浪滔天，鱼龙隐现，势甚险恶。又追了一阵，遥望最前四面愁云低压中，由海上冲起一根大火柱，浓烟滚滚，直上天半，把当地天空全映成了暗赤颜色，上空暗云也被冲开了一个大洞。定睛一看，前面现出一座荒岛，上有火山，那火柱直由岛中心火山口内喷出。妖人已往岛上飞去，忙即加急前追，晃眼追近。那根撑天火柱带同千丈浓烟，突似惊虹飞堕，直落下去，现出全岛。等飞到岛上，妖人已无踪影。为防逃遁，暗将新学的太清玄门禁制施展出来，先将全岛暗中罩住，然后降落。到地一看，这岛自经上次嵩山二老带了金须奴末次取宝，发生过一次地震，已不是平日所说的原形。四面断崖零落，宛如一个极大的破盆，中现一个数十丈方圆的大火口，浓烟刚往下落。环岛波涛汹涌，骇浪如山，暗雾蒸腾，湿云若幕，风却静得一丝都没有。岛上满地都是熔石浆汁所积的怪石，残沙满地，色红如火，硫黄之气，闻之欲呕。全岛更无一个生物，端的炎热荒凉，无异地狱。运用慧目查看，并无异兆。因无妖党来迎，也未见有别的动静。胆子越大，以为妖人巢穴就在岛上，不知藏身何处。烈火浓烟已经归穴，想起昔年所闻，欲往火口内连山大师藏珍之所瞻拜遗容，求取藏珍，以冀不虚此行。到了穴口，又因妖人未除，妖幡不知藏在何处，曾听说过月儿岛火山的厉害，不敢冒失，欲下又止。准备寻到妖人，破了邪法，再入火口觅取藏珍。以前惦记英琼，时常拜观仙柬，终无字迹出现，竟忘取看，便在岛上穷搜。哪知妖人已与穴中怪人火无害勾结，人已隐在火口之内，等其入阱。

英男查听全岛毫无迹兆，最后想到妖人一到，立时火止烟消，断定妖人藏在下面。孤身深入，不免谨慎，几次想下，不敢冒失。后想妖人法力如高，经此半日早已发动。为求万全，何不隐身而下，相机行事？主意打定，便将法宝、飞剑准备停当，隐身往火穴中降落。那火穴深达数百丈，自经地震之后，形势已变，到处满是沸浆熔石。连山大师藏珍的洞府，石门已经紧闭。英男见下面仍无妖邪迹兆。大师为本山第一代开山三师祖之一，法力无边，不可思议。虽听妖人说过，内里不时仍发浓烟烈火，猛恶非常，危机四伏，人不能近。但自己身为本门弟子，既有机缘来此，决可无事。于是便放了心，一心取宝，**还珠小说的一大特点，就是“得宝”。细想来，未免犯了一个“贪”字。**竟把洞中所困妖人忘却，便朝洞门下拜，通诚默祝道：“弟子余英男追一妖邪到此，遍寻不见，才知仙府佳城，就在当地。敬乞太师祖深恩垂怜，准许弟子入内，瞻拜法身，并乞恩赐法宝，使弟子微末道行，以后仗以诛邪行道，为本门发扬德威，感恩不尽。”祝罢起立，暗忖：“新近学会太清玄门禁制，不知能否开禁而入？”正待行法开门，那两扇石大门忽然无故开放，徐徐往两旁分开。料知先前祝告，大师显灵，许其入内，不禁大喜，二次下拜，恭恭敬敬走了进去。入内一看，里面乃是一座广堂，石色如玉，昔年所闻四壁所留各种法宝痕影，均已无踪。正面壁上却现出大师遗容影子，羽衣星冠，丰神俊秀，望如大罗金仙，神态如活。知道大师虽不出现，既容瞻仰，可见有缘，断定此行不虚，越发心喜。

英男第三次跪拜下去，正在通诚祝告，忽见满洞金霞乱闪，惊惶四顾中，似见大师手指后左壁，朝她微笑，随即金光彩霞一闪即隐。方想左壁也许藏有法宝之类，欲往观看，正面洞壁忽然不见，中现一洞，内里红光奇亮，精芒射目。定睛一看，原来门内便是后洞，离地丈许，凌空悬着一个大火球，大约五丈。中有丈许空隙，内里一个形如童婴的红人，通体精赤，安稳合目而坐。身困火球之中，上下四外都是烈火包围，**再加描写，“八卦炉”景象。**火中更杂有千万丝其细如发的七色光线，如暴雨飞芒，环身攒射，只是射离红人两三尺便即回收，毫光闪闪，闪烁不停。红人似有警觉，面现怒容，但未睁眼说话。猛想起来时妖人之言，火中所困必是所说怪人火无害无疑。看情势似为仙法所困，不能为害，也未管他，暗中戒备，由火球旁绕了过去。英男也是一时疏忽。下时身形已隐，仙法神妙，外人本看不出。因在入门之时发现大师遗容，又无别的异兆，为示诚敬，将隐身法撤去，不曾再用，致被红人看出形迹。等到绕过火球，回头一看，红人身子也已掉转，光线立发威力，精芒突盛，乱箭一般朝中心攒射上去。红人好似禁受不住，面上立现痛苦悲愤之容。等到坐定不动，隔了一会儿，才复原状。

英男看出那是平日所闻大五行绝灭神光线，只不知怎会多了两样颜色？因知火中红人身受禁制，不能为害，也就不去睬他。本打算绕行一周，再去左壁之上查看。刚由右面绕过，忽见左侧有一神碑，上现“双英并美，离合南明，以火济火，玉汝于成”十六个朱书篆字，并有好些符箓。暗忖“双英”“南明”均与自己暗合，不禁狂喜，忙赶过去。刚到碑前，碑上便发奇光，再看上面，又现出两行字迹。大意是说碑中藏有一件法宝，名为离合五云圭，本是阴阳两面，昔年连山大师只得到一面阴圭，仗以威震群魔，为连山著名四宝之一。此圭本是前古至宝，那面阳圭与另一件至宝归化神音原藏在元江江心水眼金船以内，不曾出世，这面阳圭威力绝大，但是非将阴圭得到，两仪合璧，再经仙法重炼一百零八日，不能发生灵效。阴圭因经大师苦心炼过，自具威力妙用。为此在成道以前，算准前因后果，将阴圭藏在神碑之内，等英男得到阳圭，数年之后亲自来取，重用本门仙法炼过，便可由心运用。但是炼时必须缜密，能在地底更好。并且注明取宝收用之法。字迹甚小，随看随隐，看完便已不见。碑上一洞立发奇光，耳听风雷之声自碑中。才知大师特留至宝，等她来取。同时想起元江曾得一块如黑铁的宝物，才知那黑铁便是阳圭。因听碑中雷声隆隆，越来越急，唯恐延误，忙即谢恩，匆匆起立，如法施为。

先将阳圭取在手内，手掐太清诀印，向碑立定。再将南明离火剑化为一道朱虹，朝碑上所现朱痕轻轻落下。剑光到处，只听霹雳一声，神碑立分为二，一幢墨绿色的圭形宝光突然由内飞出。初现时高才三尺，精芒万道，耀目难睁，当中裹着六七寸长一根圭形黑影，凌空直上。刚离碑顶，宝光大盛，其力奇大，剑光几乎制它不住。附近熔石吃墨光稍微扫中，立时粉碎消灭，无影无踪。英男见此宝威力大得出奇，不敢怠慢。同时又听前面风火交鸣，全洞壁都在摇撼，当是应有文章。心想："太师祖既留此宝与我，可见一切早已算定，无须害怕。"全神贯注在取宝上面，也未在意。一面指定剑光，以全力将神圭紧紧裹住；一面暗照仙示，用元江所得阳圭，左手掐诀，右手一扬，将阳圭朝墨光中打去。说也奇怪，就这晃眼之间，墨光已经暴长好几丈，洞顶已被攻陷一洞，碎石下坠，纷落如雨，南明离火剑几乎制它不住。谁知那么一根暗无光华的黑铁打到里面，只听当的一声，墨光突收，化为七寸长短一柄宝圭，停立空中。再用分光捉影之法一招，立即随手飞来，那柄阳圭已经不见。英男仔细一看，原来阴圭和阳圭差不许多，只是较大，中有浅凹，仿佛正反两面的古令符，阳圭正嵌其中，严丝合缝，成了一体。合璧以后，连那阳圭也是宝光外映，精芒眩目，英男自是喜极。

英男回顾火球中所困红人，见他双目怒睁，注定自己，咬牙切齿，好似愤怒已极，无可奈何神气。碑上只注此宝取用之法，对于所困红人和前追妖邪一字未提。深知这大五行绝灭神光线的威力，人又谨慎，觉着法宝已经到手，师祖将此怪人困在这里，不杀不放，必有原因，仍以省事为妙。但是碑上曾说，此宝需要重炼，才能由心运用，偏又注明收用之法甚详，是何缘故？好在能发能收，荒岛无人，又在地底，不怕伤害生灵，何不试它一试？一时好奇心盛，念头微动，立即如法施为。满拟和初收时一样容易，何况南明离火剑可以将其圈住，不致有失。哪知仙机莫测，两圭合璧以后，威力大增，再一出手，便比先前厉害得多。当初发时，侧顾火中红人，满面惊惶，张口乱喊，但为火球所阻，听不真切。手微一动，上下四外的光雨立即暴长乱射。红人似吃不住，却又万分情急，无计可施。英男因自己名列三英，功力独次，法宝又只几件，平日想起便觉惭愧。一旦得此至宝奇珍，正在志满意足之际，哪将红人放在心上。只听外洞风火之势越发强烈，认定大师算就前因，预有安排，必无他害，只稍微心动了一下，仍旧如法施为。刚照碑上所传用法扬手发出神圭，猛觉出手时力大异常，疾逾电掣，虎口几被震裂。同时眼前墨光暴长，精芒四射中，洞壁上下纷纷崩陷消溶，还在继长增高，南明离火剑大有圈它不住之势。宝光虽作墨绿色，但是奇亮无比，所到之处无坚不摧，如非应变神速，飞身纵避，另取法宝防身，遁向一旁，直非受伤不可。

英男大吃一惊，正以全力指挥剑光，如法回收，忽听身后有人厉声大喝道："火道友无须气愤，我已将八反神风发动，贱婢休想活命！"声才入耳，前洞烈火红光已随着无量狂风潮涌而来，风火中更夹有千万飞刀火剑，却不见妖人影子。等到把话听完，上下四外的洞壁已似雪山崩塌，带着千丈尘沙，纷纷倒坍下来，立被困在里面。那柄神圭已快收转，微一疏神，重又暴长，威力更大，收它更难。一面还须应敌。万分情急之下，因见上下四外均是烈火狂风包围笼罩，知道此是后洞深处，相隔地面不下千丈，多高法力也难冲出。来路为火所断，势最猛恶，不敢冒险前冲，又恐至宝得而复失。惊惶忙乱中也未看清，便将身剑合一，本意先收神圭，再打出困主意。及至身与剑合，未等施为，忽看出那些烈火狂风挨近神圭宝光便被荡开，那困陷红人的大火球也是如此。这高达百丈，大有数十丈方圆的后洞，已成火海，全洞已被烈火狂风、飞刀飞箭布满，只当中神圭和那火球所在之处，四外各有一圈空隙，风火刀箭挨近便即消灭。但那风火的声势越来越猛，宛如山崩海啸一般，洞壁又在纷纷崩坍，全洞一齐摇撼，地面也似波涛起伏，仿佛就要地震陆沉光景。

英男惊魂乍定，心想："妖人不见踪影，本洞本是火山，如今火势已被引发，加上邪风刀箭十分厉害，还不知有无其他阴谋埋伏。幸而所得法宝威力神妙，不曾受害。照此形势，只能仗以防身御火，不能再收。似此相持，何时是个了局？初来不知底细，万一被妖人真将全岛揭去，引发地火，如何能挡？”正在愁急，心中默念：“连山太师祖，速显神通，助弟子诛邪脱困。”猛又想起：“情势凶险，师父所赐仙柬今日未看，也许现出字迹。”心念一动，便将仙柬取出，暗中观看，不禁大喜。原来仙柬说师命所办要事，便指离合五云圭而言。并说三英并秀，两女一男，以后英男、英琼一同行道，相得益彰。英男法宝虽较众同门少，此宝炼成以后，却具无上威力。不久还因此宝另有遇合，关系将来成就不少。但那红人火无害暂时无须理他，此人不久也必脱困，来向英男寻仇。如与相遇，不到时机，不可迎敌。到时自知，自有安排。所得神圭，杀气最重，出必伤人，必须重炼，也由于此。妖人乃八反教中著名余孽，必须除去。但其隐形神妙，又得火无害前在洞中被杀时遗留之宝防身，难于下手。看完柬帖，可将下山时所赐法宝禹王鉴朝东北角上照去，邪法立破，现出妖幡妖人，速用太乙神雷震碎妖幡。内中一面上绘风火刀箭的主幡，乃妖人本门至宝，必来抢护。只等妖幡由身侧飞起，可冷不防连人带神圭朝前冲去，妖人必死。再照大师传授收了此宝，不问何处，一直上冲，立可脱险。不过此宝威力特大，又是身剑合一，前半须要仗它开路攻山，脱出火围，方可回收。诛邪以后，此宝有了反应，收时虽较容易，地火仍被引发，整座月儿岛都将崩裂，沉入海眼之内。此时无论是何异景，不可流连回顾，速往中土飞回，立可无事。再隔二三年，便与英琼相见，先后同往幻波池修炼，那时便可重炼神圭。底下还有几句奖勉的话，**留柬指示一切，类似于《三国演义》诸葛亮那些“锦囊妙计”**。英男看完，大喜心定，胆子更壮。

那妖人也是该死。自仗火无害所留法宝，连同自炼妖幡，发动风火之后，见敌人身剑合一，守在神圭宝光之中，一任全力施为，全无用处。不时又见火无害使用平日双方所定眼色、手势不住示意，怪其弄巧成拙。知道此人性如烈火，法力又高，虽然与己道路不同，但不久脱困，可以是一大助，极力倾心结纳。末了见火无害怒目相视，顿生毒念，暗忖："前数月费尽心力，冒险入洞，与之相见，对方始而意存轻视，置之不理。后经同伴苦口劝说，卑礼相求，始允联合，但须将妖幡炼成，助其取宝脱困，才肯下交。虽乘日前每百年一次的神光减退之时，面谈过一切，允将洞中遗留之宝借用，神情仍是强傲无比。身在困中，尚且如此，将来未必能如己意，去与正教中人为仇作对。今日偏又弄巧成拙，定必愤恨，纵不为仇，也难望其一党。反正不妙，莫如乘此时机，连他带仇敌一齐葬送。就算道书、五云圭都不能到手，借用之宝总是我的。"心念一动，立即施为，英男也正下手，双方恰好同时发动。妖人不现身，尚要破他隐形邪法，妖人事前再一大骂，英男唯恐一击不中，闻声先将禹王鉴取出，一道青红二色形似坎离二卦的宝光冲破火层，由火海中照将过去。右手太乙神雷不等妖幡出现。先就连珠打出。妖人瞥见敌人手上突现出一面宝镜，上有坎离二卦，射出一青一红长短各四五道奇光，猛射过来，邪法立破。那七面妖幡本在邪法隐蔽之下，在火海中分立招展，邪法一破，也全出现，心方一惊，对方连珠霹雳已经打到，近侧三面妖幡先被震碎，如非逃避得快，人也重伤。百忙中瞥见那面师传主幡正在敌人身右，随手可以破去，此宝一失，再炼休想。情急万分，顿忘利害，又恃飞遁神速，一纵妖光，忙抢过去，正待回收。英男还没想到妖人会自寻死路，一声清叱，连人带宝一齐施为。手中灵诀一发，那神圭吃剑光和太清仙法强行制住，本就郁怒待发，再经主人施为，威力立时暴长百倍。只见墨光精芒突然大盛，电一般朝前冲去。妖人见状大惊，知道不妙，想逃无及，吃墨光射中，当时惨死。

英男因恐其元神逃走，又用神雷乱打。不料神圭威力太强，一经施为，上下四外一齐加增，一头宛如撑天晶柱向上突伸，一头便往地底冲去。四外宝光再一加强，四壁挨着便倒，连那火球也被荡了好几荡，内中七色光线自然发生威力妙用，红人又是受苦不小。英男百忙中见宝光如此强烈，晃眼便将后洞毁去了大半，地底又被宝光攻陷了一个大深坑，火中红人又是那么苦痛悲愤，心想："此宝新得，妙用莫测，威力再加，一个制它不住，反而不美。而且师命原是诛邪即去，连回顾都不许，如何停留？"心念一动，立照预定行事，将手一指，连人带宝一齐朝洞顶冲去。就这功成迟疑，微一停顿之间，地底烈火已被引发，由宝光攻陷的深坑中，一股浓烟激射出来，直射洞顶，晃眼由黑转红，化为百丈烈焰。又与常火不同，其红如血，火力又大又猛，耳听轰轰怒鸣，火穴随即加大，靠近穴口的地面立即熔化，成为沸浆。火口越来越大，火势越旺，略一回顾，洞顶火冲之处，也和地面一样，着火便即消熔。沸浆熔汁宛如瀑布飞泉，四下喷射，映着火光，发出亮晶晶的异彩，壮丽无俦。

英男因仗神圭护身，已经冲破洞顶，超出火上。回顾下面，声势如此强烈猛恶，不由耳鸣目眩，心神惊悸，虽有仙柬预示，也甚胆寒。方想当地离上层不知多少丈，这等烈火，怪人怎会不死？猛觉脚底火头上冲荡之力其大无比，往上冲来，休想稍微迟延。总算宝光神奇，不可思议，那么坚厚的玉石洞顶，吃宝光一冲，只听一连串轰轰隆隆之声，所到之处，洞石直似残雪遇上大火，挨着便即消灭，现出一个井形大洞，一直向上开去，连熔石沸浆都见不到一点儿。不多一会儿，便将那数百丈的地底攻穿，冲出岛上。英男正忙着收回法宝，想要飞走，脚底来路火口一股烈火浓烟已激射上来，晃眼升高数百丈。同时先前下降的旧火口还有大股火烟狂喷出来。两火口前后对立，直似两根冲天火柱矗立岛上，比起初来所见，猛恶十倍。地底异声大作，宛如百万天鼓惊霆发自地中，全岛一齐摇撼。当地形势险恶，本就雾暗云愁，骇浪如山，再受烈火浓烟热力鼓荡，越发惊涛群飞，海啸大作。那一座月儿岛，仿佛一叶孤舟飘行于茫茫大海，突遇飓风，浮沉起伏于万丈洪涛之中，眼看就被海中恶浪卷去光景。

英男正待收宝回飞，猛瞥见神圭上面飞起一片银霞，略闪不见，已经收到手内，忽生异兆，不知何故。心方惊疑，忽又听圭上有人发话道:“孙儿大功告成，还不快走！百里以内，不许回顾。”听出是连山大师留音仙示，又记起仙柬现字，忙答：“孙儿遵命。”更不怠慢，一纵遁光，加急飞行，往来路飞去。行时身后银霞隐而复现，似还有别的宝光彩霞围在身后，那被烈火映成暗赤色的海水也改映成了金银色，惊波万丈，齐幻异彩，骇浪千重，尽闪霞辉，海天无涯，景更雄奇。奉命在先，不敢回顾。心想：“地底烈火何等厉害，太师祖的法体正藏火穴之内，万一为火所化，岂非憾事？何况火山崩裂，必将发生海啸地震，这一带海水全被煮沸，至少千里方圆之内，海中生灵绝无幸免，自己偏又无此法力挽救灾劫。太师祖命在百里以内不许停留回顾，必有原因。莫非仙机莫测，事前早有准备不成？”心中寻思，飞遁神速，不觉飞出百里以外。忍不住停身回顾，只见先前来处，满空都是金光银霞，将月儿岛全部笼罩在内。宛如一口极大银钟，罩在茫茫黑海万丈洪涛之上，直达海底。中有两股烈火浓烟由顶透出，直射天心，空中愁云惨雾被冲开了两个大洞，火柱特高。远望过去，上半好似无数彩绢裹着两支奇大无比的红烛，用尽目力，也看不出到底有多高。四边云雾也被映成了千万层冰纨彩縠，料已直射九天高处。英男正眺望间，先前所见羽衣星冠、丰神秀朗的仙人，在一幢银霞笼罩之下，悬空立在岛上光钟以内，手掐灵诀，用剑向那火柱连指。火势越来越盛，突然连根拔起，朝空直上。大师将手一扬，发出两片金光，将那离地而起的火柱底层托住。紧跟着远远一声雷震，钟形银光忽隐，连人带火柱便同朝空飞起，一串霹雳之声响过，便已无踪。再看月儿岛，已整个不见，海上波涛仍和初来时所见一样。只天心高处略有两道赤虹，由暗影中破雾冲去，刺空直上，晃眼高出重霄，几非目力所及。英男至此才知连山大师对此灾劫已早防到，特意假手后辈门人来此取宝，开一穴口。再由本身元神以极大神通，将这隐伏地底万千年的烈火毒焰送往两天交界之处，连同劫灰一齐化去。**可借鉴来处理核废料。一笑**。法力之高，端的不可思议。师命不许停留，也未回首观察那火无害的生死存亡，便自回飞。

英男到了东天目山，听门人楚青琴说前山有一妖人时常经过，形迹可疑。李文衎也已伤愈回山，正在商议。原来那妖人正是七手夜叉龙飞，因听妖徒归报说，东天目山住有几个峨眉女弟子，相貌极美，竟然上门生事。李、余二女合力应敌，龙飞大败而去，许久不曾再来。二女后遇徐祥鹅，说起龙飞来历，又知祥鹅与之有杀师之仇。于是三人联合一起，前往天台山连寻几次，均未遇上。为防打草惊蛇，隐忍多时。这日徐祥鹅独往天台山查探，二女忽接法牌传声，说与龙飞路遇，正在苦斗，请即往助，立即赶去。英男用南明离火剑连毁龙飞两样法宝，又被遁去。祥鹅志切师仇，不时仍往东天目山去访二女，本意合力除害，屡被漏网，以为二女尚难除他，想再约两个有力同门相助。走后不久，二女偶往仙霞岭寻人，归途文衎因事他去。英男回山闻报英琼来访，并在山头收了一件异宝，正赶龙飞寻来，为英琼、上官红所败，负伤逃去。英男立即跟踪追赶，二女见面，恰好各人所持仙柬全现字迹，准其幻波池同修，俱都大喜。英琼因恐幻波池有事，作别先走。英男也想回去，与文衎师徒辞别，并带新收爱徒楚青琴同行。

火无害原因元神逐渐凝炼，成道在即，又算出那大五行绝灭神光线不久便失灵效，本在静心耐守。后为二妖人所劝，意欲先期出困，致被英男寻来。不特多年想要的至宝被人夺去，又将地火引发，如非来人只顾取宝，不与为难，几乎送命。就这样，仍受了不少痛苦。最厉害的是大师早就算定月儿岛他年崩发，必将引起一场大劫，特意算就前因，预为布置，将那地火先分成好几次发泄，最后再以本身元灵将其送往天空消灭。当火发时威力绝大，火无害人在火口以内，自然禁不住，身外又有神光包围，不能逃脱。事定之后，全岛陆沉，海水倒灌而入，风浪稍大，火球受了水力冲荡，神光便生反应，人也同受苦难。因而越发把英男恨入骨髓，刚一脱困，便寻了来。本意想往峨眉窥探，中途遇见昔年海外老友凌虚子崔海客问起前情，先用好言婉劝，不听。后来又说："峨眉鼎运方隆，万去不得。你那对头现在东天目山，不久便往幻波池圣姑伽因旧居修道，这几人均颇难惹，必须留意。"火无害不知崔海客受了一音大师叶缤之托，特意将他引往幻波池，并激他将二女东天目山故居毁去，以防文衍师徒在彼势孤，为妖邪所暗算。闻言暴怒，立即寻去。到了东天目山，暗入洞中一看，人已不在，桌上放有英男留书，知道已往幻波池，怒不可遏，便用所炼太阳真火将全洞炸碎。总算司空兰运气还好，采药他出，刚刚回来，发现一个红人破禁入洞，知道厉害，藏在远处窥探。正打不出主意，猛听一声大震，全洞已成粉碎，千百丈烈火红光，惊沙碎石飞涌中，红人已破空直上，一闪无踪。洞府全毁，只得在附近另觅居处，等乃师回来，再作计较。不提。**以上补叙。**

火无害由当地赶到依还岭，发现仇人在下，还同了两个同伴，自是眼红，便将所炼太阳真火发将出去，化为一片火海，将静琼谷笼罩在下。无如太乙五烟罗自经嫫姆重炼之后，威力越发神妙，一任毒火猛攻，全无用处。火无害看出法宝神妙，又看出敌人功力甚深，想起崔海客之言，也颇惊心。无如事已至此，只好一拼，便以全力猛攻，想将全山炼化，以报前仇。易静见上面火势越盛，看出太阳真火厉害，又因英男话未说完，方、元二人神态从容，知必无害，也就听之。回到谷中旧居洞内落座，先由英男说完取宝经过，元皓随说来意。

原来方、元二人自从碧云塘分手，随了灵云、轻云、紫玲三女在外面行道。不久便同往紫云宫，开建海中仙府，与宫中潜伏的散仙斗了些日，最后双方和解。散仙知道三女本是宫中旧主人，也就不再相强，只将前破紫云宫的神兵残金要走多半。五女随将独角龙鲛收服，同在宫中修炼了好些时。又将门人金萍、龙力子、赵铁娘等招去，传以本门道法。方、元二人本有根底，又得枯竹老人和本门传授，功力日高，不时也分头出外行道。这日方、元二人和轻云又来中土，在洪泽湖龟山遇见严人英与华山派四妖人苦斗，三人上前助战。刚将妖人杀死逐走，忽遇女仙杨瑾说起幻波池之事，形势十分险恶，给了一封柬帖，命其来援。轻云见杨瑾说时，先用佛光将当地罩住，似恐被人听去光景，心方惊奇，身旁仙柬又忽发奇光。这类事最是少见，知关重大，忙向师门跪拜，通诚开看，空白柬忽现字迹。大意是说：幻波池日内有一异人火无害往犯，此人原禀丙火之精而生，天赋奇资，已经炼成火仙，得道多年。虽是旁门，性情刚烈，平素并不为恶。并与本门师祖连山大师有渊源，本人却不知道。大师早就算明因果，已将他困入火海二百多年，火性尚未完全磨退。近始出困，来向英男寻仇，一开始无须理他。英男所得神圭，本须重炼一百零八日，始能随心应用，无如有事，决来不及。此宝乃前古奇珍，威力太大。那面阳圭形似穿山甲，腹有十八只九指利爪，便是制火无害之宝。因其炼时宝光强烈，上冲霄汉，易启外人觊觎，以致到手多时，尚不能炼。目前恰是时机，又得杨瑾所赐芬陀大师灵符可以速成，勉强应用。看完仙示，轻云、人英另外有事，不必同往。方、元二弟子，可拿了杨瑾所赐灵符、柬帖速飞依还岭，传示易、余二女，由易静先率众人在静琼谷中防守，依言行事。英男独往幻波池后宫重地，炼那神圭，仗着灵符之力与地底隐蔽，宝气不至外露。用太清仙法加功重炼，约有五十五日便可成功，可以勉强运用。将来尚有一强仇大敌，须仗此宝御敌除害，届时再行重炼。别的机宜，均由方、元二人临时告知，不能预泄。**又一补叙。**

易静、英男闻言大喜，立即如命行事。略为叙谈，易静便带英男隐身先往幻波池，见过华、李诸人，由英男设坛炼宝，易静再回静琼谷防守待机。仙法神妙，来去无踪，火无害毫未看出，连用火攻，一晃八日，见下面始终被那一层五色淡烟护住，端的连草也未烧焦一根。先是急怒交加，越想越恨，暗忖：“我这太阳真火何等厉害，任你法宝如何神奇，早晚连人带山化成灰烬。”后见炼了多日毫无动静，忽然想起：“被困近三百年，以前又在极海潜修，中土之事不知详情。听崔海客说，峨眉派出了许多后起之秀，比起昔年长眉真人在时声势还要强盛，今日一见果然不虚。敌人退时并无败意，尤其大荒枯竹老人的青灵箭又是真火克星。自己虽在火海被困，苦炼多年，真火威力极大。出困时又将地底残余的毒焰全数收来，按照连山大师所留坎离神经苦炼，功力越高，不畏此箭。对方并不知道底细，既有法力，怎不出战？不是另有大援，便是别有制胜之策。门人如此，师长可知。自己前困火海，受尽苦难，好容易才得脱身，对方师长又是连山、长眉一脉真传，莫要弄巧成拙，仇报不成，反中敌人圈套。虽说炼就元神玄功变化，到底可虑，不能不防。”火无害方在心虚，猛又想起那离合五云圭关系自己成败太大，如能得到，本身真火便能化炼精纯，大小分合，由心运用，可以细如毫芒，不致一发不可收拾，波及无辜，造那无心之孽，累及将来功行。更可将那真火炼成丹元，早成正果。于是重又激怒，猛力进攻起来。似这样举棋不定，不觉过了多日。几次施展玄功变化，化为一道尺许长的烈焰，混在火中，打算乘隙暗入谷中，猛发烈火，里外夹攻，但均为宝网所阻，无隙可乘。易静奉有机宜，又将谷口禁制故意变动隐现。火无害素看出谷中还设有太清禁制和乙木仙遁，青霞万道，神木如林，风雷殷殷，随时隐现，情知厉害。暗忖：“圣姑五行仙遁，敌人已能全部应用，神妙无穷。休看木能生火，能长自己威力，如是先后天互相化生，难免不为所制。”越想越可疑，就此退走，心又不甘。

这日火无害正用烈火加紧攻打，忽见一道人飞来，正是老友崔海客，见面便说：“峨眉势盛道高，神圭本是连山大师留与余英男之物。道友既非此宝不能成道，海外仇敌又多。最厉害的便是那九烈神君夫妇，听说道友出困，已在合谋，想要报复前仇。你一人势孤，如何能敌？依我之见，不如就拜在对方门下，不特此宝可为你用，并还得益不少，更不畏仇人夹攻。再不，索性与这班妖邪联合一气，也可苟全一时。凭你一人，绝非峨眉对手，似此孤立，必定自误。”连将带激，语气甚巧。火无害素性刚强，竟被激怒，负气说道：“先母遗命，说我身具恶质，务要勉为正人。因此虽以旁门成道，向不与群邪交往，以前遭忌也由于此。火海脱困前，几为两妖人所动，与之联合，至今悔恨。以后不特宁死不与妖人一党，只要敢犯我，必与一拼。至于拜师一层，休说后生无名贱婢，不配做我师父，况又是我仇敌，岂非笑话？就她法宝神妙，我也必以全力再接再厉，不将神圭得回不止。任她人多势众，料难伤我，怕她何来？”海客笑道：“道友息怒，我实好心。休看对方年轻，已得玄门正宗传授，拜她为师，有何辱没？何况对方取才甚严，还未必肯收呢。人各有志，难于相强。我知道友独断独行，向不容人忠告，不过日内如有左道中人来此侵犯，你意如何？”火无害以前曾因树敌太多，受海客解围之德，生平只此至交。却不知海客受人之托而来，故意诱激，语有深意。气愤头上，不暇思索，脱口答道：“当我胜败未分以前，不问来人是何用意，只要伸手，哪怕同向贱婢作对，也无异我的仇敌。我也知你恐我情急势穷，去与妖邪联合，故意激将。但我生平言出必践，放心好了。”崔海客知他中计，便不再说，略为劝勉几句，随即别去。

这时已是五十天过去，火无害见持久无功，下面敌人索性把谷口禁制撤去，现出内景，笑语之声，隐隐传来。方、元二人性又滑稽，更指着上面笑骂不已，说：“余师姊正炼神圭，到日便要取你狗命！”语极刻毒。火无害恨到极处，忽想起幻波池乃敌人巢穴，恨不能一齐毁灭。一发狠，便将那丈许大一团团的烈火，连珠也似朝下打去，整座依还岭立时全成火山。同时又将轻不使用的太阳神针满山乱放。此宝也是采用日华炼成，其细如针，发时一道亮若银电的精光，所到之处，多么坚固的山石，挨着便即攻陷成一大洞，威力极猛。本来此宝阴毒，奉有遗命。不许妄用。火无害这时愤极出手，心想不论何处，攻破一洞，立可穿山入内，夺宝报仇。哪知宝网神妙，一经对敌，便生灵效，并且隐现无常，无论飞往何处下手，均有五色淡烟护住，仍攻不进。

火无害正急得无计可施，忽又想起那火经上又曾载明神圭的妙用，好似一落敌手，便为所制，敌人所说必是真情。正在满山飞舞，怒火头上，忽见一道纯青色的长虹带着极强烈的破空之声电射而来，晃眼临近，现出一个相貌丑恶的矮胖妖道，见面便厉声喝道:“何方道友，快些收手。敌人有太乙五烟罗防护，决难攻进，待我下手。”话未说完，火无害已经犯了本来恶性，正在眼红之际，一听来人辞色狂傲，又看出是左道中人，想起海客之言，不由怒火上撞，天性暴烈，也没问来历姓名，接口大喝:“我得道千年，向不许人干涉我的事。事有先后，敌人就在下面，你有法力只管施为，问我做甚？”来人正是日前受伤，被沙红燕、邹勤救走的伍常山，也是一个猛恶任性的人。来时发现依还岭上有一小红人满空飞舞，手发烈火，朝下乱打，因怀盛怒而来，又恃攻山法宝厉害，急于收功，冒失上前，没问对方来历，便喝停手。不料遇见对头，闻言大怒。又以素性狂傲，不愿输口，说为太阳真火所阻，不能下手的话。当时暴怒，口喝:“鼠辈无知，敢于口出不逊!”扬手一道青色刀光，发了出去。火无害法力本高，更有天赋奇能，动作神速。先前只为易静等所用法宝恰到好处，才落下风。一见伍常山，心早厌恶，扬手先是一团烈火，紧跟着一声长啸，飞身而起。因愤来人神态可恶，又将太阳神针暗发出去。

第三十四回　烈火弥天　神圭擒异士　飙轮舞电　飞剑斩妖人

话说伍常山不知对方便是在月儿岛脱困的火精，加以背运当头，那么高法力的人，因为师门至宝落神坊被仇敌收去，又吃大亏，虽将伤他的米、刘二矮杀死，偏被人将元神救走，仇人就此超劫，反而转祸为福，又为同党讥笑。满腹怨气，怒极如狂，一时疏忽，以为所用飞刀厉害，自己又擅玄功变化，没想到对方乃是元神炼成，飞刀所不能伤。见刀光如电，已经上身，敌人好似躲不及的神气。一面敌那烈火，还想运用元神摄取敌人生魂时，忽见刀光已将敌人围住，绕身而过，斩为两段，化为一幢红影飞起。百忙中看出底细，伍常山方觉不妙，红影已迎面扑来。正待抵御，忽听哧哧两声，腰间所佩葫芦首先无故熔化。紧跟着，身后奇热奇痛，未容转念，便已身死。元神刚飞起想逃，忽然满空上下俱是烈火，包围上来。眼看危急万分，连元神也难保全，猛瞥见一道寒光，宛如飞星电射，直投火中。未及看清来人是谁，便被一片冷云裹住，冲烟冒火而起，往回路逃去。

原来火无害正动手间，觉出飞刀厉害，又见敌人腰间葫芦作六角形，猛地想起一人，暗道："不好！"假装惊慌，把太阳真火暗布空中，再把那大小由心，其细如发的太阳神针发出七根，等将敌人四面罩住，再行施为，前后夹攻。伍常山竟未警觉，腰间葫芦首先断送，背上又中了两神针。因为上来骄敌，未及防御，对方出手极快，又是先将宝光隐去，前后夹攻，等到发现所借至宝为敌所毁，惊惶失措，急怒攻心，想要防御，已是无及。火无害本想将他元神一起炼化，忽来救星，看出来人寒光冷云不是寻常，暗道："不好！"已被妖魂逃去。方想今日又树强敌，忽听身后有一女子声音笑骂："无知妖孽！竟敢将老怪丌南公的门人杀死，并将水母宫的奇珍地寒钻毁去。还不快些投降我余师姊，作个徒弟，真想形神俱灭么？"回头一看，正是前遇男女幼童方瑛、元皓，不禁大怒，知道烈火无功，便将太阳神针明暗打去。哪知二人早得高明指教，又在下面看明虚实，故意来此诱敌，收那六十四根太阳针。说完，便在青灵箭冷光护身之下，穿火逃去，一针也未上身。

火无害好容易盼来两个敌人，又是不战而退，怒火难遏，忙即追去。本来是想随着敌人，跟踪追入，不料敌人只在火海中环山飞驰，并不下降。并还边逃边说，仿佛不该轻敌出门，如被追上，难保不乘隙侵入，如何是好？语声虽低，隐约可闻，好似心意被他看破，神情十分慌乱。经此一来，自然更加不舍。追了一阵，几次追离地面，眼看彩烟飞动，敌人似想穿网而下，均因自己追得太急，重又停止。火无害心想："神针本与心灵相连，只要能乘隙入内，便有成功之望。追得太急，反而无用。"便把六十四根神针一齐准备，待机而发。后来追到一处，下面便是山凹，敌人似因相隔已远，忽然穿网而下。火无害忙将飞针全数发出，满拟针到下面必生威力，自己也可乘隙入内，哪知有如石投大海，毫无反应。方在惊疑，待要回收，已被宝网隔断，最奇的是连点儿形迹俱无。正在情急无计，猛瞥见方、元二人穿网而出，同时神针在下面也有了感应，只是收它不回。敌人不知何故，又行飞出，神态慌张。出口近在脚底，不顾追敌，忙往彩烟之中冲下。那地方初看本是一个山凹，彩烟紧贴地上，刚随敌人上升之势分合飞扬，还未复原，火无害容容易易便冲了下去。待将真火发出，上下夹攻，猛觉眼前一花，青光耀眼，无数成排大木影子发出万道青霞，四方八面潮涌而来。再看形势大变，人已落向静琼谷中，陷身太乙大阵内。知落埋伏，先觉木能生火，方想一试，未等施为，那青光闪闪的千万根大木，互相摩擦激荡，忽发烈焰。火无害心中大喜，忙将太阳真火发出助威，一片雷鸣之声，丙火忽然化生戊土，万丈黄沙，夹着无量大小戊土神雷，八面打到，威力猛恶，从所未见，太阳真火竟被挡住。才知敌人五行仙遁果是先后天正反应用，如其五行合运，如何能当？幸是炼就元神，精于玄功变化，否则直无生理。敌人又未再见一个，料是厉害，盛气一馁，忙运玄功，化为一条红影。

火无害正要冲出阵去，身上一轻，光华尘沙忽然全隐，现出一片空地。对面一座山洞，洞前立着几个少年男女，仇人余英男也在其内，与一未见过的少女并肩而立，旁一猿形怪人随侍。少女手指自己喝骂道："你这无知火精，还不投降！你已身陷五行仙遁之内，因怜你千年修为，不是容易，金、水二遁不曾施为。再要不知好歹，你师父已将神圭炼成，你就吃大苦了。"火无害仇人见面，早就眼红，不等说完，便将太阳真火朝前打去。哪知还未近身，便似被甚东西吸去，消灭无踪。怒极前冲，想要拼命，不知怎的，相去数丈，竟冲不上前。看出敌人精于五行大挪移仙遁，方始有些惊惶。忽听英男对少女说道："琼妹，这厮如此凶横，我不稀罕收甚徒弟，将他形神消灭，免留后害吧。"话才出口，一条形似穿山甲，旁有十八条九指怪爪的墨绿色精光已由敌人手中飞出，突然暴长。刚看出是月儿岛所见那面阴圭，只是与初见那幢圭形墨光形态不同，宛如一个成形精怪。才一出现，便觉来势虽然不猛，吸力却绝大。方想闪避，身上一紧，已被那十八只形似怪爪的光影连身抱住。一任施展玄功，想要逃遁，无如身被极大潜力吸紧，休想逃脱。稍一挣扎，墨光便射出万道精芒，环身乱刺，痛苦非常，和月儿岛火球中所受绝灭神光竟差不多。才知厉害，急得破口乱骂。

英男怒喝："你这业障！不教你尝点儿厉害，也难悔过。"随说把手一扬，那面阳圭也便放出，又是一幢圭形墨光，发出轰轰雷电之声，迎面飞来，那面阴圭便往前迎去。火无害看过坎离神经，识得此宝威力，阴阳二圭只要合璧，就是元神炼成，迟早也被消灭。心方一惊，两圭相对，阴圭凹槽中墨色精光已直罩过来，当时元气消烁，痛楚更甚。但又不甘心输口屈服，正在胆寒，忽听旁立少女笑道："师妹，这厮火性尚未磨尽，何必与他一般见识？"随说，扬手发出一团慧光，正照在阴阳二圭之中。火无害身上立觉一轻，虽未脱困，痛苦已经减少十之八九。惊魂乍定，忽然想起得道千年，为一位小女子所制，重又暴怒。刚一发威想骂，不料那团慧光竟随人心意发生反应，重又痛苦起来。试把心气压平，痛苦立止。虽知对方法力高强，这两件法宝尤为神妙，身已受制，无计可施，无如赋性刚烈，怒火难消。然而只一动气，立受奇苦；气平便止。似这样时发时止，越是暴躁，所受越惨。没奈何，只得强捺气愤，静心忍受。**金圣叹讲叙事技巧，提出"弄引法"，即大事件的高潮不能凭空突然，而要先有"引子"，故事才好看。此段火无害即为一"引子"，所以"见好就收"，不能过多纠缠抢戏。**

易静见他一言不发，先代众人指名相告。然后笑道："你休不知好歹。前杀妖人乃丌南公嫡传妖徒，你当知道此人厉害；何况妖徒又与水母门人勾结，将他水宫至宝地寒钻借来，被你毁去。你树此两个强敌，便有多高法力，也非对手。我本不难放你出去。但是此举无异送死。现虽被困，老怪素来骄狂自大，决不肯捡这现成。念你修为不易，暂留在此，如知悔过，拜在我余师妹门下，以求正果，自是两全其美；否则，念在无知冒犯，素无恶迹，等我们日内事完，也必将你放走。休看此时被困，实是助你脱难。只要你心平气和，自知理短，这两件法宝与宝主人心灵相合，妙用无穷，决不伤你。况有佛家慧光照去你的凶野之性，只有好处。听否在你，你如不信，这里不久有事，到时就知厉害了。"火无害闻言，猛想起丌南公果是神通广大，绝非其敌。先前分明已看出飞刀异样，怎连姓名也未问，便下毒手？那水母虽然坐关多年，但她元神仍能出游，门下两女弟子法力颇高，所用法宝，多半是自己的克星，将来狭路相逢，实是凶多吉少。回忆心惊，正在盘算，对面敌人已说笑走去。心想：“便照所说，也不屈服，看她到时肯放不肯？只不知满空烈火收去也未？”抬头一看，空中云白天青，哪有丝毫火影。

原来到了五十多天上，英琼、英男先后将法宝炼成，一同赶往谷中。方、元二人便与众人密计，按照仙示，假手火无害把伍常山除去，破了攻山至宝地寒钻，再由二人上去诱敌。易静在下面主持五行仙阵，先收去太阳神针，引使入伏。刚把火无害困住，五行未全合运，白发龙女崔五姑忽令大弟子白水真人刘泉拿了五岳锦云兜、七宝紫晶瓶、雷泽神沙和一封柬帖飞来，告知易静事变将发，迟恐无及，可速用神圭将火无害困住，免为敌人所伤，并可借此去激老怪。又由刘泉用所带法宝，将空中太阳真火一齐收去，以备将来之用。易静本想使火无害知道众人年纪虽轻，法力却高，欲令心悦诚服。闻言知道事在紧急，不能再延，忙即分头行事。等将火无害擒住，癞姑已在上面传声相唤，便同飞去。刘泉也将太阳真火收完，恢复原状。于是各按仙示，分别隐形埋伏，等候敌人到来。

刚停当不久，便听遥天破空之声甚是强烈。先是五道各色遁光横空冲云而来，晃眼飞堕，落在岭上，现出三男二女。内中一个正是前在幻波池，为妖尸邪法所败，勉逃残生的金龟仙子辛凌霄，同了紫清玉女沙红燕。还有三人似是海外散仙一流，除一个面红如火，身材高大，背插四柄烈焰叉，腰挂葫芦，左肩上停着大小三个朱轮，一个套一个，火焰熊熊，不住闪灭，像是左道中人外，余均不带邪气，相貌也颇古拙。刚到依还岭落下，离地丈许，便不再降。先是红面道人发话道：“幻波池中小狗男女，速出答话；否则，你们那太乙五烟罗只能对付别人，对我无用。再若藏头不出，惹我性起，全山人物齐化劫灰，悔之晚矣！”另两道人也同声接口道：“我知你们不过仗了峨眉隐形之法，藏头缩尾，其实并无用处。我二人乃西海火珠原琪琳宫主留骈和车青笠，这位便是火龙礁主庞化成。我三人均是得道千年，久居海外，谅你们后生小辈也不知道。本来久已不来中土，不愿管人闲事。只因沙、辛二位道友说起峨眉派自恃人多势众，目中无人，专一欺凌同道；幻波池前主人圣姑伽因所留法宝灵丹甚多，更有道书目录，本是留赠有缘，你们全数攫为已有，不肯一毫公诸同道，并将仙府霸占，夜郎自大；为此前来问罪。既然恃强，就该出来一分高下。如仗区区五烟罗就想保全全山，岂非做梦？休说庞道友的日月五星轮有颠倒乾坤之妙，万丈高山，弹指立成齑粉；**先说得极大极厉害，后面的落差便好笑。**便我二人想破此宝，也非难事。你们与其束手待毙，何如撤宝一拼，分个强存弱亡？如仍仗着洞中有五行仙遁，我们也可自行入内，看你们能有多高法力？我们如败，自无话说；我们如胜，只要将原有藏珍和毒龙丸等灵药、道书献出，也可饶你们不死。”话未说完，庞化成二次接口喝道：“二位道友，这班无知小狗男女，和他们有甚话说？已然警告在先，料他们心贪胆小，欲仗五烟罗和原有五遁苟全一时，决不敢出头对敌。只有用我日月五星轮将全山先行毁去，再破他们的五遁禁制便了。”

沙红燕因是屡受重创，深知敌人得天独厚，法力并非小可，更各有两件至宝奇珍，不可轻视。自从日前一败，事隔多日，敌人依旧声色不动，太乙五烟罗也未撤去，分明暗有准备，绝非怯敌。又还有几个帮手未到，想等人到齐，合力进攻。而且留神查看，觉得淡烟笼罩之下，全山景物有些俱已隐去，断定此行机密先泄，敌人不会不知厉害。自己虽约有几个好帮手，偏被对方两个门人暗中赶来，用黑眚幡将那最厉害的法宝毁去，有一人还受了暗算，连医伤带炼宝，延迟多日。伍常山又一怒而去，说向水宫二女借宝，并约相助，也无音讯。此时虽然帮手多了几个，但照以前经历，未必便有必胜之望。所幸防身法宝神妙非常，胜固可喜，败亦无甚大害。满拟敌人必定约人相待，怎倒如此沉静？沙红燕越想越觉可疑，偏又查看不出一点儿迹兆。想起敌人隐形法甚高，莫要和对付伍常山一样，突然发难，吃他暗亏。心中疑虑，未及开口。

庞化成是西海旁门散仙中有名人物，一向心骄志满，这次原受沙红燕的蛊惑，又对毒龙丸起了贪心，意欲捷足先登，故不等同党到达，特意用飞光遁法抢在前面。因受前师遗诫，说师传至宝日月五星轮颠山覆岳，易如反掌，威力过大，一旦施用，必伤无数生灵，造孽太重，非到万不得已，不可出手，传时并命立誓，因此慎重。对于太乙五烟罗并未放在心上，一见对方置之不理，不禁大怒，一面厉声喝骂，一面取出另一件法宝待要施为。忽听有人笑道："红脸妖贼，乱叫什么？"声才入耳，还未听真，猛觉眼前一花，叭叭两声，左右开弓，早各中了一个大嘴巴。庞化成当时被打得头晕眼花，两太阳穴火星乱迸，连牙都几被打落。他在海外横行多年，几时吃过这么大的亏？情急暴怒之下，耳听一声娇叱，一道青光由身侧电掣飞过，往左侧射去，同时现出一个相貌丑怪的癞头小女尼，不知用甚方法打了自己两下，刚往左侧飞去，被沙红燕在旁发现，用一道青霞将人罩住，手忙脚乱，正在光中挣扎。庞化成心中恨极，忙喝："沙道友，且慢下手，待我将这小贼尼生擒回去，给她多受一点儿报应，然后处死。"随说，便要往前抓人，青光忽收。猛又听沙红燕大喝："道友留意！"底下话未听完，当胸又中了一掌。这一下打得更重，空有多年功力，竟会禁受不住，只觉五脏皆震，眼黑口甜，几乎晕倒。幸而辛、车二人看出不妙，忙各放出一幢青光，将庞化成罩住，暂保无事。一看小癞尼，只在第二次打人时身形略现，重又隐去。同来诸人俱都气极，各用法宝防身，纷纷用飞剑朝前追去。无如敌人动作如电，隐现无常，尽管剑光、宝光虹飞电舞，向前夹攻，人已不知去向。

原来沙红燕早就生疑，自在暗中戒备。只因所约三人，只车青笠一人是多年老友，留、庞二人俱是新交，又都骄狂自大。来时看出庞化成除贪得藏珍而外，并还垂涎自己的美色，暗中有气。虽为报仇心盛，又是自己约来，不愿他吃敌人的亏，相比较却冷淡得多。又想此人成名多年，既说大话，许有胜望，便对他不甚留意。正暗告辛、车二人，说敌人法宝厉害，隐形神妙，内一小癞尼更擅金刚神掌，须防暗算。癞姑已打了庞化成两嘴巴，往侧遁去。沙红燕忙飞起一片青光，将其罩住。忽想起敌人功力甚高，怎会不曾还手？定睛一看，果是幻影，忙即收回，喝令留意。庞化成又挨了一下重的，虽然激怒，敌人已隐，无可奈何，心中恨极。沙红燕见庞化成一张红脸已气成了紫色，二次又取法宝，厉声咒骂，正待下手。经此一来，已看出他空负盛名，除法宝厉害还可一试外，功力不过如此。再想到来时竟敢调戏自己，不由勾动恶念。暗忖："约此三人，仅为增加威势，所重仍是另外两个同党，不料这厮如此狂谬。反正上来挫了锐气，这太乙五烟罗料也未必能破。如想毁损全山，这厮又是畏首畏尾，好些顾忌。不如与敌人言明，照来时预计，稍微提前，往破五行仙遁，成功更好，否则索性借刀杀人，免得日后纠缠，并为峨眉树敌，也是好的。"心念一动，沙红燕忙喝："庞道友且慢！你便将全山毁去，敌人深藏池底，仗着五行仙遁，仍可无事，何苦多伤生灵，违背令师遗命？我们入池一试如何？"说罢，转向前面喝道："易静、李英琼、癞姑，你们与我姊妹仇深恨重，有你无我。今日我已约了诸位道友，特意来此，见识所设五遁。是好的，可将法宝撤去，开放门户，容我五人入内破法，免得庞道友用日月五星轮将全山化为劫灰，多伤生灵。"

话未说完，面前人影一晃，癞姑重又现身，并哈哈笑道："本来我们既在此为本门开建仙府，便不怕人上门请教。你们来时若以礼求见，这红脸贼怎会挨这三下冤枉打？我小癞尼最讲道理。这太乙五烟罗乃玄门至宝，并非因怕你们，用以防御，这是我余师妹想收徒弟，偶然放起。我见近来妖邪横行，到处乱飞，我们照例人不犯我，我不犯人，这天空不是私有之物，不好意思拦阻，又怕邪气污了本山草木。再说本山灵境仙域，上面蒙着一片五色轻烟，怪好看的，就懒得撤了。谁知你们会来？好好说话也罢，竟如疯狗一样乱叫，怎能怪我生气打他呢？本来想让你们干看着着急，不来睬你们，看看他那大小三个套狗圈，是什么玩意？你这么一说，怪可怜的，放你们进去无妨。只是一件，别人不相干，你那丌南公疼爱你好几辈子，虽在他寿终以前，我们还不想伤你，但是仙遁神妙，万一你自投死路，回去可对你那人说，这是你自己带人上门生事，非送死不可，与我无干。他不要恼羞成怒，乘着我们师长休宁岛赴宴未归，自恃邪法，以大压小。我们虽然不怕，他胜之不武，不胜为笑，把平日吐出来的口水又吞回去，却丢了大人哩。”庞化成见是仇人癞尼，分外眼红，又听话甚刻薄，几次发怒想动手，均吃沙红燕止住。后来越听越难堪，沙红燕素来阴险沉着，也已气极。但知敌人隐遁神速，更有穿山入地之能，太乙五烟罗似能分合由心，除照预计入池破禁，由内下手，或能成功外，对方有此宝防御，急切间决攻不进，师门至宝落神坊尚且无用，何况别的。被敌人晾在外面，反更无趣，只得强忍气愤，冷笑道：“卖弄口舌，有甚用处？既敢放我们进去，胜败存亡，各凭法力。我师父岂肯与你们这些无知鼠辈交手？你们不必害怕，只管现出门户。”癞姑笑道：“这是你说的，将来顾点儿脸皮，不要赖啊。”

沙、辛二女不知敌人早由华瑶崧暗中主持，上下均有布置，并得有高明指教，只因援兵尚未赶到，特意借这太乙五烟罗将上下隔断，分减敌势，并将内中几个极恶穷凶就此除去。辛凌霄心痛夫仇，满腹悲愤。又以出身正教，当初一念之差，受此大害，其势不能不与左道为伍。这类妖邪有甚好人，见她美艳如仙，又是孤鸾寡鹄，多半心生垂涎。辛凌霄人甚坚贞，心虽愤恨，但又不能过于得罪，只能隐忍闷气，在未发难以前，一味躲避。当日被沙红燕约来，越想越恨，决计此行只要将毒龙丸到手，可备他年丈夫转世成道之用，不问胜败，也必兵解殉夫，所以始终冷冰冰地一言不发。这时因见敌人不住讥嘲，好似借故延迟，心中生疑，忍不住喝道：“既然如此，何必多言？”癞姑笑答：“你本好好一对神仙美眷，如今闹得家败人亡。虽因当初一念之差，到底今日来人以你最好。我把话说完，便请你入内，到了里面，也决不存心难为你。不过五行仙遁今非昔比，你虽立志殉夫，不畏兵解，但是金宫威力甚大，反应极强，万一不巧，连元神也难逃遁，你却须格外留意呢。”

沙、辛二女还未答言，庞化成见敌人相貌丑怪，摇头晃脑，肆口讥嘲，只管延宕，不由怒火上冲，大喝一声，扬手便是亮晶晶各具一色的碗大精光，朝前打去，眼看暴长。癞姑一晃不见，耳听哈哈笑道："红脸贼，要找死么？且把你一人留在上面，反正逃不了，倒看看你会闹甚把戏，能动我一草一木不能？”沙红燕不知癞姑早有算计，见庞化成发难，方欲拦阻，敌人忽然不见。紧跟着眼前一花，耳听发话，再看时人已落在幻波池下，快要到地。面前现出五座洞门，除南洞门未开外，其余洞门大开。门前各立一人，倒有三人不曾见过。癞姑也已立在西洞门外含笑相待。才知敌人暗用五行大挪移法，**《倚天屠龙记》中的“乾坤大挪移”似受此启发**。乘着问答之际，冷不防撤宝，将人放了下来，并把庞化成一人留在上面，事前竟会毫无觉察。想不到数年之隔，会有这高法力。心方惊疑，耳听破空之声由远而近，上空风雷大作，料是敌我双方均有人来，深悔方才不该性急，致落敌人算中，照此情势，绝非佳兆。事已至此，无法中止。好在预计也要入池，各人法宝神妙，早有准备。已经深入重地，只好一拼，并待后援。

癞姑独立西洞门外，朝辛凌霄笑道："我姊妹三人入居仙府以来，圣姑禁条已改，只要沾一点儿邪气的人，入洞必死，形神皆灭。你不是那样的人，元神或能保住。我知你持有专破庚金之宝，先给你引路，使你少吃点儿亏如何？”辛凌霄连听对方道出心意，先颇惊疑。再一想到丈夫恩爱，为此而死，不禁愤极，怒吼一声，扬手一道白光飞将过去。癞姑也将屠龙刀化为一弯寒碧金光，敌住辛凌霄，并且笑道，“你莫着急，今天包管你称心如意。如非成全你的心志，你并非对手，怎的不识抬举？实不相瞒，我们真爱惜你。休看毒龙丸就在里面，你们明偷暗盗，谁也不能得去。等你夫妻转世重来，准定各送一粒，放心好了。”辛凌霄闻言，心又一动。侧顾沙、留、车三人，已由二女一男分头迎敌，各往东、北、中三洞分头追去。癞姑说完，也已退入西洞。辛凌霄情知事情艰难。原定五人并攻一洞，到了里面，后面援兵也已赶到，各仗专破五行的异宝奇珍，里应外合。不料敌人法力之高，出于意外，五人同下，临时忽把一人留在上面，分明预有成算无疑。方一延迟，耳听癞姑在门内笑道：“辛仙子，你丈夫乃妖妇所害，与我们何干？我对你实是怜爱，趁早抽身，不与群邪为伍，还来得及。只要转念，我必送你回去。你一进门，就活不成了。”辛凌霄闻言，忽又想起丈夫惨死，悲愤填膺，咬牙切齿，把心一横，往门内追去。

当癞姑诱敌之际，庞化成法宝也已出手，猛瞥见前面轻烟闪动，敌人与四同伴略闪即隐，相隔竟在数十丈外。知被敌人暗用法力将人分开，只留自己一人在上，不禁愧愤交加，怒发如雷，一指宝光，正待追去，意欲冲烟而下。平日飞遁，本来神速，法力也高，哪知此时敌人比他更快。刚一飞起，就这不到一眨眼的工夫，满山头五色轻烟似海波一样起伏飞扬，耳听叭叭叭连串响处，突由对面飞来七团酒杯大的银光，正打在七色精光之上，当时爆炸。顿时满空彩芒银星激射如雨，只闪得几闪，便同消灭。自己多年苦炼成的北斗珠竟被毁去，心方一惊，面前已现出一个矮瘦奇丑，形若幼童的小道姑。一时情急，便将左肩一摇，立有两柄飞叉各带着五股烈焰朝前飞去。那道姑正是女神婴易静，刚用飞剑敌住妖叉，便听东南、西北破空之声，随有多人分头赶到。庞化成看出西北方来人多是日前分手的同党，还有几个不认识的。这时觉出敌人果是厉害，锐气已挫，自己肩上日月五星轮少时再要无效，事前曾夸大口，何颜见人？而新来诸人中，有两个又是多年好友，气方一壮，双方已飞近岭上，还未下落，便在空中动起手来。易静见自己这面来人，乃是庄易、吴文琪、陆蓉波、杨鲤、廉红药、万珍、郁芳等七人。

原来林寒、庄易自从在汉阳得到诸葛警我指示，说群邪年内来犯幻波池，奉了嫫姆密令，把朱文、申若兰、云紫绡三女送走之后，便照所说，在数月前便暗中赶来依还岭附近高峰之上，由林寒主持，设下一处法坛，以为接应。起初为了事机缜密，一意准备，先不往幻波池见易、李诸人。所以当时连对朱文等三女均未明言，托故飞到幻波池东面高峰之上，寻到地方，择一山洞栖身，先将诸葛警我转交旗门取出，将第一道灵符发动。等到当地设下禁制，方将柬帖取出观看。林寒一见大惊，立即依言行事。准备停当，便在峰头上眺望，迎接各地来援的男女同门。前两月并无人来。只有廉红药因在南疆红木岭、碧云塘两地用修罗刀连伤左道妖邪，树敌大多，先奉师命归就郑八姑，历久无事，便放了心。加以频年修为，功力日高，渐把前事忘却。这日静极思动，想起近来修为甚勤，外功立得大少，恐落人后，便和八姑说，想要出外修积。八姑知她暂时无碍，又知嫫姆师徒对她怜爱，有事必往应援，化险为夷，稍微劝勉，也就听之。

红药因和蓉波、朱文、英琼、英男诸人交厚，意欲便中探看，并往东洞庭参见嫫姆师徒并谢恩。哪知嫫姆本是元神成道，近参上乘功果，飞升在即，因有件俗家的事未了，不在山中。姜雪君又应采薇大师之约，往云南石虎山谈禅未归。红药打算先去东天目访看英男，再转幻波池。途遇严人英、徐祥鹅说起日前路遇英男，正往成都，于是想起玉清大师许久不见，意欲往访，就便寻到英男，同往幻波池去，与易、李、癞姑三人叙阔。不料赶到成都又扑了个空。本来要飞幻波池，忽遇醉道人门下韩松、林鹤二童，说起大咎山毒手摩什已经伏诛，当地产有佛棕仙果，无人采摘，自身法力不济，未敢前往。红药便欲就便采些与幻波池带去，别了二童，刚到大咎山，便遇上两个妖人，一名裴懿，一名张则，均乃南疆所杀妖人死党，怀仇已久，也采佛棕，无心相遇，便争斗起来。红药以为修罗刀专杀妖邪，不料二妖人淫恶刁狡非常，邪法阴毒，红药几受暗算。幸而万珍、郁芳奉了密令，往依还岭助林、庄二人设坛布阵，空中路遇，将二妖人杀死。红药已中邪法，救醒以后，郁芳深知二妖人来历，恐遇妖党，偶看仙示，越发心惊。便不再往别处去，先期赶往依还岭，令红药随同林、庄二人一起，不可离开，等到幻波池事完，妖人之师如来，有众人在，自可除害，否则也可寻上门去，永绝后患。万、郁二人原是护送云紫绡，中途分手，按照崔五姑前说的话，来与林、庄二人会合，于是便同留下，每日演习仙阵，分班轮值。到十日前，吴文琪、陆蓉波、杨鲤也先后来到。

这时依还岭早在火无害百丈烈火笼罩之下，如非林寒持重，众人早已往援。后见火无害被擒，又有五个敌人飞到，虽然不知详情，既用太乙五烟罗防御敌人，历久不撤，可知厉害，本就跃跃欲试。林寒坛上有一片法光，乃媖姆所传仙法妙用，视千里内外人物的往来形声，犹如对面，这时忽然发现西北方飞来十数道遁光，均是左道妖邪，知欲夹攻幻波池而来。众人原因诸长老仙示，均说易、李诸人人少势孤，尤其五行仙遁必须有人分别主持，全要飞往应援。林寒知道时机已到，不过还有好些人未到，并要接应伤败的人，便令庄易照着日前密计，率众前往，自己留守。众人刚到岭上，群邪也已飞临，便在空中斗将起来。

易静见那来敌大多是相貌凶恶，神情诡异。内有五个身材矮胖，相貌狞恶，各穿着一身黑衣，道童打扮的妖人，装束神情全差不多。背上各有一个妖幡，肩头上各钉着二根黑光闪闪的妖钉，手持一柄两面出锋的锯齿刀，满身都是黑气笼罩，颇似传说中的查山五鬼弟兄。知他们黑狗钉出名厉害，妖师乃火法真人黄猛的师兄吼天王童斯，最是护犊，邪法又高。即此五人，已非弱者。另外还有两个身材高大，形如巨灵的妖人，也是同胞弟兄，各持一杵，腰间法宝囊甚大，好似藏有不少东西。这伙妖人，上次峨眉开府均未见过，善者不来，来者不善，何况还有两个大强敌未到，故易静唯恐众同门万一有失。而对手之一庞化成，邪法还在其次，最厉害的是那日月五星轮，如不能破，便须防他狗急跳墙，改由山外攻打，地底开路入内，太乙五烟罗却只能防备上面和全山四外。此轮乃左道中的有名异宝，一旦制它不住，近山生灵必要遭殃，并还毁损附近风景。再者依还岭地域广大，敌人众多，此时虽未到齐，已不下二十来人。万一敌人知道五烟罗的底细，四方八面一起进攻，稍微运用失当，必由山外攻入，本山美景必有损毁。自己这面人数又少，如何照顾得来？易静忙用传声告知庄易等七人，令其留意。同时暗中通知癞姑，将先前的四敌人引入洞中以后速急出场。好在对于辛凌霄，本心不愿伤她，不妨宽她一步。正说之间，空中妖人已死伤了几个。原来易静因时机未到，知道敌人日月五星轮虽极厉害，用时却须准备，上来便以全力进攻，法宝、飞剑纷纷放出。庞化成不料敌人这等厉害，忙用法宝分头迎敌，仗着飞遁神速，先前又吃过大亏，不再轻敌，虽被逼得手忙脚乱，空自痛恨，无暇施为，可是易静急切间也伤他不了。

英琼、英男本来奉命在静琼谷待机，等候屠霸等敌人到来，再行出战。不料众妖邪大举来犯，人数甚多，邪法又强，只好提前出手。庄易等七人如非易静传声，斗时不求有功，先求无过，上来便用法宝、飞剑护身，吴文琪、郁芳几为邪法所伤。只有万珍所用三花神梭威力神妙，出手便是金、红、白三色奇光交织如梭，环绕全身。每遇邪法异宝来攻，前面便有金花爆散，飞射出千万点银雨金星，在妖光邪雾之中往来冲突。虽也时常遇阻，却比较占上风，敌人拿她也无可奈何。还有廉红药，在飞剑护身之下发出二十七口修罗刀，也是满空飞舞，所到之处，除查山五鬼和那两个大汉能够抵挡而外，余者全都纷纷逃避。无如下余五同门却是仅能自保，难于还攻。尤其是敌人先就来了十六个，后来的还不算，连沙红燕这一起，先后竟达三十一人之多。也是幻波池诸人该有这场险难。庞化成本身法力还在其次，那日月五星轮本是前古奇珍，被乃师得去，重又苦炼多年，越发厉害。英琼开头如与易静夹攻，杀死妖人原是易事。只因生性疾恶，最护同门，一见敌势太盛，以为易静决不妨事，并未上前。也未等到发令，便朝空中飞去。英男自和英琼一路，相继飞起。空中群邪正在耀武扬威，纷纷喝骂，不料来了两个杀星，紫郢剑与南明离火剑都是仙府奇珍，况又加上英琼的青灵髓与佛门定珠，威力更是神奇。

内中查山五鬼先用飞刀对敌，看出敌人用仙剑、法宝防身，难于侵害，便将黑狗钉发将出去。那黑狗钉出手便带着雷鸣犬吠之声，外层是道黑光，内里却裹着一根暗赤色的钉形红影，为邪教中最阴毒的法宝。不特中人必死，而且黑光中所发出来的血色火花细如牛毛，得隙即入，尤为厉害，沾上便无幸理，专门污秽法宝、飞剑。五鬼因是素性刁狡，本对藏珍存有贪念而来。后见人数甚多，那两个大汉又是西海黄鱼岛有名的巨灵神君商弘、商壮，原是土木岛主商梧孽子，因犯大恶，被禁在黄鱼岛上已有多年，新近才得脱出，被沙红燕约来。这两人法宝最多，五鬼恐显不出自己。本还不打算用黑狗钉出斗，因见敌人虽然势弱，但都防身有宝，无一能伤。内有两少女更是难斗，一个不巧，就许被修罗刀所伤，方始施展出来。这原是瞬息间事，双方恰好同时发动，五根妖钉刚一出现，二女仙剑一紫一红，已如惊天长虹电射而来，刚一接触，妖光先被双剑绞散多半。五鬼把此宝珍如性命，不禁大惊，总算收势较快，不曾斩断。

廉红药因和二女至好，一见出斗，心中大喜，连忙赶去，恰值五鬼收钉旁遁。另两妖人因见万珍法宝神奇，欲加暗算，乘着混战之际，退到一旁，将邪法准备停当。正打算冷不防骤起发难，一眼瞥见李、余二女由光网下冲烟而起，因都久居海外，不知峨眉派的厉害，虽见剑光强烈，依然自恃邪法，以为查山五鬼黑狗钉绝不至于败。见二女美貌如仙，竟生妄想，意欲抽身下手，将人迷倒，擒回山去。不料死星照命，他们的邪法刚一发动，红药突然飞来。英琼正待追敌，忽见斜刺里两幢黄光，光中两个妖人，一高一矮，各持一面形如鱼头的法宝，口眼各喷黑气，腰间鱼皮袋内各有一股白烟，蓬蓬勃勃向外激射。又见红药由侧飞来，邪烟腥秽，料非寻常，恐其中邪受伤，便将定珠放出。二妖人见敌人发出一团佛家慧光，祥霞潋滟，流辉四射，才一出现，邪烟立被消灭，知道不妙，忙即回收。红药也听易静传声，令其留神邪法，防身要紧。一见慧光朗照，邪法将破，更不怠慢，一指修罗刀，电掣飞出。二妖人刚想起此是左道克星修罗刀，想要逃遁，已是无及，吃那二十六道寒碧刀光将全身裹住，只一绞，便成粉碎。英琼百忙中瞥见妖人已死，所用鱼头形法宝尚在狂喷邪烟，唯恐妖魂逃遁，忙指慧光照将过去，扬手又一太乙神雷，霹雳声中，慧光、雷火夹攻之下，已经消灭无踪。

英琼见敌人越来越多，知红药性虽温柔，遇敌时却极胆大贪功，素无机心，此时满空均是敌人邪法、异宝纵横飞舞，光焰四射，邪雾横飞，恐其无心受害，忙与会合，同在慧光护身之下，合力应敌。至交姊妹，久别重逢，红药对英琼最是亲热，相见惊喜，免不得说了两句。就这匆匆问答，转瞬之间，众妖人见同党败逃，伤亡了好几个，全部大怒，各以全力施为，夹攻上来。英琼见众同门除癞姑身与刀合，满空纵横飞舞，正追五鬼，众妖人挡她不住而外，只万珍能仗法宝之力抵御群邪，未分胜负。下余五同门已为群邪所困，各仗法宝防身，仅能自保。不禁情急，便率余、廉二女向庄易等五同门赶去。三女所用刀剑，全是仙府奇珍，众妖人如何能敌？只见丈许大的一团慧光，带着红、紫两道长虹，二十七道寒碧刀光，满山电舞虹飞，所到之处，任何邪法异宝全都无用，不是雾散烟消，妖氛尽扫，便是光消人死，形神皆灭。三女又将太乙神雷向外连珠乱打。庄易等受敌围困，见双英数年不见，竟有偌大威力，全都惊喜交集，出于意外，也各将太乙神雷由防身宝光中向外乱打，八人晃眼会合一起，威力越盛。万珍量小，对于英琼，本认为师长偏爱，有意成全，及见偌高功力，不由心中钦佩，自愧弗如，立改成见，也赶上前去会合。众人法宝、飞剑本非寻常，只为敌强势盛，更须防到邪法暗算，以致吃亏，在佛家慧光防身之下，外邪不侵，全都胆壮，不再顾忌，各以全力御敌，威势越来越盛。不消片刻，三十多个敌人先后伤亡了一半。内中只那两个巨人商弘、商壮正斗之间，发现癞姑正追查山五鬼，所用刀光乃屠龙师太镇山之宝屠龙刀，五鬼竟被追得望影而逃。最厉害的是刀光神妙，竟能分化，人与刀合，隐现无常；太乙神雷似暴雨一般打出，更有别的法宝助战，无一件不是威力极大。五鬼微一分开，便吃大亏，只得联合一起，几次想用背上妖幡，均被追得无法出手。暗忖："莫怪峨眉势盛，一个无名小癞尼，也有如此厉害，余者可知。"心方惊疑，猛想起父、叔均与妙一真人夫妇有过嫌隙，屠龙师太更是对头，此女定是她门人，何不将计就计，将父亲、叔父引了出来？心念一动，忙即赶去。

癞姑原因接到易静传声，令其出战。当时辛凌霄已经被困金宫之内，癞姑便对她道："你已被困，任你多大神通也难逃走。但我姊妹实在不愿伤你，此时各宫五行仙遁一起发动，不能放你。如听忠告，可守在这里，等我事完回来，将你放走。如再恃强，想保元神兵解都办不到，后悔无及了。"匆匆说完，便自赶出。知黑狗钉乃邪教异宝，最是阴毒，现被英琼、英男破去一半，正好除害，便不再顾别的，加急追去。不料五鬼邪法甚高，法宝又多，黑狗钉已收，非连人杀死不能除害。癞姑本来追击五鬼，心正盘算下手之法，见商氏弟兄飞来。癞姑认得二商，先还想以一敌七，毕竟人单势孤，这七个敌人又都是能手，飞遁尤为神速。五鬼本想在百忙中抽空施展邪法，见二商飞来，稍挡得一挡，立即飞身遁去。癞姑无法，又知二商所用宝杵乃家传至宝，法宝囊内并还带有土木神雷，不敢轻敌，只得先用飞刀将敌人所发杵形黄光敌住，笑骂道："你两个违犯教规，被你们父亲困禁多年，刚得脱身，又出来为恶。尔父早不肯认你们这不肖之子，有何脸面见人，还敢勾结妖人来此扰闹？趁早回归海外，免得送死。"商氏兄弟全部身高九尺，金刚巨灵也似，声若巨雷，望去威武非常，人却阴险狡诈。闻言并不发怒，各咧着一张大嘴，冷笑道："小贼尼！你想激我们用土木神雷么？家父对我弟兄已经宽容，即便使用，也决不会将我二人追回。何况老贼齐漱溟和老贼尼沈琇，均是家父的对头。我二人此来，决不空回，除在胜败未分以前献出藏珍毒龙丸，或能饶你狗命，否则叫你知道厉害！”

二商原意是激怒癞姑，使其心中愤恨分神，冷不防猛发土木神雷、二行真气和别的法宝，将敌人杀死。不料癞姑见商弘发话，商壮指宝杵应敌，另一手暗掐灵诀，面上神情有异，早料敌人必有阴谋。心想：“别的法宝尚在其次，最厉害的是二商家传的二行真气，一经发难，整座依还岭均能震成粉碎。此时虽有太乙五烟罗防护，但这两人天性凶恶，素无人性，不可不防。此时虽有太乙五烟罗护身，但群邪势盛，地域太广，一个照顾不到，得隙即入，除幻波池仙府而外，本山灵景固要毁灭，即或不然，四外群山也必震碎。日月五星轮又是一个大害，另外两个强敌尚还未到，岂可大意？自己无妨，英琼等九人有慧光防身也不足虑，要想保全别的灵景，却非容易。”心正忧虑，二商把话说完，突然将手一扬，大片青、黄二色合成的二行真气已似电一般潮涌飞出，晃眼把依还岭盖上大半。同时又有两团同色奇光流辉若电，晶莹耀目，飞将起来，大只如杯，也未当时爆炸，出手便是流星赶月，直上高空，在离地数十丈的空中停住不动，宛如两轮彩月，精光朗照，方圆数百里内，全被映成了青黄色。那光更是越来越强，只管加盛，这时夕阳已早落山，天空星月竟为所掩。

癞姑见是二商之父商梧所炼至宝二行珠，比土木神雷威力更大，一经爆发，千里内生物齐在死圈之内，化为劫灰。**媲美氢弹。一笑。**除在未发难前用法宝收去，送往两天交界之处消灭，才可无害。心正愁急，打算拼着以身殉道，以全力将其送往高空消灭。耳听商弘大喝：“诸位道友速退，免遭波及。”才知敌人恐伤同党，特意延迟。众妖人多半识得此宝厉害，闻警纷纷收宝遁退。英琼等九人还在追杀。癞姑心想：“英琼的慧珠乃佛门至宝，也许能够抵御，但二行珠威力绝大，稍受震荡，立即爆炸，纵令英琼能够抵御，附近生灵仍遭毁灭，一个不巧，众同门必受重伤。还是用定珠慧光将众人护住，自己独任其难为是。”刚把心一横，忙用玄功赶去。眼看二珠停在高空，忽似飞星电旋，流转不休，仿佛就要对撞神气。**这个爆炸机理也与核武器相似，不知还珠如何想出。**英琼等追赶群邪，已快追出依还岭边界，易静独斗庞化成和另一妖党，双方均若无事。癞姑心虽奇怪，危机瞬息，不暇寻思，一纵遁光，正朝上空急飞，猛听幼童口音在空中喝道：“诸位师伯，休放妖人逃走。待弟子韩玄将这二行珠给不肖畜生的父亲送去。”话未说完，高空中突现出一个形若童婴，背上插两口尺许长金剑的短装幼童，通身都是霞光笼罩，将手一扬，先是一只大有亩许的手形金光捞起两团珠光，带着一连串霹雳之声，比电还快，直向高空飞去。紧跟着，另一只手撒下大片淡薄的青烟，也和电一般快，自空飞堕。

第三十五回　玉殒香消　感深情　金宫援倩女
恶盈数尽　施妙法　火遁戮凶魂

二商原因沙红燕一味推崇所约屠、邹二妖人，心中大愤，到时故意敷衍，想等众人不行，再行发难，以显他们的威风。后被癞姑激怒，方始打算提前出手。只为同党人多，尚与敌人相持，想等退出死圈，再行下手。以为二行珠无人能破，只一接触，立即爆炸，敌人必死。正在得意扬扬，口中喝骂，忽见癞姑运用玄功，向高空中追去。还恐敌人不知厉害，将珠震破，发难太早，伤了同党。刚指珠光想使上升，不令追上，忽见一个形如婴童的敌人，扬手便是一只金光大手，将珠抓去，不由大怒。二商忙即行法，向空一指，想将二珠爆炸，同时腾空追去。那片青烟已经飞堕，似网中捞鱼一般，将那弥漫大半山，正向全山展布的二行真气一下网住。同时另一敌人忽然飞降，手持一个晶瓶，先飞起一片锦云，笼向青色光网之外。两下里一合，立时由大而小，合成一团轻烟彩雾。晶瓶又飞起一股七色彩光气，将其裹住，晃眼由大而小，飕的一声，吸入瓶口以内。二商见二行珠已被金光大手收走，一任施为，毫无反应，正在情急，还未追上。

癞姑一听来人竟是韩仙子门下小人韩玄，那金光大手不是芬陀、媖姆二老前辈元神所化，便是所炼神符。知已无害，心中大喜。一见二商飞来，立即回身迎敌。就这略一停顿之际，下面二行真气已被收去。二商看出敌人所用法宝，乃是五岳锦云兜与七宝紫晶瓶，情知宝珠真气已落敌手，不禁悔恨交加，又急又怒。那金光大手来历更大，韩玄又生得形如童婴，误认作快成天仙的道家元神，料非对手，再说也追不上。不得已而思其次，想将二行真气夺回，如能成功，再将敌人紫晶瓶夺来，岂不更妙？情急万分，本不暇再与癞姑恋战；又见下面敌人收了二行真气，立时破空遁走，心疑敌人似往土木岛送还法宝，越发着忙。慌不迭舍了癞姑，便朝那人电驰追去，双方全部飞行神速。韩玄也已飞降，正向癞姑行礼回答，英琼等和众妖人也已飞回。

原来易静独战庞化成，忽听有人传声，自称韩玄，奉了韩仙子之命，拿了芬陀大师一道灵符，来收二行珠。并说邹、屠二妖人就要来到。日月五星轮将来有用，此是定数，附近山林景物终须遭劫，最好在二强敌未到以前任其发难。否则庞化成人最恃强，又最珍爱此宝，轻不使用，来时心存奢望，见不如人，就许负愧逃去，或是不肯出手，收它便难了。这时另一新来妖党伊佩章，乃华山派老辈中妖人，正随庞化成一同对敌。当二行珠飞起，二妖人知道厉害，本想逃走，不料易静恐妖人逃光，发难太早，韩玄不及下手，突将太清禁制施展出来，将二妖人困住，迫令出手，并作缓兵之计。同时传声英琼，说强敌将临，可速退回。残余的十来个妖人无一弱者，本非真败，又都各怀奢望，想要染指。英琼等一退，见空中宝珠不见，二商追敌飞走，纷纷追回，双方又斗在一起。庞化成见仙法神妙，身外满是金霞笼罩，知道敌人发动太清禁制，自己虽有法宝防身，但是压力极大。晃眼之间，金霞中又现出千万根大木影子，互相挤轧排荡，潮涌而来，本就惶急，伊佩章再一连番怂恿，顿忘师诫，立将四柄烈焰叉将身外金霞挡住，随喝：“诸位道友留意，速往我这里来。”左肩一摇，一口真气喷将出去，肩上大小三轮立即朝空飞起。易静知道敌人法宝乃前古奇珍，不愿为他所破，立收仙遁隐身，追上英琼等，匆匆说了几句，便和癞姑、韩玄同往静琼谷中遁去。

伊佩章最是刁狡无耻，因见仙法神妙，唯恐庞化成无暇施为，由身旁取出一方形如手帕的法宝，向空一抖，立有一片暗赤色的妖云，腥秽难闻，飞向空中。易静恰巧收法遁走，伊佩章以为所用赤霞玄阴障厉害，敌人被其惊退，正向庞化成口发狂言。不料韩玄手疾眼快，机警绝伦，师传法宝又多，本随癞姑同往谷中退去，正由二妖人身侧飞过，闻到奇腥，觉着有些头晕，不由有气，因已隐身，二妖人全未看出。庞化成仗着师传，发难以前，先有一幢七色宝光将身护住，还不妨事。伊佩章自恃年老成精，易静一退，越发骄狂自满，以为妖光邪云笼罩之下，敌人必不敢近身。不料韩玄经过，如非身佩师门至宝护神牌，几乎晕倒，不禁大怒，已经飞过，也未告知癞姑，忽然一剑飞来。那两口金剑与寻常飞剑不同，乃韩仙子昔年初得道时，用前古神金炼成的防身至宝，发时只是金光闪闪的小剑，长只数寸，比电还快，又是万邪不侵，相隔甚近，如何能防。等妖人发现一口其亮如电的金剑在眼前一闪，想逃无及，竟被那剑追上，由头到胯斩为两半。一道血光裹着妖魂刚要飞起，癞姑回头望见，扬手数十百丈金光雷火，将妖魂连空中妖光一齐消灭。方同往谷中退去，照眇姑之言布置。

那日月五星轮也已飞向空中，化为大小三轮奇光。一轮其红如火，飙轮电驭，急转不休，四边发射出千万朵火焰，猛射如雨，晃眼全山便在火星笼罩之下，红雪飘空，上下飞舞，光芒万丈，烈焰烛空，与先前火无害太阳真火的威力又自不同。火焰朵朵，所到之处，满山五色轻烟全受激荡，起伏如潮，风雷之声，山摇地动，形势万分猛恶。第二轮却似一个大冰盘，寒光四射，正罩在众人头上，先未在意，晃眼光更强烈，照在身上，似有极大吸力，如非慧光护身，几被吸去。这还不说，最厉害的是那第三轮，外边上有五色星光，迎空暴长数十百倍，各射出一股光气，罩向众人立处，压力之大迥异寻常，下面太乙五烟罗竟敌它不住，虽未冲破，环着众人身外一圈，已被冲破数十亩方圆的一圈裂缝。这时众妖人已各纷纷退去，与庞化成会合一起，各指英琼等喝骂不休。众人因受癞姑指教，立意收那日月五星轮，故作不支。同时由英琼运用定珠慧光将众护住，只守不攻，也不去理睬，想等收宝的人一到，立即下手，收宝除害。依还岭上重又光焰万丈，上彻重霄，宛如日月合璧，五星连珠，一同自空飞降，离地仅数十丈。只见烈焰千重，彩光万道，星光如雨，红雪缤纷，寒光若电，流辉四射。又当深夜之际，整座依还岭宛如一座霞光万道的火山，照得方圆千里内外明逾白昼，壮丽光怪，亘古未有。

庞化成不料慧光这等厉害，日月五星轮乃师传奇珍，竟不能伤它分毫。太乙五烟罗也未冲破。敌人虽似困住，终究奈何他们不得。正想三轮合运，朝下压来，试上一试，先不伤人，且将五烟罗碾破，以便接应池中同党，里应外合。正与一同党妖人商议间，忽见一片银光先在月轮旁闪了一闪，疑有敌人，定睛一看，已无踪影。方在奇怪，日轮中心又有豆大一点儿的黑影，一闪即灭。紧跟着，五星轮上又飞起一蓬乌金色彩丝，均是从所未见的异兆。想起此宝乃师父传授，曾说与自己共存亡，不到万分危急，并还理直气壮，不许妄用，又曾立过重誓。虽具无穷威力，仗以横行，从未用过。日前因受沙红燕蛊惑，想分得一粒毒龙丸，冒失来此，突生异兆，莫非有甚变故不成？心正惊疑，忽听月轮内有一女子喝道："无知妖道，敢忘师诫！认得我女殃神郑八姑么？看你师父面上，赐你兵解。还不快逃，等待何时？"说时一根长只尺许的黑光，并不甚亮，突在日轮中出现，只闪得一闪，日轮便即停止不动。紧跟着又有九朵金花，一团紫气，由空飞堕，满山火焰立收。刚认出这是前师所说天狼钉与九天元阳尺，只见一团冷光银霞又由月轮中突然涌起，光中现一黑衣道姑，正是前师旧友郑八姑。月轮忽隐，立还原形。星轮上又有一片乌光，大蓬金线飞起，收得更快，话未听完，三轮全失。庞化成不由心惊胆裂，亡魂皆冒，忙喊："郑仙姑开恩！"话还未了，耳听一声长啸，起自遥空，宛如响箭穿云，破空而来。庞化成未及回顾，星轮上一片乌光已罩向身上，护身法宝立破。惊魂震悸中，一道青虹又飞上身来，耳听八姑喝道："红侄看我面上，休伤此人元神，放他走吧。"庞化成自知难活，青光已绕身而过，斩为两段。一条人影在那四柄烈焰叉环护之下，往斜刺里破空飞去。

就这一两句话的工夫，一条红影已随同长啸之声飞堕。同时东北方又飞来一片暗蓝色妖云，疾如奔马，铺天盖地而来，晃眼临近。众妖人见庞化成惨死，正在心惊，一见来了两个大援，又都惊喜，齐呼：“二位道友，怎此时才来？”众人看出来敌甚强，正准备迎敌间，忽听八姑传声喝道：“诸位师弟妹，速照计行事。这里须受妖人数日围困，我送红侄脱离阵地。此时不便相见，到日再来。”话才出口，八姑已在雪魂珠护身之下，带了上官红，化作一团银色冷光，比电还快，往左侧面破空飞去，听到末两句，语声已在数十里之外。**还珠笔下，改邪归正的都十分痛快。玉清、八姑尤为翘楚。**众人方在钦佩，新来二强敌也相继飞到。一个身穿白衣，装束诡异。一个赤面蓝衣，其瘦如猴，身后背着一个大葫芦，内喷蓝色烟云，才一到达，便海涛也似当头压下。耳听易静、癞姑分头传声，令众分退静琼谷中待命，破阵的人尚还未到，妖孽数也未尽；洞中所困四人均持有克制五行之宝，也须有人主持相助。现在人少，最好听其攻打，到时自有解救。否则即便能胜，后患甚大。癞姑又说辛凌霄带有法宝甚多，甚是厉害，五行仙遁须人主持，令英琼往金宫相代。由癞姑自去对付沙红燕，以防张瑶青法力稍差，不是对手，万一疏忽，生出变故。英琼等闻言，同在慧光笼罩之下，往静琼谷飞去。

英琼将众送到谷中，再行飞出，只见蓝云如海，高涌如山，整座依还岭全被罩住。太乙五烟罗已化为大蓬彩烟，向上飞起，护住全山，离地约有十丈高下。妖云正在下压，恰好接住，虽能抵御一时，但是妖云势盛。那穿红衣的妖人也正发难，扬手发出大片阴雷，互相击撞，千万霹雳一齐爆炸，震荡之势，比起先前几次还要猛烈十倍。方才对敌诸妖党似恐波及，各在后来二妖人所发两幢红蓝二色交织成的光幢笼罩之下，飞翔云海雷火之中，耀武扬威，连声喝骂，也用邪法异宝相助攻打，尤其对幻波池、静琼谷分外猛恶。内一妖人名叫玉神君唐双影，因同伴为众人所伤，报仇心切，哪知厉害，怒火头上，只顾见敌眼红，也不想想中间隔着那层五烟罗本就难破，又经郑八姑来时用一道灵符加增威力，比方才还要神妙得多，怎攻得进。事有凑巧，英琼出时不曾隐身，被二妖人发现，因听说过相貌，猜是三英中第一人，各用阴雷邪法朝下猛攻。这两个妖人正是屠霸和赤手天尊邹勤，均在东海被困多年，近始逃出，邪法甚高，炼有不少极厉害的法宝。尤其邹勤，乃九烈神君师弟，所炼阴雷威力极强，并能随发随收，化生无穷。他乃昔年邪教中有名人物，又擅长独门玄功变化，精于五遁。如非五烟罗防护，邹勤所炼攻山异宝百灵冲与十六面妖幡又被米、刘二矮暗中尾随破去，早被侵入重地，全山仙景也为妖云熔化。就这样，那丙庚精气会合各种龙蛇虫兽毒涎炼成的妖云，稍差一点儿的法宝飞剑，沾上便即污毁消熔，厉害非常。其阴雷又极猛烈，太乙五烟罗虽经媖姆仙法重炼，如非八姑带来那道灵符，仍难持久。这一合力攻打，威势更大，宝气彩烟立被激动，纷纷飞扬，起伏如潮。唐双影只当宝网将破，想起自己成名多年，此来寸功未立，反伤了两个同伴；屠、邹二人一到，便将敌人惊退，声威立盛；自觉不是意思。又因身藏异宝尚还未用，想收渔人之利，于是诱敌出斗，连发出三支阴灵箭，一见无功，破口辱骂，语甚污秽。

英琼由宝网下面飞过，已经快到幻波池边上，见一油头粉面的敌人，手指三道妖光追来，全身有粉红色的光焰笼罩，众中只他一人穿行妖云雷火之中，若无其事，口中又在秽骂不休，不禁大怒。暗忖："照癞姑师姊所说，虽然时机未至，冷不防除去一个，有何妨害？何况这妖孽必是极恶穷凶，万万容他不得。"心念一动，立时回身，手掐灵诀，冲烟而上。唐双影一见敌人出斗，英琼又是身剑合一，定珠不曾放起，以为敌人中计，所用邪法赤阴球最能迷人心魂，发动极快。性又贪淫，心中还存妄念，打算生擒回去。一面指挥妖箭迎敌，一面将球放起。不料英琼近来法力日高，身有佛家至宝定珠，万邪不侵，因恨敌人出口淫凶，立意除他。一见妖箭迎面飞来，也不用紫郢剑迎敌，先将开府所得圣姑遗赐的太白金刀化为一条银电，朝前飞去，自身却向妖人追去。就这对敌晃眼之间，忽听妖人大喝："邹道友停发阴雷，待我生擒贱婢回山，一同享受。"话未说完，身形忽隐。邹、屠二邪见英琼出战，正发阴雷妖云朝前夹攻，闻声忽然退去，齐喊："唐道友说得对，这丫头果然美貌。好在她已难逃罗网，你如不行，我们再来。"那三支妖箭本极厉害，不料英琼无心中放起太白金刀，正是克星，银光一绞，首先粉碎。那赤阴球也随同妖人隐处，飞向空中。此宝与妖人心身相连，阴毒淫恶，无与伦比。

英琼对敌人的话还未听完，瞥见当空现出一团暗赤色的妖光，晃眼由浓而淡，变作粉红颜色。光中现出好些俊男美女，都是一丝不挂，互相搂抱，颠倒横陈，活色生香，备诸妙相。光球里面，另有两条人影若隐若现，与妖人一样相貌，也是赤身露体，一丝不挂。**还珠观念中，"万恶淫为首"影响甚深，以致最恶毒的邪法就是性行为——不过也有迎合某些读者的因素。**忙纵剑光追去，扬手又一太乙神雷。不料那球看似停悬空中，徐徐转动，但是闪变神速，隐现无常，飞剑、雷火竟未击中。英琼心中奇怪，想把慧珠放起。妖人也是该死，分明见英琼神态无异，并不似平日敌人一见便即中邪晕倒神气，仍不死心，还以全力施为。英琼正追逐间，球上忽飞起一片粉红色的薄雾，色彩越发鲜艳，球中男女色相更多，鼻端微闻一股温香，心神忽然微动，觉出邪法厉害，不知如何破它。刚一迟疑，又听癞姑传声。心想退走，又觉有气。猛听叭的一声，球忽爆散，化为大片粉红色彩烟。中有两条赤身人影，比电还快，当头罩下，竟然不畏仙剑威力。英琼当时便打了一个冷战，喊声："不好！"心随念动，定珠慧光首先飞起，并将身带几样法宝，连同太乙神雷，一齐施展出来。妖人原因持久无功，侧顾群邪，多半停手耳语，心越愧愤。一见敌人惊疑神情，不知英琼定力最强，更有至宝防身，不过稍现警兆，并无大害；误认为中邪，只为法力颇高，不曾晕倒。唯恐失却机会，自恃发难神速，连人带宝猛扑上去。此举动作如电，本极厉害，偏生遇见凶星照命，劫数当终。妖人又将元神化身一齐向前飞扑，准备将人迷倒。四手齐伸，带着大片妖光刚往下扑，慧光暴起，邪法立破。同时又是一幢青霞罩上身来，飞剑再往上一绕，数十百丈金光雷火暴雨一般当头打下，多高邪法也禁不住。何况事前心存必胜之念，未有退意，当时连人带宝一齐消灭。

英琼本想再杀两个，因癞姑传声催促，只得回飞。邹、屠二妖人见状大怒，各施邪法阴雷急追过去。英琼在宝光防护之下，虽然不怕，也觉出阴雷震荡之势十分猛烈，那蓝色妖云压力更是奇大，才知果然厉害。刚刚冲烟而下，不料邹勤玄功变化，飞遁神速。先见英琼上时，彩烟飞动，已早生心。英琼一退，立时隐形追来。她那定珠原与心灵相合，下时虽觉微有一丝警兆，不知邹勤邪法神通，得隙即入，已经紧附在外。以为五烟罗能随心意分合，间不容发，决不会被他随同追入。满空阴雷又在乱打，百忙中竟未发现。也是幻波池不该毁坏，否则全洞虽有仙法禁制防护，池底灵泉必为阴雷所毁，就能修复，也须费事了。邹勤因见敌人法宝神妙，难于暗算，唯恐打草惊蛇；又听同党说起沙红燕等四人已先入洞，久无动静，料已被困。一心迷恋辛凌霄的美色，意欲卖好，竟忘了毁损仙景，紧紧随在英琼身后，想混到里面，哪知癞姑早得高明指教，得知妖人乘虚侵入，一见英琼出战，便舍了辛凌霄，运用仙法，将南洞开放，下余四洞一齐关闭。英琼本不知癞姑心计，一见南洞大开，便飞了进去。正想转入右洞金宫，忽又听癞姑传声，说妖人已经侵入，令其留意，须等困入南洞火宫，方可撤去法宝，以防暗算。英琼闻言，自是气愤，先不发作，直飞火宫重地，暗中准备。

邹勤还以为敌人毫未觉察，打算英琼宝光一撤，立发阴雷，将其打死，再破火遁，去与沙、辛二女会合。正觉敌人已经回洞，防身法宝怎还不撤？身已追入火宫深处，发现所经之处是一螺形甬道，又长又窄，上下洞壁好似画着不少火焰，若有若无，时隐时现。知是火宫重地，自恃精于五行遁法，也未在意。邹勤以为敌人不曾惊觉，只要在未发难以前将那最重要的火宫神灯毁去，全阵威力便要减去一半，成功较易。英琼忽然回身喝道："妖贼自投罗网，休想活命！"说罢，手中灵诀往外一扬，一片风雷之声过处，邹勤眼前红光一闪，敌人、甬道一齐不见，也未见有甚别的异兆，身却落在一座大约两亩的广堂以内，通体红色，洞壁宛如红玉，四外空空，不见一人。只当中一盏金灯，下有翠玉灯集。灯上结着一朵灯花，时青时紫，时红时白，色彩鲜明，别无他异。邹勤向在海外横行为恶，被仙法禁闭已三百年，对于幻波池五遁威力只是耳闻。以为自己是行家，不知仙法神妙，神力无边，尤其不知那五行法物均为仙府奇珍，非比寻常。所以虽知自己身落埋伏，毫无畏心，反想引发火遁威力，试上一试，成功更好，至不济也可遁往别宫去寻同党。邹勤的主意打定，扬手一阴雷，朝那星灯打去。阴雷本是一点豆大绿光，出手随人心意，化为百丈妖光雷火爆炸，无坚不破。哪知出手并未爆炸，打到灯上，宛如石投大海，形影全无。心方一惊，眼前倏地一暗。紧跟着光焰万丈，风雷大作，全身立陷火海之内。先尚不知厉害，怒吼一声，在邪法异宝防身之下，先发阴雷，四外乱打。仙遁神妙，不可思议，攻势越大，反应之力越强。只见碧荧如雨，出手消灭，一闪不见，并还收不回来。越往后火力越大，竟是无可奈何。身外烈焰早已合成一片，无异投身在一座极大无比的洪炉之中，用尽方法，火力只有更强。在烈火中连用邪法异宝，均不能破。最后想用火遁窜往别宫，去寻同党。刚一施为，飞出不远，忽见无边无岸的火海深处，现出一盏前见金灯，灯焰停匀，奇光迸射，由对面缓缓飞来。方想攻打破法，忽想起先前阴雷无功，此灯乃火宫法物，必是一件奇珍，稍失机宜，必为所败，岂可冒失？忙即停手退飞。那灯浮沉火海之中，看似极缓，不知怎的，无论如何加急后退，老是离身不远，并还越隔越近。暗忖："似此相持，何时是个了局？"顿发凶威，一声厉啸，忽然改退为进，运用玄功，想借火遁往别宫窜去。

说时迟，那时快，耳听沙红燕传声急呼，说五遁厉害，问众同党是何景象？话未说完，语声忽断。邹勤得道多年，人本机警狡猾，闻声方在失惊，猛觉出灯上奇光精芒迸射如雨中，忽有一种极大潜力吸来，身子立被吸住，再也挣扎不脱，所习火遁全无用处。眼看金灯越长越大，光焰越强，挺立火海之中，灯上光焰飞射火中，幻为异彩，耀眼欲花。邹勤才知不妙，幸仗玄功变化，炼就身外化身，先将元神遁出，想用本身一试真火威力。好在身外还有宝光防护，无事更好，否则元神决可保全。多年苦修，已早凝炼，不须肉体，一样神通，并且敌人法力多高，也难加害，那时报仇不晚。元神刚一离体，原身立被灯焰卷去，重又缩小，恢复原状。定睛一看，仍是前见那盏小金灯，原身已被裹向如意形灯焰之上，缩成寸许大的一个小人，带着一点法宝余光，略为挣扎，一缕淡淡的青烟冒起，连人带宝齐化乌有。眼前一暗，身外一轻，金灯不见，身外烈火忽然一晃，消灭无踪，只剩元神落在广堂之中，四外静悄悄的，哪有一点儿形迹。

邹勤肉体已毁，还失去两件法宝。如非应变神速，不是所用法宝多与心灵应合，几乎全数葬送。惊魂乍定，悔恨交加，又急又怒。细看四外洞壁，通体浑成，全无一丝缝隙。连用五遁，想要冲出，俱都无效。心正惶急暴怒，四壁忽现出无数火焰影子，重重叠叠，飞舞起来，与来时甬道所见相同，晃眼布满全壁，越聚越多。宛如万朵火花上下翻飞，精光闪闪，潮涌波腾。忽然轰的一声大震，那无量数的火焰立将全堂布满，又成了一片火海，元神被陷其内。但那无数如意形的火焰并不合成一体，只由上下四外一齐打到，近身便即爆炸。精芒电射，毫光万道，前消后继，越来越盛，比起雷火还要猛烈十倍。一任邪法高强，玄功变化，也禁不住那么大威力。如非先受重创，有了防备，护身法宝均是奇珍，元神早已受了重伤。后来，邹勤实在禁不住那雷霆万钧之势，只得运用玄功，将元神缩成寸许长一个小人，并将所有法宝一齐放出，化成一个空心光球，元神藏在其内，再用阴雷向外乱打，方始稍好。但是烈焰熊熊，漫无际涯，无论窜往何方，均无止境。情知弄巧反拙，凶多吉少。忽听左近有一少女低语道："这妖孽元神真难消灭，五行合运如何？"另一女子答道："琼妹怎的性急？为时尚早，乐得教这些妖邪受点儿活罪，忙他作甚？我们不是想要保存辛凌霄，只给沙红燕这泼妇吃点儿苦头，使其知难而退么？五行合运，使他们同归于尽，太便宜了。不过这妖邪气他不过，先听辛凌霄暗中祝告，诉说这些妖孽对她不怀好意，何不把这厮移往金宫，见他心上人一面，再用木火二行合围，倒要看他妖魂余气有多大神通。你看如何？"

邹勤想不到自己成名多年，法力高强，却被米、刘二矮将制胜之宝暗中毁去，**最关键的功劳也是"改邪归正"者所立。那些纯粹本门弟子大多连自保都困难。这一点倒像《笑傲江湖》华山派、恒山派的众多弟子只是凑数而已。**身受重伤。满拟此来可报仇雪恨，谁知好些邪法异宝均未用上。不合轻敌心骄，只说自己精于五遁隐形之法，得隙即入，有胜无败。谁知敌人如此厉害，刚进火宫，隐形先被破去，肉身随毁，连元神也被困住。现在闻听二女交谈之言，不禁暴怒，意欲猛施全力，分出两件异宝试朝发话之处冲去。刚厉声怒骂得"贱婢"二字，眼前火焰忽然连闪数闪，由分而合。再定睛一看，原来存身之地，哪是什么广堂，乃是一幢形如火山的灯焰，元神便困其内。火外立定癞姑、英琼两个敌人，正在戟指笑骂。幸亏不是肉体，邪法又高，更有法宝防身，暂免于死，否则早已灭亡。那金灯神妙无穷，所见必是幻景，这一惊真非小可。方要强行突围，猛又瞥见黄尘万丈，光雾千重，压上身来。百忙中发现黄光雾中裹着一团宝光，中一道人正是沙红燕所约同党之一，正在奋力挣扎，狼狈已极，一闪而过，身外火光不见，似已脱出金灯之外。邹勤方想冲上前与之会合，尘雾中忽射出一片金霞，黄尘人影一齐不见。耳听女子悲声喝骂和急呼之声，定睛一看，正是辛凌霄被困在一片银霞之内，上下四外布满无数金刀，电旋星飞，一齐团团围住，但不朝人下落。

邹勤见二敌正朝辛凌霄说话，笑指自己道：“辛道友，我们对你并无仇怨，你丈夫为妖尸、毒手所杀，我们为你报仇，有德无怨。你虽无故勾结左道妖邪来此侵扰，终念你本是正人，无心做贼，一念之差，实迫处此，此时当已后悔。我们因听你哭诉心事，知受群邪欺侮，志拼必死。逼迫你最厉害的便是东海新逃出来的两个妖孽：邹勤已经被杀；屠霸迟早伏诛。我们现转变五遁，将邹勤的元神引来，当着你的面除去，为你出气。你的后患已绝，剩下沙红燕这个泼贱自身难保，决不会再逼你从邪。只要回头是岸，我们念你本是正人，为了一朝之愤，身败名裂，不愿使你遭此惨祸，情愿放你回去。不过我们事尚未完，只要你点头，豁出费点儿事，放你脱身，在后洞守候数日，等到群邪伤亡，送你回山，实为上策。否则，这太白金刀与先后天庚金真气格外厉害，只一施为，形神皆灭，危险万分。我们决不加害，只请守在这里，静候事完，再作打算，任凭尊意。如何？”辛凌霄满面悲愤，慨然答道：“我知你们好意，事已至此，有何可说？我与先夫情深义重，誓共生死，既不能为他报仇，又受群邪挟制，何必苟活人间？如蒙周全，请赠我夫妻两粒毒龙丸，以为转世之用，足感盛情了。”癞姑笑道：“辛仙子，你真要兵解么？现在却非时候，还望暂时耐守，少安毋躁。因你先前过信阳乌球的威力，欲以真火克金，却不知我们五行仙遁可以合运逆行，神妙无穷，瞬息万变，你将先后天庚金威力一齐引发，如非琼妹来快一步，早无幸理。现时我们也被隔断在外，你如妄求兵解，连元神也难保全。我们定必成全你的心志，那毒龙丸也必奉赠。此时千万不可造次。你如不信，我们先戮妖魂，与你看个榜样，就知厉害了。”

邹勤本被银霞裹住，一见辛凌霄，色心又起，连呼辛道友，想要赶前会合。无奈银霞之力奇大，将身困住，上下四外其重如山，仿佛将他埋在坚钢以内，丝毫转动不得。耳听敌人这等说法，更加急怒交加，厉声怪吼。辛凌霄已接口怒骂道：“无知妖孽，万死不足蔽辜！我自先夫惨死，经诸同门再三劝解，知与峨眉弟子无干。只为友人所误，又想毒龙丸可助亡夫转世，致与群邪为伍。不料尔等天生淫邪，再三凌逼，我不得已，决计不论此行成败，必从先夫于地下。你来时何等骄狂，以为手到成功，并说成功以后，定必逼我顺从，不怕逃上天去，想不到也有今日。”话未说完，英琼见她玉容惨变，辞色悲壮，想起她乃昆仑派前辈剑仙，有名的神仙美眷，一念贪嗔，这等下场，不由心生怜悯，**英琼大有进步，“政策界限”分明，堪为领袖了。**忙劝她道：“辛仙子无须气苦，这等淫孽何值多言？当初我与易师姊实是道浅无知，无心之失，致误贤夫妇仙业，至今愧对。我们必照尊意而行，将来定助贤夫妇成道，合籍双修，重成正果便了。”辛凌霄闻言似颇感动。

邹勤看出形势不妙，妄想身是元神，先困火宫尚且无害，现仅被困，外有宝光防身，至多受点儿苦痛，反正难逃，把心一横，一面厉声辱骂，一面运用邪法玄功，还想冲突。谁知金、火、土正反相生，三行逆运，**正反五行，此为还珠发明。**比起先前威力厉害百倍，休说妖人，便是天仙一旦入伏，也难幸免。他还未骂上两句，敌人已经发难，眼见身外银霞似电一般先闪得几闪，紧跟着一片黄云压上身来。方觉身外宝光受不住无量压力，往里紧缩，烈焰又起，更有千万把金刀环攻而至。邹勤方怒吼一声，所有邪法异宝一齐消灭，仅剩元神仍停陷在方才灯花火焰之上。身外裹着一层黄云，千万金刀似暴雨一般刺到，痛苦非常。用尽邪法全无用处，元神被戊土真气裹紧，庚金神刀乱绞乱刺，烈火再一焚烧，所受楚毒比起肉身还胜百倍。元神精气逐渐耗散，疼得不住惨号。英琼心虽疾恶，却不愿见此惨状，手掐灵诀，如法施为，金、火、土三行神雷突然爆发。妖魂因陷火宫法物金灯之上，自觉黄沙如海，金刀如雨，烈火千重，霹雳大震，猛恶非常。从辛凌霄眼里看去，却似一盏半人高的灯，灯花只有两三寸长短，光甚停匀，妖魂只寸许大小，困在其内，挣扎乱滚，忽见一片极淡黄光银霞微微一闪，一串极轻微的爆音过处，妖魂消灭，神灯立隐。

经此一来，辛凌霄才知仙遁神妙，不可思议。敌人对她一片好心，十分感愧，再不认输，必和妖魂一样形神皆灭。方想改口向主人分说，忽听地底传来风雷之声，癞姑、英琼面上立现惊容，同声说道："东宫乙木已将沙红燕困住，忽生变故，我二人必须前往查看。好在话已言明，化敌为友，辛仙子万不可动，我们去去就来。"说时，英琼已先飞走。癞姑临行回顾，并说道："别宫困有敌人，暂时不可撤禁，请辛仙子暂候，我们绝无恶意。如生变化，只要不逆它，拼受围困，以静相待，便可无事。恕不奉陪了。"说罢，刚飞走不久，金宫忽生巨变。

原来辛凌霄心痛夫死，欲以身殉，刚入金宫，癞姑本心不愿伤她，无如幻波池中人少，又知查山五鬼在上，想将黑狗钉破去，免留后患。在应敌时嘱咐了辛凌霄几句，暗示趋避之法，以为必可照办，不会身投死路。哪知辛凌霄志决心坚，全未在意，又听说毒龙丸便藏金宫之内，贪心又起，想将灵丹得到，遁回山去，托友宝藏，然后兵解。并恃所持阳乌球和新借法宝能克真金，致将埋伏一齐引发，身困金刀银霞之内，法宝全毁。正在惊惶强挣，想要就势兵解，又恐元神全灭，眼看危急万分。总算她出身正教，向无过恶，癞姑忽然匆匆飞回，见面大惊道："辛仙子，怎不听话，真要自取灭亡么？"辛凌霄虽有悔意，因敌人本是后辈，不愿输口。虽经癞姑强用仙法将庚金制住，减去大半威力，不致受伤。无如人已被困在内，下余三宫困有敌人，庚金已被引发，稍一疏忽，必被逃走，甚或毁损仙景，引出他变，癞姑没奈何，只得好言劝解，令其暂忍目前，自往别宫查看。果然下余三敌所用法宝要强得多，金宫如若复原，辛凌霄逃走无妨，沙红燕等三妖人便难免不乘隙进攻，越发不敢大意。刚用传声催令英琼速回，谁知英琼贪功，仍将妖人引下。癞姑事前在洞门外暗藏着一件照形之宝，看出英琼下时身后附有一条极淡红影，知道事有定数，果如眇姑所言，妖人仍被放入，只得传声警告，赶往会合，费了许多事，才除去妖人。辛凌霄刚被感化，木宫重地忽又传来警兆，英琼先往赴援，癞姑正嘱咐辛凌霄不可再动，猛想起李宁别时之言，木宫所困正是沙红燕，不禁心动，匆匆赶去。

癞姑刚走，辛凌霄正想起前事，愧悔交集，那环绕四外的金刀银霞不知怎的忽闪奇光，刀尖上更有五色火花，环身猛射，虽还未像先前一样涌上身来，已觉出威力绝大，不禁大惊。虽仗残余法宝防护，已经禁受不住那金火互相生克的威力。又听癞姑传声急呼，说东宫有强敌，由千寻地底潜入，现正紧急，望辛仙子忍耐待救，稍缓即来相助脱险，万不可就此兵解或与冲突。但是情势已万分危急，眼看宝光逐渐减退，方喊："我命休矣！"忽见一片青霞拥着千万根大木影子排山倒海而来，以为正反五行又化生出别的威力，如何能当，不由心惊目眩，神魂皆颤。那青霞木影忽然冲入重围，将那四围的金刀排荡开去。紧跟着大木上忽发烈火，与那万千金刀混合，激撞起来，雷声隆隆，震撼全洞。辛凌霄正在心悸，青光一闪，倏地现出一个白衣少女，丰神绝代，美艳如仙，认出是前在幻波池上所遇少女上官红，想不到数年之隔，竟有偌高功力。知其有意来援，双方话已说明，化敌为友，不禁惊喜。方要负愧开口，上官红已躬身行礼，匆匆说道："辛仙长，弟子对你实感知己之恩，回山闻说误陷金宫，又当强敌侵入之际，特意来援。但是此时危机瞬息，老怪丌南公许要前来都不一定，事在紧急，尊意如何，还望示知，无不唯命。"辛凌霄前听癞姑说过，此时五行仙遁不能轻撤，就能脱身，也无颜回见一班同门，难得敌人以德报怨，允赠灵丹，并助将来转世成道，正好兵解，以践昔年与丈夫同生共死之约，生生世世永为夫妇。忙答："贤妹犯险相救，甚感大德。峨眉门下果是不凡。我已不愿求生，无如本门飞剑好些顾忌，最耗元神，况又身陷重围。方才令师叔已经言明，请赐兵解，便感盛情。"上官红喜道："弟子原恃师恩怜爱，回山闻警，拼受责罚，私自来援，不料双方化敌为友。本意拼着葬送一件法宝助仙长出险，但是群邪凶威正盛，强敌将来，好些顾忌，既然如此，再好没有。仙长元神飞出既难，更恐妖人暗算，最好由弟子保护，送往安全之处，事完送去转世。尊意如何？”辛凌霄闻言，越发感动，悲喜落泪道：“贤妹根骨心性俱都天仙中人，我虽无此福缘收你为徒，前番相迫，实由爱你太甚。想不到贤妹不念前嫌，反存知己之感，拼受师责，冒险相救，令人感愧万分。事正紧急，不应迟延，此是定数，请下手吧。”

就这双方问答之间，乙木、庚金正反相克，声势越发猛烈，满洞霞光万道，电旋星飞，万雷怒鸣，震耳欲聋。上官红一面应答，一面行法强制，面上已现惊畏之色，闻言匆匆答道：“势果危急，弟子遵命。”辛凌霄方说：“残尸应劫，可减庚金威力，无须顾惜。”一道青光环身而过，元神刚刚飞起，上官红扬手一幢金光，将其裹住。方说：“弟子无礼，望乞恕罪。”将手一招，一同收入袖内。那两段残尸已被金刀神木裹去，一串雷声过处，可怜一个修道多年，仪态万方的美貌女仙，就此香消玉殒，化为乌有。

幻波池除灵泉通路外，原有两条秘径：一通静琼谷，尚未开通；另一条便是上官红昔年误入的后洞入口。近受南星原女仙卢妪之教，所设仙阵便在后洞以外，地名青松坪。本来太清禁制封闭严密，仙阵又设其上，威力神妙，休说群邪，连不久到来的丌南公，因卢妪事前设有仙法颠倒，出于意外，发动以前，也难看出一点儿影迹。上官红原因女仙卢妪所传阵法布成之后，见竺氏姊弟一经行法，周身均有一层宝光笼罩，连用仙剑法宝试探，均不能伤；三小前得法宝，又都炼成。正在心喜，忽听吸星神簪上发出语声，说：“时机已至，可助郑八姑收那日月五星轮。成功之后，必有强敌飞来，速随八姑用雪魂珠护身，九天元阳尺开路，避开正面，由左飞出重围，再行分手。八姑速将所收之宝送往紫云宫，交与二云重炼备用。以防留在幻波池，万一有失。上官红速往大咎山告知金蝉等七矮，令众来援。中途如遇李洪，令照七老所说，单独行事，不可随众一起。”上官红领命，知道事在紧急，丝毫不能松懈。刚一出阵，正值八姑飞到，用本身雪魂珠和凌浑所借天狼钉、九天元阳尺，将日月二轮制住。上官红再用吸星神簪制住星轮，大功告成。那吸星神簪本由癞姑按照卢妪所说施为，交与上官红，前往布阵行法，事完便化作一道黑色精光，仍朝癞姑自行飞去。八姑随带上官红分头行事。

上官红刚飞到大咎山，金蝉、朱文等人正在说笑，忙即上前拜见。众人见她慧质仙根，秀丽入骨，个个称赞。等到问完前事和卢妪所示机宜，全都大惊，忙即起身飞去。刚到中土，便见一道金光、一道红光合在一起，由斜刺里电掣飞来。知是正教门下，未及细看，来势绝快，双方已经对面。原来正是李洪，同了一个相貌灵秀，看去不过十来岁，极似道家元婴之人，驾着一道极强烈的朱虹，挽手飞来。二人年貌均差不多，看似幼童，功力却都甚高，偏看不出那幼童是甚来路。方在惊奇，李洪已将遁光停住，对众说道："蝉哥哥、文姊姊，你们快看，此是我忘年之交陈岩。"金蝉方要开口，令其独行，李洪已先笑道："蝉哥哥莫讨嫌我，我二人早就知道，不和你们一起。我这位陈哥哥的法力大着呢。我不过把双方引见，不到依还岭就分路了。"众人见那陈岩分明和李洪一样，是个未成年的幼童，装束也差不多。只是头戴珠冠，身披粉红色荷叶云肩，下系翠鸟羽织成的短战裙，红绿相映，金碧辉煌。手臂腿足全露在外，又生得粉妆玉琢。腰系玉环，项挂金锁，宝光隐隐，背插短枪，金光四射，腰边挂着一个鱼鳞宝囊。和李洪一比，简直一个哪吒，一个红孩儿，一对金童下临凡世，仙风道骨更不必说，俱都暗中称奇。

一边飞行，一边礼叙，话未谈完，已经飞到宝城山。老远便见依还岭上烟光杂沓，妖云弥漫，高涌天半，依还岭全山均在笼罩之下。金、石二人都是慧目法眼，本能透视云雾，定睛一看，妖云之下，全山并无人影，只有一片彩烟托住，众妖人正在耀武扬威，朝下猛攻。不禁大怒，方要追去，耳听李洪笑说："少时再见。红侄可要随我同行？"上官红忙答："弟子遵命。"李、陈二人同说："这样走法不行，我们须要暗来。"说罢，扬手一片金霞闪过，三人同时不见，休说人影，连个破空之声均无。金蝉等七人见李洪九世修为，法力未失，更得有几件仙府奇珍，时遇仙缘，不去说他；陈岩从未听说，那么强烈的遁光也未见过，匆匆不及询问，竟看不出他的来路，走后重又称赞不置。

上官红原奉卢妪之命，只说最好先回，赶在前面，没想到是李洪携带。闻名已久，不料如此神通，当时只觉金霞耀眼，闪得一闪，身子便似被什么大力摄起，耳听天风呼呼乱响，却吹不上身来，晃眼便到依还岭上空。方想下有五烟罗，正准备行法下降，以防降势太快，万一疏忽，致被邪法侵入。忽听李洪传声说道："你自入洞，莫管我们。"说时，人已冲烟而下。上官红不及施为，才知二人法力真高。等到幻波池旁，李、陈二人忽然不见，忙往池中飞去，青囊仙子华瑶崧忙即开洞放入。上官红见五行仙遁全被敌人引发，忙往后洞去寻易静，不知何往。拜见华瑶崧，谈了一阵，才知辛凌霄被困金宫，危机顷刻。想起以前她想收自己为徒，对自己十分期爱，又是正教前辈，自己如非先遇恩师，定蒙收录，仙业仍可有望，顿生知己之感。又听华瑶崧口气，师长对她钟爱，从此只管任性而行，不必遇事禀告。心想："如寻恩师请求，似辛凌霄这样人必定宽容。"时机危急，本准备先去救人，再向师长奉告。刚到金宫，便看出中宫有警，牵制全局，五行仙遁齐生威力，不禁大惊，决计拼受师责，救她一命。及听辛凌霄那等说话，越发放心，暗忖："此时五行仙遁行将合运，便自己师徒精通仙法，也须按照总图施为，不能疏忽，外人决逃不脱。何况主要的强敌不久飞临，金、石诸位师长同门也必到达上面，正在混战，形势凶险，如欲脱身，也实艰危。难得她自愿兵解，并与二位师叔说定。"立即应诺，收了辛凌霄的元神，欲往中宫会合。

易静忽引朱文、石奇、赵燕儿和女仙俞峦、云九姑五人一齐飞来，见面便说金蝉、石生带了李健、钱莱、石完已到依还岭，正与群邪恶斗。另有同门数人赶到，内中徐祥鹅和新下山的木鸡、林秋水已经受伤，被对峰林寒用仙法接去，尚在救治。翼人耿鲲因念金石峡之仇，岷山漏网以后，特地赶往海外，乘着天乾山小男去休宁岛赴宴，偷入三连宫，将十八粒天罡珠盗走。事前又将海穴中法宝连同门下水族炼成的妖徒一齐带上赶来，并用法宝查出小人韩玄现在静琼谷待机，越发愤怒，飞来报仇，一到，便在静琼谷上空恶骂叫阵。韩玄小人心高，上次得胜，未免骄敌，把事看易，竟不听劝，自恃这次持有师门至宝如意水烟罗和另两件法宝，足可防身御敌，强行出战。一照面便被一粒天罡珠震伤，如无法宝防身，几遭惨死。幸而沙余、米余二小奉了凌云凤之命赶来助战，用伽蓝珠和毗那神刀，将其护送往对峰林寒阵内。耿鲲本想用十八粒天罡珠连山带人震成粉碎，刚发一粒，太乙五烟罗便几被震破。幸而金蝉等赶到，勉强用天心环将那分而复合的千万年乾天罡气制住。紧跟着，天乾山小男在休宁岛得知宝珠被盗，立命随侍大弟子师真童拿了天乾袋和一道灵符，用飞光遁法电驰飞来。耿鲲已将另十七粒天罡珠发出，眼看五烟罗将被震破，人也要伤不少。师真童恰好赶到，由天乾袋内发出青白二气，将珠一起收去。金蝉刚将玉虎神光放起，想要抵敌，猛瞥见一片青色云光拥着一个身材高大的道童，一言不发，才一照面，朝着耿鲲冷笑一声，便将天罡珠收去。又朝众人把手一拱，青光一闪，飞云已到天边。

耿鲲知道进退两难，反正无幸，妄想拼命。便把全身羽毛化成无数火星，往下飞射。带来的一班妖徒也各将元丹和所炼阴火纷纷喷出，满空飞舞。金蝉等各施飞剑、法宝还攻，并扫荡满空蓝色妖云。忽见青松坪那面飞来一道佛光和三支如火箭之宝，其疾如电，突然出现。耿鲲竟被佛光罩定，炸成粉碎，佛光火箭立隐，更不再现。妖人屠霸本与耿鲲相识，见众妖人纷纷伤亡，耿鲲正在暴怒发威。陈岩突然现身，不知用甚法宝，竟将满空蓝色妖云点燃，轰的一声大震，化为火山也似大片蓝焰，直上高空消灭。双方正在相持，易静见妖云虽破，还有强敌将来，丌南公不久即至，五烟罗挡他不住，不愿断送，一会儿便要撤去。索性纵令群邪一半入宫，用五行仙遁除去；一半由金蝉等分人在上抵敌。

只是仙府人少，须人相助，为此将五人带下。又令上官红去往木宫替出癞姑，请其飞往上面，按照卢妪仙示主持。

上官红领命欲行，癞姑恰由木宫飞来，见面警告道：“沙红燕为琼妹毁了她的容貌，仗着地底来敌相助，用老怪法宝仍由地底穿山逃去。如今老怪丌南公已由黑伽山落神岭起身而来，转眼到达，乱子不小。我们虽有安排，还须谨慎。师姊速往中宫坐镇，主持总图。我到上面等候他去。”活刚说完，猛听远远天空中有一老人口音哈哈笑道：“无知小狗男女，我本不值与你们计较，无如欺人太甚，情理难容！先将你们擒回山去，等你们师长寻我要人便了。你们只管准备，老夫还未起身呢。”说时，语声并不十分强烈，但是入耳心惊，连地皮均似受了震撼。癞姑心想：“此老果然厉害，能由数万里外传声来此。”方在心惊，忽听一幼童口音接口骂道：“凭你也配？你由地底传声，有甚稀罕？我随便答话，便能高出九天之上，老怪物听见了么？你不过倚老卖老，以强凌弱，自己打嘴。休说各位师兄师姊，就我一个幼童，你便休想伤我一根毫发。有本事只管前来，空吹大气作甚？”随听哈哈大笑之声由远而近，比前还要强烈。癞姑知道丌南公已被激怒，就要飞到，虽有布置，也甚惊惶，连忙往上飞起。五烟罗已被易静撤去，群邪纷纷往池中飞降。癞姑一面传声，告知诸同门分头迎敌，并说老怪丌南公不久即至，各自戒备，不可力敌。要知后文许多惊险情节，请看下文分解。

第三十六回　独朗慧光　呈宝相　灵生兜率火
群飞星雨　毁花容　误放弥陀珠

前文说到李英琼杀了妖人唐双影，往幻波池中飞降，不料赤手天尊邹勤暗中隐形紧附宝光之外，遁入仙府，幸被癞姑传声道破，与英琼合力，运用五行仙遁将妖人除去。刚赶往金宫，想救辛凌霄出险，不料木宫有警。英琼知道木宫所困的正是罪魁祸首紫清玉女沙红燕，不禁引发平日疾恶之念，立即当先赶去。癞姑本要随往，因觉辛凌霄可怜，恐其自蹈危机，临走回身向其嘱咐，就几句话的工夫，英琼先去，便出了乱子。后来癞姑走后，辛凌霄因木宫变出非常，金宫连带受了反应，眼看危机即发，幸而上官红感念知己之恩，冒险入阵，助其兵解。刚将元神救走，欲往中宫会合，易静忽引朱文、石奇、赵燕儿和女仙俞峦、云九姑等五人一齐飞来。说起翼人耿鲲被天乾山小男大弟子师真童用天乾袋把所盗天罡珠收走，众人合力除去了耿鲲。李洪新交好友陈岩突然现身，将满空蓝色妖云点燃，震散消灭。易静料知丌南公不久即至，太乙五烟罗必须收回，欲将一半群邪诱入阵地，下余由金蝉等分人抵敌。但嫌仙府人少，为此将朱文等五人带下，令上官红去往木宫替出癞姑，亦照卢妪仙示主持。上官红领命未走，癞姑忽然飞来，见面警告道："沙红燕因为琼妹毁她容貌，仗着老怪法宝灵符飞遁回山。老怪已由黑伽山起身，不可轻敌，请师姊速往中宫坐镇，我到上面等候他去。"话刚说完，猛听丌南公发话示威，语声如雷，连地皮也受了震撼。众人方在心惊，忽听一幼童接口嘲骂，众人料是李洪所发。小小年纪就这么高法力，固是惊人，对方法力何等高强，如何能与为敌，俱都代他愁急。果听丌南公哈哈大笑之声，比起先前还要强烈。易静、癞姑知道强敌已被激怒，转眼就到，虽有准备，也颇惊惶，立即分头行事。

这时五烟罗已被易静撤去，群邪纷纷往池中飞下。癞姑正用传声告知诸同门小心戒备，猛瞥见余英男由静琼谷中飞起，身后随定一个形如幼童，火也似红的怪人，正朝群邪扑去。认出他是月儿岛火海异人火无害，已被英男收归门下。恐老怪赶来撞上，吃人的亏，正想传声拦阻，猛又瞥见英琼由幻波池中突然飞起。她是老怪师徒的大对头，如在池中隐藏，或者无碍。癞姑暗怪英琼胆大，立即传声警告，令其留意。忽听四面天风海涛之声震耳欲聋，空中却是云白天青，只残余诸妖党和诸同门对峙，尚在苦斗，势已不支，别的更无迹兆。风声虽急，却不见风，断定老怪已经发难，善者不来，来者不善。又见英男师徒一到，火无害扬手便是大片太阳神针，银电也似的针光闪得两闪，纷纷爆炸，众妖人当时伤亡大半。英男闻得传声，随即率众同门各照预计，往静琼谷飞去。下余还有四妖人，吃英琼追上，扬手发出紫郢剑和太白金刀，往上一绞，两个当时了账，下剩的两人也各负了重伤。

癞姑恐她穷追涉险，方要赶上，身旁卢妪吸星神簪忽发警号，令其速退回阵。同时又见一道佛光拥着两个幼童，往静琼谷飞去，一闪即隐。因势紧急，也顾不了许多，只得往青松坪仙阵中退去。因和英琼至交，关心过甚，未及和竺氏三姊弟问话，一到阵中，便朝外面观望，连用传声警告英琼说："琼妹该有这场险难，但非完全不可避免，如照预计，怎么也可少却许多危害。敌人神通广大，法力高强，虽以旁门成道，苦修千余年，几成不死之身，连经两次大劫，均被逃脱。长眉师祖那么高法力，因恨其引诱师弟血神子郑隐，两次想要除他，以气运未终，未能如愿。各位师长对他尚存戒心，你如何犯此大险？"英琼也用传声回答说："日前炼那紫青神焰兜率火时，忽悟玄机，生出许多妙用。现在神焰不特与我本身元灵相合，并使白眉师祖所赐定珠与之连为一体，使此仙佛两家至宝有互相感应离合由心之妙。此举一则是想试探此宝威力，二则又以身受师门厚期，照理不应伤折。既然定数难移，与其勉强逃避，终于不能免却这场危难，转不如沉着应付，听其自然。既免敌人先入幻波池，时久生变，微一疏忽，被其毁损仙景，并还借此试验自己道力与敌人看看。**果然气魄不凡。**”

癞姑劝她不听，又看出英琼面朝阵地，独立在斜阳影里静以观变，人既美艳，加以仙骨姗姗，一身道气，吃本山灵景一陪衬，休说常人，便天上神仙也未必能有许多这样人品。癞姑知其夙根深厚，用功更勤，智慧定力无不超人一等。尽管胆大包身，对于大敌当前，危机已迫，依然气定神闲，处之泰然；但非骄矜自满，一味胆大可比，表面上从容，实则神仪内莹，星光湛湛。真有心包宇宙，气罩山川，而又岳峙渊渟，与天同化之概。将来分明是天仙一流人物无疑，难怪师长垂青，**一番正面赞颂，下面就是其最为严峻的考验了**。许其领袖英云，表率群流，独领女同门，别张一军，继承师门法礼，与申屠、诸葛、阮、岳诸先进男同门旗鼓相当，分庭抗礼。自己虽得仙佛两家真传，入门较久，如论根骨福缘，先就比她不过，何况将来成就。本门竟有这等人物，真乃可喜之事。正暗中赞佩间，竺笙忽然悄声说道：“师父留意准备，请去主持仙法，以备到时釜底抽薪，老怪物快来了。”同时又听吸星神簪上发话，**似乎兼有智能手机的功能。呵呵。**令癞姑留意，无论英琼和诸同门有何危难，不到时机，千万不可妄动，否则有害无益，因那仙阵妙用，必须到时方能发挥全力。吸星神簪关系重要，因有卢妪在南星原以本身元灵遥为主持，每遇紧急，能按需要，自行飞往应用。好在一切用法，日前见面均经指示，凡与此宝有关，如易静、上官红等俱都知道，此时只应自保，以待化解。癞姑深知此老仙法神妙，遇前曾运玄机潜心推算，吉凶祸福早已算定，唯恐泄露，不肯先说，连所布置的仙阵也都循序渐进，非到时候不发挥它的全力，愁急无用。只得如言去往林中所设法台之上观战待机。癞姑刚一上去，便见台上现出一圈极淡的银色光影，定睛一看，才知仙法真个神妙，连丌南公偌高法力，事隔十万里外，其一举一动，竟会被它全数摄来。因在事前准备严密，预有仙法迷踪，颠倒阴阳，棋先一着，老怪空具神通，竟一毫也未警觉。**信息战。一笑**。不禁大为惊佩，喜出望外。一面按照所传行事，一面朝那光影中仔细观察。

原来英琼并非忘了老父李宁之诫，只是十分痛恨敌人凶狠贪残，过于骄狂。沙红燕这次来时，又抱必胜之念，先和乃师负气，几件至宝全未带来，只有老怪前赐的一件异宝和一道神光遁符藏在身旁，一直未用。后因伍常山骄敌妄动，如非敌人留情，当时惨死。沙红燕想起落神坊乃师门镇山之宝，尚不能奈何敌人，被其收去。邹勤所炼陆沉混元幡眼看炼成，可将依还岭全山化为劫灰，先给敌人一个厉害，就算幻波池仙府有五行仙遁防御，暂时不能攻进，只用此幡炼上三十六日，也必将那五遁外层炼化。如再无效，便将地肺中蕴积千万年的大火毒焰引发，一任幻波池五行仙遁如何神妙，也将四外山石地土一切灵景化为劫灰，好歹也出一口恶气。不料会被米、刘二矮两个无名后辈仗着峨眉传授，暗中隐形，掩入洞外，乘着屠霸和自己初见说笑，为伍常山医伤之际，潜入地穴深处，埋伏法坛之内。

邹勤骄狂自恃，以为那幡本身虽然易毁，但是法坛四外有几层邪法禁制，只有当中法台共总三丈方圆空处，坛前又设有照形邪法，敌人一到禁圈外层，立可发现，何况上面还有三个厉害同党，多大本领也难混进。一时自满太过，又因法坛设在后洞地穴，离地三四百丈，最是隐秘，于是疏忽。那邪法照形，又是专注上面和洞口一带，变为照远不照近。而米、刘二矮又是行家，本门隐形更为神妙，一直尾随到了法坛，便看情形藏好。因那妖幡关系尚小，最厉害是毒火邪焰，妖人经数百年始炼成，如不全数毁去，仍可重炼。加以入洞之前，因无妖人飞遁神速，到得较迟，知道洞中尽是强敌，此来虽怀必死之念，事如不成，岂非白送？邪法厉害，稍被警觉，便无生理。二矮正在发愁，在洞外隐伏待机，不敢妄进，忽然发现左近山凹中有一幼童驾着一道红霞飞堕，看出是正教中高明人物，只奇怪怎会那样年幼？因见妖窟邪气太浓，无法走进，一时福至心灵，跟踪寻去。到时正遇幼童采了一株仙草，似将飞走。这一对面，越看出对方仙风道气，功力极高，越发惊奇，忙即现身拜见。幼童见二矮不问来历姓名，先自下拜，执礼甚恭，又问出是峨眉门下，越发投缘，略一闭目寻思，便笑对二矮说："我姓陈，适才默运玄机，得知你二人此举必能成功。"便告以出入妖窟下手之法。二矮大喜，因闻此行功成必死，陈岩到时愿为应援，又闻小师叔是李洪好友，喜出望外。便将飞剑、法宝全数交与代存，日后与师父带去，自带黑眚幡赶回妖窟。正值屠霸刚飞到，妖人迎出，宾主四人正在说笑，立时乘机掩入。跟着邹勤回坛炼法，忙即尾随下去，冒着奇险，掩在坛后，一直提心吊胆。挨到妖幡快要炼成，幡上毒火邪焰已全凝聚，先化为无数蓝黑红三色的烟丝往幡上投去，一晃不见。只要再炼上几昼夜，便可如意施为。

沙、屠二人因伍常山负气，单独飞去，正往外追，尚未觉察。邹勤却看出前洞有了警兆，心疑敌人寻上门来，妄想诱入洞内，一试妖幡威力，匆匆赶上，自恃禁制重重，未先将幡收起。他刚被陈岩用法力调虎离山，将其引走，二矮立照预计，将黑眚幡取出，发挥全力，将整座法台与台上主幡一起用黑眚丝裹住。跟着再把新学会的太乙神雷连同乙木仙遁一齐施威。两下里对撞，那万丈毒火邪烟未等发难，便与妖幡同归于尽。因在法坛中枢要地，四外虽有禁制，并无用处，二矮本能逃走，只为贪功心切，志在转劫重修，死生早置度外。因恐妖幡太强，万一不能毁去，岂非徒然？黑眚幡外，又将神雷、木遁发出，功成收法，稍微缓了缓。邹勤来去如电，闻得地底雷声，知道中计，立时赶回。另一面，沙、屠二妖人因追伍常山不上，也已飞回。如非陈岩法力高强，应变神速，志在救人，不与相持，仗着法宝护身，跟踪赶往地穴，二矮几乎连元神也难保。二矮本意大功已成，能逃则逃，但恐元神受害，正待隐藏一旁，相机出险。邹勤已经飞回，料定敌人必有隐形仙法，人还未到，先将禁制一起发动，合围上去。经此一来，二矮宛如笼中困鸟，网里逃鱼，在重重邪法包围之下，略一逃窜，便看出不妙，各出先备佩刀，对刺兵解。满拟原身在法力运用之下，受那千百把飞刀毒箭、烈火妖云环攻之下，假意逃窜，可混敌人耳目，伺隙逃遁。哪知妖人见妖幡被毁，怒火攻心，虽见敌人现身，已被千万刀叉飞箭绞为肉泥，仍疑元神尚在，正待施展妖法搜魂。二矮元神原仗仙法隐蔽，在刀叉火箭丛中穿来穿去，眼看危急万分。就在晃眼之间，陈岩忽然飞到，急速连人带宝化为一道朱虹，纵入重围，收了二矮元神，往外飞遁。

邹勤见人来救，心中越发暴怒，忙用邪法封闭出口，同时把那蓝色妖云似狂涛一般飞起。与此同时，沙、屠二妖人也已追到，正待两下里夹攻。陈岩正要还手，忽听有人传声，令其速退。因愤妖人凶恶，冷不防扬手一大蓬金花，似暴雨一般照准敌人打去。同时哈哈一笑，骂道："无知妖孽，我不耐与你纠缠，过日我往依还岭寻你便了。"声随人起，话未说完，霹雳一声，扬手先是一片红光，将蓝云挡得一挡，就势拨转朱虹，朝洞顶穿山直上。只听一大串喳喳裂石之声，晃眼无踪，便已遁去。三妖人满拟四面邪法包围，出路已断，本身法力又高，敌人万无逃走之理。不料敌人竟会改下为上，把那三千丈深的山石穿裂而逃，其去如电。欲待跟踪，分头追赶，轰隆一声大震，山摇地动，震耳欲聋，整座山洞忽随敌人起处崩塌下来。如非邪法均高，邹勤、沙红燕均精穿山地遁之术，见势不佳，不顾追敌，忙护屠霸逃到上面，几被压埋地底。这还不说，最气的是敌人只是一道朱虹，耳听发话，便不见人影。逃时所发大片金花，又不知是何法宝，其细如豆，来势猛烈。屠霸以为敌人乃网中之鱼，自恃必胜，微一疏忽，竟被扫中了些，纷纷爆炸，闹了个遍体鳞伤。随之伤处化为一种怪火，往里熔化，其痛钻心透骨，万难忍受。虽幸沙红燕带有老怪灵丹，本身又精玄功变化，忙把元神离体，再行救治，残余火气虽被制住，但仍难于复原。为此另寻同道解救，又耽延些时日。直到重炼别的法宝，重新寻来，始终不知那朱虹的来历。

沙红燕触目惊心，暗忖：“敌人如此厉害，如无万全之备，岂可轻举？伍常山往水宫求助，不知如何？”急切间寻他不见，无颜回山见师，只得乘着邹、屠二妖人炼法之际，飞往海内外，连借法宝，带约能手相助。虽将火龙礁主庞化成、西海火珠原琪琳宫主留骈和车青笠，以及土木岛主商梧之子巨灵神君商弘、商壮，连同查山五鬼等能手妖邪约来，本定到日一齐夹攻。谁知这伙旁门散仙左道妖人俱都成名多年，骄狂自满，多半把事看易，以为对方只是几个入门不多年的峨眉后辈，至多仗着幻波池原有五行仙遁，凭自己的法力，还不是手到擒来。又都各生贪念，妄想捷足先登，把池中藏珍和毒龙丸攫为己有，谁也不肯落后，纷纷抢先赶来。沙红燕无法，只得同庞、留、车三妖人及辛凌霄作一路。本意想仗庞化成日月五星轮之力，将太乙五烟罗破去，各持克制五行之宝，飞入池底仙府，破阵报仇。谁知敌人早有准备，因自己这一起飞遁较快，后面接应尚未到达，便连受敌人戏侮。末了还是敌人想要诱其入网，才得下到幻波池，却把庞化成隔断在上。预计各攻一宫的主意已缺其一，料知敌人预有成算，空此一门，必有深意。无奈一时气忿已极，中了激将之计，势成骑虎，不得不进。那木宫门外迎敌的正是张瑶青，年纪虽轻，入门又不久，因其心性灵慧，又是玉清大师开山弟子，甚是钟爱，来时见她初次出山，玉清大师除原赐法宝、飞剑和仙佛两教御邪防身的各种仙法而外，并将自用炼魔之宝罗刹金刀赐她带来。她因听说过沙红燕的容貌，一见便被认出。因为初经大敌，未免谨慎过度，唯恐给师门丢脸，上来便以全力应付。索性迎斗到底也罢，打着打着，忽又想起奉命诱敌入网，哪能恋战，骂了两句，便收宝败退。沙红燕见她法力颇高，所用飞刀、法宝无不神妙，正待猛施杀手，忽然不战而退。明知诱敌，但因对方骂得刻毒，正中平日心病，一时激怒，立意追上，在未入重地以前将其杀死，或是给她吃点儿苦头。正寻思间，忽见前面现出一条甬道，沙红燕知是木宫入口，自恃身有异宝，毫未在意，连忙追去。方想昔年三入幻波池，曾经陷身其中，所有五行仙遁和各种禁制，差不多均已见识，今日所见为何全不相同？沿途毫无动静，决不似要发动景象，难道敌人竟将五行仙遁重新布置不成？果如所料，更须先发制人，免得吃亏，中其埋伏，虽有制胜之宝，到底费事。一时心狠，妄想把瑶青先行杀死。

瑶青回顾敌人飞行特快，还未引入重地，便被追上，情面难堪。又见敌人法宝来势厉害，一时心慌，猛一扬手，将师传佛门至宝弥陀珠回手打去。此宝发时，一团青紫绀三色的祥光立时化成千百朵五色金花，暴雨也似，无论何物遇上，便作轻雷之声，纷纷爆炸，随灭随生，生生不已，威力绝大。更能分别对方善恶，敌人邪法越高，威力越强，全随人的意念与善恶气机感应。对方如非极恶穷凶，至多受伤，决不致死。如不是妖邪一流，因与宝主人发生误会，致起争斗，那千百朵金花便只将人包围逼紧，上下飞舞，不令进退，对方嗔念一消，立时复原飞回。玉清大师原因钟爱瑶青，既恐在外吃亏，又恐少不更事，树敌伤人，特把恩师神尼优昙昔年所赐镇山降魔之宝转赐，使其在防身御敌之下，不致误伤好人。瑶青年轻好胜，又见峨眉门下一班同道都是年纪轻轻，法力高强，唯恐失机丢人；仙府人数又少，所遇偏是最有名的强敌，不免担心。回顾敌人追近，木宫甬道刚刚出现，唯恐在自己尚未飞入以前吃敌人追上，假败变成真败，心内一急，不暇寻思，便将此宝发出。

沙红燕本有乃师为她特炼的乾天罡煞之气笼护全身，寻常法宝、飞剑决难侵害，平日也颇以此自豪。那年三探幻波池，虽为妖尸所困，也因仗有罡气护身，本身未受伤害。又见五行仙遁尚未发动，一心自恃，想要伤敌。不料遇此专破邪法的佛门至宝。眼看敌人快要追上，法宝也已取出，待下毒手，猛瞥见一团酒杯大的紫青绀三色祥光在面前一闪，还未看清来路，已化为万点五色金花，暴雨一般迎面扑到，发出轻雷之声，纷纷爆炸不已，护身青气当时震破，这一惊真非小可。连忙行法抵御时，敌人忽又收回法宝，往甬道中飞去。总算沙红燕法力高强，应变神速；宝珠威力虽大，瑶青初得师传，功候尚浅，不能尽量发挥，要差得多；又是志在诱敌，小胜即止，乘着敌人受伤停追，知已入网，由此永落下风，不怕她逃，忙收宝珠向前飞去。否则沙红燕受创更重。初遇一个无名少女，吃此大亏，如何不急怒交加。以为防身有宝，只待取用，护身青气将来仍可重炼。怒火攻心之下，哪还再计利害。于是取宝防身，力催遁光，切齿咒骂，恶狠狠朝前急追。接连三把三尖两刃的飞刀刚发出去，猛觉眼前青霞电一般疾，微闪得几闪，那条长甬道忽然隐去，敌人踪迹不见。耳听少女喝道："不要脸妖妇，你虽旁门左道，邪法甚高，落伽山黑神岭高居天半，风景更极灵秀，你在老怪物宠爱护庇之下，如若安分守己，除却应有天劫，谁肯无故招惹？平日仙山修炼何等逍遥，无故倚势横行，屡次结党欺人，不是明偷，就是暗盗。玄门中哪有你这样败类？幻波池灵丹藏珍，前主人本有遗令，留与转世旧友和有缘之人，并非无主之物。你以前不知难怪，现既知道物各有主，就应死心。上次你和同党为妖尸所困，又全仗李、周二位师姊以德报怨，救你出险。不料你和同党刚脱危境，立即反恩为仇。自来因果循环，只要平心细想，你也修道多年，并非无识之人，此番你们如能成功，岂有天理？现你困入木宫，转眼遭劫。似这样忘恩昧良的无耻之人，本不值与你多言，因奉师命，为免不教而诛，良言相劝。如能革面洗心，回头是岸，趁五行仙遁尚未发挥威力以前，急速死心退去。你那师父情人虽是旁门，自从躲过四九天劫以来，隐居落伽山，重定条规，不再自出为恶。只你是个祸水，虽因你师溺爱袒护，仗他威势，在外横行，也不过是喜近群邪，仇视正人，并不似别的妖妇一味淫凶，无恶不作。再者你师徒修炼多年，劫后余生，也实不易。为此与你一条生路，免得牵动全局。你师父本与此事无关，也因你卷入漩涡。就算他此时仗着法力，受你蛊惑，自食前言，以大欺小，略占上风，实则与人无伤，早晚你师徒同归于尽，何苦来呢？如听良言，便放你走。至于你所约那些妖党，十九极恶穷凶，能逃生的极少，必被主人一网打尽，劫数使然，你就不用问了。”

说时沙红燕早就激怒，气愤已极。无如甬道隐去以后，当地便成了青蒙蒙一片其大无垠的广场，四面青气氤氲，无边无岸，敌人语声时远时近，一任施展法宝、飞刀朝前猛冲，均无动静。知已入伏，有心想要施展特备的几件异宝奇珍，因为仙遁威力尚未发动，更恐敌人事前惊觉，有了准备，一个不巧，被敌人用那两件仙佛两门的至宝占了先机，心思岂不白用？不如上来示怯，暂忍一时，相机发动，成功便罢，万一又和那年一样，便以全力猛然发难，以毒攻毒，就着敌人五遁威力，把整座依还岭震成粉碎。即使灵药藏珍不能到手，好歹也杀他几个，稍出胸中恶气。沙红燕只顾心存毒念，也不想想此举要造多大罪孽，修道人如何能有这等贪残阴毒的念头？一面咬牙切齿，厉声咒骂，静候敌人把话说完，相机行事；一面行法传声，向同来的辛凌霄、留骈、车青笠三人询问有无成功之望和敌情虚实，一个也未回答。料知形势艰危，越发气愤，心中恨极。

张瑶青性情温柔，丰神美艳，连举止神情也全像玉清大师，只是年轻气盛，比乃师疾恶得多。因听易静等说起幻波池这场危难全由沙、辛二女而起，沙红燕更是罪魁祸首，所有妖党也都是她约来，结果双方均有伤亡，来的妖人更是极少逃免，越发痛恨。虽以师命难违，事前加以警告，话却不大好听。因知就照乃师之言婉劝对方，也是平白耽延时间；不知乃师藏有深意，正想借此延挨时刻。不过终因素敬乃师，明知徒劳，依然把话说完。见对方一味毒口咒骂，直如未闻，越发有气，突然现身喝道：“无耻妖妇，祸到临头，好意劝你，还要骂人！”说完，手掐灵诀，朝外一扬，形势立时大变。

沙红燕瞥见敌人在前现身，怒火头上，先把三口五毒飞刀化为绿阴阴三道光华，朝前飞去。随取法宝，正待施为，倏地青霞奇亮，敌人身形忽隐。同时眼前忽又一暗，青霞敛处，大地上立时一片昏暗，四顾暗雾沉沉，身外浓黑如漆，什么也看不见，这与以前被困所见景象大不相同。方想五行仙遁神妙无穷，此地虽是东宫乙木所在，敌人如在此数年之内真能悟出玄机，随心分合运用，化生无穷，必比以前还要厉害，就许运用正反五行，由乙木化生癸水、戊土，来诱自己上当，均未可知。阵中藏有大五行挪移仙法，反正冲不出去，不如静以观变。便把盛气强行忍住，运用玄功，以防不测。

沙红燕正在戒备中，忽听乐声悠扬，听去十分娱耳。接着万木萧萧，狂飙骤起，澎湃奔腾，走石飞沙，万籁竞号，如擂天鼓，一阵紧似一阵，汇成轰轰隆隆的厉啸，中间更杂着一种极尖锐刺耳的异声。渐渐声势越来越恶，直似地轴翻折，海啸山崩，千百万密雷一齐怒鸣。沙红燕那么高法力的人，竟不由得闻之心神皆为震悸。暗忖："敌人果然尽得仙遁微妙，刚开头发难仅是耳闻，乙木威力已有如此猛恶，下面危机必比昔年加倍厉害，如换常人，不必别的埋伏发动，单这奇异的风木之声，早就把人震死。"方自入耳心惊，晃眼之间，面前由暗趋明，现出一片青蒙蒙的微光，仍和先前一样，除一片浑茫看不远而外，更不见半点儿影迹。沙红燕心想："似此相持，等到几时？同党声息难通，不知所经如何？多半落在下风无疑。反正要拼，何不试他一试？"扬手又把飞刀发出，猛觉前面似有极大吸力，暗道："不好！"忙即回收。三道刀光本已投入青云杳霞之中，仗着应变机警，收回得快，刀光只在青蒙蒙的暗影里微挣了两挣，居然收回，不曾失落。埋伏却被引发，先是眼前一花，一片青霞微微一闪，晃眼烟岚杂沓，碧云如浪，由上下四外铺天盖地潮涌而来。起初时沙红燕还未觉出十分猛恶，刚一上身，风木怒啸之声忽止，碧云立化青霞压上身来，当时成了一片云海，人困其中。那力量大得出奇，如非先有法宝防身，功力又高，几被压死。就这样，护身宝光以外，行动仍是艰难，大有进退不得之势。那碧云青霞有如电闪涛翻，越来越急，势也更猛，环身四外忽又现出大小千百万根木形青色光柱，纷纷挤压上来。前排到了身前，为宝光所阻，便即停住，不再前进，后面的又冉冉飞翔而来，挤将上去。一层跟一层，越来越多，势也由慢而快，越来越密。一会儿工夫，便密压压成了一圈青柱密林，为数何止千万，除却护身宝光，数丈方圆以外全被青色光柱塞满。前排的为宝光所阻，环绕矗立，本难再进。无奈后面光柱为数大多，争先拥到，一味前冲，等到挤成一片，便又互相旋转，撞擦起来：渐渐越转越急，发出一种极繁密的轧轧怒啸，比起先前万木鸣风所发异声更是尖锐凄厉，震悸心魂，那压力也增加了不知多少倍。

沙红燕到此境地，才知敌人于数年之内，果然悟出玄机。便昔年妖尸在此苦炼百年，又是圣姑门人，尚无如此厉害。有心施展太白精金之宝，以金克木，又防敌人中藏反正生化之妙，由木生火，反克真金。如照预计，由同来五人分攻一宫，互用传声联系，各仗克制本宫之宝同时下手，就说仙阵难破，也可无害。偏是敌人厉害，才一飞进，便失联系，连用传声，均无回音。一个较强的同党又被隔断在上，空出一宫。敌人全占主动，开头便被占了上风。历时已久，所约援兵一个未见下来，想连邹、屠二人也被隔断在上。照此情势，分明败多胜少，自己无妨，辛凌霄、留骈、车青笠三同党却是凶多吉少。

沙红燕正在越想越急，打算再迟一会儿，乙木神雷发动以后，或是光柱顶上发出火花，然后猛施全力拼他一下，就势冲往别宫，索性与辛、留、车三同党会合一起，相机再下毒手，以免牵动全局，使同党也遭池鱼之殃。正在奋力抵御，待机欲发，觉着乙木威力越来越大。不特防身宝光被其四面逼紧，寸步难移，那压力之大更是惊人，防身法宝连受四面重压，已渐禁受不起。倏地天崩地塌般霹雳连声，前排刚一震散，后面光柱立时狂涌上来，将其塞满，仍旧电旋星飞，互相挤轧排荡，相继爆炸不已。当时情势，宛如百万迅雷纷纷爆炸，前灭后继，生生不已，威力越来越猛。只见青霞群飞，精芒电射，身外宝光受不住那无量冲击压力，四外震撼，眼看就要破裂碎散，凶多吉少。虽然她身藏异宝，预有准备，至不济，尚有脱身之策，仍然心惊胆怯起来。正在奋力抗拒，并作准备，以防万一，事也凑巧。

原来当沙红燕正在紧急关头，剑拔弩张，将要发难之际，英琼恰将邹勤误带入阵。因愤妖人凶残，癞姑也是疾恶如仇的心理，刚巧留骈、车青笠妄恃带有克制之宝，将水土两遁引发，仍然不知进退，二女心想："今日来的妖邪甚多，势已至此，除得一个是一个。"定数所限，竟把沙红燕这一个祸胎忘却。正发挥反五行威力，想把邹勤、留骈、车青笠三敌一齐除去，忽想起辛凌霄可怜，恐遭波及，又防她不知好歹，特把总图转动，把三妖人伏诛情景现与辛凌霄看，使知戒惧。各宫五行仙遁原有呼应，癞姑和辛凌霄问答，由英琼主持仙遁，只顾除恶快意，忘将木宫隐蔽，她这里如法运用，木宫也自现出景象。沙红燕本就愤极，忽见万丈青霞中先现出一片黄色光雾，裹着一团宝光，中一道人正是留骈，在雾影里奋力挣扎，神情狼狈已极。方想冲上前去与之会合，黄雾影里忽冒起一片金霞，奇光激射，一闪即消。紧跟着，又现出一盏金灯，灯花只有两三寸长，光焰停匀，中裹一个寸许大的妖魂，正是费尽心力约来的靠山之一赤手天尊邹勤。只见邹勤挣扎乱滚，似走马灯一般快，由青霞影中飞过。火头上忽有一片极淡的黄光银霞微微一闪，一连串极轻微的爆音过处，连妖魂带金灯全都不见。紧跟着又是一片玄云波翻浪滚，中有无数水柱，车青笠被困在内。虽只小小数尺方圆的一片水云，看去却是波涛汹涌，水柱林立，光影明灭，和乙木光柱一样，互相挤轧排荡，隐闻水雷乱爆，密如贯珠。车青笠人小如豆，困在里面，越显得形势险恶。车青笠似比留、邹二人明白，神情虽然狼狈，只在一片青黄二色的宝光环护之下奋力防御，并不挣扎。眼看癸水将要化生乙木，就在青霞初闪、要起未起一瞬之间，车青笠身旁忽发出一蓬烈焰，乙木得火，越发威猛，眼看要糟。沙红燕心中悲愤，刚失口哎的一声，不料车青笠就在这千钧一发之间，扬手发出一股黄气，身形一闪，化为一道红光，迎着前发的烈焰，连人带宝光在那万千水柱中连闪几闪，忽然不见，玄云也便隐去。沙红燕知他法力较高，识得五遁生克之妙，肉身虽死，元神凝固，又长玄功变化，带有几件克制五行之宝，应变机警沉着。一经陷入重围，知难幸免，便不与强抗，以免激出反应，增加危害。静候五行合运，癸水生出乙木妙用之际，先用烈火，故意助长乙木威力，实则自身精于火土二遁，以退为进，另用戊土之宝反克癸水，再驾火遁，由危机四伏、死亡一瞬之际逃去。就这样，是否又遇别的埋伏，能否安然出险，尚不可知。经此一来，同来四人已死其二，还饶上一个大帮手。

当三妖人相继伏诛之际，沙红燕又发现辛凌霄被困金宫，四外虽有千万金刀箭雨布满，银霞电耀，却不上身。癞姑、英琼二强敌正与对谈，似已化敌为友神情。车青笠元神一逃，便不再见。自己这面乙木威势本来稍缓，等先见景象一幕接一幕似走马灯一般闪过，威力重又大盛，并由木柱顶上射出极强烈的火花，上面又有无数木形青光往下压到。沙红燕心神一荡，脚底忽冒起一株宝树，枝叶葱茏，苍翠欲滴，通体都有青气浮动，宛如雨中春树，雾约烟笼，华盖亭亭，美观已极，本来上下四外均是压力，加上万千乙木神雷连珠般爆炸，防身宝光已禁不住那强力冲击排荡，危险万分。再见同党伤亡，形神皆灭；辛凌霄那么强的性情，又是为报夫仇而来，竟会腼颜降敌，如非存亡呼吸，万般无奈，怎会如此？虽然自己身怀异宝，照此形势，能否如愿，实不可知。心中惊疑，欲发又止。就这略一停顿之间，乙木威势突又加强。

沙红燕正在举棋不定，万分难支，心中悲愤，切齿咒骂，那树一现，脚底立时一轻，不但下面压力全消，并还轻松异常，空若无物。可是头上四面冲击压力越发大增，只有下面一条路，防身宝光已快冲破，如换常人，定必被迫朝下避去。沙红燕毕竟累世修为，得道年久，见闻广博，深知五遁厉害。才一入眼，便看出那是木宫法物，一落树上，便和三妖人一样形神俱灭，休想活命。总算见机得早，不特没有下落，反倒运用全力朝上猛冲。暂时虽免奇险，但那头上和四外的木雷光柱威力越猛，再加上千万朵火花激射如雨，更是难当。她知道陷身神木之上，固连元神也难保全，少时乙木化生丙火，又加一重威力，如何能敌？稍微疏忽，困入火宫法物金灯神焰之上，死亡更快。端的危机密布，九死一生，奇险异常。本就情急，猛又觉脚底生出一股极大吸力，竟连宝光也被吸住。百忙中往下一看，原来那树先前高只丈许，就这转眼之间，忽然暴长，枝叶扶疏，由小而大，蓬蓬勃勃，向上高起。树上又有无数青色光气朝上激射，已将身外宝光裹住，往下猛兜，力大异常。上面和四外的木雷、光柱、青霞、火雨更似排山倒海一般，朝身上压击而来。眼看那树亭亭上升，树上千枝万叶精芒迸射，霞光万道，离身已近。又被那具有极大吸力的青色光气裹住，朝下猛扯，上下夹攻，休想挣扎。不由吓得心惊胆寒，亡魂失魄。加之有妖党前车之鉴，不禁气馁疑惧，把来时必胜之念消个干净。

当此危急存亡关头，沙红燕也就不暇再与乃师负气，想起了向丌南公发那求救信号。于是把胸前密藏一枚形似宝珠的传音法宝取出，伸手一弹，叭的一声极轻微的炸音，由近而远，往地底钻去，晃眼无声。同时把所借几件至宝取了两件，先由手上发出一道白虹，朝那裹身青气绞去。果然庚金克木，一绞便断，身上一轻，才知所借白虹钩果然神妙。心中一喜，忙取第二件法宝，防备万一。同时手指白虹，环身绕成一圈，然后由内而外，朝那四边青色光柱反荡过去。再若成功，然后斩那神木，只要木宫法物一破，五行失驭，便五遁不能全破，敌人威势必大减退。上面屠霸、伊佩章、唐双影、查山五鬼和商弘、商壮如果趁机而入，由商氏兄弟用土木二行真气去破癸水、戊土两宫，屠霸和五鬼弟兄夹攻助战，庞化成日月五星轮再一施威，整座依还岭连同幻波池仙府一齐毁灭，均在意中。沙红燕心中一喜，精神大振。正打着如意算盘，不料白虹电掣，刚环成一圈，还未向外展开，就这一眨眼的当儿，青霞如电，闪得两闪，眼前一暗，所有乙木神雷、万千光柱、大片青霞连同脚底神木大树，忽然一闪不见，重又恢复到先前黑暗景象。她那护身宝光已极强烈，光外白虹钩更是向西海白虹岛师执至交太白仙姥借来的太白金精所炼前古至宝，发时白光如虹，光芒万丈，理应照出老远。幻波池仙府虽广，当地不过一间石室，能有多大，就仗法术隐蔽，颠倒挪移，无非逃不出去，实质至多数十亩方圆一片，况还未必。这等至宝，不论多坚厚的物质，照例挨上便成粉碎。然而护身光幢已近十丈高大，这圈白虹范围更广，不特没有丝毫山石破裂之声，而且光幢以外，依旧黑暗非常。白虹紧附光外，看去还好一些，只一加大，便成了一圈白影，环绕在光幢外面的暗雾之中，仍是什么也看不见。情知厉害，反正非拼不可，求救信号已先发出，决计沉着应付，看清下手。

沙红燕也是运数当终。既然横心拼命，胸有成算，求救信号又先发出，索性多挨片时，便丌南公不好意思亲自前来，也必命人来援，何至惨败，误己误人。只为同党伤亡，仇恨越深，急于报仇；身在阵中受了仙法暗制，心神无主；加以妄用庚金之宝，当时似乎小胜：因而不愿久等。张瑶青虽奉师命，令对沙红燕不要过分，最好纵令其全身而退，等其恶满自毙，心中却很痛恨。又见三妖人相继伏诛，以为双方势成水火，反正骑虎难下，照沙红燕的口气，便放她走，也必不会悔祸死心，转不如痛痛快快除此一害。因此一见沙红燕已入幻境，还在咒骂逞能，并把宝光频频伸缩，越发有气，便照易静所传，催动五遁禁制，使其合运。仙法神妙，不论何宫，一受敌人挫折，自生变化，来势越强，反应之力越大。便不去催动，也要发作，经此一催，来势更快。沙红燕偏又急于报仇，认定乃师宠爱，一接警报，决不坐视，而且神速已极，估量不久即至。欲在乃师和援兵未到以前，先行发难，以便将事闹大，使乃师势成骑虎，欲罢不能。只顾行法试探，自己还以为是临敌谨慎，稳扎稳打。哪知危机四伏，一触即发。犹如好些地雷火药，药引早已点燃，哪再禁得起烈火焚烧，自然祸发更速，沙红燕原是行家，早算计敌人五行正反相生，不是乙木化成丙火，便由先天逆行，转化庚金。自己恰借有专制金、火二行之宝，以为戒备严密，即使不能获胜，也不至于伤亡。便将水府奇珍极光球取出，试探着朝黑影中放出。此宝本是千万年两极寒精凝炼而成，任何烈火当之立消。初意乙木必要化生丙火，意欲抢占先机，万一反化庚金，再用身带的阳金至宝金乌神火破它。此招虽被料中，但是仙遁威力神奇微妙，生发之间变化万端，不可思议。

沙红燕的极光球刚化为一团冷艳艳的五色寒光，飞向广场前面，精芒万道，流辉幻彩，正在暴长，张瑶青也正催动仙遁，双方正好撞上。寒气才现，倏地眼前大亮。先是千万朵烈焰突然出现，轰的一声，一齐爆散，当地立成了一片火海，来势神速异常，连人带宝齐困火中。对面又有一盏半人多高的金灯，由一翠玉灯檠托住，沉浮火海之中，时隐时现。灯上结着一朵如意形的灯花，光焰停匀，时青时白，时红时紫，彩色晶莹，变幻无常。同时那极光球也已暴长亩许大小，叭的一声极清脆的炸音过处，当时爆散，化为一片极长大的五色晶幕，璎珞流苏，寒光若电，五光十色，奇丽无俦。才一出现，便带着一股奇寒之气，罩在护身光幢之上，那么强烈的火势立被挡住，近身即灭。沙红燕方在欣喜，忽见矗立火海之中的那盏金灯的灯头上突发出五色奇光，灯花也自暴长，高达丈许，火势骤盛。虽被极光球所化晶幕挡住，不得近身，但那火势越来越猛。更由灯头上飞出一朵朵火花，精光闪闪，由火海中飞舞而来，晶幕一挡，立时爆炸，毫光万道，火雨千重。虽然同是一火，前者一片深红，仿佛一个极大的洪炉，人困其中，因有晶幕护住，声势只管猛恶，还未觉出它的厉害。这些灯花，开头全是如意形，火作金色，跟着五色变幻，纷纷爆炸以后，立即化生成一朵朵的五色火焰，上下飞舞，潮涌波翻，重重叠叠，暴雨一般打到。又是前灭后继，随灭随生，宛如亿万金花杂着无量彩星灵焰，潮涌于火海之中。霹雳之声，比先前乙木神雷更猛百倍，身不受伤，那万雷怒震之势也吃不住。因被晶幕一挡，好似郁怒莫宣，威势越来越盛，火中更有极大潜力，上下四外全被挡住，行动不得。

沙红燕心想："擒贼擒王。圣姑五遁法物，只这一盏乾灵灯乃九天仙府流落人间的至宝奇珍，最为神妙，本身便具无穷威力。极光球乃万载寒精癸水奇珍，正是它的克星。并且大小舒卷，可以由心运用，此时火势虽被挡住，仍有相形见绌之势。何不另用法宝防身，将此宝朝那灯头打去？只要将灯上神焰打灭，便有成功之望。"心念微动，立即施为。哪知危机已迫，此是应有景象。她这里刚把晶幕化为一团寒光，往火海中打去，暗中主持的敌人张瑶青看出敌人法宝厉害，也未用传声向主人请问，便将先后天五行正反相生运行起来。癸水之宝虽能克火，无如乾灵金灯与另外四件法物不同，本身自具极大威力。极光球连与真火对抗，暂时虽能抵御，暗中实已损耗不少；神灯所发灯花烈焰，却是生生不已，又有仙法挪移。所以灯头并未打中，却将五行仙遁一齐引发。

第三十七回　有意纵妖娃　宝树婆娑　青霞散绮
隐形擒异士　精虹潋滟　红雨飞花

沙红燕一面发出癸水之宝；一面妄想以火御火，并还借此防御乙木运行所化庚金；一面又将新借来的天木神针和师门防身之宝二气环分别拿在手内，以为克制。五行之宝已有其三，况又加上从来备而未用的法宝灵符，自然万无一失。再若不济，便仗这道灵符逃回山去，再打报仇主意。沙红燕因见信号发出已久，尚无回音，正在满腹幽怨，心恨师父薄情，平日那么恩爱，当此危急之际，竟不肯破例来援。猛瞥见那团寒光在火海中星飞电驰，朝前急追，但金灯始终矗立火中，未见移动，只是追不上。那亿万金花神焰仍如潮水一样，随着万丈烈火涌来。并且上面晶幕一去，神火所结光幢竟挡它不住，已快逼近护身宝光之外，周身奇热如焚，火雷威力更是猛恶难当，连人几被震散。

沙红燕方在触目惊心，金灯神焰上忽射出一片黄尘彩雾，只闪得一闪，便朝极光球飞来。先前金灯在前，寒光朝前直冲，四外金花火焰挨着寒光，纷纷爆散消灭，当时冲进一条火巷，只是打那金灯不到。及至丙火化生戊土，黄尘一起，来势比电还快，只一晃眼，便将寒光包没，叭的一声，精芒万缕，迸射如雨，当时炸散，射向火海之中，立时沸腾，化为大片热雾，随着火势，发出轰轰隆隆万雷怒鸣之声，潮涌而来。同时那片黄尘也由大而小，化为千万层黄色云涛，由上下四外齐往中心压到，神灯已经不见，烈火却是未消。万丈黄云影里，更杂着千万点暗黄色的星光，暴雨飞蝗般纷纷打来，挨近防身宝光层外，便化神雷爆炸。

末后越现越多，不到身前，便已冲击排荡，纷纷爆裂。看去大只如杯，便那极大的迅雷也无此猛烈，数又繁密，生生不已。只听轰轰巨震之声，令人心神皆悸，魂魄欲飞。火花星光互相激撞，又似千万花筒相对射击，合成一片火海星山。沙红燕知道戊土神雷已是难当，如果火土二行联合来攻，更不知底下还有什么变化。后援不到，危机瞬息，迫于无奈，二次横心，便把之前在东极大荒山向青帝之子巨木神君骗来的天木神针朝那黄尘影里打去。因用巧计诈取而来，虽知用法，不明微妙，用时迫于无奈，心实踌躇。此宝与主人心灵相通，巨木神君因爱沙红燕貌美，故意由她骗去。别时曾用言语暗点说："此宝任多厉害的戊土真气均能克制，但是对方如有乾灵纯阳真火，我不肯使此至宝平白葬送。你如无法抵御，我必将其收回。再用来取，只要不失信，永远由你使用，否则便只能用这一次了。"

沙红燕本意也只想骗一次，破了戊土便罢，唯恐事前收回，连演习也未敢用过。不料这天木神针威力之大果是惊人，才出手便是一溜光色极深的苍霞，奇亮无比。打向黄尘之中，只听惊天动地一声大震，那么广大一片杂着亿万土雷火星的云海，吃那长仅尺许的一溜苍霞打到里面，当时烟消云灭，眼前景物突现。那地方乃是一片广场，四面玉壁上巨木如林，青光涌现，似要飞舞而出。离身不远，地上有一堆金光闪闪的黄沙。天木神针钉在上面，已现原形，乃是一根四五寸长苍黑如玉的木针，奇光隐隐外映，别无他异。最奇的是黄沙下面压着一堆烈火，火焰熊熊，由沙下往四边迸射飞溅。知道天木神针不特克制戊土，并还连敌人的丙火也被反克在下。只是上下洞壁一齐震撼，似要坍倒神气。同时风雷、金刀、烈火、狂涛之声又如海啸天鸣，由上下四外急涌而来，料是五行仙遁已制其二，正反失驭所生感应。方在惊喜交集，只不知如何下手，天木神针如何收回，就这微一迟疑之际，猛听二少女连声清叱。先是张瑶青扬手万朵金花，带着一道剑光迎面飞来。先前吃过她的亏，早就怀恨，仇人相见，分外眼红。

刚把飞刀、白虹钩一齐飞出，猛又瞥见李英琼身剑合一，电驰飞到，扬手飞出一朵如意形的紫色灯花，朝那天木神针上飞去。苍霞一闪，神针立隐，轰的一声，先前黄尘烈火突又出现。

因那天木神针镇压戊土，反克丙火，将五行仙遁一起引动。英琼不来，乱子更大，沙红燕固是不免于祸，仙府也必受到毁损，先前四处风雷震撼，刀兵火水之声，便是正反五行齐生感应所致。沙红燕哪知厉害。及至英琼飞来，一见戊土为神木所制，虽不知它的来历，但想五行仙遁何等神妙，竟被对方法宝所制，并因丙火也受反克，知道变生瞬息，事出非常。心料那天木神钉必是东方乙木精气所萃，恰巧前得紫青神焰兜率火新近炼成，正可应用。一时情急，扬手一指，先将神焰放起，为防万一，又将定珠和青灵髓放起。沙红燕如何禁受得住，来势又都神速异常。神木一去，丙火、戊土重又施威，已极厉害，下余乙木、庚金也在此时突然发动。只见亿万金刀，千寻恶浪，连同那无量数的青色光柱一起出现，狂涌上来，水火风雷、金铁交鸣之声会成一片繁喧巨响，比起先前威势更加强烈万倍。英琼见沙红燕在光云火海、金刀巨木、光尘水柱环攻之下，已急得面容惨变，走投无路，手上拿着一件形式奇怪的法宝，正想发动。英琼知道五遁已全引发，便丌南公亲来，也未必能从容抵御，沙红燕如何能行？猛想起昔年老父别时警告，方喊："贱婢不必惊慌，五遁被你引发，只要谨守不动，等我行法复原，和你说话，还可暂时饶你活命。"话未说完，沙红燕一见五遁环攻，悲愤情急之下，以为对她绝无好意。英琼虽用仙法传声警告，无如沙红燕痛恨英琼，不特无心去听，反倒厉声咒骂，神态凶横，又将师传防身至宝施展出来。就此逃走也罢，偏又记仇心盛，临逃还想放把野火，致将英琼激怒，终于引出事来。

这里英琼一面发话劝诫，一面连用仙法使五遁复原。眼看五遁运行已复常轨，所有烈火、金刀、黄尘，水柱已全消灭，只剩千万根青色光柱环列如林，将敌人围在中心。正待向前发话，纵令逃走，偏生事机变化绝快，英琼仙遁复原，沙红燕也施展杀手，双方恰是不先不后，同时发动。那乙木光柱本来环绕在外，吃英琼不止，尽管青霞潋滟，并未发威前攻。沙红燕却不知好歹，见先前形势厉害，又因五行仙遁撤退时各射奇光，相继闪变，比电还快，看去分外强烈，不知敌人有心败退，以为还有别的变化，越发情急。本来要走，临时又想起许多同党多为自己而来，弃众而归，以后何颜见人？微一迟疑，欲将法宝先发出去，准备先拼一下。心想："此是师门最著名的六件前古奇珍之一，和落神坊有异曲同工之妙。师父因见自己前生遭劫惨死，几乎形神皆灭，便为法力、飞剑不是敌人对手之故，等将自己的元神救回山去，炼成形体重生以后，想起前情，十分怜爱，特传此宝，以作防身之用，威力绝大。初发时，只是一个淡微微青紫二色的光圈环绕身外，大只数尺。跟着发出一片光雾，将人通身包没，成一青红二色的气团，随人心念发生妙用。敌人如若知机，就此让路，任其飞走，还可无事；否则，一经发难，当时精芒猛射，晃眼暴长千百倍，形如一个日轮，连宝主人也制它不住。无论上天下地，任何厉害的飞剑法宝，钢铁石土，挨着便成粉碎。因它威力大得出奇，传时再三告诫，不许妄用，正邪各派中人又都闻名，自己也从未遇到这等情急拼命之事，因此尚未用过。那年我三探幻波池，师父为防仙遁神妙，二强相遇，一个不巧，便要惹出巨灾浩劫，特将此宝索回，另赐了两件法宝。后为妖尸所困，几乎送命，并还伤了一个同门至交，我回山哭诉，向师父埋怨。师父因见敌人势盛，法宝未成，时机未至，表面推说门人背师行事，与他无干，心中却是气愤，再被自己一激，才将此宝发还。并附一道玉叶灵符，加增此宝威力，使其易于收发。只要敌人稍微见机，不与它强抗，并不多伤生灵，引起地震山崩，发生浩劫。现见敌人如此可恶，莫如在行前试它一下，万一转败为胜，固是极妙；至不济，也使敌人受伤，或将敌人所用飞剑、法宝破去一两件，稍出心中恶气。"主意打定，一面施展法宝，化成一个光环，罩向身外；一面将先前身外光幢和飞刀、法宝一齐收去。

英琼、瑶青见她目射凶光，连声咒骂，所说的话全未入耳，已经有气。忽见青、红二色的光环飞起，只一闪便成一个气球，人在中心，手掐法诀，似在行法施为神气，先前防身法宝和那飞刀、白虹钩忽全收去。料知敌人想作困兽之斗，出手定必厉害，二女全生戒心。见那气球将人包没以后，乍看雾气只薄薄一层，吃四外金霞一照，里外通明，看得逼真。耳听沙红燕人在里面厉声怒喝："峨眉贱婢，还我三位道友的命来！"随说，左手法诀一扬。那气球本来虚悬光柱之中，大只丈许，光气又淡又薄，看去本似一个大水泡，忽然由淡而浓，变成实质。球上先是光飞电旋，奇亮夺目，宛如一轮红日。紧跟着上面射出青、红二色的火花，晃眼暴长。四围乙木光柱虽被英琼阻止进攻，反应之力仍极强烈，来势又快得出奇，晃眼便将那将近十丈的空处占满。宝光万道刚射向光柱丛中，立生剧变，只听风雷轰轰，青霞电耀，前排光柱吃敌人宝光火花暴起排荡，当时震裂了一大片。乙木遇见强烈攻击，立生反应，惊天动地般一声大震，那千百根光柱随着惊涛骇浪般的大片青霞，电也似的连闪几闪，全都不见。跟着红光奇亮，烈焰突起，风雷、金刀与万丈洪涛之声纷纷怒鸣相应。

英琼看出敌人法宝厉害无比，从来未见，五行仙遁竟被激动，不禁大怒。气愤头上，竟将定珠和那兜率火紫青神焰猛发出去。双方下手均极神速，那气球形的宝光本来急如雷电，一发不可收拾，无坚不摧。火光精芒所射之处，任何坚固之物，甚或差一点儿的飞剑、法宝，只一射中，便化乌有，死圈所及，能达数百里外。沙红燕手持灵符，暗中戒备，本心还想此宝威力太大，如若奏功，宝光所及之处立成死圈，唯恐上面同党也遭波及。正持灵符戒备，想将宝光制住，只将仙遁破去，杀敌报仇，于愿已足，免得死圈太大，整座仙府连依还岭一齐震碎，同党也受误伤。及至发难以后，百忙中瞥见气团化为日轮暴长，吃四围光柱一挡，前排虽被震裂，但颇吃力。心想："此宝一经施威，便似迅雷爆发，非经宝主人行法回收，绝无止境，非把当地景物全数毁灭，化为劫灰，四面皆空，毫无阻止，不会停歇。照此情势，并不如师父平日所说那等猛烈神速。”又见青霞电耀，烈焰群飞，乙木受挫，又生丙火，宝光虽仍往外暴长，无形中却似被一种大的潜力阻住，不似预想之快。方在惊疑，就在这应敌瞬息，不到一句话的工夫，猛瞥见敌人在火海中双双扬手，一个飞起万朵金花，一个发出一朵长才寸许、奇光晶莹、精芒四射、如意形的紫色灯花，以及以前敌人常用的定珠慧光，一同打到。灯花来势绝快，出手便如一朵流星，迎面射将过来。那团慧光却是大如栲栳，祥辉流转，冉冉飞来，看去要慢得多。

沙红燕因在平日过信师门至宝威力妙用，早知敌人持有佛门至宝，并未放在心上，以为就算法宝无功，护身逃遁，决可无虑，唯独害怕敌人的那粒定珠。心念才动，那团慧光不知怎的竟会当先飞到，未暇寻思，祥辉暴长，已将那气球形的宝光罩住，休想似前暴长发威。她知道不妙，不禁大惊。刚把右手玉叶灵符扬起，未及施为，慧光照处，耳听远远有人高呼：“琼妹，且慢下手！”刚听出是敌人癞姑口音，人也随声飞来。说时迟，那时快，那朵形似灯花的紫青神焰兜率火已打向气球之上，当时穿光而入，化为一片紫色神火精芒，当头打到。沙红燕骤出意料，不及防御，万分惊惶之下，忙将玉叶灵符展动，人已受伤。本来非死不可，幸而癞姑恰在此时赶来，一见李、张二女各用法宝夹攻，最厉害是那兜率火，想起前事，忙即喝止。哪知已经晚了，只差句把话的工夫，英琼已先发难。英琼闻声想起老父行时告诫，又见气球已被慧光制住，停在火海之中，不能再动，忙即回收，已经无及。气球本被慧光罩定，又被灵焰震破一洞，但未散裂。就在这收宝瞬息之间，忽由沙红燕手上飞出一片青白色光气，将头面全身一起裹住，使沙红燕立成了一个青人。同时气球上光飞电旋，前发火花精芒一闪即灭。紧跟着气球由大而小，成一青、红二色的光幢，将沙红燕紧紧裹定，电也似急往上腾起。只听一连串的爆音往外响去，晃眼响出老远，少说也有百十里外。

癞姑忙收仙遁查看，那么禁制重重的仙府，竟被穿山透石，逃了回去，所经之处，洞壁上现出些尺许大的空洞裂口。才知此宝兼备五遁之长，穿金透石，如鱼游水。那么严密的禁制，竟阻它不住。又知沙红燕自负绝色，最爱她那副面容，方才英琼误发灵焰，已将她玉颊烧残，仇恨越深。此去回山哭诉，老怪丌南公心怜爱宠，必不甘休。自己百计求全，到底仍是英琼惹祸，可见定数难移。也就不再埋怨，笑问："此女本有青气护身，如何不见，竟为神焰所伤，花容残毁？"瑶青笑告前事。并道："事关定数，我们该有场磨难，不必说了。早知这样，反正成仇，转不如将这一害除去，还好得多呢。"癞姑笑道："你哪知道，此女天生尤物，丌南公爱之如命。自从她昔年遭劫，元神逃回山去，丌南公本想令她转世重炼，她偏爱惜前生容貌，一任劝说，始终倔强。老怪竟不忍违她心意，亲自为她炼丹炼魂，费了多年苦功，硬将元神炼成形体。身上青气虽可防身，她却认为是有损花容的一件憾事。只为当初助她炼形的人也是一个老怪物，丌南公又是强娶她为妃，非所心愿，故留此一点缺陷，美中不足，尚向乃师撒娇絮聒。丌南公因此举逆数而行，又以事大繁难，他本身灵元还要受伤，不肯为她去掉，不料青妹弥陀珠正是罡煞之气的克星，为她破去。虽然元神不免损耗，多年憾事居然去掉，我料她定必心喜，事完回去，正好向老怪物献媚，不料脸会残破。这类元神凝炼的形体，如是别人，定必分合由心，虚实兼用，更具神通。她却爱美过甚，既想讨情师的欢心，又恃独门玄功变化，宁甘多受三年苦痛，用固神胶和乙木青灵真气凝炼，照样长骨生肌，无异生人。可是一为法宝飞剑所伤，便难复原。虽然仇恨越深，老怪物禁不起她缠磨，必来生事，终比杀死的好。否则，他师徒情孽纠缠，已历多世，丌南公宁失天仙位业，归入旁门，便为了她。**情妇害人，不独对于贪官，即使"仙人"也难逃"玉手"。《西游记》之牛魔王，本与天地同寿，却也为玉面狐狸所误。**现虽受伤毁容，以乃师的神通，还可医治；至多转世重修，更合初意。如令形神皆灭，必来拼命无疑了。”

英琼气道：“你们都是怕事。自来邪正不能并立，福善祸淫，定理不移，怎见得会遭她的毒手？你看好好一座仙府，被她穿破好些洞穴，老怪物如来，正好由此钻进，岂不惹厌？终不如将她除去，才消恨呢。”癞姑笑道：“琼妹偏是这么天真，你已快是神仙中人了，你看你小嘴一噘，生气神气多么可爱！无怪人说自来美人，不管是哭是笑，薄怒轻嗔，无一样不好看，动人怜爱，看了心疼。要似我这样丑八怪，休说生气，这麻脸缺嘴叫人看了，只有肉麻恶心，便把眼泪哭出两缸来，也无人理，反倒讨厌。天下事就这样不公平，同是一样人和处境，一美一丑就差得多，你说多怪！”英琼忍不住笑道：“姊姊，这是什么时候，还打趣么？也不想个方法把贱婢所开洞穴封闭，真个想让敌人长驱而入不成？”癞姑笑道：“你把丌南公太看小了。他平日眼高于顶，自居前辈，如非爱徒宠姬哭诉，便我们把群邪一齐杀光，也不会来。此来他以为胜之不武，不胜为笑，便可全胜，也有损他的威严声望。来时必定预先通知，公然登门问罪，决不肯做那鼠窃狗偷之事，来钻狗洞。至于别的妖人，漫说本洞禁制重重，就被穿破，当时复原，也钻不进来。再若深入重地，真是找死。愁它作甚？倒是你们说那一根木针，竟将戊土神沙钉住，末了又会自行化去，威力这等神奇，极似恩师以前所说东极大荒巨木神君用东方先天精气所炼神木，比那铜椰岛木剑厉害十倍。如非琼妹得有三朵紫青灵焰，还真讨厌呢。”

癞姑说时，忽听身旁吸星神簪发出卢妪传声，**遥控作战，超前不少**。说沙红燕先发求救信号，恰值丌南公为御天劫和报峨眉之仇，炼宝正急，法坛封闭，内外隔绝，信号被门人接去，不敢通报。后来还是丌南公由定中警觉，忙即开坛，未等命人来援，沙红燕已仗法宝、灵符之力遁回山去。人在途中，知已受伤，本就急怒。少时沙红燕回山，再一哭诉，必然寻上门来。好在事前已有准备，事已至此，可速依言行事。癞姑因在意中，虽然为时尚早，也须先作准备，忙告二女，匆匆飞出。见了易静诸人，略说几句，便即飞上。本想玉清大师和青囊仙子华瑶崧均说英琼杀气太重，敌人太强，不可大意，料知情势凶危，关心过切，恐其胆大冒险，各位师长前辈又无一人能来解救，应付之间稍失机宜，纵令英琼仙福深厚，不致受害，伤痛危难，也许不免。事前屡次叮嘱告诫，令先趋避，须到万不得已，方出面应典，不可冒失。

英琼平日温婉娴静，对诸同门姊妹最是谦和礼敬，一旦遇敌，便当仁不让，从未计较艰危。近来功力日深，勇毅沉练，已非昔比。知道命中该有这场劫难，不可避免，素性疾恶好胜。幻波池仙府灵景无边，恐为邪法残毁可惜，吉凶命定，不能避免，事由自己而起，理合身先急难。再者修道人常有三灾八难，不经险阻艰难，如何能成大器？平日自负向道坚诚，誓为本门效忠宣勤，使其发扬光大，以报师恩。而修仙业既以崇正诛邪、降魔除害为务，以往诛戮妖魔如同剪草，入门不久，便以三英之名威震群丑，纵然修为年浅，全仗福缘深厚和父师尊长怜爱期许，毕竟也有光彩，如何遇见强敌，便自退缩，仿佛欺软怕硬？同是旁门左道，敌势一强，便不敢与之争锋，岂不丢人？休说受命自天，老怪物未必能奈我何；即便为道殉身，也使异派群邪知我峨眉门下一个入门未久的小女弟子有此智勇胆力，竟敢以卵敌石，不为老怪物凶威所屈，虽死犹荣，似这样藏头缩尾做甚？英琼主意打定。因听易静、癞姑再三劝诫，说敌人实太厉害，何必多受苦难？良友好意，不便明拒，心中却想借此试验自身道力。

也是英琼该当有此奇遇。当炼那紫青神焰兜率火时，因此宝十分难炼，功力稍差，便不能与心灵应合；威力又是极大，倘不能收发由心，一个制它不住，反而受害。必须以本身真火元灵，与之合为一体，方可发挥它的无边妙用。先用太清仙法施为，好容易才得制住，可以随意收发，仍只能勉强应用，将来还须重炼，为美中不足。到了三十六日过后，始终没有进境。这日英琼忽动灵机，暗忖："此宝与佛家心灯既是异曲同工，寒月大师的心灯佛火已与他本身元灵相合，我怎不能？现在定珠已与元神相合，不畏心火自焚，何不按照师传，用这定珠将元神护住，索性以火济火，由明化空，返虚入浑，使与本身真火合为一体，炼成第二元神，随意发收，并还增加自己道力，岂非绝妙？"于是便用仙法重炼。英琼虔心毅力也真坚强，上来便拼尝苦痛和火宅坐关，受那灵焰罩体炙身灼肤之苦，始终按捺心头火，不令外燃，一味守定心神，使体外灵焰神火无法侵入。她起初还用定珠慧光护定元神，志在尝试，由渐而入。到第七天上，偶然触机，猛地悟出微妙，当时反照空明，明见三朵神火化为一幢紫焰笼罩身外，全仗本身功力和那凝聚心头的三昧真火，内外防御。虽然不曾烧伤皮肉，热痛异常，一经悟彻玄机，心火立灭，当时透体清凉。就在这有相转为无相的瞬息之间，三朵灵焰立被收为一体，与本身元灵相合。只见定珠慧光大放光明，三朵灵焰已被降伏，收为己有，不在体外，时间也恰满了四十九日。**这一番修炼功夫也属还珠"首创"。**

英琼满心欢畅，微笑而起，大功告成，欣慰非常。由此随心应用，弹指即出，大小分合，无不如意。暗忖："有此仙佛两门至宝防身，并与元神相合，多高邪法均所难施。久闻丌南公自尊自傲，平日号称敌人生死只在他反掌之间，一击不中，便不再击。只要挡得过这开头一阵，便可无害，怕他何来？"唯恐易静、癞姑劝阻，只说宝已炼成，并未明言。及至飞到上面，明听癞姑传声急呼，假装追杀妖人，随口应答，却不照她预计退入阵内，自往当地立定，静待强敌应战。后听天风海涛之声由远传来，知道敌人先由十万里外传声示威，无非是先声夺人，以示他的威力，心中好笑，也不理睬。正在暗中准备，忽见李洪同一幼童隐形飞来，到了面前，忽在佛光中现身，含笑点头，把拇指一伸，意似称赞，一闪即隐，似往静琼谷一面飞去。英琼忽想起："英男身世经历最为可怜，与自己患难至交，亲逾骨肉，她虽名列三英，法宝不多，功力也不如严人英师兄，孤身在外行道，日常代她担心。难得她这次远赴月儿岛，巧得离合五云圭前古奇珍，又收了火无害这等异人为徒。看她对敌情景，比起从前要强得多。姊妹情分太深，少时见我为敌所困，定必出手，却是可虑，怎忘了招呼一声？”

英琼心方一动，果见英男去而复转，正由谷中飞来，吃火无害抢前拦住，意似不令她来，师徒二人还在争执。忙用传声推说奉有前辈仙师预示，绝无妨害，别人出来不得，务望退回，免自己分心，反而有害。说不几句，忽又瞥见李洪和那幼童又在谷口现身，朝英男师徒将手连挥，意似劝令退回，英琼原未见过陈岩，这时见他相貌神情和李洪相似，几如孪生兄弟一般，功力根骨也均不在李洪以下。又穿着一身大同小异的短装，越显得粉妆玉琢，俊美可爱。**还珠大约受京剧影响，正面人物多是“粉妆玉琢”，反面则多是“扁脸狮鼻”之类。**心方奇怪，见幼童侧耳一听，二次口说手比，催令英男速退。英男师徒刚刚退走，烟光闪处，人全不见。谷口一带，原本设有太清玄门禁制，只自己人能够随意出入透视，外人看去，只是一座危崖，山形早变。便丌南公亲来，若不是事前知道底细，或是细心观察，急切间也难查见。李洪虽然年幼，因是九世修为，近年法力也许恢复，不去说他。那幼童明明不过十岁左右，如何也能随意出入，不现一点儿迹象？忽听极猛烈的破空之声，由遥天空际冲风穿云而来，那么洪大的天风海涛之声，竟丝毫掩它不住，来势万分神速。当入耳时，听那声音来处，少说也在千里以外，高出九天之上，常人绝听不出。可是才一入耳，便似两支响箭电射而至，晃眼工夫，声到人到。只见两道青光，由来路老远高空中流星过渡，斜射下来，直落静琼谷外，现出两个豹头环眼、扁脸狮鼻、虎口燕颔、相貌装束无不诡异的矮胖道童，好似谷中动静，老远便被看见。二道童落处正对谷口，又似觉出当地设有仙法禁制，面带惊疑之色，落地先互相对看了一眼。内中一个穿黄衣的厉声怒喝：“李英琼贱婢，快出来纳命！我师父命我二人来此先行通告，命尔等自行准备，引颈就戮。我二人因师父还有些时才来，想起我长兄仵备前随沙师姊来幻波池取宝，与你们无仇无怨，为李英琼贱婢暗算，久欲报仇，未得其便，特在师父未到以前，来取贱婢狗命。适才在路上遥望这里，谷口内有一少女穿着神情，与沙师姊所说贱婢李英琼相似。等我弟兄赶来，你们已用禁法隐蔽，缩头不出。是好的，快出来纳命，分个高下。如以为区区障眼法便可隐身保命，直在做梦！再如延迟，惹我弟兄性起，只一举手，这座依还岭便成粉碎了。”

话未说完，便听一幼童口音在旁笑道：“洪弟，你认得这个小妖孽么？他便是老怪刀南公门下，号称黑伽三仙童的仵氏弟兄。师父年老成精，老而不死，门下徒弟也个个这样丑怪讨嫌。**“个个丑怪讨嫌”，呵呵，爱憎分明？**仵老大前往幻波池盗宝，在北洞水宫卖弄伎俩，为你李师姊所诛。这是老二、老三。听刚才风涛怪声，老怪物必将起身，故意闹此玄虚欺人，不知何事耽延未到。这两个小怪物仗着老怪物在后面，有了靠山，来此狐假虎威，仗势欺人。本来我们不愿多事，他偏狂吠不已，看了有气。洪弟你如高兴，我弟兄一人对付一个，先给他们吃点儿苦头，扫扫他师父的老脸。他不是说举手便要粉碎全山么？莫如我两个乳臭未干的小祖宗，也举一回小手，教他尝尝味道，你看如何？”

这两道童乃刀南公爱徒黑伽三童中的仵盛、仵江。因乃兄狮面仙童仵备前探幻波池，为轻云、英琼无心误杀，怀仇数年。乃师知道劫运当然，峨眉势盛，自己多年名望，不出手则已，出手便须全胜。上次妙一真人夫妇率领长幼群仙往铜椰岛，为天痴上人、神驼乙休和解救灾，刀南公带了两个有力同党，乘着妙一夫人和玄真子送那天火毒焰，去往两天交界之处消灭时，暗用邪法，前往作梗。结果阴谋未成，平白造孽，同党还受了伤。试出长眉真人虽然仙去，门下十二弟子和一班同道敌党，竟是个个神通广大，法力无边，一个不巧，就许身败名裂。刀南公决计暂时忍辱，等那两样异宝邪法炼成，再与敌人一决存亡。成则独自称尊；败则乘机转世，就便避那末次天劫。好歹也在事前多杀几个敌党，以消胸中恶气。见宠姬、门人相继伤亡，心虽痛恨，表面却不露出，反说门人未奉师命，自取灭亡，凭自己的身份，难道还与这班后起的无知小狗男女交手不成？把门人骂了一顿，置之不理。仵氏兄弟修道多年，均颇狡猾，看出师父是因知道峨眉势盛，去了仇报不成，或许还要送命。也只得假装遵守师命，不敢离山，连沙红燕屡次约他们同报兄仇，均以婉言辞谢。这日见乃师为沙红燕受伤激怒，亲自出马，心中大喜。暗忖："弟兄三人，一母孪生，此仇不报，岂不被同道中人耻笑？"身后又有靠山，顿起轻敌之念。

丌南公自命得道年久，在异派散仙中，与大荒二老、大魅山青环谷苍虚老人同是修炼千年，经过两次四九天劫，均得无恙，素极自恃。每一出洞，照例要有好些排场做作，未到以前，先使当时风云变色，山川震撼，有时还有门人和仙音仪仗前导，以显他的威势。**《天龙八部》丁春秋的出行仪仗队，似受此启发。**风涛之声，便是来前个把时辰，向敌人所下警告，表示旗鼓堂堂，未来便先通知，好使敌人先行戒备，决不暗算。仵氏弟兄一心想捡现成，乃师又命前行通知，立即飞来，本想当时能报仇更好，如果不能，依还岭全山已在乃师法力遥制之下，随时可以发难，人也随后就到，越发气粗胆壮，没将敌人放在眼里。二仵邪法本高，老远看出谷口有一女三男聚谈。因未来过，英男和英琼相貌身材又差不多，二仵本来就分辨不清。恰巧当日二女因为知道来的都不是常敌，特将开府所赐仙衣穿上，二女更加相像。二仵前听沙红燕说过英琼的相貌服饰，又见谷口烟光明灭，山形立变，人也隐去，误认英男为英琼，立催遁光飞来。不料丌南公刚将邪法发动，飞行中途，忽被两人拦住，来迟了些。又因和那两个人说话，无暇行法查看当地情形。二仵正发狂言，忽听幼童在旁笑骂，不禁大怒。但因素性阴毒险狠，知道峨眉隐形神妙，既敢在旁讥嘲，必有所恃，唯恐一击不中，上来便先丢人，强忍愤怒，照样问答辱骂，故作不闻，暗中却施展邪法，留神查听。正准备冷不防猛然发难，谁知怒火头上，成见又深，以为有恃无恐，只顾猛下毒手伤敌，一举成功，不曾想到防御本身。

二仵这里邪法刚一准备停当，对方话也说完。另一幼童接口笑说："李师姊不必动手，由我和陈哥哥先给他吃点儿小苦，省他狗嘴骂人。"话还未完，二仵刚把手中法诀扬起，各把左肩一摇，肩头所佩扁长葫芦立有数十点酒杯大小的青光飞起。还未及往两幼童发话之处飞去，就这转眼之间，面前疾风电扫，叭叭两声，每人嘴上早各中了一掌，**怪哉，法力高强的仙人竟然都喜欢徒手格斗。**力大异常，比钢还坚，当时满口门牙一齐打断，舌头也被残牙咬碎，鲜血直流。骤出不意，遭此猛击，空有一身邪法，竟无所施，牙碎舌破，疼得连话都说不出来。剧痛神昏，情急暴怒之下，似哼似吼怒叫了一声。因觉着敌人是个小孩的手，连法宝也忘了施为，忙伸双手去抓。不料敌人隐身灵巧，人未抓中，仵盛右膀又被那坚逾精钢的小手打了一下，当时打断。耳听幼童笑骂："这等脓包，也敢人前撒野！"声到手到，这里骨断筋折，奇痛攻心，右脸上又挨了一记巴掌。那幼童正是李洪，所用乃是佛家金刚神掌，仵盛多高邪法也禁不住。事前骄敌，毫无防备，一下打得头晕眼花，仰跌地上，几乎晕死过去。负痛昏乱中，凶心仍然未死，不顾行法止痛，先由地上飞起。左手一挥，正待把那葫芦中的宝光朝敌飞去，匆迫中未先行法防身，左手刚伸，手指上又似中了千万斤重的一块钢板，左手五指又被打断了三指，痛得周身乱颤，发怒如狂。仵盛刚想起敌暗我明，吃亏太大；又因背师行事，上来丢人，挫他锐气，恐受责罚，不敢告急求救：只得忙运玄功，行法止痛。紧跟着身剑合一，化为一道青虹，朝敌人来路电驰卷去。但一任往来飞翔，依旧毫无迹兆。乃弟邪法也已发动。

原来仵江先和仵盛一样，被陈岩一掌照样打得齿碎血流，舌根几被咬断。但他人较机警，知道厉害，一受伤，先自行法防身，准备把痛止住，再去应敌。一面把葫芦中的青光暴雨一般分布开来，朝前射去。本想敌人就在对面，纵令隐形神妙，宝光分布甚广，也能伤敌。一面正待施展先前所准备的埋伏，手中法诀刚一扬起，当的一声，后心上又中了一下钢拳。最奇的是修炼多年，又已经行法护身，竟无用处，这一下来势更重，打得心脉皆震，脏腑几要断裂，口里发甜，眼前乌黑，两太阳穴直冒金星。一个旁门中的散仙能手，竟和常人挨打一样，这一拳竟把他打出去好几丈远，几乎立脚不住。总算比乃兄略善应变，又有一些准备，就着前蹿之势，忙运玄功，强定心神，纵遁光飞起。同时邪法也已发动，当时便是青光一闪，大片青色火花似乱箭星飞突然出现，把静琼谷外一带笼罩在内。

英琼独立阵前，遥望逼真。先见妖徒骂人，心想事已至此，迟早对敌，何必顾忌？正打算出手，先挫敌人锐气。忽见李洪和同来幼童隐形发话，似想让自己观看。连幼童也是本门隐形之法，李洪又在大声喝止。刚一停顿，二妖徒便连遭毒手，狼狈已极。这两小孩胆大得出奇，竟敢空着双手去打敌人。敌人邪法异宝虽然那么厉害，竟会抓捞不着，一照面，便接连挨打，被打得头晕眼花，骨断筋折，顺口血流。打时形势也颇冒险，敌我互相对面，敌人伸手可及，李洪又是纵身连打，不曾闪退，差一点儿没被毒手抓中。因这两人看去全是十来岁的幼童，而敌人相貌狞恶，一身邪法，相形之下，休说不知底的人认为以卵敌石，犹捋虎须，强弱相差天地，便自己深知李洪和那幼童法力均高，照这等空着双手，毫无准备，去向虎口中讨便宜，也由不得代他们捏一把冷汗。及至邪法发动，大蓬青色火花满空飞舞，电射如雨，越聚越多；两幼童仍未施展法宝，只在光雨丛中飞来飞去，宛如两个天上金童，飞翔星花雨海之中，驰逐为戏，又都生得那么玉娃娃也似，吃青光一衬，俊美无伦，顿成奇景。二妖徒行法之后，血虽止住，牙齿全碎，大嘴内凹，一个又成了废人。当此心中恨极，暴怒如狂之际，貌更丑怪，神情狼狈已极。李、陈二人虽不再打，却不时飞近前去，这个捏一把，那个抓一下，小儿儿戏。急得二妖徒连哼带吼，咒骂不绝。别的法宝又无暇施展，语声含混不清，宛如狼嗥鬼叫，惨厉刺耳。

英琼到底年轻，童心未退，**又一儿戏心态**。看得好玩，连用传声赞妙，笑个不住，还问那位道友贵姓。李洪听英琼喝彩赞好，越发得意，引逗敌人更急。因相隔近，忘用传声，脱口笑道："这是我陈岩哥哥，前三生的好友，日前才得巧遇，因他相貌已变，几乎都不认得了。"二妖徒受尽戏弄，无计可施，一听敌人自道姓名，越发又惊又怒。仵江哼声喝问："小狗中有陈岩么？我弟兄和你前有杀姊之仇，既有本领，怎不现身一斗？鬼头鬼脑，暗算伤人，岂非无耻？"说时，英琼闻得癞姑在阵中急呼说："卢老前辈仙法已将完成，连你们的声形均被隔断。老怪物现为仙法所迷，全看不出这里真相，只当二妖徒已经攻入仙府，但他不久就来。小师弟可陪陈道友将妖徒诱入静琼谷内，困向乙木仙遁之内，有英男师徒监防。妖徒惧怕离合五云圭与火无害的太阳神针，绝不敢逃。只是不要杀他们，以备事完给老怪物添烦添气，也是好的。事不宜迟，以速为妙。"同时李、陈二人也在光雨丛中现身，指着妖徒笑骂道："无耻小妖孽，我弟兄只凭一双空手，你们便吃足苦头，如再现身施为，还有命么？我弟兄也不怕你们的师父恼羞成怒，你们既求我二人明斗，有甚伎俩，快些使来。如想等老怪物来为你们撑腰，可速跪下告饶，我们便停手。否则，再挨打就更重了。"二仵和陈岩有仇，只听已死之兄说起，并未在场，不曾见过。一见敌人现身，竟是两个八九岁的幼童，同在一片红光护身之下，连敌那青色光雨似均勉强；不知陈岩是故意诱敌，把宝光隐去大半，作为全仗隐形神妙，取巧暗算，诱令入网。想起先前吃亏之事，二仵怒火越发上升，越想越恨。大援未到，一半轻敌，一半心横，便把葫芦中的青光大量发出，双双纵身，各化为一道青虹，朝二人飞去。

陈岩见妖徒飞剑青光强烈异常，仵江手掐法诀，似要施展别的法宝。知他们曾得丌南公的传授，幸是自己和李洪，如是飞剑、法力稍差的人遇上，单这两道剑光，便非其敌。剑的本质也是神物奇珍。见李洪想用断玉钩，恐其伤折可惜。意欲收来转赠别人。忙喝："洪弟且慢！他们要是有本事，同我们静琼谷斗去。"随说，早回手拉了李洪，同往谷中飞去。二仵背运当头，明明见敌人背上两道精虹，欲起又止，决非常物，因李、陈二人身旁宝光早已隐去，都是空手，仅仗那片红光护身应敌，见敌人纵身想逃，同声喝骂，随后追来。双方飞遁神速，晃眼便到。二仵见敌人过处，前面现出一条宽大谷径。想起来时连用法眼查看，均未看出门户，此时突现谷径，必有埋伏在内。心方一动，飞遁特快，又未停住，猛觉金霞乱闪，烟光明灭之间，人已追到谷内。前面敌人也收红光停住，并立对面崖石之上，正指自己说笑。忙追过去，相隔只数十余丈，不知怎的，竟未追上。跟着猛觉手上微微一空，前面飞剑和那大蓬青色星光忽然一闪不见。心中惊急，忙即行法回收，毫无动静。而且敌人就在前面不远，只是追不上。崖石上却多出一个前在空中所见少女和另一猿形怪人。那地方乃是一片广场旷野，四外青蒙蒙一眼望不到底，除敌人立处崖石之外，空无所有。方觉不妙，忽听殷殷风雷之声，一片青霞闪处，面前忽又多了一个美艳如仙的白衣少女。

仵氏弟兄已入埋伏，仍未忘了报仇之事。同声喝骂："哪个是贱婢李英琼，速来纳命！"少女笑道："你连我都打不过，还敢见我三师叔么？"二仵大怒，扬手把两支青色火箭发了出去。少女微微笑一笑，把手一挥，身忽隐去。同时眼前青霞电耀，上下四外全是青色光柱布满。随之听万木风号之声，迅雷大作，那千万根巨木的青色光柱便互相挤压排荡，一起压上身来。耳听敌人同声笑骂："投降免死！"二仵知已落入乙木仙遁之中，一时情急，欲以全力拼命。忙取宝防身，并想把先前追赶敌人时未及使用的两件厉害法宝取出一拼，能胜更好，败便自杀，免得受辱，去犯师门重规，连投生转世俱都无望。猛听空中大喝道："无知业障！你火爷爷在此。李师叔逗你们玩的，谁还要你们投降，乖乖守在阵中，等老怪少时把你们领回山去，免得形神皆灭。你们那鬼心思我全知道，以为你们师父的法严，门人应敌，照例宁死不辱，能拼则拼，不能拼便自行兵解，归向老怪物哭诉，仍可转世。此举直是梦想，我火无害早已看清。莫以为你们那两件现世宝尚未使用，仿佛死不甘心，休说身陷乙木仙遁，你们元神决逃不出去，我火无害的太阳神针便是专灭妖魂之宝。你们那大师兄伍常山，便死在我手。你们比他如何？况还有我师父在此，略一弹指之间，你们连残魂余气也休想保全一丝一毫。不信你们去试试。”仵氏弟兄久闻火无害之名，抬头一看，只见一个形似红孩儿的小人，周身都是烈焰包围，手指上射出无数奇亮如电的光针，时长时短，伸缩不停，正在停空飞翔，手指下面喝骂。上空也是青霞神木光柱布满，互相挤轧排荡，轰隆之声，天惊地撼。火无害飞行其中，木光竟如虚影，并无所阻。二仵心想：“五行仙遁虚实相生，何不乘机试它一试？只要逃出阵地，立可运用师传玄功变化，逃了回去。”心正寻思，忽听说师兄伍常山乃火无害所杀，心更悲愤，忙将师传多年、不到万分危急轻易不许使用的青雷子和大有圈，同时施展出来。

丌南公门下弟子，各有一两件至宝奇珍。那大有圈发时是一环淡悠悠的彩虹，月晕也似。初发光并不强，一经发动，便由小而大往外开展，电也似疾，连转不休，越长越大，光也越来越强烈，**还珠的第一优长就是想象力。这方面特有原创精神。**晃眼暴长千百丈。然后化为光雨爆散，光雨所及之处，无论是人是物，当之均无幸理，整座山峰均能炸裂，荡为平地。这还不说，最厉害的是那青雷子，乃千万年前残留空中的罡煞之气和日月五星的精气凝炼而成，比起轩辕、九烈两老怪所炼阴雷还要厉害。并且这两件法宝能发能收。震散以后，方圆二三百里全成了光山雾海。这类光雾，重如山岳，敌人被陷在内，就不震死，也被压死，厉害已极。丌南公毕竟修道多年，连经两次天劫，想起寒心，恐多造孽，再三告诫徒子徒孙说：“我生平行事向无后悔，已经传了你们，自然不肯追回。但是此宝威力太大，非当性命关头，受辱太甚，不许妄用。用时也须留意附近生物多寡，震圈更不许远及五十丈外，务要适可而止。”

仵氏弟兄仇深恨重，情急万分，出此下策。想起来时师父曾有“此宝敌那五行仙遁或能成功”之言，满拟可将四外神木震破，逃出重围，也许还能杀死两个敌人，都在意中。哪知二宝才一出手，猛听空中火无害一声怪笑，扬手飞起一条形似穿山甲、腹下具有十八条带钩利爪的墨绿光华，停空不动。一珠一圈未等发生妙用，好似被一种奇大无比的潜力吸紧，朝那墨绿宝光飞去，用尽心力，休想收回，晃眼缩小，恢复原状。同时火无害对面现出初来时所见少女，手指一座具有凹槽的圭形宝光，朝先见宝光迎去，一闪合榫，同时无踪。这一惊真非小可。随又听火无害厉声喝道：“这便是我师父所用前古至宝离合五云圭，休说是你们，便比你们邪法更高十倍，也是送死。真想形神俱灭，我成全你们如何？”说罢，将手一扬，五个手指尖上立时有大蓬太阳神针往下射来。这时二仵已被四围青霞神木将防身宝光逼紧，行动艰难。知道此宝若一上身，防身宝光必被震破，真连元神也保不住。互相长叹一声，闭目等死。耳听幼童笑道：“这两个业障倒也硬气，火贤侄休下杀手。谷外已有音乐之声，老怪物想必将到。他师徒还有几年运数，暂且饶他们，交你看守，等少时老怪物自来领回吧。”

仵氏弟兄抬头一看，敌人不见，只四外青霞合成一个光团，包没全身，防身宝光以外，休想移动分毫。侧耳细听，果有鼓乐之声由谷外隐隐传来，知道师父将到。看敌人说得这等把稳，或许连师父也未必能操胜算。空自愤怒悲恨，无计可施，只得耐心困守，以待救援。初意乃师神通广大，一到必将自己救出。哪知丌南公暗受两位前辈散仙仙法禁制，骤出不意，受了暗算，只知门人被困当地，连地方都未算出，详情经过更是不知，心中也是惊疑。无奈素来强傲好胜，性情古怪，预料敌人这面必有能者暗助，多年盛名，唯恐万一吃亏，或是不胜，全都丢人。到后再一细查当地形势，竟与遥空所见好些不同。他虽表面骄横自大，暗中也有戒心，决计事完救人，竟未查见他二人的下落。仵氏弟兄等了一会儿，不见动静，越发惶急不提。

第三十八回　灿烂祥霞　双飞莲座
庄严宝相　自有元珠

且说李英琼自从李洪、陈岩引走二妖徒后，因听癞姑传声告警，知道强敌将临。便问癞姑："卢老前辈对我有无仙示？"癞姑回答："依我之见，只需稍应劫难，便少好些凶险。琼妹想借此磨炼自己的道力定功，使强敌知峨眉三英二云，英琼独秀，不是虚语，也大佳事。此时已不及更改，由你小心应付吧。"又接易静仙府传声，也说丌南公将来，敌势太强，务望沉着应变，转危为安，不可自恃，胆大涉险。现知她孤身待敌，十分愁虑。最好乘其未来，仍照预计引入仙府，仗五行仙遁之力，将其绊住，以待时机。英琼知道良友关心，恐其担忧，正想把炼宝所得，传声告知。四外天风海涛之声忽似潮水一般响过一阵，声音便小了下来。随见遥天空际，云旗翻动，时隐时现。隔不一会儿，又听鼓乐之声起自彩云之中，由天边出现，迎面飞来，看去似乎不快，一会儿便已飞近。那彩云自高向下斜射，大只亩许。云中拥着八个道童，各执乐器、拂尘之类，作八字形，两边分列。衣着非丝非帛，五光十色，华美异常。相貌却都一般丑怪，神态猛恶。云朵后面，拖着一条其长无际的青气，望去宛如经天长虹，前头带着一片彩云，由极远的九天高处，往当地神龙吸水一般斜抛过来。自从天风海涛之声由洪转细之后，晴空万里，更无片云。华日仙山，景本灵秀，忽有彩云夹着一道其长无际的青虹自空飞堕，越显得雄伟壮丽，从古未有之奇。那彩云青气宛如实质，离地丈许，便即停住，正落在英琼的对面。八童分执乐器，仙韶迭奏，此应彼和，并不发话。

英琼见为首敌人未到，料在后面，始而视若无睹，不去睬他。暗笑：“左道中人专喜这些排场，明是旁门，偏要东施效颦，自命天仙一流，弄些音乐仪仗，装点门面。昔年灵峤诸仙峨眉赴会，何尝不是仙云丽空，祥霞若焰，冉冉而来，何等从容，全是一派清灵祥淑之景，不带一丝霸道，哪是这等光景？”心方寻思，忽听身侧不远的小峰上面有一幼童，似是玄儿，发话笑道：“健哥，你看老怪物多教人恶心，要来就来，偏有许多过场。他还没死，连送葬的乐器都带来了。我越看这八个小怪物越有气。来时，恩师赐我两件法宝，内中一件，乃是新由崔老前辈给师父的一把雷泽神沙，经师父为我用了四十九日苦功炼成，尚未用过。我想拿妖徒试试手，你看如何？”随听李健拦阻，意似劝其慎重，不可妄为。英琼听两小隐身在旁窥探，已是胆大异常，又是这等狂言无忌，料被妖徒听去。久闻敌人神通广大，妖徒虽是道童打扮，任何一个，至少也有三数百年功力，如何能够轻举妄动？正代两小担心，以为对方必要发难，哪知众妖徒竟如未闻，只左边第三人面色微变，随即复原，全不理会。心方奇怪，料知强敌转瞬即至，说来就来，唯恐玄儿犯险吃亏，便用传声劝阻。猛瞥见一点紫艳艳的星光在彩云前面一闪，一声霹雳，当时爆炸。数十百丈雷火飞射中，只见前面彩云只略为震荡了一下，云光转幻，一晃复原。众妖徒仍立云中未动，乐声也未停止。耳听李健急呼：“玄弟快来！”方料不好，果然左侧第三妖徒两道浓眉往上一竖，当时目射凶光，把手一扬，云中立有一圈碗大青虹突然涌起，随由里面射出一道寒光，照得当前百亩方圆一片全成青色。玄儿隐身法立被照破，现出全身，小手刚刚扬起，背后金剑也刚飞出，看神气似因神雷无功，另取法宝、飞剑二次施为。李健也似因拦劝不听，正由小峰上面纵着一道金光出来，想要拦他回去光景。就在这双方发动、时机不容一瞬之际，玄儿身形一现，法宝、飞剑还未离身，对面彩云已化作一蓬彩丝，激射而起，将玄儿连人带宝一齐裹住，转动不得。李健吃青光一照，隐形也被破去，情急救人，扬手一道金霞，正朝玄儿冲去，想将彩丝荡开。忽听云中妖徒冷笑一声，手指处，彩云略为飞动，竟连李健一齐裹住。李健所放金霞较强，上来便将彩丝荡开了些，两小会合。玄儿虽不似先前那样，防身宝光全被逼紧，难于挣扎，然而仍是冲突不出，彩丝反倒越发加强，急得玄儿在里面连声咒骂，敌人仍是不理。

英琼最爱白阳山四小，方在情急气愤，待要出手，猛听左面连声呼喝，都是幼童口音。刚听出有李洪、陈岩在内，猛瞥见两团佛光带着两弯朱虹，先由斜刺里电驰飞来。中拥两个小人，正是凌云凤的爱徒沙余、米余两小，各在伽蓝珠与毗那神刀护身之下，突然出现，同声喝骂："小妖徒敢伤我们的大哥、四弟，教你尝尝宙光盘、子午神光线的厉害！"话未说完，两小身前早有一盘椭圆形的宝光出现，大只三尺方圆，盘中浮涌起一根七寸来长的光针，针头上突射出大股比电还亮的光雨，精芒电射，带着轰轰雷电之声，猛烈异常。光雨先射向李、韩两小身前，身外彩丝立似雪花遇火，当即消灭，冲破了一个大洞。四小人会合一起，玄儿方喊："这法宝太好了，快杀上去！"沙、米二小面有难色，刚把针光扫向对面，彩云立被冲破一洞，众妖徒突然变色，纷纷欲起。就在双方剑拔弩张之际，又听李、陈二人同声大喝："老怪物快来了，够他丢脸的了，还不快走！"话未说完，一幢佛光祥霞簇拥着一个金莲宝座已电驰飞来。四小还在惊顾，另一圈佛光已罩向身上，宝座往前接住。李、陈二人也未现身，便同冲霄而起，一闪不见。随听李洪空中大喝道："快告老怪物，你们连峨眉门下三代的几个小人都敌不住，还现什么世？"说罢，声影全无。众妖徒好似看得那彩云极重，见被敌人冲破，一面暴怒，欲起，一面仍在张皇抢护，想要收起，闹得手忙脚乱，十分狼狈。与初来时骄狂自傲、把敌人视若无物神气，大不相同，颇有外强中干、心虚胆怯之状。敌人一去，带着满面愤激，也未追赶，互相看了一眼。为首一人手掐灵诀一扬，彩云仍复原状，乐声重又吹起。

英琼正笑妖徒无耻，刚吃了亏，敌人才走，又来装腔。忽听远远遥空中传来一声冷笑，众妖徒面色骤变，乐声立止。那条青气仍是长虹经天，由当地起一直挂向天际，始终未动，也看不出它的尽头到底多长。笑声由远远天空传来，听去极远。乐声才停，便见最前面云霞之中，有一点青光闪动，晃眼由小而大，由那长不可测的青气之中飞射过来。随见青光越来越大，现出全身，乃是一个身材长瘦、青衣黑髯的道人，羽衣星冠，相貌清瘦奇古，不带一丝邪气，周身罩着一层青光，简直成了一个光人。刚一入眼，便随青气飞堕，来势神速，晃眼临近，声息皆无。可是才落彩云之上，便觉全山地皮一齐震动，似欲崩塌，猛恶惊人。道人先朝众妖徒看了一眼，众妖徒立时面无人色。为首一人嘴皮微动，也未听出说些什么。道人笑道："我早知道，此事难怪你们，只不应违命出手罢了。可惜途中遇人，晚来一步，被小业障们逃去，一时无暇寻他们。我虽不值与什么小丑计较，但既敢对我无礼，至少也应擒回山去，命他们师长向我要人，为何容他们放肆？暂且不说，可令贱婢李英琼和幻波池一干小狗男女上前答话。"

为首妖徒刚刚领命，未及开口传话，英琼早知来人是丌南公。本要上前喝问，心想还是沉稳些好，先作未见，闻言方始从容喝问道："来人是丌南公么？想你得道千余年，虽是旁门，连经天劫，俱都无恙，仙山岁月，何等逍遥。你自负前辈，法力无边，令高足沙红燕去幻波池盗宝的经过，当已深知。是非曲直，自有公理。她不是我解救，早已命丧妖尸之手。如今恩将仇报，明知物已有主，仍然勾结妖党，来此侵扰，她今本已身陷五遁之内。我也并非怕你，只为你近数百年，除与正人为仇而外，也颇像个清修之士，又最宠爱这个女徒，不计是非。我奉师命，崇正诛邪，险阻艰难，我自当之，便为道殉身，亦复何惧？只恐操之过切，你受爱徒蛊惑，难免为她倒行逆施激出事来，因而祸害生灵，引起浩劫。为此网开一面，纵令逃走。我已委曲求全，谁知你仍自毁平日信条，来此兴戎，乘我师长休宁岛赴会，上门欺人。来前，并还虚张声势，志在恫吓。我因令宠乃我所伤，与众无干；又知你法力高强，不问胜败，难免不毁我仙府灵景：为此孤身在此相待。我李英琼勤修道业，不计艰危，休说你师徒九人，便十万天兵天将一齐下凡，也只笑你量小作态，决不皱眉。现在我就在你面前，意欲如何？”自从丌南公一到，整座依还岭便在震撼之中波动如潮，如非早有仙法防御，已经震裂，声势猛恶已极。

丌南公见她仙骨姗姗，一身道气，言动从容，神态英爽，独立艳阳之中，仙容光彩，照耀岩阿，不特没有丝毫惧色，身外也未见有法宝防护。老怪暗忖：“莫怪峨眉英云名不虚传，此女果是天仙一流的根骨人品，自己法力虽高，至多使其受点儿苦难，未必便奈她何。”明知此来自违信条，大失身份，胜之不武，不胜为笑。无如爱徒一味哭诉，纠缠不休；宿世情孽，两生爱宠，空自修道千年，早无床笫之私，偏会怜爱已极，放她不下。**枕边风强劲，吹得男人那点儿自尊心瞬间膨胀。今古一理，仙凡一理。**本想威名远震，对方不会不知，师长暂时又难来援，必定害怕，只要肯服低认过，献出毒龙丸，使爱徒复原，或是乘机转世，再不随同回山，静待敌人上门，再分高下，稍出爱徒恶气，挽回一点儿颜面，也就拉倒。不料一时托大，被两位与他同时的前辈散仙暗用仙法，出其不意，颠倒愚弄，好些均未算出。来时途中，又被两位轻易不见面的地仙故意拦住叙阔，到晚了一步，门人已为他先丢了人。与两位地仙分手之后，遥望依还岭，先派的仵氏弟兄不见踪影。只见英琼独立岭上，仿佛有恃无恐神气。众妖徒所驾彩云，本是一件镇山之宝，特意用来示威，以壮声势，竟会受了残损。偏又查算不出，仅知内有几个峨眉后辈，将法宝几乎毁去，凭自己的慧目法眼，事前竟未看见，丌老怪料知敌人就这个把时辰，已有了准备。弄巧敌人师长也许由休宁岛赶回，行法隐蔽，占了先机，所以毫无影迹可寻。心想：“果然对方师长在此也好，省得自毁信约，凭自己的威望身份，落个以大压小。”到时还当仇敌有意欺人，自不出面，却令一个少女孤身相待，来扫自己颜面。

所以暗用玄功，震山撼岳，想将依还岭先行震裂，好将敌人首脑引出。及见全山虽然震动甚烈，连草树也未折断一根，越料对方已先行法防护，暗有能者主持。

丌南公正令门人呼唤英琼答活，英琼早已出面应答，并且竟是孤身应敌，好生惊奇。因对方答话讥嘲，太也难堪，不由勾动无明，冷笑喝道："你就是李英琼么？我本不值与你计较，只为你们这些峨眉群小欺人太甚。当伽因遗偈未得以前，彼此全是心贪藏珍，想除妖尸，双方素无仇怨。我门人仵备与你何仇，为何一言未交，便用飞剑暗算，将他杀死？我也知你师长均往休宁岛赴宴未归，暂时不难为你。只要献出灵丹，唤来易静、癞姑，由我将幻波池封闭，也决不动你一草一木。你们好好随我回山，等你们师长寻我要人，必先释放你们，再分胜负曲直。如若不听良言，我一伸手，你们身受苦难，甚或形神皆灭，悔之晚矣！"英琼亢声笑道："你枉自修道多年，不明是非顺逆。我也不愿和你多说废话，只是不肯波及生灵。我自在此，决不逃走，你有何法力，只管使来，看看可能将我擒走？"丌南公早在暗中查看，见对方除神仪莹朗，道力精纯而外，身旁虽有宝光外映，别无十分奇处；先前那么多的人全都不见，又不似全退守在幻波池内：对方竟敢说此大话，越想越怪，以为少女无知，恃有几件法宝，便欲以卵敌石。想说满话回答，欲言又止，略一寻思，微笑答道："三英之名不虚，单这胆力已是少见。如非你们太也骄横，我真不忍加害。既这等说，我如擒不了你，便先回山，等你师长回来，他不寻我，我再寻他。只是你一人难代全体，今日你们伤人虽多，与我无干，但是欺凌我门人的，一个也饶不得。你那几个同门姊妹如不出面，我自往池中寻她们去。"英琼笑答："你若是有法力破我五行仙遁，不拿生灵出气，谁还怕你不成？"丌南公笑道："我素来对敌，明张旗鼓。闻你法宝甚多，又不施展，真个想找死么？"随听有一幼童口音接口笑道："这老怪物不要脸，上次铜椰岛使用阴谋暗算，鬼头鬼脑，那也是明张旗鼓么？"丌南公闻言，面上立带怒容，怒喝："竖子何人？速来见我！"随即伸手一弹，立有豆大一团青光朝那发声之处飞去。青光到了空中，便即暴长，当时布满半天，狂涛怒卷，电驰飞去。同时又听喝道："我化身千亿，给你看看何妨？"话未说完，那青光比电还快，早循声飞去，只一闪，便又飞回，缩成丈许大小一团。内中裹着两个粉妆玉琢幼童，正是李洪、陈岩，看神气似被青光困住，每人手指一道金红光华，将那青光撑住，不令往里缩小，只是面上仍带笑容。

英琼深知敌人厉害，恐二人真遭毒手，一时情急，方想拿话激将，使其释放，青光已裹了二人，眼看投向彩云之中。因是势太神速，二人笑语之声尚还未住，已被青光擒来。丌南公目注青光来处，面上似有惊异之容。刚喝得一声，二次伸手往前一扬，忽听李、陈二人在空中大笑之声，听去似在静琼谷左近。英琼心方奇怪，忽听震天价一声迅雷，满地俱是金光雷火，青光已经爆散，内里二人忽然不见。那雷火金光本朝敌人打去，吃丌南公手指处，飞起大片来时所见青气，只一闪便将雷火打灭。才知李、陈二人用仙法幻化身形，却用一丸神雷藏在里面，想和敌人开个玩笑，不料被敌人看破，英琼想不到二人竟有如此法力，心方惊喜，丌南公已是气极，先伸手向空连弹了几次。只见无数缕青色光丝，连同其细如沙的火花，向空飞射，微微一闪，便即不见。英琼心想："李、陈二人，敌人尚且无奈其何，我怕他作甚？"心胆更壮，故意气他道："丌老先生不要生气。这两人一是我小师弟李洪，今年未满十岁；另一位是他好友陈岩，年纪想也不大。你修道千余年，和我这等末学后辈交手，已失体面。他们年轻，见你以大压小，未免不忿，年轻人多喜淘气，何值计较？莫如还是和我先斗一场，再往幻波池荒居一游，分了胜败，各自回山，安慰你那爱徒去吧。"**道行增长，口才也同步提高。呵呵。**

癞姑藏身阵中，见英琼从容应敌，措辞巧妙，和往日一味躁进勇敢不同，又爱又喜又担心。正想用传声叫她和老怪物定约，不问胜败，以三日为限。英琼又接口往下说道："你无须顾虑，死活认命，决不怪你暗算，如有本领，只管施为便了。”丌南公也是怒火头上，表面虽顾身份，言动从容，暗中气在心里。闻言冷笑道：“你既如此胆大妄为，且先叫你见识见识。”随即把手一扬，左手五指上立射出五股青色光气。初出时细才如指，出手暴长，发出轰轰雷电之声，飞上天空。后尾也离手而起，化为一幢大如崇山的手形光山，朝英琼头上罩来。英琼见来势较缓，但离头还有十丈，便觉压力惊人，重如山岳，不敢怠慢，也以全力应付。先不发作，故意延挨，暗中防御。估量压力重得快难禁受，光山快要压到身上，离头只有丈许时，方照预计行事。丌南公因自己所炼五指神峰不特重如山岳，内中并藏好些威力妙用，乾罡真火尤为猛烈，多高法力的人遇上也不能当，而见英琼目注上面若无其事，法宝、飞剑全未放起，实在不解。觉着此女虽是爱徒之仇人，这等美质，就此形神皆灭，也实可惜。方要警告，猛瞥见一团慧光突然涌现，祥云霏微，人也离地上腾，丈许大一团祥霞包没敌人全身，凭自己的慧目法眼竟未看出如何发动，才知敌人持有佛门至宝。照此情势，分明已与本身元灵相合，休说急切间不能如愿，便炼上数日夜，也未必能够奏功。不由恼羞成怒，先前怜惜之念去了一个干净，立意想让英琼吃点儿苦头。便把双手一搓，往外一扬，手上立有两大股青白二气朝光幢中飞去。

英琼人困光中，虽仗定珠之力不曾受伤，但是上下四外宛如山岳，其重不可思议，休想移动分毫。及至青白二气射到光幢之中，先是烟云变灭，连闪几闪，二气不见。光色忽然由青转红，由红变白，化为银色，中杂无量数的五色光针环身攒射，其热如焚。知是敌人采取九天罡煞之气所炼乾罡神火，全身如在洪炉之中，正受那银色煞火化炼。虽有佛门至宝防身，心灵上也起了警兆。急忙潜神定虑，运用玄功，静心相持，虽觉烤热，还好一些；心神稍乱，火力暴增，顿觉炙体灼肤，其热难耐，连心头也在发烧，大有外火猛煎、内火欲燃之势。这等景象，乃修道人的危机，自入峨眉以来，尚是第一次遇到。深知厉害，心中一慌，火势忽止，连四边压力也已退尽。忙用慧目注视，四外青蒙蒙，只蒙着一团轻烟，行动已可自如。换了常人，决不知此是敌人最厉害的诸天移神大法，只要心神把稳不住，妄想冲出重围，或用法宝、飞剑施为，稍微移动，立陷幻景之中，不消多时，便被煞火炼成灰烟而灭。除临死前苦痛难禁，也只一眨眼的工夫。道力稍差的人，还不知怎么死的。端的厉害非常，阴毒已极。

英琼本来危险异常。一则，仙福深厚，不该惨死；再者，她的功力远非昔比，道力更极坚定。一见形势突变，身上一轻，仗有定珠护体，本身定力仍极坚强；又以强敌当前，就算青光为定珠所破，敌人也还必有杀招，始终以静御动，只用慧目查看，未作逃走之想。方想青光如破，怎会还有青气笼罩？这一念竟占了便宜，转危为安。一眼瞥见敌人师徒望着自己，似乎笑容初敛，内中两妖徒并在以目示意，猛触灵机。暗忖：“敌人法力极高，师祖当年两次除他，均被逃脱。第一次在东海路遇，斗法两日夜之久，才得获胜。自己能有多大气候，如何能与对抗？诸位长老前辈均说事甚凶险，必须善为应付，结局也只能将其气走了事，并非真胜，还须留意毒手，不可轻视。反正须困两三日，索性不等末两日，先连兜率火放出，与佛家慧光连成一片，在里面打起坐来，不问来势如何，付诸不闻不见，且过了三日再说。”英琼二宝本与元神相合，随心运用，动念即生妙用。心念一动，那三朵灵焰已经分合由心，化为一朵，威力更大，再与定珠联合，越显神奇。事也真巧。丌南公见敌人张目四顾，身外慧光祥霞似稍减退，知其将入幻景，方顾妖徒微笑，忽想起此女已得仙佛两家真传，功力深厚，如何大意，轻其年幼，未用法力隐蔽本身？反正对方法宝神妙，不是急切间所能成功，便打算把英琼陷入幻境，交与门人主持，自往幻波池去寻敌人晦气。

这时英琼危机系于一发，幸亏敌人发难，英琼也恰好打定主意，一朵紫色灯花，在元灵主持之下，突在慧光中出现，晃眼化为一片紫色祥焰，飞出慧光层外，仿佛一朵丈许大的紫色灯花灵焰。上面托着一团佛家慧光，光中裹着一个红衣少女，双目垂帘，安然趺坐，端的仪态万方，妙相庄严，好看已极。丌南公见状大惊，想不到一个后进少女，竟有偌高功力。双方虽是仇敌，到底修道多年，与别的旁门左道不同，见此情势，也由不得心生赞许，认为从来所无。英琼自从灵焰飞起以后，便觉四外压力奇热重又暴长，恢复原状。这才醒悟，方才原是幻境。经此一来，越发小心，专一运用玄功，哪敢丝毫疏忽。到了后来，觉着心有敌人，仍是有相之法，出于强制，故此觉得压力奇热未退。于是便把安危置之度外，一味潜神定虑，回光内烛。等到由定生明，神与天合，立时表里空灵，神仪分外莹澈。一切恐怖挂碍，立归虚无，哪还感觉到丝毫痛苦。

丌南公见她宝相外宣，神光内映，那粒定珠已与本身元神合为一体，升向头上，祥辉柔和，乍看并不强烈。先那佛家慧光已经透出光幢之外，那朵紫青神焰不知怎的忽然由上而下，到了敌人脚底，宛如一朵丈许大的如意形灯花，凌空停立，将人托住。英琼趺坐其上，灯花上紫色祥焰由四边往上升起，包没全身，已不似方才分作里外两层景象。表面宝光只有一层，似比先前容易攻进。实则上面慧光照顶，灵霞耀空，下面紫焰护身，祥辉匝地。那五指神峰所化形如山岳的光幢，相形之下，不特比以前减色，内层并现出一个两三丈高的空洞，相隔五六尺便难再进。丌南公知道敌人初悟玄机，还不知尽量发挥，否则就此冲出，都拦她不住。不禁大惊，又急又怒。暗忖：“一个学道才不久的少女，竟有这等功力。那两个敌人不曾见过，闻是此女师姊，修炼较久：一个是道家元婴炼成；一个更是大对头神尼心如徒孙，兼有仙佛两门传授。就许比此女还高明。自己枉然修炼多年，苦炼了好些法宝，满拟人能胜天，拼遭重劫，时机一至，扫荡峨眉，将仇敌师徒一网打尽，使齐漱溟不能代师完遂昔年所发宏愿。谁知铜椰岛之行阴谋未成，反有伤损，坐看敌人成功而去。因见对方功行已将圆满，破坏无用，想起昔年长眉真人手下三败之仇，仍不死心。

费尽心力，炼了两件颠倒乾坤、震撼宇宙的左道至宝，打算最后一拼。不料法宝尚未炼成，门人先已多事。凭着多年威望和以往信条，本不应亲自出手，无奈爱徒受伤，激起无明怒火。只说区区无名后辈，何堪一击，手到可以成功，先还打算适可而止。谁知这等厉害，平白虚张声势，上来便丢了两个徒弟，至今推算不出下落吉凶。未来前，又还受人戏侮，几将镇山之宝毁去。仇恨越深，偏无奈何。照此情势，将来报仇固是极难，便是目前，胜之虽也脸上无光，到底还好一些；万一不胜，丢人更大。自己又和别人不同，持久无功，便须退走，不能和别的左道中人一样苦缠不休，受人轻笑。好歹也要伤他两人，才能退走。此女又是祸首为仇，不给她一点儿厉害，休说外人，便爱徒面上也无法交代。”

丌南公越想越恨，于是变计，打算往幻波池破那五行仙遁，就便搜寻先来二徒仵氏兄弟的下落。因敌人正运玄功，潜光内照，不会搭理，徒自取辱，便不再发话。只将身旁法宝如意七情障取出向空一扬，立有一幢七彩色光合成的彩幕笼向神峰光幢之外，以备自己去后，敌人乘机逃遁。再用传声暗告门人，说敌人已有准备，遇事难先推算观察，令其留神戒备，以防敌人另有诡谋。看今日情势，对方必有能者，不可轻敌。即便万非得已，也要一面还手，一面报警，以防再伤人受愚。说完，尚恐英琼法宝神奇，光幢阻她不住，自己一走，出与门人为难，特意留下一个幻影，方始走去。

癞姑藏身仙阵之内，闻得卢妪神簪传声，说丌南公已往仙府扰害，令照预计行事。试用仙法一看，果见一条人影电也似疾，正往池中飞去。自己就在对面留神观察，竟未看出丝毫影迹，如非仙阵中设有照形仙法，绝看不出。就这样，也只看到一点极轻微的淡影，一瞥不见。再看所留幻象与本身一般无二，照样具有神通。暗忖：“老怪物连经天劫，几成不死之身，真有通天彻地之能，旋乾转坤之妙。**写老怪“通天彻地”“旋乾转坤”，反衬李英琼达到的高度。**以他法力，如非与峨眉拼命作对，势不两立，各位师长见他虽是旁门，自从隐居黑伽山数百年来，已不再为恶，无故决不会去惹他。只要将最后一劫再渡过去，便成不死之身。如今偏要自寻死路。固然女人是祸水，如非沙红燕引起，不致如此，但到底还是前孽太重，嗔念难消，以他那么神通广大的人，竟会执迷不悟。”癞姑一面寻思，一面忙用传声向幻波池、静琼谷诸男女同门警告。并说：“英琼虽被困住，决可无碍，时至自解。尤其英男师徒，事完尚有余波，万万不可轻举妄动。以英琼法力、法宝之高，尚非其敌。别人出来平白吃亏，不死必伤，绝占不到丝毫便宜。”话刚说完，忽听有人接口说道：“癞师姊，休这等说。我和陈哥哥不是你们约来，也不在你所限范围之内，你不用管。”癞姑听出是李洪口音，忙用传声急呼：“洪弟与陈道友法力虽高，仍不可造次轻敌。休说别的，我幻波池仙景如被老怪物毁损，也是冤枉。”李洪笑答：“我们如非防他毁损仙府，还不多这事呢，包你没事。休说陈哥哥，便我来时，也得有几位老前辈相助，连人都请了来，你们自看不见罢了。我恨他狂妄，今日准教他丢脸回去。我已准备停当，和蝉哥哥、文姊姊他们说好，连李健、韩玄、沙余、米余、钱莱、石完六个小人全都带上。他喜以大压小，我便教他尝尝小的味道。蝉哥哥他们，已照预计布阵待敌。我们如果不行，他和文姊姊一个鼻孔出气，能答应我么？”

说完，便见对面八妖徒身后现出一伙人来，老少都有。除李洪所说八个而外，下余还有七个老者，都是相貌清奇，长髯飘胸，穿着多半破旧，却甚整洁，高矮不一，一个个仙风道骨，飘然有出尘之致。手上各拿着一串佛珠，穿的却是道装。随在八小身后，一同出现。**所谓“老的老，小的小”，总之要的是出乎意料。**内中一个相貌清瘦的黑须老者手掐诀印，由中指上发出一片淡得几非目力所能看见的青色祥辉，将八人一起笼罩在内，好似特意现与癞姑观看。只闪得一闪，便即隐去，只见一大团青光如轻烟电卷，往幻波池中飞堕。由此更无形声，问也不再回答。去前似见陈岩手朝丌南公的幻影一扬，若有施为，但未看出形迹。最奇的是对面妖徒无一弱者，大队敌人就在身后现形，又由身侧飞过，竟未觉察。匆促之间，未暇用仙法照影，看这七个老者，法力绝不在李、陈诸人之下，行辈必高。李、陈二人来时，曾与上官红路遇，并未听说有此七老同来；自己方才还和二人相见，谈了几句，也未看出。就算来人长于隐形，或是后到，此时本山禁制重重，更有照形仙法，外人到此，无论法力多高，断无不见之理，使用本门隐形法更不必说。怎么想，也想不出这七个老人是怎么来的。想了想，终不放心，又朝朱文传声询问："可知李洪同来七老人的来历，是何因缘？怎未听说？此去有无危害？"

随听朱文在远方回答说："我与洪弟匆匆一见，当时只有陈道友同行。方才按照各长老的仙示，在依还岭布阵，洪弟与陈道友突然飞来，取出乙休师伯的柬帖，柬帖上也只说是老怪物可恶，洪弟此来，得有异人暗助，尽可由他任性而行，无须顾忌，详情未说。当时也没见洪弟同有第三人。洪弟认定老怪物仇报不成，必然恼羞成怒，难免毁损仙府灵景，强将钱莱、石完二弟子要去。我因见四人面上并无晦色，又有乙师伯仙示，不曾拦阻。休说七老人不曾见到，连李、韩、沙、米四小也未见到。洪弟虽然淘气胆大，但他仙福至厚，机智绝伦，谁也比他不上，照乙师伯仙示口气，料无妨害。只不知把这六个小人带去作甚。"癞姑闻言，才稍放心，待不一会儿，便听易静由幻波池底传声说："老怪物已在池中现身，与青囊仙子华瑶崧对面答活。因华师叔措辞极巧，将他将住。双方约定：先请老怪物破五遁，三日无功，便即收兵回去。现刚开始破五行仙遁。我因得有诸长老指教，仍照预计，故意延宕，暂不出面，暗以全力运用总图，以免被老怪物发现中枢要地和金门锁钥，去毁总图。等到挨过明日，再将五行仙遁正反合用，给他一点儿厉害。李、陈等八人我已见到。洪弟忒也大胆，同来全是一伙小人，个个年轻喜事，胆大妄为。虽不放心，无奈劝他们不听，中枢要地又不能离开，只得请华师叔随时留意照护，如遇危机，便为警告。华师叔竟说无妨，不知何故。也未见有七老人同来。”

易静说完，癞姑方在寻思七老人的来历，忽听池底传来风雷烈火之声，知道双方斗法正急。心方惊疑，待了半日，卢妪神簪又在传声，说另有强敌乘机来犯，事情虽应在第三日上，但敌人已将寻到。乃是九烈老怪夫妇，因和火无害多年深仇，近闻他在月儿岛火海脱困，到处搜寻，日前才知被困静琼谷内。知他性情刚傲，决不屈服，又与峨眉派不曾破脸，意欲先礼后兵，亲自赶来，将火无害要去。如允便罢，否则，便强行下手，能将离合五云圭一同夺去更好，至不济也乘火无害陷身在内，不能行动之际，用他一粒子母阴雷珠将其震成粉碎，以消多年杀子之恨。九烈夫妇还未起身，恰巧发生一事，有人寻他，耽延了数日。这时卢妪仙法已经发动，禁制神妙，外人休想查见一点儿形声，所以火无害拜师之事，不曾看出。想起大劫将临，心虽惊异，但仇恨太深，如不是火无害将他一部修炼未完的魔经烧去，早成不死之身，连爱子黑丑也可保全，越想越恨。乃妻枭神娘又在一旁力争，**又一个“枕边风”**。絮聒不休，这才决计来此寻仇。唯恐峨眉这班后起之秀法宝神妙，便在魔宫设了一盏魔灯，来去更是万分神速。总算老怪顾虑将来，非到万不得已，不敢树此强敌，上来只向主人商量，不先发难；否则火无害虽经火海苦修，有多年功力，本身不至于死伤，而老怪夫妇来去如电，却难于预防，依还岭上灵景必被毁去不少。同时一音大师叶缤正约凌云凤和与云风化敌为友的前辈女仙申无垢的记名弟子南海翠螺洲女散仙杜芳荷一起，同往小南极扫荡四十六岛那伙妖孽，并助南海双童父子重逢。因乌鱼岛余孽逃往魔宫，跟踪追赶，想起九烈夫妇以前积恶如山，意欲就便除害。老怪夫妇到后不久，必接魔宫告急信号。两老妖孽全都心性不定，暴如烈火，一见多年苦心经营的魔宫根本重地被强敌侵入，反正难免于祸，又恃炼就三尺元神，不致形神皆灭，情急心横，必以全力拼命。

老怪道力虽不如丌南公，所炼邪法异宝俱非寻常。尤其是自从炼成后，只在青汗谷与苍虚老人斗法用过一次，并未再用的独门子母秘魔阴雷，威力猛烈，无与伦比，便用太乙五烟罗防护，也必被震破，别的法宝更不必说。只有用英琼新得的紫青神焰兜率火和金蝉、朱文天心双环合璧并用，才能破去。危机瞬息，本极艰险。幸而老怪夫妇知道丌南公性情古怪，不喜旁人参预，临行发现在此生事，迟疑不决，后虽起身，只在宝城山绝顶准备待机，并未就来。单等丌南公被众人气走，立时赶到。这时金蝉等虽得仙示，在岭侧峰顶埋伏，无奈来势太快，英琼又刚脱困，一个措手不及，就算众人应变机警，也必难当。至少依还岭四外仙景被他一雷震散消灭，彼时左近多高大的峰峦，也会被整座铲去，碎土沙石布满天空，四外激射，方圆千里内外的地面全成死域。无论人畜田舍，全被这满天石雨打成粉碎，压在下面，并还引起极强烈的地震。就依还岭勉强保住，也只会像一座孤峰，矗立千里沙漠之上，何况未必能保，端的厉害非常。

为此，卢妪传声详示，等老怪夫妇到时，由英男将离合五云圭放起，把火无害假困其中，故意拿话延宕，使老怪夫妇看出五云圭的威力妙用，不敢轻举妄动。挨到英琼飞来，再令火无害变化遁走，把老怪夫妇诱往金蝉仙阵之内。火无害飞遁神速，骤出不意，又擅玄功变化，幻有替身，老怪发现必迟。等其警觉，追往仙阵之内，接到魔宫信号，知道上当，怒极发难，天心双环已经合璧飞起，将那大小九粒子母阴雷珠制住。英琼再用兜率火飞入心环之中，以火克火，内外夹攻。老怪本有顾忌，上来便被众人占了先机，必定胆怯心惊。加上魔宫告急信号接连飞来，锐气一挫，只图回救根本重地，不敢恋战。但他子母阴雷珠决不肯舍，必要软硬兼施，向众索讨言和。因在仙阵之内，全阵均是太清仙法禁制，成了一片光海，多高魔法也无所施。众人无须理他，久必自去。但再激怒拦阻不得，否则仍不免于急怒攻心，只图泄愤，逃时乱发独门阴雷和别的邪法异宝，依还岭虽不至于毁损，宝城山一带峰峦仍被击碎，化为乌有，等他想起后悔，巨灾已成，生灵不知伤害多少。对方魔法甚高，近年为防外敌探他虚实，魔宫内外设有九重禁制防御，又在海心泉眼之内，深达千丈，多高仙法也难推算，连卢妪也在老怪出宫起身之后，才得知悉。如非首鼠两端，中途耽延，直难预防。因老怪夫妇不似丌南公一味自尊好胜，还要顾全身份威望和以前的信条，道力虽然较差，来势危机只有更盛。应付之间，稍一失机，立成大害。卢妪并说各派妖邪蓄机数年，已多准备停当，不久便要蠢动，在三次峨眉斗剑以前，专寻各正派门人的晦气。峨眉诸弟子近来功力虽然大进，往往后来居上，法宝、飞剑威力也多神妙，但是道高魔高，群邪势力也比以前加盛。尤其是五台派妖孽，近奉万妙仙姑许飞娘为首，勾结的异人能手最多。妖妇为报夙仇，处心积虑，多年苦心，本炼有好几件厉害法宝。近又牺牲色相，与西海鹿革岛潜伏多年的老妖人鬼王冼盈勾搭成奸，声势越发浩大。还有华山派烈火祖师，也是未来强敌；赤身教祖鸠盘婆与女神婴易静，又有一场恶斗。从此多事，来日必有大难。当此邪正互争存亡、各正派师长功行将完闭关之际，到处隐伏危机，丝毫疏忽不得。卢妪昨日为此用了一日夜的玄机推算，**超级海量计算。呵呵**。始悉因果，虽然结局多半无害，便遭兵解的几个也全转祸为福，但到底厉害。卢妪又因本身天劫将临，不能随时相助，为力只此，令癞姑速为转告，期望众人好自为之。

癞姑听卢妪不厌其详，口气十分慎重，知关紧要。但对李、陈等八个幼童潜入仙府，轻捋虎须，一字未提，料无危害。心虽稍放，但那九烈夫妇乃有名邪魔，已经敛迹多年，忽又亲出生事，此来绝非容易打发。心中惊疑，便用传声向众同门嘱咐，并问金蝉仙阵妙用。金蝉答说：“上来只照师父仙柬空白处所现字迹和几道灵符，如法施为，不知底细，以为接应同门之用。直到刚才，胸前贴身宝藏的仙柬锦囊忽发金光，朱文也是如此，同取拜观，才知所设二元仙阵是为九烈老怪夫妇而设，来势十分凶险。英琼师妹已早知道。”癞姑闻言，心方一定。

这时恰值上官红隐形飞来，说奉卢妪仙示，用所传仙法灵符往来策应，并仗五行仙遁掩护，用乃师开府新得的一面宝镜查探丌南公动作，随时传知，以免强敌隐形暗算。她还说："当丌南公初入仙府，身形全隐，金宫仙遁起了强烈反应，几被牵动全局。幸弟子由宝镜中看出形迹，暗告师父和华太师叔，暗中准备。后由华太师叔出面，向其劝告，丌南公虽是旁门，心性倒也刚直。因到金宫时，昔年圣姑隐藏的一座神碑突然出现，上有灵符，骤发妙用，丌南公受了仙法蒙蔽，以为他那么高的神通法力，敌人既无能手相助，不便蛮来。持久无功，心虽愤怒，表面仍装大方，哈哈一笑，就此允诺。因华太师叔礼貌谦恭，自言来此是为主人年幼道浅，意欲解劝，并非与之为敌，自居后辈，话说极巧。现与言明：不问如何，只要被他在三日之内将五行仙遁破去，立令主人束手待擒，任其处治；否则，纵令有甚冒犯之处，均请原谅，各自回山，不与计较。以他法力威望，带了门人，声势汹汹，乘人师长闭关赴宴，上门生事，已有以大欺小之嫌；再如相持不下，即便后来得胜，也违平日信条，有损威望。何如妙手空空儿，一击不中，翩然飞去，显得豪爽，来去光明。况限三日之久，胜已不武，不胜再不肯去，问他何以自解？丌南公急怒之下，又受圣姑仙法感应，一时疏忽，竟被将住。刚一随口应诺，华瑶崧太师叔便以礼谢别隐去。事前李、陈二位师叔和诸小同门及李、韩二道友相继出现，丌南公的法宝竟被损毁了好几件。定约以后，闹得更凶。师父和华太师叔先颇代这长幼八人愁虑，知道丌南公法力甚高，只要被追上，就许受害。经过这多半日，才看出长幼八人真个神通，也不知用甚法宝隐形飞遁，丌南公那快动作，一任飞腾变化，怎么也追他们不上。小师叔和石完师弟更是淘气：一个是出没不定，声东击西，抽空使用神雷法宝暗算；一个更精地遁，仙府洞壁、地面坚逾精钢，竟会一闪穿入，毫无影迹，挡他不住，也是一抽空，双手连发石火神雷，上下乱打，雷发人隐，神速已极。二人出现时，不是扮些鬼脸，便是说些难听的话。下余六人，也是各有拿手，动作如电。丌南公空自激怒，无可奈何。这才看出八人此来，不是受人指教，便是有恃无恐。据华太师叔说，小师叔他们法力多高，也非丌南公对手。最奇的是五行仙遁何等威力，他们随意飞行，出没于光山火海、风雷水柱之中，如鱼游水，毫无反应，又是个个如此。师父先还恐小师叔们胆大妄为，受了误伤，随时留意，不料心神一分，差点儿没被丌南公占了上风。后见这等情势，又听小师叔连声疾呼，力言无妨，这五行仙遁专制左道旁门，不会伤他们，只管全力施展，免得投鼠忌器，被老怪物占了便宜。师父试将五行仙遁正反相生，逆行合运，威力自然暴增，虽伤丌南公不了，但看出他要应付也颇为难。小师叔们再一作梗，丌南公急于擒人泄愤，顾此失彼，往往闹得手忙脚乱。几次想用邪法把仙府毁去，均被华太师叔拿话激将。说：'丌南公前辈，你连幼童都伤害不了一个，徒自毁损灵景，只显量小，有何益处？'丌南公被问得无言可答。现已变计，在法宝防身之下，一心想将小师叔他们擒住，如今越斗越凶，谁也不能奈何谁。师父因丌南公不知用何法宝，师叔刚才传声说话几被听去，知道卢太仙婆仙阵能够隔断语声，特意行法，写一柬帖，命弟子送来，请师叔一观。"

说时，癞姑早把上官红手中柬帖接过。因是本门仙法书字，看完即隐。大意和上官红所说差不多。只后面嘱咐癞姑，说刚才在百忙中拜观锦囊仙示，查看李洪等这类举动有无妨害，空白上果现字迹，对李洪等所为一字未提。只说陈岩与易静将来安危关系甚重，必须一谈。但到第三日事完，陈岩必走。届时易静要使五行仙遁恢复原位，好些事情无暇分身，想托癞姑就便连李洪一同挽留，请往仙府少坐晤谈再走。癞姑本觉陈岩那么高法力，人又是个幼童，自己学道多年，见闻颇广，竟不知此人的来历；再看易静来书口气，分明与此人颇有渊源，越发奇怪。上官红辞去之后，青囊仙子华瑶崧忽然隐形飞来，癞姑忙把门户开放，请入一谈。才知上面暂时安静，除英琼被困五指神峰之下而外，幻波池仙府敌我相持，已闹得河翻海转。

第三十九回　五遁显神通　烈火玄云呈玉碣
一环生世界　青阳碧月耀金宫

原来丌南公因见英琼功力高深，道心坚定，并有仙佛两家至宝防护心身，急切间休想伤她分毫，自觉轻举妄动，丢人太甚。再一想到事成骑虎，欲罢不能，不由着起急来，便往幻波池中飞去。本想破那五行仙遁，能将敌人擒去几个更好，否则寻到金门宝库，将藏珍毒龙丸取回山去，拼着再用一年苦功，将爱徒沙红燕医治复原，或是乘机转劫。虽然此举有欠光明，到底还可交代。为防英琼警觉逃遁，便隐形前往，先未想到暗来。到后看出仙遁神妙，大出意外，分明设有太清仙法隐蔽，以自己的法力，竟不能在未到以前查见虚实，不由吃了一惊。为了平日威望，意欲仗着玄功变化，把金木水火土五宫威力全都观察清楚，探明虚实，一举成功，以防持久，授人口实。哪知身后有人跟来，对方主持人虽未看出他本身，也已警觉，隐形之法虽高，并无用处。丌南公刚由木宫走到金宫，见所行之处乃是一条极长甬道，四边墙上戈矛纵横，刀箭如林，似画非画，精光闪闪，做出斫射之势，隐现明灭，为数何止千万。甬道口外，还站着一个道装少女，手持一个黄色晶球，金光内蕴，隐隐流转，闪幻不停，面上却带愁容，似颇矜持。知是黎女云九姑在此把守诱敌，敌人仙遁已全发动。丌南公看出此是入口，若是常人到了里面，必然立生感应，发出无限威力。幸而自己擅长玄功变化，深悉五行生克感应之妙，暂时不去犯它，便可无事。以为凭自己的身份，也不值与区区黎女为敌，所以略为观望，仍旧隐形飞入。丌南公的法力也确实真高，那么神妙的五行仙遁，里面更是千门万户，随人心念变幻无穷，他竟深入重地，毫未触动埋伏。便是主持仙遁的人，也仅在他初入洞门，触动头层禁网，稍微有一点儿警觉，以后便不知人往何处。

易静深知来人厉害，偏又谨慎太过，把师传宝镜交与上官红，令其飞行各宫往来查看，以便一心运用，主持全阵，而免旁顾分神，以致开头简直不见敌人形影。后来还是上官红由火土二宫巡查过来，方始警觉。同时丌南公刚把甬道走完，见前面乃是一个广大洞室，除上下四外洞壁上隐现出各种刀矛戈箭而外，当中还有一座数尺方圆的法台，上面凌空悬着一把金戈。本想由当地转往北洞水宫，得便先破灵泉水源，没想到就此发难。上官红恰由暗中赶到，因听易静传声示警，说是来了敌人，正用宝镜沿途查看，刚到金宫，便看出一幢淡微微的青光，中有一人，不住飞腾闪变，时大时小，有时竟缩成尺许长短，满室飞翔。五行各宫重地，除四壁上下五行光影而外，尚有无数隐去形迹的金刀、大木、烈火、水柱、沙堆之类，各按阵法，棋布星罗，上下排列，用尽目力也看不出。又是疏密相间，最窄处，空隙只三数寸。人到此固是一触即发，陷入埋伏之内，便不去触动，如不知道门户和五行缠度，走错方向，仍要引发埋伏，或是困在里面，进退两难。丌南公竟似深悉仙阵微妙，顺着缠度，往复穿行，直若无事。上官红不禁大惊，忙用传声告警。正在准备自将仙阵发动，丌南公已将木宫阵地走完，快达水宫入口。丌南公忽然想起木宫法物遍寻未见，金宫为何不同，竟现出金戈？心疑敌人已有惊觉，一半诱使他发难，一半想使他陷入埋伏。不禁有气，暗骂："峨眉小狗男女，我已通行两宫，那先后天互相应合的五遁真气所化神木金刀之类，仗我法宝之力，已经查见迹象，走完缠度，通行无阻，你就发动，能奈我何？索性给你一个厉害，再作道理。"他心念一动，想把金宫法物就手破去，给敌人看点儿颜色。于是扬手弹出一点火星，朝那虚悬法坛的金戈飞去。

此系丌南公千余年苦功所炼纯阳真火，以前曾仗它抵御天劫，以为真火克金，十九可以破去。哪知火星飞到法坛之上，还未挨近，坛上金戈忽变虚影，电也似疾连闪两闪，金戈不见。那团真火看似豆大，但是威力强烈，任何坚厚之物，甚至西方太白元金所炼法宝，挨着也必熔化消灭。人与法坛相隔只有丈许，去势又极神速，照理连眨眼的工夫都不会有，便要发生威力。

不知怎的，真火飞到法台前面，尽管做出向前飞射之势，相隔二三尺，竟会打它不到。丌南公料知上当，仍然有恃无恐，忙扬手一招，将真火收回。就这转眼之间，法台不见。同时风雷大作，金铁交鸣，上下四外的刀矛戈箭之类的兵器突然一齐飞动，精光电射，一齐合围，全身立陷在刀山箭海之中。风雷怒吼，形势骤变，上不见天，下不见地，四外无边无涯，全是这类奇亮如电的各种金光银光布满，全身立被紧紧裹住，难于冲突。如非丌南公法力高强，身有宝光防护，当时便遭惨死，形神皆灭，脱身更谈不到。再见戈矛刀剑互相摩擦击撞，生生不已，越聚越多，一会儿便发射出亿万火星，随同那无数火箭，暴雨一般环身射来。知道敌人正在暗中运用，已将庚金神雷一齐施威。耳听雷鸣风吼，烈焰烧空，杂以万木摇风、金沙怒鸣之声，宛如海啸山崩，远近相应，潮涌而来。丌南公一时性起，忙取法宝就地一掷，立有一团碧阴阴的光华翠晶也似飞出。初发时大只如杯，脱手暴长成亩许大小，四围刀箭戈矛竟被荡开。庚金真气受了反激，威力越强，无量金刀火箭如排山倒海一般猛压上去。翠球四外受压，不再暴长，两下相持，发出一种极强烈的金石相击之声，声若密雷，势甚惊人。

上官红一面用宝镜查看，一面传声告知易静，请作准备。易静也是小心过度，一意延挨，想将这最紧急的三日度过，见五遁受了强敌反应，已被一起引发，不特没有施展全力，发挥妙用，反倒强行遏制，不令全发。经此一来，几乎惹下乱子。丌南公原有破遁之法，已准备停当，将手一指，那亩许大的翠球突然爆炸，震天价一个大霹雳过处，四外密结的刀箭戈矛竟被这一震之威荡退出好几丈，当中现出一片空地。丌南公就势放起一幢青色浓烟，人在其中，却不现形，不用宝镜仍看不出。翠球震破之后，化作千百道翠色烟光，细才如指，由退改进，二次潮涌而上。迎着一绞，只听一大串连珠霹雳之声，其直如矢的宝光，立被纷纷截断，闪得一闪，化为许多与先前同样大小的翠球，全是晃眼暴长。随着上下四外的金刀火箭环攻猛压之下，大小不等，为数不下千百。经此一来，宛如一片金山银海之中，拥着无数大小晶莹透明的青阳碧月，互相映射，精芒万道，耀眼生缬，顿成奇观。庚金真气的威力，竟被化整为零，不似先前专向一人夹攻。丌南公得意微笑，突将光幢缩小，四外刀箭戈矛虽然齐压上去，因抗力均在那千百翠球之上，此宝又具吸力，互相牵制，相持不下。丌南公身外压力自然减退，随即施展玄功变化，在光幢包围之下，由刀山箭海之中，化为尺许长一个小人影子，穿行过去。

上官红看出敌人用心诡诈，并还深明阵法，所行正是金宫中枢要地，知其想破金宫法物。此举看似徒劳，但五行受激，反应越强，敌人神通又大，一个不巧，至少仙府灵景为其所毁。心方惊疑，传声急呼："请师父留意！"易静因对方隐形神妙，只见金宫已被翠球布满，看不出敌人形迹，有心五行合运，又恐敌人太强，万一铤而走险，震山坏岳，引起浩劫，如何是好？老想耐得一时是一时，不到万不得已，不轻发动，**在这一段里，易静的性格与李英琼正好相反**。正以全力主持总图。同时暗告上官红，令用宝镜查看敌人行动，随时报警。师徒二人正担心事，忽见丌南公现身光海之中，略一寻思，身又长大复原。乘着四外刀箭戈矛一齐拥上之际，突然双手一搓，往外连弹，立有无数前见银色火星朝前射去。知道法台重地已被看出，虽仗仙法禁制，不致被他攻破，但所发真火威力大得出奇，那么厉害神奇的庚金真气所化各种刀箭，吃真火弹将上去，纷纷消熔。虽然随灭随生，越聚越多，那火星也由少而多，化生千万，四外激射。

这时四外金刀火箭环攻那无数翠球不破，自生反应，变化出无数庚金神雷，已发出亿万道比电还亮的精芒，争先飞射，待要激撞爆发。只要和前面敌人所发真火一撞，五行自然逆运，如非预有准备，后患不堪设想，但又无法阻止。上官红不知师父何以不发动癸水仙遁，心正愁急万分。就这危机瞬息，金雷、火星快要对撞之际，先听有一幼童口音哈哈一笑，前面黑影一闪，突有一座墨绿色的玉碑涌现于刀山箭雨、金银光海之中，上面射出大蓬墨色光雨，好似具有极大吸力，丌南公所发千万点火星突作一窝蜂，暴雨一般往碑上射去，当时消灭。碑中心另有一道符箓，龙蛇电掣闪得一闪，同时飞起一片黑光，朝丌南公当头罩下。丌南公见状大怒，左肩一摇，立有一支七寸来长，前有五彩星雨的碧色飞箭朝前射去，叭的一声大震，飞箭、神碑首先消灭，一齐无踪。那上下四外的刀山箭雨，万丈光芒，也已一闪不见，仍旧恢复原状。面前突现出两幼童，一丑一俊，正是李洪、石完。李洪手里拿着先前隐去的那支飞箭，笑道：“老怪物，你平日何等狂傲，今天又丢徒弟，又丢法宝，多丢人呢！这支箭小巧可爱，送给我吧。”

丌南公枉有那高法力，受了圣姑百年前预伏的神碑禁制，因碑箭同时失踪，金刀全隐，连那无数翠球也同消灭。先还误以为两下对消，同归于尽，庚金仙遁已被破去。正痛惜所失至宝，忽见二幼童现身嘲笑，他们根骨之佳，从来未见。因素爱才，又因事前无备，另受一层佛法暗制，性又恃强好胜，呆得一呆，瞥见那支飞箭竟在幼童手上，不禁急怒交加。丌南公先还想：“此子必是未来以前，用传声和自己对骂的幼童李洪。虽是仇敌之子，毕竟年纪太轻，不值动手。”自以为自炼至宝，外人决夺不去，也没想到这类心灵相应之宝，怎会落于人手？意欲先将法宝收回，稍微给他吃点儿苦头，以示警诫便罢。及至行法一收，口喝：“无知竖子，乳臭未干，也敢无礼！”话未说完，忽听李洪急叫道：“老怪物不要脸！丢了的东西被我捡来，硬要夺回去。我制它不住，哪位老人家帮我一帮？”话未说完，这类道家心灵相应之宝，本是动念即回，外人决收不去。丌南公因觉对方颇有功力，并未过于轻视，及至运用玄功往回一收，那箭突发奇光，只在敌人手上不住震动，竟未收回。他心中一惊，这才动了真气，二次将手一指，想给李洪苦吃。口刚喝道："小狗找死！"猛瞥见金红光华电舞虹飞，四面射来，同时更有一股金霞和大片连珠神雷，相继打到。骤出不意，敌人所用法宝又均仙府奇珍，那高法力的人，竟会在阴沟里翻船，连防身宝光均被震破，如非玄功变化，法力高强，几受重伤。

丌南公百忙中回身一看，左侧站定四个小人：一个道装少年和三个幼童，都是面如冠玉，天上金童一般，仙风道骨，俊美非常。**前面讲过，还珠写人"爱憎分明"。果然，正面角色又是"俊美非常"。**只是身材矮小，并非真个幼童，既非道家元婴炼成，又非精怪一流。内一道童形如婴儿，身穿荷叶云肩，短装战裙，臂腿裸露，背插两口金光闪闪、长不过尺的短剑。看去形似婴儿，偏生得猿臂蜂腰，双瞳炯炯，满脸英悍之容。这四人一个手持宝镜，所发金霞雷火甚是强烈；相貌装束相同，宛如孪生弟兄的两个，各指一团佛光，两弯朱虹，也均佛门至宝；最小的一个，似知丌南公不大好惹，把两口金剑收回。接着，佛光和朱虹也收了回去。只为首的那一个手中宝镜未撤。丌南公的护身宝光便被所发金霞雷火震散。当时暴怒，忙把手一扬，刚发出五道青色光气，朝前抓去。就这目光到处，时机不容一瞬之际，斜刺里突飞来一片红霞，中杂无数银芒寒星，宛如天花猛射，飞冲过来。丌南公看出厉害，忙伸左手一挡，另发出一片青光。刚挡得一挡，面前突又涌现出一幢冷荧荧的青光，中裹一个幼童，比前见四小还要生得灵秀可爱，只一闪，便将那四小人裹住，右手五指青光还未抓到，忽然失踪不见。丌南公的五指神光所到之处，休说一间大洞室，便是百亩广场，敌人也万无漏网之理，不知怎会被他们逃去，一个也未抓中。再看红霞来处，也是一个和李洪年貌相仿的幼童，已朝自己哈哈一笑，一瞥即隐。前后左右八个幼童，除一个相貌奇丑、瘦小枯干而外，根骨品貌都似天府金童，一个赛过一个。心方惊奇，耳听李洪欢笑之声，忽想起飞箭尚未收回，忙即回顾，二童已全隐去。连用法力禁制，打算迫令出现，并将隐形破去，哪知全无用处。正运玄机推算下余七幼童的来历，忽听一声霹雳，由脚底飞起一团银色雷火，当时爆炸。虽因先前受了暗算，料知这八个小敌人全都淘气，决不就此罢休，必要再来，有了防备。但没想到那么坚逾精钢的地面，敌人会由下面来攻，又几乎吃亏。认出那是灵石精气所炼石火神雷，忙即抵御还攻时，先前那幢青色冷光裹着前见相貌丑怪的幼童与原宝主人，随同雷火出现，一闪不见，又未抓中。

丌南公越想越气，连施法力异宝，均无用处，一时急怒攻心，正待施展毒手。青囊仙子华瑶崧忽然飞来，见面便朝丌南公先施一礼，笑道："老前辈别来无恙，可能容贫道稍谈片刻么？"丌南公和华瑶崧之师女仙谈无尘，昔年在南海磨球岛离朱宫见过一面，瑶崧随侍在旁。知她在方今女散仙中交游最广，人最和善，先见突然飞到，料是敌党。正待喝问，对方已先开口，执礼甚恭。李、陈诸人又被易静传声止住。丌南公素来讲究礼貌过节和气度，敌人以礼来见，不便先寻人家晦气，强忍怒火，点头笑道："我与令师虽曾见过，并无深交，无须太谦，有话但说无妨。"华瑶崧便把上官红告诉癞姑的那一套话从容说出。丌南公因对方言中有物，暗带讥刺，辞色偏是那么谦和，无法发作。再想此来实是理亏，与平日信条不符，难怪贻人口实。无奈势成骑虎，恶气难消，一时气愤疏忽，自恃法力。又想神仙三劫，已过其二，平日虽有准备，这千三百年的最后一关，必更厉害，多造罪孽，终非好事。何况对方公然声称，双方同是玄门清修之士，并非谁怕谁，但恐崩山坏岳，引发滔天浩劫，故来商量。果真神通广大，就该敌人手到成擒。如见不胜，便以无量生灵出气，纵令不畏天命，不恤人言，也是无聊，有损平日声誉。否则，敌人生死尚且随意，幻波池仙府岂非囊中之物？只管占为己有，毁它作甚？对方所说原颇有理，无可反驳，转不如表示大方，给他一点儿厉害。丌南公心念一动，脱口便答："我早看出，峨眉门下小狗男女，有人暗助，偏又藏头缩尾，不敢现形，意欲迫他们出来，与我一见高下。再者，他们欺人太甚，我虽不值计较，将其处死，也须稍为惩罚。只将他们擒回山去，等他们师长到我黑伽山，必先释放，再分胜败，决不伤他们性命。免得齐漱溟这小辈妄自称尊，偏会缩头不出，我又无暇寻他。既说果真无人暗助，今日我便不将小狗男女擒去，只破五遁而外，也决不毁灭全山，以免引起浩劫。好在我不须乾罡至宝，一样成功，何在乎此？你让这班小狗男女齐出卖弄便了。"

华瑶崧知已上套，笑答："老前辈不必动怒，自来大人不见小人怪。他们多高法力，也是末学后进，如何能与你比？贫道因双方强弱太差，峨眉开府时，又受齐道友之托，自知法力浅薄，也不敢班门弄斧，只想釜底抽薪，从旁稍为指点，并与老前辈定此信约，略尽寸心，使他们稍占便宜。免得双方各走极端，毁损仙府，祸害生灵，于愿已足。他们如能幸免，固所心愿，便被老前辈全数擒去，也无话说。既然老前辈不肯息那雷霆之怒，非与这班后辈一分高下不可，自应遵命。不过老前辈驾到已将一日，除李英琼在五指神峰重压之下安然入定，意欲借此磨炼而外，余人并无伤损。方才那八个幼童，乃齐道友爱子李洪约来，有的贫道还未见过，突然而至，连主人均出意料。他们又均年幼淘气，致有冒犯，实则与主人无干。我想五行仙遁先后天合运逆行，具有鬼神不测之妙，也非易破，今天恐来不及。请以三日为期，无须亟亟，使老前辈可以尽量发挥威力，他们也可借此一开眼界、长点儿见识如何？"

丌南公听她冷嘲热讽，句句有刺，偏又被人问住，难于发作。最错误是不应说那今日不胜便走的话，本来无心之言，随口而出，恰被对方乘机说出日限，并还多说了两天限期。表面放宽，显她大量，并露轻视之意，暗中却是借话答话，把自己扣住，到时不胜，非走不可。话出如风，凭着道力身份，其势不能反悔。照此情势，分明敌人暗有能人主持一切，算定未来，有恃无恐。五行仙遁已甚神奇，加之敌人年纪虽轻，无一弱者，方才那八个幼童已见一斑，成败直拿不稳，又不便下那天人共愤的毒手。丌南公匆匆未暇寻思，随口应答，铸此一错，尤其是法宝不能使用，无形中已吃大亏，偏又说不上不算来。冷笑道："华道友巧思利口，足见为友热肠。我本意当时不胜就走，既这等说，不是暗中有人，便是小狗男女仗恃人多及地利，想要卖弄，我全依你如何？"华瑶崧知他气极，刚从容笑着，待要退去，忽听一幼童怪声怪气喝骂道："这老怪物不要脸，刚才用鬼手满地乱抓，活见鬼，还说当时成功，吹甚大气？有这三天，不把他狗头砍下才怪。他骂我们好几次，陈师伯再不许动手，我要气疯了。"说时，华瑶崧也就刚退出去。

丌南公心恨易、李诸人，事由爱徒而起，情出不已，又觉理亏，尽管辞色强横，还稍好些。对于李、陈等八人，因自修道以来，从未受人侮辱，又损伤了两件法宝，心中恨毒到了极点，早想施展杀手。无如这八个小敌人个个机警滑溜，捞摸不到。正打算施展九天都箓斩魂摄形大法杀他几个出气，一听那语声时高时下，有时发自地底和洞壁之中，捉摸不定，心中痛恨，也不发话。华瑶崧一走，便以全神贯注，暗运神通，准备冷不防猛下毒手。哪知急怒神昏，又受仙法禁制，他明明看见石完用的是石火神雷，急切间竟未想到敌人具有独门穿山行石专长。仙府洞壁，本就坚逾精钢，方才金遁，乃圣姑神碑仙法妙用，并未破去。华瑶崧一退，主持仙阵的敌人唯恐李、陈等八人受伤，又知丌南公定约以后不会铤而走险，行那绝招儿，此时正在中枢要地主持总图，准备五行合运，一起夹攻，威力妙用尽量发挥。幸是丌南公，如换别人，甚至九烈神君夫妇到此，也不免于伤亡。丌南公因是气愤太过，恃强太甚，一心想置敌人于死地，连平日不杀弱者的信条全都置之脑后。先恐一击不中，又受敌人轻笑，引满待发，不肯似前稍见身形，便贸然下手。后来听出人在东壁，话已说完，正和同党低声密语，似向一人求告，请其相助，来夺防身法宝。暗骂："小狗该死，竟敢如此大胆！"于是猛下毒手，右手一伸，立有五股罡气朝壁上发声之处射去。

丌南公为当今旁门散仙中第一流人物，修炼年久，除有十二件最著名的法宝外，更炼就独门乾天罡煞之气。照例这类邪法一经施为，五指罡气所到之处，一任对方长于隐遁和多么坚强的防护，无不应手成擒，当时粉碎。满拟多坚厚的洞壁也无用处，哪知五股罡气刚射到壁上，连转念都不容的当儿，心灵上忽起警兆，仿佛暗中具有一种不可思议的强大阻力反震回来。心中一惊，正在定睛查看，三环佛光夹着两道剪尾精虹已电掣飞来。一入眼，便认出是佛门至宝如意金环和前古奇珍断玉钩。不敢轻视，只顾暂时闪避，唯恐身外宝光为敌所毁，百忙中应敌，一面收宝，一面运用玄功，化为一道青光，电也似急往侧飞去，打算暂避正面来势，另用别的法宝迎敌，以免先前所用防身法宝不是敌手，而为所毁。万没想到，这八个幼童另有制胜之策。李洪更因心爱石完、钱莱，初上场时，尚恐敌人恼羞成怒，激出事来，身旁几件至宝多未使用。及至双方定约以后，宽心大放，便向同来高人求告，想把丌南公那件防身法宝夺来给石完，有意诱敌，冷不防把三环、双钩猛发出去。

丌南公虽然连受这几个幼童侮弄，看出不是寻常，心仍自恃，未免疏忽。因见敌人所用乃仙佛门中至宝奇珍，来势特快，连转念的工夫都没有，微一心慌，先用玄功遁出圈外，不曾先收法宝。就这事机瞬息之际，身刚变化飞遁，突由斜刺里飞来一团石火神雷，当时爆炸，银星如雨，四外猛射中，又有两弯朱虹、两团佛光、一道金霞夹着大蓬神雷，纷纷打到，电舞雷轰，声势猛烈已极。百忙中不顾再收法宝，怒喝一声，双肩一摇，全身立有奇光涌现，晃眼人便成了一座光幢，高约两丈，粗约丈许，光焰奇强，照得全洞都变了碧色。丌南公人在其中，手掐法诀，尚未施为。

先前那道宝光本是八十一个翠连环连系而成的一件法宝，不用时，好似一条手指粗的翠练，平日用代束腰丝绦之用。一经施为，便织成一片青光，包没全身，收发本极容易。这时因在怒火头上，李、陈诸人同时发难，各以至宝还攻，又要闪避，又要还攻，八面兼顾，不由得闹了个手忙脚乱。那条翠练刚复原形，还未上身，一幢冷荧荧的青光裹着一大一小两个幼童，已在雷火宝光横飞猛射之中突然出现，电一般疾，只一晃眼，便将那翠练夺去，一闪无踪。丌南公身上宝光恰刚涌现，翠练也正还原，已快往腰间围去，那幢青色冷光竟敢在他身前出现，才一入目，法宝便被人夺去，来势神速，不容一瞬。丌南公几曾吃过这样大亏，焉能不恨，怒喝一声，伸手一弹，立有五串火星朝那冷光现处一带射去。此时身前忽有红光一闪，又是一个震天价的响雷迎面打来。只听得二幼童笑声已入地底，所发乾罡神雷也已纷纷爆炸，朝敌人打去。那乾罡神雷威力甚大，又当愤极之际，全力施为，全洞立被雷火布满，轰隆之声密如万鼓急擂，震得山摇地动。如非易静防护严密，禁制重重，又有七位异人暗用佛法相助，纵因敌人好胜，不肯食言，下那毒手，就这千万迅雷，仙府也被震毁无疑。

丌南公方想防身至宝青阳柱一经取用，敌人任何法宝均不能奈何他。这班小人刁钻狡猾，不杀几个，难消恶气。正待行法，二次摄取敌人形神，猛瞥见面前突又现出一个金莲宝座，八个小对头环坐其上，先前来攻的法宝、飞剑已全收去。内中两人，分别拿着方才夺去的飞箭、翠练，正朝着自己指点说笑，满脸淘气之容。那西方金莲神座，乃是一朵大约丈许的千叶莲花，拥着一个形如蒲团的宝座，四外莲瓣尖上齐放毫光，往上飞射，上面更有一圈佛光，祥辉潋滟，花雨缤纷，飞舞而下，两下里一合，恰将八人全身护住。那万千团雷火尽管纷纷爆炸，四外攻打，近前便即消灭，莲瓣也未摇动一下。雷山火海中，拥着这么大一朵金莲，越显得光焰万道，瑞彩千条。上坐八人又都生得灵秀清奇，实在可爱，一个个天府金童也似，端的壮丽无比。

丌南公毕竟功力高深，与寻常左道妖邪不同，见此情景，方想：“这伙小敌人无一不是仙福深厚，根骨超群，如何会死我手？所用法宝全是仙佛两门奇珍，威力绝大，法力稍差的人，早为所杀。如今又使出这等伏魔防身的佛门至宝，除他们更是万难。真要连经三日无功，如何下场？此是庚金重地，自从神碑出现，阵法忽收，便未再现，这么猛烈的雷火，也未将其引发，好些可疑。难道敌人自不出面，只令八个小畜生出来讨厌不成？”想到这里，细一查看，就这万雷爆发、莲座涌现的转眼之间，当地已变了形势，上下四外一片浑茫，竟不能看到边际。那雷火看似猛烈，震撼全洞，但也只有环绕金莲宝座四外的一片，一任全力施为，占地似只有数亩方圆，此外便是黑沉沉望不到底。微闻风水相搏、波涛之声隐隐传来，才知敌人法力果非寻常，竟在不知不觉之中转变阵法，将自己由金宫移往北洞水宫以内，五行仙遁就要发动，虽然不怕，要想破阵如愿，却是大难。丌老怪方在愧愤交加，忽听陈岩对李洪笑道：“洪弟，老怪物防身法宝，乃九天之上浮游空中的一颗前古未灭完的大陨星炼成，老怪物曾仗它抵御天劫，视若第二生命，轻易不用。今日一见，果非寻常。我们修道年限虽没他长，居然一出手便把老怪物的全部家当都吓得搬了出来，他还损兵折将，失去几件法宝，人已丢够。我们各有至宝防身，反正两家半斤八两，彼此都奈何不得，谁耐烦看他这副丑态？本是来趁热闹，与主人无干，依还岭上那么好的景致，同去游玩一回如何？”李洪笑答：“陈哥哥不必代主人分这仇恨。易师姊他们受命自天，仙福深厚，老怪物有力难施，只有丢人，不过我们须防他窘极翻悔，把吐出来的口水又咽回去。你懒得看他那副怪嘴脸，我们暂时让他，试试五遁威力也好。上面不必去了，免得看他八个妖徒有气，一动手，又说我们倚仗人多，欺负他们。”

丌南公听二人信口讥嘲，句句刺心，怒火重又上撞。知道敌人身在金莲宝座之上，任何法宝均攻不进。一时情急，刚要发动太戊玄阴斩魂摄形大法一试，眼前佛光一闪，敌人连那千叶金莲花忽全隐去。紧跟着波涛之声突然大盛，骇浪怒鸣，罡风突起。同时眼前一暗，突现出千百根水柱，电旋星飞，急涌而至，前发神雷，竟被消灭，风涛之声宛如地震海啸，猛烈异常。那千万根水柱，大小不一，先是一根根的白影，带着极大的压力，互相挤轧，忽然一撞，便是霹雳爆发。刚刚散落崩坠，后面的快要涌到，黑影中又有几根水柱电一般冲起。初现细才如指，晃眼急旋暴长，上与天接。白影也由淡而浓，变成灰白色的晶光，四外环绕。那么多而又亮的水柱晶林，天色偏是黑暗如漆，密密层层，丌南公空具慧目法眼，竟不能透视多远。那压力也逐渐加增，上下两面更有灰白色的光云相对流转压上来。丌南公以为自己已身陷北洞下层癸水阵内，先还想用专破五遁的几件法宝取胜擒敌。及至取宝一试，满拟戊土精气所炼至宝能克癸水，而当地五行仙遁又均发源于癸水灵泉，此宫一破，在五行法物未全毁去以前，虽不能全部瓦解，下余四宫便不能将先后天五行随意运用，化生逆行，岂不功成一半？哪知易静早得师长仙示，已用仙柬中临时现出的灵符仙法，乘他和八小对敌，愧愤分神之际，倒转禁制，将他移往圣姑伽因昔年遗留、近照道书总图重又加工布置的小须弥境环中世界禁圈以内，再把五行仙遁正反相生，逆行合运，发挥全力，瞬息百变。丌南公法力虽高，人已入网，棋输一招，自误先机，如何能够成功。戊土之宝刚化为一片黄云，夹着万点金星，往那水柱丛中打去，一片青霞电闪而过，水柱不见，上下四外仍是暗沉沉的。刚看出五遁逆行反生乙木，来克戊土，暗道："不好！"未及回收，暗影中突然现出一圈青蒙蒙的光气，才一入眼，大片黄云金星便似万流归壑，只一闪便全被收去，一齐不见。紧跟着红光骤亮，四外又成了一片火海。当此突然转变之间，威力之猛，不可思议。虽仗护身法宝神妙，本身法力又高，但骤出不意，也几乎禁受不住，差一点儿没将宝光震散，不禁又惊又怒。似这样五行化生，转变无常，几使丌南公穷于应付。

光阴易过，一晃便到了第三日上。圣姑遗留的禁制渐渐消解，丌南公方始惊觉，运用玄机暗中推算，才知中了敌人圈套，**性格优点，同时成为心理弱点。所谓知己知彼，一个重要方面就是了解和利用对方的“优点/ 弱点”。《三国演义》中诸葛亮对付周瑜、曹操、司马懿，都是建立在对他们各自性格了解的基础上。**故意相持，使其无功而退，只是详情仍未知悉。尤其卢妪所设最后一关，因在仙法埋伏之下，竟连影子也不知道。暗忖：“空负多年盛名，亲自下山，与几个无名后辈为敌，已是贻人口实；再要无功而退，并还伤人折宝，岂不难堪？尤其镇山至宝灭神坊现落人手，连收不回，除却胜后夺回，便敌人自甘送还，也不能要。时限又是快到，看眼前形势，直无胜理。”越想越恨，怒火烧心，愧愤交集。猛一转念：“自己虽受敌人愚弄，也只因不为一朝之愤伤害生灵，只要不引起浩劫，便不算食言。许多法力、异宝均未施为，此时敌人一个不见，分明想挨过今日，再由华瑶崧出面质问，激令自己收兵回山。平白丢此大人，有力难施，还无话说。反正青阳神柱防身之下，五遁威力虽大，也拦阻不了自己，何不运用玄功变化穿行各洞，深入内层，能将总图破去更好，否则便施杀手，伤得一个是一个。”意欲先向敌人示威，发一警号。只见金刀、烈火、巨木、惊波、黄沙、风雷夹着大片五行神雷，交相应合，变化无穷。丌南公只守不动还好一些，稍一施为，立生巨变，声势猛烈，即使丌南公修道千余年，也是初次遇到。不过既已主意打定，仍然厉声大喝道：“峨眉鼠辈，再若藏头不出，我便要冲进来了。”声如巨雷，自觉这类巨灵神吼，能够裂石崩山，传出老远，如无仙法防护，连这洞府也要震塌。正要查明五宫缠度方位，冲将出去，眼前倏地一花，所有五行仙遁一齐停止，面前突现出一条长圆形的甬道，内里黄云隐隐，两边壁上风沙流卷，时隐时现。丌老怪以为敌人看出不妙，仍想延宕，将自己引往中宫戊土。反正须要冲破，飞遁神速，也就不去管它，便以全力施为，催动遁光，往前冲去。禁法已解，立显神通，比起刚才初遇敌时迥不相同。戊土禁制也被引发，只见黄云万丈，土火星飞，飓风暴发，神雷大震。丌南公并未放在心上，连人带宝化成一道青色光气，疾如流星，往黄云尘海之中电驰冲去，虽觉阻力甚强，未生别的变化。无如五宫缠度，纵横交错，疏密相间，稍微疏忽，便难通行。再要激动五行合运，又和方才一样，固然不致受伤，到底费事。只得强忍忿气，耐心穿越过去，也经了好些时，才把土宫走完，转入南洞火宫，仍和开头一样，先现甬道。走完甬道，到达中枢重地，再按缠度飞行，最后转往别宫。似这样，将近大半日，才把五宫走完。

丌南公因知幻波池仙府经圣姑多年苦心布置，最重要的所在除北洞下层癸水灵泉发源之所而外，尚有灵寝五行殿、十二金屏以及中宫后殿金门宝库所在。全洞秘径宛如人的脏腑脉络，环绕五洞，上下盘旋，长约三千七百余丈，外由五行仙遁封闭。只要五遁一破，便可直入奥区，报仇取宝。哪知刚把五宫走完，绕回上宫，五遁合运，重又同时爆发。猛想起时限将到，成功无望，怒吼一声，正待以全力穿山破壁，朝里硬冲，忽又听众幼童拍手欢呼哗笑之声，眼前倏地一暗，光影变灭，其疾如电，五遁齐收，身影皆无。再运慧目一看，当地乃是一片十丈方圆的圆形洞室，上下四外空无所有，只离地三数丈，现出“小须弥境环中世界”八个金光古篆，一瞥即隐。地上有四五丈大的一个圆圈，内画五遁神符，自己连人带宝立在当中。才知敌人故意使自己通行五宫，然后由南而北，重用仙法倒转禁制，把自己引回原处，这一惊真非小可。方在愧愤交加，先见八幼童突然全数出现，纷纷笑说：“你怪叫作甚？用尽神通，闹了三天三夜，始终没有跳出圈子外去。可还要托华仙姑代为说情，向主人再讨三天限期，试上一试？”丌南公闻言大怒，因知敌人机智非常，各备至宝防身，公然出现，必有所恃，先不发动，表面冷笑，暗中行法。猛地扬手，飞起一圈接一圈的五彩云漩，电一般疾，分朝八人飞去。这类玄阴太戊摄神之法最是阴毒，多高法力的人，只要朝彩圈一对面，元神立被摄去。初意敌人不是隐形逃遁，便用法宝抵御。谁知彩圈刚一飞起，八人身后忽有七个相貌清奇、手持念珠的老人突然出现，各用大中二指往外一弹，也未见有宝光飞出，只听叭叭连声，所有彩圈全被震散。李、陈等八人便纵遁光纷纷向外逃去，七老立隐。

丌南公已受佛法感应，法力虽在，心神已是受了禁制，比起先前只有更深。怒极心昏，急起追赶，见前面八人遁光连在一起朝前急飞，相隔也只数丈远近，就是追不上。敌人更不时回身，将连珠神雷纷纷打来。所经道路上下弯环，甚是曲折，似电一般由两侧闪过。晃眼追出老远，眼前突有一片银霞闪过，再看前面八人忽然失踪，身已落在一片银色光海之中，四外空空，并无阻力。只有一事奇怪：一任飞向何方，用尽神通，找不出一点儿途向；光涛万丈，虽不伤人，也无法将其消灭。这等情势从来未见，连用几次法宝，想将银光震散，并无用处，又推算不出底细。一会儿，便听门人厉声咒骂，中间反杂有先来的仵氏弟兄口音，好似全被敌人困住神气。心想："身在幻波池后洞深处，相隔门人立处甚远，如何会在对面？"心中奇怪，暗用本门传声一问，众妖徒答说："在上面等候了三日夜，不见师父出来。心正不解，方才忽见一片青霞拥着仵氏弟兄，由一小红人火无害押了前来，说了几句难听的话，和一少女往侧面隐去。因愤敌无礼，见仵氏弟兄尚为青霞所困，知是乙木遁法，意欲解破，刚一出手，青霞忽隐。突飞起一蓬青丝，由空中撒将下来，将弟子等笼罩在内，用尽方法，不能脱身。那青丝虚笼身外，只一冲突，立被绑紧。敌人分明有心恶作剧，师父快来破去，免被轻笑。"

丌南公一听，两地相隔甚近，知被敌人由幻波池引了上来，不知是甚阵法，怎会冲不出去？没奈何，只得命门人暗中呼应，以便朝那发声之处冲去。满拟飞行神速，比电还快，只要查明方向朝前硬冲，一任阵法倒移多快，怎么也能冲出光海之外。谁知还是无用，急怒攻心，莫可如何。忽听左近有一幼童忽喊："姊姊，你闯祸了。师父命你采黄精，如何妄将仙法发动？大姊胆子更大，索性把师父新得的法宝也偷出来玩。我们拜师才得几天，就这样淘气。师父三日前原因敌人厉害，恐我们年幼无知，遭了波及，如何这等大胆？”另一女童答道：“我原是闲中无事，试着玩的，不料会有一人困入阵内。我怕他告知师父，不敢放他出去，再说，阵法又未记全，如何是好？”另一女童娇声笑道：“我听师父说，来人法力虽高，言而有信，**就拿这句话死死扣住他。禅门三祖僧璨反诘道信：“谁缚汝？”道信当下大悟。其实，每个人都在不知不觉中以各自不同的方式“缚”着自己，还给自己的误区找着各种理由来“自我正当化”。想想可笑的丌南公，当有所领悟。**只要过了约定时限，不问胜败，便即退走。如今已过三日夜，师父事完，必要出来。这阵法我倒会收，就怕被困的人向师父告发，这顿打怎受得了？等我和他商量一下，你看如何？”

丌南公先受丽山七老佛法禁制，这时又为卢妪仙法所迷，神志虽未全昏，人已失了常度。因觉那银光奇怪，既看不出它来历，也不知道破法。情急之下，只图脱困出去，偏是无法向敌人的门下开口，越想越愧愤。正生恶念，想要循声抓人，迫令开放门户，却见面前人影一晃，现出一个女童，见面便笑道：“你这人哪里来的？先不要动，有南星原卢太婆相助，你也伤我不了，反将我好意埋没。你被吸星神簪宝光制住，一辈子也逃不去，岂不冤枉？最好安静一些，等我和你商量走后，如愿动武，由你如何？”丌南公见这女童年约十二三岁，头脸手臂全部浮肿，满是紫痂，疙瘩隆起，乍看奇丑。就在面前银海中现身，摇头晃脑，神态滑稽。细一注视，虽然年幼，无甚道力，然而不特根骨之佳从来少见，便那本身也是一个极灵秀的美人胎子，只为身是异胎，身上还有一层浮皮未退。不知怎的，心生怜爱。暗忖：“莫怪峨眉势盛，连第三代门人也是这等根骨。今日已成惨败之势，再如相持，便成无赖。何况东极大荒两老怪物均是昔年对头，事前自恃神通，未经细算，被人暗布圈套，占了先机，还有何说？既是这样，转不如就此下台，等法宝炼成，再寻敌人师徒一拼，显得来去光明。”心念一动，便笑答道：“你这女孩儿叫甚名字？不必害怕，我便是你师父的对头丌南公。今日既有卢妪老贼婆行法暗算，老夫误中诡计，已经认输，迟早我自会去寻她。我自从隐居落伽山以来，常人绝难见我一面，今日与你总算有缘。你本一身仙骨，只为异胎包皮未脱。你师父未必有此法力为你解去这层附身丑皮，我可代你去掉。并非卖好，想你放我出去；既知老贼婆闹鬼，便有对敌之法。知你奉命在此布阵，使我难堪，我已认输，也不怪你。事完只管加力施为，也决不伤你，无须开放门户，我自会出阵。你意如何？”**这样下台、收场，既别致，又显得“政策性很强”。一笑。**

这丑女童正是竺笙。当丌南公说时，乃师癞姑已听出对她垂青，口气甚好，早就暗中传声，教了几句。竺笙听完，立即大喜道：“我知老前辈早变成了好人，此来只是受激，出于无奈。小女子名叫竺笙。还有一姊一弟，他们巧服仙草，早已由丑变美，只我还是丑八怪。丑还无妨，臭却难受。蒙你老人家开恩，将这附身臭皮去掉，感激不尽。”丌南公笑道：“此来本为给两个门人报仇，不料为人暗算。我素性人不犯我，我不犯人，行事悉随所喜，最爱灵慧幼童，反倒作成了你。虽然此仇必报，但我向无反顾，不会再来。命你师长将来去凝碧崖等我便了。”说罢，把手一指，立有一股青气将竺笙全身包没。竺笙先觉奇热难耐，强自镇定，面无难色。可南公笑道：“想不到你竟有如此胆力灵智。”随即用手一招，竺笙头脸背腿和胸前所附浮皮，忽全离身而起，化为几缕轻烟消灭，奇臭难闻，人便瘦了许多，相貌骤变，美秀非常。**又回故套：正面，女性，“美秀异常”。这一点，金庸亦步亦趋。细想来，武侠、仙侠、传奇，都是“白日梦”成分较多的文体，这样写可迎合少男少女之心理也。**丌南公笑说：“你们快去施为，那支铁箸还难不倒我。”竺笙忽然下拜道：“小女子受老前辈脱胎换形之德，无以为报，你那镇山之宝灭神坊被家师收来，赐予弟子，现想奉还原主，略表寸心，请收回去吧。”

丌南公匆促间不知癞姑仗着卢妪仙法隐蔽，将灭神坊暗中递与竺笙。见她刚拜谢完，手上忽然多了一件法宝，正是已死爱徒伍常山失去之宝。凭着自己身份法力，心灵相合的镇山之宝，被敌人收去，落在一个毫无法力的女童手中，如何能向其取回？强忍悲愤，再朝竺笙细看了一眼，猛一动念，苦笑道："你虽受人指教而来，向我行诈，我实爱你根骨灵秀，索性转赐予你也好。但此宝威力太大，不可妄用。好自修为，老夫去也。"话刚说完，未及施为，癞姑突将仙阵收去，带了竺笙姊弟和上官红一同现身，方要开口。丌南公一眼瞥见门人尚被轻丝笼罩，就在对面不远。李英琼也在五指神峰光幢笼罩之下，经过三日夜，头上慧光越发明朗，下面紫色祥焰更显光辉。七情障所化彩虹柔丝在自己的替身手指之下，环绕神峰之外，与敌人宝光相映，反倒减色。又见癞姑师徒五人虽然美丑不一，均是极好根骨。同时先前对敌的八幼童也都出现，内中一个将手微招，便将那大蓬青丝收去，互相说笑，已无敌意，甚是天真。此外还有几个峨眉门下，无一不是成道之器。丌南公知对方不等自己破法，便将仙阵法宝撤去，分明是有意奚落。于是更不发话，微微一笑，**倒是大宗师气度**。青光微闪，人便到了八妖童所附彩云之上。手微一招，法宝齐收，师徒十一人立被彩云拥起，先前那道形似垂天长虹的青色光气重又出现，直向遥天抛射过去。彩云之上，依旧鼓乐仙音，箫韶并奏，晃眼直上天中，余音尚在荡漾遥空，青虹已隐，端的比电还快。

英琼也已起立，众人相见，说起前情，俱说莫怪人言丌南公与别的左道旁门不同，果然言行如一，来去光明。如非宿世情孽所误，将来也许不致灭亡。上官红因竺氏姊弟尚未拜见各位尊长同门，便正式分别引见。英琼侧顾岭上诸人，只余英男师徒和袁星、神雕未来，便开口询问。癞姑因爱徒化媸为妍，丌南公刚走，毫无动静，一时疏忽，心颇欢喜，顿忘卢妪之诫，闻言大惊，忙把前事朝英琼一说，请往池底小坐。英琼唯恐英男吃了九烈神君的亏，话一听完，便匆匆先往静琼谷中飞去。癞姑正拦众人，说："此事不宜人多，我也不去，请至幻波池中一谈。"

陈岩本来要走，吃李洪强行拉住，刚谈起丽山七老暗助经过，忽听静琼谷内一声极闷哑的雷震，一道红光裹着火无害破空直上，电也似疾，往依还岭右侧高峰上飞去，一闪不见。随听厉啸之声起自谷中，一片黑色妖云，突然向空激射，中裹两个相貌丑怪的男女妖人，谷中禁制竟拦他们不住，也不知先前怎么来的。一到空中，立即展布开来，晃眼便似狂涛蔽空，天都遮黑了大半边，疾如奔马，朝火无害电驰追去。英琼、英男同了雕、猿各纵遁光，尾随在后，急追过去。

第四十回　转媸为妍　玄功参造化　回嗔作喜　爱侣述缠绵

前文说到丌南公因被李洪、陈岩等小辈仙侠戏弄激怒，意欲通行五宫，大闹幻波池，不料内受圣姑伽因预留的佛法禁制，受了感应。始而心神无主，被众人引入小须弥境内，一任玄功变化，连经两三日，始终不曾脱出环中世界。仗着功力高深，虽然明白过来，已到了三日夜的限期。神碑禁制也渐失灵效，易静又将总图转动，便乘机引往后洞奥区。因有正反五行逆行合运互为生克，变化无穷，丌南公又是心狠手辣，骄狂自恃，见五遁威力对他不能伤害，还在得意。打算按着五宫缠度方位，直入后宫五行殿金门宝库，毁去总图，强取毒龙丸，多少挽回一点儿颜面。丌南公万没想到，易静知他厉害，五遁之外，又将昔年圣姑遗留的西方神泥暗藏土遁之内，诱使上当。丌南公竟未觉察，致由后洞穿出，误陷卢妪仙阵埋伏之中。等到警觉，已被敌人占了机先，急切间逃不出去。正在忿怒，将起凶心，不暇再有顾忌。竺氏姊弟忽相继出现，由竺笙上前，照着癞姑所教把话说完，乘机取出灭神坊奉还。丌南公得道多年，行辈甚高，平日狂傲自尊，立有信条，处到这等情势之下，啼笑皆非。但他毕竟修炼功深，深悉利害。心想："人已丢定，敌人狡猾，自不出面，却将前失至宝交由一个入门不几天的小女孩儿拿在手里，使自己无颜夺取。"再见竺笙夙根灵慧，一见投缘，忽然触动灵机，索性抛弃前念，自甘认输，决计下一招闲棋。不特未将法宝夺回，并还将竺笙附身丑皮用仙法褪去，传以法宝用法，方始带了众妖徒，吹奏仙乐，由原来彩云围拥，同驾青虹从容飞走。众人相见，正在谈说前事，相对喜幸，癞姑因料易静与陈岩必有渊源，故令约往相见。刚托李洪陪了陈岩同往幻波池小坐，忽见静琼谷内飞起一道红光，正是余英男新收门人火无害往依还岭侧高峰上投去。紧跟着便见九烈神君夫妇驾着大片妖光黑云疾如奔马，由后追去。英琼、英男也相继追去。

陈岩本还不想回往幻波池去，李洪因听癞姑用本门传声，暗中叮嘱，再四强劝。陈岩笑道："洪弟，我知你受人之托而来。并非我固执成见，你去问她，我虽历劫三生，并未一日相忘，但她始终弃我如遗。这还不说，最使人不无介介的是，她与幻波池前主人伽因道友昔年瑜亮并生，丰神美艳，迴绝仙凡，因为不愿见我，不转世也罢，怎么连元神也故意炼成这等丑态，这还有什么故人情分么？"癞姑知道易静前生名叫白幽女，与圣姑同时，美艳齐名，后来转世，拜在一真大师门下。因为疾恶大甚，致受邪魔忌恨，最后伤了两个魔女，被赤身教祖擒去惨杀。幸得各位师长解救，元神未遭毒手，经一真大师用法力凝炼元神，又为引进到妙一夫人门下。因是元神炼成，形如童婴。平日觉她两生均负艳名，何以元神炼得如此丑怪？每一问起，总是惘然若失，似有隐情，不肯泄露。这时听了陈岩之言，才知她与陈岩还有好些渊源因果。癞姑正要劝说，忽见青囊仙子华瑶崧飞来，手持半片上有血迹的玉璧，见面便朝陈岩笑道："原来道友便是桓真人么？易道友昨日无意中开读仙示，得知不久便遭大难。强敌鸠盘婆自在神剑峰魔宫败逃回去，虽觉此是近三百年中初次丢人之事，心中气愤，终想大劫将临，还在顾虑，不肯重蹈故习。无如孽徒铁姝忌恨前仇，再三诱敌，不肯罢休。事有凑巧，鸠盘婆又在魔宫地底得到一件至宝，炼成以后，休说敌人，连天劫都能抵御。但是此宝尚缺半丸西方神泥，知道圣姑伽因留有一丸在此，落入易道友手内。又知易道友和她有不解之仇，再经魔女怂恿，如不取得神泥，非但法宝难炼，仇人还可用它反毁那件至宝，迟早必要上门。既是定数，反正难逃，与其受辱埋头，遭人轻视，结果吉凶还是难定，转不如先下手为强，乘机往幻波池杀死仇人，取来神泥，既除后患，并可炼成法宝，抵御灾劫也较有指望。鸠盘婆虽然神通广大，自信甚深，行事却极审慎，谋定始动，准备把雪山九鬼炼成神魔，再来下手，因此迟了些日。这时各位师执尊长因四九天劫将到，多在准备本身安危大计，无暇他顾，就有两人，也不一定能占上风。陈道友虽不能获全胜，却可助易道友免难。我知陈道友对她海枯石烂，深情不变，如将此事说出，决不坐视。她说无须，想起前生双方负气之言，本应由她亲出迎接。无奈丌南公神通广大，她在五行殿内主持应付，按照总图，五遁威力妙用几乎全部发挥。虽然未到最后关头，便将强敌由后洞引出仙府，未被识破，攻入后宫重地，将总图毁去，但因中宫戊土杂有那丸西方神泥，威力特大，收取较难。五行正反逆行合运，变化又达七十余次，也须依次转变复原，方可将全宫禁制就势撤收。以后再有强敌上门，只需顺便取上一件五行法物，便可随意应用，比前省事得多。异日开建幻波池仙府，也显得峨眉派的威望气度。这些事全都费神，李英琼又有事他往，不能相助，实在无法分身。烦我转告，说陈道友见此半片玉璧，必能量她苦心。陈道友如非她先来见不可，便请在此稍待如何？”

陈岩不等华瑶崧说完，早把玉璧要过，再由身畔取出同样半片玉璧，两下一对，立时完整如一，当中现出一颗心形血影，色彩比前还要鲜明，直似一颗血心嵌在里面。陈岩面上立现悲喜之容，凄然笑道：“想不到我和她也有今日。既然同心，不曾背盟，自应我往见她；况又事忙，不是故意。洪弟，你我累生骨肉至交，愚兄隐藏多年的恨事，为此还延误仙业，你尚不知底细，请同往见易姊姊一谈如何？”华瑶崧笑说：“此间来日大难，各位师长为试门人道力，磨炼心志，非到万不得已，便不闭关，也少相助。英琼正和强敌相持，金蝉、朱文等近来法力大进，又得了几件至宝奇珍，成功无疑。此事不宜人多，旁观尚可，切忌出手。还有几个受伤的人，已被林寒、庄易接入预设的仙阵之内医治，不久尚有变故，也全仗他二人接应脱险，暂时不必往寻。我还有事，要告辞了。”说罢，作别飞走。李洪送走华瑶崧后，便陪陈岩往幻波池仙府飞去。癞姑带了长幼两辈同门，也随后跟去。只钱莱、石完、李健、韩玄、沙余、米余等六个小人俱都喜事，欲往观战，同往岭侧白象峰上二元仙阵中飞去。金蝉、朱文与李英琼合斗九烈神君夫妇，下文另有交代，暂且不提。

只说癞姑等飞入仙府，见五行仙阵尚未全撤，光焰万道，闪变如潮，中宫正路已被神泥所化祥霞封闭。陈、李二人在前，同驾一道佛光，刚一冲进，金霞电旋，分而复合，又听易静传声呼唤，由东宫转入。张瑶青同了云九姑等刚由金宫甬道飞来，说朱文事完先走，易静一人在五行殿主持总图，使其复原，尚未完事，欲请癞姑相助。下余四宫遁法已都撤去，只中宫戊土因有神泥相合，留为后撤。癞姑听出易静想令自己代为主持，不愿余人同往，便请张瑶青等陪了众人，去往外环四宫游玩，等中宫复原，再同入见。匆匆说完，便由东宫绕往五行殿内，到后一看，陈、李二人已先到达。陈岩目视易静，满脸均是久别重逢伤感之容。易静手掐灵诀，面对总图，并未如法撤禁，也将一双怪眼注定陈岩。二人同是隐蕴无限深情。癞姑暗忖：“情之一字，真个误人不浅。我虽不知这两人的遇合经过，即以目前而论，哪一个不是仙根仙骨，道法高深，偏对前生情侣如此留恋。妙在是易姊姊劫后元神小若童婴，已变得如此丑怪瘦小，对方全不以此为意，仿佛看她仍是前生那样国色天香。便易姊姊平日那么言笑不苟，神态庄严的人，此时也会是这等情景。她将来分明是天仙中人，偏口口声声说是甘愿做一散仙，比较逍遥自在，免得拘束。自己还代她可惜。原来还有一个三生情侣，不舍忘情，等她同遂心盟呢。”**无情方可做天仙。天仙必无情，却又何必做它？！**

癞姑正在寻思，易静已经觉察，笑道：“二妹，我的事也不瞒人。这位陈道友前生姓桓，隐居在东川寿王峰，你此时当已想起。本来是我三生良友，为了一念情痴，几乎两误。我和他劫后重逢，尚有许多话说，请你代我主持片刻如何？”癞姑看出五行已全复位，便中宫戊土也已复原，撤收甚易，那丸神泥并无预想之难。知她除自己同门深交，小师弟李洪又是陈岩良友，无须避忌而外，余人全不愿使与闻。便含笑点头，将易静换下，一面主持总图，一面留神静听。见易静刚下法坛，陈岩便扑上前去，互相执手呆立，都是目有泪光，一句话也说不出来。后来还是李洪在旁笑道：“陈哥哥和易姊姊已是神仙一流，何苦这样情重？”陈岩叹道：“洪弟，你哪知道，我若不是她，也未必能有今日。可是这历劫三生相思之苦，也够受的。家师由地仙修到天仙，本想带我一同飞升，也为愚兄痴心太甚，甘受师责，地老天荒，心志难移，非要与她合籍双修，长此相聚，不肯罢休。后来我因转劫两世，受尽艰危，功力虽然精进，她却始终避我如仇，连面都见不到。她本是天仙化人，为了想修仙业，恐我纠缠，到了今生，竟借着鸠盘婆一劫去转世，并将前生容貌毁去。以为我爱她美貌，所以纠缠，故意变成这样丑怪，使我灰心绝望。我先前只知一真大师为她炼形固魄，清规森严。前辈师执，本就不容违犯，又守昔年对家师所发誓愿，非等破璧重圆，双心合一，重放光明，不能相见，否则便有形神俱灭之灾。我不足惜，她必连带受害，因此不敢前去。后知她故意毁容，我仍未改初衷，正在设法想见一面，忽听说她毁容以前曾将所持半壁索去，交与大师，用佛法毁去，使我绝望。一算时日，毁璧之前，我正神游在外，心灵上忽生警兆。等到赶回寿王峰，肉身已为妖人所毁。那璧本是一面整玉，因当最前生兵解转世时，曾将二人心血滴在上面，精诚所注，血痕深嵌玉里，成一红心。转世以前，分裂为二，每人各带一半，意思是今生无望，期诸来世，双心合一，破璧必能重圆。后她转世改名白幽女，愚兄改名桓玉。始而遍寻不见，等道成以后，将人寻到，她因误投旁门，矫枉过正，欲以贞女清修，由旁门中上跻仙业。愚兄所重在人，此缘无关宏旨。她自劫后一见，便避若瘟疫，经我追求不舍，中间又经过多次患难艰危，她方感动。相见不久，又为圣姑伽因孽徒妖尸玉娘崔盈所害。经我将她元神救护回山，正想为她另觅躯壳，或是一同转世，途遇家师和一真大师唤住，问知我二人心意，都想来生夫妇同修。二老苦劝不听，家师命把两半玉璧取出，同立盟誓。并说：‘璧在人在，璧亡人亡，只等双心合一，破璧重圆，便可如愿。’随将元神交与大师带走，由此便没了信息。她因夙孽颇重，又转了一次劫，始投大师门下。我自前生初见，情根与日俱固，本来重人而不重色，毁容无妨，不该将玉璧毁去。我前闻她形如童婴，以为玉体被毁，特意借一幼童复体，只是不该刚一回生，便又毁璧。我虽长年相思，见面之望已绝，心中不无怨恨，但我思念更苦。知她在此，才随洪弟同来，意欲暗中助她成功，岂有不愿相见之理？无奈家师法力无边，如违盟誓，我固不利，她也有害，因此不愿相见。适见破璧重圆，昔年血痕已化同心，才知二位师长有意成全，用佛法禁制颠倒阴阳。我本疑她不会如此薄情，竟会推算不出。今我二人已将成道，天仙本非所愿，不去说它，地仙实在意中。只是鸠盘婆外，尚有一个对头也颇厉害。只需过此两关，等到三次峨眉斗剑，群仙劫后，从此天长地久，不会分离的了。”

易静闻言，接口笑道：“玉弟此时当知我的苦心了。如非恩师相助，毁容易貌，那冤孽先就放我不过。迟早仍还你一个白幽女如何？”陈岩喜道：“当真的么？不怕洪弟与癞道友见笑，我虽是修炼多年，因是幼童，仍不免于童心和洪弟一样，言动天真，自觉所附童身尚还灵秀，易姊姊偏毁了芳容。经我多年苦修，早已脱胎换骨，此身又不舍抛弃，正想易姊姊如允双修，也将容貌毁去，好和她配对呢。”易静忍不住伸手朝陈岩头上指了一下，笑道：“痴子！难为你多年修为，还改不了老脾气。”癞姑见陈岩看去只十来岁年纪，神情既极天真，语气又是那等痴法，忍不住笑了起来。陈岩笑道：“癞姊姊笑我脸老么？”癞姑笑说：“不敢。”陈岩又道：“我历劫三生，本是为她一人，便笑我也不怕。”随问：“易姊姊，何时恢复昔年容光？”易静笑答：“你才说重人而不重貌，如何又对此事关心呢？”

语声才住，猛瞥见总图上金云电旋，光焰潮飞，知有自己人冲禁而入，为神泥所化佛光所阻。易静原防别的同门进来，说话不便，特以神泥封闭土宫，免其闯进。一听癞姑说是英琼，忙即飞身上坛，刚要行法撤禁，英琼已在定珠慧光笼罩之下冲了进来，见面笑说：“九烈老怪夫妇刚被我们赶走，不料又来一人，因其指名要易姊姊出见，不似有甚恶意，神情好似海外散仙，又非左道妖邪一流，法力颇高，初见颇为谦和，本想引入外洞相见。神雕忽用鸟语急啸，说来人不是良善，最好向易姊姊问过再说。如今金、石二弟和朱师姊他们均在上面守候，特来告知。不料神泥与戊土合用，威力甚大，如换红儿、袁星，恐还更费力呢。”易静闻言，朝陈岩看了一眼。陈岩把小脸一绷，气道：“这厮又想欺负你么？”癞姑忽然笑说：“二位劫后重逢，且先谈上一会儿，我看看去。”说完，大头一晃，人便无踪。

英琼说：“那人绝非庸流，众人向其盘问，面有不快之容。袁星再把神雕之言用本门传声暗告众人，正想将其引往静琼谷内。石完听袁星说，来人是易姊姊的对头，在旁插口，语多无礼。妹子如非余姊姊劝阻，令先请问，同时又接林、庄二位师兄传声相告，不许冒失，因见来人前恭后倨，末后辞色不善，问他姓名来历，又不肯先说，也许早动了手。癞姊姊见闻广博，对敌神情又极滑稽，此去必有事故，待妹子前往相助如何？”说时，陈岩、李洪两次要走，均被易静强行阻止。英琼刚把话说完，易静忙拦道：“琼妹，不可与来人一般见识，请代我用传声劝住众同门，我自前往会他。”陈岩闻言，似更不快，接口说道：“姊姊，你还要见此人么？”易静闻言，脸上一红，笑道：“我与此人早就情断义绝，但他专为寻我而来，如不往见，必不肯去。众同门又均气盛喜事，一句说僵，非动武不可。此人虽然心狠狡诈，自近百年隐居海外以来，早已敛迹，不再为恶。他虽无义，决不愿由我二人身上使其败亡。好在四九天劫，不久即至，他绝难于避免，何必与他一般见识？”**已是“准”神仙，却还纠缠于三角恋中，可见“情”的魔力！呵呵。**陈岩道：“话虽如此，但他多年修炼，交游甚多，正邪各派都有。你连经三劫，前后师长都是道法高深，冠冕群伦，近又奉命开府幻波池，得了圣姑珍藏，功力大进，他断无不知之理，竟敢孤身一人登门寻事，不是炼有邪法异宝，有恃无恐，便有大援在后。你一时姑息，必留后患，转不如就此将他除去，省事得多。”易静微愠道：“玉弟，你怎会说出这样话来？也不替我想想？”陈岩笑道：“我如非此人作梗，怎会受这三生数百年相思之苦？想起最前生，他视我如仇，忘恩负义，却又对你那等情薄心狠。后知白幽女是你转世，欲以贞女成道，双方情义早断，依然苦缠不休，百计暗算。到了今生，还是不肯放松。久闻他机智阴沉，处心积虑已有多年，对我仇恨尚浅，对你曾有不能并立之言，可恶已极。我说此话，并非真要由我二人手内杀他，只不愿你和他再见。你如不去，我便罢休，否则休怪我狠。”

英琼见易静满脸均是愁虑之容，知她性情刚直，素不怯敌，连丌南公那么厉害的人物也都从容应付，怎对一无名散仙如此顾虑？以为来人法力真高，想再请命出视，相机行事。易静又对陈岩笑道：“玉弟，我的苦心，已蒙相谅，怎连这点儿事都不通融呢？”陈岩默然未答。李洪笑说：“我虽不知你二人的事，但是来人如真蛮不讲理，莫非怕他不成？易姊姊不令动手，陈哥哥又不令易姊姊出去，来人决不肯退，如何是个了局？依我之见，就让易师姊与他一见，讲理便罢，如不讲理，不问事情如何，敢来幻波池扰闹，便要给他一个厉害。”话未说完，易静好似吃了一惊，忙把新撤收的五行仙遁重又复原。随听长啸之声由岭上传来，易静喊声：“不好！”忙道：“玉弟、洪弟，千万不可动手。待我和他说几句话，遣走再说。”说罢，将总图用身旁法宝暂行护住，随纵遁光，匆匆飞出。

英琼见易静虽将五行仙遁发动，比起先前应敌时威力要差得多，并将五行分化，不令合运逆行。照这样仅凭各宫本身威力，只要来人明白天星缠度和五行生克、各宫步位，即便入伏被困，仍能自保。分明是怕来人受伤，故意如此。一时好奇，也纵遁光追去。刚到外洞，便见前面黄尘高涌，风沙弥漫，烟光浓雾之中，有一道人驾着一道遁光，冲将进来，虽被陷入戊土遁内，依然朝前猛冲。易静固然恐伤来人，戊土威力未全发挥，但似此光焰万道，飓风怒鸣，黄尘如海，中杂无数戊土神雷，纷纷爆炸，威力也非寻常。那道人正是先前指名要见的无名怪客，竟丝毫不以为意，拦他不住。戊土只就本宫发挥，未生变化，如非另有太清仙法挪移倒转，照来人法力之高，直非被其冲破不可。方觉果非寻常，易静已与来人对面。同时耳听众声呼叱，前面尘海中又飞来十来道遁光。当头一只玉虎，周身毫光如雨，银芒电射，头上一座山形金光，中拥三人，正是金蝉、朱文、石生，带了钱莱、石完、李健、韩玄、沙余、米余等六小弟子，以及英男诸人，一同电驰飞进。

钱莱、石完同在太乙青灵铠所化一幢青荧荧的冷光笼罩之下，抢向前面，同声大喝："好个狡猾妖道！口出狂言，敢用障眼法欺人，妄入仙府。今日教你来得去不得！"话未说完，石完一扬手，便是七八团石火神雷连珠打出。钱莱紧跟着手掐灵诀，一按遁光，身形一晃，二人同时无踪。方瑛、元皓同时赶到，也电一般抢向金蝉等前面，大喝："二位师侄，不可动手！"那一连串的石火神雷，已先爆发。易静见状大惊，不及阻止，扬手飞出一片中具两个乾卦的镜光，想将神雷收去。说时迟，那时快，金蝉、朱文因在上面受了来人愚弄讥嘲，未免有气，也是一到，便将天心双环合璧飞出，易静六阳神火鉴的宝光立被荡退了些。道人一味向前猛冲，见了易静，怒火中烧，正想下手，不料上面敌人来势极快，先为神雷将防身宝光震破。如非功力甚深，几被打死，就这样，人已受伤不轻。方在激怒，待要还攻，两圈青红二色的心形宝光已相对射向身上，当时被困在内，法力失效，全身不能转动。刚恶狠狠咬牙切齿，骂得一声："小狗男女！"易静深知天心环的威力，宝光已将来人制住，只要相对一合，形神皆灭。口方急呼："蝉弟、文妹，快些停手，此人是我旧友。"话未说完，一片佛光红霞由斜刺里拥着两人飞来，直投双环之中，正是陈岩、李洪。李洪如意金环与陈岩手上一道红光同时飞到，金环、佛光先罩向道人身上。陈岩手发红光，又将天心双环两头挡住，笑对道人说："元道友，你自负人，如何怪她？况已为你兵解，历劫三生，双方情义早断，苦苦纠缠作甚？休看这里诸位道友年幼，哪一个不是累劫修为，根骨深厚？便这几个后起之秀，你也未必能占上风。天劫将临，还是早做准备的好，请回海外去吧。"说时，金、朱二人已将法宝收去，戊土禁制也被易静止住，现出一间广堂玉室。

道人见当地金庭玉柱，宝气珠光，面前敌人不分长幼，个个仙风道骨，福缘深厚，知非敌手。救他的，恰又是前三生的情敌和另一幼童。不禁愧愤交加，怒说："此仇早晚必报！你们人多势盛，我去也。"随纵遁光飞起。英琼见他手掐法诀，似要施为，料在临走以前要暗下毒手，方在暗中戒备，想将定珠放起，冷不防给他一个没趣，使知这班人全不好惹，免其再来寻衅。忽听前面有人接口道："元道友，你的飞针、旗门，请带走吧。"声随人现。道人本是心中恨极，想在去时用法宝向陈、易二人暗算，手刚抬起，猛瞥见面前人影一晃，现出一个癞女尼。认出是昔年心如神尼的徒孙癞姑，手里拿着先在上面埋伏的诸天旗门，笑嘻嘻站在面前。这还不说，最厉害的是现身时觉着身旁法宝囊微微一动，那随着自己心意扬手即发的太阴六绝神针，不知怎的，竟会同时到了敌人手内。那一百零八座旗门，不用时长才寸许，由一个八角金牌托住。飞针恰也一百零八根，分插在旗门中心。阴谋已被敌人识破，愧愤交集之下，怒道："我不知你会背师门，改投峨眉。蒙你见还，后必有报。此时无暇多言。"随手接过，手指处，旗门、飞针一齐不见，金牌也已缩小多半，悬向胸前。重又回头，咬牙切齿，恶狠狠手指陈、易二人，说了句："行再相见！"忙纵遁光，电驰往外飞去。

众人因被易静止住，全未追赶。正要谈说前事，忽听洞外霹雳连声，山摇地动，一连串响到上面。同时又听神雷大震，势更猛烈。易静喊声："不好！"当先飞出，只见洞外灵泉水柱刚被震散，重又复原，地上水深数尺，也顾不得行法退去，匆匆穿波而上。刚出水面，便见天边一条红影，在密云层上略闪即隐。钱莱、石完和火无害、上官红、竺氏姊弟三人，还有神雕、袁星，正由前面赶回。易静知道敌人受伤逃走，事已至此，叹口气，只得罢了。

原来余英男师徒二人带了神雕、袁星，遵照卢妪仙示，先在静琼谷中防守。英男本将离合五云圭放起，令火无害藏身其内，装作被困神情，等候九烈神君夫妇到来。后听音乐之声，丌南公已驾彩云青虹气走，知道强敌将临，故意手指火无害喝骂，令其降顺。正做作间，忽见火无害连使眼色，暗示有了警兆。英男侧耳一听，地底似起了一阵极强烈的异声，声虽低微，来势绝快，只一两句话的工夫，便由远而近，到了依还岭前。因全山地面均有仙法禁制，敌人又不愿改道上方，到了岭前，略一停顿，便往地底钻去。英男知敌人要由地心深处斜穿上来。又见火无害神情比前紧张，忙作戒备时，忽听身后有人笑语道："余道友，可容愚夫妇一谈么？"英男故作吃惊，先将防身宝光飞起，将身护住，飞向一旁，转身回顾，见面前立定男女二妖人。男的是一身非僧非道的装束，腰间挂着一个黄玉葫芦，头戴星冠，冠上钉着九朵手指大小的烈焰，左肩道袍上钉着五柄殷红如血的魔叉。所着道袍前短后长，色作暗绿，上有烟云风火，随时隐现，变幻无常，若将离身而起。神情虽然诡异，相貌尚颇清秀。女的却是丑怪异常：身材比男的几乎高大一倍，虎头鸟面，目光如豆，钩鼻尖嘴，肤黑如漆，肩披绿发，蓬头赤足，相貌威猛狞恶，宛如山精海怪，不似人类。穿着一身黑衣，上面烟云滚滚，蓬勃欲起，一身都是邪气。站在男的身侧，二目凶光注定在火无害身上，隐蓄凶威，大有一触即发之势。

英男知此一男一女正是九烈神君与恶妇枭神娘，故意怒喝："你是火无害的同党么？"随即装作怕来人将火无害劫走，随手一指，那面阳圭便往阴圭槽中合去。火无害见敌人已被瞒过，立时乘着宝光变幻之际，运用玄功离圭而出，隐了身形，飞向崖顶守候，准备诱敌入伏，更给妖妇吃点儿苦头。九烈神君先未觉察，笑答："余道友不必多疑。你所困那妖孽，昔年将我夫妇一部魔经盗去毁掉，累我受了许多苦难，仇重如山，特来寻他。如不嫌弃，我情愿用一件法宝与你交换。否则你虽将他擒住，不能除去。此贼性如烈火，也决不肯降顺，稍纵即逃，又留后患。你意如何？"英男怒答："你便是九烈老怪么？趁早快走，免招无趣。"九烈神君还未及回答，猛由空中射下一蓬银色针雨，细如牛毛，奇亮如电。妖妇枭神娘见英男口出不逊，本在暴怒，手刚扬起，未及发难，火无害太阳神针已先到了头上，来势神速，声光先又隐去，到了头上，飞针方才爆发。妖妇虽是擅长玄功变化，也禁不起这至宝暗算，如非应变神速，稍有警兆，立即飞遁逃避，并发出防身魔光妖云，几受重伤。就这样，她满头怪发仍被太阳真火毁去了一半。当时暴怒，就着飞身闪避之际，扬手便是大片妖云黑影，内里带着千万点金绿色的火星，暴雨也似向空激射。同时耳听身后另一少女大喝，似由谷口飞来，急于追敌，也未回看，便和九烈神君破空飞去。后来女子正是英琼，见到得稍晚，九烈夫妇已朝火无害追去，忙和英男身剑合一，尾随急追。等追到岭侧高峰之上，只见前面烟光电闪中，火无害和九烈夫妇已先后相继投入金蝉等所设仙阵之内。英琼刚到阵前，还未入内，朱文忽由幻波池飞来，暗用传声向二女说奉了癞姑之命来此会合，使双心合璧，抵御老怪。说完，同往阵中飞进。

金蝉原和石生、石奇、俞峦、赵燕儿等会合新奉命来的三个同门，在岭侧白象峰顶设下仙阵，暗中埋伏。俞峦把守阵门，一见火无害飞到，连忙开放门户，引了进去。紧跟着，九烈夫妇也已到达，仙阵虽未现出形迹，但九烈神君毕竟修炼多年，见闻广博，遥望火无害飞到峰顶就忽然不见，情知有异。依了枭神娘，便要朝前猛冲。九烈神君终是持重，刚按遁光降落峰上，待要查看，红光一闪，面前现出一个美貌道姑，也未说话，把手一指，立有一座旗门平地涌现。九烈夫妇虽看出那是太清仙法，自恃神通，全未放在心上。枭神娘更是性暴，扬手一片金绿二色的火星打将过去。敌人身形忽隐，随见火无害人影一闪不见，越发急怒，双双入阵。刚刚飞入旗门以内，忽听雷声殷殷，前后左右突又现出数十座同样旗门，其高都在十丈以上，烟光万道，霞彩千重，时隐时现，一任运用法眼观察，竟看不真切。九烈神君知道厉害，凭自己的功力虽然不怕，照此情势，主持人绝非峨眉群小，急切间偏又推算不出详情。九烈神君自知大劫将临，不敢造次，忙即立定，大喝道："我与你们无怨无恨，何苦为一妖孽自伤和气？"话刚说完，先是金蝉、石生同在法台之上出现，紧跟着李、余、朱三女一同飞来。金蝉首先喝骂道："无知老怪！枉自修炼多年，平日狂傲，连眼前的事都看不出来。那火无害已被我英男师妹收到门下，你都不知道，怎么还敢猖狂？趁早回宫，我念你虽是邪教，近年已知敛迹，不与你计较，再如逞强，在我依还岭扰闹，教你形神俱灭。"

九烈神君见对面敌人都是仙根仙骨，知是峨眉门下高徒，年纪虽轻，法力不弱。内中金、石二人，更是宝光外映。既在此布阵相待，事前必有成算。方要开口设法下台，枭神娘已按捺不住怒火，扬手便是一粒阴雷，朝法台上打去。**被老婆拖累。嘿嘿。**金蝉通未理睬，只将手中灵诀往外一扬，面前突又现出一座旗门。九烈夫妇所炼独门阴雷，威力最是猛烈，弹指之间，整座山头都能震成粉碎。哪知打到旗门之内，碧光一闪，化为一蓬绿烟，便已消灭，连雷声都未听到，不禁大惊。枭神娘怒吼一声，立用玄功，通身黑烟火星乱爆，一催妖光，便往旗门内飞进。九烈神君知她犯了凶性，劝说不住，只得施展神通，一同飞入。刚进旗门，法台忽隐，那旗门一座接一座涌现不已，四方八面都似走马灯一般，相对乱转，隐现无常，到处烟光如海，上不见天，下不见地，连施邪法，均无用处。九烈神君见枭神娘怒发如狂，暴跳不已。四外烟光越来越盛，压力逐渐增加，一个敌人也见不到。想起多年威望，竟为几个无名后辈所制，也甚愤怒，把心一横，便将那苦炼多年，准备抵御天劫的九子母阴雷取在手内，厉声喝道："峨眉后辈，速将火无害交出，还可两罢干戈；否则，我这九子母阴雷一发，全山齐化劫灰，你那太清旗门绝敌不住。一震之后，至少五百里内生灵均遭波及，玉石俱焚，悔之无及了。"随听左侧有人冷笑，骂道："师父，你看这妖孽口发狂言，有多讨厌！妖妇更比鬼怪还丑，看了有气。弟子给他们吃点儿苦头如何？"

九烈夫妇循声回顾，先不见人，那语声也是若远若近，心中恨极。定睛一看，前面忽现出一团极淡薄的红光，四边青色，内里现出金蝉、石生、俞峦，还有一丑一俊两个幼童，正指自己笑骂，不由大怒。因为被仙法所迷，金蝉又将宝光隐去，只现出一圈红影，没看出那是前古奇珍天心环。虽然恨极，仍以九子母阴雷威力太大，天劫又将临身，唯恐造孽太重，更遭天谴，两次欲发又止。口正威吓，劝令敌人明白利害，忽又听右侧也有人在喝骂嘲笑，内中一人颇似火无害的口音。回头一看，果是火无害，同了几个少年男女，也在一片心形淡光之中现身，只是光作青色，外有红边。仇人相见，本就眼红，况当身困阵内，进退两难，怒火上攻之际。悍妻枭神娘因孽子黑丑为叶缤所杀，原因在于魔经被火无害盗去，故对火无害切齿多年，再三催逼九烈神君下手，哪还再计利害，扬手一团紫绿二色暗沉沉的宝光，直朝对面敌人打去。那九子母雷珠大只如杯，随着主人意念，发出极强烈的威力。照例出手时光并不强，暗紫、深绿二色互相闪变，无甚奇处。但一经发威，立发奇光爆炸，当时光焰万丈，上冲霄汉，下透重泉，方圆千里内外，无论山川人物，一齐消灭，化为乌有。那被阴雷激荡起来的灰尘，上与天接，内中沙石互相摩擦，发出无量数的火星，中杂熔石沸浆。由千里以外远望，宛如一根五颜六色的撑天火柱，经月不散。若将地壳震破，引发地轴中蕴积的千万年前太火毒烟，灾祸更加猛烈，端的厉害无比。

九烈神君虽因急怒交加，迫而出此下策，心中仍有顾忌。满拟此宝威力之大，不可思议，敌人法力多高，也禁不住这一击之威，正在运用玄功，不令九雷连发，减少它的威力，以免灾区蔓延太广，多害生灵。万没想到那团紫绿二色的雷光刚一离手，心形青光突然大盛，方看出此是一件奇珍。心念微动，红光一闪，前见那圈外青里红的心形宝光倏地同时飞来，比电还快，一齐照向阴雷之上，直似具有一种其大无比的吸力将其吸紧，四外均受压迫，休想移动分毫。猛想起双心合璧正是此宝，不禁大惊，忙即行法发动阴雷时，竟被敌人宝光制住。只见雷珠宝光不住闪变，光甚强烈，似想发挥全力爆炸，只为四面逼紧，休说无法施威，连移动都难。这一惊真非小可，忙以全力回收，已收不回。正愁急间，前面突又现出一座旗门，门内法台上立着十几个少年男女，指点自己这面，互相说笑。那两圈心形宝光，也已缓缓往里合拢。一时情急，正待拼着损耗元神，运用玄功上前抢夺，猛瞥见一团佛家慧光祥霞潋滟，突然出现，罩向心形宝光之上。同时又有一朵形若灯花的紫色灵焰飞入心光之中，将那粒阴雷裹住，紫焰往上一包，慧光祥霞再往上一压，四道宝光合为一体，本身元灵真气立被隔断。九烈知道对方所用多是闻名多年、难得见到的仙佛两家至宝奇珍，威力神妙，不可思议。想起此宝关系未来成败，盛气立消，忙用魔语警告枭神娘，不可发威开口。随对众人笑道："想不到贵派后辈中竟有这等能手，我今日甘拜下风，只要将九子母雷珠还我，从此互不相犯如何？"英琼首先喝道："老怪物，你做梦哩！这样害人的东西，我今日替你毁去，免你将来多害生灵。本想将你夫妇一同除去，姑念近年不曾为恶，本门与人为善，不咎既往，放你逃生，已是便宜，如再唠叨，连性命也保不住了。"九烈夫妇闻言大怒，方在厉声咒骂，待以全力相拼。金蝉见九烈夫妇身上烟云滚滚，光焰四射，一个头上九朵烈焰，连同左肩上的妖叉已将飞起。笑骂："无知老怪物！你那仇人已深入你魔宫根本重地，门下魔徒现正纷纷伤亡，你那本命元神也眼看随着魔灯就要消灭，若再执迷不悟，在此相持，就来不及了。"

九烈神君闻言，想起天劫厉害，多高法力的人，事前也推算不出来。有时并非人为，多半咎由自取。想起闭宫多年，本定不再预闻外事，不料孽子黑丑无故惹事，妄向郑颠仙寻衅，致为金钟岛主叶缤和峨眉女弟子凌云凤所杀。自己虽然愤恨，因知注定劫数，孽子不遵父命，自取灭亡，空自悲愤，还不想当时报复。无奈悍妻枭神娘历劫三生，只此一子，爱如性命，闻讯大怒，强迫自己非报此仇不可。因受她两次救命之恩，追随两世，才有今日，不肯过分使其失望。后经再三劝说峨眉势盛，此时万不可以树此强敌，否则仇报不成，还有杀身之祸。这才答应对凌云凤这个仇人暂且留为后图，先去找叶缤报仇。依自己的心意，对方人多势盛，法力又高，此时叶缤又在元江大熊岭，如往寻仇，郑颠仙和峨眉派这班人决不坐视。最好过上些时，冷不防赶往金钟岛，杀他一个痛快，以免作梗。枭神娘偏不肯听，**妻贤夫祸少，反之亦然**。也没商量，独往寻仇。刚一到达元江上空，便遇叶缤、杨瑾和峨眉派几个女弟子迎上前来。枭神娘只想到峨眉派的紫、青双剑厉害，不知对方持有佛门心灯。正待施展玄功，猛下毒手，忽然一朵佛火灯花迎面飞到。匆促中不及防御，竟将苦炼数百年的魔光震散，身受重伤，逃了回来。欲速不达，元气大为损耗，她悲愤交加自不必说。又经自己再三力劝，强自按捺怒火，重炼魔光，等到炼成，威力已不如前。先曾算出敌人在川边倚天崖对面双杉坪石洞之中，苦炼绝尊者遗留的灭魔宝箓，日运玄功入定，报仇机会原好。无奈崖对面便是芬陀神尼所居龙象庵，敌人又持有佛家至宝心灯，此去无异自投虎口，绝难占到上风。枭神娘也因元江一败，有了戒心，不敢似前冒失，特在魔宫之内设下法坛，将乃父伏瓜拔老神魔遗留的一件奇珍，自刺心血，苦炼成功，虽不能仗以破那心灯，却可防身，乘机伤敌。当老神魔火化时，留有遗命，说此宝威力太大，又太阴毒，只能使用一次。并还迫令枭神娘立下誓约，不能违背。故不得不慎重其事。等到炼成，重用晶球查看，才知心灯乃谢山所有，叶缤只是借用，已早送还。神尼芬陀也不在庵内，等敌人灭魔宝箓炼成，方才回庵。如在炼法要紧关头赶去，十九可望成功。一时小心怯敌，自失良机，悔恨了一阵，无计可施。最可恨的是敌人神通广大，不特报仇极难，更须防她寻上门来。每日闭宫自守，本想挨过最后天劫再打复仇主意。不料怀恨多年的宿仇火无害，忽又由月儿岛火海之内逃出。想起伏瓜拔老神魔之遭火化虽是定数，仇人如不将他未炼完的魔经焚毁，也不至于遭那惨劫。而且爱子黑丑也不会死，自己夫妇神通必定更大，成了不死之身，怕那天劫作甚？更恐仇人性如烈火，仇怨又深，记着昔年三入月儿岛向其寻仇之恨，突然上门闹事。越想越急，以为飞遁神速，仇人正被峨眉门下擒困神圭之内，报仇容易，往返不过半日，绝可无事。哪知对方仙法神妙，晶球视影只现出前半段，仇人降敌全不知道，贸然前来，连自己也因积仇太深，忘了利害。又偏巧在途中耽延，因不愿和丌南公生事，直到他师徒走后，方始下手。万没想到，敌人竟算出此事，先有防备，落入圈套，还将心神相连的至宝九子母雷珠失去。敌人这等口吻，必有原因，也不知所说强敌是谁。

九烈越想越惊疑，忽听俞峦拦住金蝉，越众向前，笑道："九烈道友，可还记得贫道俞峦么？昔年先师曾对你说，你本质并非大恶，只为一时昏迷，又受魔女救命之恩，入赘魔宫，相从为恶。暂时虽可快意，劫数一到，便不免同归于尽。如能中途洗心革面，及早回头，魔女虽然灭亡，你本身并非全无解救。事隔数百年，想还记得？你已多年未出魔宫，忽然向人寻仇，便是自取灭亡的先机之兆。姑无论此仇该报与否，你也修炼多年，具有神通，来时还有晶球视影查看这里动静，也不想想，你那仇人既被余道友困入神圭之内，怎会事隔多日，人物景象原样未变，是何缘故？

你那强敌便是前金钟岛主叶缤，现由乌鱼岛追一妖人，前往魔宫。妖人以为你夫妇魔法甚高，和叶缤又有杀子之仇，所以敌人已经停追，他还故意引逗，意欲诱敌入宫，与你夫妇合力报仇，以致误人误己，把杀星引上门来。我料此时当已到达，你那些门人侍者绝非其敌。如知利害，速舍雷珠，赶回宫去。我劝诸位道友念你多年苦修，实非容易，不加阻止，那盏元命灯或能保全。这还是念你近年颇知敛迹，本着各位师长许人迁善之心，不愿过分。否则，这二元仙阵乃太清无上仙法，虽是妙一真人近日传授，但因金、石、朱诸位道友功力深厚，阵中又有大方真人所借旗门，你想要全身而退，并非易事。那粒雷珠威力大大，阴毒已极，已被收来，断无还你之理。再如迟延，你就两头皆失，难于幸免了。”

九烈神君原来与俞峦见过，一听已至其魔宫的强敌就是叶缤，正中心病，不禁大惊。但就此退走，一则难堪，二则所说到底不知真假，应敌匆匆，无法推算。悍妻连遭挫败，怒发如狂，毛发皆竖，也必不甘退走。心方愁虑，忽然接到魔宫最危急的信号。经此一来，连枭神娘也大惊失色，心胆皆寒。九烈神君更不必说，略一寻思，忙向俞峦道：“俞道友之言有理。如念昔日相识份上，烦告峨眉诸人，说我此来，本寻火无害报仇，与他们无干，也不知仇人怕死降敌。如今既有仇敌上门寻事，不容不回。那粒雷珠于我夫妻关系重大，从未用过，如非此阵威力神妙，怒火头上，也不至于出手。但请将来借我一用，劫后定必奉赠，并还传以分合运用之法，千万不可送往九天之上将其震毁，便感盛情了。至于这二元仙阵虽甚高明，仍然拦我不住，只管施为便了。”金、石诸人见他说时面容悲愤，口气仍甚强横，方要开口，吃俞峦摇手止住，答道：“贫道必为婉劝，请先走吧。”话还未完，九烈夫妇心灵上已连生惊兆，魔宫告急信号也联翩而至，知是危急万分，不暇多言，道声：“改日图报。”把手一挥，两道魔光合为一体，立时掉头往阵外冲去。金蝉忿他口气大狂，便将仙阵旗门一齐转动，发挥全力妙用，想使服输告饶，方肯放走。

第四十一回 苦缔心盟 三生寻旧约 宏施佛法 七老助玄机

俞峦久经苦厄，被困多年，心情最是平和。见金蝉以全力发挥仙阵，一时云旗闪变，光焰万丈，风雷之声震撼天地，声势比前还要猛烈得多，唯恐激怒九烈神君，危害附近生灵，方要劝阻，哪知九烈神君夫妇魔法真高。先前志在擒敌，仙阵神妙，并有许多顾忌，知道敌人长于隐形飞遁，旗门变化无穷，难于捉摸，没奈何才下毒手，以为取胜虽然不行，逃走却非难事。加以根本摇动，情急万分之下，先曾夸口，不甘认输。再听出所设乃是二元仙阵，又多了神驼乙休的伏魔旗门，所以如此神妙。退志一决，早在暗中施展魔法，取出一件专测各宫部位缠度的法宝蚩尤九宫鉴，查看好了门户方向，运用玄功变化向前猛冲。只见光焰海中，一道黑色魔光长丈许，四围金星血花乱爆如雨，冲行光海之中，每遇旗门阻路，立时激荡起千重金霞，万道毫光，随同风雷滚滚，云旗闪变，一冲即过。尽管旗门去了一座又现一座，阵法不住倒转，竟拦他不住。金蝉上来错了主意，以为阵法颠倒，便可将其困住，等到发现，忙即催动阵法，把旗门移向前面阻路，依然没有他快。晃眼之间，便被冲过四座旗门，逃出阵外，破空遁去。才一出阵，魔光突然暴长，仍和原来一样，化为黑色妖云，中有无量金绿二色火星，不住闪变，半天立被布满，狂涛一般蔽空飞去，晃眼已到天边，剩了一片极小的黑影，一瞥不见，端的比电还快。火无害因忿九烈骂他怕死，心中忿怒，本来要追，吃俞峦在旁看出，暗向英男示意禁止，未得如愿，空自忿恨。

众人见状，才知九烈夫妇魔法果然厉害。经此一来，不特收得九子母阴雷，无形中积了一件大功德，并还断定敌人由此知难而退，不会再向本门生事，俱都喜慰。由俞峦在旁指点，仍用天心双环和定珠、兜率火将阴雷制住。再由金蝉把伏魔旗门缩小，按方位布好阵势，将雷珠包围在内，一同退出阵外。照日前仙柬上所现灵符法诀，如法施为，俞峦一声令下，金、朱二人和英琼一面收回四宝，一面施展仙法，扬手一片霞光，罩向阴雷之上，当时裹住，大小四座旗门齐射霞光。阴雷随同四宝一撤，紫、绿二色的魔光突转强烈，刚一闪变，待要暴长发生威力，已吃旗门霞光制住，仍在乱转。及被灵符所化金霞包没，方始缩小，渐渐复原，化为豆大一粒雷珠。金霞也已缩小，变为薄薄一层，紧附珠外。金蝉便收到手里。钱莱、石完、李健、韩玄、沙余、米余六个小人，随同杨鲤、陆蓉波、万珍、郁芳荷、廉红药等男女同门在旁观战，相继上前会见。

众人俱想和李洪、陈岩、易静、癞姑诸人长谈。金蝉、朱文、英男、石生四人更恐李洪同了陈岩飞走，难得再遇，又急于想见新收的门人竺氏姊弟，见陆、万、廉、郁四女同门因和俞峦初见，尚在叙谈，不耐等候，当先飞走。刚到岭上，便见袁星、上官红同了竺氏三姊弟与一道人对谈，似在争论。神雕钢羽盘飞空中，银翼凌空，目光若电，注定下面，好似对那道人示威戒备神气。袁星瞥见四人飞来，忙用传声禀告，说那道人强要面见易静，因听钢羽空中连啸，说来人是个对头，因其不似妖邪一流，以礼来见，未便动强。令其稍待，以便请示，偏不肯听，请四人暗中留意。金蝉等见那道人相貌不似别的妖人丑恶，但是面带诡笑，一双怪眼隐藏奸诈。本来神情似甚和易，当四人飞来，先见到的便是金蝉、朱文这一双情侣，面上微微一惊，立时转身迎上，开口便向金蝉笑道:“道友便是妙一真人爱子金蝉么？这位必是女神童朱文了？”金蝉见对方身上不带邪气，笑语温和，开口便道出自己的名姓来历，神情似甚和善，转问:“道友尊姓？仙乡何处？”

石生、英男同了俞峦、杨鲤、万、郁诸人已先后赶到。道人除乍见金蝉、朱文微微一惊外，对于后来诸人并未介意，神态从容，也未再问名姓，闻言笑答："易道友是我旧友，多年未见，新近闻说在幻波池开建仙府，特来一访。我乃绝海荒礁的无名炼士，姓名来历，不值一谈。易道友也未必愿诸位知道详情。只请领往一见如何？"

金蝉还未回答，因空中雕鸣甚急，袁星传声转告，说易师伯正在五行殿主持仙遁，使其复原，此时不可放其入内。并说来人身带法宝甚多，必须留意，但不可先动手。金蝉听完，道人话也说完，便据实答道："丌南公和九烈老怪夫妇逃遁不久，易师姊现正有事未完，便我们同门师弟妹也见不到。若道友非见不可，请在岭上稍待如何？"道人笑答："一别多年，思如饥渴，易道友如见是我，断无不快之理。贫道也是身有急事，因听说易道友在此，百忙中抽暇赶来。幻波池五行仙遁难不倒我，只为身是来客，不便冒昧登门而已。"英琼在旁，因平日最信钢羽之言，听它连声急叫，说来人是易静的对头，休说不宜放进，最好不令易静出见，否则有害。她本已激动侠肠，再听道人口气强傲，软中带硬，直似不问情由，非见不可，并还不肯等待。心中不快，上前说道："道友为何不通情理？这幻波池虽是易师姊居长，实由三人为主。今当强敌初败之际，我们有事不见外客，你又不说名姓来历。易师姊的身世交游，曾听说过，并未说过有你这样朋友。实不相瞒，我李英琼此时便不容外客登门，请你回转。易师姊如和你有交情，自会登门奉访，否则她也不是怕事的人，你何必忙此一时呢？"道人闻言，朝英琼细看一眼，笑道："道友便是峨眉三英之一么？果然名不虚传。所说也似有理，无如贫道天性固执，又与易道友分别太久，知她此时有事，不能出见，意欲登门奉访。你们如若倚仗人多，强行阻止，贫道只好做那不速之客了。"石完在旁听了有气，上前喝道："易师伯是主人，不许你见，你待如何？"道人刚把脸色一沉，俞峦得道多年，最是见多识广，见道人穿着一件青灰色的道袍，非丝非帛，胸前有一团八角形的宝光，隐隐外映，非用慧目法眼查看不见，已猜出几分来历。恐双方言语失和，冒失动手，一面止住李、石二人，暗告英琼不可动武，令见易静问明再说，一面又向对方婉劝。道人虽怀必胜之念而来，到后看出众人无一好惹。心想："所寻的人即便前知，也不至于逃避不见。反正仙遁不易冲破，不如将计就计，冷不防暗中冲入，施展毒手更好；否则等她离开五行殿出见，迎上前去相机行事，也可成功。"心念一定，立时应诺。

英琼刚一飞走，道人以为峨眉三英中英琼最是难斗，身旁又有佛光内映，看去法力甚高，此人一走，省事不少。笑对众人道："我闻诸位得天独厚，虽年幼道浅，颇有几件法宝。贫道炼有几座旗门，意欲请教一试。只要有一位知道此宝来历，贫道立即回山，不再登门惊扰，如何？"众人本就不快，再听这等说法，越发有气，同声应诺。道人说声："献丑。"手伸处立现出一片八角形的金牌，上面钉着许多旗门，看去形似玩具。扬手便是数十道彩光飞向空中，落将下来，电也似疾，闪得两闪，旗门失踪，当地却成了一片光海。随听道人笑喝："你们只要破得了我这件法宝，我从此低头，永不再寻易静贱人晦气。你们看如何？"钱莱、石完等六小弟子首先气忿，忙纵遁光循声追去。然而一任众人冲荡攻打，道人始终不见，声音却是时东时西，始终是那几句话，无法寻踪。宝光甚强，压力更大，幸而均有飞剑、法宝防身，否则决难抵御。那旗门先是隐而不现，后因众人法宝神妙，始稍出现，但随阵法变动，略现即隐，一座也伤它不了，还以为道人藏身阵中。后来癞姑赶到，因由阵外冲入，看出上当，忙用传声令众会合，说对头已经冲入仙府。

俞峦本知底细，因恐双方各走极端，还想善罢，隐而未露。及听癞姑说破，众人大怒，准备施展全力破那旗门，这才告以收宝之法，并说此宝非道人所有，不可毁损。癞姑笑答："我已知底，只无俞道友详细罢了。"随令众人按九宫方位立定，再由金蝉、朱文用天心环罩定中心主位，余人也各施展法宝，镇压各宫，然后按照太清宝箓如法施为。众人起初原想和道人斗法打赌，没打算他会冲出阵去，及听癞姑、俞峦先后指点，辨清方位门户，立时通行无阻。道人素来外和内刚，居心阴险，因那旗门由他借来，如将敌人困住更好，否则此宝一失，宝主人必不甘休，立为峨眉树一强敌，岂非绝妙？没料到有人知道底细，并不加以毁损，乘着无人主持，便容容易易将此宝收去。众人因此却被激怒，同往幻波池中追下。俞峦见道人如此行径，断定必是易静的深仇，来者不善。恐众人冒失飞进，受了暗算，除雕、猿、上官红、竺氏三姊弟暂留上面不令随下外，并令金蝉、朱文各取法宝，当先开路，余人也各小心，见了敌人，不可冒进。金、石二人听了俞峦之言，唯恐同门弟子中人冷箭，便将玉虎金牌取出，穿波而下。一到下面，看出中宫戊土仙遁已被敌人引发，忙即冲进。

道人先未想到五行仙遁威力如此强大，阻碍横生，虽然预有准备，身藏至宝，并无畏惧，到底还费了许多事，才把甬道冲出，到了中宫腹地，觉出不如预计之易，仇敌又是人多势盛，正在急怒交加，易静突然飞来。道人妒火中烧，表面一点儿不显，假装久别重逢，想望已久，意欲骤出不意，乘机发难。不料阴谋诡计早被易静看破，却不叫明，借着戊土神雷阻隔，立在三丈之外，开口便问："我早转世，与你情断义绝，寻我作甚？"道人闻言，不禁大怒，刚喝骂得一声："无耻贱婢！"众人已先后飞来，眼看被天心双环制住，性命难保。幸而陈岩体会三生爱友心意，强拉李洪，合力将他救下。癞姑因在上面收那旗门，使其复原，到得稍后，现身以前，又先将他飞针盗去。道人这才知道厉害，怀着满腔恶气，匆匆飞走。到了外面，想将幻波池灵泉顺手破去，却被神雕在空中发现，告知袁星，正要下击。钱莱、石完疾恶心盛，不问青红皂白，上来便发石火神雷，并且还想由地底进攻。不料仙府地面本就坚硬，又经仙法禁制，钱莱虽仗青灵铠护身，石完穿山行石独具家传，但上下游行，仍是费力，刚一停顿，便见陈、李二人飞来解救道人。钱莱、石完有气，欲往上面等候。刚到外面，便见敌人行法，想破水源，不由大怒，石完扬手便是大串石火神雷，二人又各将仙剑、法宝纷纷放起。道人见势不佳，又恐敌人闻声追来，咬牙切齿，一路连声咒骂，往上飞去。雕、猿、上官红和竺氏姊弟迎上，再一夹攻，差一点儿没受了重伤。就这样，还被神雕一爪将道袍抓裂，连皮去了一大片，方始运用玄功破空逃走，仗着飞遁神速，雕、猿不曾追上。**以上皆为补叙。**

易静等也闻雷声赶来，见面略谈前事。癞姑随说："幻波池从此多事，并有几位同门受伤。幸有林寒、庄易二位师兄在前面高峰上设有仙阵接应，并备灵符、灵丹医治，或者无妨。以后遇敌，必须小心。"并问金蝉等是否回转天外神山光明境去。金蝉笑答："乙师伯来时，曾命我们等幻波池建府之后，再回小南极。癞姊姊如不嫌我师徒，暂时还不走呢。"易静和英琼同声笑道："请还请不到诸位师兄姊弟呢，正好借此盘桓些日，同到里面谈吧。"随同飞入仙府。

众人分别见礼之后，易静、陈岩见竺氏三小姊弟个个仙根仙骨，灵慧非常，便问长问短。才知因有大荒二老预先指教，以其道路不对，只传寻常吐纳之功，无甚道力，但所得法宝已能应用，又传授了几种防身法术，各有一种飞行灵符，不禁大为奖勉。陈岩又取出一面玉牌、三柄金钩，分赐上官红和竺氏三小，作为见面之礼。上官红和三小大喜拜谢。李洪笑道："陈哥哥，你是长辈，如何偏心？眼前后辈门人有好几个，为何单赐红儿与竺氏姊弟呢？"陈岩方答："这四件法宝，乃我昔年初从师时所得，多年未用，因见他四人灵慧可爱，随意转赠，实为无心之举。别位贤侄，改日再赠吧。"易静笑道："我们下一代的门人何止百数，你有那么多的法宝么？"癞姑笑道："我和陈道友初见，不便说笑。毕竟三生良友，与众不同，一个爱屋及乌，一个关心过切，唯恐陈道友没处去弄那些法宝赐人，把话说在头里，就此下台。都是洪弟没有眼力，本来陈道友只赐易姊姊两位高足，因三小姊弟都是新入门，初次相见，不得不连类而及，你偏多口。休说那么多后辈门人，无法遍及，此风一开，以后我们尊长更不好当了。教人家为难，有多讨厌哩！”

易静平素庄严，不善辞令，闻言脸上一红。陈岩也觉不好意思。英琼爱护易静，虽然不知详情，先已看出几分，怕二人不好意思，接口笑道：“癞姊姊少说笑话，正经的还未谈呢。我闻洪弟小小年纪，飞越宇宙极光，往来天外神仙光明境，和本门七矮兄弟同诛万载寒蚿，两次大闹魔宫，如入无人之境，不愧九世清修，功力高深，果自不同。先在岭上戏弄妖徒时，身后曾有七位异人同来，今在何处，如何未见？莫非功成即退，已早飞走了么？”李洪见陈岩不好意思，癞姑又在取笑，神态滑稽，众人全都好笑，颇悔失言。闻言，乘机改口笑道：“那七位老人家乃是滇缅交界高黎贡山井天谷中隐居的丽山七老居士，怜我年幼胆大，恐吃老怪的亏，赐了我一件法宝，与七老心灵相合。我一动念，七老元神立用佛家心光遁法，马上飞来相助。有了这件护身符，老怪多凶，我也不怕。你当是我自己的本事么？可惜此宝是片树叶，经七老命我采来，临时炼成，只用三次，便失灵效，**一法宝用三次，也是民间故事思路。童话如“七色花”，小说如杨过赠郭襄三枚金针等，都是同一机杼。**否则有多好。”朱文笑道：“幸亏只用三次，洪弟那样胆大淘气，如能常用，有此七老随身，仗了靠山，还不到处惹祸才怪。”李洪刚把俊眼一翻，想要开口，金蝉在旁，恐李洪又说出不中听的话向朱文嘲笑，忙接口道：“洪弟虽然胆大，功力也实不弱，不枉九世修为，难怪七老垂青。你此行遇合必奇，何不说出来，使我们高兴呢？”朱文正恐李洪天真，口没遮拦，当众取笑，说完前言，方在后悔，闻言也忙改口说：“洪弟根骨福缘，无不深厚，前生受尽磨难，此时理应苦尽甘来，畅所欲为，故此各位师长前辈都加期许。”李洪到底童心未退，有些好高，看出了兄长和朱文的心事。丽山之行，本最快心，先向金、朱二人笑道：“蝉哥哥、文姊姊放心，兄弟虽然童言无忌，当着许多人，我是不会扫你们兴的。”随将前事说出。**下文大战鸠盘婆等精彩故事，主角更换，便转入《易静传》了。**